U0840850

青岛出版集团 | 青岛出版社

图书在版编目（CIP）数据

慢火炖师尊/写离声著.—青岛:青岛出版社,2023.2
ISBN 978-7-5552-8782-7

Ⅰ.①慢… Ⅱ.①写… Ⅲ.①长篇小说—中国—当代 Ⅳ.①I247.5

中国版本图书馆CIP数据核字（2022）第111060号

MANHUO DUN SHIZUN

书　　名　慢火炖师尊
作　　者　写离声
出版发行　青岛出版社（青岛市崂山区海尔路182号）
本社网址　http://www.qdpub.com
邮购电话　18613853563
责任编辑　龚雅琴
校　　对　闫　帅　李晓晓
装帧设计　蒋　晴
照　　排　梁　霞
印　　刷　三河市良远印务有限公司
出版日期　2023年2月第1版　2023年2月第1次印刷
开　　本　16开（710mm×980mm）
印　　张　36
字　　数　624千
书　　号　ISBN 978-7-5552-8782-7
定　　价　69.80元（全2册）

编校印装质量、盗版监督服务电话　4006532017　0532-68068050

目录 上册

目录（下册）

第一章　入门礼

凤麟城外，九狱山。

两个男子抬着一个大木箱行走在崎岖的山道上。

两人都穿着灰色道袍，腰间插着法尺，背后插着拂尘，一高一矮，一瘦一胖，高的像竹竿，矮的像冬瓜。

冬瓜在前，竹竿在后，两人一边健步如飞，一边小声交谈。

冬瓜："师兄，这小娘儿们怎么不哭了？不会是闷死了吧？"

竹竿瞟了眼箱子："留了气孔，哪那么容易死？八成是哭累了就睡着了。"

冬瓜又说："师兄，这小娘儿们真值十万灵石？香气那么淡，师父不会看走眼吧……"

竹竿嗤笑一声："你懂什么！这种极品平常不显山露水，到了那时……嘿嘿……"

冬瓜咽了口唾沫："真想尝尝这滋味……"

竹竿啐了一口："呸，趁早收了心！就凭你这修为，再炼一千年也消受不起。"话音刚落，箱子里发出砰砰几声闷响。

冬瓜猥琐地舔舔嘴："嘿，小娘儿们醒了。"

小顶醒过来后发现四周黑咕隆咚的，狭小逼仄，还在不停地摇晃。

她有些找不着北。

前一刻，她还是九重天上的一个炼丹炉，器灵当得好好的，眼看快修出人形了，不知怎么就引动了雷劫，一个天雷把她劈得差点魂飞魄散。好在她的主人青冥仙君手疾眼快，在千钧一发之际把她塞进了三千小世界里避难。

每个小世界都是一本书。因为有个声音一直在催促她挑选，她也来不及细挑，瞥见一本书的封面上画着一个炉子，就一个猛子钻了进去。

接着她就傻了眼——她不是该变成炼丹炉的吗？怎么成了个活物？

那声音叮嘱她不可将书中的“天机”泄露出去后，便再也没了声息。

小顶潜入灵府，在里面找到了自己缩得小小的、被雷劈焦了的原身和一本书，书名叫作《我是师尊的极品炉鼎》。

她拿起书，准备研究。然而，她还没翻开第一页，就遇到了困难——书名一共九个字，有六个字她不认识。

身为一个炉子，她的文化水平有点低。

除了原身上的几十个篆体铭文，她就只认得几十个常用字，还是仙君给她讲故事的时候顺便认的。

谁能料到有一天炉子也需要读书呢？

这本书也很奇怪，不但是横着排列的，许多字还缺胳膊少腿。

小顶翻了半天，连猜带蒙，大致弄明白了，原来书里的小顶是个凡人。

凡人怎么当炉子？

她满腹疑虑，就继续翻书，翻得头都要晕了，终于抓住一个重点：要变回炉子，先要找到书里那个“师□”——“师”后面的字她不认识。

反正她只要找到这个“师□”，就能过上日日被烈火焚身的幸福生活。

小顶放下书，呼出一口气。不管原身是人还是炉子，只要她能干回老本行就行。

解决了最大的问题，她稍微安下心来，打算适应一下这具新身体。

她当器灵的时候没有形体，只是一团雾，她的原身更是一动也不能动，这还是她第一次拥有躯体。

她试着抬了抬手，觉得很新奇，又摸了摸脸，滑溜溜的，戳了一下，软软的，感觉还不错。就在这时，她的肚子里发出一串咕噜噜的响声。她往肚子上一拍，呆了呆，差点哭出来。

她的肚子没了！

小顶最喜欢自己的肚子了——圆滚滚、厚墩墩、亮铮铮的，三昧真火一照，还会散发出绚丽的七彩光芒！

她很早就下定了决心，等她有了人身，一定要有一个圆滚滚的漂亮肚子，像弥勒佛的那种就很合适。谁知道这个肚子又扁又塌，不鼓就算了，两边竟然还凹着。

小顶噙着泪花继续摸，越摸心越凉。她这具新身体实在丑得很，该鼓起的地方凹下去，该平坦的地方又鼓了两个高高的大包出来。

小顶蔫蔫地发了一会儿呆，重新打起精神——毕竟她可是九州贡金锻造出来的，异常坚强。

总之她要先弄清楚自己在哪儿，再想办法找到书里的“师□”。

她抬手往前摸了摸，碰到了一块硬板，就弯起手指敲了敲。外面传来个男人的声音：“嘿，小娘儿们醒了。”

小顶皱起眉。虽然她没见到人，但这声音黏糊糊的，光听着就让人不舒服。她又敲了敲硬板，问：“你……是谁？放……我……出去！”她虽然一直听着仙君说人言，但还是第一次自己开口，说话不太利索。

另一个尖细的声音说：“别急，到地方了就放你出来。”

小顶没什么法子，干脆把眼睛一闭，打起了盹。

不知睡了多久，她忽然被咚的一声震醒了。

两个修士把箱子放下，竹竿环顾满是蛛网尘土的小破庙：“先在这儿歇一晚，养精蓄锐，明日就能到归藏派地界了。”

小顶连忙把耳朵贴在箱子上，书里经常出现“归□派”——中间那个字她不认识——应该就是他们说的“归藏派”了。

矮冬瓜的声音打着战：“那……那个连什么，真那么厉害？”

竹竿白了他一眼：“连山君。瞧你这没出息的样子，连他的道号都不敢说。”

小顶这会儿更加确定这个“连山君”便是那个用她炼丹之人的名号。

那竹竿接着说道：“盛名之下，其实难副。外界把他吹得天花乱坠，谁见过真人了？连他是人是鬼都不知道……”话是这么说，他自己心里也发虚。

冬瓜更害怕了：“他们不是说……见过他的人都活不了吗？我听人说，他活扒人皮做灯笼，归藏派那几千盏灯熬的全是人油……老话说‘日里莫说人，夜里莫说鬼’，在人家地头上呢，不怕一万，只怕万一……”

竹竿：“呸，乌鸦嘴，少说这些不吉利的！不是要找乐子吗？”

两人交换了一个猥琐的眼神，冬瓜搓搓手，迫不及待地朝大木箱走去。

小顶听见一阵越来越近的脚步声，不等她回过身，忽听得哐啷一声，盖子打开了，一张大脸出现在她的面前。

乍然照进来的光让她眯起了眼。

“你……是谁？”

她的声音软绵绵、甜甜的，像是能流出蜜、拔出丝来。

冬瓜不是第一次看见她，但对着那张艳光四射的脸，还是忍不住咽了口唾沫，伸出一只肥短的手，不由自主地放软了语气：“小心肝，饿坏了吧？别急！”

小顶认出了这就是刚才那个黏糊糊的声音，此人的脸油油的，上面还长着很多疙瘩，她一点也不想吃他的饭。

另一个人不耐烦地说道：“啰嗦什么？把她拖出来……等等，有脚步声！有人来了，嘘，先关上……”

嘎吱一声，箱盖又合上了。两个修士抽出法尺严阵以待。

落日余晖下，一个身着白衣的年轻人慢慢地走近。看清来人形貌后，两人松了一口气。这人一没佩法器，二来没有散发出丝毫灵力，三来瘦骨嶙峋、脚步虚浮，看上去病恹恹的，像是只靠一口气吊着。

冬瓜：“哼，看你一惊一乍的，不过是个凡间的病秧子。”

竹竿咂咂嘴：“病归病，小脸、身段可真是风流……”

两人心照不宣地看了对方一眼，猥琐地笑了起来。

白衣男子却仿佛看不出他们脸上的恶意和欲念，走上前，懒懒地靠在了门框上，举手投足竟像个世家公子哥。

冬瓜早已按捺不住：“小公子有何贵干啊？”

冬瓜话音未落，白衣人忽然扶着门框咳嗽起来，咳得眼角飞出了一抹红。他白衣墨发，肤色苍白，薄唇的颜色也浅淡，眼角的这抹颜色分外显眼。

白衣人喘了口气，抬了抬微垂的眼皮，声音如二月初融的河水般冰冷：“与两位借点灯油。”

冬瓜修士一时没回过神来，淫荡地笑道：“借什么？哥哥有什么都给……”话还没说完，冬瓜忽然觉得脖颈间一凉，像是有一丝凉风拂过，眼前的白衣人和他靠着的门框突然一起飞了起来。

不知何时，白衣人的手里多出了一把剑，剑刃轻薄如蝉翼，剑身上隐约可见银光流淌，仿佛截下了一段月光。

突然，冬瓜反应过来了，不是那人飞起来了，而是自己的脑袋从脖子上掉下来了。

扑通一声，脑袋落在地上，瞪大的双眼中满是惊恐和不甘之意。

变故发生在顷刻之间，直到同伴的身体轰的一声倒在地上，竹竿才回过神来。

他们敢两个人押送价值连城的“货物”前往魔域，身手自然不差。可这人瞬间取了师弟的性命，竹竿甚至没看清这人是如何出手的！竹竿慌忙跃开数丈之远，一手掐诀，一手从腰间抽出法尺，口中念念有词。

只听轰隆隆一阵巨响，一堵无形的铜墙铁壁拔地而起，将竹竿牢牢地护在其中——这是他们金甲门的镇派绝学北斗术，可借北斗罡气护体，他已练至八重境界，便是神兵利器也不能伤他分毫。

他大喝一声：“金甲门掌门守静真人首徒在此，谁敢装神弄鬼？！”

白衣人轻轻地嗤笑一声，虽然不发一言，但态度明白无误：你不配知道。

白衣人用足尖在门框上轻轻地一点，忽地飞跃而起，只听锵的一声，剑已出鞘。他身姿翩然，似斜风中的乳燕，剑身如山间涌动的云气。

竹竿心下稍安，此人的剑法灵动，走的是四两拨千斤的路数，对他的北斗术却是束手无策。

他正得意，忽见那人手腕一抖，笑容瞬间僵在脸上，难以置信地瞪大眼睛！

转瞬之间，白衣人的剑势陡然一变，从至阴至柔直接转为至阳至刚，竹竿有生以来就没见过这么邪的剑！然而不等竹竿回过神，“铜墙铁壁”已经在汹涌的剑气中倒塌。随即，他感到双腿间传来一阵剧痛，低头一看，原来他的血肉正被剑气一点点绞碎。很快，膝盖以下便只剩白骨。

排山倒海的磅礴剑气将他的血肉化成一团血雾，但丝毫不触及骨骼，这难度不下于用丈八蛇矛在头发丝上雕花。

此人的修为简直深不可测！

可惜他没能感慨多久，顷刻间，胸部以下便只余白骨。他只来得及从喉咙里挤出三个字：“连山君……”

白衣人面无表情地收起剑气，三尺寒剑缩成绣花针大，没入他左腕的经脉中，寒光一闪，便没了踪影。

他不疾不徐地跨过门槛，来到大木箱前，嘴唇微动，默念了一个口诀。

铜锁打开了。箱盖缓缓地升起，一股淡淡的幽香从缝隙中渗出来。随即，一个脑袋探出箱子，原来是个约莫十五岁的少女。少女将光裸的手臂攀在木箱的边沿上，小巧的下巴抵在手背上，微微地侧着头，用一双水杏眼打量他，宛如林间的幼鹿："你是……谁啊？"

白衣男子没有回答，不动声色地后退一步，经脉中的小剑若隐若现。

在修仙界，模样越漂亮，看着越无辜的东西，往往越危险。

片刻后，他收起眼中的戒备——她不过是个身具鼎器的凡人女子而已。

他对玄素之术了解不多，也从未用过这种修炼手段，但曾见过几个所谓的极品，无不是香气浓郁到了刺鼻的地步。她的香气却很幽淡，若是不加留意，他恐怕会把它错当作少女身上天然的体香，倒是不难闻。

不过他还是不免有些失望。金甲门经手的"货物"大多是价值连城的天材地宝，所以他才出手，没想到他们护送的只是个炉鼎——还是中看不中用的那种。这炉鼎鼎气如此淡，药效想必有限。

小顶没有身为人的脾气，又不会看人的脸色，不知道他是故意不理人，只以为他没听清，提高嗓门又问了一遍："你……是谁啊？"她顿了顿，费劲地继续问道，"两个人……你看到……没有？"

她刚才闷在箱子中，没听清外面的动静，只依稀听见打斗声，见箱盖打开，便迫不及待地伸出头来一探究竟，谁知道外头站着的是个陌生人。

作为一个炉子，小顶没见过几个人，对美丑只有很模糊的概念，方才那个满脸疙瘩的修士让她觉得不舒服，眼前这个白衣人看着就顺眼多了。她也说不上来哪里顺眼，大抵是眉目比较和谐。

只可惜他和她同病相怜——生着个瘪肚子。那人甚至比她还瘦，像是没吃过一顿饱饭。

白衣人见她这么肆无忌惮地打量自己，眼神冷下来："他们死了。"

小顶一愣："啊？怎么……死了？"

那人淡淡地道："我杀的。"

小顶咬着下嘴唇努力思索，饱满的嘴唇泛着水光，像是熟透的樱桃，仿佛那排小巧的牙齿再使一点劲，就会有香甜的汁液迸溅出来。

白衣人看在眼里，微微地蹙眉。有的炉鼎虽药效平平，但凭着出众的皮相，也能卖出高价——自有人乐意一掷千金买个玩物逗自己开心。做这门生意的人也深谙此道，不但将这些炉鼎打扮得美艳妖娆，还让他们修习媚术，以便取悦买主。

眼前这个女子的身上只着几片轻薄的鲛绡，半透明的鲛绡用细金链子连缀在一起，几乎不能蔽体，几绺微卷的乌发垂下来，挡着胸前的风光，却挡不住两道饱满的圆弧。另有两条细金链子绕过脖颈，穿过琵琶骨，再从锁骨间的凹陷处穿出来，隐隐看得见血迹。

炉鼎这东西生来便是造化不公的明证。他们身具灵力，却不能将其转化为修为，只可为人所用，助人修炼；若是出生在修道世家，有族人庇护，还能平安过完一生，像她这样的凡人，手无缚鸡之力，又无人庇护，只能任修士践踏。

一般来说，一个炉鼎从十五六岁鼎成门开，到灵力被采尽，只有两三年。她多半活不到二十岁，可怜，但这与他何干？

他只是瞥了一眼，便无动于衷地收回目光："出门西行两里，有小路通往山下。"说完，他便转身欲走。

小顶这时总算把事情理清楚了。那两个修士把她关在箱子里，显然不是好人，这人杀了那两人，又放她出来，自然就是好人了。

她看白衣人已经走到了门边，连忙手忙脚乱地爬出箱子，跌跌撞撞地追上去，喊："哎，你……等等！"仙君说人间讲究知恩图报，人家救了她，她还没来得及道谢呢！而且她还想顺便打听一下怎么去归藏派。

那人却像是没有听到，径直朝外走。

小顶有生以来第一次拥有双腿，用起来不太熟练，心里一急，冷不丁被门槛绊了一下，摔在地上，额头磕在门口的石板上，发出砰的一声巨响。

白衣人总算停下脚步，转过身："何事？"

小顶痛得眼冒金星，泪花直往外冒，搓着额头上的肿包："谢……"

她歪坐在地上，原本挡在胸前的两绺乌发滑至肩头，胸前便没了遮挡，一抬手，风光一览无余。

白衣人别过头："不必。"

小顶见那人转身欲走，忙道："请问……归藏派……怎么去？"

那人停住脚步，挑了挑眉："你去归藏派做什么？"

小顶："我……找人。"

"谁？"

小顶不知道书上那字怎么念，就地找了根树枝，在泥地上画出了"连山君"三个字："找他。"

"找他何事？"

小顶骄傲地挺了挺胸："我要做……他的……炉鼎。"

白衣人脸色一沉，他看这女子傻乎乎的，似乎心智不全，这才留下与她多说了几句，谁知她装傻充愣、惺惺作态，不过是为了攀附他。

这倒也无可厚非，在修仙界，弱者依附强者是天经地义的事，修士尚且如此，何况是天生的菟丝花，若是能得强者怜惜、庇护，日子便会好过许多。

有心机不是错，只可惜她挑错了人。

他冷冷地问道："你不怕他？"

小顶仰起脸，眼中满是困惑。她为什么要怕？

"连山君"的名号不仅令修士们闻风丧胆，在凡人中更是如雷贯耳，据说能止小儿夜啼。这世上不可能有人没听说过他。

"他杀人如麻，手段残忍，你不怕？"他抱着胳膊靠在门边，意有所指地看了一眼庭院中一片狼藉的尸体。

小顶顺着他的目光望去，这才注意到两个修士的尸体。

然而，她看人类的残骸就和人类看一堆破锅烂碗差不多，侧侧头，眼睛微微睁圆，长睫毛忽闪忽闪："不怕呀！"她为什么要怕？她本本分分地帮连山君炼好丹就是了。

白衣人掀起眼皮，第一次用正眼打量她。不管她是真不怕还是装不怕，这炉鼎的胆子倒是不小，难怪敢向他出手。

他体质特殊，每每月盈时都会经脉逆行，必须闭关调养，若是他收了这鼎，的确有点帮助。只是他一向不喜欢熏人的鼎气，眼前这个……气味倒是不讨厌，但也仅止于不讨厌而已。

他一哂，嘴角虽带着笑，语气却越发冰冷："先活着到归藏再说吧。"

谁都知道九狱山遍地妖邪，擅闯归藏者更是九死一生，能活着抵达山门的只有两种人：修为极高的大能和道心坚定、摒除欲念的圣人。这炉鼎显然两边都靠不上。

他向来不管闲事，能出言告诫，已是仁至义尽。

小顶哪里听得出他话中的深意，还想细细询问，忽听空中传来一声低沉的吟啸。

她抬头循声望去，只见一条通体银白、生着翅膀的蛇在云霞间若隐若现。她正愣怔时，却见白衣人轻轻一跃，翩然飞至半空，稳稳地落在蛇背上。

飞蛇甩了甩尾巴，飞快地向日落的方向飞去。

小顶站在原地发了会儿呆，这才想起恩人并没有告诉她归藏派怎么走。他怎么话说半句就飞走了？难道是她说错了什么话？

她正想着，天上忽然掉下一物，不偏不倚地罩在她的头上。小顶揭下一看，是件衣裳。她这才后知后觉地感到山风吹在身上有点冷。

她裹上衣裳，顿时舒服多了。

小顶的眼中不由得涌出感动的泪水。她初来乍到就碰上个绝世大好人，运气真是太好了。

若是能当他的炉子倒也不错，她摸摸肚子，惆怅地想。只可惜她注定是连山君的炉子，只能再想别的法子报答恩人了……

想到这里，她抬手懊恼地一拍脑门，方才竟然连恩人的名号都忘了问！

小顶呆呆地在原地站了会儿，云层染上了暗淡的粉色，融进了灰青的暮色中。天黑了。她只好转身回到破庙中，打算就地歇息一晚，天亮再赶路。

她有点饿，但翻遍了两个修士的包袱和尸体也没找到吃的，只找到了一堆晶莹的石头。

小顶只能饿着肚子，捡了一些枯枝，用从修士身上找到的火折子生了火取暖。

做完这些，她便潜入灵府——闲着也是闲着，正好把那本书拿出来啃一啃。

不知不觉起风了，夜风呼啸而过，吹得摇摇欲坠的门扇嘎吱作响。如果她修为够高，就能听到风中的喁喁私语。

“是生人，有生人来了……”

“看起来好鲜美……”

“可是那件衣裳，有那……那个人的气息……”

“是那个人，好可怕……”

“你们怕他，本座可不怕！待本座吃够一千个人，定要把那人扒皮抽筋……”

“可是她穿着那人的衣裳，我们近不了身……”

“你们这些蠢货，想法子让她脱下来不就行了……”

小顶一无所觉，只顾着看书，可惜她认识的字实在太少，看了半天也没找着怎么去归藏派，反而更蒙了。就在这时，她的耳边忽然传来一阵窸窸窣窣的声音。她出灵府一看，却见墙边横躺着个一丝不挂的男人。此人面如敷粉、唇红齿白，一双桃花眼煞是勾人。

小顶吓了一跳：“你……你……哪里来的？”

男人的红唇中衔着一缕头发，他妖媚地一笑：“小可见姑娘孤身一人，故特来作陪。”

可惜他这是媚眼抛给了瞎子看。

小顶有些狐疑，毕竟破庙里凭空出现一个光着身子的男人，连一个炉子也知道不正常。不过考虑到人家毕竟是一片好心，她答道：“多谢你。”

男人用长指缠着一绺头发，嗓音越发迷离：“姑娘，春宵苦短……”

小顶：“现在……是冬天。”

外面的树都光秃秃的，山上还有积雪，人间的四季她还是分得清的。这人大约脑子有点问题，难怪大冬天光着到处跑，还说些莫名其妙的话，也是怪可怜的。

“你……冷吗？”小顶问。

男人一时语塞，努力找回状态，朝她勾手指：“怎么不冷？不如你脱了衣裳，做点能让我暖和的事，可好？”

小顶有些迟疑。

男人抱着肩，媚眼如丝：“快啊，我要冻死了……”

小顶咬咬牙，利索地解开氅衣领口的系带，脱下衣裳，露出那身薄如蝉翼的鲛绡。

男人眯眯眼，笑得越发妖冶：“原来姑娘也是同道中人……”话音未落，他的笑容忽然僵在嘴角，“不，不要，不要，你别过来！”

小顶叹了口气，早听说凡人喜欢客套，口是心非。她不由分说地把衣裳往男人的身上一丢：“衣裳……是别人的，先借你……盖一盖。”

“不要啊——”男人像是被扔进了烈火中，痛苦地扭动着身体，“拿走，快拿走！”

小顶甜甜地一笑，露出一对梨涡：“不用……客气。”

男人抽搐了两下，叫声戛然而止。他像是突然被人掐住了喉咙，只能欲哭无泪地瞪着眼睛，嘴角慢慢地渗出白沫。

小顶搓了搓肩膀：“那我……先去忙啦。”说完便又潜入灵府和书做斗争。

看了半天，她大致弄明白了，归藏派在这个世界的南边，那她往南走大抵不会错。

她有些犯困，出了灵府，打算睡觉，朝墙边一看，那凭空出现的男人又不见了，只剩下恩人的衣服，下面似乎有什么微微隆起。

小顶走过去掀开衣服一看，发现衣服下有只大鸟，尾羽很长，在摇曳的火光中闪烁着璀璨的五彩光芒。

她捡了根树枝戳了戳，那鸟一动不动，显然死透了。小顶明白过来，这一定是那个男人留下的谢礼。

山里的人可真是太淳朴了！

她重新裹上恩人的衣裳，抹抹因为感动而湿润的眼眶，蹲下身开始给那大鸟拔毛。

拔完毛，她嘴里哼着不成调的小曲，拿起捡来的法尺，刺啦一声把那死鸟开了膛。

呼啸的夜风骤然停息，万籁俱寂，仿佛有无数人同时倒抽了一口冷气。

小顶专心料理那鸟。她知道凡人不能吃生食，要先用火把食物烤熟。

身为炉子，她常和火打交道，不一会儿便想出法子，用树枝把鸟穿起来，架在火上烤。不一会儿，鸟被烤得冒油，诱人的肉香夹杂着松枝柏木的香气，一缕一缕地溢出来。

小顶撕下一条鸟腿啃了一口，肉很香，不过有点柴，这只鸟岁数大概不小。与此同时，她觉察到似乎有什么丝丝缕缕的东西往她灵府中的小鼎里涌去，有些不舒服。不过她忙着啃肉，没把这点异样放在心上。

风一瞬间又呼号起来，像是传说中的百鬼夜哭。

“她……她竟然把妖王吃了！”

“这……这……这……到底是什么品种？”

“呜呜呜，阿娘，我怕……”

“太可怕了，大家赶紧逃命吧……”

小顶一无所觉，啃了两条腿、一只翅膀，心满意足地摸摸肚子，安心地闭上眼睛。

一夜太平无事，小顶把吃剩下的鸟肉和死鸟的羽毛都装进包袱里，开开心心地走出破庙，大步向着归藏派进发。

归藏派中，现任掌门云中子望着被薄暮笼罩的群峰，舒坦地伸了个懒腰——只要那祖宗不在，他就心情舒畅。这回那家伙去魔域寻衅滋事，没有十天半个月回不来，门派上下都弥漫着一股祥和之气。

不过他还没来得及尽情享受，一声鹤唳撕开了静谧的空气。紧接着，一个大块头的青年从鹤背上一跃而下，像块攻城的巨石，轰的一声砸在他的跟前："师……师父，大事不好了！"

来者是他座下排行第二的徒弟金竹。

云中子啧了一声："怎么又毛毛躁躁的？子曰：'君子不重，则不威……'"他喋喋不休地教训了半天，见徒弟急得一脑门汗，这才问道，"出什么事了？"

金竹："方才守门弟子来报，有……有个姑娘找上门来……"

云中子又啧了一声。

金竹抢在"子曰"之前立马说道："守门弟子说那姑娘约莫十五岁，生得可标致了。她说自己是师叔的炉鼎……"

云中子："子曰……等等，她是你师叔的什么？"

金竹涨红了脸，嗫嚅着道："炉……那个……鼎……"

云中子的脑袋空白了一瞬间，半晌，他方才稳重地点点头："个中定有误会。"

连山君凶名在外，偏偏好这一口的人委实不少。时常有不怕死的仰慕者找到九狱山来，最后十有八九被山间的妖物吃得连骨头渣都不剩。偶尔也有一两个"漏网之鱼"找到山门，哭着喊着要给他当道侣、当炉鼎，下场通常不太好。眼下这祖宗不在，这姑娘还算命大。

金竹知道师父不信，哭丧着脸道："徒儿本来也不信，可那姑娘身上穿着师叔的法衣……"

云中子脚下一个趔趄。他那师弟有个毛病，自己的东西从来不许别人碰，哪怕要废弃，也是用一把真火烧了，绝不叫别人染指。这姑娘既然能穿师弟的衣服，几乎等同于把师弟……

云中子心里不由得信了五六分，捏捏眉心："为师先问问你师叔。"

他掐诀念咒，不一会儿，耳畔响起一个冷淡的声音："师兄找我何事？"

"师兄没什么事，就是不放心你一个人出门在外，传个音问问你是否安好……"云中子清了清嗓子，"子曰……"

"我很好。"

云中子话还没说完，传音咒已被掐断。

云中子："……"

他重新念咒，半晌，那边方才传来声音，有几分无奈："师兄，我正忙。"那边适时传来一声凄厉的哀号，不知是哪个倒霉蛋。云中子这回没敢再"子曰"，道："你先别掐，师兄长话短说，不耽误你杀人。"

“好。”

“师弟啊，当初师父他老人家驾鹤西游之前千叮咛万嘱咐，要师兄好好照看你……”

那边又传来一声更加凄厉的惨叫。

饶是修道之人已看淡生死，云中子也不禁毛骨悚然：“知道了，我就说两句。”

“好。”

“有个姑娘找上门来，说是你的炉鼎。”

对面的人沉默了片刻，忽然以几不可闻的声音轻笑了一声。

云中子一见他这反应，那五六分的相信顿时提高到了七八分，无可奈何地说道：“你怎么……真是……如今可怎么是好……”

“师兄随意处置便是。”

云中子：“……”他这是打算始乱终弃了？

虽然云中子早知道这个师弟冷心冷肺，可他毕竟是自己看着长大的，心里总还是对他抱有几分幻想。云中子叹了口气：“毕竟……人家都找来了……”

对面的人懒懒地说道：“师兄若是想要就留着，与我无关。”

云中子：“我不是，子曰……”

“我先进魔域了，师兄若无他事，容我回来再叙。”

话音未落，只听刺啦一声，咒已经破了。云中子再施法，却再也联系不上他。整个魔域布满了禁制，无法与外界通消息，千里传音之类的法术也用不了。云中子捏捏眉心：“此事还有谁知道？”

“只有守门的外门弟子，”金竹如丧考妣，“徒儿已叮嘱他切不可张扬。”

“你做得很对，”云中子拍了拍徒弟的肩膀，“为师先去会会那……姑娘。”

看样子，他师弟显然是打算弃之不顾了。那姑娘留下无益，万一纠缠不休，惹怒了那祖宗，恐怕还会伤及性命。怎么说那也是一条命，云中子摇摇头，打算还是补偿她一些灵石，送她下山。

小顶在归藏派的山门外蹲了半天，进去报信的青衣弟子终于折返，擦擦脑门上的汗，红着脸道：“掌门有请，姑……姑娘请随我来。”说着便从怀里掏出只纸鹤，朝它吹了一口气，纸鹤迅速膨胀，眨眼间变作一只真鹤，在离地三尺处拍动着双翼。

小顶从未骑过鸟，学着那人的样子爬到鹤背上，刚坐稳，鹤发出一声长唳，向着云端飞去。与此同时，仿佛有一柄看不见的巨剑把眼前的高山从中间劈成两半，灰色、雪白相间的山轰然分开，露出一道宽阔的裂谷，数座云雾缭绕的青峰缓缓地从谷底升起。

小顶抱着鹤颈，从云端俯瞰山光水色。夕阳下一切都在闪光，山谷里仿佛镶着无数颗璀璨的宝石。

九座青峰间，高台楼阁星罗棋布，阁道和虹桥将它们彼此相连，织成一张恢宏雄奇又精巧细密的网，美得叫人忍不住屏住呼吸。

不过小顶这会儿没什么心情欣赏。她有点闹肚子。

昨晚吃那只大鸟时，她隐隐感到有一缕缕奇怪的“气”往她下丹田中的小鼎中汇聚。她没放在心上，今天在路上又把剩下的鸟肉吃了，那种难以名状的感觉越发强烈。她觉得肚子鼓鼓的，还有些犯恶心。

在平地上感觉还好，她这会儿飞上天，那股不适感立即加重了。

还好掌门住的山峰不远，纸鹤很快降落在一座悬空的院落前。

小顶晃了晃晕乎乎的脑袋，踉踉跄跄地爬下鹤背。

青衣弟子见她脸色苍白，以为她紧张，好心宽慰：“我们掌门做过几十年夫子，最是宽和敦厚，姑娘不必担心。”

小顶点点头，跟着那弟子进了门。

云中子知道自己的那个师弟挑剔，能近他身的女子，定然生得沉鱼落雁。但那少女的美貌还是大大超出了他的预料。

身为以美貌著称的狐族子弟，凡间少有人美到能叫他刮目相看，他师弟算一个，这姑娘是第二个。这样倾城倾国的姿色莫说人间罕有，连妖精都要自叹弗如。若是九天上真有神女，大约就是这模样了，难怪那眼高于顶的祖宗也……更要命的是，这少女一派天真懵懂，若非确定她是凡人，他恐怕要把她当成个刚学会化形的小妖。

云中子准备了一肚子说辞，叫她那双如水波般潋滟的眼睛一瞅，那些话便顿时卡在了喉咙口。他在心里把那管杀不管埋的师弟骂了百八十回，定了定神，指指坐榻：“姑娘请坐。”

小顶露出明媚的笑容：“谢谢你，掌门。”

少女的声音像是新橙被剖开时溢出的汁水，芬芳清甜，叫人从心底生出好感来。

云中子和颜悦色地问道："敢问姑娘贵姓？"

小顶："我不知道，他们……叫我小顶。"

炉子不需要姓氏，书里也一直管她叫"小顶"。

云中子心脏一缩。凡人生作鼎器，通常年幼时便被修士或抢或买，她不谙世事，话都说不利索，多半是从小就离开了父母。他的手心沁出汗来。这事棘手，太棘手了！

小顶也在打量眼前这个掌门。他看着年纪和恩人差不多，身形瘦长，眉眼好不好看她说不上来，只觉得看上去挺舒服的，莫名让她想起九重天上白发白须、慈眉善目的老仙翁。

若说恩人像把锋利的剑，这掌门便是只温润的碗。小顶身为炉子，对锅碗瓢盆有种天然的亲近之感，便笑得越发甜了。她乖乖地在榻上坐好。由于没学过人类的坐姿，她便怎么舒服怎么来，此时并腿侧坐，一对赤足连同精致的脚踝从宽大的氅衣下摆中露出来。

她走了一天的路，丝履磨穿了底，方才被她扔在了山门口，脚底磨得红通通的，粉嫩的趾尖微微肿起，隐约能看见水泡。云中子不小心瞥见，心里又多了几分怜悯："姑娘孤身一人上山，不曾遇到什么虎豹熊罴、山精水怪？"

小顶茫然地摇摇头。她早上出了破庙，看太阳辨别方向，一直朝南走，一路上顺顺当当，别说妖怪，连飞禽走兽都没见着几只。在一片密林里，她好不容易遇见一只老虎，但那老虎见了她，耳朵一耷拉，嗷呜一声，立即掉头狂奔。

云中子摸了摸下巴，目光落在她披着的氅衣上。

这是他师弟的法衣，上面不仅有师弟的气息，还下了不知多少刻毒的法咒，有这衣裳震慑，想来那些猛兽和妖物不敢轻举妄动。他指指那件衣裳道："姑娘这衣裳是从何处所得？"

小顶如实说道："是恩人……借我的。他杀坏人，救我出……大箱子……借我衣裳。"

云中子在心中叹息，这少女一看便涉世未深，竟还把他师弟当好人。那厮向来无利不起早，哪会无故出手，定是一开始便存了利用之心。怪只怪他生了张颠倒众生的脸。

云中子硬着头皮切入正题："姑娘前来敝派，有何贵干？"

小顶毫不扭捏，昂首挺胸："我来给……连山君……当炉鼎。"

云中子扶额："此事恐怕不行，还请姑娘三思。"

小顶歪了歪头，困惑地睁大眼睛：“可是……我就是……他的炉鼎。”

云中子对上她那纯真又坚定的目光，惭愧地避开视线：“师弟无心此道，姑娘怕是误会了。”

小顶恨不能把灵府里的书掏出来指给他看，上面白纸黑字写得清清楚楚，她就是连山君的炉鼎。可惜那书不能示人，她只能倔强地强调：“总之……我要当……他的炉鼎。”

云中子脱口而出：“他不会要你当炉鼎的。”

小顶没料到会被人嫌弃，张了张嘴，垂眸看看自己瘪下去的肚子，有些委屈：“连山君……在哪里？”她一激动，丹田中的“气”又开始翻涌，便忍不住捂住了肚子。

云中子：“师弟有事外出，不在派中。”

“那我……等他回来。”

云中子没想到这少女看似柔弱，竟然如此执拗，只能咬咬牙放狠话：“我已传音于师弟，请他定夺，他说请姑娘回去。师弟有冒犯姑娘之处，都怪我这做师兄的未加约束。不过行此道于姑娘有损无益，姑娘还年轻，禀赋又……如此特异，为一时儿女情长葬送自己，实在不值当。况且师弟修的是无情道，实在不是你的良人。姑娘听我一句劝，还是下山去，好好过日子。姑娘不用担心生计，敝派愿意给予补偿……”

对炉鼎来说，“主人”修为越高，采补得越狠，汲取灵气越快，自然越危险。连山君的修为眼下到了什么境界，连他这做师兄的也不大清楚。

云中子不知道她被师弟采过几次，但她鼎气这么淡，再采几次怕是就要枯竭了。他暗暗摇头，这些傻姑娘啊，被情爱迷惑了眼，为了一时欢愉而飞蛾扑火，连命都可以不要，真是作孽！他能劝一个是一个，也算替那祖宗积德了。

小顶本来就不习惯人话，此时又在闹肚子，压根没听明白掌门的言下之意，只听见“生计”两个字，捂着肚子，双眉紧蹙，低声道：“我只会……做炉鼎。”

云中子一向是老好人，心中越发酸涩：“不会可以慢慢学，总之姑娘不可留在敝派，我这就命弟子送姑娘下山……”话没说完，面前的少女脸色一变，突然弯下腰，捂住肚子干呕起来。

云中子吓了一跳：“姑娘怎么了？”

小顶好不容易压下恶心感，摸摸肚子，噙着泪花道：“肚子……难受……”说完又捂着嘴干呕起来。

云中子忙道："我略通医术，姑娘若是不介意，我可以替姑娘看一看。"

小顶毫不见外："多谢，掌门……真是好人。"

云中子起身走上前去，让少女伸出手来，将一股灵力打入她的经脉中。

灵力顺着她的经脉游走。云中子微微地眯着眼，神识跟着灵力在她的经脉中查探，探着探着，心里冷不丁一咯噔，后背上冷汗直下。他分明在这凡人少女的身体里探到了一股不属于她的灵脉，且这股灵脉灵力高强，正向她的腹中汇聚、凝结……难道这少女的身体里还有另一个修为高深的灵体？否则就只剩下一个解释——她怀了那祖宗的孩子！

云中子心神巨震，若是此刻现出原形，怕是已经炸成个火红的毛团了。

他哆哆嗦嗦地问道："姑娘可知……自己为何身体不适？"

小顶早有猜测，点点头，摸摸不消停的肚子："因为……那个男人的……鸟。"

云中子要抓狂了，生怕听到更多细节，赶紧打断了那小炉鼎的话："我明白了，不必细说。我先替你缓解一二。"说完，他将手轻轻地覆在她的头顶，施了个简单的清心咒。

小顶只觉一股清风灌入她的肺腑，然后扩散到全身，肚子瞬间没那么难受了。她发自肺腑地感激道："掌门……真好，真厉害。"

云中子看着她那清澈纯净的双眸和没有一丝阴郁之感的小脸，心里一团乱麻。怪只怪那杀千刀的混账，近百年来成天摆出一副不近女色的清高模样，没想到不鸣则已，一鸣惊人，一搞就搞出个崽子来。云中子没仔细研究过玄素之术，不过博览群书，相关典籍也涉猎过一些。此类功法大同小异，原理大抵是"还精补脑"，不但每一滴精元都要留着滋润自己，还要额外采女子的阴精补自己，总之若按正常步骤操作，绝对不会弄出"人命"。

云中子忍不住瞥了眼那娇艳的小姑娘，暗暗叹息，他师弟看着凶狠，说到底是个未经人事的，第一次就遇上这么个天仙似的小美人，一时失守也是难免的。这家伙本想采补人家，结果反被采了元阳，说出去也是丢人，怪不得恼羞成怒了。

不过事情已经发生了，他再去刨根问底也无济于事，当务之急是收拾好这烂摊子。

云中子捏了捏鼻梁，看向小顶："事已至此，你做何打算？要留还是要去？"他自拜入师门便与人为伍，但说到底是只狐狸，按照他们狐族的规矩，崽子归娘，去留都凭她这亲娘做主。若她不想留下这崽子，倒是省去了许多麻烦。

小顶却会错了意，以为掌门回心转意，愿意留下她，立即欣喜地仰起脸：“要留，要留！”

“这条路艰险坎坷，你可曾想过？”

小顶歪了歪头，有些迷茫：“嗯？”

云中子抿抿唇：“选了这条路，将来必定要克服诸多困难，极有可能使自己陷入水深火热的境地，你不怕？”

小顶恍然大悟。她在九重天上做炉子，大部分时候被三昧真火烤着，偶尔为了快速冷却，仙君也会把她投入万年冰潭中，“水深火热”对她来说是家常便饭。人身虽然不那么防水耐火，但书里既然说她是炉鼎，想来总有办法的。于是，她骄傲地挺了挺胸：“水、火，我不怕。”

云中子对上她坚毅的目光，心中感慨万千，果然为母则刚，哪怕是软弱而惯于依附别人的炉鼎，为了孩子也可以刚强如斯。

只是这么一来，事情就更难办了。

他苦恼地踱着步。

这小炉鼎怀了他师弟的骨肉，就这么打发下山是不行的。她自己还是个孩子，又是个貌美的炉鼎，现在拖个幼崽，真是雪上加霜了。可他若是先斩后奏，将母子留下，又不知那祖宗是什么态度。虽说虎毒不食子，但那祖宗幼时经历过那种事，近来性子又越发让人捉摸不透，若是知道自己突然当爹了，会做出什么来，连云中子也拿不准。

云中子思来想去，最后还是想了个稳妥的法子，对那小炉鼎说道：“这毕竟是你和师弟之间的事，我不好越俎代庖，只能即刻修书一封，将此事告知于他。只是他身在魔域，传信不便，要三四天，你先在敝派中休养几日。”

无论如何云中子打算先摸清那祖宗的态度，若他认下自己的种，那就皆大欢喜；若是他要做什么糊涂事，云中子自然要劝着——他如今再怎么狂，小时候也是云中子拉扯大的，不至于一点情面都不顾。

小顶对掌门的话一知半解，只知道自己可以留下，甜甜地道了谢，满怀期待地问道：“那我……可以……做炉鼎了？”

云中子扶额，她怎么还惦记着这个？他耐心地规劝道：“这不是长久之计，便是不替自己想，也要考虑……”他的视线落在少女平坦的小腹上，立即像被烫了似的移开。

小顶注意到他的视线，低头看了一眼肚子，明白过来，掌门定是见她肚子瘪，这才信不过她。

她不由得委屈起来。她生出神识的时间虽不长，但原身已当了近千年的炉鼎，一直很称职，现在却因为肚子瘪瘪遭人嫌弃，真是没道理！

她秀眉微蹙，气得腮帮子鼓鼓的：“我是……好炉鼎。”

云中子：“总之，还是要有一技之长。”

小顶越发不高兴。她不知炼了多少炉灵丹妙药和神兵法器，炉身还是光可鉴人，一点瑕疵裂纹都没有，任谁见了她都要夸一句“好炉子”，竟然有人质疑她身为炉子的本事！她倔强地梗起脖子：“我……本事……很高。”

云中子心力交瘁：“我知道……可是……罢了罢了，此事可从长计议。”他抬眼看了看窗外，“天色不早了，我叫徒儿先带你去安置。”说罢，他扬声道：“金竹——”

片刻后，金竹掀开门帘走进来。

云中子对小顶道：“这是我的徒儿金竹。”

小顶抬起头，只见那青年生得高大敦实，往那儿一站好似一座小山丘。他的脸生得圆润，皮肤白皙光滑，五官被肉挤得显得有些局促，不过看得出长得颇为秀气。最要紧的是，他有个好看的圆肚子，连宽松的道袍都掩盖不住那饱满的线条、气派的弧度。小顶不由得两眼发直，樱唇微张，双颊泛出红晕，久久说不出话来。天底下竟然有这么好看的人，从头到脚的样子都长在了她的心坎上！

金竹见她张口结舌，只当她是见自己如此肥硕而目瞪口呆——修道之人不食五谷，大多清瘦，他这身板，放眼整个修仙界几乎找不出第二副。许多人初见他都觉惊诧，区别只在于掩饰得好不好。他对此早已习以为常，倒是被这姑娘的美貌震撼了一下。

难怪连师叔都对她刮目相看，他思忖着，想到她的身份，脸不由得一红。

师父既然把她留下，可见师叔已经承认她了，就算她只是炉鼎，也是一百多年来第一个近他师叔身的女子……四舍五入一下，她就是半个师娘啊！

金竹神色一凛，态度多了几分郑重，作了个揖，说道：“见过姑娘。”胖子中气十足，他说话就像是用大杵撞击厚实的铜炉，声音浑厚。

小顶脸上的红霞顿时烧到了耳朵根，她搓搓衣裳，小声道：“金道长……好。”

云中子正一脑门子官司，没注意到她神态有异，只吩咐金竹带她去客馆安顿，又对她说道：“缺什么便同金竹说，不必客气。”

辞别掌门，小顶跟着金竹出了门。两人分骑两只纸鹤，一前一后向着客馆所在的恒阳峰飞去。

金竹的纸鹤是加大号的，几乎有一般纸鹤的两倍大，不过还是不堪重负，飞得有些勉强。小顶看在眼里，越发觉得这位金道长威武雄壮，不由得怔住了。

金竹不经意一转头，就发现这小姑娘正盯着自己瞧，眼神很是专注。他尴尬地挠挠后脑勺，指指下面的山峰，没话找话："姑娘是第一次来归藏吧？"旋即发觉这是一句废话，不等她回答又道，"我们归藏派分外山和内山，外山九座峰，便是九狱山，内山也是九座峰，掌门居于正中大昭峰，内门弟子住在南四峰，北四峰则是外门弟子居处。敝派内门弟子特别少，外门弟子却是每年都招的，今年又招了一百人，不过能留下的可能不到一半……"

他说着说着发觉自己离题万里，忙收回话头："咱们要去的客馆在恒阳峰，也是北边。"他顿了顿，指向一座陡峭的孤峰，"看那边。"

小顶心里赞叹了一下他蒲扇似的大手、粗壮有力的手指，这才顺着他所指的方向望去，只见那山峰高耸入云，与其余八座山峰相距甚远，显得特立独行、桀骜不驯。

"那是掩日峰，是师叔的住处。"

小顶半晌才反应过来，他口中的师叔便是她这一世的主人连山君，便哦了一声。

金竹见她心不在焉，以为自己勾起了她的伤心事，便体贴地没再说话。

小顶心里却在盘算别的事。虽然书上白纸黑字写着她要给连山君当炉鼎，但当炉鼎也没有一年到头都不休息的。便是在九重天上，仙君每每炼完一炉丹，都会给她放几天假，让她做点自己喜欢的事。

这个连山君似乎没有前主人那么好说话，不过她总要争取一下。若是她有假期……

她看向金竹："金道长，你真好看。连山君……不用我时，我能来找你……玩吗？"

小顶满心期待地等着金道长的回答，却见他瞪着眼、张着嘴，活像被雷劈了一样。紧接着，金道长身子一歪，直直栽下了云头。

待徒弟与那小炉鼎走后，云中子不敢耽搁，立即取出笔墨，开始给师弟写信。他胸中有郁气，下笔便越发如有神助，不一会儿就写秃了两支笔。

他掏心掏肺、洋洋洒洒地写完的这封信，便是石头看了也要惭愧地落泪。

写完，他满意地搁下笔，把厚厚一沓信笺装进匣子里，再把匣子绑在纸鹤的背上。那纸鹤顿时被压得哀叫了一声。云中子抱歉地拍拍它朱红的头顶："去吧。"

收到信的时候，连山君苏毓正在魔域城主的夏宫里。

宫殿的主人不知所终，四下一片狼藉，地上都是横七竖八的尸体，统共只剩十来个还能喘气的元婴期的魔修。苏毓一剑削去九颗脑袋，还剑入鞘。白衣滴血不沾，纤尘不染。唯一的活口双膝一颤，瘫软在地上，抖如筛糠。

苏毓轻浅一笑："你可以去报信了。"他说话时语气温和中带着点与生俱来的高贵，俨然是个风度翩翩的世家公子，几乎能让人产生如沐春风的错觉。

然而那魔修见过他杀人的样子，此时他温文尔雅、轻描淡写的样子便显得分外可怕。

魔修好不容易捡回一条命，生怕又丢了，赶紧连滚带爬地离开了夏宫。

送信的纸鹤便是这时候到的。

苏毓从鹤背上解下信匣，抽出沉甸甸的一沓信笺，懒懒地往王座上一靠，一目十行地扫了几页，发现满眼都是"子曰"，不禁怀疑师兄是不是抄了整本《论语》寄给他。

他没有耐心细看，便直接翻到最后一张，目光落到信的末尾，却见他师兄写道："愚兄欲将此女收入派中，贤弟意下如何？"

原来师兄绕了半天还是为了此事。想来是那炉鼎心机深沉，又拉得下脸，一番撒娇、扮可怜，师兄这老好人便招架不住了。

苏毓以指尖轻拈信笺，嘴角不屑地一扬。这个女人费尽心机，打的不过是近水楼台先得月的主意。他向来不喜欢被人觊觎，不过许是那炉鼎过于痴心妄想，此事过于荒唐可笑，他反倒懒得计较了。

苏毓没再多想，抽出一张信笺，翻到背面，随手拔了根鹤羽，蘸了点血，给师兄写了封简明扼要的回信。

此事本来与他无干，师兄若是善心无处挥洒，便随意吧。横竖归藏每年都有几十名新弟子入门，多她一个不多。她能活着找到山门，也算她的造化。

两日后，云中子收到了师弟的回信——轻飘飘的一张纸，还是从他的信笺中抽出来的。字迹还是一如既往地潇洒，散漫中暗藏筋骨，铁锈般的红色一看就是干涸的血——师弟一向喜欢就地取材，云中子已见怪不怪。

回信只有寥寥数语："但凭师兄定夺，此女与愚弟并无瓜葛，不必相询。"

云中子看着师弟长大，对他的字迹了如指掌，见字如见人，可以从一笔一画中察觉出他最细微的情绪变化。此封回信运笔随意，字形舒展，说明他心情不错；稍欠腕力，似乎有点疲倦，多半是刚血洗了什么地方；笔画略显潦草，看来有些不耐烦；没有震惊，也没有隐怒。

云中子仔细观察了一会儿，可以确定，师弟并非佯装淡定，而是真的冷漠——压根不在乎自己的骨肉，也不在乎崽子的娘。

见自己亲手拉扯大的师弟如此凉薄，他不免有些失落，不过同时也长出了一口气——师弟至少没有赶尽杀绝，算是默许了自己把母子俩留下。

云中子一边踱步，一边思忖着，看来那祖宗是铁了心不肯给母子俩名分了。

可那姑娘不能平白无故地留在门派中，总得有个说头，否则名不正言不顺，一来坏了门派的规矩，二来也不利于崽子的成长。

他左思右想半天，终于定下主意，传音给徒弟金竹："你带着小顶姑娘过来一趟。"

小顶再次见到金竹，眼角眉梢满是毫不掩饰的欢喜："金道长，好久……不见啦。"

那天金道长突然从鹤背上栽下去，吓了她一跳，还好那只纸鹤及时接住了他，没有酿成惨剧。不过后来金道长便不像之前那般热情了，把她送到院门口，匆匆地交代了两句便落荒而逃，活似有野狗在他身后追着咬。后来给她送衣裳、送饭食的是个外门女修士，金道长就没露过面。

小顶有些惆怅，不过没怎么放在心上。那女修士说了，金道长是掌门的嫡传弟子，所有外门弟子都归他管，每天都很忙的。

小顶这几天闲着没事，把灵府中的那本书从头翻到尾，将所有"金竹"出现的段落都圈了出来。

金道长在书里出现的次数不多，而且有他出现的段落都很短，小顶有些失望。不过她转念一想，这么薄的一本书，当然不可能把所有人、所有事都写进去。既然书名叫《我是师尊的极品炉鼎》，书里写的当然是连山君和她炼丹的事，金道长难得出现，多半是和炼丹的关系不大。

这么一想，小顶也就释然了。反正她要留在归藏派当炉鼎，以后有的是时间和金道长交朋友。

仙君说过这叫什么来着……对了，近水楼台先得月！金道长不就是活脱脱的一轮满月吗？他脸是圆圆的，肚子也是圆圆的，完美无缺，叫人百看不厌。

小顶偷偷地瞄了一眼他的肚子，心中艳羡不已。等她和金道长交上朋友，一定要问问他养出圆肚子的秘诀。

金竹叫她看得胳膊上起了一层鸡皮疙瘩，佯装不觉，把她带到掌门的居处，急忙退了出去。

云中子已经想好了说辞，不过一见到那小炉鼎纯真无邪的脸庞，顿感难以启齿。

她换上了归藏弟子的青色道袍，衣裳有些大，更衬得她人娇小，一张白皙的小脸宛如出水芙蓉。

云中子对上她湿漉漉的杏眼，立即惭愧地垂下眼帘，硬着头皮说道："小顶姑娘，这几日可好？"

小顶不知道什么是寒暄，想了想，把手按在肚子上："别的都好，就是肚子……有时难受……"

她真是哪壶不开提哪壶，云中子一听"肚子"就心惊肉跳，勉强地笑道："稍后我传你个清心诀，难受时念一念，庶几可以缓解一二。"他清了清嗓子，接着道，"今日请姑娘来，是有一事相告。"

小顶微微地侧头，眼中流露出好奇。

云中子："不瞒姑娘，师弟的回信到了，你可以留下。"

小顶双眼倏然一亮，欣喜地说道："我就知道……他不会……不要我。"

云中子的眉间几乎皱出了"川"字，但是他又不忍心泼她冷水，只能含糊其词："这不是一回事……总而言之，师弟同意姑娘留在敝派。"他顿了顿，继续说道，"不过，没有规矩不成方圆，姑娘若要入敝派，便要守敝派的清规戒律。虽说你与师弟那个……咯咯，关系匪浅，不过敝派对弟子向来一视同仁，请恕贫道不能为姑娘大开方便之门。姑娘需与其他新入门的弟子同食同宿，一同上课，一同参加三个月后的试炼，通过后才算是我派弟子。"

云中子看着少女懵懂的小脸，有些不忍，但此时心软只会害了她——她必须抛弃炉鼎那套依附别人、不劳而获的想法，学会自食其力。崽子的爹已经无可救药，娘虽然"失足"，但好在年纪小，还能挽救一下。

小顶皱着眉，咬着下唇，费了老大的劲才把这通话消化，点点头："好，我不要……什么‘大便之门’。”她只要安安静静地做她的炉子。

云中子：“……”

云中子抚了抚额头，没有传道授业的兴致，只是叫金竹送她回去。

金竹虽不知小顶“怀有身孕”，但显然知道师叔打算始乱终弃了——否则她也不用以外门弟子的身份入门派。他对这孤苦无依的小姑娘多了几分同情，对她病急乱投医，急着找下家的行为，也多了几分理解。当然理解归理解，他还是要跟这个前准师娘保持距离。

他一边小心翼翼地离她五尺以上，一边向她介绍门派的情况。

归藏如今有弟子三千，多是外门弟子，内门不过区区三十人；而要进入内门，不但要天赋异禀，机缘也是必不可少的——得被某个师父挑中才行。

可以说，要想当内门弟子，实力和运气缺一不可。而内门能收徒授业的只有七人，其中又有一人是从不收徒的。

“师叔眼光高，等闲人入不了他的法眼。”金竹解释道。

小顶点点头。她这几日听说了不少连山君的事，这个新主人不但脾气差，一言不合就削人脑袋，还十分挑剔。摊上这么个刻薄的主人，她还真是炉生多艰。

金竹见她情绪低落，以为自己又戳到了她的痛处，连忙扯开话题，又开始向她解释修仙常识。

小顶虽然来自九重天，却不曾修过仙，自然也不知道修仙有那么多门道，不由得好奇地竖起了耳朵。

“小顶姑娘不曾修过道，入门之后，先要按自己的天赋选一门合适的道法来修习，”金竹解释，“如今各大宗门以剑修和五行法修为主，我派便是以剑修见长。”

剑修和法修被视为正途，对天资要求很高。归藏内门三十人，不是剑修，便是剑法双修。而炉鼎大多根骨不佳、资质平庸，只能勉强做个杂修。

不过金竹见她听得认真，满脸期待，实在不忍心泼她冷水，只道：“不同的根骨适合修习不同的道法，小顶姑娘不曾测过灵根吧？无妨，入门礼上每个新弟子都要测，不出几日便知道了。”顿了顿又道，“师父常道‘天生我材必有用’，杂修修得好，也是大有前途的。”

“什么……是杂修？”

杂修，顾名思义，就是杂七杂八的修道之法，一言以蔽之，就是不入流的道法。

但是金竹不好说得这么直接："除了剑修与五行法修外，其余道法统称杂修，比如观星、卜筮、奇门遁甲、乐修、医修之类。所谓的邪魔外道也归在杂修一类，比如炼魔、炼鬼、炼尸……不过那些小顶姑娘便无须涉猎了，我派虽不以杂修见长，但也开设了好几门杂修课，供弟子拓宽眼界，姑娘可以去听听，看看自己对哪门感兴趣。姑娘家做乐修、医修都是很合适的，好的医修到哪儿都受欢迎。"

"那……鼎修呢？"小顶问。

金竹险些又栽下去，好在及时揪住鹤羽，没有重蹈覆辙。

"那什么……喀喀，玄素之术自然也算杂修，"金竹涨红了脸，"不过，小顶姑娘……禀赋特异，不适合修习此道。"

身为炉鼎，她天生便是被人采的，再修这个，岂不是死得更快？

小顶却十分委屈，这些人不让她做炉子，掌门还说得委婉些，这金道长竟直接说她不行。她心里不服气，但低头一看自己的瘪肚子，又自惭形秽起来——自己的肚子不争气，能怪谁呢？

不过她不是个轻易服输的炉子，嘴上虽然不说什么，却暗暗下决心，一定要养回圆肚子，争取早日做个合格的炉子，挺直腰杆、扬眉吐气。

金竹见她不吭声，以为她听进了劝，松了一口气。

送完小顶，他去替她办了入门手续，回到大昭峰掌门的山堂。

一进屋，他便看到师父现了原形，恹恹地趴在榻上。见他进来，师父也只是动了动耳朵——这可是前所未有的事。掌门向来持重，哪怕在亲近之人的面前，也是很少现出原形的。金竹再打眼一瞧，师父那蓬松的大尾巴"缩水"不少，不但毛量减少，光泽度也不比从前。

师徒俩对视一眼，心照不宣地叹了口气。

"小顶姑娘的入门事宜都安排妥当了吗？"云中子问。

"今日徒儿已将文书档案办妥了，玉符金简和令牌也已备好。"

"她的身份……"

"师父不必担心，"金竹忙道，"徒儿已替她施了克制鼎气的法咒，不会叫等闲之人看出来。她亦答应守口如瓶，不会将师叔的事告诉旁人。"

云中子颔首："往后你多费点心，时常照拂她一下，毕竟是你师叔对不起人家在先。"

“是。”

“住处安排在哪里？”云中子又问。

“在玉函馆庚院。”

“同院者何人？”

金竹报了几个名字，都是不久前新入门的女弟子。

云中子皱着眉头道：“为师记得，这三个都是禽鸟？”

“一个山鸡精，一个孔雀精，另一个是百灵。”金竹道，“今年妖族人少，玉函馆那边的空房多一些。”

云中子的眉头皱得越发紧了：“不妥。”

虽说子曰“有教无类”，但每一族都有与生俱来的特点，比如他们狐族喜欢搞男女关系，山鸡自恋，孔雀爱慕虚荣，百灵则嘴碎。

近朱者赤，近墨者黑，环境的影响不容小觑。这姑娘受到的荼毒比他料想的还要深。偏偏她命途多舛，又遇上那不要脸的混账……

云中子伸爪子挠了挠头顶，顺下一把毛：“把新弟子名录给我瞧瞧。”挑拣一番，这才道，“知霜山房甲院不是还有间空屋子吗？看着不错。”

同院的三个女弟子都是这一届新弟子中的佼佼者，虽说她炉鼎的底子放在那里，修仙也修不出个花来，但和精英弟子同住一个屋檐下，接受一下熏陶也好。

金竹：“那间屋子的房梁断了，需要修缮一番，不如让小顶姑娘暂且在客馆住着，入门礼后，屋子修缮好了，再搬过去也不迟。”

云中子也觉如此妥当，此事便这么定了下来。

“这几日外山没什么事吧？”他又问道。

“徒儿正要向师父禀报，前几日妖族似乎出了点变故，妖王迦陵不知去向，眼下群妖无首，看样子是要推举个新的妖王出来。”

云中子有些惊讶，旋即便推测道：“那只老鸟想必是躲到哪里换毛去了，无须多虑。”一千多岁的老家伙还能叫人吃了不成？他又吩咐道：“不过你还是派人稍加留意，若是群妖乱起来，少不得要维持一下秩序。尤其是西峰的那些家伙，叫人盯紧些。入门礼在即，千万别让他们胡闹。”

“弟子遵命。”

金竹领了命打算告退，忽又想起一事：“不知师叔何日归来？能赶上入门礼吗？”弟子们都指望着在入门礼上一睹连山君的真容，至少有一半弟子是冲着这块“天下第一剑修”的活招牌才报考归藏的。金竹好性子，便有不少弟子天天缠着他问。

云中子也明白金竹的难处，但是那祖宗在魔域，不能传音，他也给不出准话。

阖派上下翘首以待，却是连日不见连山君的踪影，也没有连山君的消息。就在众人都快放弃希望的时候，苏毓却回来了。

连山君苏毓是在入门礼前一日回来的。

云中子在峰顶打完坐，回到自己的山堂，就见师弟坐在堂中，手捧一杯清茶，眉目被茶炉上升起的氤氲水雾半掩着，看不真切。

正是红日西沉的时分，熔金般的斜阳洒了满院，把芝兰和竹柏都镀上一层暖色，红光落到连山君的身上，却顿时冷了几分。

看到这样的他，云中子总是不由得一恍惚。当年师父捡回那个满身血污的孩童之事仿佛发生在昨天，如今云中子却有一种恍如隔世之感。

苏毓的修为比年纪长得快，身上的人味却一日比一日淡。想到他对小顶母子的绝情，云中子心肝一颤，心里暗忖，好好个孩子，怎么就长成了个衣冠禽兽呢？

苏毓听到脚步声，放下杯盏，抬起眼，淡淡地一笑，唤了声“师兄”，漆黑的眼眸微微一动——对着自小带大他的师兄，他还剩下一点耐心，好歹愿意稍微客套一下。

云中子在他对面坐下，接过他递来的茶碗：“此去魔域，可还顺利？”

“嗯。”苏毓微微颔首，伸出长指，将案上一物往师兄面前推了推。

云中子定睛一看，却是枚三寸见方的金印，印鼻铸成了姑获鸟的形状。他眼皮一跳：“这是……”

苏毓淡淡地说道：“路过燃丘城，顺便拿了下来。”

云中子顿时一脑门子官司。燃丘城是魔域九城之一，地处要隘，向来是三大宗门暗中争夺的要地。更要紧的是，毗邻此城的燃丘山是十洲唯一产离朱草的地方——单凭这一项，便可每年获数百万灵石的收益。苏毓孤身一人抢了人家一座城，可听他那轻描淡写的语气，仿佛只是出门买个菜，顺便捎了一把葱。

这祖宗确实狂。

云中子一个头两个大：“如此行事，恐怕过于打眼了。”

虽说魔域如今群龙无首，九城割据，但谁都知道，燃丘和大衍宗勾勾搭搭，就差在城门上挂牌了。大衍宗是当今天下第一大宗门，人家不要面子的吗？

“天予不取，反受其咎。”苏毓淡淡地说道。

云中子一时语塞。他也明白如今十洲看似风平浪静，其实底下暗流汹涌。三大宗门呈鼎立之势，就数他们归藏根基最浅。

云中子虽有点迂，却不蠢。争地盘时讲仁义，定然要吃亏的。他们早已不是百年前那偏安一隅、不满百人的小门派了，即便我不犯人，人也未必能容我。这世道，只有剑够快够利，才有人坐下跟你讲道理。

然而云中子心底隐隐有些不安。苏毓近来如此张扬，几乎是明着与大衍宗为敌，真的只是因为无所畏惧吗？云中子偷觑一眼师弟，见他神色如常，心下稍安。应当是……自己想多了吧。

云中子抿了口茶，旋即又皱起了眉头。

公事说完了，该轮到私事了。

“咯咯……”云中子清了清嗓子，欲言又止，“前日那封书信，你看了吧？”

师兄的信向来絮絮叨叨，苏毓从来只看头尾，不过这事他自然不会承认。他面不改色心不跳：“让师兄费心了。”仍是一贯不食人间烟火的样子。

可惜他背地里是什么德行，云中子已然一清二楚。

装，继续装，云中子腹诽。

不过云中子当着他的面自是不好戳穿，只能旁敲侧击：“小顶姑娘身世凄凉，孤身一人千里迢迢地找过来，实属不易……”

苏毓的眉宇间流露出些许不悦：“我与此女不过萍水相逢，她的事亦不便过问。”苏毓暗忖，也不知这炉鼎给师兄灌了什么迷魂汤，让他屡次这么帮她说话，自己倒是小看了她。

云中子观师弟的神色，心里却偷偷纳罕，自己已经很久没从这祖宗的脸上看见过这么生动的表情了。师弟虽然装得满不在乎，但自己一提那姑娘，他便如此不耐烦，不正是恼羞成怒吗？

云中子顿时燃起希望，还想再提一句孩子，然而苏毓已经站起身：“师兄若无他事，我便回掩日峰去了。”

云中子这才注意到，他的脸色比平日又苍白了几分。毕竟他以一己之力拔了魔域一城，体质又不同于旁的修士，自身无法从天地间汲取灵气，只能借助外力。

云中子忙道：“你先回去好生歇息。”想了想又道，“明日便是新弟子入门礼，你来观礼吗？”

苏毓对外门的事不太上心，往年的入门礼，三次里大约出席一次，不过今年不比往年，新弟子中多了他崽子的娘，故云中子特地多问了一句。

苏毓的脚步一顿，本来他是可去可不去的，但师兄刚刚提到了那炉鼎，他莫名不想去了：“我要闭关，明日便不来了。”

他一闭关，少则十日，多则数旬。云中子微觉遗憾，不过也料到师弟会如此回答，便由着他去了：“今年新入门的弟子中倒是有几个资质过人、卓尔不群的，你座下迄今没有一个徒儿，也委实不便。入门礼明日辰正开始，你若是想起来，便看看吧。”

他若是想看，不必到场，只需施个小法术即可。

苏毓点点头：“知道了。”

归藏派一年一度的新弟子入门礼照例在大昭峰顶的镜湖举行。

小顶在鹤背上俯瞰，只见平静无波的湖水映着绿树，在阳光下犹如一块碧琉璃。

从空中看，水域只有巴掌大，比一面真铜镜也大不了多少。当纸鹤降落到湖畔，水汽与云雾交融，氤氲在水面上，湖面骤然开阔起来，竟如瀚海般望不到尽头。许多弟子已经到了，成群结队地立在湖畔，便如一簇簇细小的芥子。

小顶感觉十分新奇，忍不住睁大了眼睛，好奇地左顾右盼，殊不知许多人也在看她。

修士们大多生得不错，便是本来其貌不扬的，要改善也并非难事，故比起美貌，修士们更看重的是实力。不过若是外貌美到小顶这种地步，便没有人能忽略了。

纸鹤落地的那一刻，便有许多道目光落在她的身上，看着她穿过人群，站到同样身穿梅子青色新弟子服的修士队列中。

同样的道服，穿在她身上便显得格外玲珑有致。

“此术叫作袖中天地。”一个清朗的男声在她的耳边响起。

小顶扭头一看，说话的是个年轻男子，和她一样穿着新弟子的道袍，手里拿着一把折扇。那人收起折扇，慢悠悠地行了一礼：“在下西门馥，不知姑娘如何称呼？”

小顶还不怎么会分辨人脸，只觉此人的一双眼睛要比旁人的细长一些，脸上没肉就算了，下巴颏还特别尖。她忍不住露出讶异之色。这几日她也见了不少人，就数这个最难看，乍一看像个锥子。

西门馥注意到她眼中的惊愕之色，得意地勾起嘴角。他生得玉树临风、清俊不凡，这种仙气飘飘的长相在修仙界最是无往不利，没有女子能抵挡他的风姿。

小顶察觉到自己的失态，羞赧地低下头来。仙君说过，以貌取人是不对的，更不能因为别人生得奇形怪状就大惊失色。她礼貌地答道："我叫……小顶。"

西门馥见她脸红，心里越发得意："小顶姑娘不曾见过袖中天地吧？此术修到上乘时，可以将方寸之地延展至无际，也可将天地缩成弹丸大。"他说着话，细长的眼睛微微眯起，眼里精光闪烁，不动声色地在她的脸上、身上来回打量。

小顶并未察觉到他目光中的深意，倒是对这法术颇感兴趣。她的仙君虽然位列仙班，但在她面前很少施展仙术，大部分时候就坐在她的身边静静地看着炉火。

来到归藏后，她看什么都觉得新鲜。有人耐心地向她解释，她是很感激的——这西门小哥虽然人丑，但心善。她便客气地向他微笑，表示谢意。

西门馥越发飘飘然，侧了侧身，佯装不经意地拨了拨腰间的碧血玉精佩，这玉精佩乃是上乘秘宝，价值连城。小顶只是瞥了一眼，压根没留意。西门馥见她无动于衷，有些悻悻然，暂且将目光收回，转而打量周围的人。

新弟子这几日都住在紫玉峰，第一次来到主峰，自是十分喜悦。他们三五成群，小声地交头接耳，不时有窃窃私语声随风飘来。

连山君昨日归来之事无疑是最受欢迎的话题，众人都在猜测这位神秘莫测的师尊今日会不会露脸。

连山君号称天下第一剑修，若论整体实力，据说与大衍宗宗主不相上下，单论剑道上的修为，说不定还比那位宗主更胜一筹。何况与时常抛头露面的大衍宗宗主不同，这位连山君行踪飘忽不定，在门派中也是深居简出。许多入归藏多年的弟子也只是在入门礼上远远地看过他一眼而已。

众弟子正议论纷纷，半空中突然传来钟磬之声，众弟子不觉安静下来。小顶循声向天际望去，便见云中子、金竹和其余内门诸人骑鹤而下。

仙鹤落到湖面上，化作朵朵青莲，浮在云雾之上，道君们便站在莲花上。

云中子今日特地穿了隆重的黑底绣金法衣，内门弟子则着天青色道袍，衣袂无风而动，飘然若仙——只有金竹与众不同。

小顶一眼就认出了圆圆胖胖的金道长，开心地冲他微笑。其他人却不如她这般兴高采烈，许多人失望地耷拉着脸——传说中的连山君果然还是没露面。

此时，连山君正一动不动地浸在掩日峰的灵池中。

大昭峰顶的钟磬声悠悠地传至他的耳畔，入门礼开始了。

他的长睫微颤，双目缓缓睁开，复又合上。入门礼年年有，年年都是那一套，他不感兴趣，如往常般忽略便是。

可那钟声越来越响，仿佛直接敲击在他的耳膜上，竟然令他有些静不下心来，大概是云中子昨日那番话影响到他了。

他不去理会，钟声总有停的时候。

不一会儿，钟声果然停了，苏毓却睁开了双眼。他师兄的话也不无道理，收个徒弟的确方便些，省得运气疗伤要找人护法的时候都得去跟师兄借。

想到此处，他从灵池中站起身，披上搭在池边的中衣，坐在池畔，以指在眼前画了个圈。

一股水流像白蛇般从灵池中涌出，在他面前结出一面银光闪闪的水镜。片刻后，大昭峰顶的情形清晰地映在了水镜上。

这不过是个小小的法术，名曰离娄术。施术者便如开了天眼，可以将千里之外的景象呈现在水镜中，一草一木都一览无余，还可以随心所欲地变换视角。理论上只要施术者修为够高，十洲里没有哪个犄角旮旯是看不到的。

大昭峰上自然下了防窥伺的禁制，但这些禁制对苏毓来说就像纸糊的一般。能防住他的禁制暂且还没有，若是他愿意，连大衍宗宗主的浴室都能看——只不过对方法力越高强，被发现的风险越大。况且他也没有窥私的癖好。

灵气凝聚成的镜子中，首先出现的是云中子。掌门师兄为了入门礼特地换了身行头，耀眼夺目，富贵逼人，一定程度上掩盖了形容的憔悴和毛发的稀疏。

“我就简单说两句，”人模狗样的掌门道，“子曰：有朋自远方来……”

苏毓捏了捏眉心，他师兄一开口，别说两句，两百句都不一定打得住。他当然没耐心听师兄长篇大论，心念一动，水镜中的视角亦随之一变，无数人脸和景物飞掠而过。

就在这时，一张熟悉的脸庞出现在水镜一角。他脑海中的某个念头一闪而过，画面便定格了——是那恬不知耻的炉鼎。

饶是苏毓也不得不承认，即便是随意一瞥，这炉鼎也分外惹眼，总是叫人不由自主地把目光落到她的身上。他正想移开视线，忽见一个尖嘴猴腮的小白脸凑到她的身边，扬扬得意地说道：“小顶姑娘看见湖中央的那块石头没有？那便是我归藏的镇派之宝河图石了。”

苏毓不屑。这家伙不过是一个外门弟子，能不能通过三个月之后的试炼还是未知数，现在就以主人自居，不知谁给他的脸。他将视线转到那男弟子身上，上下打量了一番。此人亦穿着统一的梅子青色道服，不过腰间挂着价值连城的碧血玉精佩，佩剑一看就是名家所铸，连手中那把折扇都是大有来历的高阶法器。单是这身行头，便值数十万灵石了。

纨绔，苏毓立即有了定论，也不知是哪家出来的纨绔子弟。

只听那人接着道："别看这河图石的外观与普通石头并无二致，其实是上古神物，开山之初便在的。内九峰的灵气如此充沛，便是因为有这河图石吸纳日月精气。这九座山峰的地脉彼此相连，灵气都来自这块石头。"

苏毓轻哼了一声，暗忖，略知皮毛便大放厥词，半瓶水就肆意晃荡，实在浅薄。

其实那纨绔子弟只知其一，不知其二，如今归藏各峰各有灵物镇守，与河图石相连的山只有一座——苏毓所在的掩日峰。确切地说，那河图石是单单与他眼前这方灵池相连——当年他剖出半条灵脉，无法自行从天地间汲取灵气，师父便造了这方灵池，专供他疗伤和恢复灵力。

河图石的灵力如今只供给他一人。

"此外，河图石还有个作用，"那纨绔子弟接着道，"一会儿我们便要用它来测灵根。小顶姑娘可曾测过灵根？"

那炉鼎摇摇头："没有。"

苏毓的目光冷了下来。那纨绔子弟看似不经意地问了一嘴，实则是在试探炉鼎的出身——但凡是修道世家，孩子坠地的第一件事便是测灵根。炉鼎长这么大还不曾测过灵根，便意味着出身不显，没准还是平民。她生得美，出身又低，这在某些人看来是可以肆意玩弄的标志，而且无须付出任何代价。

果然，那纨绔子弟的脸上现出了然之色，他又往炉鼎的身边凑近了些，恨不得把嘴贴到她精巧圆润的耳朵上，举止轻佻暧昧。

他说话的语气也越发暧昧，每个字都像是浸饱了猪油："不瞒姑娘，在下乃是单金灵根，测灵计测出的是甲级九等，不过测灵计的上限只有甲级九等而已。"

此言一出，周围人顿时投来或艳羡或嫉妒的目光。单金灵根已是十分罕见，天生高灵力的单金灵根放眼整个修仙界也是凤毛麟角。灵力是测灵计的上限，那简直可算是天降奇才了。

那纨绔子弟的得意之情溢于言表，嘴上假意谦虚："在下的资质不过尔尔，让姑娘见笑了。"

苏毓见多了这样的人，从来将他们当作苍蝇、蟑螂，一个眼神都不愿给，这会儿不知怎的，感到有些碍眼。他不自觉地屈起手指，正打算给那登徒子一点教训，却见那炉鼎听得出神，仰着脸，杏眼微微地睁圆，一派天真懵懂的样子。

他立即松开手。他与这炉鼎非亲非故，何必多管闲事？

一个是道心不坚的纨绔子弟，一个是心机深沉的妖艳炉鼎，到头来还不知是谁把谁玩弄于股掌之间。

他漠不关心地移开视线，重新走进灵池中，让水银般的池水漫过腰际，然后是胸膛，充溢的灵气源源不断地透过肌肤渗入他的经脉。

不过他没有将术法收回，任由水镜浮在空中。

弟子们的身上都快长出青苔的时候，云中子的长篇大论总算到了尾声。他意犹未尽地清了清嗓子："接下来便请诸位远道而来的新朋友依次测一测灵根。我不得不提醒各位，大道漫漫，根骨不能决定一切，灵根强者切忌沾沾自喜，灵根略低的也不必妄自菲薄……"

那纨绔子弟摇着折扇，趾高气扬地说道："此言有几分道理，不过未免有些冠冕堂皇。譬如登山，有人从山脚起步，有人从半山腰开始，有人则生来就在山巅，如何能一样？"

一旁早有人看不惯他的轻狂，忍不住出言反驳："兄台此言差矣，据在下所知，连山君的资质也并非上佳，灵根不出众，亦非天生剑体，还不是稳坐天下第一剑修的宝座？"

纨绔子弟一时语塞，支支吾吾地说道："那不过是传闻罢了……还有人传他点人油灯呢，都是村夫野老的胡言，不足取信。"

与连山君有关的事都是神神秘秘的，便是归藏的弟子对这位师尊也知之甚少，更别说外人了。

另一人道："连山君乃不世出的天才，自非常人可比，又怎能以常理度之？"

那纨绔子弟听人吹捧连山君，虽然点头称是，心中却颇有几分不以为然，偷偷地撇了撇嘴。

小顶见这丑陋的锥子脸越凑越近，心里有些发毛，胳膊上都起了层鸡皮疙瘩，但强忍着不动，免得人家看出自己的嫌弃，心里受到伤害。她本来就有点不舒服，这么一憋，就隐隐犯起恶心来。

纨绔子弟见她脸色苍白，以为她担心测灵根之事，便道："方才我说的是寻常人，姑娘这般闭月羞花的佳人，自是有许多捷径可走的……"这话已是十分露骨。

苏毓看在眼里，不觉冷下脸来。

就在这时，湖面上水雾散去，云中子一挥手，一条白练飘到湖面上，变成一座浮桥，一直通往湖心。与此同时，金竹手捧写着新弟子姓名的卷轴，念道：“璇玑山，林微霜。”

话音刚落，大家便见一个女弟子踏上浮桥，径直走到湖心，依照金竹的指示，把手掌按在河图石上。

她的手刚触到石头，本来青灰暗淡的岩石慢慢变得莹润剔透，从内部放出浅青色的光华，仿佛活了过来。光越来越盛，片刻后分成青色和白色两束光，青色的长，白色的短。

西门馥在小顶的耳畔道：“青色为木，白色为金，这位同门乃是金木双灵根。”

他话未说完，金竹道：“金木双灵根，金丙等四级，木甲等七级。”

大部分新弟子露出紧张之色，本来根骨好不好只有自己知晓，如今要在众目睽睽之下交底，未免尴尬。西门馥等少数几人却是胸有成竹，甚至有些迫不及待。

不一会儿，金竹叫道：“西门馥。”

人群有些骚动。西门氏是当今最显赫的世家大族之一，他家的子弟大部分入大衍宗和太璞门——近年来虽然归藏声名鹊起，但有些世家仍旧视大衍和太璞为正宗。西门氏一族以嗅觉灵敏、善于站队著称，他们送子弟入归藏，无疑是个信号——短短数年内，归藏已经可以和那两个历史悠久的宗门分庭抗礼了。

“弟子在。”西门馥微微扬起下颌，自信地走上前去。

灵池中的苏毓闻声向水镜瞥去，暗忖，原来是西门家的败家子，难怪这么不可一世。

西门馥走上浮桥，还不忘回过头，越过人群朝那炉鼎送秋波，俨然已将她视作囊中之物。

苏毓屈起手指，凌空向那水镜一弹，水镜泛起一阵涟漪，河图石微微一闪，旋即恢复原样。

西门馥胸有成竹地把手放在河图石上，那石头如方才一样透出光来，只不过是白色的。长长的光柱又白又亮，足有碗口粗，直直地射向云霄。他听到很多人小声惊呼，心下得意。即便在归藏这样的大门派，单灵根也是不多见的，何况他的灵力还如此之强。可他没得意多久，脸色蓦地一变，因为那白色里突然透出红色来。

围观的众人都大吃一惊，然而事情还没完，红色的光柱里很快又分出一根黄色的光柱，与此同时，那白光也缩成了又细又短的一截，甚至还软塌塌地打弯。

三色彩光照在西门馥的脸上，红一阵，白一阵，黄一阵，煞是好看。

内门弟子面面相觑，云中子尴尬地咳嗽两声：“这位小友想必是用法宝、灵药改过根骨，河图石可测先天灵根，故……”

有件事他没说破，河图石能测先天灵根，也能测后天，但为了给弟子们留面子，一向是用禁制压着的，只测后天——毕竟不管是不是天然，都不影响修炼。

显然这次有人临时除去了禁制。

能神不知鬼不觉地做到这一点的，除了那祖宗还能有谁？

云中子同情地看了一眼西门家的小公子，也不知他一个刚入门的弟子，怎么就和那祖宗结下了梁子。

金竹虽不忍心，还是如实宣布：“先天三灵根，火丁等四级，土丁等七级，金乙等二级。后天单金灵根，三甲九级。”

人群中有人忍不住窃笑起来，旋即笑声越来越多、越来越高。

西门馥脸色灰暗，低着头回到岸边，全然没了方才的气焰，自然也没心思搭讪小姑娘了。

苏毓在镜中看得一清二楚，心情莫名舒畅，忍不住撩了撩池水。

这点小风波没有影响大局，弟子们继续一个接一个地上去测灵根。

说来也怪，河图石又恢复了正常，不再给其他人测先天灵根了，好像认识西门馥似的。

始作俑者看了一会儿，便觉无趣，这届新弟子中有几个根骨不错，甚至还有一个女弟子是单火灵根加天生剑体——还是先天的，没有掺半点水。不过在连山君眼里，这也不过是差强人意罢了。

他看了一会儿便失了兴致，抬起手，正要将水镜拂去，忽听金竹喊出一个名字：“萧顶。”

一个有些熟悉的身影从人群中走出来。

苏毓的手一顿，停在了半空中。

炉鼎大多资质不佳，四五灵根最常见，三灵根便是炉鼎中的翘楚了，不过他们也不在意这个，即便灵力高，不能为己所用又如何？

苏毓闲适地靠在池壁上，双臂搭在池边，悠然地望着镜子里的少女窈窕的身影，仿佛在看戏。

她的鼎气那么弱，便是在炉鼎中她也是平庸之流，上去测灵根，无非自取其辱罢了。

若是换个心软些的人，这会儿多少会有点于心不忍。苏毓却惬意得很，只管冷眼看着，甚至有几分期待——一会儿测出个四五灵根，不知她会如何惺惺作态。

小顶乍然听见自己的新名字，还有些不习惯，愣了愣，这才意识到是在叫她，连忙走上前去。

"萧"这个姓氏，是填写文书时金道长帮她想的。她没有姓氏，文书上总不能填个小名，金道长问她的意见。她自然打算姓"卢"，可不知为什么，金道长一听脸就变了颜色，连说不妥，让她再想一个。

小顶不知道哪里不妥，不过既然金道长这么说，自然有他的道理。

她想了想，又觉得跟金道长一样姓"金"也不错。她的原身金光闪闪的，金字很衬她，可是金道长听完后脸更绿了，鼻尖上还冒了汗。

最后她既没有姓成"卢"，也没有姓成"金"，而是用了金道长替她想的"萧"字，虽说有点遗憾，但萧顶、小顶念着差不多，倒也没什么不好。

小顶踏上浮桥，脚步像林间小鹿般轻快。其他弟子见她这泰然自若的模样，都以为这小姑娘天赋异禀。

小顶的确是气定神闲、成竹在胸——她昨日去掌门那儿学认字，特地向掌门打听过，当炉鼎不讲究灵根。

想来也是，当初在九重天，她连灵根是什么都不知道，照样红红火火地当她的炉子。不过来都来了，她顺便测一测也好。

她很快走到湖中央，向掌门和内门的道君们规规矩矩地行了个礼，忍不住多看了金竹两眼，双颊飞起薄红。

苏毓自然将这一幕尽收眼底，目光里的戏谑渐渐化作冷漠。

这炉鼎果然本性难移，不放过任何机会，便是测个灵根，也想借机蛊惑内门弟子——虽是冲着他而来，却也不忘广撒网。

金竹清了清嗓子，小声道："小顶姑娘，请吧。"金竹的语气里有几分不易察觉的亲近，苏毓的脸色又是一沉。

小顶听见金竹提醒，蓦地回过神来，忙撩起袖子，把纤细小巧的手轻轻地放在河图石上。她这时才发现，这块形似日晷的圆盘形石头上，原来还刻着许多花纹，有很多一簇簇的圆圈，还有许多叫不上名来的珍禽异兽。虽然不明白那些是什么，她却感到莫名的亲切，那古朴而有些斑驳的刻纹里，似乎流淌着某种她很熟悉的东西。

石头看着光滑，摸上去却有些粗糙，像是沙砾聚成的。她静待着河图石的变化，其他人也在等着。

时间一点点地流逝，河图石毫无变化。

苏毓一怔。便是几乎没有灵力的凡人，也多少有灵根，只是灵力十分微弱，一般手段测不出罢了。然而河图石极为灵敏，再弱的灵根也能测出来，无论换谁来测，都不会全无反应。

这炉鼎遇到的情况真是前所未见、闻所未闻。

他忍不住蹙眉。完全没有灵根几乎可以说是另一种天赋异禀了。

岸边的弟子看不出端倪，内门诸人却都微微变了脸色。云中子亦是摸不着头脑，难不成是河图石年久失修，坏掉了？

他向金竹使了个眼色，金竹会意，让小顶把手拿开，换自己按上去试了一下，河图石刹那间变成了玄色，一根粗壮的黑色烟柱直冲云霄——金道长是单水灵根。

金竹收回手，纳闷地咕哝："没坏啊！"

云中子对小顶说道："你再试试，这回试着运气，气沉丹田，用意念从气海中引起，再用意念引导它，让它顺着经脉涌到手心。你不曾修习道法，需多花些力气。"

小顶听得如堕云雾，只抓住两个重点：气沉丹田，用点力气。

她老实地点点头，再次把手放到河图石上，使劲用丹田发力，直憋得小脸通红。

功夫不负有心人，这回河图石终于有了动静——动静还不小。

原本微带苍青色的石头，忽然变得如水晶般剔透。紧接着，四周忽然狂风大作，大风呼啸着穿过山林，霎时间山泉激荡，声震如雷，原本晴朗的天空很快阴云密布，原本平如镜的湖面掀起万丈波涛。

内门诸人骇然失色，好在他们反应够快，迅速飞腾至半空，这才没被巨浪吞没。外门弟子更是慌了神，被狂风吹得东倒西歪、狼狈不堪，只能相互把臂扶持，勉强站立。小顶身处风暴中央，却很是安稳。

炫目的虹光从河图石中喷涌而出，映得周遭一片雪亮。她感到有一股巨大的力量往她的掌心涌，手掌连同整条胳膊都被震得发麻。

她有些难受，想把手挪开，可是掌心和石头的表面仿佛粘在了一起，半寸也挪不开。这股力量如洪流一般冲刷着她的经脉，在她的身体里左冲右突，然后涌向她的下丹田。她浑身酸胀，渐渐麻木，身体仿佛已经不是她自己的。

好在这个过程并未持续很久，片刻之后，灌入她身体的洪流忽然断开，结束得和开始一样突兀。

众人回过神来，光芒敛去，风雷收歇，云破天开，金芒洒向大地，湖面恢复平静。河图石也变回灰里泛着苍青的本色。

云中子长出一口气，这才发现自己后背上已经出了一层冷汗。他正打算查看一下河图石，忽听小顶轻轻啊了一声，放下的心又瞬间提了起来。

说时迟那时快，只见河图石快速下坠，不等他回过神来，便扑通一声掉进湖水中，溅了周围人一身水，然后沉入水下，咕嘟嘟翻出几个水泡，很快没了踪影。

小顶只觉手下一空，愣了愣，莫名其妙地看着自己的手掌。随即，她感到下丹田胀得难受，有种下坠感，和上回吃鸟时的感觉有点像，但又有些不一样。

眼下不便进灵府查看，她只得忍着鼓胀的难受之感，悄悄地摸了摸肚子。

在场众人再一次呆若木鸡。

半晌，有人回过神来，努力转动僵硬的脖子，小声对同伴道："镇……镇……镇派之宝，这是……沉了？"

可怕的寂静过后，底下一片哗然——河图石在归藏传承千年，非但是深具象征意义的镇派之宝，也兼具了实用功能——传说归藏九峰的灵气全赖这块石头供给。眼下河图石沉了，弟子们自然惊恐。

云中子忙伸手示意众弟子安静："不必惊惶。"

他特地用了黄钟术，声音如雷声般回荡在上空，慢悠悠的温和嗓音此时有种安定人心的力量。

"河图石是上古灵物，动静并非我等凡夫可测，沉入湖底不过是养精蓄锐，"他慢条斯理地解释，"诸位不必担心，内九峰的地脉各有灵物镇守，诸位的修炼和起居不会受到任何影响。"

他这番话倒是不假，河图石出故障，受影响的只有一个祖宗。

掩日峰上，灵池里水银般的池水迅速变成水汽消散，水位不断下降，刹那间便干涸殆尽，露出了白玉和上好灵石交错铺就的池底。

苏毓微微一怔，随即回过神来，脸色一变，当即盘腿打坐，合上双眼，让灵力在经脉中运行。不等转满一个小周天，他便感到有一股无名的力量试图从他的经脉中抽取灵力。

他凝神屏息，与那股力量抢夺灵力。

好在持续的时间不长，片刻后，那股神秘莫测的力量骤然消失，然而他身体中的灵力还是被抽去了大半。

他睁开眼，便看见眼前的水镜正在缓缓地化作雾，逐渐消散，水镜中妖冶的面容也淡成了一个若隐若现的影子。

饶是苏毓处变不惊，这会儿也有点搞不清状况了。他赖以生存的灵气来源消失了？

一派掌门自然不会胡说八道。

众弟子心下稍安。那么多人拼了命挤进归藏，与归藏内九峰上佳的环境密不可分——这里山清水秀、冬暖夏凉、四季如春，最重要的是灵气丰沛，在这里修炼自然事半功倍。

坊间有言，就是一只蚊子在归藏待上一夏天也能成精。

虽说镇派之宝沉水不是什么好兆头，但只要不影响山川灵脉，倒也不是什么大不了的事。

外门弟子放宽了心，内门诸人却都神色凝重。他们是知道内情的，河图石是连山君的灵力源泉，河图石沉没，不知对掩日峰的灵泉有多大的影响。

小顶低声对掌门道："对不起……"她虽然不是故意的，但把人家的镇派之宝弄沉了，心里总是过意不去的。

云中子轻声安慰她："不是你的过错，用不着多想。"

他这么说倒没有半点虚情假意，而是真心觉得此事与小顶无关。她一个灵力低下、从没修过道法的小炉鼎，哪儿来那么大的能耐把河图石弄沉？多半是那块石头自己闹出的幺蛾子。

河图石是上古灵物，又日复一日、年复一年地收聚天地灵气、日月精华，时间一长，难免生出了自己的想法——许是哪里不顺意了，消极怠工，闹起了小脾气。这小姑娘不过是运气不好，赶上了趟儿。

连苏毓本人也不认为此事是那小炉鼎的责任，不过他的想法与师兄略有不同。

变故发生时，在场诸人被狂风巨浪闹得措手不及，没看清河图石当时的异状，他这个旁观者却看得一清二楚。河图石中蕴含的灵力分明是向那炉鼎的体内涌去的。

这事极为反常，就像把汪洋大海灌入一个小茶壶里，按理说无论如何也装不下，甚至很可能把茶壶冲毁，她却安然无恙。

始作俑者自然不会是那炉鼎，只能是河图石——但凡这类老东西，总有一些特别的折腾手段。大抵是这块臭石头想偷奸耍滑，又为老不尊，见那炉鼎生得美，便见色起意，跑到她的躯壳里去了。

他虽不喜欢那炉鼎，倒也不至于因此迁怒于她。

苏毓从灵池里站起来，披上衣裳，走出洞窟，从袖中取出纸鹤，正要注入灵力，临时又改了主意，把鹤收回袖中。出了这样的事，师兄一定会来掩日峰查看，届时他搭师兄的顺风鹤回山巅便是，也不知流失的灵力能不能讨回来，还是能省则省吧。

他折回洞窟中，在池边坐下，凝神入定，尽量将消耗降至最低。

小顶回到队伍中，许多人向她投来同情的目光，谁都不会以为这么个娇小的小姑娘能把上古灵物弄坏。但是河图石是在她摸过之后沉水的，不知掌门会不会追究。

小顶看了看手心，看不出什么异样，不过上面还残留着那种麻麻的感觉。她又将神识潜入灵府中，一看便吃了一惊——她的原身本被雷劈得焦黑焦黑，眼下却恢复了不少，隐隐能看得清原来的颜色和光泽了。

她喜出望外，连忙往炉膛里一看，原先那红光凝聚成的小团还在，比昨日又敦实了许多，看得清楚形状了，却不是丸形，而是椭圆形，一头大，一头小，不似她以前炼的药丸，却像一枚红红的小蛋。

小红蛋仿佛能感觉到她的目光，被她一看，便躲进了角落里。

小顶觉得很新鲜。她炼过丹药，炼过法器，还从没炼过蛋。她有心仔细研究一下，然而在大庭广众之下，不能在灵府中待太久，只能依依不舍地出了灵府。

入门礼还在继续，河图石没了，灵根自然是测不下去了。好在小顶本来就排在后面，剩下没测的不过四五人，云中子承诺择日补测，又安抚了众弟子几句，便打发他们分批乘鹤离去。

不一会儿，弟子们差不多走光了，大昭峰顶只剩下内门诸人和小顶。

云中子临时设了个禁制，防止别人闯入，便有两名内门弟子潜入湖底，将河图石打捞出来，放在湖边。

云中子上前查探了一番，神色凝重，摇摇头："河图石灵力尽失，已经与寻常岩石无异了。"

闻言，弟子们都露出忧色——河图石与连山君的灵池以术法相连，只要石中灵力还在，便是沉入水底也无妨，可石中灵力散尽，那么灵池自然成了无源之水、无本之木。

云中子毕竟是见过大风大浪的狐，沉思片刻，吩咐了内门诸弟子几句，然后将小顶带回了自己的山堂。

取得她的同意后，云中子如上回一般将一缕灵气探入她的经脉探查，这回在她的奇经八脉，连同灵府、识海、气海都兜了一圈——然而他所进入的灵府与小顶自己的神识可进入的灵府不是一回事。云中子查探到的灵府狭小而昏暗，犹如一个小小的洞窟，既没有书，也没有炼丹炉，完全就是一个凡人的灵府该有的模样。

不过这一圈转下来，他仍是大吃一惊。他在小顶的经脉里发现了充盈奔涌的灵气，几乎要满溢出来——显然那河图石中的一部分灵气顺着她的经脉涌入了她的体内。

她不过是一个凡人，资质平庸，也不曾修道，经脉不曾受过灵气经年累月的冲刷，十分细窄。那样海量的灵力瞬间灌入她的体内，按理说她的经脉根本无法承受，凡人之躯又怎么能容纳这么多灵力？云中子百思不得其解，不过事已至此，也只能走一步看一步。

他想了想，让小顶先回去歇息，然后立即驾鹤去了掩日峰。苏毓果然还在原地，盘腿而坐，双目紧合，没有呼吸之声——已是入定了。

云中子不由得佩服这个祖宗，若是换了自己，一定忍不住立即去大昭峰看个究竟，再不济也会回自己的房中打坐，这祖宗却在这冷飕飕的洞窟里原地入定，等着自己来寻他，连催动纸鹤的这点灵力都不肯花，这是何等的精打细算！

他往灵池中一瞥，吓了一跳，情况比他料想的更糟，非但石头里的灵力没了，连池子里的也被抽干了。

他忙用神识唤了苏毓一声。

苏毓立即出定，不慌不忙地站起身："师兄请坐。"

外间传言连山君气度非凡，泰山崩于前而色不变，今日云中子这做师兄的算是领教了一回，都火烧眉毛了他还"请坐"，坐哪儿？光秃秃的池底吗？

云中子瞥了眼滴水不剩的灵池，搔了搔头顶："河图石出事了。"

"我知道，"苏毓还是一派淡然，"我经脉中的灵力也被抽去了大半。"

云中子一听奓了毛："什么？！"

苏毓无奈："师兄，耳朵露出来了。"

云中子尴尬地搔搔头，把竖出的耳朵缩了回去。

苏毓："可知是何缘故？"

云中子摇摇头："我也不知道，当时弟子们挨个测灵根，到小顶姑娘测时突然狂风大作，异象频生，石坠水中，打捞上来后发现灵力已消失殆尽。"

这些苏毓都在水镜中看到了，但他开离娄术看那炉鼎测灵根的事自然不能让师兄知晓，便挑挑眉，露出恰到好处的讶异之色："竟有这等事？这么多灵力会去何处？"

云中子总觉得他的神色不太对头，狐疑地盯着他的脸。苏毓脸不红心不跳，坦然地看着他。云中子怀疑自己想多了，叹了口气道："我探了探小顶姑娘的灵脉，她体内灵气充盈，石中的灵力似乎有大半到了她的躯壳里，不知她一个凡人为何能容纳这么多灵力……那河图石是上古灵物，想来有什么不为人知的能力吧。"

苏毓微微颔首："既已如此，探究原因也于事无补。"

现下要紧的是想个对策。最简单的方法是找个宝贝替代河图石，但上古灵物岂是那么好找的？河图石这样的，放在大衍、太璞都是镇派之宝，一时半会儿可找不来。且他自十一岁灵脉损毁，便一直用河图石中的灵气护养，若是突然换成别的，经脉不适应，没准直接崩了。谁也不敢冒这个险。

云中子急得眉头都快打结了，不住地挠头："你还剩多少灵力？"

"十之一二。"

苏毓昨日才从魔域回来，气海中本来就只剩一半不到，在灵池中没浸多久便出了这档子事，不但没养回多少，反倒被抽走不少。

云中子倒抽了一口凉气。他原本想着，若是苏毓体内的灵气能剩个四五成，还能应付三五个月，也算有回旋的余地——毕竟这祖宗的四五成灵气比十来个元婴期修士所有的灵气还多。可是苏毓只剩一二成了，出一次门就用完了。除非苏毓能放下屠刀，立地成佛，安安生生地在门派里待着，不出去搞事。

"你能安安生生地待个一年半载，不出去搞事吗？"云中子问道。

苏毓用一声轻嗤回答他。

云中子长叹一声："既如此，就只有请师叔祖他老人家出山了。"

苏毓嘴角的讽笑一僵，原本就缺少血色的脸又白了几分。

这位师叔住在万艾谷，并非归藏门人，只是与师祖为莫逆之交，归藏弟子便以自家长辈视之。老人家乃是修士中的奇葩，与师祖同辈之人天资再怎么差也修到元婴期了，就他还是个金丹期修士。不过虽然他的修为数百年来一直低下，但他精通旁门左道——就没有他不擅长的杂修。

当初苏毓自剖灵脉，是师叔祖给他治的。用河图石给灵池供灵力的法子，也是师叔祖想出来的。

苏毓没有犹豫太久，捏了捏眉心，无奈地点了头。

云中子施了传音咒，一个苍老的声音响起："阿脩啊。"

"师叔祖，别来无恙？"云中子硬着头皮寒暄了几句，随即将河图石的变故简单说了一遍。

"噫，小毓在旁边吗？师叔祖跟你说……"师叔祖的声音陡然拔高，在洞窟中回荡，"你这情况得双修啊！"

师叔祖纯阳子虽不是医修，但是医道上的造诣十分高超，在整个修仙界都是数一数二的。只是他有一个毛病——过分夸大双修的效果。

阴阳失调？双修吧。

经脉受损？双修吧。

身中奇毒？双修吧。

毛发稀疏？双修吧。

得了不治之症？那必须双修啊！

双修治百病，双修解千愁。

要是修一次不能解决问题，那就修两次。

云中子和苏毓深谙这位师叔祖的脾性，若非万不得已，他们也不敢劳他大驾。

可眼下他们就遇到了万不得已的情况。

果然，师叔祖一听河图石出事、灵池干涸，立马开始鼓动苏毓双修："我早就跟你师父说了，河图石只是权宜之计，要不是你当时年纪小，就该直接找个道侣双修。河图石就是给你过渡几年的，成年了就该双修了，怎么还一直凑合下去了？真是不思进取……"

云中子听他越说越激动，生怕老头一个不小心背过气去。他们奉师祖之命给老头养老，可不想给他送终。云中子忙道："师叔祖教训得是，不过事已至此，该如何是好呢？还请师叔祖赐教。"

"什么如何是好？当然是双修啊！你都说了，河图石的灵力被那小姑娘吸进身体里了，双修吸回来不就行了？"老头啧了一声，"你们这些剑修大能别瞧不上玄素之术，阴阳相交，方能顺应天道。"

"可是……"

“别可是了，双修吧。”

苏毓思忖片刻道：“敢问师叔祖，除此之外可有别的法子？”

师叔祖不情不愿地说道：“别的法子也有，离那姑娘五步之内，用流珠九转之法，慢慢吸收灵气也可以，只是效果比双修差远了。朝夕相对几个日夜，也比不上双修一次的。”

苏毓陷入沉思。

老头继续苦口婆心地说道：“双修有百利而无一弊，真的。”他顿了顿，压低声音说道，“阿脩啊，小毓总是不肯双修，莫非有什么难言之隐？”

苏毓：“……”老头以为他听不见吗？

云中子笑容僵硬：“哈哈，师叔祖真会说笑，我们小毓怎么会……”

纯阳子颇有医者的严谨和严肃，道：“有病得治，切不可讳疾忌医。”

云中子偷看了一眼师弟的脸色，忙打圆场：“没病没病，绝对没病，他只是不想，不是不能……”

苏毓：“……”我真是谢谢你了！

“可惜我这炉丹刚开始炼，得守着火，”师叔祖颇为遗憾，“不然我亲自来辅导小毓……”

云中子惊恐万状：“不必，岂敢劳师叔祖大驾？”

“先不说了，我这里还有点事。”师叔祖一边说一边掐断传音咒，最后还不忘叮嘱，“小毓，记得双修！”

“双修”两个字在洞窟中久久回荡，余韵悠长，大有绕梁三日之势。云中子抚了抚额角，看了看师弟：“师叔祖就是这样子……”

苏毓已经平静下来了。他向来无情又寡欲，还有些骨子里的清高，不想找道侣，亦不喜用炉鼎，故宁愿费点事，隔三岔五地浸泡在这冰寒刺骨的灵池中。

不过那时他还有的选，真的走投无路时也不会和自己过不去——修道之人的寿命动辄以百计，人活得久了，对人伦纲常便不那么看重，在男女之事上本就比一般人随意得多。况且他转念一想，河图石生变也并非全是坏事，以往他每次灵气行将耗尽或是身负重伤，便不得不回到门派闭关，少则数日，多则数月。如今他只要将那炉鼎带在身边，岂不是可以省去来来回回的麻烦？

苏毓不喜欢强人所难，若换了别人，或许还会犹豫，可那女子既然哭着喊着要给他当炉鼎，如此也不过是各取所需罢了。

云中子嗫嚅着道：“回头我把小顶姑娘的情况与师叔祖说说，请他再想别的法子。”

苏毓却道：“不必，有劳师兄将那炉鼎唤来。”

云中子一脸错愕：“你打算做什么？”

苏毓微露诧异之色，旋即明白过来，云中子满脑子腐儒的三纲五常，自然看不惯他用炉鼎。且那炉鼎惯会装乖扮可怜，引得师兄怜惜她也不足为怪。他道：“师兄不必多虑，我与她不过各取所需，我不会伤她性命。若她亏损太多，事后我给她些灵药护养便是。”

他虽不喜那炉鼎，但也不会故意难为她。比之一些以折磨凌虐炉鼎为乐的修士，他已算是厚道的主人了。她生而为炉鼎，不能指望太多。他顿了顿，催促道：“有劳师兄传信。”

云中子迟迟没有动作，脸却越憋越红，眼看就要把尖尖的毛嘴都憋出来了：“这……不太妥当吧……”

“师兄多虑了，我有分寸。”苏毓胸有成竹。

“这……恐怕不太安全吧？”

苏毓想了想，但凡修道，多少都有些风险，玄素之道也不例外，师兄想必是怕他没经验，岔了真气，适得其反，便出言安慰道：“师兄不必担心，我小心些便是。”

云中子欲言又止，沉默了半晌，终于还是传音给金竹：“带小顶姑娘来一趟掩日峰。”

小顶正窝在灵府中看书，得知新主人召唤，顿时喜上眉梢，当即跟着金竹出了门。

到得掩日峰，纸鹤落下，金竹带着小顶走到洞窟的门口，停住脚步，躬身行礼：“启禀师父、师叔，小顶姑娘到了。”

里头有个清冷的声音答道：“进来。”

小顶走进洞中，只见里头不似一般洞窟般幽暗，洞中悬着颗明珠，散发着冷光。明珠的光并不强，但岩壁上遍生水晶，顶上亦有无数水晶如流苏般垂下来，便将洞窟映照得犹如冰壶世界。

小姑娘没有不爱亮晶晶的东西的，即便小顶是个炉子，面对这样美丽的景象，也不由得睁大了眼睛，看得入了迷。

云中子轻咳了一声：“小顶姑娘……”

小顶这才回过神来，按着这几日学的规矩，一板一眼地向两人行礼。

掌门身边的瘦高男子自然就是连山君了。这几日她不止听一人说连山君乃是修仙界第一美男子，难免对这新主人寄予厚望，今日一见，才知道传言往往不可信。这位连山君虽然说不上丑，比那奇丑无比的西门公子顺眼许多，但是要说第一美男子，那实在言过其实了。不说别人，单是金道长，便可以甩他百八十里了。不过她还是尽量掩饰自己的失落，身为一个炉子，挑剔主人的相貌，实在很不应当。

苏毓见她打量自己，全然是看陌生人的眼神，脸色微沉——虽说他不在意皮相，但是但凡见过他这张脸的人，怎么会记不起他来？这炉鼎定是在装模作样，妄图引他多想——想得多了，便自然而然地在意起来了。

苏毓却是高看了小顶。她是真没认出眼前这个瘦子便是当日在破庙中解救她的恩人。十个修士九个瘦，除了像西门馥那样丑得“出类拔萃”的，他们在小顶的眼里都差不多。若是换位思考，这就相当于把几十个形状一样、花纹差不多的炉子放在一起，让人去辨认哪一个是几天前见过的，想必也不太容易。

云中子夹在中间，见两人之间见面的气氛有些尴尬，自己也替他们尴尬起来，正想着怎么缓和一下，便听他师弟说道：“你可愿意做我的炉鼎？”

小顶本以为新主人好歹要炼一炉丹试试她的本事，没想到这么爽快，一见面就肯收她，顿时喜出望外，两眼放光：“愿意，很愿意！”

连山君颔首：“可以，但你我之间的关系也仅此而已。若你有非分之想，便到此为止。”

小顶连连点头，双颊因为激动透着红晕，眼中水光潋滟：“我只想……做你……的……炉鼎。”她不知道什么叫“非分之想”，但除了当炉子没有别的想法，自然乐意。

苏毓脸色微微一沉，若非知道这炉鼎心机、手腕了得，也要被她这无欲无求的模样骗了。他冷冷地说道：“你放心，是我有求于你，该补偿的，不会少了你。”

小顶连忙摆手：“不……不要，能当你的……炉鼎……就行了。”

苏毓不想再看她装模作样，捏了捏眉心道：“我也乏了，你先退下吧。”

小顶满怀期待：“什么时候……开始？”

饶是苏毓知道这炉鼎恬不知耻，也被噎了一下。她就如此……迫不及待吗？不过他也不是优柔寡断之人，既然下定了决心，迟早都一样，想了想道：

“明日。”

小顶眉开眼笑，想着这新主人虽然话少，也不爱笑，但做事倒是很爽快：“好，我等着。”

云中子憋了半天，不知怎么开口，眼看着两人三言两语就把事情敲定了，终于再也憋不住了。

这崽子真可怜，怎么摊上这么一对不负责任的父母？

他越想越气，终于在沉默中爆发：“你们好歹等胎坐稳吧！”

苏毓：“什么？”

云中子观他的神色，越发惊愕：“你不知道？”

饶是苏毓寡情，这会儿也生出了怒气。这炉鼎怀有身孕，竟还来招惹他，莫非想事成后把腹中的孩子栽到他的头上？他睨着那炉鼎，眼里闪过杀意。

小顶压根不明白“等胎坐稳”是什么意思，眼眸中露出困惑，就如秋林生雾，迷离的样子越发勾人。

她当然也看不出苏毓眼中的杀意，见新主人瞪自己，便冲他嫣然一笑。这一笑当真是千娇百媚，能让石头开出花来。可惜此刻她在苏毓的眼里已然是个毒蘑菇，越是色泽鲜艳，越是身怀剧毒。他觉得一口气堵在心口，甚至怀疑这炉鼎在挑衅自己。

这会儿云中子终于回过神来，对师弟说道：“你不是看了我的信吗？”

苏毓被当面揭穿也毫不心虚、面不改色，避重就轻地说道：“此事稍后再说。”

云中子也懒得同他计较这些：“现在你知道了，虽是意外，总也是喜事……”说着向他使眼色。这家伙绷着一张冷脸，一副要拔剑杀人的样子，崽子娘看了得多心寒啊！

苏毓面无表情：“不是我的。”

云中子倒吸一口凉气，瞪大眼睛，捂住嘴：“这……”他看看一脸坦荡的小炉鼎，又看看面沉似水的自家师弟，仿佛明白了什么，立刻住了嘴。

苏毓捏了捏眉心，懒得与师兄多解释，走到小顶的跟前，睨了她一眼，冷声道：“伸手。”

小顶不知道出了什么事，有些不安，不过主人发话，她还是乖乖地伸出手来。

苏毓瞥了一眼她白皙小巧、柔若无骨的手，眉头一蹙：“手腕。”

小顶撩了撩袖子，露出凝脂般的皓腕。

苏毓视若无睹，将两指搭在她的腕上，便将一股灵力打入她的经脉中。小顶只觉手腕上先是一凉，仿佛一块寒冰贴了上来；随即一痛，像是被人用一根扎满冰芒的鞭子抽了一下。她下意识地想缩回手，手腕却被苏毓的另一只手牢牢地禁锢住，一动也不能动。那条冰鞭子像是钻进了她的经脉，在她的身体中游走，游到哪儿，哪里便传来一阵针扎般的疼。

同样是以一小股灵力打入经脉探查，掌门的灵力像个彬彬有礼的客人，每行一寸都小心翼翼，唯恐打扰了主人。苏毓的灵力却十分蛮横，到处兴风作浪，如入无人之境，恨不得把主人家的房顶都掀了。

小顶红了眼眶，抬眼看向新主人，有些委屈，又有些茫然。

苏毓移开眼，薄唇里吐出两个字："忍着。"他并非故意折磨她，却也没什么怜香惜玉之情。

云中子却是见不得小姑娘泫然欲泣的样子："你倒是轻点……"

苏毓没理睬师兄，灵力在她的经脉中运转了一圈，便收回手，掀起眼皮瞟了一眼师兄："妖气。"

云中子的眉头一跳。他探查的时候怕伤及这小姑娘的经脉，动作有所保留，只探到令脉便急忙收了手，却不曾深究。

苏毓一挑眉，问小顶："孩子是谁的？"

小顶揉了揉叫他捏得发红的手腕，怔怔地问道："孩子？"

苏毓见她还在装傻充愣，目光越发冷厉："你腹中的孩子，别说你不知道。"

小顶连忙摇头："不，没有……孩子。"顿了顿，她又用手比画，用食指、拇指比了个圈，三指翘起，"肚子里，是个蛋。"

苏毓有一瞬间的疑惑，不知她是真傻还是装傻："蛋是哪里来的？"

小顶再不会看人脸色，这会儿也知道新主人不开心。他是不满意她的炉子里有个蛋吗？她想解释，但越是急，便越是词不达意："男人……在庙里，我脱衣裳……给他盖，他……"

苏毓忍无可忍地打断她："不必告诉我这些。这是你自己的事，我管不着。"

想到那衣裳还是他给的，苏毓不由得一个激灵，身上起了层鸡皮疙瘩。本来是形势所迫他才出此下策，心里已是不甘愿，如今得知她有孕在身，此事便只能作罢了。

但是灵力他是必须拿回来的。

苏毓想了想，对小顶说道："你先退下，明日会有人去接你。"

小顶垂眼看了看手腕上的红痕，心里对这新主人有一万个不满意，若是叫她自己挑，她是无论如何也不想要这么个主人的。但是书上既这么写，连山君也收下她了，她似乎也没有别的法子。

向来只有主人挑炉子，没有炉子挑主人的。

待小顶走后，云中子偷偷观察着师弟的脸色，小心翼翼地安慰："小毓啊，人生不如意事，十之八九……"

苏毓捏了捏额角："我与她真的没瓜葛。"

云中子一脸了然，拍拍他的臂膀："师兄都明白，大丈夫何患无妻，那个……喀喀，节哀顺变吧……"

苏毓的太阳穴突突地跳，他很无奈，只好耐着性子，将在外山破庙中如何杀金甲门二弟子，如何无意救出此女，又如何给她衣裳蔽体之事说了一遍。

"我与她只是萍水相逢，并无肌肤之亲。"

云中子半晌才想明白，随即眼皮一跳："你还杀了金甲门的人？"

虽然苏毓同样是大开杀戒，但事情之严重程度也分对象。魔域那种法外之地，杀来杀去全凭本事，那些犄角旮旯里的小门派就算被灭了满门也没人替他们喊冤。这在修仙界，都是心照不宣的事。但是金甲门不一样，此派不大不小，属于二三流，背地里干的勾当尽人皆知，但明面上是个正道门派，掌门又难缠，杀了他的门徒就有些麻烦。

苏毓满不在乎："杀了就杀了。"

"他们哪里得罪你了？"

"丑。"

"……"云中子揪了揪头发，"罢了，此事暂且不提。小顶姑娘那边，你打算如何？我看这小姑娘懵懵懂懂的，多半是被妖物蛊惑……"

苏毓压根不关心她与妖物的瓜葛，她被骗还是骗了别人，这又与他何干呢？他无所谓地拂了拂袖子："该如何便如何。"

云中子："你……"

苏毓悠闲地说道："师兄别多想，她怀有身孕，我自不会碰她，只用流珠九转之法汲取灵力便是。"

云中子松了一口气，随即皱眉："那她岂不是得寸步不离地待在你的身边？"

苏毓掀了掀眼皮："自然。待我七海充盈，便让她回紫玉峰去。"

在他眼里，那女子仍旧是个炉鼎，只是换种方式用罢了，自是他需要便用，不必同她客套，未料云中子却翻脸道："不行。"

苏毓一怔。

云中子："虽说我收她入门是阴错阳差，但既然她已是我门下的弟子，便不能缺课。"他平时是个面团性子，但若是有小崽子敢缺课，他能吃人。

苏毓了解师兄，略一思索，深感没必要在这些事上与他对着干，便退了一步："那便让她每日放课后过来。"

云中子得寸进尺："你打算让我的弟子给你白干活？"

苏毓挑了挑眉。

"本来我以为这是你们小两口之间的事，我不好多说，"云中子无情地说道，"但既然你们没关系，小顶姑娘又是我门下的弟子，这就是另外一说了。只要我一日是掌门，门派中便没有以上欺下、以强凌弱的道理。"

归藏与大衍、太璞等宗门不同，师徒之间的等级没那么森严，便是最下等的外门弟子也不用对掌门卑躬屈膝。云中子挺了挺腰板，说道："我归藏的弟子没有做白工的道理。"他看那小姑娘傻乎乎的，若不替她谈妥，哪里斗得过这吃骨头不吐渣的祖宗？

苏毓："……"

云中子正气浩然，迎着苏毓的目光，摆出一副帮理不帮亲的架势。苏毓知道拗不过他，点点头道："我传她一门道法便是。"

云中子这才心满意足。这祖宗一身绝学，至今没有亲传弟子，只有他的首徒得他偶尔指导几招剑招，小顶能同他学点东西，这一遭倒也不亏。

事情就这么定了下来。

是夜，小顶把仅有的几样东西——几根鸟毛、几块灵石，还有一件恩人给她的衣裳打了个包袱。她前几日已经托照顾她的姐姐用法术将衣裳洗净了，又在院子里晒过，只等着什么时候见到恩人好还他。

打点好行李，她便钻入灵府中，继续看书。

掌门这几日教她认字，除了《千字文》以外，时不时教她一些常见的字，她已经能连猜带蒙地读一些短句子了。

连山君和她说的话大部分不长，来来回回就是那几句。不过她懂得越多，心就越凉。

这个新主人显然不怎么爱惜炉子，经常把她弄得喊疼。

他为什么要这么对一个炉子呢？

她看不下去了，合上书，深深地叹了一口气。

终于找到了新主人，她却一点也开心不起来。虽然炉子不该挑剔主人，但哪个炉子不想要个仙君那样和气的主人呢？她胡思乱想了一阵，不知不觉睡了过去。

第二天天一亮，掩日峰便来人了。

第二章　掩日峰

第二天一早，小顶听到敲门声，连忙把收拾好的小包袱挎在肘弯里去开门。

她打开门一瞧，门外站着个着红衣的年轻男子。

“你就是小顶姑娘吧？”他热情地接过小顶手里的包袱，“哎哟，可真是个小可人儿。这小脸水灵的，怎么长的，啧啧……”

小顶一头雾水：“请问，你是……？”她已经放弃认人了，这些天遇上的人，个顶个地瘦，除了衣裳、头发能看出男女，眼大眼小、鼻子高低哪里那么容易记？

“哦哦！忘了自报家门，瞧我这糊涂的！”红衣男人一拍脑门，摘下腰牌冲小顶一亮，金光闪闪的牌面上刻着“大渊献”三个字，道，“这是我的大名。”

小顶只认识一个“大”字，抱歉道：“我……不太识字。”

红衣人忙道：“我大名叫作大渊献，大渊献姑娘知道吗？地支最后一位，你称呼我小名‘阿亥’就行。我是掩日峰的傀儡人，奉主人之命来接小顶姑娘。”

小顶困惑地道：“傀儡人？”

“噫，小顶姑娘不曾听说过傀儡人？”傀儡人阿亥一边请她骑纸鹤，一边解释，“傀儡人就是假人，修士制作了来替自己做杂事的，我们归藏没有杂役，洒扫庭除啊，修剪花木啊，烧火看灶啊，都用傀儡人，明白了吗？”

小顶明白过来，点点头。她是炉子，同样是替主人干活的，说起来他俩差不多。她顿时对这阿亥生出了些许亲切感。

一炉子一傀儡骑上鹤，向着掩日峰飞去。

一路上他们遇到了不少骑鹤的弟子，弟子们一见阿亥，就像看到了瘟神，连忙控着鹤避让。

阿亥得意地道："知道他们为什么都躲着我吗？"

小顶捧场："为什么？"

"他们怕不小心蹭到我，"阿亥嘚瑟，"我们掩日峰的傀儡人很贵的，蹭破我一块皮他们得赔掉裤子。我们和其他傀儡人不一样，我们是有心的。"他拍拍心脏的位置："这里嵌着慧心石。当年纯元道君，也就是现在这位连山道君的师父，寻到十洲最后一块慧心石，剖成二十二小块，造了我们二十二个。我这样的，值五十万上品灵石呢。"

小顶肃然起敬："哇！我才值……十万灵石。"这是她听绑她的那两个修士说的。

"能卖十万灵石已经很了不起了，毕竟你是真人，真人卖不出价钱。"阿亥安慰她道，"其实我还是最便宜的一个，因为我是最后一个。慧心石不太够，缺了一小块，所以我有点缺心眼。"

小顶欣喜地睁大眼睛："我……也是！"仙君以前就经常笑着说她缺心眼。

"这么巧？"

两人相视片刻，一起没心没肺地哈哈大笑起来。

阿亥一路自顾自说个不停，一说一串，没个停歇。他语速快，小顶听不大明白，不过十分捧场，听得很认真。

"我的话是不是有点多？"阿亥喘了口气道。

小顶实诚地点点头："真多。"

"没办法，我们二十二个傀儡人共用一张嘴，"他解释道，"道君喜静，要谁回话就把嘴给谁安上。"

他脸色严肃起来，好心提醒她："对了，你到了掩日峰可得小心些，我们道君脾气不好，又最讨厌缺心眼的人，你别惹恼了他，回头他把你的嘴给摘了，等等……"他一拍脑门，"忘了你是真人，那还好，最多砍你的脑瓜，看我这缺心眼！哈哈哈！"

小顶："哈哈哈！"她喜欢这个阿亥——都是瘦子，他可比凶巴巴的新主人可爱多了。

“换了从前，道君是不肯用我的，”阿亥笑了一会儿，幽幽地叹了口气，“不过现在他倒了大霉，就想起我啦。我缺心眼，最省灵力……啊，飞过头了。”

一炉子一傀儡忙掉转鹤头往回飞。

连山君的府邸在掩日峰顶，比之掌门山房的简朴，他的住处简直可称富丽堂皇。从半空中俯瞰，成片的翡翠瓦闪着粼粼的光，犹如万顷碧波。白玉铺就的回廊百转千回，蜿蜒在楼阁与芳树之间，如同仙子的白练。屋后的山林便是苑囿，成片成片的霜花莹白如雪。

这已经不能称之为府邸，便是人间帝王的宫殿也难以与之比肩。

仙鹤落到大门前，阿亥上前推开大门：“小顶姑娘，有请。”他一边带着小顶往后院去，一边给小顶介绍，“这里原是老主人纯元道君的住处。老主人就爱盖房子，一攒了钱就盖房子，看这些廊柱，每棵都是万年以上的西仪树。”

绕过屏门，便是前庭。正当中是一方巨大的水池，池中央栽着一棵数十人合抱的玉梧桐。枝干是黑玉，树叶是绿玉，枝叶间点缀着一串串粉白桃红的玉果，微风拂过，发出泉水般泠泠淙淙的声响。

一只金凤站在枝头轻轻吟唱，时不时停下啄一颗玉果，见有人来，也不躲，只是摆摆金流苏般的尾羽。

小顶看得眼花缭乱，一双眼睛不够用。便是九重天上仙君的仙宫也没有这么富丽堂皇的。

她跟着阿亥绕来绕去，走了半天，两条腿都发酸了，终于走到了连山君的住处。

他的院子倒是挺素净，也不算大，三进的院落，前头是正堂、书斋，后头是寝堂、静室和内书房。

连山君放着那么多侈丽的楼台不住，住这么个不起眼的地方，很有点弱水三千，只取一瓢的意思。

一走进院门，小顶便看到廊下整整齐齐地站着一长溜傀儡人，每个都是和阿亥一个模子里刻出来的，高矮胖瘦分毫不差，眉眼也一模一样，只是这些傀儡人都没有嘴。

本来眉飞色舞、滔滔不绝的阿亥立时收敛，压低声音道：“这会儿道君应当在书斋，今早我看他的脸有点黑，怕是不太爽利，小顶姑娘可小心着点，别得罪他。”

小顶感激地点点头：“我……知道了。”

话音未落，他们便听书房竹帘里传出一个冷冷的声音：“为何去了这么久？”

阿亥掀开竹帘示意小顶进去，小心翼翼地赔罪：“那个……”

不等他解释，苏毓便不耐烦地挑挑眉：“退下。”

阿亥捂着幸免于难的嘴，劫后余生般地退了出去。

傀儡人一走，书房里就只剩下苏毓和小顶两人了。

苏毓坐在书案前，手捧着一卷书，着了一身玉色的广袖罗衫，不曾束发，墨发用丝绦松松地一束，随意地披在肩头。

和煦的晨光穿过窗前竹影，斑斑驳驳地洒落在他的肩头，让他看起来便像是从画中走出的翩翩公子。不过小顶的脑袋里没有半点诗情画意，她全然欣赏不来。她的目光落在他脖颈下面露出的那一小片白皙的肌肤和锁骨上——苏毓穿的是家常衣裳，中衣的交领开得有些低。他不但干瘪没肉，骨头也是里出外进，小顶暗忖。

苏毓感觉到她大咧咧的视线，微微蹙眉，抬手掖了掖领子，将脖颈以下全部遮住。

原来他也知道自己这模样太寒碜，不好意思见人，小顶对这新主人生出几分同情，原谅了他昨日的所作所为。

苏毓放下书，冷淡地看了小顶一眼：“从今往后，你便住在掩日峰。”他顿了顿，“不过若是存了什么别的心思，休怪我不客气。你可明白？”

小顶茫然地摇摇头，老老实实地道：“不明白。”

苏毓眉头一跳，不由自主地捏住了一块玉镇纸，捏得指节发白：“总之你要守这里的规矩，若自作聪明，犯了忌讳，我绝不会轻饶。”

小顶隐约明白了：“我……不聪明。”

虽然掌门常夸她聪明，但她还是有些自知之明的——再说炉子聪明还是笨有什么关系？

她自辩：“可是我……结实耐用。”

苏毓：“……”

这炉鼎腰如约素，仿佛一折就会断，哪里结实耐用了？

他一个激灵回过神来，捏了捏眉心，竟不知不觉叫这狡诈的炉鼎带偏了，真是好险。

他沉下脸色，道：“我已答应师兄授你一门术法，你想学什么，自己说吧。”

小顶皱着眉头苦思冥想半晌，双眸忽然一亮：“什么……都可以？”

“只要是我会的。”他顿了顿，拉下脸又补上一句，“除了玄素之术。”

“认字……也可以？”

苏毓有些意外，以为这炉鼎不是选剑术便是学五行法术，尤其是剑术，若能得他指点一招半式，一般剑修怕是会喜极而泣。不过转念一想，他便明白过来。这炉鼎资质不佳，无论选剑术还是法术，都会露短，他最不喜资质驽钝之人，她自然讨不得好。反倒是读书习字，他手把手地教她，二人难免耳鬓厮磨……

苏毓心中冷笑，这炉鼎想得倒是美。

“可以。”他面无表情地点点头。

小顶粲然一笑：“多谢……”这可帮她解了燃眉之急。

苏毓见不得这炉鼎巧笑倩兮的样子，不欲与她多言，三言两语交代完，便叫来阿亥吩咐道：“你带她去认认地方，说清楚规矩。”又对小顶道：“放课后立即回来，不可在外嬉游。”尤其是与男弟子勾勾搭搭。

小顶趁机问道：“今晚……就要吗？”

苏毓一张谪仙般的俊脸顿时黑如锅底，他难以置信地盯着她，这炉鼎简直是令人发指！他说话的语气比冰还冷：“事已至此，你以为我还会要你当炉鼎？”

小顶没料到他会这么说，一时间不知所措，愣怔半晌，忽然回过味来。

这是好事啊！

她不喜欢书给她找的主人，但是身为炉子怎么能主动换主人呢？眼下可是连山君先不要她的，这就怪不得她了。他毕竟是她来到这里后的第一任主人，虽然不怎么样，但自己还是要和他好聚好散。

她礼貌地问道：“那我能做……别人的……炉鼎吗？”

饶是苏毓见多识广，也从未见过如此厚颜无耻之人。他冷冷地盯着眼前这张艳若桃花的脸，试图从那剪水双瞳里看出一丝心虚。可那双眸子里什么也没有，这炉鼎理直气壮、坦坦荡荡地直视他的双眼，甚至还歪了歪脑袋，忽闪了两下眼睛。

“可以吗？”小顶见他半晌没回音，心中忐忑，又问了一句，“你……不要我，我找别人。”

苏毓恍然大悟，原来她不过是打着以退为进、欲擒故纵的主意。

“这是你自己的事，不必来问我。”他冷漠地答道。

小顶嫣然一笑，大有买卖不成仁义在的豁达：“谢谢。”

苏毓观她神色欣然，不似作伪，不得不感叹这炉鼎会做戏，难怪能将云中子骗得团团转。

小顶却已经憧憬开了。下一任主人她该找谁呢？她想过给恩人当炉子，以报答他的救命之恩，只是她不知恩人的下落，去找也没个方向。当然，找不到是她自欺欺人的借口，主要还是恩人生得平平无奇，若是他像金道长那般美绝人寰，这炉子便是把六合八荒翻个底朝天，都要把他挖出来以身相许。

总之，她已经在心里打定了主意，就金道长了……

想到这里，她忽然意识到一个问题——似乎不曾听说过金道长炼丹。连山君是金道长的师叔，想来是知晓的，她正好顺便打听一下。小顶便问道："金道长……用得着……炉鼎吗？"

苏毓呼吸一窒。他虽然知道炉鼎是在激他，却也不免有些心气不顺。

云中子的五个弟子中，金竹的修为处于中游，又因为幼时被人下了奇毒，坏了样貌，但他有个其他人都望尘莫及的优势——他家有矿。

十洲境一共有六条主要的灵石矿脉，金家就占了三条，而金竹身为嫡长子，自是要承袭家业的。也就是说，他拥有十洲境一半的灵石矿。

金竹向来为人低调，其金家继承人的身份只有内门弟子知晓。也不知这炉鼎从哪里打探出的消息，果真是无孔不入。苏毓自然不差钱，但若是真和金竹比家产，也没有必胜的把握。

他冷若冰霜地答道："用不着。"

小顶一听傻了眼，小脸顿时垮了下来："为……为什么呀？"

苏毓冷冷地睨了她一眼："我奉劝你别打内门弟子的主意。"顿了顿，脸上带上几分冷厉之色，"有我在派中一日，就不容你坏了内门风气。"

小顶不知道何谓"风气"，便连猜带蒙，料想连山君是嫌她炼丹时冒烟了。

但是这就没道理了，哪个炉子不冒烟？何况她的烟也没多少，他们就不能开了门窗通通风吗？她心里委屈，奈何嘴笨，不擅长与人争辩，只能讷讷地说道："白送的……也不要吗？"

苏毓越发不想与她说话。她就这么自轻自贱吗？果然是无可救药的炉鼎。

小顶想起金道长圆圆的脸蛋和鼓鼓的肚子，实在舍不得就这么放弃，看了一眼现任主人，干脆死马当成活马医："你……能帮我……说说吗？"

苏毓差点没背过气去。每次他觉得这炉鼎的脸皮已经厚得登峰造极，她总能突破自我，给他下一个惊喜。他都快气笑了，看向一旁的阿亥，厉声道："带她出去。"说罢便垂下眼眸不理人了。

阿亥正努力把自己展平了贴在墙上，假装不存在，闻声打了个冷战，走到小顶身边，用胳膊肘轻轻地捅捅她，小声道："小顶姑娘，走吧！"

小顶便是再不会看人脸色，也听出了连山君语气的不善。他不答应就不答应，拿一个炉子出气很了不起吗？她好性子，可也不是全然没脾气的，当下也不笑了，拉下脸来："那我……走了。"

苏毓眼皮也不抬一下，自顾自拿起书卷来看，吩咐阿亥："告诉她这里的规矩。"

阿亥偷偷地拉她的袖子。小顶却没动，看向苏毓："不用……告诉我规矩。"

苏毓挑了挑眉，不知道她葫芦里又在卖什么药。

小顶挺了挺胸脯："我……走了。"说着从阿亥的手里拿过自己的小包袱背上，"走了……不回来。"

苏毓这回总算抬起了头，用指尖点点桌案，嘴角微微扬起。阿亥吓得一缩脖子，游魂一样飘到一边，紧紧地贴回墙上。

苏毓："我说过，从今日起，你住在掩日峰，直至我命你离开。"

小顶觉得莫名其妙："你……又不要我。"

这是在要挟他？苏毓仍旧含着笑，但声音冷得能把人的血液冻成冰："你留在这里，直至我恢复灵力。"

小顶却不怕他，就事论事道："你的灵力……关我……什么事？"她是来当炉鼎的，当不成炉鼎，留在这里做什么？

苏毓冷不丁地被她的话噎住了——她这是有恃无恐，知道自己有求于她。

她的话的确挑不出什么错来。但是连山君是讲道理的人吗？不，他压根不能算人。他沉下脸道："河图石是你摸坏的，我因此没了灵气，你这么一走了之，是不打算赔了？"他想着，她不是最喜欢装傻卖乖吗？就让她继续装。

果然，炉鼎一听这话便慌张起来，小脸一白，愣愣地道："可是……掌门说……"

若是换个有点良知的人，这么讹一个小姑娘，多少会觉得心虚，然而良知这种东西，苏毓自是没有的。他面不改色心不跳："师兄仁善，不想追究罢了。我却没那么好说话。"

小顶未料还有这一出，讷讷地说道："我……我愿意……赔的。"

苏毓轻嗤一声："河图石乃上古灵物，本是无价之宝，念你不是故意为之，赔一百万上品灵石即可。"

小顶对钱财没什么概念，只知道自己值十万灵石。她伸出手，低下头开始认真掰手指。

苏毓暗忖，装傻也不用做到这种程度吧？

小顶掰了半晌，发现一百万灵石能买十个她，脸色更白了。这得把她卖十次才够啊！

苏毓看着“火候”差不多，这才矜持地说道：“本来只要你听从吩咐，我也不欲难为你，既然你不愿意，那便照价赔。”

那炉鼎果然服软，小嘴撇了撇，秀气的脑袋微微地耷拉着：“我……听你的。”

她虽是装的，倒也有几分可怜，苏毓暗忖。他觉得自己的心气顺了，便一点头：“既已明白了，那便退下吧。”又扫了阿亥一眼，“还等什么？”

从连山君的书房出来后，小顶蔫头耷脑，只觉前路茫茫——炉鼎没做成，还莫名其妙背了一屁股债。

阿亥清楚他们道君是什么货色，十分同情这小姑娘，安慰道：“小顶姑娘，节哀顺变吧，往好了想，至少你是真人，总有死的一天，死了也就不用还债了。”

小顶茅塞顿开，这话说得有道理啊！她对阿亥简直佩服得五体投地：“阿亥，你……真聪明。”

阿亥搔搔后脑勺：“不过尔尔啦。是你太傻了，哈哈哈。”

小顶：“说得是，哈哈哈。”

修士耳聪目明，苏毓在书房中听到他们憨傻的笑声，摁了摁突突直跳的太阳穴。这炉鼎竟然连假人都不放过！他连节省灵力都顾不上了，屈了屈手指，便有一个响雷在小顶和阿亥的头顶炸开。

一炉子一傀儡便立即闭上了嘴。

等雷声停歇，阿亥对小顶道：“我先带你四处转转，一边走一边告诉你哪些地方是禁地。本来那些不能进的地方都设了禁制，不过现在道君的灵力很弱，灵力要省着用，禁制便停用了。”他说着将小顶带到后院，指着紧闭的正房道，“这是道君的寝堂，不过他一般不睡觉，每晚在东轩静室里打坐。这两处没有道君的允许谁也不能进的。”接着，他将小顶带到西厢，“小顶姑娘往后便住这里。”

厢房比正房小了些，不过比起小顶前几日住的客馆已经宽敞了许多。里面的陈设也很风雅，屏风几榻一应俱全，床前挂着鲛绡帐，床上铺着水玉簟和云絮被。还有很多东西，小顶一个炉子都不知道它们是做什么用的。

阿亥道：“得知小顶姑娘突然要来住，临时收拾的，简陋了些，往后再慢慢添置。你缺什么同我说，我们道君虽然……喀喀，但在这些事情上不小气。”

小顶对住所本来就没要求，自然没什么不满，点点头：“已经……很好了，不缺。”

参观完住处，阿亥又带小顶看了专给她用的净身浴堂。

接着两人去了前院，阿亥道：“正堂是道君接待宾客的地方，所以从来不用。除了书房和丹房不能进，别的地方倒是无所谓，不过也没什么好玩的就是了。”

“丹房？”小顶一怔，“里面……有炉鼎？”

“那是自然，丹房就是炼丹的，没有炉鼎怎么炼？”

小顶恍然大悟，难怪连山君不要她，原来是已经有现成的了。他还嫌她坏风气，难道那个炉子就不冒烟了？

阿亥一边带她转悠，一边跟她说掩日峰的规矩：“我们道君每日子时到寅时在峰顶云台或是后院静室中打坐，所以那两个地方是不能去的。卯时他会去后园的竹林里练剑，练一个时辰，这段时间里你不能去后园。昼间他一般在前院书房，你别去前院……”

掩日峰的规矩多如牛毛，一言以蔽之，就是要招之即来，挥之即去，不能让他找不到人，也不能在他跟前碍眼。

阿亥道：“其实你只要记住，尽量别去招惹道君，见了他绕道走就好了，他也不会特地来难为你。”

小顶认真地点点头。

阿亥又道：“对了，每晚戌时是道君沐浴的时候，没有半个时辰他出不来，那段时间你可以四处溜达，不用担心遇上他。”

小顶默默地将这话牢记心中。

“千万不能去的地方记住了吗？”阿亥掰着手指一一数来，“道君的卧房、内外两个书房、东轩净室……还有什么来着？……”

小顶：“丹房？”

阿亥一拍脑门：“对啊，瞧我这记性，哈哈哈。”虽说五根手指已经掰完了，但他心里隐隐有点不安，总觉得遗漏了什么。

带小顶在院子里转了一圈便花了不少时间，阿亥看看升高的日头：“时候不早了，小顶姑娘也该去学堂了。”

阿亥掏出纸鹤注了灵，让鹤带小顶去紫玉峰的学堂，然后回去向连山君复命。

苏毓眼皮也没抬一下："送走了？"

阿亥一见主人，假汗毛都立了起来，结结巴巴地说道："回……回禀道君……小顶姑娘……"

苏毓一听这名字就心烦，一拂袖，阿亥的嘴巴便脱离了他的脸，自动飞到背后的架子上了。

"退下吧。"他漠然地说道。

到底还是没能留住嘴，阿亥在心里叹了口气，便立即退了出去。

绕过回廊，走到后花园，他远远地瞥见连山君浴殿的檐角，忽然一个激灵——难怪他刚才就隐隐觉得不对劲，原来是把这一处禁地给忘了！他有些不寒而栗，但是嘴没了，又不能亡羊补牢。

他转念一想，小顶姑娘再怎么缺心眼，总该知道那地方不能去吧？

就这样吧，阿亥想，接着便就地一瘫，晒起了太阳。

归藏的学宫设在紫玉峰旁的一块巨大的飞岩上。

数百间馆阁绕着一潭偃月湖，呈圆环形排列，湖中央的小岛上矗立着归藏引以为傲的藏书塔。

这塔连同底下的岛都是可以飞的，若是遇到灭门之类的祸事，藏书塔便能拍拍屁股飞走，保全历代有买书癖的掌门投入的大量心血和钱财。

新弟子要在西北隅的涵虚院上入门课，那里大约占了整片学宫的四分之一。

弟子们刚入门，还没来得及分科，第一个旬日上的都是大课，第一堂课便是掌门云中子亲授"归藏心法入门"。

小顶在掩日峰耽搁了一会儿，抵达涵虚院时，其他弟子都已到了，放眼望去乌压压的一片。

她看来看去，四处都坐满了，只有东北角的一个女弟子周围空着一大圈。小顶走过去，对那弟子道："我可以……坐旁边吗？"

女弟子正埋头看一本厚厚的大册子，闻言抬起头来，打量了小顶一眼："又来一个，噫，胸真大、腰真细，一看就是个脑袋空空的花瓶，这年头连花瓶都要镀金了，靠脸吃饭不好吗？"

小顶："我……不是花瓶，也不用……镀金。"她的原身本来就金光闪闪，压根用不着镀金。

女弟子愣了愣，接着道："想坐你就坐，坐得住算你厉害。"

小顶只觉得这姑娘说话怪怪的，倒也没放在心上，道了声谢，在她右首的书案前坐下，又道："我叫萧顶，你叫……什么名字？"

女弟子："萧顶？这什么名字，真难听！我叫沈碧茶。"又道，"你一定觉得我说话很奇怪吧？小时候我爹嫌我心眼太多，给我喂了颗贯胸丸，后劲有点大。"她继续解释："吃了贯胸丸，就像在心口开了个洞，大实话不停地往外冒。我爹觉得做人实诚点才有朋友。哼，也不知道那么蠢的爹怎么生出我这样的天才，真是生命的奇迹。"

小顶自个儿缺心眼，特别羡慕心眼多的人："你……很厉害。"

"哎呀，你这小妖精的道行有点高嘛！啧，这亮晶晶的小眼睛，跟带着小钩子似的，把我一个女人都勾得春心荡漾了，也不知道将来便宜了哪个狗男人。"

小顶："啊？"沈碧茶说话时语速太快，话里的内涵太丰富，实在超出了一个炉子能理解的范围。

沈碧茶："你就当没听到吧。怎么傻乎乎的？白瞎了这脸、这胸、这腰、这腿、这屁股，给我就好了。要是我有这脸、这胸、这腰、这腿、这屁股，还不把'十洲三界美男榜'上的人杀个片甲不留？"

小顶："十洲……什么榜？"

沈碧茶用手指点点面前的大书："喏，就是这个，十洲三界的外貌排得上号的美男子都在里面，每三年修订一次，我这是最新版，只印一百册的珍版。天哪！'十洲三界美男榜'都没听过，你是哪个村里出来的乡巴佬？"

小顶："什么是……乡巴佬？"

沈碧茶："乡巴佬就是没见过世面的土包子，就像你这样的。别再逼我说话了。"

小顶正欲开口，掌门云中子仙姿飘飘地从门外踱了进来。

沈碧茶立即压低声音点评起来："不愧是美男榜上排行第三的狐狸精，长得真是不赖，可惜有股子老儒生的酸味……"

云中子："子曰：'学而时习之，不亦乐乎。'"

沈碧茶："噫，在床上也来一段'子曰'的话我可消受不起。"她一边说，一边唰唰地翻了两页"十洲三界美男榜"。

小顶不经意地一瞥，看到页面上有画有字，画的是个衣袂飘飘的男子。小顶反正也认不出脸，不过看到图旁边写着"云中子"三个字。

沈碧茶用手轻轻一抹，栩栩如生的工笔彩绘出的掌门立即就成了灰白色。

云中子接着道："看到这么多青年俊彦齐聚一堂，就如同看到了修仙界的希望，老怀甚慰。后生可畏，后生可畏……这一届有许多出类拔萃的小友加入归藏，尤其是沈碧茶小友，在入门试中高居榜首，剑法与术法的造诣都很是了得。不知沈小友可否上前来，与我们分享一下你的心得？"

沈碧茶走上前去，扫了众弟子一眼："恕我直言，各位都是垃圾。"

弟子们面面相觑。

云中子："呵呵，沈小友说笑了……"

沈碧茶："只有垃圾、更垃圾、最垃圾和漂亮垃圾之分。漂亮垃圾说的是萧顶，其他丑东西就别觍着脸对号入座了。"

小顶突然听见自己的名字，歪着脑袋一脸茫然地道："啊？"

"我知道你们都想打我，很可惜，你们打不过我。我是单火灵根、天生剑体。依我看，你们这种资质就别修仙了，你们要是能飞升，猪都能飞升了。"有几个年纪小、资质差些的弟子被她说得满脸通红，泪光微闪。沈碧茶瞥了他们一眼道："还有脸哭？赶紧回家吃奶去吧。"顿了顿，又说，"当然，我来归藏也不是冲着修仙来的。谁都知道归藏出美男，十洲三界美男榜的前十就有七个在归藏……"

云中子执掌门派多年，什么性格怪异的弟子没见过，当即打起掩护："咯咯，多谢沈小友这番肺腑之言，发人深省，发人深省……"他打着哈哈，又扯了一篇子曰，终于把弟子们的思绪掰回正道上，这才语重心长地说道，"在修道一途上，在座各位有的走得快些，已经筑基；有的起步晚些，还未寻得门径。这都没什么。路漫漫其修远兮，修道从来不是一蹴而就的事，一时的差距也不必太在意。各门各派都有自己的法门和侧重之处，我派的重心，修道即修心，要修仙，先修心。故这第一门课，我们不先急着教授引气入体之法，而是从静心和养气开始。"

有的弟子事先了解过归藏的课程，不以为怪，但大部分人不曾料到，堂堂三大宗门之一的归藏，第一堂掌门亲授的心法课竟然这么敷衍。

云中子知道他们的心思，微微一笑："我知道你们中有人已经筑基，入定、龟息不在话下。一会儿你们大可以拿出自己的本领。"他顿了顿，从袖中掏出一块古朴的木牌，晃了晃，"若是有谁能在一炷香的时间内不泄一丝气，便可任意出入藏书塔的任一层。"

弟子们顿时哗然。归藏派的藏书塔共有九十九层，越往上的藏书便越珍稀，许多是十洲的孤本，记载着外界已经失传的奇门异术，还有许多邪门功法。据说连山君便是练了失传的邪功，这才年纪轻轻就能横扫六合。

新弟子一旬只能进一次藏书塔，而且只能去底下的十层。

云中子笑眯眯地将令牌收回袖中，接着讲课：“气藏气海中，乃天地之生理，万物所由生，筑基即筑气。要引气，须学会养气。若是养不住，气海便处处有漏洞，引再多气入体，也会尽数漏出去。

“呼吸吐纳之法，在混混沌沌、息息绵绵，若是功夫到家，人与天地万物化同为一，人便如枯石槁木，可以完全隐藏住自己的气息。”

若是谁能全然隐藏气息，对敌时便占了一分先机。高手过招时，一分先机便足以定胜负、生死了。

云中子接着传授呼吸吐纳的要诀，最后道：“总而言之，要将自己想成死物，比如一块石头、一个香炉，接下去便请诸位试试吧。”

那些法门要诀都文绉绉的，小顶只听懂了最后一句。

香炉和炼丹炉虽不是一回事，但也算是表亲，把自己想成炉子还不容易？她本来就是啊！

弟子们陆陆续续地盘腿打坐，闭上双眼入定，一时间堂中寂然无声，落针可闻。

一些人用的是新学的心法，一些人自负所学，还是用家传的心法。只有小顶与众不同，人家都是盘腿坐，她却是抱着双膝蹲在地上，露出一脸呆滞的表情。

云中子知道她全无基础，天资又差，也不去苛求她。见弟子们都已准备好，他便掐诀施法，上百根细如蛛丝的金线自房顶垂下，悬在每一个弟子的口鼻前，每根金丝的末端都系着个小金铃。只要有一丝气息漏出来，金线振动，金铃就会作响。

顷刻之间便有许多金铃响起，丁零零响成一片。响过三声，铃铛和金丝便消散在空气中。

第一批失败的大多是自恃修为高，对令牌志在必得的弟子，这会儿只能悻悻地低下头。

陆陆续续地又有铃声响起，一炷香时间才过了一半，堂中便只剩下不到十个金铃了。令云中子颇感意外的是，小顶的金铃居然还在。

时间一点一滴地过去，不时有铃声响起，一炷香即将燃尽时，全场只剩下沈碧茶和小顶的两个金铃还纹丝不动。

不仅是云中子，弟子们也被这蹲在地上、眼神呆滞的少女惊呆了。这难道是什么奇异的功法？

香即将燃尽的刹那，沈碧茶面前的金铃终于响了起来。在最后一刻功亏一篑，沈碧茶自然有许多话要说。云中子吸取了之前的教训，连忙给她下了个隔音咒，众人的耳朵总算幸免于难。

香燃尽了，全场只剩下小顶的金铃。

谁知她还是一动不动地蹲着，直到沈碧茶推她，方才如梦初醒，揉揉眼睛："完了？"

云中子大感意外，从袖中取出令牌。三十年来，这块令牌还从未送出去过。

他年年以此为诱饵逗引学生，很多天赋上佳的学生因为重赏乱了心神，心一乱，呼吸自然也乱了。这天资奇差的小炉鼎看着傻愣愣的，反而是道心最坚定的一个。云中子不由得为自己先前的成见汗颜。他总是口口声声地说天资不能决定一切，但还是以天资来衡量学生。

"不知萧小友是如何领悟的？"云中子道。

小顶想了想："把自己……想成炉子。"

云中子大为感慨，连连颔首："大道至简。萧顶小友果真是虚怀体道，无己顺物。子曰：'三人行，必有我师焉。'受教良多。"

小顶一句也没听懂，眨巴了两下眼睛。

云中子晃了晃手中的令牌："萧小友，请吧。"

小顶迷迷糊糊地走上前，在众人艳羡的目光中接过令牌——虽是木质的，入手却如金石一般沉甸甸的。

云中子："有了这令牌，你就可以随意出入藏书塔了。"

小顶看了看木牌，抬起眼："可以……换成灵石吗？"她不识字，自己灵府里的书还没看明白呢，哪里有空去看别的书？现在她缺的是灵石，早点把连山君的钱还清，她才能去找下一个主人。

云中子："……"什么道心坚定，什么无己顺物，都是他想多了。

弟子们也惊呆了，能出入藏书塔是很多人梦寐以求的事，这姑娘也太不识货了吧！

云中子摸摸下巴："这恐怕……"话音未落，便有弟子道："我买！我出一万上品灵石！"

云中子："……"

立马有人嗤之以鼻："我出五万！"

投入归藏门下的老牌世家子虽不多，但修仙界是不缺暴发户的，当下便有一群富家子弟喊起价来。

“七万！”

“十万！”

“十二万！”

“五十万！”

众人一惊，循声望去，只见西门馥轻摇折扇，趾高气扬：“我出五十万灵石，萧姑娘可愿割爱？”

小顶：“割爱？”

沈碧茶：“就是问你卖不卖。”

小顶点点头：“卖。”

西门馥当即从怀里摸出一块浅紫色的空白玉简，凝聚灵力在指尖，在那玉简上画了一通，上面便出现一串银色的刻纹。

“凭此简，在十洲境内任意一家钱庄都可兑成灵石，也可分次支取。”西门馥得意扬扬地说道。

小顶接过薄薄的一片玉简，有些狐疑，看云中子冲她点头，这才把玉简小心翼翼地揣进怀里，把令牌交给西门馥。

这么小小的一块东西竟然就能买五个她，这真是个很不讲道理的世界。

一天的课程结束，小顶迫不及待地骑上鹤回到掩日峰。

一见苏毓，她二话不说掏出玉简：“先……还你……一半。”

苏毓本当她在说笑，直至看到玉简上的数字和西门家的花押，脸色便一沉：“哪里来的？”

小顶没想到还他钱还要被他凶，挺了挺胸，傲然道：“我……凭本事……挣的。”

苏毓的目光冷不防地落到小顶的胸上——他倒不是故意去看的，而是她这么一挺，实在是让人无法忽略。这种时候她还在有意无意地媚惑他！苏毓冷冷地挪开视线。

不过她能在短短一日之内便引得西门家的败家子为她一掷千金，也的确算是本领过人了。

苏毓懒得管这些乱七八糟的事，但是她轻而易举地拿出五十万灵石来，还是令他有些头痛。若是明日她再找个西门傻那样的冤大头，岂不是一下子就把百万灵石还清了？

早知道他就该说一千万灵石！

苏毓捏了捏眉心，如今却是处于被动的境地了。到时候她以此要挟，要他就范……

他又转念一想，应当不至于，五十万灵石不是小数字，派中的富家子弟虽多，那么傻的实属百里挑一。

若是她真有这本事，到时候他再想别的法子便是，总不会叫她得逞的。想到此处，苏毓心下稍定，将玉简随意地置于案头上，道："你的事与我无关，不必告诉我。"

小顶觉得莫名其妙："你……自己……问我的。"刚才分明就是他凶巴巴地问她灵石是哪儿来的。

苏毓被她一噎，挑了挑眉，强词夺理地道："入我手的钱财自要问清楚来源。"说罢，便摆出一副不欲多言的冷淡模样，"叫你来不是闲话家常的，坐下。"

人在屋檐下，不得不低头。小顶心里有气，却也不得不依言在他身边的榻上坐下。

苏毓："我先运功一个时辰，你需寸步不离地待在这里，可听明白了？"

小顶微微地噘了噘嘴："明白了。"

苏毓随即合上眼，默念心诀，催动灵气，空了大半的气海顿时泛起微澜。

他还未把心诀念完，却听得咕噜噜的一阵响。他睁开眼睛，不悦地看向那炉鼎："又怎么了？"

小顶摸了摸肚子："饿……"学堂给没辟谷的新弟子包两顿饭，但是小顶一放课就急急忙忙地赶回来还债，没顾上领饭吃。

苏毓感到气息有些不顺："憋着。"说罢重新合上眼，开始运气。

小顶闷闷地嗯了一声。然而，没等苏毓运完一个小周天，她的肚子又咕叽咕叽地叫起来。苏毓只得站起身，从靠墙的架子上翻出个青色的小瓷瓶扔给她："吃。"

小顶拔出塞子，倒了一颗青色的小药丸在掌心。她认得这是辟谷丹，刚来时她吃过几回，吃一颗能顶一天，肚子不会饿，也吃不下饭。她有些犹豫，学堂的饭食还挺好吃，吃饭是为数不多的做人的乐趣了。

苏毓催促："还在等什么？"

小顶不情不愿地把丹丸放进嘴里。

苏毓微微地眯了眯眼："这不是一般的辟谷丹，药效达十年，一颗便值十万灵石，替你记在账上。"

小顶瞪大了双眼。

就这个小药丸，收她钱也就算了，还让她十年不能吃饭，那她还做什么人？

还好没咽下去，她赶紧把药吐了出来，用袖子擦擦上面亮晶晶的口水："不要了，还你。"

苏毓："……"他在心里暗骂道，说早了，失策！

他不动声色地说："这是我亲手炼制的丹药，不只能充饥，还可增加五成修为，一向不卖的，只收十万灵石，和白捡差不多。"

任他吹上天，小顶一点也不动心，对她来说，让人吃不下饭的药，要它干吗？！

"不要。"她固执地说道。

苏毓一挑眉，沉下脸："你舔过了，已经脏了，我是不要的。"

小顶看看掌心的小药丸。她明明已经擦得很干净了，但是人家不肯收回去，她也没法子，只得把药丸收在腰间的百宝囊里——这百宝囊是和道袍一起发的，是便宜货，只能存相当于一百斤大米的物品。

这炉鼎身无长物，一副穷酸样，苏毓是万万没想到她能一下子拿出五十万灵石的。

一个有头有脸的当世大能，这样讹一个小姑娘，换了别人，多少会有点羞愧，苏毓却心安理得，叫来没嘴的阿亥，吩咐道："去紫玉峰打一份饭食来。"

阿亥领了命，很快便将饭打了来——果然只有白饭。

这傀儡人办事，一向是如此可靠，让打饭，绝不打菜。

苏毓无所谓，横竖不是他吃的。

小顶也不挑剔，能有饭吃便很满足了，当即抓起筷子，小口小口地往嘴里扒饭。

苏毓不经意地一瞥，见她吃得十分香甜，不禁有些生疑。归藏的饭食之差在整个十洲境都是出了名的。每年三界票选伙食最差门派，归藏总是高居榜首。由于伙食难吃得令人发指，归藏的"新弟子一年内辟谷率"也是一骑绝尘的。就比如小炉鼎吃的这碗饭，一半夹生，一半焦煳，充分体现了归藏厨子的"鬼斧神工"，但看她陶然的模样，简直像是在吃什么珍馐美馔。她是没生舌头吗？苏毓思忖。不过她吃东西的模样倒有些逗趣，腮帮子一鼓一鼓的。

小顶不一会儿便将一碗饭吃得干干净净。

阿亥上前收起碗筷，苏毓便悠悠地说道："这一顿便算你一万灵石吧。"

阿亥手一抖，瓷碗摔了个粉碎。他知道道君不做人，没想到这么不做人！

苏毓看向他，阿亥一缩脖子，赶紧拿了扫把收拾瓷碗碎片，并悄悄给小顶递眼色。

他们都缺心眼，自然是要守望相助的。

炉子不会看傀儡的眼色，但是她再傻也发觉不对劲了。学堂吃饭是不要钱的，连山君却要收她一万灵石。一个她十万灵石，一万灵石差不多得有一条胳膊了吧？她吃碗白米饭要一条胳膊，怎么也讲不通啊！

她眉头一皱："学堂的饭……不要钱。"

苏毓气定神闲："饭虽不要钱，大渊献替你跑这一趟，难道不要工钱？"

大渊献虽低着头，眼睛却瞪得大大的。他们傀儡人一年的工钱才五百块灵石，还是中品，都不够买几身漂亮衣裳的。

苏毓："再说因你吃饭，耽搁我运功，这损失若要认真地算起来，再加一万也不够。"

既然这炉鼎先不守规矩，那就不能怪他手狠了。

小顶隐约地觉得哪里不对，但是又掰扯不过他，只能认栽，心里打定主意，以后可得在学堂吃完了回来，不能再让阿亥替她打饭了。

苏毓不再与她多言，立即打坐运起连珠九转功法，开始从小顶的身体中汲取灵力。小顶只觉有什么丝丝缕缕的东西从她的身体里缓缓地流淌出去，身上似乎痒痒的，不过连山君不许她动，她便在原地呆呆地坐着。

一个时辰后，苏毓缓缓地睁开眼睛，看了一眼仍旧坐在原地一动未动的小顶，眉头微蹙："行了，你先退下吧。"

汲取灵力的速度比他料想的还慢，按照这进度，即便他一丝灵力也不耗费，要让气海恢复充盈状态也得两个月——但是有些灵力是省不了的。比如驱使傀儡人的灵力，一般傀儡人可以用灵石买，但掩日峰的傀儡人是师父替他特制的，只认他的灵力，因此绝不会背叛他。除了大渊献这个杂役，他每日都需要两三个天干傀儡人陪他练剑。此外还有几处必不可少的禁制，也是不得不动用自己的灵力的。

如此一来，他充盈气海便需要三个月。

不到两个月后便是一甲子一度的十洲道法大会，他是必须去的。

苏毓抚了抚额角，想着能将夜里的时间用起来就好了……不过他立即掐灭了这个念头，与这炉鼎孤男寡女共处一室，岂不是如了她的愿？

他一时也没什么更好的办法，摁了摁太阳穴，便走出东轩，顺着回廊向后花园走去。

每日戌时，他都要沐浴，这是雷打不动的习惯。

他顺着竹林间的幽径穿过草木扶疏的花园，弦月已经升到了树顶，耳畔传来灵虫的鸣声，隐约夹杂着外头庭院里金凤婉转缥缈的吟唱声。

这是一日中最惬意的时候，刀光剑影似乎都离他远了。

苏毓走进浴殿。大渊献已将干净衣裳、澡豆巾栉准备好，浴池的水是从山泉中直接引的，也用灵石加热好了。雾气缭绕的温热池水从四壁的二十八只兽口中哗啦啦地注入池中，白浪如雪，声震如雷。

苏毓顺手便要下禁制，转念一想，府墙下了禁制，没有外人能闯入，他吸了一个时辰灵气才增加了这么点，何必浪费在这种地方？

想到此处，他便收回手，除去衣物，舒展长腿，跨入池中。

他正闭目养神，耳畔忽然传来一阵铃声，是师兄云中子给他传音。苏毓无可奈何，只得动用灵力回应："师兄。"

两人都在门派中，非要用什么千里传音，是嫌他灵气用不完吗？

他的耳边传来云中子的声音："师弟，试过运功了吗？"

苏毓嗯了一声。

云中子："收效如何？"

苏毓如实地说了一遍。

云中子倒是暗暗松了一口气。他巴不得这祖宗在门派中老老实实地待着，少出去搞事。假意安慰了几句后，他又问道："小顶姑娘在掩日峰可还好？你可别欺负人家。"

苏毓知道师兄被那炉鼎哄得团团转，还以为她不谙世事。他也懒得争辩，敷衍地道："我知道。"

"对了，说到小顶姑娘，我想起一事。"云中子语带笑意，将今日心法课上的事说了一遍，"没想到自我教心法课以来，第一个拿到藏书塔令牌的却是这姑娘。更没想到，她居然转手就把令牌卖了五十万灵石。"

苏毓闻言一怔，原来她说的凭本事还真是凭本事……倒是他冤枉她了。

云中子还在叨叨："你说她一个小姑娘，在门派中待着，也没什么花钱的地方，要这么多灵石做什么？”

苏毓自是不会告诉师兄，是他讹了人家一百多万灵石。他大言不惭地答道：“攒着养孩子吧……”

云中子恍然大悟：“哎，也是，如今养崽子可费钱了：洗髓、开蒙、养灵根，处处都要花钱，若是像那西门小公子那样要矫正灵根，没个一百万灵石都下不来……”

苏毓哪里耐烦听他讲养儿经：“师兄有道侣了？”

云中子觉得莫名其妙：“没有啊，你听谁说的？”

苏毓：“原来你记得。”

云中子：“……”

苏毓掐了传音咒，师兄的声音渐渐远去。

他将脖颈以下没入水中，不觉又想起那炉鼎的事，心里有些不舒坦，倒不是良心不安，而是因为自己错怪了她。

若是他在这事上料错了，那别的事又如何？

他一时没了兴致，哗啦一声从池中站起身。

一转身，他便看到一个人影蹲在他的身后，在缭绕的雾气中若隐若现。

苏毓心头一凛，手腕中的小剑已脱出经脉，朝人影飞去。

苏毓出剑，全然是出于遇到威胁时的本能。待他透过水雾看清那人是小顶时，剑已经朝着她的眉心刺去。

他的剑乃是精纯的剑意凝结而成的，尽管眼下只有绣花针大，也锋利无敌，可以削金断玉，若是没入她的眉心，她便会神识尽碎，回天乏术。

那炉鼎却不闪不避，仍旧呆愣愣地蹲着。幸亏苏毓反应够快，小剑堪堪悬停在距她的脸一寸处。

小顶方才只觉有一道银光朝她射来，这会儿剑停下来，她才看清楚，也不知道后怕，好奇地盯着悬在鼻尖上的小剑，看成了斗鸡眼。

苏毓：“……”他早知这炉鼎胆子肥，不过生死攸关之际还能这么沉着冷静，倒是他始料未及的。这份心性和定力便是在顶尖的修士中也极为难见——那锲而不舍、百折不挠的劲头就更是稀世罕见了。

苏毓自己便是少有的狠人，但此时赤条条地站在水池里，膝盖以上都暴露着，实在也没空与她惺惺相惜。他顾不上节省灵力，一伸手，衣裳瞬间从衣桁上飞过来，披到他的身上，遮住了关键部位。

然后他才从池子里走出来。

他一头湿漉漉的墨发披散在肩头，脸庞和脖颈白皙如玉，洇在缭绕的雾气中，整个人像是湿墨勾勒出的写意美人。雪白中衣的下摆湿透了，贴在腿上，他一走动，修长的双腿的线条清晰可辨。

这本是一幅极赏心悦目的美人出浴图，可惜炉子不解风情，一双被水汽洗得越发润泽的眼眸里，半是疑惑，半是嫌弃。

“你在这里做什么？”苏毓冷若冰霜，目光中暗藏杀气。

小顶抬起手揉揉眼睛：“我……就看看。”

苏毓：“看什么？”

小顶朝他的腰下望了一眼：“看看……你有……我没有的……东西。”

在九重天的时候，仙君告诉她男女有别，阴阳相异，男人和女人的身体是不一样的，但究竟怎么个不一样，他也不说清楚，在仙池沐浴的时候，也下了禁制不准她看。上回破庙中的男人倒是光着，但四下里太暗，她光顾着纠结要不要把衣裳借给人家，也忘了这一茬。

阿亥说连山君沐浴时，她可以四处溜达，不用担心遇上他——不用担心遇上他，引申开去，就是遇上他也不用担心了。

她在园子里逛了一圈，到处黑灯瞎火的，实在没什么好看的，想着来都来了，便顺便来参观他洗澡。

苏毓都快气笑了，咬牙切齿地道：“好看吗？”

小顶自然觉得不好看。这肚子跟刚犁过的药田似的，还不如她的呢！她的肚子虽然瘪，但至少不分块。

他的肚子那么丑，怪不得他气急败坏。

但直说未免伤人，她一向是与人为善的，哪怕前任主人实在不怎么样，她想了想，折中道：“还可以……吧。”说完撇了撇嘴。

苏毓：“你……”他感到血气往头上涌，额头的青筋暴起。

小顶歪了歪头：“我？”

苏毓：“……”

他忽然感到有些不对劲。他知道自己生得不差。但若说这炉鼎为了偷窥他沐浴，将生死置之度外，他也是不信的。

一想到那缺心眼的傀儡人的德行，他便猜到了七八分。多半是傀儡人忘了交代这处禁地，她误入此地，撞上他沐浴，干脆将错就错，一饱眼福。

“大渊献不曾告诉你，这里是禁地吗？”他杀假人的心都有了。

小顶看他一脸凶相，难得留了个心眼，没有立即回答。她隐约感到，要是照实说，阿亥可能会遭殃。阿亥是她的朋友，她不能让他遭殃。

她想了想：“我忘了。”说完又补上一句，“我笨，记性不好。”

苏毓见她目光躲闪，便知端的。看不出来，这炉鼎倒是有几分义气。她有韧劲、有狠劲，心眼多得像筛子，还会装傻充愣，本来倒是个可造之材，只可惜天生是个炉鼎，注定成不了剑修。

此次既是傀儡人失职，他也懒得追究她的过失——对身边人，他一向是赏罚分明的。

“记住此处是禁地，往后不得擅入。”他冷着脸道，“退出去吧。”

小顶点点头，心想，便是请她来看，她也不想看第二回。

她站起身，拍拍蹲得发麻的腿，转身便往外走，才走出两步，苏毓叫住了她：“你偷窥我沐浴，不能就这么不了了之，罚你十万灵石，记在账上。”

他倒也不在乎她那点灵石，只是得确保她安安生生，别再闹什么幺蛾子了，待此间事了，再把灵石一并还她就好了。

小顶满脸疑惑。这回她是真的不能忍了，吃一碗饭一万灵石，好歹还管饱，看他个丑身子能管什么？

她气得鼓起了腮帮子：“不给，我不要看！”他太欺负人了，她看的又不是金道长。

苏毓脸色一沉：“已经看了。”

小顶呆了呆，突然灵机一动，便开始解腰带。

苏毓：“你这是做什么？”

早上她不小心把腰带系了个死结，这会儿有点难解。小顶一边埋头对付腰带，一边道：“我……让你看回来……就是了……”

他们俩丑得各有千秋，但认真比起来，还是她稍微好看那么一点，按道理他还得找她钱呢！不过她厚道，就不用他找了。

苏毓呆住了。

小顶总算把腰带解开了，正要掀开衣襟，忽觉脚下一空，一阵狂风把她卷起来抛到了外面的草丛里。

草甸上软软的，她倒是一点也不疼。小顶爬起来，摘掉脑袋上挂着的草叶，便听上空传来连山君的声音：“回房里去。”冷得像是要结冰的声音底下似乎有什么行将喷薄而出，被他生生地克制住了，“方才的事就当没发生过。”

小顶对着那声音道：“十万灵石……”

苏毓：“这次不算你的！”

小顶这才松了一口气，把腰带扎好，回房间睡觉去了。

浴殿中，苏毓坐在池畔，半晌没缓过气来。这厚颜无耻的炉鼎好像不但每次都能精准地戳中他的肺管子，还要在他的肺管子上来回蹦。

经过这么一番折腾，他今日运功一个时辰汲取的灵力已经不剩什么了，没准还要倒损耗一些。

这炉鼎做了亏心事，也不知道晚上能不能睡着觉。

小顶一觉睡到大天亮，神清气爽地去上学堂。虽然她身上还有六十一万上品灵石的债，但比起昨天的一百万灵石，已经好上许多了。

要是她能再挣两块令牌就好了！然而令牌不是大白菜，能畅通无阻地进藏书塔本是内门弟子的特权，令牌发多了便不值钱了。

心法课仍旧是复习昨日学的呼吸吐纳法，小顶压根不需要复习，她最擅长的就是蹲着，只要她愿意，蹲到天荒地老也不在话下。

第二个过关的是沈碧茶。

“孺子可教，沈碧茶小友第二日便掌握了要领，很不容易。”云中子对这资质上佳的优秀学子基本还是满意的——只要她能闭嘴。

沈碧茶：“先生谬赞，我只是随便学学……呵，怎么可能，我回去背着人练了个通宵，就为了做出举重若轻的样子气死你们。”

云中子：“……”

小顶：“碧茶，你真厉害。”让她整晚不睡觉，她可受不了。

上午的课结束后，一股难以名状的味道飘进来，焦煳中带着腥臊，腥臊中又有一点酸臭，就像把无数悲惨不幸的灵魂浓缩起来灌进人的鼻孔里。弟子们的脸上立即露出生无可恋的神色，云中子忙收起教具和课本落荒而逃。只有小顶一脸陶醉地抽抽鼻子，咕嘟咽了口口水：“真香。”连沈碧茶都说不出话来，只是一脸惊恐地看着她。

十来个黄衣傀儡人把食盒分发给每个弟子，脸上洋溢着幸灾乐祸的微笑——身为不用吃饭的物种，真是太幸福了。

小顶拿到食盒，迫不及待地掀开盖子：“啊，有视肉！”

弟子们一听这两个字，头皮都开始发麻。

所谓的视肉，不是哪种特定动物的肉——它活着的时候就是一块肉，与普通的肉不同的是，它随割随取，割完不久又会长出来。不好吃也就算了，它还长得特别恶心，血丝密布的肉上面，密密麻麻地长满了眼睛。

归藏只有两种肉，除了视肉以外，另一种是豆干做的假肉。对此，归藏的解释是归藏是唯一一个招收妖族弟子的门派，若是用别的肉，一不小心就会吃到同窗的亲朋好友。但是弟子们怀疑这只是掌门的借口，因为每个妖族弟子都说让他们吃视肉，还不如让他们啃自己。

一般人料理视肉，都会把眼睛去掉——只有归藏的厨子除外。

小顶抓起筷子，插进一只眼睛里，啊呜一口吞进嘴里，咯吱咯吱地嚼起来，意犹未尽地舔舔嘴："真鲜。"

众人有苦难言。能面不改色地把这种玩意儿吃下去，这娇滴滴的小姑娘真是个深藏不露的狠角色！

小顶见别人都不动，诧异地问道："你们怎么……都不吃啊？"说着又插起一只眼珠子。

众弟子别过眼去。

午膳是视肉，意味着晚膳也是视肉，意味着明天是隔夜的视肉，后天是隔两夜的视肉……一连七天都是视肉——归藏的厨子向来是一次做够七天的量，反正都是那么难吃，也没人在乎新鲜不新鲜了。

大部分新弟子没辟谷，不能连着七天吃白饭，辟谷丹便成了抢手货。

小顶津津有味地嚼着眼珠子，忽听有人问："谁有多的辟谷丹？卖我一颗行吗？"

有人回答："我有一颗十天时效的，一百块上品灵石你要不要？"

"这么贵……"那弟子有些犹豫。

有人抢道："他不要我要！"

"谁说我不要的？"先头问的那人暴起。

一颗这样的辟谷丹在外面卖十块灵石都算顶了天了，一般来说修士们服辟谷丹只是图省事，可到了归藏，辟谷丹就成了救命的东西。

一入归藏深似海，新弟子第一年是不能出山的，因此辟谷丹的要价水涨船高，机灵的弟子便在入山前把灵石都换成辟谷丹，即便试炼通不过，也能发一笔财。

小顶一听，连忙放下筷子，开始掰手指，管十天值一百灵石，管十年的值几块？

手指不够用，她也不管了……收回点钱就好。

她从百宝囊里摸出辟谷丹：“我有一颗，管十年的，谁要？”

本来吵吵嚷嚷的屋子里顿时鸦雀无声。

不一会儿，便有许多人围上前来，盯着她掌心的小药丸。这小药丸也和一般辟谷丹一样是青色的，但是莹润青翠，微微发着光，像是阳光下凝在竹叶间的一滴露珠。

“假的吧，哪有管十年的辟谷丹……”

“就是啊，只是看着漂亮点……”

这时，西门馥摇着扇子踱过来：“诸位有所不知，这种辟谷丹是有的，只是当世能炼出这等极品丹药的大能凤毛麟角……若是在下没认错，这辟谷丹其实不算辟谷丹，而是真元雪禾丹，服之可辟谷十年不过是功效之一，这种丹丸另有一个奇效，便是能令结丹前的修士增加五成修为。”

此言一出，全场哗然。

一下子增加五成修为，这哪是辟谷丹，简直是灵丹妙药！

西门馥自己就曾服过一颗，只是没说出来罢了。

他凝视着小顶掌中的丹丸：“萧姑娘的丹丸可否借在下一观？”

小顶点点头，把辟谷丹递给他。

西门馥捏着丹丸，翘着兰花指，将它放到鼻子前轻嗅了一下：“没错，是雪禾的气味。不知萧姑娘的辟谷丹得自何处？”

小顶如实答道：“连山君……给的。”

众人惊诧万分。

有人小声道：“啊，我想起来了，那天看到掩日峰的红衣傀儡人带着一个姑娘……似乎就是萧姑娘……”

众人再看这少女的绝艳容颜和凶残做派，隐约明白了点什么。

西门馥心神巨震，虽说看见这姑娘大嚼眼珠子的时候他就已经收起了对她的那点心思，但得知她是连山君的人，心里还是不是滋味。他定了定神：“萧顶姑娘可愿割爱？”

小顶本来就是要卖的，点点头：“好。”

西门馥：“小顶姑娘说个价吧。”

小顶想说十万灵石，生怕说高了人家扭头就跑，想了想反问道：“你说呢？”

西门馥思忖了下，一般的真元雪禾丹少说也值个二三十万灵石，这是连山君亲自炼的，回头拿出去卖给他的仰慕者，能叫到什么价格，就难以估量了。

“在下愿出三十万上品灵石。”

小顶喜出望外：“好！好！”

西门馥熟练地抽出一支玉简，开始签章。

放课后，小顶回到掩日峰，一见苏毓便把价值三十万灵石的玉简甩过去，抬了抬下巴：“那个辟谷丹，再来三颗。”

苏毓死死地盯着玉简，活似要把它盯出两个窟窿。这西门氏的败家玩意儿到底有什么毛病？

他表面上没什么表情，冷冷地问道：“昨日那颗呢？”

小顶不知有诈，老老实实地回答：“卖了。”

苏毓立即明白这三十万灵石是怎么来的了。

小顶：“辟谷丹……还有吗？”

她回来的路上已经算明白了，买三颗卖出去，她就有九十万灵石，再买九颗卖掉，就有二百七十万灵石，再买二十七颗卖掉……她就算不清楚了，总之相当于可以买很多很多的她，还掉债还能剩许多。

然而苏毓立即打破了她的美梦：“萧顶，你有了钱，不想着还债，竟然先想着买东西？”他冷笑一声，二话不说就收起玉简，“你还欠我三十一万灵石。”

小顶本来盘算得好好的，没料到会有这么一出，瞪大眼睛，眼巴巴地看着玉简进了他的袖子。她张了张嘴，到底说不出什么反驳的话，闭上嘴不吭声了。

苏毓看着她撇着嘴怏怏不乐的样子，气顿时顺了不少，便立即开始运功汲取灵力。

他和小顶共处一室，相距五步之内，即使不运功也会有少量逸出的灵气进入他的经脉中，只是运起功速度更快一些。

一个时辰过去，他睁开眼，见那小炉鼎仍旧撇着嘴，一脸哀怨地瞪着他。他难得大发慈悲：“你不是要学认字吗？往后我每日抽空教你几个字便是。”

小顶一喜，这两天只顾着为债务发愁，倒把认字的事抛在脑后了。不过她随即便警觉地道：“认字……要钱吗？”要钱她就不认了，大不了去问碧茶。今天她在心法课上跟着碧茶看“十洲三界美男榜”，也认了几个字呢。

苏毓：“……”

小顶：“要钱……就算了。”

苏毓捏了捏眉心："不用。"

"真的？"小顶狐疑地看着他，显然是一朝被蛇咬，十年怕井绳。

苏毓："爱学不学。"

炉子说话滴水不漏，不给他一点耍赖的空间："不要钱……我就学。"

苏毓没好气地拿过一张雪白的宣纸，提笔蘸了墨："《千字文》可曾学过？"

小顶跟着掌门学了一半的《千字文》，灵府里那本书还是没看懂几个字，可见这《千字文》不实用，这么学下去还不知什么时候才能把书上的字认全。

她思索了一番，问道："可以……让……我问吗？"

苏毓心下了然，这炉鼎果然醉翁之意不在酒，哪里是真想读书习字？不过他既答应过云中子，也不会食言，点点头："可以。"便把笔递过去。

小顶满把接过笔，便要写。

苏毓挑了挑眉："不是这么执笔的。"他又从笔架上取了一支，给她示范正确的握姿。

小顶学着他的样子调整手指的姿势，越发握得乱七八糟。

苏毓皱起眉："手心打开……拇指不要凹进去，不是……"他忍无可忍，不知不觉靠过去，绕到她的身后，把她的手指一一摆正位置，"这样。"

他俯着身，炉鼎娇小纤弱的身子几乎被他圈在怀抱中。他的鼻尖不经意蹭在她的秀发上，一股淡淡的馨香便悄悄地钻入了他的肺腑。这是股难以形容的香气，非花香，亦非果香，明明极清极淡，却似酒一般醉人，像是魔花捕猎野兽时释放出的诱饵。

苏毓手一顿，蓦地回过身，放开她的手，直起身子，冷声道："自己多练练。"

这炉鼎好生狡诈，方才他一时失察，竟差点被她惑住。她不会执笔多半是装出来的，就是为了让他手把手地教她，好趁机蛊惑他。

小顶哪里知道他那么多心思，正拧着眉凭记忆画封面上的字。

半晌，一个歪歪扭扭的"尊"字出现在纸上。

"这个……是什么？"

苏毓的思绪被她拉了回来，他一看，道："尊，重也，高也，贵也，敬也，君父之称。懂了吗？"

小顶摇摇头："不懂。"

苏毓一横眉："不懂就别学了。"

小顶有些委屈，掌门教她认字的时候态度可好多了，总是用她听得懂的话耐心解释得清清楚楚——虽然他的文化水平不太高。她想了想："那师尊是什么？"

苏毓："便是师父的尊称，以示敬重之意。"

小顶看看他："你是……师父？"

苏毓脸一沉，这炉鼎真是蹬鼻子上脸，以为谁都这么下流无耻，喜欢师徒禁忌之恋？

"不许乱叫，我不是你的师父。"

不是就不是，他犯得着那么凶吗？小顶一点也不稀罕："哦。"

苏毓被她这无所谓的态度一噎，一拂袖将她赶了出去。

小顶一屁股跌在廊下的草丛里，接着砰砰两声传来，连山君的书房门已经关得严严实实了。

苏毓在浴池里泡了半晌，才慢慢平复心绪。他疲惫地摁了摁太阳穴。她虽然还欠着三十一万灵石，但两天便赚了八十万灵石，照这样下去，没准过两天又从哪儿弄来钱。到时候他没什么可以钳制她，岂不是只能予取予求？

他思忖了一会儿，给云中子传音："师兄，近来门内的风纪是不是太松弛了？"

云中子不明就里："挺好啊，新弟子们都很勤学上进。"

苏毓轻哼了一声："听说有学生把课堂当成了市坊，公然吆喝叫卖，成何体统？"

云中子狐疑："你什么时候操心起外门的事来了？"

苏毓："为门派的声誉着想，师兄还是管管这风气为好。"

云中子："我们门派有什么声誉？不是早被你败完了？"

苏毓："……"

"不过是买卖些东西，无伤大雅，随他们去吧。"

六亲不认的师兄也不帮忙，苏毓只得自己想办法。

巧立名目行不通了，这炉鼎精明得很，强买强卖更不行，谁知她把东西转手卖出去赚多少钱。当务之急还是稳住她，他不妨暂且逢场作戏，与她周旋一番。

苏毓想了想，起身走出浴池，披衣回到院中，将那小炉鼎叫到房中，忍辱负重地说道："我可以考虑让你做我的炉鼎。"他顿了顿，"不过至少得等你把腹中的孩子……"

小顶纠正道："蛋。"

苏毓的太阳穴又开始跳起来："等你把腹中的蛋生下来。"他不知道她腹中的究竟是什么妖胎，既然是个蛋，不外乎禽鸟和龟蛇了，再快也需三五个月。

小顶："怎么生？"

苏毓深深地吸了口气："到时候就知道了。"

小顶低头看了看肚子，又问："从哪里……出来？"

她的肚子上没有门，只有个小小的眼，可是好像太小了点，蛋能出来吗？

苏毓的脸色很阴沉，他不耐烦地说道："哪里进去的就从哪里出来。"

小顶恍然大悟："哦！"

"总之等你把蛋生下，我再考虑让你做我的炉鼎。"苏毓故意在话中留了余地。

他说得好像是自己纡尊降贵才勉强答应的，小顶却不以为然。当初他说不要她，从那时起就不是她的主人了；现在又说要她了，炉子还不想要他呢！何况他都已经有个炉鼎了，到时候她还要与那旧炉子争，人家是"地头炉"，她一个外来的炉子，未必争得过。

小顶毅然决然地摇摇头："我不要……做你的炉鼎了。"

苏毓被她的话噎住了。这炉鼎真是蹬鼻子上脸，他都已经退让成这样了，她竟还拿起乔来。

他沉下脸，不悦地说道："当初说要当我的炉鼎的也是你，怎么……又反悔了？"

小顶皱着纤长秀气的眉毛，据理力争："是你说……不要我的。"

苏毓心下了然，这炉子果然是想找回场子。他连山君是什么人，岂容一个小炉鼎爬到他的头上撒野？他当即冷声道："便是我不要，别人也不敢要你。你不知道做炉鼎要从一而终吗？"

小顶气得涨红了脸。她又不是没做过炉子，就没听说过这种歪理："你……可以有……别的炉鼎，我……为什么……不能换主人？"上次他明明不是这么说的！

苏毓恍然大悟，她这是趁机和他谈条件，向他要承诺。他其实一个炉鼎也不想要，但断然不会让一个小炉鼎拿捏。

"萧顶，"他正色道，"你别得寸进尺。"

小顶一个铜骨铮铮的炉子，难道还会受他威胁？她不闪不躲，毫不畏惧地瞪了回去："我……就不当……你的……炉鼎，不当！"

苏毓："……"

他捏了捏眉心，本来想好要用怀柔之策的，怎么被她三言两语一激，倒把一开始的目的忘了？

那炉鼎许是要个台阶下，他姑且顺着她便是。两人若真的闹僵了，把云中子给招来，他的耳根子便休想清净了。连山君向来是能屈能伸的，当即缓颊道：“我不再收别的炉鼎便是。”

小顶不为所动：“我……不要你。”

苏毓觉得一口气堵在心口，目光在小顶的脸上睃巡一番，不禁有些狐疑，莫非这炉鼎已经背着他找好了下家？

“那你要谁？”他冷声道。

炉子：“金道长。”

苏毓松了一口气，金竹的性子他一清二楚，金竹绝对没这个胆子和炉鼎暗度陈仓。这炉鼎口口声声要去找金竹，不说别人，也是因他们彼此都清楚，金竹对女子而言没什么吸引力，这么说不至于真的触怒他。

她可真是好有心机！她爱做戏，他便陪她做下去吧。苏毓的嘴角浮起一抹略带嘲讽的笑意，他顺着她的话说下去：“没有我的首肯，金竹是不会要你的。”又顿了顿，“不过若是你听话，待此间事了，我叫他收下你也不是难事。”

小顶闻言双眼一亮：“真的？”

苏毓面无表情地点点头：“即便你要跟别人，现在也做不了什么，总得先把腹中的……蛋生下来。”

小顶一听，这话倒有点道理，她肚子里炼着颗蛋，自然炼不了别的丹，的确做不了什么。

苏毓见她的神色似有松动，知道她终于肯顺着台阶下了，便道：“你已入我归藏，说起来你我也是同门，不必时时剑拔弩张的。”顿了顿，大方地说道，“剩下三十一万灵石，给你免去也未尝不可。”

说罢，他扫了一眼更漏，戌时已经过了一刻钟，他每天戌时准时入浴，今日却因这炉鼎耽搁了。自己的习惯被打破了，他浑身不舒服，便起身，道：“你先退下吧。”

小顶回到房中，有些闷闷不乐，但又想不出什么法子——她若不把蛋生下来，怎么炼下一炉丹呢？

她钻进灵府，打开炉门，朝炉膛里望去，便看到了红红的小蛋。平常这蛋一见她就躲，今日却乖乖地悬在炉膛的中间，轻轻地一起一伏，像是睡着了一样。

蛋似乎比昨日又红了些，还微微透着光，像个小小的火球，蛋壳上有一缕缕金色的条纹，有点像玛瑙，实在是颗很漂亮的蛋。

小顶越看越喜欢，忍不住伸出指尖摸了摸蛋壳，触手微温，光滑如玉。

“你……什么时候……炼好啊？”

小顶说着吸溜了一下口水。她还没吃过蛋呢。

蛋忽然剧烈地抖动起来，没等她抓住，嗖的一下窜进里面，紧紧地贴在炉壁上，任小顶怎么叫它，就是不肯出来。

小顶叹了一口气，把风门掩上，假装要走，片刻后，她出其不意地打开门，一把将那探头探脑的蛋抓在了手里：“哈，抓到了！”

小顶把它从尖头到圆头摸了个遍，这才重新塞回炉膛里。

第二天，小顶去涵虚馆上学。

自从弟子们知道她和连山君的关系，看她的眼神都有些异样。

但许是连山君的凶名太过深入人心，弟子们私下里都不敢将此事当作谈资，生怕被神通广大、耳目众多的连山君知晓，一剑削了他们的脑袋，再扒他们的皮做灯笼——即使是归藏的弟子，信了这传闻的也大有人在，尽管他们几十上百年也没在门派中看见过一盏人皮灯。

只有沈碧茶无所畏惧，把众人心里的疑惑问了出来：“你不是跟着连山君吗？怎么还卖这卖那的？穿得也这么寒酸。”

虽说弟子们都穿着统一的道袍，但从簪子、法器、乾坤袋之类的配件上还是能看出贫富的，比如那西门馥，光一把折扇就值十来万上品灵石。

“你跟着他，他都不给你钱的吗？”

小顶摇摇头：“我……给他钱。”

众弟子正竖着耳朵听她们讲话，闻言倒抽了一口冷气。有人弥缝道：“道君乃当事大能，行事自有其深意……”

沈碧茶：“是啊……呸呸，对自己的女人抠门也就算了，竟然还要女人倒贴？”又转向小顶，道：“女儿家这样不太好呀……你长得那么好看，为什么还要花钱睡男人？丢人不丢人？他到底有多好？”

小顶想了想：“连山君……晚上……不睡觉。”

沈碧茶娇羞地捧着脸：“哎呀，姑娘家怎么能把这种事挂在嘴上呢？不愧是第一剑修！”

小顶歪着脑袋，忽闪着纯情的大眼睛：“嗯？”

众人紧张地咽着口水，心想，现在假装没听到还来得及吗？会被灭口吗？

沈碧茶唰唰地翻开案头“十洲三界美男榜”的第一页，上面没有画，字也特别少，小顶一瞅，便看到“连山君”三个字。

连山君虽然长年霸占榜首，但平日窝在归藏，一出山就是去杀人，剑下少有活口，活口也都被吓破了胆。而归藏的弟子就是吃了熊心豹子胆，也不敢拿这祖宗的画像去卖钱。他的其他资料也很少，身长、体重、肩宽、腰围、腿长……一概空白，喜好更是只有杀人一项。

沈碧茶拿起笔，把灵力注入笔管，对小顶道：“连山君长什么样？”

小顶努力回忆：“两只眼睛、一只鼻子、一张嘴……”

沈碧茶乜了她一眼，把笔塞到她的手里：“画画看。”

小顶抓着笔，实诚地问道：“穿衣服的，还是……不穿衣服的？”

沈碧茶捧脸摇头：“哎呀，羞死个人……这还用问吗？当然是没穿衣服的，快点快点！”

小顶回忆了一下那天在浴池里看到的景象。

平心而论，连山君脱下衣裳倒是没有穿着时瘦，但那分块的肚子太惊悚了，小顶现在想起还有点嫌弃。

她按着记忆里的样子画出一个脑袋、一个身子，用四根火柴棍代表四肢，肚子分成八块。

在别人面前，她还是给前主人留了些许面子，把他的脑袋、身子画得圆润了些。

沈碧茶伸过头去一瞧：“啧，怎么像只王八精？”

众人暗想，完了完了，这回铁定要被灭口了。

突然，云中子用胳膊夹着书卷，慢条斯理地踱进堂中：“上课前，有个好消息告诉诸位。”他故意停下来卖足了关子，“白某首徒稚川今日回门派，刚好赶得上你们明日第一堂剑法课。”

此话一出，堂中仿佛有深秋的寒风刮过，许多弟子像枝头黄叶般瑟瑟发抖。也有一些消息不甚灵通的人不明就里。

小顶也是一脸茫然。她听人说起过掌门这个女徒弟，只是一直在外未归，她从来没见过。

“稚川仙子不是排名前十的剑修大能吗？得她指点有何不好？”

沈碧茶："能得稚川仙子指点自是万幸……呵呵，反正明天断手断脚的不会是我。"

云中子呵呵笑着打圆场："沈碧茶小友有些言过其实了。稚川只是略严格些。"

众人松了一口气。

"不过……"云中子话锋一转，"诸位最好还是把断肢再续、去腐生肌、生血补气的药都带上，要是有起死回生的药就更好了，有备无患。"

底下一片哗然。

沈碧茶同情地看了一眼依旧一脸无所谓的邻座："全十洲都知道，稚川仙子仙姿玉貌，倾慕者无数，却对连山君一往情深。当初为了拜他为师，仙子在归藏山门外抱剑枯坐一年，还是未能如愿。最后只得退而求其次。"

作为"其次"的云中子无奈地沉默了。

沈碧茶接着道："稚川仙子苦求连山君上百年无果，成日在外面替他卖命，结果一回来就发现他有了人，心里肯定不舒服……何止不舒服，不把你这情敌大卸八块就有鬼了！"

翌日，朝阳初升，晨露未晞，归藏九峰在晨雾中若隐若现。

日光中，两道鹤影向紫玉峰顶的剑坪飞去。

云中子觑了一眼身旁的得意弟子，欲言又止："寒秋，弟子们才入门几日，你还是手下留情些吧……"

他身旁的黑衣女子着一身利落的短打，青丝高束，玉白色的鹅蛋脸线条柔和，但莫名带着一股凌厉之气。她的气质也不像仙气飘飘的剑修，倒像个驰骋在沙海中的萧飒刀客。

闻言，稚川仙子蒋寒秋一甩发辫："放心，死不了人，一条胳膊一条腿罢了。"

云中子："……"

蒋寒秋又道："这回去西疆，给你们带了些土仪，回头去我屋里取。"顿了顿又补上一句，"没有苏毓的份，也不许把你的让给他。"

云中子："子曰：'礼之用，和为贵。'他好歹是你师叔……"

蒋寒秋打断他："我是他爹。"

云中子："……"

蒋寒秋："别怕，你的辈分随我，是他爷爷。"

云中子苦恼地挠了挠头。

当年苏毓假装重伤，引得蒋寒秋找他比剑，约定胜者可以从败者的收入里抽五成——这收入不只是门派的薪俸，还包括私下里得到的天材地宝。除此以外，败者还得每年服三个月劳役，任由胜者差遣，持续一百年。

连山君支使起师侄来毫不手软，没有半点怜香惜玉之情，自己不愿干的脏活累活都扔给她。她这回去西疆那个不毛之地，便是为了替他寻一样秘宝。

蒋寒秋的劳役还剩五十年，她一提起连山君，就恨得牙根发痒，至今没有欺师灭祖，不是因为给云中子面子，纯粹是因为打不过他。

说起来，当初苏毓坑小辈不地道，但是蒋寒秋也想趁他病了要他的命，两人半斤八两，都不是什么好东西。

云中子天生一颗老妈子心，为了缓和两人的关系掉了不少毛，半点用也没有。他也不劝了，又想起一事："对了，这批学生里有个女弟子，年纪小，从未修过道、学过剑，你别太过难为她……"

蒋寒秋："萧顶是吧？"她昨天一回来就听说了河图石的事，差点没笑得下巴脱臼。

"一码归一码，"她道，"我是那种假公济私的人吗？"

她对那些新鸡崽向来一视同仁，虽然那小姑娘让她的仇人吃了瘪，但她若因为这个就生偏袒之心，那成什么人了！

说话间，剑坪已近在眼前，从半空中他们就可以看到新鸡崽们瑟瑟发抖的身影。

蒋寒秋从半空中便翻身跳下鹤，像一道不祥的黑色闪电劈在剑坪上。

云中子赶忙跟上去。

蒋寒秋按着剑，一边大步流星地朝弟子们走去，一边对师父道："让我看看，今年你都捡了些什么……"话没说完，人群中一个纤秀玲珑的身影忽然吸引了她的目光，她一愣，失神地吐出两个字，"宝贝……"

那少女生得极美，身量不高，却十分引人注目，任谁一眼望去，都绝不会忽略她。白中带着浅红的肌肤比初绽的蔷薇更娇嫩，比羊脂美玉更润泽；长翘的睫毛每一次颤动都像搔在人的心头；还有高度适中的鼻梁、小巧的鼻尖、饱满微翘的双唇，妍丽中又有一点俏皮。最绝的要数那双水光潋滟的眼眸，眼尾微翘，瞳仁略大，便显出些许娇憨来。

少女抬起眼眸的一瞬间，蒋寒秋感觉天地间的一切都失了色，只有她在发着光。少女偏了偏头，微露困惑，随即微微一笑，露出一对小酒窝，那眼神澄澈而懵懂，仿佛误落凡尘的小仙子。

蒋寒秋感觉后脑勺上像是被人打了一闷棍，整个人晕乎乎的，又仿佛头朝下栽进了一团粉红色的云里，心融化成了一摊甜丝丝的蜜糖水。她恨不得把偷偷藏在暗室里的裙子、簪钗、镯子、璎珞通通装扮到这小姑娘的身上。

云中子顺着她的目光望去，发现她在盯着小顶瞧，趁机说好话：“那就是萧顶，虽然资质和别的弟子有些差距，但是道心坚定，为人踏实，是个好孩子……”

蒋寒秋点点头：“看得出来。”

云中子满脸疑惑，这丫头什么时候这么好说话了？他清了清嗓子，对众弟子介绍道：“这位便是稚川。”

众弟子立即行礼，蒋寒秋冷淡地一点头，径直穿过人群，朝着小顶走去。

弟子们一惊，本以为稚川仙子会借着上课的机会给情敌穿小鞋，没想到竟然一上来就发难，这些剑修大能都这么任性吗？

小顶也有些许不安，身为一个炉子，虽说不能体会断手断脚的恐惧感，但她的琵琶骨被人穿过金链子，知道什么是疼。断手断脚的滋味自然更不好受了。

她身边的沈碧茶发出紧张的呜呜声——沈小友欺软怕硬，当着云中子什么都敢说，来上稚川仙子的课，便未雨绸缪地给自己的嘴上贴了层水膜。

蒋寒秋走到小顶跟前，看了看她纤细的腰肢：“你没有剑？”

小顶点点头，大部分弟子入门时带着自己的佩剑，归藏是不给发的，若是实在没有，可以去剑阁租或买，但是小顶身无分文，还欠着连山君三十一万灵石，只能空手来了。

蒋寒秋已经摘下佩剑，用拇指一顶剑柄，青锋当啷一声推出鞘半尺许。

剑刃微带青色，一出鞘，便有一股寒意渗入众人的心底。这便是十大名剑之一、稚川仙子的佩剑万壑松。

胆小些的弟子已经捂住了眼睛。

沈碧茶：“呜呜呜呜呜呜呜……”

蒋寒秋却还剑入鞘，把剑递给小顶：“送给你。”

众弟子震惊万分，难道这就是传说中的正宫气度吗？莫非她是想先送份大礼堵住悠悠之口，一会儿砍胳膊削腿，让这小姑娘有苦说不出？

小顶认人不行，认东西却在行，看那宝剑的光泽，便知道是好东西。她连忙摆摆手：“太贵重，我……不能收。”仙君告诉过她，不能随便收人家的东西。

蒋寒秋的心酥了半边，她在心里感叹：多甜的嗓音！多懂礼、多乖巧的小姑娘！

他们家她是长姐，在门派中又是大师姐，到哪儿都跟着一串人憎狗嫌的弟弟，做梦也想有个香香软软的小妹妹。她道：“不必客气，我已经修出了本命剑，这把剑于我而言只是废铁。”又道，“初次见面，没带什么见面礼，你要是不嫌弃就收下。”

小顶听她这么一说，这才道谢收了下来。

有个弟子傻乎乎地搓搓手：“上课还有见面礼，我们也……”

蒋寒秋一个眼刀子扔过去，那弟子立即噤若寒蝉。

她回到众弟子前方，向云中子借了佩剑，开始上课：“上我的课，你们记住，剑便是剑，不是法器。我不管你们的五行法术有多高明，在我的课上一概不准用。一招一式先给我弄清楚，学扎实。别给我整什么无招、剑意这些虚头巴脑的玩意儿。”

云中子：“……”他这徒弟的心眼也是够小，她教课还不忘暗暗地踩师叔一脚。她的剑法走的是刚猛的路子，与连山君的玄虚缥缈完全是相反的路数。

蒋寒秋顿了顿，用冷厉的目光将众人扫过一遍，一边说一边演示：“点、刺、劈、撩、崩……”一套基本动作演示完，她便问，“看清楚了？”

有弟子支支吾吾：“似乎……”

蒋寒秋恶狠狠地瞪过去，那弟子便鹌鹑似的缩回了脖子。

小顶：“我也……没看清楚。”

她一个炉子，蹲是不在话下，舞刀弄剑实在是勉强了些。

蒋寒秋立马仿佛云中子附体，温声道：“学剑不是一朝一夕的事，慢慢来，不懂的地方我教你。”

托萧顶的福，稚川仙子破例又演示了一遍，便让弟子们自行练习。

她在人群中穿梭巡视，看到基本功不扎实的学生便是一顿削，一时哀号声四起。走到小顶跟前时，她停下脚步，皱起眉头。

来了来了！众人心想，果然刚才那些只是幌子。

“这样不行。”她边说边从乾坤袋里掏出一片流光溢彩的轻绡。

见多识广的西门馥道：“那是万年冰魄绡，轻若无物，用来做甲胄可以刀枪不入，极其稀有，有价无市。”

蒋寒秋拉起小顶的手，把冰魄绡仔细地缠在她的手掌上，末了绕到手背打上个漂亮的蝴蝶结，再把剑放回她的手里：“你皮肤嫩，别蹭破了。”

众弟子在心里感慨，这就是个看脸的残酷世界！

一堂剑法课上完，只剩下小顶一个人毫发无伤，连沈碧茶都挂了彩，一条胳膊像被抽掉了骨头似的晃荡着。

下午的课堂空了一大半，五行法术启蒙课上不成了，只好取消。

小顶提前回到掩日峰。

苏毓知道蒋寒秋的为人，他们俩互相看不顺眼，但细究起来是一类人，平素最看不惯废物。这炉鼎资质如此差，又没学过剑，料想要吃上不小的苦头。到时候他拿出上品伤药，卖个好，想必她也没脸再提要走的事。他甚至提前把大渊献从库房放了出来。

不一会儿，他便听到院外传来傀儡与炉鼎的欢声笑语。

“仙子真好，送了我……这把剑，还让我去……灵均峰玩。”要是金道长不要炉鼎，她跟着仙子姐姐也不错啊！

阿亥：“啊，这是万壑松！这可是上古名剑，很厉害的！里面藏着大师姐的剑意，会护着主人，下次道君再欺负你就不怕啦！道君现在不舍得用灵力，神识剑不能用……”

苏毓已经对这长袖善舞、左右逢源的炉鼎说不出话来。她竟然连女人都不放过！

他再怎么自以为是，也不会以为蒋寒秋此举只是为了硌硬他——这铁公鸡一毛不拔，万壑松可不是破铜烂铁。他把小炉鼎打量了一番，深沉的黑眸像是结了冰：“倒是小瞧了你。”接着薄唇一弯，讥讽道，“莫非你又想去当蒋寒秋的炉鼎？”她也不看看自己有没有这功能！

小顶被他这么一说，又动摇起来。稚川仙子虽说没有圆脸、圆肚子，可对她真的特别好，不但送她剑，还请她吃西疆带来的杏脯——用牛乳和流沙蜜酿的，皮薄肉嫩，甜蜜中带着丝丝奶香。她还从没吃过这么香甜的东西呢！

她摸了摸腰，眨巴眨巴眼睛：“仙子……也缺炉鼎吗？”

苏毓被她的话噎住了。这炉鼎分明是故意气他，这是找到了靠山，有恃无恐了？他黑着脸说道：“不缺。”他在心里想，就算她缺也不是缺你这一款。

小顶有些失望：“哦……”同时暗暗松了一口气，她还是舍不得金道长的。

“你……别忘了跟……金道长说啊！”她趁机提醒连山君。这人坏得很，到时候没准翻脸不认账。

苏毓："……"他真是被气得肝疼！

自从稚川仙子回来，三日就有一堂剑法课——这间隔主要是用来给他们养伤的。

新弟子们苦不堪言，只觉身堕炼狱，云中子却很欣慰："寒秋此次回来，平和了许多。"最近都没有人断手断脚了呢。

蒋寒秋："妹妹还小，吓着她就不好了。"

云中子："……"

小顶不但从来不挨打，蒋寒秋还变着法子给她塞好吃的，枣子吃腻了，还有苍兕肉干、奇香谷出产的清风冰露丸、登龙山的千年神松子……这些东西大部分是能增长修为的天材地宝，随便拿出一把都能让普通修士大打出手，现在都被小顶当成了零嘴。难为小顶，吃了这么多好东西也没把嘴养刁，仍旧继续吃归藏的饭食。

这些东西进她的肚子的时候，便有一丝丝气息、味道、色泽各不相同的"气"融入她的经脉，如涓涓细流汇入她肚子里的小鼎中——即使吃的是夹生的、焦煳的饭或视肉，也有类似的效果，只是那"气"微弱稀薄得多。

小顶只当谁吃饭都是这样，便也没有放在心上。只有一件事让她十分苦恼——这几天她几乎就没停过嘴，但肚子还是瘪瘪的，一点也不见长。非但是肚子，脸也是原封不动的，倒是胸口的两个圆丘似乎又高了些。

该长的不长，不该长的瞎长。

她渐渐明白自己的眼光和一般人不一样，要不连山君那样的货色怎么在十洲三界美男榜上排第一，金道长却连前三百名都挤不进去呢？还经常有人夸她好看。别人也就算了，碧茶是从不骗人的——可是那又怎么样？好看又不能给自己看，好看又有什么用？不管别人怎么看，她就是想要圆脸、圆肚子。

转眼之间，新弟子入门已经半个月了，云中子的心法课终于开始教授引气入体。

筑基即筑气，引气入体是修仙绕不开的基础，不过每个门派学习引气入体的方法都不一样。有的靠入定内观，有的要刻符，也有的门派要借助法器等外物。

归藏的训练法别具一格，乃是叠纸鹤。

云中子让人把一沓注了灵的雪白的熟宣纸发下去，笑眯眯地道："诸位可知，我归藏为何以叠纸鹤练习引气入体？”他看了一眼沈碧茶：“沈小友请稍等片刻。”

沈碧茶闻言把一口气憋了回去，捂住嘴。

云中子扫了眼举手的学生，点了一个：“西门小友，你来说说看。”

西门馥摇了摇折扇，若有所思地道：“小可以为，鹤乃羽族中之君子高士，品性高逸，如我归藏门人，有超逸脱俗的凌云之志。”

云中子摸了摸下巴，尴尬地笑了笑：“西门小友的想法，很有见地……”

沈碧茶憋得面红耳赤，终于忍不住：“嗯，发人深省……哈哈哈，当然是因为抠啊！”

纸鹤是如今十洲通行的骑乘工具。像归藏这样有头有脸的大门派，不但要给门下弟子包食宿，包四季衣裳，也要包纸鹤。一只纸鹤大约能用一个月，一只纸鹤的市价为三十块灵石，归藏有三千弟子，若是从外头采购，一年便需花费上百万灵石。

沈碧茶接着嘲讽道：“果然是顶着假灵根，脑袋有坑，怎么不吃点灵丹治治？哦，对，蠢病没药医……”

西门馥额角的青筋直跳，他啪地收起折扇，握住腰间的剑柄。

云中子为了避免同门相残，只能向沈碧茶扔了个隔音咒打圆场：“少安毋躁，两位说得都不无道理，喀喀……”他清了清嗓子道，“纸鹤虽是细物，但修士居家出行都离不开它，骑乘、送信、打探消息……”

小顶听到“送信”两个字，双眼倏地一亮。

掌门接着道：“我们归藏的纸鹤，驰名十洲，誉满三界，素来十分抢手。诸位将来若是修仙修不出什么名堂，凭着这门手艺也足以养家糊口。”

众弟子笑了。

云中子给弟子们灌完鸡汤，开始讲解叠纸鹤的诀窍。

这活计看着不难，实则不容易。一来手要巧——归藏的纸鹤之构造和外面的大路货不一样，足有三十六步，合天罡之数。二来动手的同时需要在心中想象真鹤的模样和姿态。三来需要吸纳天地之灵气，同时将气海中的灵气由经脉导引到指尖，这样叠出的鹤才能化生。

叠纸鹤也是件耗费灵力的事，筑基期的修士叠三只纸鹤便会把气海抽空。

这些新弟子大部分还未筑基，叠个四五步，气海便接近干涸，若是一不小心把气海抽空了，那滋味不比断手断脚好受。

不一会儿便有弟子用气过猛，脸色煞白地瘫软在地，被傀儡人抬到医馆去了。

小顶却没有这个困扰，如今她最不缺的便是灵气——整块河图石的灵气都在她的身体里，就算她不停歇地叠，也可以叠到天荒地老。

没多久，她就把第一只纸鹤捣鼓出来了。

她按着云中子教的法子对着纸鹤的嘴轻轻地吹了一口气，只听噗的一声，小小的纸鹤膨胀成了一个……难以形容的东西——它生着圆球似的身子，胖得几乎没了脖子，一对小黑豆似的圆眼贼亮贼亮，短短的翅膀贴在身侧，几乎看不见。那东西一落地就叽叽地叫着，像个球一样满地打滚。与其说它是鹤，倒不如说它是只肥母鸡。

小顶眉开眼笑，拍拍它的屁股："快飞呀。"

众弟子："……"这也太"强鸡所难"了。

这肥鸡倒也有几分志气，拼命扑打肥短的小翅膀，差点没把小眼珠都瞪出来，终于晃晃悠悠地升起一尺来高，然后扑通栽倒在地，噗的一声又变回了纸鹤。

小顶有些失落，轻轻啊了一声。

云中子给了她一沓纸，安慰道："第一次叠已经很不错了，明日旬休，回去多练练便是。"

翌日清晨，苏毓在东轩打坐，忽听院子里传来一阵叽叽咯咯的嘈杂声响。

他起身往窗外一看，只见一院子的肥母鸡满地乱窜，时不时有几只努力扑腾翅膀飞到半空，又栽倒在地，一眼望去，少说有四五十只。

那炉鼎趴在树下的石棋坪上，一脸认真地叠着，傀儡人捧着脸在一旁看。

苏毓眉头一皱，心想，这有心机的炉鼎，为了吸引他的注意竟然想出这种办法，真是无所不用其极。

他打起竹帘，走到院中，正要开口训斥一番，忽有一只不长眼的肥鸡朝他狂奔过来，一头撞在他的腿上，原地打了个转儿。没等他发作，紧接着又有一只肥鸡拍打着翅膀撞到他的脚边，屁股一撅，噗地拉出一个纸团。

连山君何曾受过此等奇耻大辱，当即沉下脸，袖子一挥，满院的肥鸡顿时变回纸鹤，然后纷纷自燃起来。

不等小顶回过神，她叠了一早上的纸鹤便烧成了灰，被风一卷，像黑蝴蝶一样飞走了。她呆呆地看着静悄悄、空落落的院子，然后转头看向苏毓，一双黑葡萄似的眼睛里满是委屈和难以置信。

她张了张嘴，到底什么都没说，双唇紧紧地抿起来，默默垂下眼，又拿起一张纸继续叠。

苏毓清楚地看到她的眼眶和鼻尖慢慢地红起来，心里莫名烦躁，一言不发地转身回了屋里。

他合上双目，继续打坐，准备来个眼不见为净，但是刚才那一幕在脑海里挥之不去。他捏了捏眉心，屈了屈手指，隔壁书房的架子上便有一物飞向院中。

片刻后，院子里传来傀儡人的声音："我的嘴回来啦。呃，你别太难过了，我们道君没有心的。"

那小炉鼎不像往常那么健谈，只是吸了吸鼻子，齆声齆气地嗯了一声。

傀儡人又道："你叠那么多纸鹤做什么啊？"

炉鼎轻声答道："送信……"

"送给爹娘吗？"

炉鼎道："我没有……爹娘。"

傀儡人："哎呀，那你是怎么来的？"不等她回答，又问，"那你有别的亲人吗？"

炉鼎似乎有些犹疑，半晌才嗯了一声："我……就想给他……送信。"

苏毓不觉起身走到窗边，望着那神色恹恹的炉鼎。

"他住哪儿啊？也不一定要用鹤，让谁帮你传个音就是了。"傀儡人又说。

小炉鼎指指天："在……那里。"

傀儡人露出一脸爱莫能助的表情："纸鹤飞不到那么高的地方啊。"

他话音刚落，那小炉鼎的手一顿，刚叠完的肥鸡落到地上，咯咯咯地跑开了。她一垂头，便有两串泪珠落了下来。

苏毓背过身去，心想，哪有人会笨到以为纸鹤能给死人送信？那炉鼎定是在扮可怜。

他虽这么想着，却说服不了自己。她这戏做得未免也太逼真了。

苏毓揉了揉额角，不打算再去理会，但一闭上眼，眼前便浮现出那炉鼎抿着嘴掉泪的模样，心中的烦闷丝毫不减，反而越发强烈。

半刻钟后，他还是忍不住站起身，拿出一张裁好的白纸，开始叠纸鹤——叠一只纸鹤，一天的灵力就白吸了。

他自认倒霉，叠完纸鹤，撩起门帘，三两步走到炉鼎的跟前，把纸鹤往棋枰上一撂，挑眉道："哭什么？赔你便是。"

那小炉鼎抬起头，皱着眉头，含泪的眼眸中满是戒备和厌恶。

苏毓感到心口有些发堵，在心里骂自己，竟然管这炉鼎的闲事，真是越活越回去了。他正要转身回屋，忽见那炉鼎脸色变白，双眉紧蹙，抱着肚子慢慢地蹲到地上，转头对傀儡人道："阿亥，我好像……要生了……"

苏毓一怔，这才一个月不到，她怎么就要生了？一般妖胎的孕期至少也要三个月，若是孩子爹的修为高，母亲怀上几年几十年都有可能。

十洲三界第一剑修、运筹帷幄的当世大能连山君，有生以来第一次感到有些手足无措。他都顾不上介意这炉鼎要生孩子，竟然放着他一个大活人不管，向一个假人求助。

小顶倒没有瞧不起大活人的意思，也不是在和连山君赌气，只是亲疏有别，阿亥是她的好朋友，连山君什么都不是。

方才那颗蛋忽然从炉子里跑出来，在她的肚子里上蹿下跳，弄得她的肚子痛得不行，她的第一反应自然是向阿亥求助。不过阿亥是一个缺心眼的傀儡人，帮人接生实在不在他的能力范围之内。他只是挠挠头："哎呀，这我也没生过啊，要不我给你呐喊助威吧！"

苏毓："……"

傀儡人气沉丹田，准备给炉鼎加油鼓劲，等他一口气提上来，嘴已经不翼而飞了。

小顶肚子里的蛋蹦跶得越来越欢，她再也坐不住，慢慢从石凳上滑下来。

苏毓也来不及想太多了，伸手把她提起来，让她靠在自己的身上："你忍一忍，我找人来。"

他一手扶着她，一手掐诀施术，给云中子传音。片刻后，他的耳边传来云中子的声音，周围人声鼎沸，十分嘈杂："小毓啊，找师兄何事？"

苏毓蹙眉："师兄在何处？"

云中子道："摄提宗宗主三百大寿，我在华钟山呢，金竹也在，你有何事？"

苏毓捏了捏眉心。云中子大约每三年出一趟门，这小炉鼎也真是会挑日子，早不生晚不生，偏偏挑老妈子不在的时候生。

"萧顶临盆了。"他撂下一句，利索地掐断了传音咒，留下云中子的半截惊呼回荡在耳边。

他没敢耽搁，立即又传音给归藏医馆的大夫，谁知唯一一个懂点带下科的大夫正好放假——因为最近蒋寒秋"放下屠刀"，医馆清闲了不少，大夫们趁机把攒了几年的假都拿出来休了。

苏毓垂眸看了眼靠在他怀中的少女，她脸颊上健康的红晕已全然褪去，尖尖的小脸比纸还白，只有眼眶是红的，额头上沁出的汗流下来，和眼角渗出的泪水混在一处，濡湿了鬓发，原本鲜嫩欲滴的樱红双唇也脱了色。

明明疼成这样，她也不哭不叫，连哼都不哼一声，只是紧紧地咬着下唇。

即便苏毓对她成见颇深，心里也有些不舒服。

他咬咬牙，做了一件他以前做梦都不敢相信的事。

苏毓不情不愿地施了个传音咒，半晌，耳边才传来个冰凉刻薄的声音：“找我何事？”

“蒋寒秋，”苏毓捏着鼻子道，“你会不会接生？”

蒋寒秋一怔，随即冷笑：“苏毓，你又在耍什么花样？”

苏毓的太阳穴突突直跳，他和这师侄大约八字不合，平常说不了三句话就要拔剑。不过此刻他垂眸看了一眼怀里的小炉鼎，硬是把这口气忍了下来，冷冷地说道：“萧顶临盆了。”

“等等……”蒋寒秋这回是真傻了眼。她连妹妹有身孕都不知道，妹妹怎么突然就临盆了？她愣了愣，随即暴怒：“苏毓你还是不是人？！她还是个孩子啊！信不信我今天就杀了你？！”

苏毓差点没被她这一声吼震聋，耳朵嗡嗡作响。他从牙缝中挤出四个字：“不是我的。”

蒋寒秋哦了一声：“那也是你不对。”

苏毓正欲回击，蒋寒秋就说道：“你别碰我的宝贝，我马上就到。”

苏毓冷哼了一声。两人几乎是同时迫不及待地掐断了传音咒。

就在这时，少女的长睫突然颤动。她猛地睁开眼睛，从苏毓的怀里跳将起来，捂住肚子开始干哕。

苏毓有些蒙。他自是从未见过人生孩子，但以他有限的常识想来，似乎并没有呕吐这个环节。

“你怎么样？”他的喉咙有些发紧，“蒋寒秋很快就到，再忍片刻。”

蒋寒秋虽然没什么大用，但这一辈就她一个女徒弟，只能死马当活马医了。

小顶无力地摆摆手，喘了一口气，还没开口，又干哕起来。

方才这蛋在她的肚子里乱窜，似乎是找不到门路出去，她便试着引导它，就像在心法课上学到的那样，引导气在经脉中运行。

连山君教过她，从哪儿进去就从哪儿出来，她记在心里，便努力把蛋往上引。

她没想到这么做真的有点用处。眼下蛋已经到了喉咙口，只差一点就能“生”出来了。

只是蛋的圆头有点大，整个蛋暂时卡住了。

她深吸了一口气，气沉丹田，正准备发力，阿亥突然伸手在她的背上一拍。

那蛋受力，从喉咙里滑了出来，小顶冷不防一张嘴，一颗还缠绕着缕缕金丝的小红蛋掉了出来。

苏毓瞥见那蛋的模样，不由得微怔。这是迦陵鸟蛋，而整个十洲境内，只剩下一只迦陵鸟，就在他们归藏外山。

一时间，他不知道该先震惊于炉鼎用嘴生蛋，还是该先唾弃那只下流无耻的老鸟。

纷繁芜杂的念头在他的脑海中一闪而过，只是一瞬间的事，然而就因为这一瞬间的愣怔，他错过了接住蛋的时机。等他回过神来，那枚小蛋已经啪嗒一声掉在地上。

脆弱的蛋壳咔嚓一声裂成两半，蛋清、蛋黄慢慢地淌了出来。

苏毓怔住了。

小顶打了个嗝，瞪大眼：“我……我的蛋！”这蛋液流开了，还能捡起来吃吗？

她好不容易才生出来的呢！

事态已经完全失控，苏毓一个只会杀人的剑修，哪里知道怎么安慰一个刚生产完就失去孩子的母亲，这种时候还是让傀儡人代劳比较好。

苏毓大方地一挥手，把嘴还给了大渊献。

傀儡人一拿回嘴，立即指着一片狼藉的鸟蛋道：“那是什么？”

苏毓和小顶定睛一看，发现细碎的蛋黄中间，有颗小指指甲盖大的小丸子，正闪耀着金红的光芒。

“内丹还在，还有救。”苏毓暗暗地松了一口气。他被这炉鼎哭怕了。话音未落，忽然有个白影飞了出来——小顶最后叠的那只纸肥鸡。

纸鸡黑豆般的小眼冒着精光，它以迅雷不及掩耳之势扑上来，对着妖丹一啄，脖子一伸一缩，便把妖丹吞进了肚子里。

苏毓：“……”

小顶：“哎？”

就在这时，肥母鸡一边伸长脖子咯咯咯地大叫，一边发狂似的拍打起肥短的翅膀。与此同时，金红色的光芒从它的体内喷涌而出，把它变成了一个灼灼燃烧的火球。

它的身体随着光芒一起暴胀，很快它从一只普通的肥鸡，变成了一只两百斤的肥鸡。

光芒逐渐收敛，原本雪白的羽毛被方才的光芒染上了红里透着金、金里透着五彩的绚烂色彩，在阳光下流光溢彩、璀璨夺目，晃得人眼花缭乱。

不过这肥鸡虽然脱胎换骨，换了一身华丽漂亮的羽毛，但体形、体态没有半点改变，还是圆身子、圆脑袋、短翅膀，一双贼溜溜的黑豆眼嵌在脑袋上。

肥鸡张了张嘴："叽！"

饶是见多识广的连山君，面对这震撼人心的一幕，也不知道该说什么。

阿亥拍着胸口："谢天谢地，母子平安。"

小顶用手背抹抹额头上的汗，长出一口气："生孩子……好难啊！"

苏毓不禁开始怀疑，自己是不是从一开始就想多了。毕竟，真正的傻是藏不住的。

傀儡人接着道："小顶姑娘，该给小公子取个名字啦。"

这可把小顶难住了，她歪着头，盯着肥鸡："你想……叫什么？"

肥鸡："叽叽！"

小顶挠了挠腮帮子："好吧，就叫你小叽叽吧。"

苏毓："……"

阿亥眉头一拧："这可有点名不副实，恕我直言，小公子的个子其实挺高的。"

小顶一想，深以为然地点点头："那就叫……大叽叽。"

大红肥鸡猛扇翅膀："叽叽叽叽叽！"

小顶走过去，踮起脚摸摸它的脑袋："你也……很喜欢吧？"

阿亥："真是个好名字。我看公子生得一表人才、眉清目秀，日后肯定有大出息。"

小顶的眼角眉梢都是笑意："借你……吉言啦。"

苏毓："……"

傀儡人和炉鼎你一言我一语，偶尔肥鸡还会中气十足地叽叽叫几声，苏毓不觉有些恍惚，仿佛脑袋被人摁进了水里。

就在这时，外面传来砰的一声响，院门大开，一身黑衣的蒋寒秋一手提着剑，一手提着只鸡，杀气腾腾地冲进来："小顶别怕，我来了！"

小顶粲然一笑："仙子姐姐，我已经……生完啦。"

苏毓一见仇人，如梦初醒，瞬间恢复斗志，冷笑一声，抱着胳膊一挑下颌："说得好听，若是等你来，只能给他们母子收尸了。"

蒋寒秋闻言一愣，连苏毓的冷言冷语都顾不上理会，走到小顶跟前，将她从头到脚打量了一遍："没事就好。"又转头瞪向师叔，道："苏毓，你怎么回事？小顶刚生完孩子，你不让她进屋躺着，让她在这里吹冷风？！"不等他说话，她接着道："回头一并和你算账！快回屋躺着，姐姐带了只百岁老母鸡，一会儿给你炖汤补身子。"她一边说一边环顾四周，"孩子呢？"

小顶指着大红鸡："就是他。"

蒋寒秋方才一进门就看见了这只怪鸡，还以为是苏毓从哪里弄来的妖禽。此刻，她看看手里的老母鸡，又抬头看看两百斤的大红鸡，陷入了沉默。

半晌，她方才艰难地挤出一个微笑："看着……倒是挺健壮的……孩子父亲……似乎不是人吧？"

没等小顶说话，那大红鸡的身体里响起个清脆的少年的声音，还带着点奶味儿："苏毓，好你个龟孙子，竟然趁着爷爷换毛玩这种阴招！有种光明正大地单挑！"

苏毓一怔，这声音虽有些陌生，但语气他是熟得不能再熟了。

他蹙了蹙眉："迦陵？"

迦陵鸟一族是九狱山的土著，虽然只剩下一窝，但法力高强，威武霸气，只是身为鸟类，头太小，脑子不大好使。

当年归藏开宗立派，祖师欺负迦陵他爷爷没文化，半哄半骗，用一万灵石买下了九狱山内九峰，说是不影响他们群妖在外山安居乐业，实则钻契约的空子，用河图石把九狱山的灵气都引入内九峰，以至于外九峰灵气稀薄，成了名副其实的穷山恶水。

迦陵他爷爷花了五百年才反应过来，知道自己被骗了。

被雷劫劈死前，爷爷叮嘱孙子："第一，归藏派都是龟孙子，我们迦陵一族和他们不共戴天。第二，爷爷当年吃了没文化的亏，你一定要好好学习。"

迦陵的毕生志向便是灭了归藏满门，把祖业抢回来，然而受当年的灵契约束，外山群妖和归藏的弟子不得互相残杀，否则就要受到灵契之力的严惩。

归藏的祖师坑蒙拐骗，虽然不地道，倒也没有对妖族赶尽杀绝——买灵兽守山还费钱，每个月给群妖施舍点灵气，就有了一支不花钱的巡山护卫，何乐而不为呢？

因此归藏的弟子和群妖虽然相互看不顺眼，但也只能捏着鼻子搭伙过日子。

云中子是个滥好人，对群妖比历任掌门都大方，且他本身也是妖族。所以虽然迦陵嘴上喊着要灭了归藏，但对云中子还是比较满意的。

但是苏毓这坏种，简直比他的师祖还不是东西！

迦陵辛辛苦苦攒了好几百年的天材地宝，被苏毓半抢半骗地拿去了大半，如今自己虎落平阳，怎么能被仇家看好戏？

苏毓立时闭嘴，黑豆眼骨碌碌一转，假装无事发生。然而覆水难收，身份已经暴露，他再掩饰也无济于事了。

苏毓狐疑地问道："你怎么会在她的肚子里？"他没用过炉鼎，也不了解玄素之道，但无论如何这也太超乎常理了，要都这么操作，谁还敢双修？

大红鸡眼神飘忽，弱弱地叽了两声，随即又跳脚大骂起来："苏毓，你这杀千刀的龟孙子……"

他显然就是在虚张声势，苏毓冷笑一声，正要说他两句，却见那小炉鼎走上前去，啪地照着大红鸡的屁股拍了一掌。

"迦陵，"小顶佯装生气地数落大红鸡，"不许骂人。"

迦陵鸟大小是个妖王，苏毓还从未见过他如此狼狈，嘴角不由得扬起，没高兴片刻，只听那炉鼎又道："乌龟……有什么错？"乌龟为什么要有这样的孙子？

苏毓："？"

小顶不吭声还好，一说话，大红鸡越发气不打一处来，当即暴跳如雷，破口大骂："你这老奸巨猾的死女人……"

不等他把话说完，屁股又被啪啪地打了两下。

傀儡人打圆场："小顶姑娘，公子还小，慢慢教。"

小顶看着虽软绵绵的，却不是个溺爱孩子的家长。她一手抓着大红鸡的赤金羽毛，一手扇他的屁股："我是阿娘，再不乖……"她想了想，瞪了他一眼，"再不乖，把你吃掉！"

大红鸡立即偃旗息鼓，能屈能伸，轻声细气地叽了一声，然后缩起脖子和短腿，骨碌碌滚到墙根，努力伸长肥翅膀遮住眼睛，缩在那儿不动了。

阿亥一针见血地说道："小顶姑娘，公子是纸做的，怕是不能吃。"

大红鸡一听，立即精神抖擞，伸长脖子，正要接着骂，傀儡人话锋一转："不过内丹倒是可以吃，你们活人吃这个很补的。”

大红鸡天真烂漫地叽了一声，又把脖子缩了回去。

苏毓知道其中定有猫腻，问迦陵他是不会说的，便问小顶：“你肚子里怎么会有这种东西？”

小顶大惑不解地歪歪头：“因为我……吃了……那个男人给的……鸟。”她已经告诉过他们不止一次了呀！

苏毓捏了捏眉心：“你把前因后果说清楚。”

小顶便把那天夜里发生的事叙述了一遍。在门派里生活了半个多月，她说话已经比一开始顺溜了不少，这回没人打断她，没费多大劲就把事情说清楚了。

苏毓听完，半晌说不出话。

然而整件事看似真相大白，实则扑朔迷离，充满谜团。

迦陵鸟每三百年换一次毛，换毛期持续七七四十九日，在此期间妖丹融化，散入经脉——其实不只是换毛，约等于整只鸟脱胎换骨了一回。这段时间他的妖力大幅降低，大约只有平日的一两成。然而他毕竟是只千年老鸟，即使只剩一成功力，也不是仅凭他衣裳里的禁咒就能克制住的。萧顶撇开炉鼎的原身不说，就是个凡人，怎么轻而易举就让妖王昏厥了？

其次，吃下去的老鸟为何会变成蛋，甚至重新凝聚出了妖丹？

据他所知，炉鼎可没有这种奇效。莫非她不是一般的炉鼎？

他正思忖着，蒋寒秋一声怒骂打断了他的思绪：“这都能想歪，你成天都在想些什么？没想到你的心思这么龌龊！”

苏毓白了一眼，心想，还不是你师父先想歪的。

他被师侄一打岔，注意力转移到了这小炉鼎的身上。眼下他终于相信，这炉鼎是真傻，虽然成天嚷嚷着要给这个那个做炉鼎，但实际上根本不通男女之事。许是绑她的人还未来得及教她——也或者是故意让她保持无知的状态，似乎确有一些买家喜欢天真如稚童的炉鼎，好买回去自己调教。

苏毓最见不得这些下流污秽之事，再看那炉鼎，心情不禁有些复杂。

原本他以为她是蓄意引诱，原来都是无心之举。这一切都是他想多了。

连山君断断不愿承认是自己自作多情——这一切只是造化弄人。

蒋寒秋看了眼蹲在墙角苦口婆心地教育大红鸡的小顶：“这孩子显然是把那……玩意儿当成了孩子，是你惹出来的事，你就说怎么办吧。”

苏毓回过神，冷声道：“总不能让我去教她生孩子是怎么回事。”

蒋寒秋被他一噎，随即道："你休想用你的肮脏心思玷污小顶。"随即捋起袖子，打算硬着头皮自己上。

她把小顶带到一边，看了一眼大红鸡，柔声解释："小顶，这只……鸟，不是你的孩子。"

小顶一愣："可是……他是我生的……呀！"

蒋寒秋："孩子不是这么生的，你吃下去的鸟叫迦陵，是外山的妖王。"

小顶仍旧不甘心："那……孩子是……怎么生的？"

蒋寒秋避开少女无邪的视线，尴尬地咳嗽两声，含糊地答道："要夫妻或是道侣才能生，也不是从嘴里生，等你嫁了人就知道了。"

小顶看了一眼大红鸡，低下头讷讷地说道："我知道了……"她抱着膝盖，眉眼低垂，眼圈渐渐泛红。

蒋寒秋哪里见得这个，连忙改口："不过反正他也在你的肚子里待过，你要把他当儿子也未尝不可。"

迦陵："？"

小顶蓦地抬头，泪光盈盈的大眼睛里闪动着欣喜的光："真的？"

蒋寒秋毫无原则："当然，从今往后他就是你的儿子，谁敢有意见，先来问问我的剑。"

小顶擦擦眼泪，破涕为笑："那我明日……能骑他……去学堂啦？"

蒋寒秋："……"

苏毓："……"

闹了半天，这傻子大概根本不知道儿子是用来做什么的。

傀儡人面露忧色："公子能飞起来吗？"

小顶拍拍大红鸡的屁股，鼓励道："你……飞飞看。"

迦陵鸟生来高贵，一出生便是群妖之首，何曾受过凡人奴役，只当没听见。

小顶捧着脸叹了口气："不会飞啊，要不还是……"

"吃"字还没出口，大红鸡叽了一声，就地一滚，两条短腿支起肥硕的身子，开始奋力扑腾翅膀。奈何他身体天生有缺陷，翅膀太短，离地三尺便无以为继，眼看着要落下来。然而许是被吃掉的恐惧唤醒了潜能，只听轰的一声巨响，鸡尾巴处忽然喷出火来，肥鸡钻天猴似的蹿上了天，尾后拖出一道长长的浓烟。

众人："……"

翌日，小顶高高兴兴地骑着她的新生儿去上学堂了。

涵虚馆的学子们只听外面传来一阵轰隆隆的巨响，纷纷跑出去，抬头一看，只见萧顶骑着一只通体赤金、威风凛凛的肥鸡，肥鸡屁股冒火，轰鸣不止，别提有多威风了。

弟子中多的是有钱人家的少爷，便有人不服气，质问云中子："掌门，门规不是说弟子在门派中一律只能骑纸鹤吗？为何萧顶能骑别的坐骑？"他们又不差钱，谁不想整个拉风点的坐骑？

云中子如实答道："萧小友骑的就是纸鹤。"严格来说，这个两百斤还带喷火冒烟的玩意儿，按物种来分，还真就是只纸鹤。

众弟子："……"

小顶新得了个儿子，着实新鲜了几日。

她每天骑着大红鸡早出晚归，回去还要给他做饭——所谓做饭就是把纸撕成小片，再搓成玉米粒大。迦陵没事就在院子里跑圈，得多吃点补补。此外她还得教他规矩。他虽说还是个孩子，但也不能不知礼数，张嘴就骂人。一忙起来，她倒把给金道长做炉鼎的事抛到了脑后。

约莫过了五日，小顶忽然想起这桩事来，便立即去提醒连山君："蛋已经……生出来了。"

苏毓佯装听不出她的言外之意，抬起眼皮，瞥了一眼在院子里努力做俯卧撑的大红鸡："嗯，看到了。"

小顶狐疑地看着他，怀疑他又要翻脸不认账，蹙起双眉道："你答应过，生完孩子……把我给……金道长。"

苏毓知道她迟早会提这事，不慌不忙地答道："好。"自打知道这炉鼎是真傻，他反倒更笃定了——比起心机深沉的女子，糊弄一个傻子当然更容易。

小顶一朝被蛇咬，见他答应得这么爽快，不敢置信，狐疑地瞅他："你说真的？"

苏毓放下手中的书卷："自然，我这就传音给金竹。"

小顶大喜，不禁为自己的小人之心感到有些惭愧，赧然道："谢谢你……"

苏毓只是淡淡一笑，当即施了传音咒。

金竹洪钟般的声音响起，小顶的双眼便像阳光下的湖面一样闪起粼粼的光。

"不知师叔有何吩咐？"金竹问道。

苏毓道："萧顶有事与你说。"说着对小顶一挑下颌："你自己同金竹说吧。"

金竹纳闷：“小顶姑娘有何见教？”

小顶喜不自禁，在心里暗忖，听听，金道长说起话来，就是这么温文尔雅，让人打心底觉得舒坦。小顶开门见山：“金道长，你……缺炉鼎吗？”

金竹猛烈地咳嗽起来，似乎是呛了一下。他好不容易才止住咳：“小顶姑娘说笑了。”

小顶侧头看了眼连山君，眼中微露困惑。苏毓给了她一个春风般轻柔、充满鼓励的微笑。小顶接着道：“不是说笑，我给你……做炉鼎，如何？”

金竹结结巴巴地说道：“这……这……这可使不得，在下不修此道，多……多谢小顶姑娘错……错爱……”

不等小顶再说什么，他便道：“师叔若是没有别的吩咐，侄儿便退下了。”

苏毓道：“萧顶所说之事，你真的不考虑一下？”

金竹活像被火烧了脚，立即道：“不，请小顶姑娘……那个……另觅良人。”

苏毓一脸无可奈何：“既如此，便罢了。”

传音咒一断，小顶的眉眼便耷拉下来。苏毓说道：“你看，我也尽力了，可我虽是他师叔，也不能强人所难。”

金竹为人最是谨小慎微，且不说有没有这个心思，只要苏毓若有若无地流露出些许对这小炉鼎的在意，他定然避之唯恐不及，更不用说当着苏毓的面应承下来了。苏毓如今算是明白了，这小炉鼎根本不懂什么男女之情，不过是因为在掩日峰待得不顺意，又和金竹熟些，这才嚷嚷着要跟他。

这种孤苦无依又缺心眼的傻姑娘，谁对她好，便与谁亲。他先前不过是错估了形势，这才走了弯路。

亡羊补牢，为时未晚，他只消给些小恩小惠，笼络她一番，她定会死心塌地、老老实实地待着。

她刚在金竹那里碰了钉子，正是他怀柔示好的机会。

小顶垂着头、撇着嘴，十分失落。她在九重天时还算抢手，上仙们来做客，见了她都会交口称赞，没想到来到这里后，送上门都没人要……想到这里，她灵光乍现，拍拍脑门：“那我去给……仙子姐姐……当炉鼎。”

苏毓捏了捏眉心。他料到她会提这个，不过听她说出来，身上还是起了层鸡皮疙瘩。

蒋寒秋可不会卖他面子，对金竹那招用在她的身上是没用的。

他一早想好了说辞：“蒋寒秋平生最不喜女子做炉鼎，不信你可去问问。”顿了顿，又说道，“要不我也替你传个音给她？”

蒋寒秋自然不会赞同她做炉鼎，便是真问他也不怕。

为了把戏做得更像，他没等她回答便开始掐诀施术。

小顶忙摆摆手：“不……不用了。”

今日连山君一反常态，变得很好说话。她对他的话本来是半信半疑的，但是看他那样笃定，还主动替她传音给仙子，便已信了七八分。

苏毓的嘴角微微一扬。他柔声安慰她：“你也别难过了，师侄们都很孝顺我这师叔，你帮我把气海充满，也算是帮他们的忙。”

小顶看不出来稚川仙子哪里孝顺他，不过她也不会故意驳他的脸面。

苏毓朝窗外望了一眼，又道：“再说了，你那只鸡……”

小顶皱着眉，义正词严：“他有名字。”

苏毓捏了捏眉心：“迦陵……”

小顶仍旧倔强地皱着眉，在儿子的名字一事上，她是从不愿妥协的。迦陵鸟以族名为名，不管哪只都叫迦陵，就像把她叫作炉子，这算哪门子名字？

苏毓与她对视半晌，最终败下阵来，认命道：“大……你儿子一出生就在掩日峰，若是搬去别处，难免水土不服。”说罢，他扬声对着窗外喊道：“迦……大叽叽……”他摁了摁额角的青筋，“你可想移居别处？”

大红鸡自然一早便受到苏毓的胁迫，忍辱负重地答“不想，我在这里挺好”，其实在心里骂道：啊呸！

小顶心头一凛。儿子每天接送她，在院子里也不闲着，不是跑就是跳，都没有刚生下来时那么圆润了，若是再水土不服，岂不是更要掉肉？

她至此才打消了立即离开的念头，想着还是等孩子长大些再说吧。

当晚，云中子来掩日峰看望师弟，顺便给他府上大大小小的禁制充灵气，不免又说起小顶的事：“我早说这姑娘不晓世事，你偏不信。你可别欺负人家。”

苏毓白日刚把那小炉鼎哄得团团转，正是顺心如意的时候，惬意地抿了一口茶：“师兄不必担心，只要她安安分分地待在掩日峰，我自不会亏待她。”

云中子：“你的灵气还差几成？”

苏毓每日汲取的灵气不多，用出去的倒是不少，一来一去，总共也没多少。他微微蹙眉：“不满一半。”近来一直与那小炉鼎斗智斗勇，倒是没怎么关心灵气有多少了。

云中子觑了他一眼，欲言又止："你不会……喀喀……"他话没说出来，脸却涨得通红。

苏毓闻弦歌而知雅意，知道师兄说的是他先前打算把萧顶当炉鼎的事，淡淡地说道："放心，我不喜欢强迫人，也不会对一个傻子下手。"

这事本来是你情我愿，他才无可无不可，那炉鼎既然连怎么做炉鼎都不知道，此事自是作罢了。

云中子松了一口气，倒是省了一番口舌。随即他又皱起眉："迦陵鸟之事实在令人费解，你怎么看？"

苏毓摇摇头："近日我将藏书塔中相关的典籍都查阅了一遍，不曾见过类似的记载。"倒是积累了不少炉鼎和房中术之类无用的知识。

云中子又道："原先我以为河图石之事不过是巧合，如今看来，倒也未必，这姑娘兴许有什么非同寻常之处。"顿了顿，他接着说道，"我想请师叔祖来看看，你道如何？上回他也说要把河图石带回去仔细研究……若是你实在介意，此事便作罢。"

请师叔祖来有什么后果，两人一清二楚。云中子也就罢了，苏毓每回都不胜其扰。

苏毓手一顿，一反常态，大义凛然地说道："师叔祖精通方术杂学，当世无人能出其右，请他来看看也好，师兄定夺便是。"

云中子便立即给师叔祖传音，约定了日子遣人去万艾谷接他老人家。

第三章　问心谷

一日，苏毓刚打完坐，从东轩踱出来，便收到了云中子的传音：“师叔祖他老人家到山门口了。”

若问在这世上，连山君最怵谁，恐怕非师叔祖纯阳子莫属。

这老头是连山君师祖的同辈人，惯会倚老卖老，打又打不得，骂又骂不得，车轱辘话一堆，偏偏苏毓还只能听着。

因此每回老头大驾光临，苏毓总是以受伤闭关为由，躲在灵池里不见人——反正因为体质特殊，受重伤对他而言是家常便饭，老头就算怀疑也说不出什么来。

这回他却是躲不过了，一来灵池都干了，二来纯阳子是为着河图石和那小炉鼎的事来的。

毫无疑问，那老头一会儿准会苦口婆心地劝他和那炉鼎双修。

苏毓瞥了一眼窗外抱着笸箩追在大红鸡身后喂纸团的傻子，苦恼地捏了捏眉心，嘴角浮起一抹无奈的微笑。

师叔祖纯阳子和师祖差不多岁数，不过他比不得他们那位不到二十岁就筑基的天才师祖，所以一直修到八十多岁才筑基，没能及时驻颜，是个鸡皮鹤发、老眼昏花的名副其实的老头。云中子不放心他一个人骑鹤出远门，每回都会派个弟子去接。

这回不幸中签的是云中子的三徒弟叶离——本来是好好一个风流倜傥的公子

哥，经过师叔祖一路上的“谆谆教诲”，从鹤上下来的时候双眼无神、脚步虚浮，宛如一个没有灵魂的劣质傀儡人。

云中子领着一众弟子，早早在山门外恭候师叔祖的大驾。不等十只纸鹤拉的云车停稳，他便迎上前去，扶住老人家。

师叔祖眯着老眼，对着云中子上下打量一番，皱起眉，嘴角往下一拉，两道法令纹宛如刀刻上的：“早劝你双修，你不听，现在阴阳失调掉毛了吧？”

“双修”两个字要从别人嘴里说出来，难免有点下流猥琐，但是从这老头嘴里说出来，却朴实无华得仿佛是“拔火罐”，不给人一点遐想空间。

云中子尴尬地摸摸头顶：“师叔祖说笑了，只是换毛期，喀喀。”

“师叔祖又没瞎，难道分不清换毛和脱发？”师叔祖说着往小辈中间扫视一眼，目光落在蒋寒秋的身上。

天不怕地不怕的剑修大能不禁瑟缩了一下，摸了摸自己浓密茂盛的秀发，说道：“太师叔祖，我没掉毛。”

纯阳子捋捋胡子：“谁说你掉毛？你是欲火中烧、燔灼焚焰，所以整天找这个的碴，寻那个的晦气。听太师叔祖的话，找个道侣双修泄泄邪火，保管你心平气和。”

蒋寒秋：“……”

纯阳子捋捋胡子，给了她一个表示理解的眼神：“要是实在找不到人和妖，就用剑凑合一下吧。”

蒋寒秋：“？”

把众人一个不漏地教训了一番，纯阳子方才跟着云中子前往掩日峰。

云中子一路上把苏毓和小顶的情况说了一遍：“师叔祖一片好心，小毓心里明白，只是他实在没有这个心，那姑娘又年纪小，不晓事，这回劳动师叔祖大驾，还是想请您老人家来看看有没有别的法子。”

苏毓虽然不至于当面顶撞老人家，但每每不胜其扰，脸色难免不好看，云中子一个和事佬，最见不得气氛尴尬，便尽力斡旋。

纯阳子抿了抿唇，不情不愿地摆摆手：“行了行了，你也别说了，小毓这孩子是我看着长大的，他的性子我不知道？”顿了顿又道，“我不啰唆就是了。”

云中子大大地松了一口气。

老头都到家门口了，苏毓也不好太失礼，亲自去门外迎接。

纯阳子一见这不省心的侄孙，两片嘴唇便蠢蠢欲动，盯着他的脸看了半天，终究忍住了没提双修的事，转而问道："气海充盈些了吗？"

苏毓答道："遵从师叔祖教诲，每日以九转流珠功法汲取灵力，略增半成。"

师叔祖闻言眉头一皱："这么久才恢复半成？"顿了顿道，"此法的确慢一些。"

苏毓料定他要提双修，没想到纯阳子只是点点头："不必操之过急。"

苏毓按捺住心中的狐疑，把纯阳子带入院内。

院子里，小顶刚喂完大红鸡。纯阳子一踏进院门，先看见大红鸡，便是一个趔趄："这是什么品种？"

云中子如实道："是纸鹤。"

纯阳子捋捋胡子，冷笑道："你们归藏家大业大，作风也是越来越浮夸了。"他在心里嘀咕：净捣鼓这些有的没的，难怪没空双修了。

云中子："……师叔祖教训得是。"

苏毓："……此事说来话长。"

纯阳子气得肝疼："知道你是当世大能，翅膀硬了，听不进劝了。"

苏毓忙道："请师叔祖教诲，侄孙不敢不从。"

纯阳子："我偏不教你！"

苏毓："……"

"闲话少叙，"纯阳子朝小顶的方向努努嘴，"说的就是那姑娘？"

苏毓颔首，对小顶道："萧顶，过来。"

小顶听见连山君喊她，这才发觉有人来了，站起身来，上前行礼，甜甜地说道："见过道君。"她在归藏见到的修士，模样大多年轻，至多四十来岁，还是第一次看到这样满脸褶子的老人家，不禁有些好奇。

纯阳子老眼昏花，看不清她的眉眼，但一听那清甜的声音，便觉满心舒爽，皱紧的眉头便是一松："好好，不必多礼，你也随他们叫我师叔祖就是。"

小顶乖巧地叫道："师叔祖。"

纯阳子转过头，与云中子交头接耳："看样子是个好孩子，配小毓可惜了。他没这心思也好，省得祸害人家。"他自以为压低了声音，但因为耳背，发出的声音其实亮如洪钟。

云中子挠了挠头，尴尬地打圆场："请师叔祖移步堂中，替萧顶姑娘看一看。"

师叔祖这才想起正事来。三人来到堂屋，刚坐定，纯阳子便对小顶道："老夫可否探查一下萧姑娘的经脉？"

这事掌门和连山君都做过，一回生，二回熟，小顶大方地伸出胳膊。

师叔祖的灵力介于两人之间，没有云中子那么温和，也没有苏毓那么霸道，所到之处，便有一点微微的灼热和刺痛，不难忍受。

不多时，纯阳子收回搭在少女腕上的两指，皱起眉，捋着白须道："奇怪，老夫还从未见过这样的经脉。"

云中子："怎么说？"

"萧姑娘没有气海，经脉也与常人无异，却能容纳河图石的灵力，实在是闻所未闻，此其一。其二，我方才探查到的灵气似乎不单来自河图石。"他转向小顶，"萧姑娘还未辟谷吧？"

小顶点点头。

"那就对了，"纯阳子若有所思地颔首，"其中似乎便有食物与药材的精气。"

苏毓听出了端倪，不由得蹙眉。

师叔祖接着道："河图石汲取天地日月之精华，灵气极为精纯，小毓的经脉异于常人，只有这般精纯之气才能为他所用。萧姑娘体内的灵气分明繁杂得多，可小毓近来从萧姑娘体内汲取灵气，却并无半点不适。"

苏毓："师叔祖的意思是……"

纯阳子点点头："没错，萧姑娘体内的灵气虽繁多，却仍然精纯。要知道，寻常人，无论是凡人还是修士，吃进肚子里的东西便混杂于一处，清浊不分，能化作灵气、生气的，万无其一。因此只有炼制成丹药，食材、药材中的精气才能为我们所用。萧姑娘却不是如此，她似乎可以直接从食物、药材中汲取精纯之气。"

苏毓一怔，这就好像是……

纯阳子替他把话说了出来："这有点像用丹炉炼药，只不过不必借助外物。"

纯阳子自然知道小顶是炉鼎，不过当着她的面说出来未免有些冒犯之意，便只是隐晦地点了一下。

云中子和苏毓却是领会了他的意思：这小炉鼎可以炼丹。

纯阳子又道："如此一来，迦陵鸟之事便说得通了。他恰好在换毛，内丹融进经脉血肉中，被萧姑娘……喀喀……食用，又被她重新'提炼'出精气，凝结成内丹。"

有的修道者的确能"以已身为炉鼎"，不过那是炼自己的内丹，没有人还能把别人的内丹炼出来。

小顶听他们你一言我一语地讨论着，有些糊涂了，不过听到"丹炉炼药"，不禁困惑地说道："我本来……就是炉鼎啊。"她不是早就告诉过他们了吗？

苏毓："……"这是一回事吗？

纯阳子对小顶道："萧姑娘还未正式拜师吧？"

云中子代她回答："小顶才入门不久，还未通过试炼。"

纯阳子道："萧姑娘有没有兴趣随老夫去万艾谷？你天赋异禀，若是有良师指引，定成大器，留在这里可惜了。"

苏毓："？"

云中子尴尬地轻咳了两声，小声提醒："咯咯，师叔祖，小毓离不了萧姑娘……"

纯阳子看了一眼苏毓，有些嫌弃，不情不愿地说道："罢了，你跟着来也行。"

苏毓："……"

苏毓自是不会跟去万艾谷那种穷乡僻壤，挑了挑眉，正要说话，便见那傻子一脸憧憬："是去给……师叔祖当……"

只听噗噗两声，云中子的两个毛耳朵当时就冒了出来。他扑上去，就差捂住她的嘴："师叔祖他老人家的意思是……"

纯阳子接口："老夫的意思是收你为徒。天生我材必有用，你能炼化食物、药材中的精气，这是大机缘，若是善加运用，一定大有作为。"随即他瞟了一眼云中子的耳朵——这小子还说自己没掉毛，耳毛都稀疏了，尾巴还不知道秃成什么样呢。不过现在不是说这个的时候，他和蔼地看向小顶："你想不想拜老夫为师？"

小顶对他的话一知半解，偏了偏头："学什么呀？"

纯阳子涉猎广泛，学问广博，正经的五行法术的造诣虽一般，指导一个还未筑基的小姑娘也绰绰有余了。他道："你想学什么？我都能教。"

小顶："炼丹呢？"

纯阳子有些讶异，丹道本来是大宗，不过出于各种原因早已式微，如今除了几个专门以此为业的小门派，几乎没有几个修士愿学，都是买现成的丹来用。

他捋捋胡子："你为何想学炼丹？"

小顶做出一副理所当然的样子："因为……我是炉鼎啊。"一个炉鼎不炼丹能干吗？

纯阳子："？"

云中子："？"

闹了半天，莫非她一直以为炉鼎真是用来炼丹的？！

云中子嘴里发苦，第一次对自己的正直人品产生了怀疑。

苏毓的太阳穴又开始突突地跳了起来。这傻子果然从来没弄明白炉鼎是什么。可说她一无所知吧，她偏又总是问出些不三不四的东西来，也不知道金甲门的那些杂碎是怎么教她的。难不成没人教她，那些家伙只是扔了本教材让她自学？

云中子把弹出来的耳朵缩回去，苦着脸解释："萧姑娘，这二字有歧义，往后别说了。"

小顶不明白"炉鼎"能有什么歧义，不过她信任云中子，掌门这么说，自然是有道理的，便乖巧地点点头。

纯阳子清了清嗓子："萧姑娘，不瞒你说，老夫于炼丹一道的确小有研究，若是你拜老夫为师，老夫定然倾囊相授。"

云中子知道小顶听不懂文绉绉的说辞，用大白话解释道："师叔祖是说他会尽全力教你炼丹。"

小顶一听，简直好似找到了亲人，都快哭出来了。自打她来了这个世界，连山君不要她，金道长不要她，仙子姐姐不要她，她一个好好的炉鼎怎么都找不到主人。如今她总算是云破天开、苦尽甘来，终于熬出头了。

她就要点头答应，便听连山君悠悠地说道："此事恐怕不妥。萧顶是我座下弟子，若是再拜师叔祖为师，难免乱了辈分。"

云中子颇觉意外："什么时候的事？怎么我竟一无所知……"不是还没到收徒的时候吗？

等等，这祖宗不是不愿收徒吗？他年年劝，这小子年年都找借口搪塞，横挑鼻子竖挑眼，像蒋寒秋这样天生剑体的奇才都不要，至今座下空虚，怎么忽然收了这小姑娘为徒？此事定有蹊跷！

纯阳子吹了吹胡子，老眼一瞪："休想诓你师叔祖！她入门试炼还没过，拜的哪门子师父？"

小顶也是一脸茫然："啊？"她什么时候拜的师？她自己怎么不知道？

苏毓绷起脸，说道："萧顶，你上回称我为师尊，便是拜我为师，莫非拜师也是可以当儿戏的？"

小顶蹙着眉苦思冥想，好不容易想起来，上回她问他"尊"字，说了一句"你是……师父"。可是他当时分明回绝了。她愤然道："你说……不做我师父。"

苏毓早想好了说辞，胸有成竹地说道："我一早便准备收你为徒，只是怕你知晓了得意自满，不能脚踏实地，故准备试炼后再告诉你。"

纯阳子冷笑："说那么多，还不就是没正式拜师？"他转头看向小顶，立即换了副慈祥的面容："萧姑娘，别怕他，你不曾正式拜师，便是自由身，就是拜了师也能叛出师门。"

小顶迷糊地点点头，看看这个，看看那个，目光落在连山君的脸上，皱了皱眉，旋即眸子倏地一亮："那……你不是……要叫我……师叔啦？"

云中子："……"说这小姑娘傻吧，那是真傻，偏偏有时候又"杀人不见血"。

苏毓冷哼一声，来了个"杀敌一千，自损八百"："那蒋寒秋还得叫你师叔祖。"

云中子："……"这种事有什么好攀比的？

不过连山君是谁，自然不会乖乖地管这小傻子叫小师叔，更不会让纯阳子把她抢走——从来只有他抢别人的，没有别人抢他的。无论是文抢还是武抢，他这辈子还没输过呢。

恰好傀儡人阿亥端着托盘来上茶，苏毓灵机一动，对小顶道："若是你跟着师叔祖去了万艾谷，便见不到大渊献了。"

阿亥忙着给众人上茶，也不耽误拆主人的台："小顶姑娘，你不用挂念我，能跳出火坑，我替你高兴还来不及……"话说一半，嘴飞了。

苏毓揉了揉额角，用下颌朝云中子示意，接着道："你的掌门师叔，你的寒秋师姐，你的同窗们……去了万艾谷，你便要与他们分开了。你舍得？"

他这么一说，小顶果然流露出些许迟疑之色。

身为一个炉子，她本是不怕寂寞的，可是"由奢入俭难"，她入归藏时间不长，但已将门派当作了她的家。这里虽然有连山君，但也有她喜欢和喜欢她的人。

苏毓观她的神色，嘴角微微一挑，趁热打铁，使出撒手锏："你忍心让迦陵……"

小顶立马紧紧地盯住他。

苏毓捏了捏眉心，屈辱地改口："你忍心让你……儿子出生几天就和阿娘分开吗？"

小顶瞪大眼睛："儿子……跟我走。"她的儿子，她当然是要带走的。

苏毓气定神闲，抿了一口茶，动了动薄薄的眼皮："不好意思，纸鹤属于门派，不能带走。"又顿了顿，瞟了一眼师兄，"不信问你掌门师叔，有没有这条门规。"

云中子差点没被茶水呛住。这祖宗的不要脸程度又达到了新高度。

但是归藏还真有这条门规。

归藏纸鹤用的纸是门派特制的，造价不便宜，他们师祖便定下了这条门规——单靠坑蒙拐骗，也攒不下偌大一份家业。开源以外还须节流，想方设法地抠门也是必不可少的。

祖训不可违，云中子无奈地点点头，告诉小顶："没错，是有这条门规。"

别人也就罢了，儿子却是不能没娘的，小顶皱着眉咬着下唇，开始动摇了。

纯阳子被这无耻的侄孙气得差点背过气去。

苏毓视若无睹，淡然道："不就是炼丹吗？师父也能教你，何必舍近求远？"

纯阳子被这话一噎——真别说，这小子自小聪明过人，又久病成医，若单论炼丹，怕是不逊于自己。

苏毓接着又道："丹道不比其他法门，靠勤学苦练也未必能有所成，若是没有齐全的上品药材，用什么炼丹？"他若有似无地瞥了一眼纯阳子，因为师叔祖成天捣鼓这个，折腾那个，买各种器材和工具，万艾谷可是出了名地穷，"不说归藏，便是我这府中的灵药库，便收了十洲三界几乎所有种类的药材，别处寻不到的天材地宝，我这里都有。"

纯阳子"酸泪"倒流，差点没把心口腐蚀出个大窟窿。

苏毓微垂眼皮，嘴角一挑，豪迈地对小顶道："若是你留下，这些药材你都可随意找我……"

云中子心头一震，正要感慨这祖宗竟舍得下血本，莫非被夺了舍，便听他那两片薄唇中优雅地吐出一个字："买。"

云中子："……"还好还好，这还是那个他熟悉的祖宗。

见那小傻子仍旧犹豫，苏毓咬咬牙："罢了，只收你九成价。"他虽富，那些天材地宝也不是大风刮来的。

拜连山君所赐，小顶如今对钱已经有了初步的概念，甚至还在沈碧茶的指导下学会了砍价。她伸出个巴掌："五成。"

苏毓觉得心脏一阵绞痛："八成。"大家退一步海阔天空，八折成交他也不算亏太多，毕竟那些东西大部分是抢来的。

小顶摇摇头，白皙的小巴掌晃了晃："五成。"

苏毓沉下脸："你不想要儿子了？"

小顶："大不了……吃下去，再生一次。"她刚才已经想明白了，苏毓只说纸鹤不能带走，又没说不让吃。

苏毓与她对视良久，心里明白，这一根筋的傻子还真能做出这种事，只能艰难地挤出两个字："成交。"

小顶眉开眼笑："师尊。"

苏毓一瞬间有些恍惚，那种头被摁进水里的感觉又袭来了。他竟想不起自己是怎么走到这步田地的。

纯阳子没能收到徒弟，颇为遗憾，但是能看到向来不可一世的侄孙吃瘪，便觉得这一趟也不算白来。

老人家在归藏住了三日，在把内门众人逼疯之前，终于决定打道回府，云中子将已经失去灵力的河图石交给了他。

临走前，老头仍旧不死心，对小顶道："若是哪日改了主意，可随时来万艾谷找太师叔祖。"

小顶甜甜地道了谢。

纯阳子又看了一眼苏毓："对了，小顶不是住你那儿吗？你的灵气怎么恢复得这么慢？"

苏毓向他解释，小顶昼间上学，放课回来后没多少时间。如今他还要挤出时间教她炼丹，估计恢复得就更慢了。

纯阳子："夜里不是有好几个时辰吗？为何不运功？"

苏毓轻咳了一声。起初他是怕被有心机的炉鼎占便宜，知道她不通人事后，又觉得那么做像是欺负傻子。他想了想道："共处一室有诸多不便……"

纯阳子像看傻子一样看着他和云中子："你们这些剑修真是把脑袋瓜都修坏了，不会在墙上挖个洞吗？"

苏毓一脸震惊。

虽然不甘心，苏毓却还是不得不采纳了纯阳子的意见。

他平素在东轩静室打坐，隔壁便是他的卧房。由于他不睡觉，卧房几乎是不用的，倒也没什么私密的东西。

叫傀儡人把被褥、铺盖换了一遍，把他的东西收拾进库房后，苏毓便让小顶从西厢搬了过来——如今这呆子已是他的亲传弟子，入个室也合情合理。

小顶这些日子也没多购置什么东西，挎着她的小包袱便来了。

一进屋，她环顾了一下四周，放下包袱，好奇地看着床边墙上的小洞。

小洞有婴儿拳头大，尺寸是苏毓算过的，小了不够用，大了没有必要。

这洞是云中子用法术钻出来的，边缘平滑，形状规整。小顶很是喜欢，把一只眼睛贴在洞眼上，便看到隔壁东轩夜明珠幽幽的光芒里连山君正襟危坐的背影。

多亏了墙上的洞，苏毓的气海渐渐地有了久违的充盈之感。

气海之于修士，便如钱袋子之于守财奴，被掏空的时候心里难免不安。

这几日连山君觉得腰也不酸了，腿也不疼了，也有空闲时间教小顶炼丹了——不管他是出于什么目的收的徒弟，既然收进门了，那就事关他的颜面，不能糊弄。

连山君是凡事都追求尽善尽美的人。上课前一日，他特地派大渊献将灵药库房和丹房都打扫得一尘不染。

第一堂炼丹课当日，小顶放课回来，阿亥将她领到丹房，连山君已经在里头等着了。

小顶在掩日峰住了有段时日了，这还是第一次进丹房。一踏进屋里，她便感觉到一股久违的气息，打从心底生出亲近之感。沿墙的架子上那一排排的瓶瓶罐罐，各种药材混合在一起的清苦香气，都让她回想起九重天上仙君的丹房。

她的眼眶不由得湿润了，紧接着，她便听苏毓道："萧顶，过来，看看炼丹炉。"

苏毓把丹炉上罩着的火浣布揭开，一个光彩照人的炉子便出现在她的眼前。

小顶一见那个仿佛在耀武扬威的"地头炉"，顿时来了斗志，立马把感伤的泪水憋了回去。

这个"地头炉"生得厚墩墩的，肚子虽有些突兀，不如她的肚子那般线条流畅，但也看得过去。看炉身的色泽就知道它不是凡间的铜金所铸，锃亮的表面在阳光下流溢着春水一般的青光——自是比不得她的七彩宝光绚丽，倒也看得过眼。只是炉子上的花纹实在俗气了些，又是麒麟又是凤凰的，啧，怎么不干脆戴朵花呢？哪里比得上她的云雷纹和连珠纹大方古朴？它的炉耳上也没有漂亮的小玄鸟，比她可差远了。

小顶绕着炉子转了一圈，佯装欣赏，实则在暗自吹毛求疵。她敲了敲炉身，炉子发出雄浑沉厚的嗡鸣，说明炉壁用料扎实，厚薄均匀。

她状似不经意地用手抚摸炉身，可惜炉身没有半点瑕疵。饶是她用最苛刻的眼光来审视这同行，也挑不出什么毛病来。

小顶不情愿地努努嘴："还可以。"

小徒弟脾气一向好，成天一副没心没肺的样子，苏毓第一次见她这个样子。

他无论如何也想不到有人会和一个炼丹炉较劲，只当她在学堂里遇到了什么不顺心的事，也没多管，点点头道："坐下吧。"

小顶依言坐下。苏毓道："接下去的话你听仔细，我只讲一遍，若你记不住，只能课后自己去看书。"

连山君自己过目不忘、过耳成诵，最见不得别人笨。

小顶没有异议，苏毓便给她讲解炼丹的基础知识，无非选择良辰吉日、祭祀天地、安炉起火、伏火发药等步骤。

小顶身为炉子，对这些熟得不能再熟了，连山君讲完一遍考她，她全都答上来了。连山君略感宽慰，没想到这小傻子还有几分可取之处，不算无可救药。

讲完常识，便该试着操作了，苏毓道："既是第一堂课，便从最简单的辟谷丹开始学。"他提前问她，"练习用到的火符、药材、金液、玉髓等物，你可要买下？若是买下，炼出的丹便是你的，若不买，丹便属于为师。"

小顶想也没想，点点头："要买。"

苏毓挑眉："你有灵石？"

小顶自然没有，她的灵石都拿来还债了，剩下三十一万灵石的债务追讨不追讨，全在连山君的一念之间。但她穷得坦坦荡荡，挺挺胸，小巧的下巴一抬："先欠着吧。"

苏毓自己不爱欠债，委实不能理解一些修士今朝有酒今朝醉的做派——没有个几千万灵石的储蓄以备不时之需，也不知那些人夜里怎么能安心入睡。

身为师父，他深觉自己有责任纠正一下徒弟的不良习惯，勤俭持家可是归藏最重要的传统。

他沉下脸道："你别想着炼出丹药拿去卖，便能回本赚钱。第一回炼丹，成算不过五成，若是炼废了，你便欠了一笔债。"

小顶现在是"虱多不痒，债多不愁"，无动于衷地点点头："知道了，师尊。"语气里有几分不耐烦之意。

苏毓被这话一噎，便不再多劝——这丫头到时候别冲着他哭就是。

他转身从架子上取过几个瓶瓶罐罐："第一堂课，我帮你把材料备好了，下回你要自己去灵药库找。"说罢，他便教她如何取药、称量，"学习丹道，首先便要学会辨识药材。须仔细观其色、嗅其气，有时还需尝其味。"

他顿了顿又道："我库中的药材皆是上上品，往后你自己去采买药材，许多商贾会以次充好，你须学会辨识。"他将称量好的一味药倒进白瓷小碟里，递给小顶，“这是青箬谷，辟谷丹的主料。”

小顶接过来，只见白瓷盘上有一堆青色的谷子，莹润剔透，像是青玉雕琢成的一样。

她好奇地又看又闻。在九重天时，往她肚子里装药是仙君的差事，她一个炉子也不用会这些，而且仙药与凡间的灵药也不相同。

“可以取一粒尝尝味道，”苏毓道，“不过有的药在炼化前有毒性，不是所有药都可以入口的，你须谨记。”

小顶点点头，拈起一颗青箬谷，尝了一下，有些许甘甜，只是小了点，没怎么尝出味道就没了。她意犹未尽地咂咂嘴：“能再……吃一颗吗？”

苏毓夺过碟子：“叫你辨识味道，又不是给你当饭吃。”

真小气！小顶心想。

苏毓又教她辨认金液、玉髓、玄水苍玉芝等配料。

小顶一一记住了形状、色泽、气味，苏毓便开始给她示范如何安炉起火。

苏毓的灵力要省着用，小顶又没有火灵根，起火便要用现成的真火符，烧的是灵石，处处都得花钱。这一炉丹，单材料和燃料就要花掉一百上品灵石——还是打过五折的价格。

不过一炉可以炼出二十八颗辟谷丹，若是炼出上品的丹，拿去学堂卖，每颗售价五十到一百灵石不等——取决于饭堂近日的食单中有没有视肉。

拜连山君所赐，小顶认字的进度缓慢，算术却是突飞猛进。她掰着手指，嘴唇微动，片刻就算出大概能净赚多少钱。

苏毓俯身将八块灵石摆成离火阵，用火符生火，然后拿起铜火杖轻轻一拨，白色的真火便缓缓地燃了起来。苏毓满意地放下火杖，一抬头，不经意地一瞥铜药盘，隐约觉得里面的药材少了点。他狐疑地看着徒弟那泛着水光的小嘴：“你……”

小顶偏了偏头，无辜地眨巴两下眼睛：“我？”

苏毓捏了捏眉心，觉得自己有些疑神疑鬼了。青箬谷能吃，但金液、玉髓在炼化前都是有些许毒性的，若是吃下去，这时候她恐怕已经闹肚子了。他定了定神，指导小顶打开炉门，用火钳夹着药盘放置在炉中。

小顶趁他不注意，迅速地舔了一下嘴角，指指那炉子：“它会冒烟吗？”

苏毓觉得莫名其妙：“是炉子当然会冒烟，问这做什么？”

小顶撇撇嘴，嘟囔道：“没什么。”他现在倒不怕坏了风气啦？

药材入炉，苏毓将风门关上："辟谷丹须炼三日，每个时辰都要察看炉火，你不在的时候让大渊献替你守着。"

小顶点点头。

"三日后开炉发药，"苏毓又道，"为师再提醒你一次，第一回多半是炼不成的。"

小顶无所谓地嗯了一声，心想，炼不成自然是那炉子的不是。

苏毓见她很淡定，便也不再多言，看时辰不早了，便去沐浴了。

当夜，苏毓照例在东轩打坐运功，通过墙壁上的小洞汲取灵力，忽然听见背后有人唤他："师尊……"

苏毓入定时总是放一缕神识外观，自然听得见那小傻子唤他，立即出定，转过头，看见洞里有一张小嘴，揉了揉额角："又怎么了？"

那嘴离开小洞，片刻后，两根手指捏着一颗小圆球伸过来，似乎是颗青色的丹丸，有些像辟谷丹，只是略大些。

她晃了晃："给你看。"

苏毓不疑有他，将那东西接到手中，借着夜明珠的光定睛一看，却见手中赫然躺着颗青色的眼珠子！

苏毓是个杀人不眨眼的剑修大能，天不怕地不怕，但不等于他能忍受恶心的东西。看清那颗青眼珠的刹那，他头皮一阵发麻，下意识地一甩手，把那东西甩了出去，经脉中的小剑蠢蠢欲动，差点飞出来把他自己那只手剁了。

眼珠骨碌碌滚出几尺远，卡在金砖的缝隙里，瞳孔那面朝上。

墙那边发出一声惊呼："啊，我的辟谷丹！"

苏毓："……"

他强忍着恶心，转动僵硬的脖颈，重新看向那玩意儿，这才发现它除了多只眼睛和几条血丝以外，色泽的确和辟谷丹十分相似。

但是辟谷丹为什么会有眼睛？

苏毓不想叫徒弟看见自己一惊一乍的模样，稳了稳心神，起身走过去，用袖子垫着，把那辟谷丹捡了起来，轻描淡写地问道："这是哪里来的？"

小顶透过墙洞冲他张望："是我炼的。"

苏毓不解——掩日峰就一个丹炉，里头正炼着正经的辟谷丹，她用什么炼的？他微微蹙眉："用什么炼的？"

小顶言简意赅地答道："我。"

苏毓捏了捏眉心。所以方才不是他的错觉，这傻子果然偷吃了炼丹的材料。至于她怎么炼出来的，大约就和她炼迦陵鸟的妖丹是一样的原理。他用指尖摁住突突直跳的太阳穴：“辟谷丹上为何有眼睛？”

小顶道：“加了点……视肉。”

其实她加的是视肉的精气。她生儿子生出了一点心得，知道举一反三，今日学炼丹的时候，便把各样配料都吃了点——没道理那“地头炉”能炼，她就炼不了。

儿子聪明省心，能自己找门路进她的小鼎，长成一颗蛋；其他她吃下去的东西却化成了一缕缕的气，散在各处，东一点，西一点。

她在心法课上学了引气，又跟着连山君学了辟谷丹的配方，今夜便小试牛刀，把那几味材料的“气”引入小鼎里。按照连山君给的配方弄完，她觉得光有“饭”未免单调，得整个“菜”——视肉就很好，是归藏的饭堂为数不多的硬菜。于是她便往里加了点视肉的“气”。

她磕磕绊绊地把自己炼丹的过程以及心路历程给师父讲了一遍，末了得意地问道：“这丹……怎么样？”

那“地头炉”炼一炉辟谷丹要三天，她一个时辰不到就炼出来了，而且“地头炉”死板得很，叫它炼什么就炼什么，哪里炼得出“有饭有菜”的辟谷丹？

苏毓低下头，看了眼这颗所谓的辟谷丹，默然良久，薄唇里吐出两个字：“不错。”接着又补上一句，“吃不死人。”

他本想把这糟心的东西还给她，然后尽快把这身衣裳烧了，还要洗一百遍手，谁知那小傻子道：“这个……送给师尊。”

苏毓一怔，狐疑地瞥了眼墙洞，只见那只黑曜石似的眼睛闪着清澈的光，似在希冀着什么。这家伙傻归傻，倒还知道尊师重道，第一次炼出丹药，便拿来孝敬师父。

这徒弟收得似乎也没那么亏。

苏毓觉得气顺了些，再垂眸看看手里的辟谷丹，在恐怖的形状中，居然看出了一丝清秀之感。他嘴角微扬，矜持地颔首：“多谢。”顿了顿，又鼓励道，“视肉有清心明目之效，与青箬谷相得益彰。丹道最忌墨守成规，你有这想法是好的。”就是实在恶心了点——这句话他没敢说。

苏毓说罢，打开案头的白瓷小盒，把丹丸放进去，然后坐回榻上，准备继续打坐。

小顶仍旧把眼睛贴在墙洞上，见他又要入定，忙甜甜地问道："师尊，你怎么不吃呀？"

苏毓睁开眼睛，回过头："为师已经辟谷，不必再服辟谷丹。"这谁吃得下？

想当年他只是看了一眼视肉，当晚便突破境界辟了谷。

小顶失望地哦了一声，从小洞里伸过三根手指，翻脸无情："不吃……那就还给我吧。"

苏毓一口气差点上不来。闹了半天这小傻子不是尽孝，是想拿他试药！他面沉似水，一言不发，把辟谷丹连同小玉盒一起塞进了墙洞里。

小顶继续戳他的肺管子："师尊，连你都不吃，那能找谁吃？"

她仔细思索过这个问题，儿子一向只吃纸团，还小，不能瞎吃药；阿亥是不吃东西的傀儡人。

可是没人吃的话，她怎么知道这丹丸有什么药效呢？

苏毓都快气笑了，冷哼一声："你看谁头上有坑，便去找谁吃吧。"撂下这句话，他便转过身去，再也不理这狼心狗肺的东西，因此没发现，墙洞里的眼睛倏地一亮。

翌日，小顶将新炼出的辟谷丹连同玉盒揣进腰间的百宝囊，跨上儿子去学堂了。转眼之间新弟子们入学已经一月有余，对剑道、法术和各种杂学有了一定了解，也到了选择道途的时候。大部分入归藏的弟子是冲着当剑修来的，像沈碧茶这样灵根出众的，便选择剑法双修。也有少数几个弟子独辟蹊径，选择医修、乐修这些冷门之道——选择剑修和法修的人太多，将来要拜入内门，厮杀也激烈。

沈碧茶负责登记，问到小顶，她却道："我……修丹道。"

沈碧茶一惊："哎呀，这年头修丹道的人不多了呢，真是别具一格……为什么想不开选这种没前途的玩意儿？果真仗着脸好胸大就任意妄为吗……说起来剑修又有什么好，像蒋寒秋那样，脑袋别在腰带上，拼死拼活挤进剑修榜前十，也不知道一年有没有一百万灵石的进项……"她万念俱灰地趴在案上，幽幽地叹了口气，"还不如闭眼嫁个傻世家子，就能躺着享清福了……"

小顶不明白，偏了偏头："为什么？"炼丹有什么不好吗？

不等沈碧茶继续说，西门馥摇着扇子踱过来："萧姑娘有所不知……"

沈碧茶瞟了他一眼，立马坐直身子："不行，太蠢了，嫁不了。"她还是努力修仙吧！

西门馥恨得牙根发痒，真想立马拔剑劈了这女人，只可惜打不过她——用天材地宝堆出来的灵根，终究没有天生的那么厉害。好在他出身世家，没少和他爹的十八房小妾生的八十个庶兄弟斗心眼子，还是有点城府的。他佯装听不见沈碧茶的话，嘴角仍旧挂着虚伪的微笑，接着向小顶解释："丹道曾与剑道、五行齐名比肩，千年来大能层出不穷，只是这些年业已式微。一来，这炼丹耗时、耗灵药、耗灵气，却收效甚微……"

沈碧茶："就是说炼丹花钱、花时间、花灵气，最后炼出的可能是垃圾。"

西门馥把牙齿咬得咯咯响，顽强地往下说："二来，如今世间丹方千万，几乎已经穷尽丹药之效用，便是天降奇才，也很难有所突破……"

沈碧茶："就是说我这种天才和西门这种垃圾，按照同样的方子，投入一样的材料，炼出来的东西也不会有很大差别。"

咔嚓一声，西门馥生生把玉竹扇骨给折断了，但脸上仍旧挂着微笑："三来，归藏内门精通丹道的道君只有一位，便是连山道君，众所周知，连山道君是从不收徒的，若是选择丹道，便绝了拜入内门之路。"

这个不用沈碧茶解释，小顶明白了："连山君……是我师父，教我炼丹。"

苏毓从没要求她保密——他压根不在乎。

众人惊呆了。

不过这消息虽惊悚，也比不上嚼"眼珠子"惊悚。吃视肉的女人和第一剑修之间的恩怨，轮不到他们这些凡人去掺和。何况连山君本来不收徒，萧顶也没占别人的名额。

西门馥立即看到了商机，眼中冒着精光："萧姑娘若是有丹药意欲割爱……"

小顶是个厚道的炉子，这种药效不明的丹，不能就这么卖钱。

她从百宝囊中掏出玉盒子。

西门馥眼中的精光更盛："这玉盒乃是太乙玉琢成，用来存放丹药可保万年不腐。"

众弟子无比期待，都伸长了脖子。

小顶也不吊人胃口，干脆地打开了盒子。

围观的众人倒吸一口凉气，整齐划一地往后退了两步。

西门馥的微笑几乎维持不住："不……不知萧姑娘这炼的是何……灵丹妙药？"

小顶想了想道："这是……更厉害的辟谷丹。"

她把连山君夸她的话原封不动地端出来："我师父说……可以清心明目。"又冲着西门馥莞尔一笑，"你老是买我的……东西，这颗送你。"

西门馥大为感动："萧姑娘的深情厚谊，小可无以为报……"说着便伸出双手去接盒子。

小顶："盒子……不是给你的。"说着把眼珠子往他的手里一放。

这盒子怪好看的，听他的意思还是个宝贝，她要自己留着。

西门馥尴尬地说道："自然自然……"他手捧青眼珠子，鸡皮疙瘩掉了一地。

小顶凝视着他："怎么不吃呀？"

西门馥："小可准备带回去，慢慢……那个……品鉴……"

小顶摇摇头："我看着……你吃。"

西门馥："……"

就有那种看热闹不嫌事大的弟子，开始起哄架秧子："萧姑娘盛情，西门公子就别推辞了，快吃吧。"

西门馥和手里的眼珠子大眼瞪小眼，脸颊不受控制地抽动。

小顶："吃不死人。"又补上一句，"我师父说的。"语气中已有几分不悦。

西门馥自小吃过不少奇形怪状的补药，也是有几分胆魄的，咬咬牙，一闭眼，一仰脖，把手掌往嘴上一拍，就把那恶心的玩意儿囫囵吞了下去。

沈碧茶："唦……"

小顶心满意足，果然，师父说得没错，找个脑袋瓜有坑的就对了。她微微偏着头，仔细地观察着西门馥，只见他脸色一阵青一阵白："不好吃？"

西门馥虚弱地笑笑："……小可一下子吞了进去，没尝出味道。"

小顶遗憾地啊了一声，想着他真是糟蹋了东西。

时间一点点流逝，西门馥的脸色恢复了正常，他没什么别的反应。西门馥暗暗松了一口气，不过也有些失望。那丹虽然模样骇人，药效却大约和寻常的辟谷丹没什么不同。

小顶关切地道："有什么……感觉？"

西门馥心中感动："小可感到腹中充盈，萧姑娘炼制的辟谷丹实乃上上佳品。"

小顶失落地哦了一声。

恶心的感觉渐渐消散，西门馥转头便忘了这事。

放课后，他回到住处，随即开始准备翌日的符法考试，脚底忽然传来一阵奇痒。

他觉得古怪，脱下鞋袜，挠了挠，这一挠便挠出了异样。他心里一咯噔，忙朝脚底看去，却见脚底板上赫然出现一个眼睛的图案，像是有人用墨画上去的。西门馥吓了一跳，随即明白过来，大约是吃了萧顶那颗辟谷丹的缘故。

他小心翼翼地转过脚，朝脚底板上的花纹看了一眼，不禁在心里感慨，啧，这眼睛还挺好看，桃花眼，还是双眼皮。

他试着用手指蹭了蹭，蹭不掉；又用帕子蘸水洗、用法术洗，都毫无作用，那图案仿佛长在了他的脚上。

就在这时，他隐约觉得哪里不对劲，想了半天才明白过来，他眼下既能看见脚，也能看到自己的脸——脚底的眼睛图案竟然可以视物！

他想了想，抬起脚对着窗外。

噫，这竟然还是只千里眼！

他试着用心念控制脚底的图案，发现他在试着让它“闭眼”的时候，那图案便暂时隐去，脚底板看不出丝毫异样；让它“睁眼”时，图案瞬间显现出来，又能视物了。

西门馥摸了摸下巴，蓦地灵机一动。

翌日有符法考试。

符法课老师是云中子的徒孙、金竹的徒弟，外表四十来岁，当了几百年的老鳏夫，大约是有些阴阳失调，特别喜欢难为弟子——三日一小考，十日一大考，也不划定范围，经常从上千个符箓里随便抽取十个来考。

西门馥不比沈碧茶脑袋瓜灵光，不管从哪方面来说都是个中下才。三次符法大考，他已经有两次没能拿到及格，要是再来一次，这堂课就通不过了。符咒在归藏这种剑修门派没什么地位，但若是有一门课通不过，即便他通过了试炼，也要被淘汰。学堂设了禁制，用法术或者法器作弊是不可能了。不过西门馥今日有备而来，一拿到符纸，便不动声色地脱下了鞋袜。

沈碧茶正埋头奋笔疾书，忽然莫名感到上方有一道灼灼的目光斜射过来，正欲抬头，便听前面传来符法先生的呵斥：“你这是在做什么？！”

西门馥：“回禀先生，学生什么也没做。”

沈碧茶嘴角一勾，心想，定是那西门傻狗急跳墙，作弊被抓了现行。这热闹可不能错过！

她连忙抬头望去，先看到一只脚。

沈碧茶："……噫，这柔韧性可以啊。"

老鳏夫："还说什么都没做，那你这是在做什么？"

西门馥悠悠地答道："回禀先生，学生只是久坐腿麻，放松一下筋骨。"

老鳏夫："？"谁放松筋骨能把脚丫子放松到肩膀上去？！

西门馥老神在在："请问先生，我派门规可曾规定，不得以此种姿势考试？"

老鳏夫一时语塞，门规还真没规定过考试的姿势，考生拧成麻花他们也管不着。

他恼羞成怒："那你脱了鞋袜做什么？"

西门馥镇定自若："回禀先生，学生只是让脚透透气。"

门规也没说考试的时候不能让脚透气。

众人："……"

西门馥以高难度的姿势完成了整堂考试后，揉揉劳苦功高的腿脚，意气风发地走到小顶跟前。

他从袖中取出一支五万灵石的玉简搁到她的案上："萧姑娘，昨日那种辟谷丹，小可愿出五万灵石，今后有一颗算一颗，小可全要了。"

众人："？"

西门馥脑袋瓜虽不怎么好使，但不见兔子不撒鹰，绝不是个冤大头，几次和萧顶做买卖，就没有亏的。他愿意出五万上品灵石买一颗奇形怪状的辟谷丹，还把以后的出产都包圆了，那丹药定然有奇效——要不就是有毒，把西门傻毒得更傻了。

小顶光顾着傻乐，沈碧茶却是一瞬间就看穿了："西门傻，这药有什么效果？"

西门馥悠悠地摇着把新折扇，讳莫如深地敷衍道："连山道君都说了，此丹可清心明目，小可服之便觉心明眼亮，不愧是萧姑娘所炼。"

沈碧茶扑哧一笑："骗傻子呢！"

小顶的杏脸桃腮闪耀着自豪的光芒："真的吗？我就知道。"

沈碧茶："……"

小顶没那么多心思，丹药能卖出去，还卖了大价钱，足以证明她比那"地头炉"强多了——钱倒还是其次，横竖门派里也没什么需要花钱的地方，她攒的钱都用来还债了，还不曾感受过钱的巨大威力和无上乐趣。

不过就是炼几颗辟谷丹，轻而易举的事嘛！当晚回到掩日峰后，她便把玉简甩给苏毓："师尊，来点……辟谷丹材料。"

苏毓如今看到西门家的玉简已经波澜不惊，只是瞥了一眼数额，手里的画笔都没停，淡然地问道："又卖了什么？"

小顶："辟谷丹哪。"

苏毓手一抖，笔下好好的一根修竹画成了一条蚯蚓。

这都有人买？一颗五万灵石？西门家这个傻儿子是真的脑袋有坑吧？

小顶欢欣鼓舞："师尊没说错，头有坑……就会吃。"

苏毓："……还要材料做什么？"

小顶继续道："他吃了……还想吃。"

苏毓："……"

他轻轻地摇了摇头，没听见水声，这说明不是他出了问题，便疲惫地点点头，命傀儡人去开库取药。

小顶只要了炼一炉丹的用量，上回她偷吃了约莫四分之一的材料，刚好炼出一颗，那么一整份可以炼四颗，就能赚二十万灵石。

她也不急着炼，钱够用就好。赚钱太容易，也着实有些枯燥。她是一个有追求的炉子，比起赚钱，炼出厉害的丹药才是她的目标。

两日后便是发炉之日——发的自然是那个蠢笨呆板的"地头炉"。

这日放课后，小顶回到掩日峰，径直去了丹房。

说是炼三日，其实根据火候的不同，时间总也有些出入，苏毓闲着无事，提前半日在丹房里守着，时不时拿起火钳拨动一下炉底的灵石。

小顶打起帘子迈进丹房，见他低头拨火，有一瞬间恍了恍神，恍惚觉得又回到了九重天上——他百无聊赖地拨着火的模样，实在和仙君有点像。

不过这也只是一晃眼的事，两人虽然都生得瘦，但脸不一样，且仙君是一头白发。

苏毓一挑眉："发什么呆？进来。"

小顶努努嘴。他这一开口，就更是显得两人天差地别了。

两人都是坐得住的人，一时间无话，丹房里只有灵石燃烧时发出的噼啪轻响。

小顶呆坐了一会儿，忽然想起一事："师尊，你为什么……学炼丹？"她那日在学堂里听西门馥和沈碧茶说，如今这世道，厉害的修士都不爱炼丹，爱用灵石买。

苏毓掀起眼皮看着她："为何有此一问？"

小顶想了想，答道：“我听人说，没出息的才炼丹。”

苏毓：“……”

他懒得和这傻子计较，随口道：“没什么缘故，师父传授，我便学了。”

他师父虽是个剑修，却什么都会一点，不过师兄弟三个中，师父只传了他丹道。因为丹道可以修心静气，师父说他“尘缘未尽，道心不稳”。

老头神神道道的，不好好说话，总喜欢打哑谜，苏毓从不把他的话放在心上。依苏毓看来，他自己的道心稳如磐石，不能更稳了。至于“尘缘未尽”之说就更是无稽之谈，这世上与他有血缘之亲的人在他记事以前便已死绝了，如今这世上他既无亲缘，亦未留仇怨，所谓“尘缘”根本等不到他去断绝。

他就是天生的一块修道的好材料。因此虽然他的灵根算不得上佳，但他修起道来总能事半功倍，除了十岁那年出过一次岔子，修道之路可谓一帆风顺。

这些他自是不会同这傻子徒弟解释，只是淡淡地说道：“自己能炼，省却了出去买的工夫。”也省了灵石——苏毓没有说出来。

小顶记得在九重天时，仙君的友人问过他同样的问题，当时他答的是“丹道可以修心”。

看看这两人的差距。

就在这时，丹炉中泄出青色光芒，苏毓道：“丹已成，该伏火发炉了。”

丹炼成了，小顶有些失望，没想到这“地头炉”还能用，看来一时半会儿赶不走它。

苏毓用火钳取出铜盘，数了数，只有二十一颗。

一直以来他有些旁人觉得莫名其妙的执念，每回炼丹必定算好二十八颗的量，多一颗少一颗都不行。一下子少了七颗，他浑身上下都不舒坦，最后还是按捺不住，又将可炼七颗的材料放进丹炉，补上缺额，这才安心。

这灵石、火符和药材自然不能记在徒弟的账上，只能他倒贴。

苏毓板着脸道：“往后不可再偷吃材料。”

小顶嗯了一声，眼睛盯着盘子里的青箬谷，伸出舌尖舔舔嘴角，显然是把他的话当成了耳旁风。

苏毓只好妥协：“至少别从盘子里取，要吃另外备。”

又炼了一炉辟谷丹，到了师尊沐浴的时辰，别的炼丹法便来不及学了，小顶只得悻悻地回房，把西门馥预订的清心明目辟谷丹炼了。

翌日，小顶将炼出的四颗丹交给了西门馥，换回二十万灵石的玉简。

辟谷丹到手后，西门馥便开始测试药效。

这丹药的辟谷效果和上品辟谷丹相似，可持续十日，但那只神秘的眼睛只持续了三日便会消失。

符法课三日一小考，这意味着他每次考试前都要服一颗——五万灵石一颗对常人来说贵了点，但对西门这种堆金积玉的大世家来说，这点小钱压根算不了什么。他当即又下单购买二十颗。

这秘密不能让同窗知晓，但是十洲境内有这需要的学子何止千万，西门家的公子身边最不缺这种有钱又爱走捷径的纨绔子弟，他选了几个口风紧的发出密信，把多余的丹丸加两倍价卖了出去，还净赚了一笔。

只是这清心明目辟谷丹有个缺点——每次服用完后，那只眼睛出现的部位并不固定，于是每次考试他都要换一种姿势。让他换姿势也就罢了，重要的是若是这眼睛出现的位置不巧，便失去了功用；而且再服一颗也没用，只能等上一颗丹药的效力自行消失后下一颗才能发挥药效。

有一回那眼睛不巧就出现在额头上，幸好考的符篆他还记得几个，勉强得了及格。

这问题不解决，西门馥终究不能心安，便找到小顶道："清心明目辟谷丹虽好，奈何明目的效力持续时间不长，不知有无方法改善？"

老主顾的意见不能不重视，小顶当晚便从师父那里买了一堆材料，潜心研究——其实也不难，这清心明目的效果全仰仗视肉的精气，要想效力持久，多加点就是。

她是个阔气的炉子，加起料来十分大方，便把所有视肉的精气都加了进去——一算用量，至少可以管半年。

第二日上学，她把这颗真材实料、童叟无欺的丹药给西门馥："更厉害的辟谷丹，给。"

西门馥如获至宝，爽快地掏出五十万灵石的玉简："依小可之见，萧姑娘这颗灵丹，可以称作'至臻精粹御廷清心明目辟谷丹'。"

小顶有些佩服这西门公子了，虽然生着张锥子似的丑脸，想法倒是很多。只是改了个名字而已，这药好像一瞬间贵重了许多！

当晚，上一颗丹药的效力刚巧过去，西门馥迫不及待地服下这颗价值五十万灵石的"至臻精粹御廷清心明目辟谷丹"，然后耐心地等待——这丹要过两三个时辰才生效。

半夜三更，他忽然从睡梦中惊醒，感到左边的屁股传来一阵熟悉的瘙痒。

西门馥一时掩面失语——竟然忘了这一茬！

它依然是那么随性，想长哪里就长哪里！

沈碧茶近来时常觉得，西门傻可能爱慕她，主要是因为，他时常趁着别人不注意，悄悄撩起衣裳的下摆，露出亮闪闪的黑色丝绸紧身裤，对着她撅起腚。

沈碧茶从来不是个忍辱负重的人，本来因着考试懒得同他废话，谁知他一而再，再而三，越发肆无忌惮。某天她终于忍无可忍，咔嚓一声将手中的朱砂笔掰断，照着他的腚扔过去，并破口大骂："西门傻，你别痴心妄想，对我搔首弄姿也没用，少用你的腚朝我抛媚眼，再圆再翘姐姐也不稀罕！"

她这一击正中西门馥屁股上的那只眼睛，西门馥痛得呲了一声。

他已抄得差不多了，扫了一眼试卷，估摸着至少能拿个乙等，当即把笔一扔："沈碧茶，你少自作多情，本少爷一只眼睛也瞧不上你！"没错，包括腚上的那只。

两人同时拔剑，当堂打了起来。

符法先生正欲阻止，转念一想，归藏门规中并没有规定考试时不得打架，也没规定别的弟子不得围观、开盘口、押注，便随他们去了。

沈碧茶剑法精湛、修为高，西门馥剑好、法器贵，两人谁也占不到便宜，一直打到符法先生离去，掌门云中子进屋。

云中子见怪不怪。在剑修门派，课堂上常常充满刀光剑影，血肉横飞，正说明弟子们朝气蓬勃、刻苦上进。

"为师有个好消息，诸位不妨一边观战一边听。"云中子道，"经过商议，今年的新弟子入门试炼提前一个月。表现优异者可随师长一起出席十洲法会。"

这消息如同一块巨石激起千层浪，弟子们顿时哗然。连沈碧茶和西门馥都忘了继续打架，双双还剑入鞘。

新弟子从入门到试炼，本就只有短短三个月，归藏的试炼出了名地残酷，按照传统，每年至少要淘汰一半人；如今又提前一个月，这对大部分弟子来说是惊天噩耗，不少人当场如丧考妣地哀号起来。

沈碧茶这样实力强悍、学业优异的，什么时候试炼都无所谓，倒是归藏破例从新弟子中选拔数人参加十洲法会一事对她而言实属意外之喜。

十洲法会一甲子举办一次，是修真界最重要的盛事，错过这一回便要再等六十年。新弟子中已经筑基的有十六人，都暗暗摩拳擦掌——若无意外，能去参加法会的人定然出自他们中间。

不过要问谁最高兴，恐怕非西门馥莫属——通过试炼的弟子可以自行选择课程，他就可以永远告别符法考试了。

弟子们或愁苦或欣喜，只有小顶一个炉子无动于衷。她虽然天天按时来上学堂，也算兢兢业业、一丝不苟，但满心都是炼丹和认字，对修道没多大兴趣，也不知道法会是什么。

云中子扫了一眼众弟子，看见萧顶一脸淡然，心中暗暗赞许。她的学业不算拔尖，根骨更是约等于无，但若论心性，恐怕阖派上下都没有几个人能和她相较。云中子正暗自感慨，便听萧顶道："碧茶，试炼是什么？"

沈碧茶揉了揉额角："就是把我们扔进一个秘境里，里面有很多怪物啊，邪魔啊，能活着出来的弟子就算通过，死在里面的就淘汰了。"顿了顿又道，"不是真死，不过感觉和真死一回也差不多。"

提到这个，她脸色不大好。她家的后院里有个家用秘境。十二岁那年，她爹有回用完忘了锁门，她误入其中，那经历可不太美好，出来以后她把她爹骂了整整三年。

小顶点点头："淘汰了……会怎样？"

沈碧茶："……就回村里种地去。"

小顶着急起来："可我……不会种地。"况且她只想炼丹。

"……"云中子清了清嗓子，"诸位少安毋躁，基础好一些、差一些都没有大碍，秘境会根据诸位的根基、修为调整试炼难度。"

归藏与大衍、太璞这样的"正统"名门大宗最大的不同便是归藏对根骨、灵根没那么看重。

"比起资质，心性和机变更重要，"云中子解释道，"每个秘境中皆有一线生机，无论修为如何，都可凭借道心与才智打开局面。"说罢又开始解释规则——试炼秘境分八十八层，越往上越难，弟子进入时，秘境便会根据修为将他投入相匹配的一层。如此一来，水平相当的弟子便会出现在同一层秘境中，弟子可单打独斗，也可通力合作。

弟子们通过试炼则有两个条件：其一，活着走出秘境；其二，通过师长对他们在秘境中的表现的审核。因此跟着强者过关却不出力也是不行的。

另有一条——不得携带法器，剑也由门派提供。

此言一出，西门馥脸上的笑容瞬间消失。他的修为是用天材地宝堆出来的，与沈碧茶不相上下，可要是扒光浑身上下的法器，他的实力便差她太远了。

方才胸有成竹的弟子们也不敢掉以轻心了，毕竟修为越高，遇到的秘境也越难，原有的优势便被抹杀了，甚至反而成为妨碍。

小顶苦思冥想半晌，终于发问："掌门，通不过试炼，还能跟着师父……学炼丹吗？"

云中子有些为难，想了想道："通过试炼方是我归藏的正式弟子，这是师祖定下的规矩，无人可以破例。虽然师弟已向你传道，但你只有通过试炼后，方能行拜师礼，若是通不过，便不能继续留在归藏了。"

其言下之意便是苏毓也不能破例。

不过他留了半句话没说，若是她通不过试炼而离开归藏，最倒霉的是苏毓——灵气来源问题一日不解决，他只能跟着她跑。

小顶点点头，脸色凝重起来，转头问沈碧茶："碧茶，怎么才能……通过啊？"

沈碧茶托着腮皱着眉。不管规则怎么改，她自己是不担心的，但萧顶就不一样了。她满面忧色："你的基础太薄弱了，若是能与我分在一层，我还能带你过，可只剩下半个月，你无论如何也来不及筑基。"

她不知道小顶的底细，云中子却是一清二楚的。小顶没有气海，虽有浩瀚如海的灵气，也只能外放，不能内聚，无法化成修为。修为低，遇上的秘境也简单，若是她机灵点，也不难通过，偏偏这小姑娘又呆愣愣的……

沈碧茶半晌想不出什么好法子，无意中瞥了一眼西门馥，忽然灵机一动："连山君不是你师父吗？他那儿有不少好东西吧？你不如学学西门傻，找点快速提升修为的药吃吃，没准能和我分到一层。"死马当成活马医吧。

小顶双眼倏然一亮："碧茶，你太聪明了。"

如今她有一百多万灵石，听阿亥说，这是一大笔钱，可以买许多灵药。连山君的灵药库里，自然不缺能提升修为的天材地宝。

当晚回到掩日峰，小顶便对苏毓道："师尊，我能去灵药库吗？"

苏毓不疑有他，练完剑闲着无事，便道："可以，带你去灵药库看看，顺便把下次炼丹用的药材取了。"

灵药库在掩日峰半山腰，由十多个巨大的洞窟组成，数千颗夜明珠将里头照得宛如白昼。每个洞窟都有单独的禁制，越往里药材越珍贵稀有。

苏毓带她去的是第一个窟，高旷的圆形洞窟中，中间是一张五尺见方的白玉台，四壁则全是抽屉架子，悬空的螺旋阶梯贴着药柜盘旋而上。每个抽屉里都贮放着不同的药材，单是第一个窟便有成千上万种药材。

小顶跟着苏毓来到白玉台前，只见台上搁着切药刀、药瓶、药盒和小金秤等物，此外还有一支竹青色的笔。

苏毓拈起笔管，一边解释一边示范："将要取的药材写在玉台上便可。"他说着，在玉台上写下"木渠芝一茎"，青色的字闪了闪，隐入台中，片刻后，便听墙壁中传来机栝的声响，不多时，白玉台慢慢从中分开，一只金铸的手掌从裂缝中升起，掌中托着一个木纹灵芝。

苏毓拿起切药刀，切下指甲盖大的一片，收进药盒里，将剩下的木渠芝放回原处，那金手掌慢慢地下沉，白玉台恢复了原状。

"木渠芝有驻颜之效，下堂课炼制玉容丹需用此药。"有了上次眼珠子的教训，他特地挑了最安全保险的，这种吃了只能养颜美容的东西，总闹不出什么幺蛾子了吧？他又将玉容丹要用的六七味药材都取好，放进乾坤袋中——特地多备了一倍的量，让她可以吃个够。

取完药，苏毓便欲带徒弟出去，小顶看看悬梯："可以上去吗？"

苏毓点点头："亦可去柜中自取。"顿了顿，问道，"想去看看？"

小顶点点头，琉璃般的眼睛在夜明珠的光华中闪闪发光。

苏毓本来最怕麻烦，对上她期盼的眼神，鬼使神差地点了头："那便上去看看吧。"

小顶跟着师父拾级而上，好奇地看着密密麻麻的抽屉柜，每个抽屉上都刻着药材的名字。她的目光落到哪个抽屉上，抽屉上的字便仿佛闪耀出灼灼金光，似在邀请她撷取。

苏毓时不时打开一个抽屉，用竹夹或金匙取出少许让她辨识性状。

见她听得认真，苏毓便鼓励道："你可以自己打开看看。"

小顶用手指点着下唇，上下扫视一番，不认识的字实在有点多，于是随便挑了一个打开，却是根黑黢黢的长条，抽屉一开，便散发出一股蜜汁烤肉的香气，似是什么肉脯："师尊，这是什么？"她又咽了咽口水，"能吃吗？"

苏毓一瞥抽屉，却见上面赫然刻着"魅兽鞭"，脸便一黑："不能。"还补上一句，"有剧毒。"

小顶遗憾地哦了一声，又问："这是什么东西呀？"

徒弟既然问了，做师父的也只好解惑："魅兽是魔域的一种异兽。"

小顶又问："这能炼什么啊？"

苏毓断然关上抽屉："什么也不能炼。"

魅兽不是什么正经东西，也没什么正经用途，他将这东西收进药库，纯粹是因为稀有——凡是稀有的东西，他都忍不住收进库里。

经过这一遭，苏毓不敢再让她随便挑，选了几种正经又常用的药材教她辨认。

两人随走随认，小顶环顾四周："师尊，这些药……我能买吗？"

"可以，"苏毓点点头，"只要你有灵石。"

小顶靠着清心明目辟谷丹发了一笔财，此时便气定神闲地点点头："灵石……有很多。"

苏毓不以为然地掀掀眼皮："想买什么？"

小顶有些眼花缭乱，舔舔嘴道："好吃的……都来点。"

苏毓："……"她这是下馆子点菜呢？

他捏了捏眉心："要什么功效的？"

小顶这才想起此行的目的："要提升修为的。"她光顾着想好吃不好吃，倒把正经事忘了。

苏毓略略蹙眉："提升修为的药材在顶上，越往上越贵。"

他带着她继续往上走，打开一个接近窟顶的抽屉，取出一颗闪着星辉的小珠子："鲛人泪，可提升三成修为，需二十万灵石。"

小顶瞅了一眼："最好的……就这个？"

苏毓被她一噎："二十万灵石不是小钱。"

小顶从怀里掏出一把玉简："我有钱。"

苏毓粗略一看，这些玉简的数额加起来，居然有小两百万灵石，西门家那个败家子的脑袋可能不是有坑，是有深渊。

小顶皱了皱眉："就没有……更贵的？"碧茶说了，一分价钱一分货，买贵的准没错。

苏毓气结，向来只有他挑剔别人，哪有别人对着他挑三拣四的，顿时不想伺候了，冷冷地说道："自是有的，别说百万灵石，价值千万以上的也不在少数。"他顿了顿，"为师有正事忙，没空陪你慢慢挑。"

小顶似是纡尊降贵地看了一眼鲛人泪，努努嘴："那就来三颗……这个吧。"

两人沿着悬梯往下走，小顶一路上挑了些看着好吃的药材，把百宝囊塞得满满当当，一算价钱，总共才花了不到一百万灵石。

她有些失望："师尊，你的药……都太便宜了。"

苏毓："……"

买完药，两人骑纸鹤回峰顶，一路上苏毓再没有搭理小徒弟。

小顶一无所觉，骑着她的儿子，一边从百宝囊里掏药吃，一边给儿子抽背《千字文》。儿子背错一个字，她就用万壑松在他的屁股上轻轻地抽一下；要是背得好，她就往他的嘴里塞个纸团子以资鼓励。

迦陵鸟祖祖辈辈都不是读书的料，现在还摊上个不学无术的阿娘，她自己不认得几个字，却一心望子成龙。一路上迦陵鸟没吃到几个纸团子，屁股上倒是挨了好几下。

回到掩日峰，苏毓一言不发，随后便去后园沐浴，小顶蹲在院子里训了迦陵鸟一顿，然后回到房中继续啃药。

百宝囊里装不了多少东西，不到一个时辰，她便把今日买的药都啃完了，身体中又多了许多精气。那三颗鲛人泪的精气格外耀眼，她便将之引入小鼎中，又扔了些味道好的药材进去。

她找不到掌门说的气海，充盈气海无从谈起，只能有什么都往她的原身小鼎里扔。

做完这些，她便将这事抛到脑后，照常沐浴、睡觉。

睡到半夜，她忽然醒来，感到腹中灼热，像是烧了起来。

她忙坐起身，腹中的灼热蔓延到全身，让她整个人变得滚烫。她忙潜入灵府一看，只见小鼎中凝出一颗流光溢彩的丹丸，那灼热的感觉便是自那里散发开去的。

小顶双眼一亮。这丹丸金光闪闪，一看就是了不得的宝贝。

她随即打开风门，开始运气，想把那丹丸引出来。

炼了好几颗辟谷丹，这是她做熟了的，然而这颗金色的小丹却不怎么听使唤。它仿佛有自己的想法，从她的下丹田缓缓地移动到尾闾，经过夹脊、玉枕，直达泥丸，然后落进黄庭，待在那里不动了。

不管她怎么运气，它都不肯动弹，渐渐地身体里那股火烧火燎的感觉平息下来。

小顶无计可施，只得把嘴凑到墙洞上："师尊——"

苏毓照例在打坐运功，闻声出定：“何事？”

小顶撇撇嘴：“我炼的丹……卡住了。”

苏毓知道她的丹一向是从哪里出来的，不以为意：“卡在喉咙里了？”

小顶苦着脸道：“不是，卡在别处了。”

苏毓无奈地捏了捏额角：“去门外，我替你看看。”

两人出了门，走到回廊上。苏毓没好气地看了一眼这不省心的徒弟：“伸手。”

小顶熟练地伸出手腕，苏毓将两指轻轻地搭在她的皓腕上，随即将一缕灵力打入她体内查探。片刻后，他一脸愕然地移开手指，难以置信地盯着徒弟懵懂的小脸。

小顶偏了偏头：“师尊，卡住的丹药，能弄出来吗？”

“这不是卡住的丹药，”苏毓心力交瘁，揉了揉额角，“这是你的内丹。你结丹了。”

这没有气海、不能炼气、不能筑基的小炉鼎，直接跳过这些步骤，成了个金丹期修士。

小顶闻言，并没有喜出望外，只是困惑地眨巴了一下眼睛：“内丹是什么？不能……拿出来吗？”

苏毓：“……”自从遇见这傻子，这个熟悉的世界变得有点看不懂了。

这却怪不得小顶。

在九重天时，仙君从未同她讲过凡人如何修道，而来到这里后，所有人都默认这是众所周知的常识，新弟子们离结丹还有十万八千里，师长们也从未提及，因此她压根就不知道何谓结丹。

不等苏毓解释，草丛里爆发出一阵癫狂的笑声：“哈哈哈，苏毓，你这个龟孙子不是天才吗？连只小炉鼎都不如……”

苏毓抱着胳膊冷笑，正要嘲笑这老鸟三百岁才结丹，换个毛还被人吃了，却见小顶一个箭步上前，从脚上脱下只小巧的丝履，照着迦陵鸟的屁股啪啪扇上去：“半夜三更的，不在窝里睡觉，又在干吗？”

她已经两次逮住他半夜偷偷地在院子里跑圈，难怪每天喂那么多纸团还掉肉。

金丹的威力立竿见影，小顶如虎添翼，扇起屁股来呼呼生风。

迦陵鸟一下子蔫了：“别打……好疼……”他一边叫一边奋力地用翅膀捂屁股，奈何翅膀太短捂不住，只好逃回窝里缩起来。

这头一闹，惊动了在花园里晒月亮的傀儡人。阿亥赶过来，得知小顶结丹，很是替她高兴，作了个揖：“恭喜小顶姑娘啦，结丹可是了不得的大喜事，该发帖子给掌门和稚川仙子他们，请他们来吃席呢，该置办些什么酒菜好呢？”

苏毓一脸蒙。

说着阿亥又一拍脑门：“哎哟，瞧我这个缺心眼的，你们这都辟谷了，用不着吃席了……”

小顶一听“辟谷”两个字，脸便垮了下来，嘴角往下一耷拉，眼睛里便冒出泪花：“辟谷？那岂不是……不能吃东西了？”

阿亥忙道：“小顶姑娘想吃还是能吃的，就是不会饿而已。”

小顶用手背抹抹眼睛，吸了吸鼻子，破涕为笑，拍拍心口：“还好还好。”

阿亥：“结丹可是了不得的事，结了金丹，才算是入了大道。我们道君十六岁筑基，已经是整个十洲境最厉害的了，不过从筑基到结丹也用了十年呢。小顶姑娘这才修道一个月就结丹了，岂不是比道君还厉害……几倍来着？”

炉子的算术能力可比傀儡人强多了，她眼睛一眨就算了出来：“一百二十倍！”

苏毓：“……”

“道君如今是度劫期，按照小顶姑娘这一日千里的速度，追上道君也指日可待呢。”阿亥摸摸下巴，“莫非这就是所谓的青出于蓝而胜于蓝，教会徒弟，饿死师父？哈哈哈！”

小顶：“哈哈哈！”

苏毓又恍惚起来，一傀儡一炉鼎的憨笑声在耳边回荡，又渐渐远去。他有些怀疑自己在做梦。

阿亥又问：“小顶姑娘是怎么结丹的？”

小顶如实回答：“吃了点药……就炼出来啦。你想要吗？我也给你……弄一个。”

傀儡人摆手：“多谢小顶姑娘厚意，假人用不着金丹，我有慧心石就可以了。”

小顶点点头，笑道：“想要的话……和我说，别客气啊……对了，明日我去给碧茶……炼一个好了！”

金丹是大白菜吗？

苏毓忍无可忍，捏了捏眉心：“不许胡闹，内丹只可自己修。”顿了顿，又补充道，“你别高兴得太早，你虽结丹了，但根基不稳，剑法、术法都不曾好好修习，不可与一般金丹期修士相提并论。”

这话不好听，却是实话，并非打击她。

修为境界只是一方面，吃出来的金丹和经年累月修出来的金丹自然不是一回事。她如今就像一个空有力量的莽夫，在久经修炼的金丹修士面前不堪一击。

小顶不在意这个，只关心试炼，便问："试炼……能通过吗？"

她不提还好，一提这个，苏毓简直身心俱疲。本来他已经替徒弟打算好了，归藏规定弟子进入秘境不可携带丹药，也不可提前服用具有特殊功效的丹药，但没规定不能提前吃材料，萧顶完全可以钻空子，先吃下材料，到了秘境中炼出丹药来。

她的修为原本低得约等于无，分配的秘境一定是最温和的，她凭着这手绝活和充分准备，要过关不算难。可这傻子生生把自己吃到了金丹期。金丹期的试炼秘境，哪能凭借些小伎俩就糊弄过去？

归藏的试炼秘境是出了名地六亲不认，便是他想偏袒她，也只能在评分时略微宽松些——她首先得靠自己活着走出秘境。

翌日，小顶一夜结丹的消息不胫而走。

阿亥没来得及发帖子请人来吃席，蒋寒秋和云中子等人便提着贺礼上门来了。

新弟子中出了个一夜结丹的奇才，是光耀门楣的喜事——虽说这个天才极有可能通不过试炼而被踢出门派，那也能载入归藏史册。云中子这个掌门顿觉颜面有光，发根都瞬间变得更强韧了。

蒋寒秋在恭喜小顶之余，照例要挤对苏毓一番："有人两年筑基、十年结丹，得意了一百多年，现如今看他怎么有脸吹下去，呵呵。"

苏毓抱着胳膊靠在门框上冷笑："大约只能鄙视一下某些……"他睨了师侄一眼，"六十年才结丹的蠢材。"

蒋寒秋被他一噎。其实六十年结丹已经胜过九成修士了，何况那时她醉心剑法，志不在此。奈何苏毓不是人，明明根骨平平，还废了经脉，修行却比谁都快——至少在萧顶出现之前是如此。

想到如今她的宝贝一骑绝尘，蒋寒秋便懒得计较了，转而忧心起试炼来："可惜门规定死了，不能带自己的剑，否则有万壑松在，胜算还略大些……"

但凡是归藏弟子，都经历过试炼的秘境。蒋寒秋当年还是正正经经地修到金丹期的，也差点折戟。

然而秘境只有靠自己通过，且每次出现的秘境都不同，她也爱莫能助，只能祈祷这小姑娘逢凶化吉了。

这么惊人的消息自是瞒不住的，不出两天，归藏阖派上下都知道新弟子中有人结丹了，还是个十六岁的小姑娘。

沈碧茶得知消息，张口结舌，眼神涣散，半晌才回过神来："萧顶，你到底是不是人？"

小顶认真地思索了一番，老实答道："我也……不太清楚，大概不是吧？"

沈碧茶点点头："那就好……"说着使劲地揪自己的头发，"不好不好，怎么可能好？你怎么一声不吭就结丹了？就不能提前打个招呼吗？萧顶，我看错你了！没想到你竟然和我一样卑鄙下流、阴险狡诈，背地里偷偷用功！我妒忌得要发狂了……"

小顶满怀歉意地说道："我就是……听你的话，吃了点药。一不小心，吃多了。"

沈碧茶放开被蹂躏成鸡窝的头发，意志消沉，浑身无力地往前一扑，额头咣当一声撞在案上。

其他弟子倒不像沈碧茶那么绝望，若是萧顶一夜筑基，他们说不定还会妒忌一番，可她一夜结丹，凡人就只有仰望的份。

沈碧茶消沉了半日，总算缓过劲来："哎呀，你的试炼怎么办？"

虽说小顶结了丹，但这也意味着秘境的难度跟着翻了好几番，她若是通不过，还是得回村里种田。

小顶自然也没什么办法，但心大，叹了口气："到时候……再说吧。"

这不是还有大半个月吗？这么一想，她又开始没心没肺地傻乐起来。

苏毓却不是个坐以待毙的人，但凡有一线生机，他都要挣扎一下——师叔祖正虎视眈眈地等着挖人呢，他可不想跟着小傻子去万艾古那种乡下地方喂蚊子。

这一日大清早，他便将小徒弟从被窝里提起来，带她去后园竹林里练剑。

她入秘境后不能带万壑松，练习自然也不能用。

"先将你近日所学招式舞一遍。"苏毓说着，扔了一把木剑给她。

小顶便去接，没接到，木剑啪嗒一声掉在地上。

苏毓："……"

小顶揉揉惺忪的睡眼，打了个哈欠，捡起剑，开始舞。

苏毓看完，半晌说不出一个字，然后转身默默地走出了竹林。

他只能安慰自己，没准是自己多虑了——回想近来这桩桩件件，不管这傻子身上发生什么事，都不能令他惊讶了。

大半个月一晃而过，终于到了试炼的日子。

试炼秘境的入口设在剑坪上，外表是个燃着蓝色火焰的大火圈。

当天早晨，百来个瑟瑟发抖的新鸡崽齐齐站在剑坪上，忽听半空中传来熟悉的轰鸣声，抬头一看，便看到骑着大红鸡的金丹期修士萧顶来了。

有着花容月貌的少女从鸡背上跳下来："掌门，可以带纸鹤……进去吗？"

云中子："……"门规还真没说不能。毕竟睿智如祖师他老人家，也万万料想不到，玄学技术会如此日新月异。

弟子们对萧顶的不同已经麻木了——吃视肉的金丹期修士和他们不是一个世界的人。

人到齐了，云中子将统一用剑分发下去，便让弟子们排好队一个个进入秘境入口。

跨进火圈的一刹那，秘境便会自动评估弟子的修为，顺便识别身上有没有携带违禁品——若是有，便会将其卸下，留在秘境入口。有弟子不信邪，暗藏法器，被秘境无情地扒下了裤衩。

沈碧茶如今是筑基期七重境，被秘境分在第十五层。

一片浓雾笼罩四野，什么也看不清楚，只有正前方矗立着一扇高而宽的城门，显然是要她进城探索一番。沈碧茶正要抬脚，西门馥便跟了过来——虽说一个是天生的，一个靠补药，但两人的修为差不多。

两人对视一眼，同时皱眉："离我远点。"

就在这时，又有一个弟子跨进来。

沈碧茶和西门馥瞅他一眼，同时道："你是谁？"

这弟子仿佛对这种问询习以为常："我叫陆仁。"

沈碧茶对这名字有印象："哦，你就是那个第二名。"

陆仁向他们解释，他原本是块路边的石头，当年有大能在他身边度劫，他与大能一起受了天雷，被劈成了石头精。许是因为原身，他很难引起别人的注意。入学两个月，师长和同窗都没注意班上有他这号人。

不一会儿，又有两个弟子进入同一个秘境，五人结伴往城内走去。他们跨过城门，城中没有像他们想象中的那样邪怪横行，反而人群熙熙攘攘，俨然是一座繁华的凡间都城。

秘境中的世界看着越真实、越正常，往往也越危险。

西门馥家大业大，试炼经验比其他人都丰富，一见此情此景，脸色便是一沉，握紧了手中的剑柄："十五层就已经是这种难度。"

沈碧茶亦是一脸凝重："不知道萧顶遇上的得难成什么样。"

弟子们陆陆续续进入秘境，内门诸人便聚在云中子的山头，面前摆着瓜果零嘴、仙酿醇醪，四周一圈悬空的水镜将秘境中的情形展示得一清二楚。

一年一度的新弟子秘境试炼，是内门道君们最爱的消遣。

内门诸人一边分茶倒酒，一边七嘴八舌地预测今年能淘汰多少人。空中忽有一道鹤影降下，落在不远处。

一个清隽绝伦、风姿翩然的身影向他们走来，场上顿时鸦雀无声。

云中子用帕子抹抹嘴边的糕点碎屑："阿毓怎么来了？"

金竹也捧场："师叔雅兴。"

连山君微微颔首，淡然地答道："左右闲着无事，便来看看。"顿了顿，又补充道，"诸位不必拘束。"

蒋寒秋一言不发，"呸"出一串瓜子。

苏毓睨了她一眼，不与她一般见识，在师兄身边坐下，接过金竹递来的茶杯，优雅地抿了一小口，然后佯装不经意地瞥了一眼水镜，目光落在其中一镜上。

镜子中雾气弥漫，隐约可以辨别出一个纤细倩丽的青衣背影。少女手中牵着只肥硕的大红鸡，比她还高了一头。

不多时，镜中的雾气散去，少女和大红鸡的周围出现了一片山谷。谷中溪水潺潺，山间红叶似火，天地仿佛要燃烧起来。

众人一看，俱倒吸了一口凉气。

云中子的三徒弟叶离惊得手里的瓜都掉了："这是……问心谷？"

蒋寒秋跳将起来："小顶不是才结丹吗？怎么会分到问心谷？"又问苏毓道："你这做师父的怎么也不管管？"

苏毓的脸色也不好。小傻子以吃入道，不是一重一重境界修上来的，连自己结丹了都不知道，哪里知道到了几重境界呢？他这做师父的自然也不知道。

不过一见问心谷，他们都知道了。

问心谷是金丹期试炼秘境中最难的一个，也就是说，这傻子不小心把自己吃到了金丹期第九重境界——只差一点就到元婴期了。

问心谷别称“心想事成谷”，位于归藏试炼秘境的第二十八层，听着很是美好，实则很不是东西。

与下层的秘境不同，从第二十八层开始，每个秘境里都关着“真东西”，比如历代门人降伏的妖魔鬼怪——横竖试炼秘境与封印关押邪魔的秘境原理大同小异，试炼秘境空着也是空着，能省一个是一个。

勤俭持家、物尽其用可是归藏的优良传统。

如此一来，他们还能让弟子们提前领略一下真实世界的残酷凶险，反正死哪儿不是死呢？

这问心谷的设立就是祖师度心魔劫时得到的灵感。他老人家觉得心魔劫过得太容易，没滋没味，便从各地抓了上百只魇魔来，扔进秘境里。

魇魔是一种半蒙昧的邪魔，以梦魇为食，没有食物的时候便同类相食，你吞我，我吞他，吞来吞去，养蛊似的，最后就弄出个特大号的魇魔，便是这问心谷——眼下小顶就在魔物的本体中。

问心谷困住猎物的方式很简单，便是让你心想事成——阴阳相隔的故人能在这里相逢，平生憾事可在这里得到圆满。即便有的人看破了一切都是虚妄，也难以下定决心走出去；而一旦内心有一丝一毫的动摇，无孔不入的魇魔便会乘虚而入，侵蚀心智，令人心甘情愿地沉醉在乌有乡中，再也不愿离开。

内门诸人大多在问心谷吃过亏，十个有九个迷失其间，只能由师长捞出来。

连云中子这种看似无欲无求、心性坚定的狐狸精，当年也被问心谷迷住。他师父把他捞出来的时候，他已经在里面收了三千弟子，个个尊师重道，一心向学，每天与他坐而论道，其乐融融。直到今日，他虽贵为一派掌门，座下门徒三千，但对着这群歪瓜裂枣，还是不时地怀念起问心谷里那些优质的徒弟。

最严重的是蒋寒秋，被云中子捞出来没多久，她便偷偷解开禁制，重入问心谷，并且打算永远待在里面——里面有她的阿娘，活生生的、温热的阿娘，不是冰棺里那具冰凉的尸首。云中子为此不得不借了佛印来，在她的神魂上盖了个封印，这才勉强稳住她。内门诸人都知道这段往事，看见蒋寒秋阴沉的脸色，都不敢吭气。

最后还是金竹率先开口打圆场：“大师姐，萧师妹心性不一般，兴许在问心谷中有特别的机缘……”

叶离附和：“二师兄说得对，我看这个小师妹没心没肺的……”

蒋寒秋瞪了他一眼：“你还不是狼心狗肺，当初干了什么好事？”

叶离语塞，讪讪一笑——当初他在里面开了家青楼，那叫一个门庭若市、客似云来。

他们正说着，就见水镜中的一人一鸡走到溪边，小姑娘把套在鸡脖子上的缰绳拴在树上，从百宝囊里摸出个纸团子，塞进鸡嘴里，摸摸它的脑袋：“乖，饿了吧？”

大红鸡的黑豆眼转了转，他用奶气的少年音答道：“真好吃，阿娘你饿吗？溪里有鱼，我给阿娘捉鱼吃吧。”

众人：“……”

在场之人都知道这大红鸡是妖王迦陵，叶离不由得感叹：“啧，这老鸟也真是能屈能伸，听得我鸡皮疙瘩都起来了。”

他五师弟也道：“小师妹进去也有一刻钟了吧？这问心谷没什么变化，看来……”

“不对，”蒋寒秋面沉似水，“已经开始了。”

云中子亦是面色凝重。

其他人与掩日峰来往不多，不知道大红鸡的德行，他们却是一清二楚的。

迦陵鸟妖力未恢复，被困纸鹤之中，不得不给人当儿子，却还是要点脸的。至今也没人听他叫过小顶“阿娘”，更别提这么孝顺了。

蒋寒秋抿抿唇：“这已经不是迦陵了。”

众人闻言，脸色俱是微变，若有多人结伴进问心谷，魇魔便会在不知不觉中替换其中一人，引诱其他人就范——这是魇魔最擅长的伎俩。

按说熟悉的鸡变化这么大，便是傻子也不会察觉不出来，小顶却似一无所觉，反而一脸欣慰。

这显然是魇魔已经侵蚀心智的征兆，蒋寒秋按捺不住，提起剑便要去捞人。

苏毓横剑将她拦住：“等等。”

蒋寒秋快气疯了：“小顶的金丹怎么来的你不清楚？她怎么扛得住？”

苏毓仍是那副波澜不惊的模样：“再看看。”

蒋寒秋忍不住要拔剑，苏毓冷冷地说道：“你一进去，她的试炼便算失败了。”

蒋寒秋一怔，随即横眉道：“苏毓，你还是不是人？在你眼里试炼比徒弟的性命还重要？”

萧顶的金丹是吃出来的，她满打满算修道才两个月，若是他们去晚了，没准她的神识会被魇魔彻底吞没。

苏毓只是垂下眼眸，无动于衷地抿了一口茶。

蒋寒秋冷笑道："难怪你能安然无恙地走出问心谷，因为你根本没有心。"据说当初在问心谷，他毫不犹豫地将魇魔化成的师父、师兄一剑封喉，片刻就走了出来。

苏毓并不否认，眼皮也没掀一下，细长微挑的眼尾宛如刀刻的，黑眸衬得肤色越发苍白，整个人像是冷玉雕琢而成的。

近来蒋寒秋看他和徒弟在一起，觉得他多了点人味，几乎把他当人看了，眼下才想起这人多凉薄。

云中子打圆场："寒秋，少安毋躁，你师叔自有打算。"

苏毓没什么打算，但有直觉——这傻子不可能这么不堪一击。

水镜外吵得不可开交，水镜里却是一派母慈子孝。小顶不断从百宝囊里掏出纸团喂鸡："多吃点，这几天……读书辛苦，又掉肉了。"

话音刚落，大红鸡便吹气球似的鼓了起来，简直快赶上刚出生那会儿了。

喂完鸡，小顶摸摸肚子："有点饿了。"又伸头往溪水里瞅，"鱼呢？"

她刚说完，溪水中便出现一条圆圆的胖头鱼，吭哧吭哧地甩着尾巴游过来。

迦陵一啄，轻而易举地把鱼叼在嘴里，抛到岸上："阿娘吃了这鱼，一定能像它一样圆。"

小顶眉开眼笑："儿子，你真是……越来越会说话了。"

不过光有鱼，没有柴火和锅子可怎么是好？她不会要生吃吧？

突然，远处的树丛中发出一阵窸窸窣窣的响声。小顶循声望去，惊道："阿亥，你也来啦！"

傀儡人大渊献从树丛中钻出来，肩上还扛着个金灿灿的大家伙。

云中子眼尖，瞥了一眼师弟："这不是你府上的炼丹炉吗？"

叶离摸摸下巴："小师妹莫非要炼丹？"他是听说过小师妹在跟着师叔学炼丹，不过她也未免太上进了吧？他正疑惑着，便听小顶嫌弃地道："怎么把它也带来了？"

阿亥把炉子重重地往地上一撂，发出砰的一声巨响，震得大地都颤了颤。

傀儡人佯装抹抹额头上的汗，呼出一口气："我们道君说这炉子不顶用，炼不出什么好丹药，也就能拿来做做菜了。"顿了顿，又补充道，"知道小顶姑娘缺个锅子，我就给你送来啦。"

小顶眼角眉梢的喜色藏也藏不住。她佯装惋惜，怜悯地摸摸“地头炉”：“唉，你也别……太难过了。师尊他……是挺绝情的。”

阿亥附和：“是啊是啊，我们道君没有心的。”

苏毓：“……”

一炉子一傀儡便热火朝天地忙活起来。一个拾柴，一个舀水；一个生火，一个杀鱼。

阿亥麻溜地用匕首刮去鱼鳞，在溪水里洗净，“地头炉”里的水也烧开了。

傀儡人把鱼肉片下来放在盘子里，先把鱼骨投入沸水里煮，然后加入盐和其他调味料——毕竟是心想事成谷，只要心念一动，什么都能立即出现。

不一会儿，汤里咕嘟嘟冒出鲜香的热气来，阿亥便将雪白的鱼肉投进汤里涮。

鱼肉片得薄，不一会儿便熟了，小顶把鱼肉捞出来，分到三个碗里，一炉子、一傀儡、一纸鹤吸溜吸溜地吃鱼喝汤，别提多开心了。

一条鱼吃完，小顶低头看看自己的肚子，便见肚子鼓出了一点，欣喜地说道：“你们看我……是不是胖了？”

阿亥和迦陵都道：“真的胖了！”

迦陵拍拍翅膀：“我再给阿娘抓几条鱼。”

小顶喝了一口鲜美的鱼汤，舔舔嘴：“光吃鱼……也不成。”

就在这时，草丛里忽然蹿出一群兔子，排着队狂奔过来，一只接着一只撞在炉子上，四脚朝天不动了。阿亥看着满地的兔子，有些为难：“这么多我们三个吃不完，不如请几个客人吧。”

话音未落，天空中便出现几个骑鹤的人。打头的是蒋寒秋，接着是金竹、云中子、沈碧茶。

小顶高兴极了。

众人下了纸鹤，围着炉子坐下。

蒋寒秋见到此情此景，一时忘了担心，扑哧笑出声来，瞟了一眼苏毓：“咦，怎么好像少了个谁？”

苏毓冷着脸不吭声。

金竹在水镜里看见自己的时候便有些不自在，忙给师叔解围：“最重要的人自是最后到场的……”

他话还没说完，便听小顶招呼道：“人都到齐了，大家……别客气，多吃点。”

金竹偷觑了师叔一眼，默默地缩回头，不敢再吭声了。

水镜里，金竹问道："小顶，怎么不见师叔啊？"

蒋寒秋插嘴："他来了多扫兴，再说兔子也没多少，再多个人就不够分了。"

小顶啃着兔腿，点点头："仙子姐姐……说得对。"

苏毓感到一口气堵在心口，上不去，下不来。

水镜里的金竹望着小顶，笑道："小师妹好像胖了。"

小顶的双颊飞起红霞，她垂下眼帘，搓着手指："比不上……金师兄……"

金竹："已经很好了，我最喜欢小师妹了。"

小顶用手背贴贴脸，一脸娇羞："我也最喜欢……金师兄了。"

水镜外的金竹冷汗直冒，不敢去看师叔的脸色。苏毓忍无可忍，愤然站起身。

云中子看了一眼师弟比锅底还黑的脸："阿毓，你这是去……？"

苏毓冷冷地答道："捞人。"

这没良心的小傻子显然是乐不思蜀了，他再不去捞，没准真会出事。

他刚转身，便听水镜中传来迦陵的声音："阿娘，这里真好啊，我们就留在这里好不好？"

苏毓停住脚步，回过身，只见小胖子把手里的小半个红豆包塞进嘴里，舔舔手指，对大红鸡道："你本来就是……这里的啊。我可还得……继续试炼呢。"

大红鸡呆若木鸡。

小顶爱怜地摸摸他的脑袋："虽然你很乖，但你是假的，是我梦到的。"这秘境还挺贴心，让她在美梦里吃了个饱。

众人一头问号。

迦陵气得更红了："你你你……明知是幻梦，还假装不知情……"

小顶像看傻子一样睨他："做好梦……就要假装……不知道，说破了就醒了呀。"

众人："……"

迦陵："你吃了我那么多，就想这么一走了之？！"她吃下去的东西，一点一滴都是他用精纯魔气幻化出来的！这女人还这么能吃！

小顶眨巴两下眼睛，打了个小嗝，作了个揖，道："多谢款待。"

假迦陵气得打摆子，随着他的暴怒，满山满谷的红叶同时震颤，从树枝上脱落下来，变成血雾般的魔气，掉光树叶的枝干化作焦黑的枯骨，咔啦啦扭动着围拢来。

迦陵的黑豆眼变得猩红，像两颗血珠："想走，没那么容易，留下命来！"

小顶可不管真儿子还是假儿子，当即脱下鞋，照着迦陵的屁股狠狠地拍下去——不是亲生的，打起来还不用手下留情呢！

术业有专攻，魇魔专注攻心，要打架只能借别人的身体，那些魔雾、枯骨都是幻象，只能用来吓吓人，壮壮声势。说到底，他能依仗的实体，就是这只奇形怪状的纸鹤。

迦陵在他金丹期九重境的亲娘面前，压根没有一战之力。

魇魔被小顶揪着毛，打得哭爹喊娘："仙子饶命！小的不敢了！"

小顶："叫我什么？"

魇魔："阿娘……"

小顶重重地抽了他一下："谁是你……阿娘？你是假的！"

魇魔："求你老人家，赶紧出去吧！"

话音未落，小顶的面前出现个蓝色火圈，就和进来时的一样。

小顶也有些累了，把鞋子套回脚上，虎着脸道："你一开始……就好好说话……的话，我也不是……不讲理的人。"说着从百宝囊里掏出一把玉简，挑挑拣拣，选了一支金额最小的一万灵石的玉简给他，"不会白吃……你的。"

魇魔："？"

水镜外的众人陷入深深的沉默。

半晌，叶离用手肘捅捅金竹，小声道："二师兄，小师妹她是真傻吧？"

小顶付了饭钱，牵着大红鸡跨过火圈，正打算迎接正式的试炼，却发现自己一脚踏在了剑坪上。

她低头看了一眼，圆滚滚的肚子不见了，又恢复成原来的丑样子；又回头一看儿子，他的身材也缩水了一些。

大红鸡奄奄一息地往地上一趴。他一进问心谷就两眼一黑，失去了知觉，再次醒来时便被他阿娘一把拽出了火圈。好吃好喝没他的份，屁股上火辣辣的痛楚却要他一力承担。

小顶没注意儿子异常的颓丧，眼下重要的是试炼。

她环顾四周，只见周围横七竖八地躺着十来个同窗，外表看不出什么异样，但大多抱着胳膊、捧着腿哼哼唧唧，像是受了重伤。

一群身着绀青色衣裳的老弟子在秘境门外守着，见有人出来，立即上前塞一颗宁神定魂的丹丸，若有不省人事的，便直接用横杆抬去医馆。

吃视肉的金丹期修士和她的大红鸡，在整个归藏无人不知，无人不晓。肥硕的红鸡一出现，老弟子们就知道这美丽的少女是谁了。

她才十六岁，已是连山君座下第一个亲传弟子，按照辈分得算他们的师叔祖，谁见了都得称呼一声仙子。

小顶一出来就被塞了好几颗丹丸，不明就里地看着围着她的弟子们："请问，试炼秘境……怎么走？"

几个老弟子面面相觑。这仙子是在秘境里磕坏了脑子吗？

一个生着朝天鼻的男弟子道："萧仙子不是刚从秘境里出来吗？"顿了顿，指着一个倒在地上的新弟子，"若是在秘境中死掉，额头上就会出现个叉。"

小顶指指脑门："我有吗？"

朝天鼻小哥摇摇头："恭喜仙子过关。"

小顶吃惊地睁圆了双眼："这就通过了？"

原来试炼就是请客吃饭，比谁的胃口大吗？

朝天鼻小哥又问："敢问萧仙子去的是哪层秘境？"

小顶想起刚进去的时候似乎有个声音报了数，回想了一下，答道："第二十八层。"

有人诧异道："第二十八层不是金丹期九重境修士的试炼秘境吗？"

众人瞠目结舌。这萧仙子不仅一夜结丹，还一夜直达九重境。

朝天鼻小哥对小顶肃然起敬："不知道君在秘境里有何遭遇？"

小顶挠挠手肘，想了想，掰着手指数道："遭遇了水煮鱼、烤兔腿、红豆包……"提到红豆包，她忍不住咽了咽口水，舌头上好像还残留着甜丝丝的味道呢。

众弟子疑惑万分。金丹期的待遇这么好吗？好羡慕啊！

小顶轻轻巧巧就过了关，顿时松了一口气，拖着儿子到处找沈碧茶，半晌没看到人影。正在这时，一个男弟子背朝后从火圈里弹出来，一屁股坐在地上，捂着脖子哀号起来。他的额头上也画着个醒目的叉。

小顶知道他是自己的同窗，脸是认不出来的，上前作个揖问道："你有没有……看到沈碧茶？"

那人吞下前辈递来的丹丸，擦擦额头上的冷汗："你算问对人了，我和沈碧茶、西门馥他们在同一层。我和蓝曲明先死了，他们俩没出来，就是还在秘境里面呢。"

小顶有些担心："你们在秘境里……遇到什么了？"

叫她这么一问，这弟子筛糠似的抖起来："那……那地方简直不是人待的……"他打着哆嗦，磕磕巴巴地把秘境中的遭遇讲了一遍。

原来他们进入的秘境是个闹尸妖的城池，他们的任务是要找出潜藏在普通人中间的尸妖，并将其除掉。

第一日城中有二十八个尸妖，未能除掉的尸妖到了第二日数量上便会翻一番，且妖力越来越强，如是反复。

最麻烦的是，这些尸妖十分狡诈，白昼隐藏在人群中，就和平常人一样；到了夜里就变得凶猛无比，一个个妖力大增，几乎能和他们这些筑基期的剑修打成平手。

杀不死尸妖就出不了秘境，可若是杀错了人，修士自己就会变成尸妖。

他们一行总共五人，连他在内已有两人出局，他在秘境中被尸妖捉住，生生咬断了脖子，另一个同伴则杀错人变成尸妖，在丧失神志前捅了自己一剑。

秘境中的时间与外界不同，外面的时间才过去不到一个时辰，这个弟子在秘境中已经过了七日。

"尸妖越来越多，"那弟子道，"剩下两人一定已是筋疲力尽……"

小顶皱了皱眉："一共五人，出来两个，不是还剩……三个吗？"

"对啊，似乎漏数了谁……"那弟子困惑地挠挠后脑勺，到底没想出个结果来。

第十五层秘境中，沈碧茶和西门馥的确已经筋疲力尽。

他们摸清秘境中的规则便用了三日，如今潜藏在人群中的尸妖越来越多，随时都可能有人突然暴起袭击他们。

他们此时刚杀完十几只尸妖，瘫坐在一爿布店后面的库房里。西门馥紧紧地握着剑柄，喘着粗气，瞥了一眼身边的女子，柔声道："沈碧茶……"

沈碧茶瞪了他一眼，警觉地道："你要干吗？"

西门馥暴躁地弹坐起来："我说沈碧茶，小爷也没得罪过你吧？"

沈碧茶："你比我有钱就是得罪我。"

西门馥："……"

"行吧，"他无力地说道，"眼下只剩我们两个，就先别忙着斗嘴了，不妨化干戈为玉帛，一起想想办法，活着出去才是要紧事。"

不远处一个人怯怯地举起胳膊："那个……对不住，两位，我其实还在……"

陆仁的修为和剑法在五个人里是最弱的，但尸妖就像看不见他一样，只攻击别人，于是他莫名其妙地活到了现在。

两人同时转过头，朝陆仁看了一眼，又默不作声地转了回来。

“方才说到哪里了？”西门馥揉揉眼睛。

沈碧茶：“就剩我们两个了。”

西门馥：“哦，对……”

陆仁：“……”

话未说完，虚掩的木门忽然嘎吱一声打开，十来只尸妖冲进来，对靠近门口的陆仁视若无睹，径直朝沈碧茶和西门馥扑来。

沈碧茶和西门馥咬咬牙，提起剑，背靠背，与尸妖厮杀起来。

待他们把这群尸妖杀光，窗外的天空已经泛起了鱼肚白，远处传来一声高亢嘹亮的鸡啼，昭告着又一日的到来。

三人瘫坐在地上，沈碧茶挑衅似的睨了一眼西门馥：“我杀了六只，你呢？”

西门馥有些不甘心：“差不多……”

沈碧茶：“只有四只，呵呵，我替你数着呢。”

她说着，数了数地上的头颅：“怎么有十三颗？”

陆仁无力地举手：“还有三只是我杀的……”

西门馥：“哈，沈碧茶，你是白痴吗？这也会数错。”

陆仁：“……”

沈碧茶恹恹地叹了一口气：“要是白天不能把剩下的尸妖找出来，我们怕是撑不过今夜了。”

西门馥苦笑了一下：“往好了想，也不是真死，被踢出去以后，至少不用吃视肉了。”

沈碧茶：“真眼肉还能清心明目呢。”她扫了一眼散落满地的尸块，“一年半载之内，我怕是什么肉都不想吃……”

“等等……”西门馥突然从地上爬起来，“你方才说什么？”

沈碧茶：“一年半载不想吃肉。”

“不是，前面那句。”

“真眼肉清心明目？”

西门馥握拳使劲敲自己的脑门：“对啊！我怎么没想到呢？哈哈哈……”

他抓住沈碧茶的肩膀使劲晃动：“知道视肉为何又称‘真眼肉’吗？”他自问

自答，“传说视肉的眼睛可以看透一切迷障，所谓‘真眼’便是真实之眼！”

沈碧茶：“又疯了一个。”

西门馥疯得不轻，笑完便开始解裤腰带。

沈碧茶大惊失色，语无伦次：“西门傻！这都什么时候了，你想干吗？！不要以为孤男寡女共处一室，你就能非礼我，我……我……我……”

陆仁挣扎着举手：“对不住，两位，我真的还在这里……”

西门馥不理会沈碧茶，利索地脱了外裤，露出里面的黑色紧身丝绸裤。

沈碧茶乱叫着捂住眼睛，从指缝里偷瞄：“西门傻，你不要以为穿上这种不三不四的裤子我就会被你勾引……啧，还真翘……”

西门馥恼羞成怒：“别吵了，没见识的乡巴佬！这是冥蚕丝制成的夜行衣！”

听他这么一说，沈碧茶想起来了，传说中是有这么一种夜行衣，极其稀有，一件便值上百万灵石，把人从头到脚包裹起来，从外面看不见里面，从里面却能看透外面。

她的眼睛红得快出血了：“啊，西门傻，你这个十恶不赦的有钱人，怎么什么好东西都有？我恨死你了……”

“等等，”她忽然回过味来，狐疑地道，“人家是蒙住头脸的，你单穿一条裤子做什么？腚上又没长眼……”

沈碧茶忽然又意识到了什么，指着他的鼻子睁大眼：“哦！你你你……”

西门馥竖起手指示意她噤声，小胯一扭，把左半边屁股对准地上一颗尸妖的头颅。

原本看着与常人无异的头，在他的视野中染上了咸菜似的暗绿色。

他站直身子，对着沈碧茶露出个神秘的微笑。

沈碧茶骂了句便说道：“你腚上真的长眼？好啊西门傻，难怪你考试的时候老对着我撅腚呢！这是哪里来的？”她皱着眉头想了片刻，蓦地明白过来，“是萧顶那颗眼珠子辟谷丹吧！西门傻，你太狡诈了！”

西门馥：“嘘，小点声！这件事天知地知，你知我知……”

陆仁：“对不住，两位，我还在。”

苏毓摁了摁额角的青筋，算是知道那恶心玩意儿有什么用了。

叶离艰难地挤出一个笑容：“今年的弟子还真是别具一格。”

金竹问云中子：“师父，这……喀喀，那个上的眼睛不算法器吗？”

云中子挠了挠头，一脸憔悴之色：“根据门规，长在身上的一概不算……”睿智如祖师他老人家，也想不到有朝一日，门下弟子为了考试这么豁得出去。

西门馥腚上的眼睛立了大功，沈碧茶扛起他在城里转了一圈，就把藏在人群里的尸妖杀了个片甲不留。

他们杀死最后一个尸妖后，蓝色的火焰圈终于出现在城门口。

沈碧茶跨过火焰圈，见到等在门外的小顶，惊讶地道："萧顶，你也过关了？"

小顶点点头："碧茶，恭喜你。"

沈碧茶："快跟我说说，金丹期的秘境里有些什么？"

小顶如实说了一遍，沈碧茶半晌没吭声，忽然捧着心口吐出一口血，两眼一翻，倒在地上不省人事了。

沈碧茶那组耗时最长，其他的试炼早已结束。西门馥一跨出秘境，负责守门的老师便封住了秘境的入口，全然忘了还有一个弟子没出来。

陆仁在秘境里又待了七天才被人想起，不过这都是后话了。

新弟子试炼结束，围观的道君们也各回各峰，苏毓搭师兄的"顺风鹤"回了掩日峰。飞到半道上，云中子瞥见远处微微泛着浅紫色的紫玉峰，忽然想起一事来，对师弟道："阿毓，你的气海恢复得差不多了吧？"

"还差半成。"苏毓心中微微一动。

云中子欣然道："那就好，也用不了几日了。紫玉峰那边，小顶的屋子已经修缮好，待你气海充盈，便让她择个吉日迁过去吧。他们年轻人还是住一块儿好，反正你也喜欢清净。"

苏毓点点头："好。"

苏毓回到掩日峰时正是夕阳西下的时分，小傻子和她的大红鸡还没回来。

傀儡人迎出院子道："小顶姑娘送了信回来，道今日要与同窗庆贺试炼过关，晚些回来。"

苏毓淡淡地嗯了一声，随即步入院中。

残阳流连在玉阶上，将庭中芝兰玉树都镀上了辉煌耀目的金红，檐角玉铃在风中摇曳，清脆的铃音和着远处投林鸟的啁啾声，使院里莫名有些空洞之感。

那小傻子刚来的时候苏毓嫌她吵闹，这会儿她不在，院子里倒又显得空落落的。

苏毓向来不喜欢改变，一旦习以为常，就想让一切保持原状。傻徒弟虽然有些烦人，但倒也不是非赶她走不可。

他顿住脚步，转身叫住傀儡人大渊献："螣蛇关在后山有些时日了，明日放它出去转转。"

阿亥苦着脸道："阿银每回出门溜达都要捅娄子，让它别去哪儿，它偏要对着干。上回它还把稚川仙子洞府前的那棵古松给连根拔了，害得道君你赔钱不说，还连累我们……"

稚川仙子发起火来可厉害了，得亏那会儿他不当差，可单是在库房里听着，也够瘆人的。

苏毓淡淡地说道："无妨，你嘱咐它别闯祸便是。"顿了顿，又交代，"尤其是紫玉峰知霜山房甲院那间新修好的房舍，切不可弄坏，记住了？"

归藏的试炼秘境名不虚传，这一回又淘汰了近一半弟子。

还有不少人虽然险险过关，但由于秘境中的遭遇过于逼真，神魂受到损害，需要在医馆中治疗调养，因此第二日去学堂的只有二十来人。课是上不成了，大家便自行修习。

自习是不可能自习的，小顶和沈碧茶闲着没事，凑着头欣赏"十洲三界美男榜"。

小顶对这个美男榜没什么感触，里面的人除了衣饰、法器、发型有点差别，长得大同小异，她不过看个新鲜罢了。沈碧茶却看得津津有味，并给她讲解这些美男的家世背景、门派师承，还有彼此之间的恩怨情仇。

"我们这回去参加十洲法会，能见到不少修真界的俊彦。"沈碧茶翻着"十洲三界美男榜"，眼中冒着精光，"定能与他们切磋道法……没准能碰上个纯情又眼瞎的美少年，嘿嘿嘿……"

"你看榜二这个顾苍舒，"沈碧茶指着一个面容清俊、宛如谪仙的美男子，"非但生得美，还是太璞宗宗主和夫人英瑶仙子的独子，在十大剑修榜上位列第五，浑身上下简直找不出缺点，啧啧……不过这种抢手货是轮不到我的了，做梦还比较快。"

小顶凑过去一看，只见画上的白衣男子御剑腾空，衣袂随风飘扬，看着眼熟。她蹙着眉想了想，蓦地醒悟过来："咦，长得真像……我师父。"

沈碧茶往前翻了一页，看见萧顶亲笔所绘的王八精，沉默片刻，又翻回第二页："横竖你看谁都一样。"

小顶不吭声了。她确实不太会分辨人脸，但和连山君朝夕相对，同一张脸看多了，还是能把师父与其他白皮瘦子区分开的。画像上的这个顾公子，看着的确与师父有六七分相似。不过小顶自己都不怎么信得过自己的眼睛，便没有再多说。

沈碧茶老神在在，唰唰地往后翻，一边翻一边道："前十名不是大能就是世家贵公子，那都是云端的富贵花，不用在他们身上浪费时间……第二三十名就'实惠'多了，臭毛病也少……"

她翻到某一页，画上是一个侧身站着，手执折扇的风雅公子，沈碧茶的双眼倏地一亮："就像这位……"

她看了看旁边的名字："西门……这……"说着抬头冲着前座喊了一声，"西门傻，你是不是给画师塞钱了？真是阴险！"

西门馥回过头来，慢悠悠地摇着折扇，瞥了一眼自己的画像，诧异地道："这是哪里来的村野画师，竟将我画得如此俗不可耐……"

沈碧茶翻了个白眼："是呢，腚上长眼，怪风雅的。"

西门馥啪地收起折扇："沈碧茶！你这女人有没有良心，忘了你试炼是怎么过的了？"

沈碧茶翻脸不认人，搂过小顶的脖子："那也是我们阿顶的功劳，与你何干？"

两人正吵着，忽听外头传来轰的一声巨响，地面颤了颤。紧接着，有人高声喊："房子塌了！房子塌了！"

沈碧茶平生最爱看热闹，拉起小顶便往外跑，幸灾乐祸地道："我们快去看看，是哪个倒霉蛋的房子塌了，哈哈哈……"

西门馥佯装不在意，闲庭信步般摇着扇子跟出去，实则悄悄地伸长了脖子。

那声巨响听着就在不远处，紫玉峰顶是学堂，下面的几个山头都是弟子们的住处。

外头院子里已经聚集了不少看热闹的弟子。沈碧茶手搭凉棚，循声张望，只见一处烟尘滚滚，一道银色的影子如闪电般穿过浓烟，一晃眼就不见了。

"噫！"沈碧茶感叹，"是我们住的那块呢！"她转头对西门馥道："西门傻，借你腚上的千里眼看看是谁家的房子塌了，哈哈哈……"

西门馥磨了磨后槽牙，皮笑肉不笑："滚。"

话音未落，便有一个穿天青道袍的内门弟子骑鹤而来，扬声道："知霜山房甲院东厢是谁的住处？"

沈碧茶脸上的笑容渐渐地僵住了："道君，我住那儿，出什么事了吗……"

那内门弟子同情地看了她一眼，叹了一口气："你的房子塌了。"

沈碧茶："……"

苏毓在书房中煮茶，听见远处传来轰然的声响，便知事情成了。

没多久，一脑门官司的云中子找上门来。

苏毓迎出门去，见师兄手里拽着他的坐骑。螣蛇大约已经被云中子唠叨了一顿，虽然仍旧桀骜不驯地梗着脖子，但显然没什么精神，银光闪闪的鳞片上沾了尘灰，越发显得灰头土脸。

苏毓嘴角微微一扬，不动声色地问道："师兄，出什么事了？"又瞟了一眼坐骑，眉头微蹙，沉下脸来："你又闯祸了？大渊献放你出去时，没叮嘱过你，不许惹事吗？"

螣蛇仍旧不屈地昂着头，但身子不自觉地盘了起来。

苏毓转头对云中子道："孩子年纪小不懂事，请师兄见谅。"

云中子瞟了一眼盘起来足有小山大，芳龄一千五百岁的孩子，也说不出什么反驳的话来——一千多岁的蠢鸟是孩子，一千多岁的蠢蛇当然也是孩子。

老狐狸虽实诚，却不是真傻——昨日才提让小顶搬家，今日那院子就出了事，天底下哪有这么巧的事？

苏毓也不在乎被师兄看透，这本就是心照不宣的事，只要他能达到目的便好。

他淡然地从袖中抽出一支空白的玉简，将灵力凝聚到指尖："它又惹了什么祸事？师兄说个数字，我照价赔。"

云中子有些纳罕。这祖宗虽不能说爱财如命，却也不是轻易一掷千金的主，如今却一反常态——留住人的法子千千万，他偏偏选了最迂回且最费钱的一种，也不知该说他傻还是聪明，只可惜……

"倒也不是什么大事，就是把紫玉峰的一处房舍弄塌了。"

苏毓的嘴角微不可察地扬起，他压了压嘴角，装模作样地蹙眉："重建需多少灵石，尽数由我承担，师兄尽管开口，不必客气。"

云中子怎会放过这千载难逢的机会，趁机就要敲他一笔："房子倒是不值什么钱，只是那根砸断的主梁是万年扶桑神木，如今却是有钱也买不到……"

苏毓心情好，便异常大方爽快："一百万够不够？"

云中子吃了一惊。这祖宗真是下了血本了。

他心满意足地接过玉简，收进袖中："那师兄就不同你客气了，回头把重建房舍的账目明细拿给你。”他顿了顿，眼中闪过一丝促狭的笑意：“那弟子横遭此祸，从中拨二十万灵石与她当作补偿如何？”

苏毓心中掠过一丝狐疑，佯装淡然地颔首：“师兄做主便是。”

云中子：“那我便替沈小友谢谢你。”

苏毓一怔：“沈？”

云中子摸摸下巴，故作惊讶：“对啊，塌的是沈碧茶小友的屋子，你以为是谁？”顿了顿，接着道，“好在萧师侄的房舍是新修的，还算宽敞，她们两个小姑娘也不占什么地方，交情又好，挤一挤也没什么。”

苏毓：“……”

送走师兄，苏毓睨了眼办事不力的螣蛇，冷冷地说道：“去把自己洗干净。”

螣蛇虚张声势地咝了一声，没等主人发作，拍拍翅膀，逃也似的飞向后山。

苏毓回到院中，揉了揉额角。不用说，定是那缺心眼的傀儡人又办坏了差事，害他赔了夫人又折兵。

他正要去摘大渊献的嘴，刚抬起手，又放了下来。罢了，那小傻子和傀儡人亲，摘了这家伙的嘴，她又该给他脸色看了。

他自嘲地一扯嘴角。不过一个小傻子，走便走吧，他一向独来独往，没什么不好，她走了还清净。

第四章　玉容丹

翌日，沈碧茶意外得到二十万上品灵石的赔偿款，差点没笑掉下巴。

她的房子虽塌了，但几案床榻都是门派的，自己的私物也就是一些衣物，压不坏的东西居多，她反而白得了这么一大笔赔偿款。

萧顶得知过几日就可以搬去和沈碧茶住，高兴之余又有些不舍——碧茶是她的朋友，阿亥也是，何况儿子从一出生就在掩日峰，贸然挪窝，也不知道会不会水土不服。

掌门说要去要留她可以自己决定，萧顶没有立即答复，打算回去想想。

这日放课早，她回到掩日峰，一进门，阿亥便告诉她连山君在丹房等她。小顶一喜，前些日子为了让她安心准备试炼，连山君把丹道课暂停了。

她迫不及待地走进丹房，见师父守在丹炉前，眼帘低垂，薄唇紧抿，灵火将他的一袭白衫与白皙如玉的脸庞染上了绯红。

小顶脚步一顿。他不开口、不抬眼的样子，总让她想起九重天上的仙君来。她记得自己刚修出神识的那段时日，不能脱离炉子，不能动弹，不能出声，也不能提醒仙君她的存在，只能日复一日地看着仙君枯坐在她面前。那时他不说话，也不笑，也几乎不动，只偶尔拨一拨火——若不是他生得和她不一样，她几乎要把他也当成一个炉子。

某一天，仙君不知怎么发现了她，便开始同她说话，脸上也有了笑意。按理说炉子读不懂人的表情，她却莫名跟着在心里笑起来。如今她做了人，才知道一般人不会和炉子说话，连山君就从来不与那“地头炉”说话，也不朝它笑。

仙君一定是找不到说话的人，才会把她一个炉子当人。眼下她不在了，仙君会觉得孤单冷清吗？小顶暗暗叹了口气。今日仙子姐姐告诉她，她进的那个试炼秘境叫作问心谷，在里面可以见到自己最想见的人。

她不知道为什么自己没能见到仙君，若是仙君在那里，她倒是很愿意留在里面陪着他。可自从到了这个世界，仙君便没了踪影，连她梦里都没出现过。

她正想得出神，炉火前的男子抬起头来，微微颔首：“回来了。”

小顶的思绪一下子被打断，她快步走过去，叫了一声“师尊”，便在自己的小蒲团上坐下。

苏毓道：“去了紫玉峰，功课也不可松懈。”

小顶微怔。她还没打定主意要走，他倒是急着要轰她走了。她便也不犹豫了，点点头。

苏毓又道：“这回能通过试炼，实属侥幸，剑法、术法的不足亦需尽力弥补，不然，去了十洲法会也要闹笑话。”

“是。”小顶暗暗地撇撇嘴。她过了试炼，仙子姐姐和掌门他们都眉开眼笑地恭喜她，只有这个师父，嘴里没半个“好”字，还反过来训她。

苏毓垂眸：“那便开始上课。”

今日教的是玉颜绮容丹，苏毓照例教她辨识药材，讲解药材的五行、相生相克的原理。见她悄悄对着碟子里的药咽口水，苏毓转身从架子上拿起另一个盘子，上面是一模一样的另一份药。

“吃吧。”他无可奈何，转过脸去。

小顶也不同他客气，高高兴兴地饱餐了一顿——反正也是她自己付钱。

吃完药材，她按照师父的指导，将另一份材料送入炉中，接着关上了炉门。

这回的丹药比辟谷丹多了好几味药材，炼制起来也更费事，需要七日七夜，且入炉第一个时辰要不时颠动和搅拌药材与金液。

两人守着炉火，苏毓见小徒弟百无聊赖，打起了哈欠，便道：“正好无事，再教你认两个字吧。”

小顶近来有些乐不思蜀，功课又忙，认字是三天打鱼、两天晒网，经他一提醒，才发觉近来都忘了翻灵府里那本天书。

苏毓冷冷地说道：“往后你不住这里，不便随时问，想问什么，可一并问了。”

话音未落，屋外传来傀儡人一惊一乍的声音：“道君，道君，不好啦——”

苏毓不慌不忙地站起身，打起门帘，皱了皱眉：“何事大惊小怪？”

阿亥学着真人的样子气喘吁吁：“金甲门两位长老找上门来，找掌门要人呢。”

苏毓想起他在外山破庙中杀死的那两个金甲门弟子，心中没有一丝波澜。

那两个渣滓死有余辜，杀了便杀了，于他而言便如踩死两只蝼蚁。他们虽死在归藏地界中，但死无对证，只要他们不认，就算金甲门掌门亲自找上门来，也说不出什么来——谁都知道归藏外山妖物横行，他们可没有义务保障过路行人的安全。

因此他只是冷淡地说道：“要什么人？他们门下有人走失，与归藏何干？”

阿亥摇摇头：“不是的道君，那两个人是来要小顶姑娘的……他们还带着她的卖身契呢……”

苏毓闻言神色如常，眼神却瞬间一冷。

他折回丹房，若无其事地对小顶交代道：“为师出去一趟，你守着火。”

小顶不疑有他，乖巧地点点头。

苏毓的目光从她那有些傻气的脸庞上掠过，他没再说什么，随即转身离去。

大昭峰，云中子居处。

正堂中，两个身着玄青色绣金边道袍的金甲门长老坐在上座，二十来个年轻弟子站在他们身后，乌压压的一大片占领了大堂，一时间他们倒更像这里的主人——归藏不蓄奴婢，也不令弟子伺候起居，云中子周围只有两个打杂的傀儡人，还是没有心的那种，排场上就差了人家一头。

那两个长老，一个模样看着不过三十岁，黝黑瘦长的脸上生着双鹰似的眼睛，看着便不好相与。另一个却是个面容清癯、白须飘飘的老者，未语便带三分笑，说起话来慢条斯理，活脱脱一个和蔼可亲的长辈。

实际上云中子这狐狸精比他们年长好几百岁，只是吃了面貌年轻、性情随和、衣着朴素的亏，夹在中间倒像个后生。

金甲门那些下三烂的勾当在十洲三界几乎尽人皆知，这两个长老自然不是什么善茬。

云中子方才一听守门弟子通禀，便猜到是师弟诛杀人家弟子之事事发，想必不能善了，但秉持着来者是客的原则，他还是客客气气地将这些人延入堂中，好茶好水地招待着。

一杯茶下肚，双方寒暄完毕，便进入了正题。

云中子道：“不知两位道友突然光临，有何见教？”

那黑脸鹰眼的中年人皮笑肉不笑地哼了一声：“不敢当，敝门不过一个不入流的乡野小门派，云中子掌门一抬脚，吾等便要抖三抖。倒是多谢贵派开恩，不曾赶尽杀绝，敝门尚得苟存至今……”

云中子虽说脾气好，但见对方说话这么阴阳怪气的，也隐了脸上的笑意，垂眸看着手中的茶杯不语。

那慈眉善目的老者立即上来打圆场：“二弟，休得胡言，谁不知云中子掌门虚怀若谷、谦和有礼！”又转头对云中子作个揖，道，“舍弟性情鲁直，又兼突逢急难，焦躁不安，多有冒犯，恳请掌门见谅。”

云中子向来与人为善，明知他们两兄弟一搭一唱，还是给足了他们脸面：“无妨，不知可有在下帮得上忙的地方？”

两人对视一眼，老者皱起眉，微露赧色：“叫掌门见笑，敝门无以为生，向来以走镖押运糊口。约莫两个月前，敝门两个弟子押着一宗昂贵的货物去南边，途经贵派宝地，却不想就此失了音信，连同那宗货物一同没了踪影。”

云中子自然知道他口中的“货物”指的是什么，饶是他好性子，此刻也沉下脸来。

金甲门明面上干的是走镖的营生，实际上走镖不过是一块遮羞布，修仙界买卖人口的勾当，金甲门至少参与了六成。其中又以买卖炉鼎居多，男女皆有。一旦平民孩子叫他们盯上，他们或买或骗或抢，非要弄到手不可，转手一卖便能得数十倍甚至数百倍的利。

白须老者顿了顿，愁眉苦脸地说道：“本来做这一行，偶然发生这样的事亦是难免，只是那一宗并非寻常财货或是宝器，并非钱财可以弥补，且那主顾又是敝门得罪不起的人物。老朽与舍弟也是万不得已，只得觍颜求掌门高抬贵手……孽徒想必是冲撞了贵派哪位道君，死不足惜，可若是寻不回那宗货物，敝门恐遭灭顶之灾……”

云中子心知肚明，这“主顾”多半只是幌子。

作为炉鼎，小顶不是不可替代的。她体质特殊，那些金甲门的人多半并不知晓，否则也不会只派两个弟子押送了。按这规格，这桩买卖不超过二十万灵石。眼下这两人找上门来，多半是醉翁之意不在酒。大约他们是在哪里听说了河图石的变故，借机来探探苏毓的底——金甲门是大衍宗的走狗，他们如此有恃无恐，与背后的靠山脱不了干系。十洲法会一甲子一次，每次总要闹些幺蛾子，眼看着法会之期将近，有些人已经蠢蠢欲动了。

云中子面上不动声色。他气质温润，装起无辜来得心应手：“长老何出此言？贵门弟子吉人天相，定能化险为夷，倒未必是遭遇不测，兴许是被什么事绊住了脚。”

其言下之意：说不定是你家弟子监守自盗，卷着人跑了。

不等那老者吭声，黑脸汉子将鹰眼眯成钩状：“师兄，你低声下气地求人家，人家越发不把咱们当人看。却不知泥人还有三分土性，我们金甲门虽不比他归藏位列三大宗门，却也不是任人欺凌的，横竖都是死，大不了与他们拼个鱼死网破！”他冷笑一声，“我就不信这十洲三界没有讲理的地方，叫他连山君只手遮天！”

说着，他从袖中掏出个发黄的纸卷，抖开重重地往案上一拍——一张卖身契。

纸尾有个小巧的金色指印，正发着光——这是一张注了灵、施了咒的卖身契，可以追踪被卖之人的所在，指印发光，代表着那人就在附近，光越强说明那人越近。

这会儿指印亮得都快晃瞎人眼了。

老者一脸为难：“二弟，有话好好说，归藏是名门正派，云中子掌门德高望重，岂是蛮横无理之人？”

那黑脸汉子却并不听劝，道：“把那炉鼎交出来！”

云中子道：“敝派上下只有弟子，并无两位所找之人。”

白须老者：“掌门有所不知，若非确知那炉鼎在贵派中，某等也不敢贸然叨扰。”

云中子不动声色。再老实，他也是只狐狸，对方想凭三言两语诈他是不可能的。

对方却并非诈他。

那白须老者转过头，对着身后的弟子使了个眼色，便有一个弟子走出，向云中子行礼：“参见掌门。”

一看清那弟子的脸，云中子便知要坏事——他虽是男子，眉眼却与小顶有七八分相似。

果然，那白须老者道：“小徒与那炉鼎正是兄妹，且是双生子，若是那炉鼎在附近，只需施个血引咒，便能将她引出来。”

云中子凝视着眼前的年轻人，指指卖身契：“契中人是令妹？”

少年恭谨地答道：“回禀掌门，此炉鼎原是舍妹，乃是家慈家严自愿出卖，求掌门赐还，以免小子师门遭难。”说罢，他便垂眉敛目，神情木然，似乎口中的“炉鼎”只是他家卖出的一样东西，而非与他血脉相连的妹妹。

白须老者满意地颔首，捋着长须感叹：“造化生人说也奇怪，双生兄妹，一个天生是炉鼎，一个却是修道的奇才。”又转头向云中子夸耀，“此子入我门下不到一年，业已筑基，前几日被选入大衍宗，真是后生可畏。他妹妹若是知道兄长这般出类拔萃，想必也与有荣焉。”

那少年到底不过十几岁，被长老夸赞后，眼中便显出勃勃的野心来。

这少年是小顶的双生哥哥，满打满算才十六岁，在云中子一个好几百岁的老狐狸眼中，不过是个毛头小子。然而若要论心狠，这小子怕是再活千年也赶不上他，就连那祖宗恐怕都要自叹弗如。

不过金甲门这些人有备而来，连人家亲哥哥都带了来，他也没有道理阻止人家用血引咒找人。

云中子略一沉吟，便道：“这位小公子看着确有几分面善，敝派有一个新近投入门下的女弟子，与他生得颇为相似。她于机缘巧合下入我门派，也是道缘匪浅。”

小顶的身份只有内门数人知晓，金甲门便是手眼通天，也不会知道他们丢失的“货物”已成了连山君的亲传弟子，还是个一夜结丹的奇才，他自然也不会说破。

他接着道：“不过敝派事先虽不知情，这姑娘毕竟是敝派弟子，贵门的损失，敝派愿一力承担。”说着从袖中抽出一支有连山君印鉴的玉简，双手奉上，“这里是一百万灵石，若是不够，长老尽管开口。”

黑脸汉子被归藏的阔绰震撼了一下，越发恼羞成怒：“这是钱的事吗？那位主顾……”

云中子睨了他一眼：“那位客人若是为难贵门，请他来归藏便是，在下定然亲自同他赔礼道歉。”

黑脸汉子要再争辩，白须老者抬手阻止，对着云中子笑道：“掌门惜才如命，老朽早有耳闻，如今一见，更是由衷地钦敬。只是理有至分，物有定极，天生万物，禀赋各异，只有各安其性，方是顺其自然……”

云中子正要反驳，却听外头传来一个冷泉般清寒彻骨的声音：“此言不虚。”

云中子捏了捏眉心，到底还是把这祖宗招来了——那些傀儡人似乎有什么办法隔着几十百里路互通有无。

他平日没什么需要瞒着师弟的事，今日事出突然，便把这茬忘了。

他本想花点钱将人打发走，这祖宗一出面，此事便不能善了了，只能走一步看一步。

金甲门众人循声望去，便见一只白皙修长、骨节分明的手挑开门帘，紧接着，一个身着白衣的年轻人施施然走进来。那人样貌不过弱冠，生得颀长消瘦，微带倦意的脸庞如冷玉琢出来的一般。他下颌微微一挑，便有一股世家公子的矜贵气。众人从他身上看不出修为，感觉不到威压，但随着他步入堂中，却能清楚地感到一股冷意风雪一般袭来，压得他们有些喘不过气，从骨子里生出寒意。

金甲门的长老自不会像那两个弟子那般不长眼，将眼前之人当作凡人。从对方身上感觉不到修为，也有可能意味着此人修为远在自己之上。他们两人，一个元婴期九重境，一个化神期三重境，连他们都看不透对方的修为，这人的身份便显而易见了。

白须老者稳了稳心神，佯装不知，满面堆笑地一揖："不知这位是……"

苏毓没有还礼的意思，只是一颔首："在下苏毓，道号连山。"

金甲门众人俱是一颤。两个长老勉强绷住脸，没显出慌乱来，弟子们就没那么镇定了——传说连山君深居简出，见过他真容的人十有八九已经死了，那他们……

苏毓却似感觉不到尴尬的气氛，径直走到师兄身旁坐下，目光睃巡了一圈，落在其中一人脸上——那少年的脸色有些苍白，酷似萧顶的眼睛里，艳羡和野心藏也藏不住。

苏毓不由得纳罕，明明有着相似的眉眼，怎么眼前这个小子卑劣猥琐中透着精明，他那傻徒弟就透着没心没肺的傻气？

那白须老者见连山君只是从云中子手里接过茶杯，似乎并没有插手的意思，略微松了一口气，接着道："那女子生而为炉鼎，生来便是助人修道的。逆势而为，于她亦非幸事……"

不等云中子说什么，苏毓点点头："长老所言甚是。"说着将茶杯往案上一撂，薄瓷磕在质硬如金的几案上，发出清脆的一声响，像是在众人的心头不轻不重地敲了一下。

苏毓接着道："人各有命，譬如两位长老，天资平庸，禀性卑劣，苦修几百年也只能给人打杂跑腿，若是再没点眼色，就把命丢了。”

白须老者脸色一变，那黑脸汉子已经拍案而起：“你这是想威胁谁？不过一个百来岁的毛小子，爷爷风光的时候你还在吃奶呢！别以为仗着门派势大，爷爷就怕了你。这事是你们归藏不地道，我就不信还没个天理了！”他嘴上虽这么说，心里却有些发虚，不过重赏之下，他还是愿意赌一把，就算归藏不把他们金甲门放在眼里，想必也不敢明着打大衍宗的脸。

云中子看在眼里，心中暗暗叹息：他们真是不了解这祖宗。

云中子正感叹着，便见苏毓嘴角一挑，转瞬之间，小剑已从经脉中脱出，迅速伸展成一柄寒光凛凛的三尺长剑，轻轻地握在了他的左手中。

那黑脸长老只觉眼前白光一晃，不等他拔剑，连山君鬼魅般的身形便已翩然而至。

他神色一凛，连忙抽剑抵挡，那照他面门直劈过来的银色剑影却忽然一转，游龙般地绕过他的宽剑，剑尖在他的手筋上轻轻一挑，便将手筋挑断，引出一声惨呼。与此同时，浩瀚的灵力陡然从剑上涌出，浪潮般朝那黑脸长老身上压去，压得他双膝跪地，整个人蜷缩得如同晒干的虾子。

一切只是瞬息之间的事。

白须老者压根来不及反应，师弟便已被挑断了手筋，屈辱地跪倒在地。

他从未见过这么快的剑，寒意自心底渗出，随即萌生退意——好在这煞星还算留了一手，并未伤及师弟的性命。

他瞥了一眼师弟流血颤抖的手，沉下脸，对云中子道：“这便是归藏派的待客之道？舍弟虽鲁莽，却也只是言语上有所冲撞。那炉鼎的卖身契上写得明明白白，连她兄长也说了，是父母自愿出卖的，并无逼迫之嫌……”

苏毓睨了他一眼：“她父母卖她，可曾问过她本人是否愿意？”

白须老者有些怯意，强撑着道：“她在契纸上画了押，自然也是愿意的。白纸黑字的卖身契，不管去哪里说理……”

苏毓并不反驳，却微笑着颔首：“的确是这个道理。”

话音未落，忽有笔墨纸砚凭空出现在案上，苏毓伸出长指，轻点了一下空白的灵纸，上面便显现出文字，竟是自卖自身的卖身契，每张契约上的金额都是一块灵石。

苏毓对那白须老者道：“那便请诸位签了这自卖自身的卖身契。”

白须老者一愣，随即涨红了脸：“小子，士可杀，不可辱，你别欺人太甚！”

苏毓掀了掀眼皮，手中之剑以迅雷不及掩耳之势飞向那白须老者。

白须老者忙抽出拂尘应对，可对方不但剑招狠辣，灵力亦强悍异常，威压之下，他毫无招架之力。那剑轻而易举地将他的法器削成数段，绕着他的手臂快速旋转，不等他回过神来，手上一阵剧痛传来。

他惨叫一声，倒在地上，痛苦地抓住胳膊。

血雾弥漫开来，片刻之后，他的右手手腕以下只余白骨——只有食指留了一小段指尖，显然是留着摁指印用的。场面诡异可怖中又有一丝滑稽。

在排山倒海的灵力威压之下，那些金甲门弟子压根站不住脚，横七竖八地倒在地上，弱一些的干脆口吐鲜血，甚至不省人事。

苏毓仍旧是那副淡定的模样，望着白须长老，连嘴角的微笑都没有分毫变化："杀还是辱，悉听尊便。"

那白须长老一怔，重重地叹了口气："罢了，留得青山在，不怕没柴烧。"

不多时，那沓卖身契上便都摁上了指印——一人一块灵石，总共不到三十块。回头他转手往魔域的黑矿里一卖，能值个四五十万灵石，还不够抵他赔师兄的那一百万灵石。

苏毓收起卖身契，冷哼了一声，嫌弃地道："一堆不值钱的破烂。"

只有一人没有被迫签卖身契，便是小顶的双生哥哥。

少年初出茅庐，何尝见过这样的场面？他双膝跪地，不由自主地战栗。有生以来第一次，他感受到绝对的力量，明白什么叫天壤之别。

苏毓面无表情地看了他一眼，微微抬手，少年忽觉似有一根线牵引着他的脊骨，他便如提线木偶一般抬起头来，被迫与那双深不见底的眼眸对视。他后背上冷汗涔涔而下，几乎要昏厥过去。

片刻后，苏毓微微偏头，长指在薄唇上轻轻一抹，饶有兴味地看着他："你想出人头地？"

少年不知该说什么好，声音卡在喉咙里，什么话也说不出来，只是不住地颤抖。

苏毓微微颔首："年轻人有野心是好的。"

说罢，苏毓缓缓抬手，那少年忽觉一股灵气直往他的七窍中涌入，百川灌海一般地冲刷着他的经脉。在这席卷一切的风浪中，他感到自己的境界一重一重不断地突破，强悍的灵力在他的下丹田中汹涌旋转，迅速凝结成金丹，然后一路往上到泥丸，然后落入黄庭。

他的身体在灵力的冲刷下几乎虚脱，胸中却涌起一阵难以自抑的狂喜——他结丹了！眨眼间，他已经从刚筑基直达金丹期。一定是他妹妹得到连山君的宠幸，连山君爱屋及乌，便助他一臂之力。少年暗自庆幸不已，父母为了他的前程卖掉妹妹，要说他一点也不难过，也是不可能的。但若非如此，她又怎么有机会得到大能的青睐？不过他的欣喜没能持续太久，他的境界还在一重重地往上升，灵气还在不断地注入。

他从嗓子眼里艰难地挤出两个字："够了……"

苏毓恍若未闻，丝毫没有停手的意思，反而增加了灵气灌入的速度。

这少年的天资乃万里挑一，但经脉毕竟还稚嫩，在大量灵气的冲刷下，他终于承受不住，瞬间崩溃。苏毓两指轻轻一捏，少年体内的金丹便碎成了齑粉。

一切就如镜花水月，转眼之间，少年金丹破碎，灵脉尽毁，像条死狗一样趴在地上重重地喘息。

苏毓居高临下地看着满脸泪水的少年，浅浅一笑："有野心是好的，可惜你太没用。"顿了顿，补充道，"比令妹差远了。所以她是我的徒儿，你只能做个废人。"

话音未落，那柄剑如同银蛇游到少年的身前，少年的一手一足断下。

"你不要手足，便留下吧。"

苏毓说罢，站起身，拿起案上的卖身契，向云中子微微欠身："师兄不必管这烂摊子，回头我来收拾。"随即出了正堂。他扫了一眼手中的卖身契，目光落在"永无返回，死生不论"几个字上，眼神冷得能凝水成冰。

发黄的纸页在他的目光中燃烧起来，顷刻间便化为飞灰，散在空中。

回到掩日峰，他先去后园沐浴，换了身衣裳。这是他的习惯。他虽然杀人后身上手上从不沾一滴血，但总觉得周身有血腥气。沐浴完毕，他带着一身草木的清香回到丹房，小傻子一脸慌张地把手背到身后。

苏毓瞅了她一眼，一哂："偷吃也不知道擦干净嘴角。"

小顶哪里想到他是在诈她，抬手去擦，却发现嘴上干干净净，顿时不平起来："师尊，你怎么……骗人？"

苏毓嫌弃地睨了傻徒弟一眼："想不想吃糖？"

小顶一听这话，顿时两眼放光，忍不住咽了咽口水。她忽然想起什么，收了笑容，皱起眉头，警觉地道："要钱吗？"

苏毓语塞，差点拂袖而去，没好气地说道："自是要的，十万灵石一根，买不买？”

小顶咬着嘴唇，天人交战了一番，终于抵挡不住诱惑，深吸一口气：“先来一根吧。”生怕他嫌少，她又补上一句，“要是好吃，我再买。”

苏毓差点被她气笑了，拉长了脸道：“萧顶，你修为低，又没什么进项，不能开源，便该想着节流。你倒好，成天屈从于口腹之欲，不惜一掷千金，如何能成大器？”

因为清心明目辟谷丹，云中子劝了厨子半日，又给加了佣金，总算说服人家把视肉上的眼珠子去掉再下锅。小顶便不能再炼这种丹药卖了，可以说断绝了唯一的财源。

苏毓上回见她在问心谷中一掷万金，就觉得有必要纠正一下她大手大脚的习惯。

就几条鱼、几只兔子，还不是真的，她轻轻巧巧地就把一万灵石甩了出去。

他这样的人，自不会寻道侣，也不会留后，更不打算再收徒弟。他就这么一个捡来的傻徒弟，将来无论飞升还是殒身，这些年攒下的积蓄多半要留给她，像她这么漫天撒钱，再大的家业也不够她败的。

不能深想，想多了他觉得头皮发麻。

小顶却不以为然：“钱是……挣出来的。”这是碧茶说的，碧茶聪明，说的都对。师父定是赋闲在家太久，挣不到钱，这才急了。

苏毓：“……”这是在暗示什么？

小顶从来不把钱当回事，只在乎她想买什么，手头的钱够不够，若是不够，想办法去挣就是了。她不想听师父教训，眉宇间有几分不耐烦，催促道：“师尊，糖在哪里呢？”

苏毓挑挑眉：“急什么？得现做才好吃。”

小顶低头在百宝囊里摸摸索索，掏出一大把玉简，找出两支五万灵石的：“那快点做吧。”

苏毓转过身，懒得理会她：“这回不收你钱。”

小顶攥着玉简，绕到他面前，狐疑地盯着他的脸：“师尊怎么了？为什么对我……这么好？”他简直像换了个人。碧茶说“无事献殷勤，非奸即盗”，师父不像是会偷东西的人，那就是“奸”了。

苏毓一挑眉，忙不迭地撇清：“你别多想。”顿了顿，又补充，“我是你师父，师父请徒儿吃东西是天经地义的，有什么好大惊小怪的？”

“可是，”小顶一针见血地指出，“以前你都没……请我吃过什么。”她吃点药材，他还收钱呢。

苏毓绷起脸：“那你到底吃不吃？不吃算了。”

小顶连连点头：“吃的吃的。”

不过她仍旧有些犯嘀咕，想到他不对劲是因为出了一趟门，便试探着问道：“师尊，方才去做什么了？”

他们既已成了师徒，苏毓无意在她面前伪装，不过也没打算详说——无论多不堪，那都是她血脉相连的至亲。他只是淡淡地说道：“教训了几个不长眼的玩意儿。”顿了顿，又说，“耗费了两成灵力，你得在掩日峰多留几日。”

小顶恍然大悟，难怪他这么好心请她吃糖，原是为了这个。

她长呼了一口气。师父要真“奸”起来，她这做徒弟的倒不大好办。

苏毓随即叫了个傀儡人去取材料。

这回奉命的是没嘴的大荒落，因为有嘴的大渊献被派去大昭峰善后——给金甲门的那些“货物”上药，找地方存放，维持品相才能卖出好价钱。

阿亥顺便还得帮着云中子的两个傀儡人一起洗地。掩日峰的傀儡人都是一个模子里刻出来的，但性子完全不同，小顶与阿亥相处久了，很容易将他与其他傀儡人区分开。

等傀儡人取原料的当儿，苏毓也没闲着，翻箱倒柜地找出一个陶土小风炉和一口昆仑金所铸的圆底长柄小锅。接着他从经脉中放出小剑，伸展成匕首大，削了一把粗细适中的小木棒，每根都同样粗。

他这边将器具准备好，大荒落也把原料取来了。

能进连山君灵药库的，自然不是一般的蜜糖或麦芽糖。傀儡人取来的是一种叫作甘华晶的灵药，提炼自千年甘华果，外观、口感类似上好的蜜糖，还带着一股淡淡的奶香和榛子香。此药有延年益寿、返老还童的奇效，一两便值一斤黄金。

若是可以选，苏毓也不想用这等珍贵的药材，但是他早已辟谷，掩日峰没有糖，若是去厨房要，别人便会知道连山君偷偷摸摸地给小徒弟做零嘴吃，当世大能的颜面往哪儿搁？于是他只能死要面子活受罪，把珍稀灵药当成蜜糖来用。他也不是不心疼，不过看见徒弟捧着脸，眨巴着晶亮的眼睛，对着原料直吞口水的模样，他也认了。

罢了，这小傻子有那样的家人，想来幼时也不曾吃过什么好东西。

他就惯她一次，下不为例便是。

器具和原料都备齐了，苏毓撩起袖子，摆开架势，开始给小徒弟做糖。

他俯身用火符点上火，一抬头，便逮到傻徒弟朝碗里伸手。苏毓手疾眼快，啪地在她的手背上轻拍了一下："不许偷吃。量都是算好的。"

小顶悻悻地缩回手，撇了撇嘴，狡辩道："我就摸摸看。"

苏毓不理会她，在小火炉上生起火，掀起眼皮一看，那小傻子仍旧待在一边，直勾勾地盯着锅底，水眸澄澈，像两汪一眼望得见底的小水潭。他无可奈何，从竹筒里挑出一把小铜匙，挑出半银匙糖，对她道："张嘴。"

小顶本来蹲在一旁，闻言顺势双手撑地，倾身过去，水眸盈盈地望着师父，张开樱红的小嘴，还伸出一截粉粉的舌头。

她生得好，这副模样真是有种说不出的妩媚。苏毓执银匙的手冷不丁一抖，糖全撒在了地上。

他眉心跳了跳，沉下脸来训道："坐有坐相，就为了一口吃的……成何体统？"

得亏他定力好，若是换了别人，还不得心猿意马？

小顶没吃着糖还挨了训，虽然依言坐正，却是一脸的不乐意。

苏毓又舀了一勺糖，匆匆地往她的嘴里一塞，随即别开眼。那勺子实在太小，小顶连滋味都没品出来，糖就没了，只能意犹未尽地舔舔嘴。苏毓倒也并非抠门，只是怕她提前吃饱了原材料，一会儿糖做出来便不稀罕了。

他把铜锅架到炉子上，不一会儿，甘华晶便渐渐地熔化成亮晶晶的糖液。

小顶有些等不及："师尊，好了没有？"

苏毓："还早。"

糖液开始沸腾，咕嘟咕嘟地翻出泡泡。小顶一脸期待："师尊，该好了吧？"

苏毓："别急，得等它变色。"

过了会儿，糖液果然开始变色，一股奇异的香气弥漫开来。小顶不由自主地凑上前去，吸溜了一下口水："师尊，这回该好了吧？"

苏毓沉下脸，教训道："做什么事都要有耐心，这么急躁，如何能成大器？"

小顶不想成器，只想吃糖。片刻后，她抽了抽鼻子："师尊，怎么好像……煮焦了？"

的确是一不小心煮焦了，但苏毓自不会承认。他把锅里的糖液往盛了水的钵盂里一倾，一脸泰然自若："你不懂，为师这是热锅。"

小顶将信将疑地哦了一声。

苏毓又往热好的锅里倒了二两甘华晶，从头来过。这回他防患于未然，一见糖液开始变色，随即离火，学着那些小贩的模样，把糖液淋在玉板上，然而这回糖液太稀，不能凝固，淌得到处都是。

小顶眨巴两下眼："师尊，这是在热什么？"

苏毓不理她，将玉板洗了，重新来过。

第三锅，他终于掌握好了火候，糖液泛着古金色，堪称完美。然而他低估了做出形状的难度，弄出的东西歪歪斜斜，压根看不出是乌龟。

小顶却不挑剔，直接去拿："这个……就很好了。"

苏毓一把抢过，扔了出去："太丑。"

连山君凡事都讲求完美，绝不允许自己做出的东西是歪瓜裂枣。

小顶只得捧着脸，耐心地看着他一次次地往锅子里倒甘华晶、熬煮、做造型……如是反复。

连山君乃天降奇才，打小聪慧过人，什么都是一看就会，没承想这门技艺看似容易，操作起来却难于登天。

他性子偏执，不信这个邪，命傀儡人将灵药库里的几十斤甘华晶尽数搬了来，誓死要拿下乌龟糖。

小顶生来心大，不能理解师父的执念，看着他熬了几十锅糖，实在有些撑不住——外头夜枭都开始叫了。

她眼皮打架，比起吃糖，更想回屋睡觉，打了个哈欠道："师尊，我不吃了……"

苏毓闻言撩起眼皮："萧顶，一开始说要吃糖的是你，你怎么能退下？"他无情地说道，"你非吃不可。"

小顶只得默默地坐了回去，继续看他和糖斗争。

又过了约莫半个时辰，她实在困得受不住了："师尊，已经很好了……"

苏毓头也不抬："左前足短了些。"说着便将失败品一扔。

小顶连打了几个哈欠，眼皮耷拉下来，身子左一晃，右一晃，终于软绵绵地倒下来，蜷在炉子旁边睡着了。

归藏内山四季如春，外头虽是数九隆冬，这里的夜晚却毫无寒意，炉火旁更是温暖，她觉得很舒服，睡梦中将四肢舒展开，还打起了呼噜。

苏毓看了徒弟一眼，见她睡得四仰八叉，粉红的小嘴发出一串含混不清的呢喃，然后一咧嘴，咯咯傻笑起来，笑的时候，口水便从嘴角淌下来——真是傻得让人不忍直视。他捏了捏眉心，起身脱下外裳，把她兜头一罩，眼不见为净。

小顶醒来时，窗外已微明。她揉揉惺忪的睡眼，发现自己躺在平常睡的床上。

半晌，她才想起昨晚的事，坐起身，撩开床帏往外一看，忍不住惊呼了一声。

她只见榻边一只大银盘里，整整齐齐地摆着许多乌龟棒糖。她数了数，总共二十八根。每只乌龟的大小、形状都一模一样——圆圆的壳，分块的肚子，粗细长短整齐划一的四肢，还有大而圆的脑袋——甚至还嵌着两颗圆溜溜的黑眼睛。

她抓起一根，爬回床里侧，把嘴贴在墙洞上："师尊，师尊——"

苏毓淡淡地嗯了一声，矜持地转过身："何事？"

"你的糖……真好看。"小顶道。

苏毓："不过尔尔。"

小顶把糖往墙洞里塞，洞太小，乌龟的圆甲壳通不过，只能稍稍露个头。她大方地说道："也给你……舔一舔。"

苏毓摁了摁太阳穴："不用，你自己吃吧。"

小顶便收回手，伸出舌头舔了两口，有些不过瘾，咔嚓一声把乌龟的脑袋咬了下来，咯吱咯吱地大嚼特嚼起来。

苏毓耳力过人，隔着墙听得一清二楚，没来由地打了个寒战。

小顶吃完一根棒糖，把棍子上残留的糖嘬得干干净净，将棍子洗净擦干，收进百宝囊里，便去紫玉峰上学。

她刚到涵虚院，西门馥便摇着扇子迎上前来："萧姑娘，小可有一事相求。"

小顶对这个人傻钱多的老主顾一向是很客气的："你说。"

西门馥便三言两语说明了来意。

上回他试着卖了几颗清心明目辟谷丹，顾客的反响异常热烈，丹药立马供不应求。西门馥有心再多订些，奈何如今饭堂供应的视肉剔掉了眼珠子，小顶没了原材料，没法再炼制。

西门馥在别的事情上头脑不灵光，在与钱有关的事上却很是精明，此路不通，便挖空心思另寻他途。

恰在这时，有个买他辟谷丹的客人送信过来，问他可有能让人一夜之间变得貌若天仙的丹药。这人本身家世便不俗，长姐更是嫁给了四大世家之一赵氏的嫡长孙。可惜这姑爷什么都好，就是相貌奇丑，由于底子实在太差，吃了市面上的那些养颜丹药也收效甚微。

成日对着个丑得药石罔顾的相公，他长姐郁郁寡欢，眼看着就要忧郁成疾了。

西门馥不管三七二十一，先替她应承下来："只要萧姑娘能炼出来，小可有多少要多少，任由萧姑娘开价。"

小顶最近便在跟着师父炼制玉容丹，不过那也只是普通的上品玉容丹，只能在原有的底子上对容颜进行改善，却不能令人脱胎换骨。不过小顶并非一个轻易认输的炉子，思忖了一下道："我回去……试试。"

小顶一路上都在苦思冥想。

若按她的标准来，没准这事还容易些，只要能将人变肥变圆就好。一般人和妖眼中的好看却麻烦得多。

小顶虽是个炉子，对丹道却是堪堪入门，总共也就学了两种炼丹方法，想破了脑袋也没什么头绪。

她病急乱投医，便低头问儿子："你说说，怎么才能让人……变好看？"

大红鸡被戳中了痛处。迦陵鸟一族生来爱美，如今沦落成这副模样，从出生到现在，他连自己的脚都没见过呢！要不是翅膀太短够不着脖子，他早就掐死自己了。这死女人居然还来问他怎么变美！

"哼，"迦陵努力隐忍，阴阳怪气地道，"等我看到脚，可能就想出来了。"

小顶有些吃惊："怎么，你是用脚……想的吗？"她隐隐感觉这儿子的脑袋瓜不大聪明，不过做阿娘的难免护短，柔声细语，"孩子，你要用功读书啊。"

迦陵："……"气死了，想骂娘！

和傻儿子讨论不出什么结果，小顶打算回去请教师父——听说整个门派就数他最精通炼丹了。

回到掩日峰，却不见连山君的人影，小顶问了阿亥，道是去大昭峰和掌门商量事情了。小顶听了点点头，也不关心是什么事，径直去丹房看火。

苏毓去师兄处，却是为了金甲门那帮人的善后事宜。

云中子性情温和，若是可以选，总不喜欢把事情做绝——不过只要这祖宗一出马，基本就不会给他留什么选择的余地。

劝是劝不住的，如今木已成舟，苏毓也懒得浪费口舌。虽手段狠了些，但那些金甲门的门人手上不知沾了多少血泪。他这么做，只是以其人之道还治其人之身。

饶是云中子宽厚，对这些坏事做尽的恶徒也生不出多少同情来，道："那些人的伤养得差不多了，稍后便叫阿离送去魔域。”

叶离为人八面玲珑，又熟悉魔域，这种差事交给他最稳妥。

苏毓承师兄的情，点点头：“多谢。”忽然想起另一桩事，“让阿离回程时绕道永夜城，替我将所有灵石都换成甘华晶。”

云中子觉得莫名其妙，甘华晶并非常用的药材，四五十万灵石可以买四五百斤，得用到天荒地老吧？他不由得诧异地问道：“要这么多甘华晶做什么？我记得你前两年不是还收了几十斤……”

苏毓抿了抿唇，嗯了一声，一副不愿细说的样子。

云中子便也不多问了，接着道：“金甲门也罢了，不过这回算是和大衍宗撕破了脸，那边怕是不会善罢甘休。”

苏毓毫不在乎，悠闲地拂了拂衣袖：“早晚都要撕，择日不如撞日。横竖法会之前，他们有气也只能憋着。”

道理是这么个道理，云中子抚了抚额角：“这次法会，不如你留守门派，我带着孩子们去吧？”

“不必，”苏毓淡淡地说道，“他们若要发难，我在何处都一样。”

云中子仍旧不放心：“你的气海……”

苏毓的目光微微一动：“把萧顶随身带着便是。”

云中子狐疑地觑着师弟，不知是不是自己的错觉，一提到小顶，他整个人似乎都活泛了些。云中子不由得想起昨日之事，以这祖宗的修为和剑法，收拾几个金甲门的喽啰压根不需要动用多少灵力，后来往小顶的双生哥哥经脉中灌注大量灵气，更是毫无必要。这祖宗显然是在故意消耗灵气，至于这么做是为什么、为了谁，云中子用脚指头想也知道。

真是一物降一物，兴许那小姑娘真是这祖宗的克星——河图石说不定就是征兆。

“小顶那个双生哥哥，”云中子意有所指，“经脉尽毁，道途算是终结了，本来有万里挑一的资质……你下手也着实狠了些。”

苏毓哪里猜不到师兄所想，睫毛微垂，漠然道：“既是双生子，正好试试他的经脉是否与萧顶一样，可惜，只是个普通人罢了。”

万里挑一又如何？对修士来说，机缘和命数往往比资质更重要——他父母为了让儿子投入金甲门而出卖女儿那一日，他的命数大约已经注定了。

云中子轻轻地叹了口气：“毕竟是小顶的亲人，你要如何处置他？”

苏毓掀起眼皮，目光寒凉如冰："萧顶没有亲人。"他们自己签的卖身契，明白无误地写着"永无返回"，从那一刻起，她与那些人便没了瓜葛。

她在这世间再无血脉至亲，就和他苏毓一样。

苏毓心头掠过一丝莫名的快慰，嘴角浮出浅淡的笑意："金甲门不会养这样的废人，他回师门便是一个死。看在萧顶的分上，送他回家吧。"

云中子无奈。苏毓这分明是为了让他父母痛不欲生，说起来倒像是手下留情。要论手狠心黑，真是没几个人能比得上这祖宗。云中子疲惫地颔首："行，就照你说的办。"

金甲门众人被圈禁在大昭峰的客馆中，没受什么折磨，甚至还有傀儡人端水送药，替他们医治伤口。

那两个长老便又安心了，以为归藏到底不敢明着得罪大衍宗，不过是雷声大雨点小。

院门的铁锁咔嗒一声打开，黑脸长老精神一振，对着白须长老笑道："师兄你看，我就说他们不敢真拿咱们如何，不等掌门请大衍宗的人来交涉，就巴巴地来请我们了。"

白须老者捋须冷笑："待我们回去向掌门禀明情由，这笔账不能就这么算了。"

话音未落，一个眉目妖娆，穿得花枝招展的俊秀男子走进院中，一笑，桃花眼成了两弯新月："诸位调养好了？该起程了。"

年轻弟子们忍不住骚动起来，一个个喜不自胜，几乎流出劫后余生的眼泪来。

黑脸长老磐石般坐在原地不动，横眉竖目，道："你们归藏如此侮辱我金甲门，想就这么一笔勾销？没那么容易，叫云中子来，我们好好说道说道。"

叶离笑容不减："家师有冗务在身，不便相送，便由在下送诸位一程。"边说边从袖中掏出一物——一个挖去莲子的干枯莲蓬——往半空中一抛，莲蓬迅速长大，几乎将整座院子撑满。

金甲门众人脸色一变。这东西他们再熟悉不过了——他们若是一次要运送许多炉鼎，便会用到这种"莲舟"，将人填进空洞中，身体便无法动弹，也无法动用灵力，绝无逃逸的可能。

叶离脸带微笑，彬彬有礼："诸位请吧。顾客还在等着交货呢。"

金甲门众弟子惊惶起来，白须老者仍旧无法置信："你……你们岂敢？"刚要施法抵抗，然而院中早下了禁制，他的气海就像凝固了一般，一丝灵气也调不出来。

叶离眯了眯眼："既然长老不愿自己登舟，那只能由在下代劳了。"说着一挥手，那白须老者便拔地而起，飞至半空中，一个倒栽葱，大头朝下嵌入莲蓬中，呜呜叫着，两条老腿在空中乱蹬，全没了往日的威风体面。

另一个长老的黑脸变成了猪肝色："我们掌门不会放过你们的！"

叶离拎起宽大的袖子，掩着嘴打了个哈欠："那敢情好，要来快来，师叔正愁找不到理由灭你们满门。"说着他不耐烦地挥挥手，黑脸长老惨叫一声，便去与白须长老做伴了。

其余弟子吓得双股战栗，不等叶离去请，自觉手脚并用地爬进莲舟里，一个挨一个地嵌好，齐齐整整。

一入坑，他们便如深陷泥沼，气海片刻被抽干，筋骨酸软，几乎连喘气的力气都没有。

这些人个个都是门派中的精英，惯常这么对待那些炉鼎，如今自己成了俎上的鱼肉，方尝到滋味，一个个涕泪横流，哀求苦告，丑态毕现。

叶离压根不去理会他们，轻笑一声，纵身跃到莲舟上，说一声"起"，莲舟便向着长空飞去。

小顶坐在炉火前等了许久，有些昏昏欲睡之时，忽听门帘轻响，一抬头，一股清凉的气息扑面而来，恍惚间让她想起冬日山林中松针上冰雪的气味。

可是她一个炉子，什么时候闻过那种气味？

她发了会儿怔，揉揉眼睛，招呼道："师尊……"因为犯困，她这一声轻唤带着些许慵懒，还有点大舌头。

她一开口，苏毓便闻到一丝夹杂着乳香的淡淡甜味，便知她方才定然又吃过糖了。他面无表情地点点头，走到炉前坐下。

小顶想起丹药的事，忙问："师尊，有什么丹药……能让人变美？"

苏毓道："玉容丹便是养颜圣品。"

小顶摇摇头："要那种……很丑的人吃了，一夜能变美的。"

苏毓不假思索地答道："有，通冥草半钱，兑水服下即可。"

小顶喜出望外："真的？吃了……就能变美？"

苏毓嘴角微扬："是啊，吃了立马去投胎，多投几次，总有一世能变美。"

小顶愣了半晌才明白他的意思，嘟囔道："师尊……怎么这样……好好请教你……”

苏毓敛容正色道：“天生万物，禀性各异，若是服颗丹药便能改愚为智、易丑为妍，岂不是乱套了？”

小顶秀眉蹙起，失望地道：“这么说，炼不出这药了？”

苏毓点点头：“不如做梦。”

师父说得这样斩钉截铁，小顶也没辙了，闷闷不乐地回到房中。

许是心里想着那丹药的缘故，她破天荒地睡不着了，在床上翻来覆去好一会儿，忽然想起方才师父的话——不如做梦。她双眼倏地一亮，腾地坐起身，随即潜入灵府，将玉容丹那几味药材的“气”引入小鼎中，又往里加了一点在问心谷里吃到的魇魔气。

一个多时辰后，小鼎中出现一颗漂亮的丹丸，乍一看是半透明的乳白色，细看便觉流溢出如梦似幻的虹彩来，只不知效果如何。

翌日，她早早便骑着大红鸡去了学堂，把丹药交给西门馥，也不和他客套：“厉害的玉容丹，你吃吃看。”她想了想，又贴心地补上一句，“你放心，吃不死人的。”

“自然、自然。”西门馥珍重地接过来，仔细端详，心中先是一喜，且不说这玉容丹的功效究竟厉害不厉害，单凭这珠宝一般的卖相，便能在世家夫人小姐中卖出好价钱。

有了上回清心明目辟谷丹的经验教训，他没敢立刻服用，按捺着焦急，一直忍到放学。

回到院中，他迫不及待地冲进屋里，关上门，服下药丸，然后对着镜子静待生效。

更漏滴答作响，时间一点点地流逝。一刻钟，两刻钟，半个时辰，一个时辰……镜中的面容却没有半点变化。

他低头看看手背，又撩起裤腿看看腿，肌肤也不见更加莹润白皙，不由得大失所望。普通的玉容丹好歹还能美容养颜，好歹能让肌肤细腻些，这颗漂亮的丹丸竟然连一般的玉容丹都不如。

看来这笔生意是做不成了，他只能叫仆人去外头收几颗珍品玉容丹来，找个贵重盒子包一下，拿去充数便是——要让癞蛤蟆一夜之间变成天仙，也是太异想天开。

第二天早晨，他起床照了照镜子，还是那张熟悉的脸，没有半点变化，剩下的一点希望也烟消云散。

他梳洗停当，出了门，骑着鹤来到涵虚院，正盘算着怎么向萧顶说，忽然瞥见一人骑鹤迎面飞来。

他不经意的一瞥，差点让他从鹤背上栽下来——眼前赫然是个倾城倾国的大美人，冷着脸，越发勾得人心痒痒。“美人”身着与他一样的新弟子道袍，眉眼有几分莫名的熟悉，但他想不起来在哪里见过她。

西门馥顿时来了精神，整了整衣襟，摸出折扇，唰的一下打开，然后装模作样地行了个礼：“姑娘可是要去涵虚院？小可替姑娘引路……”

“美人”狐疑地盯着他的脸，一张嘴，却是那个熟悉的声音和口吻：“西门傻，你吃错药了？”

西门馥的笑容僵在脸上，折扇险些从手里滑落：“沈……碧茶？”怪道她看着有些眼熟呢！他仿佛吞了一只苍蝇：“沈碧茶，你换头了？”

沈碧茶白了他一眼：“我看你才应该换个脑袋瓜。”

西门馥一时顾不上同她计较：“不是……你的脸怎么了？”

沈碧茶见他不像是开玩笑，也紧张起来，忙从袖中掏出一块巴掌大的小镜子，对着脸一照，哎呀一声：“我的脸！哎呀，我的亲娘，我怎么变得这么好看啦？快把我自己给美晕了……”说着低下头一看，越发惊喜，“哎，胸也变大了！苍天终于开眼了吗？哎呀，我不是在做梦吧……”

西门馥隐约感觉这事可能跟他吃的那颗丹药有关，但若说是他的幻觉，为什么沈碧茶看到的自己也变了呢？

他困惑不已，扔下陶醉不已的沈碧茶，催着纸鹤往前飞。

他飞出约莫一箭的距离，身后传来沈碧茶的哀号：“我的脸，我的胸，怎么又变回去了？”

西门馥隐隐有种猜测，正思忖着，迎面又飞来一人，向他打招呼：“西门馥。”

西门馥一听那声音就知是一个秦姓同窗，此人原本生得相貌平平，塌鼻子阔嘴，鼻梁两边还生着成片的褐斑，此刻的他却仿佛脱胎换骨。

西门馥从怀里掏出一把秘银片打成的扇子，递给他：“秦芝兰，你看一下你的脸。”

秦芝兰往扇面上一照，惊呼一声：“我的脸怎么回事？！”

西门馥没理会他，用力搓了搓眼皮，让鹤落到云坪上，快步走进学堂，四下里一环顾，果然不出所料，目力所及，所有同窗都成了天仙——只有萧顶没什么变化，人家本来就美若天仙。

西门馥的嘴角慢慢翘起，这颗玉容丹虽不能让他变成天仙，却能将他视线范围里的所有人变得貌若天仙。

周围的弟子们很快察觉了异样，纷纷惊呼起来，学堂里乱成了一锅粥。只有小顶一头雾水，不明白他们怎么咋咋呼呼的，在她看来那些人没多大变化，倒是有几个本来生得还行的，一下子都成了有着巴掌脸的瘦长条。

这次的丹药不比清心明目辟谷丹，西门馥没什么需要隐瞒的，扬声向众人道：“请诸位同窗少安毋躁……”

他将事情原委大致说了一遍。弟子们半信半疑。服药之人没什么变化，却能影响周围的人，这种奇药简直闻所未闻。

西门馥老神在在：“诸位若是不信，便请远离小可试试。”

有人依言而行，拿着镜子走出十来步，果然变回了原本的形貌，离西门馥近一点，又变得美若天仙，竟是百试不爽，这才信了这个邪。

众人纷纷啧啧称奇，起初的震惊张皇过后，便觉有趣——这药只是把他们的形貌变美，不会影响修为，也不惑人心智，可谓有利无弊。

西门馥将折扇摇得哗啦作响。丹药的效果虽和他的期待不同，却是无心插柳柳成荫——只要让他那朋友的长姐服下，问题不就迎刃而解了吗？

他不禁为自己的聪明才智所倾倒，越想越得意。只不知这药效能持续多久。他思忖片刻，收起折扇，走到小顶跟前，从袖中掏出玉简，大大方方地填上金额，签好章，双手奉上：“萧姑娘，昨日这种丹丸，收效甚是显著，只不知药效长短，暂且不便定价，这一百万灵石权作定金，劳烦你多炼制一些，待小可将药性、药效试验分明，再行定价结算。”

小顶接过玉简一瞅，竟有一百万灵石之多，不由得吓了一跳：“这么多？”而且没交货就拿钱，她从不知道天下有这么好的事。

西门馥淡淡一笑：“应当的。”

这对小顶来说实在是举手之劳，她手上的玉容丹材料大约还能炼六颗，魇魇气也剩了不少。

西门馥犹豫片刻，又问：“小可有一事不解，还望萧姑娘赐教。”

小顶刚得了一大笔定金，连带着觉得这丑八怪都清秀了几分，粲然一笑：“你说，别客气。”

西门馥道：“大凡丹药，总是作用于服食者己身，为何萧姑娘的灵药却是作用于周围人呢？小可百思不得其解，不知可否告知其中玄机？”顿了顿忙道，“若是萧姑娘不便透露，就当小可没问。”

小顶倒是不藏私，大大方方地说道：“大约是因为……我加了点魇魔气。”

饶是西门馥荤素不忌，听了这话脸色也是一白，半晌才勉强说道：“小……小可孤陋寡闻，不曾听说过此等魔物还能用来炼制丹药，不知会不会吃出个好歹来？”

小顶摇摇头，斩钉截铁地说道：“不会，我吃了很多。”这药里只加了一点，要能吃出好歹，她早就有好歹了。说着她免不得又想起问心谷里的红豆包来，咽了咽口水：“你放宽心吧，魇魔气它……很好吃的。”

西门馥听她这么一说，虽然还心有余悸，倒也没那么怕了，萧顶怎么说都是连山君的亲传弟子，就算她不懂，难道大能师父会让她乱吃东西吗？他镇定下来，对她道：“此药的秘方萧姑娘切勿外传，否则别人也照着方子炼制，这药便不稀罕了。”若是叫顾客知道其中有一味配料是魔物，难免会心生惧意。

生意上的事，小顶一向是信赖西门馥的，当即答应：“好，我不说出去。”

放课后回到掩日峰，她便窝在房中炼丹，当晚就将六粒丹丸炼了出来，装在一个师父给的小瓷瓶里，交给西门馥，说道：“瓶子……我还要的。”

西门馥将六颗玲珑可爱、流光溢彩的丹药倒进自己的玉葫芦里，把小瓷瓶还给小顶，又道：“小可以为，玉容丹之名有些平凡，配不上萧姑娘的灵丹妙药，不如称作‘梦魅赋颜瑶池仙光玉容丹’，如何？”

小顶对西门公子的文采佩服得五体投地，若是叫她想，顶了天也只能想出“大力魔幻玉容丹”这种名字，一听就卖不出去呢。

西门馥不但想了名字，还连夜送信给家中管事，命他前往十洲最有名的珠宝阁摇光楼，定制一批玄冬玉小盒子，专用来装这种贵重的“梦魅赋颜瑶池仙光玉容丹”。

神奇丹药之事不胫而走，不出两日，归藏上下都听闻了这件事。

西门馥一时间成了大红人，走到哪里都被人围追堵截，就连骑鹤飞在天上，都有许多手持镜子的男女弟子往他身边挤。

同窗的新弟子们就不必说了，第二日起，弟子们人手一块镜子，整日整日地照个没完，连课都无心上了。

其实别说是弟子，师长都不能以身作则，连那不苟言笑的符法课老师，都忍不住在书上贴了一块银箔，趁着弟子不注意顾影自怜。

云中子这做掌门的十分头痛，可门规又没说不让弟子乱吃药，也没说上课不让照镜子。

他无可奈何，一个劲地挠头，好在托玉容丹的福，他的毛发厚实浓密、丰盈丝滑，摸一摸可以聊以自慰。

第一颗药的效果持续了七日，失效那一日，众弟子失魂落魄，仿佛一夕之间全都害起了相思病。

不单是弟子，连云中子上课时都不时走神，一摸头顶，便露出怅然若失的神情来。

西门馥又用手头的几颗药做了些试验，发现服药之人不同，周围人的容貌变化也不同，总是按照服药之人的心意来变化——这一发现越发令他满意。只要那位客人服下药，她奇丑无比的夫君便能变成她梦寐以求的如意郎君，这种诱惑谁能抵挡？他有信心，只要那客人试过一次，就算砸锅卖铁也会无限量回购。

不过西门馥是个有原则的奸商，他也不要人家砸锅卖铁，算了算圈中贵妇的财力，最终将售价定在二十八万灵石一颗——若是一次买四颗，还能抹去零头。

他给小顶开的采买价是十五万，言明有多少他都要，又大方地给她一百万灵石当定金。

小顶本以为玉容丹的价格和清心明目辟谷丹差不多，没想到能卖十五万灵石一颗，不由得喜出望外。

唯一的问题是，她肚子里的原材料已经所剩无几。

玉容丹的材料倒是好办，一份不过五百来块灵石，她去向师父买便是。魇魔气却不易得，问心谷是试炼秘境，平日是不开的。

小顶思忖了下，先去问最好说话的掌门，这回云中子却没应允，语重心长地说道："试炼秘境不是用来玩的，上回你虽毫发无伤地出来，可若是心境有变，问心谷也会随之变化，未必每次都有那么幸运。"

小顶碰了钉子，皱着眉一筹莫展。

偏巧他们说话时叶离在一旁，待师父走后，他便叫过小顶，笑嘻嘻地问道："小师妹，你想进问心谷？"

这个叶师兄教他们五行法术，不过没什么先生架子，成日里笑眯眯的，脾气似乎很好。虽然师父说他不是个好东西，小顶却挺喜欢他，当即点点头："叶师兄，有什么法子？"

叶离道："试炼秘境一共有两把钥匙，一把在师父这里，另一把在师叔那儿，你要进去，可以去拜托师叔啊！"

小顶有些迟疑，连掌门都不答应，她师父能答应吗？不过既然叶离这么说，她姑且试一试吧。

直接提，师父恐怕不会答应，她盘算了一整日，终于想出个好法子。

放学回到掩日峰，见了连山君，她从袖中掏出新得的玉简，朝着师父显摆："师尊，我又赚钱了。"

苏毓消息灵通，自然对那魔幻玉容丹有所耳闻，一听那丹药的作用，便猜到徒弟定是往里头加了魇魔的精气，服药之人暂时获得魇魔之力，将方寸之地化作了亦真亦幻的"梦境"。至于她怎么把它和玉容丹搅和起来，炼出这样莫名其妙的效果，连他也想不明白。

更令人难以理解的是，魇魔这种凶险的魔物，别说不能吃，便是少许魔气入体也会使人迷失心智，可经过她提炼之后的魔气，对人却没有任何害处。也不知这古怪的体质是怎么来的。

不过那几颗丹药能赚这么多钱，还是令他始料未及。幸好他的主业是剑修，若是主修丹道，恐怕这时候已经气得吐血了。

苏毓无动于衷地哦了一声。

小顶眼珠子转了转："师尊，我赚钱了，请你吃好吃的。"

苏毓闻言抬起眼皮，神色仍旧冷淡，心里却宽慰了些。这傻徒弟看着没心没肺，还算有良心，没有白吃他的糖，赚了钱，知道孝敬师父了。虽说他早已辟谷，也没什么口腹之欲，但小傻子难得有心，他倒也不好拂了她的意。

想到此处，苏毓微微抬起下颌，矜持地一点头："要请为师吃什么？"

小顶双眼一亮，绞了绞手指："那我们……去问心谷吧。"

苏毓一怔，随即明白过来，这小傻子哪是孝敬他，分明是拿请客当幌子，多半是魇魔气用完了，又打起了问心谷的主意。他沉下脸道："胡闹，秘境是修炼用的，你修为低下，岂能说去就去？"

小顶见希望落空，翻脸道："那算了吧，不请了。"

苏毓："……"

翌日，恰好有术法课，叶离见小师妹怏怏不乐，上完课便问她："问心谷没去成？”

小顶失落地摇摇头：“师尊……不答应。”

叶离：“怎么会呢？师叔那么疼你，你再去同他撒撒娇，软磨硬泡一番，他定会依你的。”

小顶不能苟同，也不知叶师兄从哪里看出师父疼她。不过听他的意思，兴许是她没走对路，既然叶师兄说撒娇有用，不妨再试一试——就算不成，大不了她再让师父骂一顿，横竖骂两句又不会少块肉。

小顶打定了主意，却不知道怎么撒娇，便去向沈碧茶请教——碧茶在她心里第一聪明，什么都知道。

沈碧茶睨她一眼：“你长这样还学这个做什么？我们这种先天不足的人才需要以勤补拙。你想要什么，勾勾手指不就行了？”

小顶眨巴两下眼，伸出白皙纤细的手指，冲着碧茶勾了勾：“碧茶，那你教教我，怎么撒娇吧。”

沈碧茶揪了两把头发，败下阵来：“行吧行吧。”

当日黄昏，苏毓在书房中就着夜明珠看一本古剑谱，忽听帘外传来一声娇媚入骨的轻唤：“师尊——”

他放下书，不知这小傻子又闹什么幺蛾子：“何事？进来说话。”

小顶撩开帘子，摆着小腰走进房中，按照碧茶教的法子朝他抛媚眼：“师尊……”

苏毓微微蹙眉：“有话好好说，挤眉弄眼做什么？你是猴子吗？”

小顶困惑地挠挠腮帮子。怎么和碧茶说的不一样？是她学错了吗？明明她演练的时候碧茶说骨头都酥了啊！她提了提气，再接再厉，挨着连山君坐下，抱起他的胳膊晃了晃，娇声道：“师尊，人家就想要……那个嘛……”

苏毓只觉上臂传来温暖又绵软的触感，脸色顿时一沉，抽出胳膊站起身，拎起她的后衣领，把她扔到门外：“站在这里反省，学会好好说话再进来。”他说罢便折回房中，在案前坐了会儿，上臂那一处似乎仍在隐隐发烫。

他端起茶杯，将半杯冷茶一饮而尽，总算将心头的烦躁压下去了些——他也不明白自己方才为何突然心乱。明知道她什么都不懂，慢慢教便是，他和一个傻子计较什么？

他揉了揉额角，从乾坤袋中取出秘境的钥匙，撩开帘子走到门外一看，傻徒弟已经没影了。

苏毓走到她的屋外，只见房门紧闭。

气性还挺大，他心想。

他抬手敲了两下："萧顶，开门。"

"睡着了。"里头传出一个没好气的声音。

苏毓摁了摁太阳穴，深觉自己不是收徒，是给自己找了个祖宗："你不去问心谷了？"

小顶一听师父答应带她去问心谷，心中不由得一喜，从床上坐起来，正要掀开被子下地，忽然想起碧茶说过男人不能惯着，越惯他越蹬鼻子上脸。

碧茶的话总是对的。

想到这里，小顶又躺了回去，拉起被子蒙住脸："不想去了。"

苏毓："……"这小傻子，居然还学会蹬鼻子上脸了。看来他最近太惯着她了。

"你想清楚，"他冷声道，"错过了这一回，下次别再闹着要去了。"

这是凶谁呢？不去就不去，小顶躲在被子里愤愤地想，反正她又不缺钱，这钱也不是非挣不可。炉子向来吃软不吃硬！

苏毓在门外等了片刻，不见里头有动静，便要拂袖离去，却又莫名有些不甘心——他活到现在从未迁就过谁，第一回就折戟而归，真是有些堵心。他想了想，又道："萧顶，你不想吃煮鱼和烤兔子了？"

小顶咽了咽口水，从被子里探出半个脑袋，随即又钻了回去。她可是个"铜骨铮铮"的炉子，为了一口吃的就认输，也太没出息了。

她正想着，外头的男人略微提高嗓音："红豆包也不吃了？"

小顶抓着被子的手一松，身子好像有自己的想法，不等她回神，人已经从床上爬了起来。

算了，小顶心想，碧茶也说了，该敲打的时候要敲打，敲打完了还是得给个台阶下，师父也是要面子的。

她套上鞋，快步跑到门口，推开房门，一声不吭地走下台阶。

苏毓睨了她一眼："睡醒了？"

小顶哼了一声。

苏毓转过身走在前头，冷声道："跟上。"

小顶忽然想起什么："等一等。"又转头朝着院子一角的鸡窝叫道："儿子，阿娘带你……吃饭去。”

大红鸡韆声韆气地说道：“你们去吧，我不饿。”

小顶不由分说地跑过去，揪着它的尾巴把它拽出来：“再吃点，长个子。”

大红鸡拗不过亲娘，只得倒退着出了窝。

苏毓懒得管他们，从袖中取出纸鹤注灵：“走吧。”

两人一个骑鹤，一个骑儿子，向着大昭峰的阳明窟飞去——试炼结束后，秘境便被云中子收回了洞窟中。

他们到得阳明窟前，只见一道石壁将洞窟封得严严实实。

苏毓伸出左手，轻轻地按在石壁上，岩石中微微透出白光，片刻后，中间出现一个银色的锁孔。他从袖中取出一把银色的钥匙，插入锁孔，向左旋了半圈，银光从钥匙处向四周扩散，岩石泛起涟漪，仿佛化作了水银。银液开始涌动翻搅，变作一个旋涡。

苏毓道：“里面便是问心谷，进去吧。”

“师尊……不进去？”小顶是个守信的炉子，虽然不怎么想请师父吃饭，但既然承诺过，于情于理还是得问一句。

这小傻子巴不得他不去，苏毓怎会看不出来？他没好气地说道：“为师不想吃，你自去便是。”

这问心谷对金丹期修士来说不好对付，可他已是度劫期九重境，能压制魔气，若是他跟着进去，那魇魔便无法使出那套蛊惑人心的手段。

小顶求之不得：“那我们去啦。”说着拽起大红鸡，头也不回地往旋涡里走去。

苏毓忍不住冲着她的背影道：“这次谷中的情形未必与上次一样……”话音未落，他的傻徒弟和大红鸡已经消失在了旋涡中。

苏毓想转身回掩日峰，终究是放不下心，捏了捏眉心，施了个离娄术，一方水镜凭空出现，将秘境中的情形呈现在他眼前。

小顶一脚踏进秘境，被看到的情景吓了一跳，眼前不是上回出现的满山红叶的溪谷，却是掩日峰的院子。

“儿子，这是怎么……”话音未落，她手中的缰绳突然剧烈地颤动起来，她纳闷地看了一眼儿子，却见大红鸡坐在地上瑟瑟发抖，黑豆眼骨碌碌转个不停。

“哎呀，”小顶顿时明白过来，“你不是我儿子，是魇魔吧？”

眼前的景象她虽然熟悉，却已经是在梦里了，既是做梦，当然不会每次都一样。

魔魔用屁股往后挪了两寸，带着哭腔道："你你你……怎么又来了？"

"你别怕，"小顶从百宝囊里掏出一支价值十万灵石的玉简，"我带了钱，来吃红豆包。"

魔魔一瞅玉简上的数额，差点没吓得晕过去。上回被吃掉的魔气没养回来，它这会儿还有点发虚呢，这次她变本加厉，要吃十倍，它怎么受得住？

"别吃……太多了……"他伸出短翅膀，哆哆嗦嗦地推开她的手。

小顶眉头一皱，准备脱鞋。

魔魔忙道："别打，有话好商量……"

小顶这才把鞋套回脚上："你开门做买卖，不能赶客。"

魔魔："……"它什么时候做买卖了？不过，惧于鞋底板的淫威，它只能打落牙齿和血吞："是，仙子说得对。"

小顶见它认错态度好，点点头："红豆包，端上来。鱼和兔子，也来点。"

大红鸡哪里敢不从命，屁颠颠地跑进丹房，不一会儿，吭哧吭哧地将"地头炉"拖了出来。

小顶看着它忙活，心里有些不舒服，虽说是魔魔套着儿子的壳忙里忙外，她这做娘的也有些不落忍——累瘦了可怎么是好？

心想事成谷名不虚传，她心念一动，便听哗啦啦一阵响，一人撩开竹帘从书房里走出来。

不用说，来人自然是她师父了。

小顶微微地蹙眉，连山君怎么会到她的梦里来？这还怎么好好吃饭？转念一想，这是她的梦，便是凶巴巴的师父也要听候她的差遣。她当即对大红鸡道："儿子，你去歇着吧，这些杂事，让师……小毓来做就是。"

秘境外的苏毓额角青筋突起，只见那个顶着他脸的赝品，蹦蹦跳跳地穿过回廊，跳下台阶。

小顶所见的师父从来都是行止端庄、不苟言笑，一张脸冷得能结冰，哪像眼前之人这般笑容可掬？

赝品连山君走到小顶面前，站住脚步，恭谨地行了个礼："小毓恭迎小顶仙子娘娘大驾，请仙子娘娘移步正堂。"一边说，一边把"地头炉"扛在肩上。

小顶见他这低眉顺眼的模样，心里就如六月天饮了冰水一般舒爽，抬了抬秀气的下巴颏："嗯，你还是称呼我……姑奶奶吧。"

碧茶时常自称姑奶奶，小顶不知道什么是姑奶奶，只觉得听着威风得很。假师父乖乖地说道："是，有请小顶姑奶奶移步正堂。"

小顶哼了一声，虽说这假师父还挺讨喜，但一想到真师父动不动朝她甩脸子的模样，她便不想给他好脸色。

两人一前一后走到正堂，假连山君把"地头炉"放到地上，开始生火做饭。小顶在一旁看着，不时挑点差错责怪他两句，不是说柴火架得不好，就是说火候不对，要不就是说鱼鳞没刮干净。

假师父诚惶诚恐，一个劲地道歉："是小毓之过，请小顶姑奶奶责罚。"

小顶开恩道："这回……原谅你。下回再这样，我就要罚你……"

假师父唯唯诺诺："是。"

小顶点点头，接过他双手呈上的一笼红豆包，啃了一口："你给我……跳支舞吧。"

苏毓脸一黑，再也看不下去，抬手一拂，水镜顿时化作点点萤火，闪烁了两下便隐没在黑暗中。

他毫不犹豫地骑上纸鹤，头也不回地朝着掩日峰飞去。这傻子在秘境里别把魇魔折腾死就不错了，他竟然还担心她会出事，真是可笑。

小顶在秘境中饱餐了一顿，肚子里装满了魇魔气，实在是一个红豆包也塞不下了，这才摸摸圆滚滚的肚子，意犹未尽地舔舔嘴唇，付了钱，牵着儿子出了秘境。

到了秘境外一看，师父不在，小顶不以为意，等大红鸡缓过劲来，便骑着它回了掩日峰。

院子里静悄悄的，东轩的窗户透出夜明珠凉如水的光。

小顶在秘境里可着劲地折腾了师父一顿，已经不记恨他先前把自己扔出门外了，站在窗下喊道："师尊，我回来了。"房里的人不吭声，小顶没放在心上，反正师父动不动就这样，放着不管，过两日自己就好了。

苏毓这回气得不轻，接连几日都冷冷淡淡的，没怎么搭理傻徒弟。小顶却浑然不觉，早上开开心心去学堂，回来训训儿子，和傀儡人聊聊天，翻翻花绳，或者就是窝在房里不声不响，不知在捣鼓什么东西——总之没有半点来哄师父的意思。

如是过了七八日，反倒是苏毓有些坐不住了，他怀疑这傻子压根不知道自己在冷落她。

这日恰逢学堂放假，他便将徒弟叫到书房，板着脸教训道："近来我见你成日无所事事，只知嬉游玩闹，想来是忘了课业。"

小顶狐疑地看了眼师父。他好几天不声不响，一开口就是教训她，也不知道她哪里惹到他了。她忽闪两下长睫毛，反驳道："我好好炼丹了。"还赚了不少钱呢。

她不提这个还好，一提，苏毓便觉太阳穴突突地跳起来，脸色变得更差了："你丹道堪堪入门，正该潜心钻研，不可为一点蝇头小利荒怠学业，不思进取。"

小顶有些不服气。她哪里不思进取了？就在昨天，她还研制出了蔷薇味和蜜糖味的新品玉容丹呢！西门馥说魔幻玉容丹虽好，但价格太高，一般人买不起，搭配着价廉物美的普通玉容丹卖，就能引来更多顾客——没准有朝一日这些顾客发达了，便会买他们的贵价品。

不过师父训话，她不便顶嘴，便敷衍道："知道了。"

苏毓见她态度敷衍，便知她没把自己的话听进去，捏了捏眉心，从案边的大瓷瓶里抽出一卷微微泛黄的帛书："距十洲法会还有半月，你将这卷书中的丹方熟读成诵。"

虽说十洲法会轮不到这些新弟子上台比试斗法，但是十洲法会上什么魑魅魍魉都有，年年都要闹出些幺蛾子，她还是需要有基本的自保能力。

他顿了顿，勉强挤出一句："里面要用到的药材，尽量多吃点。"

小顶一听有东西吃，杏眼倏然一亮，随即道："要钱吗？"

苏毓强忍着没把她扔出去："不用，但炼出的丹药不可拿去售卖。"

小顶："哦。"她随即接过书，展开一看，只见里面密密麻麻写满了蝇头小字，许多还是她不认识的，顿觉眼花缭乱。

"师尊，这些字我不太认识。"她老老实实地说道。

苏毓恨铁不成钢地睨了这半文盲一眼，从笔筒中抽出一支金光闪闪的小笔，递给她："点一味药材试试看。"

小顶试着点了一下"青箸谷"，字一闪，便听那小笔里传出师父冷冰冰的声音："青箸谷，产于昆仑南麓，服之不饥。"小顶双眼圆睁，端详着手中金笔，这倒是方便得很。

她摸了摸下巴，脑海中忽然冒出个主意。

苏毓见她这没见过世面的呆样，嘴角微扬："这笔还有别的用处，你试试用尾端点点‘青箬谷’。”

小顶依言点了一下，只听噗的一声，金笔尾端忽然冒出一团青烟，烟雾凝聚变幻，变成一堆闪着微光的青色谷粒，接着谷粒中抽出小嫩芽，嫩芽迅速长大，拔节，孕穗，抽穗，开花，然后结出充实饱满的谷粒，谷粒落下，重新变回一堆谷粒，最后化作一阵青烟飘散。

小顶睁圆了眼睛，小口微张，半晌才回过神来——这也太厉害了！

只是不知道这支笔是只能点一本书，还是别的书也能读，她暗暗思忖，要是能读别的书，那么她灵府里那本……

苏毓仿佛能读心，立即解答她的疑惑：“有字便可用此笔。”他说着从案头拿起一块古朴的木牌递给她，“想看什么书，自去藏书塔借。”

小顶接过一看，正是她在第一堂心法课上赢来，又以五十万灵石卖给西门馥的那种木牌，凭此令牌可以出入藏书塔的任意一层。

苏毓叮嘱道：“不可再拿去卖了。”

不用他说，小顶也不会再把令牌卖了，当时也是为了还钱不得已。

经他一提醒，她倒是想起了当初用令牌换钱的原委，移开眼，咬了咬嘴唇，咕哝道：“那时候我不想卖的，要还师尊的债。”

苏毓：“……”这家伙还挺记仇。

不过当初那事，的确是他理亏，他便道：“为师难道图你那点钱？”

小顶轻哼了一声：“当然不是。”话虽这么说，她的神情显然表达着截然相反的意思。

苏毓捏了捏眉心：“若是图你的钱，后来那三十一万灵石怎么会给你免了？”

小顶显然不相信他的话。

苏毓冷哼一声，从案头拿起一支空白玉简，填上八十万灵石，刻上自己的印鉴，没好气地道：“还你便是，往后别再说我图你的钱了。”

“嗯。”小顶面色稍霁，接过玉简揣在百宝囊里。她摩挲了一下金笔，在耳边晃了晃：“师尊，这里面装的……莫非是你的元神？”

掌门在心法课上讲过，修士到了元婴期，便能拥有元神，元神可以离体，像连山君这样的大能，元神十分强大，只要分出一小片，就能出去替他办许多事，甚至还能化作分身呢。

苏毓轻嗤一声：“自然不是，略施小术罢了。”她以为他的元神是大白菜，随随便便就掰一片下来送人？

小顶略微放心，但还是问道：“这里面的声音，和师尊的元神……没连着吧？”顿了顿，欲盖弥彰道，“我怕打扰师尊。”

苏毓抬起眼皮，睨了她一眼，这徒弟倒是比刚来时聪明了点，竟然学会了和他斗心眼子。他暗暗一哂：“不会，否则你整日用此笔读书，为师岂不是什么都不用做了？”顿了顿道，“别胡思乱想了，这只是我炼着玩的法器，与神魂没有联系。”

小顶若有所思地点点头：“那能不能……换个别的声音？”

师父平常说话便冷冰冰的没什么人味，这笔连高低起伏都没了，更多了几分冷漠的味道，要是能换个中听些的声音就好了。

苏毓撩起眼皮：“你想换谁的？”

小顶粉雕玉琢的小脸上透出一抹淡淡的胭脂色，水眸潋滟：“换成金师兄的……可以吗？”金师兄中气足，说起话来像敲钟似的，她很喜欢。

苏毓闻言，脸色一黑。

小顶和他相处久了，稍微能看出他的喜怒，忙改口：“那仙子姐姐也可以，或者阿亥、掌门师伯、叶师兄、儿子……”儿子奶声奶气的，声音还怪好听的。

苏毓算是听出来了——总之除了他谁都行。他面沉似水，眼中的寒光简直能凝成冰箭：“不能，只有这种声音，不想要便还我。”

小顶忙握紧了笔：“要的要的，不换就不换吧。”笔那么好，就这一点不足，她还是将就一下吧。

苏毓觉得心口仿佛堵了一团棉絮，再说下去，他怀疑自己会被这小白眼狼气得平地飞升。于是他垂下眼，冷漠地挥挥手：“为师有事忙，你自己回屋去玩。”

小顶巴不得赶紧回去读书，飞也似的跑回屋里，关紧了门。

她先拿出抄了一半的千字文，用金笔试着点了点，连山君的声音响起：“天地玄黄，宇宙洪荒……”

师父没骗她，果然是有字便能读。她用尾端轻点了一下，照例冒出一股烟雾，先是混沌的一团，逐渐分成玄色和黄色两股，两股气纠缠旋转，慢慢分开，清气上浮，浊气下沉，日月星辰开始闪烁。

小顶点了这个点那个，玩得不亦乐乎，半晌才想起正事，忙潜入灵府，拿出那本天书。

她不知道怎么把东西带进灵府，那本天书也带不出来，但是她可以记住书上的文字，出了灵府写在纸上便是。当然读完后她得立即烧掉，免得留下痕迹。

这段时日她跟着碧茶研读“十洲三界美男榜”，倒是学了一些字，一段中大约有一小半不认识，她只要将那些字的形状记住即可。

她的脑袋瓜虽不如碧茶那么聪明，记性却很不错，她最擅长依样画葫芦，每回符法考试都能拿高分。

不过片刻，她便将第一句话记住，出灵府写下，再潜进去记下一句，如是反复。

如今有了笔，她也不用分什么轻重缓急了，从头开始一点点抄便是。

屋子里静悄悄的，只有笔锋摩擦着纸面，发出春蚕啮桑般的沙沙声。

誊抄完第一页，她揉揉脖颈和手腕，看了一眼更漏，发现自己花了将近一个时辰。

速度虽然慢，但日积月累，她早晚能把整本书读完，像原先那样隔三岔五地问师父两个字，读懂全书恐怕得驴年马月了。

小顶拿起金笔，正要开始读，忽然听得隔壁东轩门帘轻响，是师父回来了。

她忙放下笔，师父在隔壁打坐，墙上还有个洞，修士的耳力又好，若是叫他听见，泄露了天机，可就坏事了。

她思索片刻，把纸叠好，和小笔一起收进百宝囊里，从衣箱里拿出换洗的衣裳和巾栉，对着墙洞道：“师尊，我去沐浴啦。”

苏毓嗯了一声，淡淡地说道：“这些事不必告诉我。”

小顶：“你可别偷听啊！”

苏毓的眉头跳了跳：“知道了。”谁稀罕听你。

不过他耳力过人，就算不刻意听，浴堂中的动静也会传到他的耳中，比如傻徒弟玩水的哗哗声，还有她那些自己编词、跑调能跑到昆仑山的曲子。

他心情好时便由着她去，有时候嫌烦，便施个隔音咒，用无形的屏障把声音隔在外头。若是她不特意说，他听了也就听了，可叫她这么一说，倒像是他故意偷听似的。苏毓不是什么正人君子，但既然她说了，他也不愿做跌份的事，随即施了个隔音咒，耳边顿时清净了。

小顶跑进浴堂，闩上门，坐在浴池边上，从百宝囊中掏出誊抄的天书，用金笔点了点。

笔中师父冷若冰霜、语调平直的声音回荡在空旷轩敞的浴堂中。

“许多年后，小顶还记得初见连山君时的情景。”

小顶点了点“连山君”三个字，师父一板一眼地道：“连山君，道号，本名苏毓，度劫期九重境剑修，归藏派第十一代弟子，师承纯元道君……”

师父的介绍和他本人一样枯燥乏味。

小顶摸了摸下巴，忽然起了玩心，掉转笔又点了一下，金笔尾端噗地冒出一股白雾，顷刻间凝聚成一个巴掌大的小人，手里还拿着一把银光闪闪的长剑。小人的眉眼和师父一模一样，眉宇间那股子不好惹的劲头也与师父如出一辙。

小顶把小师父抓起来放在掌心，伸出食指摸摸小师父的头顶，小人一横眉，挥剑便朝她劈来，奈何他是烟雾凝成的，这一剑看着凶狠，实则没什么杀伤力，只能挠个痒。

小顶感到十分有趣，咯咯笑着，屈指在小师父的额头上弹了个脑瓜崩。小师父一个趔趄，跌坐在她的掌心，气得头顶冒烟，瞬间消失了。

她自顾自傻笑了一会儿，蓦地想起正事要紧，接着往下点。

“那是一个冬日的黄昏，她蜷缩在黑暗的木箱中，外面传来厮杀和惨叫，彻骨的寒冷和恐惧令她紧紧抱住自己。不知过了多久，外面安静下来，有轻而沉稳的脚步声慢慢地靠近，她的心脏缩成了一团……就在这时，脚步声停了下来，箱盖猛地打开，光一下子灌进来，她不由得眯着眼，视野中一片模糊。而他就静静地立在那里，白衣胜雪，长发如墨，真乃‘陌上人如玉，公子世无双’。

“她最先看清的，是他那双幽黑如深潭的眼眸，里面仿佛埋藏着无尽的悲凉与千年的风霜。只是那一眼，她便义无反顾地跌进了那双眼眸里，仿佛跌进了无尽的深渊……”

讲完了眼睛，这书又把连山君从头到脚讲了一遍，眉毛、鼻子、嘴巴、下颌、脖子、身躯、手……中间时不时夹杂一点风啊，霜啊，雪啊，冰啊，喋喋不休，听得小顶直打哈欠。

光是描写他的长相、声音的文字就占了大半页，小顶揉了揉发酸的手腕，感觉很冤，这么多字都白抄了。

她耐着性子听下去，连山君总算开口了。

“看着倒是个极品。”

接着又是一大段，讲他的声音怎么清冷，怎么好听。

“小顶瑟缩了一下，想回答，声音却像是卡在了喉咙里。她只是一个卑贱的炉鼎，在高高在上、宛如神祇的修士面前自惭形秽。”

小顶啧了一声，忍不住皱起眉头。听听这叫什么话，炉鼎有什么不好，怎么就卑贱了？

“俊美无俦的男子冷冷地打量了她两眼，伸出手：‘想做我的炉鼎吗？’”

小顶困惑地挠了挠腮帮子。这开头怎么和她的经历不太一样？

她为了当上连山君的炉子费了多少周折！

接着又是一大段描写他的手的文字——从骨节写到指甲，总之就是说他的手漂亮得天上有地上无。偏偏这些文字是用他本人的声音读出来的，怎么听都像是自卖自夸。

“小顶迟疑了许久，终是小心翼翼地站起身，鼓起勇气，将纤细脆弱的小手轻轻地放在他的手中。她轻如鸿毛的一生，就这么交付了出去。

“男人勾了勾唇角，幽黑的眼眸依旧冰冷如茫茫雪原，眉眼中却满是温柔：‘不用怕。’说罢，他捏住她纤细的手腕往上一提，另一只手托住她只堪一握的纤细腰肢，将她抱入怀中。”

接着又是一大段写连山君的气味怎么好闻的文字。

小顶不得不承认，她师父身上的味道的确挺好闻的。但这人也犯不着这么翻来覆去地写吧？这一个个字可都是她费了老鼻子劲抄出来的。

“小顶不由得舒展双臂，钩住他的脖颈，薄如蝉翼的鲛绡纱里透出曼妙的身材，肌肤腻如羊脂白，若隐若现的一点浅红仿佛雪酪上的一点樱桃，随着她紧张的呼吸而起伏微颤。”

这段小顶就有些看不懂了，用笔点了点“雪酪”和“樱桃”，原来都是吃的；又用笔尾点了下，看见樱桃雪酪的样子，馋得差点没流下口水。她不由得纳闷，书里的小顶怀里揣着吃的，她那时候怎么没有？

“男人的瞳孔微微地一缩，一低头，竟然将她肩头的细金链子抿在双唇中，轻轻地拉扯，她疼得低吟了一声，被他托着的后腰却生出一股酥麻感。”

小顶听得直起鸡皮疙瘩，不由得摸了摸自己的肩膀，虽然伤口愈合了，但她还是对那两条金链子心有余悸。

“男人松开金链子，笑容如谪仙般澄澈，又如邪魔能蛊惑人心，薄唇一启，吐出的话语近乎残酷：‘若你识趣，我可以考虑多留你几日。’”

第一页到这里就结束了。

小顶有些失望，大费周章地抄了半天，书里那两个人连破庙的门槛都没迈出去，这进展真是急死人。

她从百宝囊中掏出纸笔，再次潜入灵府，把天书往后翻，连蒙带猜地往后翻了几页，估摸着两个人已经回到门派中了，这才记下一段，出灵府写下来，用笔点了点。

师父毫无感情的声音响起：

“她跟着傀儡人走到连山君的大殿中，穿过层层叠叠的轻纱帷幔，一步步向着深处走去，忐忑不安又坚定不移地走向自己的命运。她恐惧的，她憧憬的，她避之唯恐不及的，她飞蛾扑火一般渴求的，都在轻纱和光晕的尽头，静静地等待着她。”

小顶听得直挠头，怎么每个词都不难懂，连在一起就让人摸不着头脑呢？

她不信这个邪，又抄了一段出来。

“床前帘幕低垂，男人斜倚在床上，帐中夜明珠辉光闪烁，勾勒出他绝美的轮廓。小顶赤着双足踏在轻软如云的地衣上，脚踝上的金铃发出悦耳的轻响。

“距离床前五步，她停住脚步，跪倒在地，膝行上前，伸出微微颤抖的柔荑，缓缓撩开纱帐。就在这时，一只骨节分明的手捏住她纤细白嫩的手腕，用力一扯。她一个趔趄，身不由已地跌到了他的怀中，凛冽清澈的冰雪气息扑面而来。”

小顶越发糊涂了，这又是在做什么？

她师父一到夜里就打坐，连卧房都给了她，怎么在书里倒睡起觉来了？再说了，他的卧房虽然挺宽敞，但实在称不上“大殿”。

她困惑地摸摸脸，接着往下点。

“他的双手不断游走，撩拨出一串……”

金笔读到此处，忽然卡壳。

小顶一看，那两个字不认识，笔画还挺多，正纳闷笔是不是坏了，便听哧的一声响，尖锥般的笔头中忽然喷出一股浓墨，那两个字立马变成两个黑方块。

小顶：“？”

这支笔不知怎么回事，时不时便要停下来喷墨，而且变本加厉，接下去的一段话，几乎涂黑了一半。小顶本来就听得一知半解，这下子就更如堕云雾了。

她只隐约觉得，书里的两个人煞是古怪，一言不合就缠在一处，就像师父提到过的那种扭股糖——想到这里，她又吞了几口唾沫。上回师父做的糖，她已经快吃完了，也不知道师父以后还给不给做，这几天可要顺着他些。

她强行拉回越飘越远的思绪，努力把精神集中到天书上。他们看着实在不像是炼丹，倒像是某种她没见过的功法。可要说他们不是炼丹吧，有时候又很像那么回事。

虽然师父的声音冷淡又呆板，但小顶仍旧听得激情澎湃、热血沸腾。

她虽然用灵府中的原身炼过许多丹药，但连山君至今不曾用她炼过丹——看书里写的，他应该是藏了一手。

不知不觉，夜色有些深了，窗纱里漏进来的风有了几许凉意。小顶把金笔收进百宝囊，取出火符把抄的几页天书烧掉，然后宽衣解带，走进温热的池水中。

她打了个哈欠，揉揉酸胀的眼睛。读书真不是一桩轻松的活计。

她头上顶着叠成方块的布巾，在池水中泡着，正迷迷瞪瞪、昏昏欲睡，忽然想起一件事来。

方才她听书时便隐隐觉得哪里不对，此时才后知后觉地想起，书里是连山君把小顶救出来的，那救她的恩人呢？莫非也是师父？

她一个激灵清醒过来，回想那白衣人，眉目是记不得了，但那又冷又傲的模样，倒的确有几分像她师父，而且两个人身量体格也差不多。

她之所以没往那处想，皆因连山君一见面就凶她、欺负她，当了师父后虽然有点改变，但许是先入为主，她至今也没把他当什么好人。

恩人在她眼里却是实实在在的大善人，不但路见不平，拔刀相助，救她于虎口，还脱了自己的衣裳借给她。可要是两人其实是同一个人……

小顶颓丧地一低头，头顶的布巾掉进池水里，慢慢地沉了下去。她也没顾上捡，手脚并用地爬出浴池，匆匆地擦了擦身上的水，胡乱地套上衣裳，跑回房中，从箱子里扒拉出恩人的衣裳。

那件白衣她洗得干干净净，每逢休息还拿到院子里晒晒，免得长霉发黄，她只盼着有朝一日能与恩人重逢，要把衣服干干净净地还给人家。

师父不知多少次从旁经过，看见她晒的衣裳，只是淡淡地瞥一眼，什么也不说。

兴许这两个不是一个人吧，小顶心怀侥幸，把眼睛凑到墙洞上，朝着东轩张望，只见师父背对她端坐着，夜明珠清冷的光笼罩着他，看着越发冷了，简直像一座冰雕。

她不由自主地想起书里写他坐姿的话："他的脊背挺直如竹，只是远远地瞥一眼那端雅的背影，便能想见他是何等地俊逸风流。"

小顶晃了晃脑袋瓜，不知是不是那书不厌其烦地写她师父好看的缘故，现如今她看着师父的背影，觉得师父似乎比从前顺眼了些——把连山君当成竹子来看，他还是挺清秀的那一根。

她轻咳了两声，换嘴贴着墙洞："师尊——"

修道之人五感灵敏，徒弟一开口，苏毓便闻到了一股淡淡的甜香，许是她糖吃多了，别人是吐气如兰，她是吐气如蜜。

“夜里少吃糖，就寝前莫忘了洁齿，”苏毓转过身，挑挑眉道，“何事？”

小顶：“师尊，你给我的笔……是不是坏了？”

苏毓掀了掀眼皮，佯装不知：“怎么坏了？”

“它读着读着……就喷黑墨。”

苏毓一哂：“你用它读什么乱七八糟的东西了？”

小顶一时语塞，支支吾吾地道：“没什么，就寻常的书。”

“那为师也不得而知了。”苏毓淡淡地答道。

他不明白傻徒弟为何执着于那本不知所谓的书，但一早料到她得了笔，一定会用来读那本书，便未雨绸缪，将他能想到的词都动了手脚——能歪曲的歪曲，不好胡诌的便直接涂黑。笔中没有他的元神，灌注的却是他自己的智识，提前动点手脚易如反掌。

天机不可泄露，小顶不敢多提。虽说那笔时好时坏，她连猜带蒙地也能往下看，到底比先前便捷多了。万一惹毛了师父，他要把笔收回去，她就更没辙了。

苏毓也有些心虚，生怕她再问东问西，便道：“无事便就寝，早晨早些起来，跟为师去竹林练剑。”

自打看着徒弟舞过一次剑，苏毓就知道他天下第一剑修的衣钵注定是无人继承了，如今督促她练剑，一来是让她动弹动弹，强身健体；二来也能让她至少学个架子，别太丢师门的脸。

小顶嗯了一声，欲言又止，见师父若无其事地转身，又唤了一声：“师尊……”

苏毓再次回身，有些诧异：“还有何事？有话便说，吞吞吐吐的做什么？”

小顶深吸了一口气，问道：“那时候在山下破庙里，是你救的我吗？”

苏毓怀疑自己听错了，闹了半天，她都不知道救她的是谁？他自问自己的相貌不至于泯然众人，也不知这傻子到底什么眼神。

他挑挑眉，说道：“不然呢？你以为是谁？”

这消息不啻一个晴天霹雳，小顶张了张嘴，半晌才委屈巴巴地道：“你怎么不早说啊？”

苏毓一口气差点没缓过来，险些直接上天去见祖师。他并非特地救她，本来打的也是杀人越货的主意，要是一早知道箱子里是个傻子，他多半不会管闲事。

他这么一想，小徒弟也算不上忘恩负义。但是她现在倒打一耙就过分了。他没好气地说道：“怎么，你打算报答我了？”

小顶赶忙道：“倒也不是。”

苏毓：“……”

小顶想起来，书里的连山君一见小顶就要她当炉鼎，把她从箱子里抱出来，带着她乘上飞蛇回门派。可当初师父把她留在原地，自己飞走了。她为了寻他，走了很长的山路，脚底都磨出了水疱，后来的事就不用说了。

是因为换成了她，师父就不想捡了吗？

不知怎么，她心里有一点不是滋味。

她不是个心里能藏事的炉子，有话便问：“师尊，你那时候……为什么不带我回去啊？”

她还委屈上了？苏毓瞟了一眼墙洞里微微噘起的小嘴，嫌弃地道：“为何要带你回去？图你傻还是图你能吃？”

这傻子一开口便要当他的炉鼎，他是闲得慌才会捡这么个麻烦回去。

小顶努努嘴，爱吃这毛病她可改不了。虽然已经辟谷，但她一日三顿饭外加两顿点心零嘴，是不能缺的。

至于傻，是她愿意傻的？生来就傻有什么办法呢？

“衣服明日还你。”小顶道。

“不必，你留着吧。”

小顶撇了撇嘴，一声不吭地离开墙洞，捞起帐子里的夜明珠塞进枕边的木盒里，周遭顿时一片昏暗，只有墙洞里透过来的一道光。

她正看着那道光发怔，墙洞里传来师父冷冷的声音：“救你并非我本意，你不欠我什么。”

“知道了。”小顶转了个身，想了想，又转回来，冲着洞口轻轻地说道，“师尊，多谢你。”就算像他说的那样，她还是被他救了，仙君说凡人讲究知恩图报。

苏毓听了这话，只是淡淡地嗯了一声。

夜深了，静得能分辨每一片树叶相撞的沙沙声，还有细碎的桐花被风吹离枝头，打着旋落下的声音。

最后风也停了，万籁俱寂。墙那头的心跳声渐渐平稳，呼吸声由浅变沉，苏毓便知道，那没心没肺的小傻子睡着了。

小顶本想着每日抽空抄一两页书，奈何十洲法会临近，事情一下子多起来。

先是一向慢悠悠的掌门云中子，仿佛一下子从梦中惊醒，将参加法会的六十名弟子集合起来，每日放学后加一个时辰课，从剑法、术法到杂学，不管三七二十一,一股脑儿地灌进他们的脑袋。

新弟子中有五人在试炼中表现优异，取得了出席法会的资格，除了她，还有沈碧茶、西门馥、秦玉芝以及一个时常想不起来名字、样貌的男弟子。

他们虽不用像前辈那样上台比试，但也代表了归藏的颜面，即便不能给门派增光添彩，也不能太丢人。

这强度连沈碧茶都感到苦不堪言，她只要不贴水膜就见缝插针地跟小顶发牢骚，连带着小顶嘴皮子也利索了不少，说起短句时已经不再打磕巴了。

小顶每日训练完，回到掩日峰已近亥时，还得额外完成师父布置的丹道功课。

身为金丹期九重境的修士，小顶本来可以不睡觉，只消打坐一个时辰便可恢复精力，但她修为到了，觉悟却没跟上，要她不吃不睡，就和要她的命差不多。不能牺牲睡觉的时间，她便只能争分夺秒。

连山君给的那卷书上记载了上百个丹方，这些丹药与她先前炼的辟谷丹、玉容丹相比，无论是要用的材料还是步骤都要复杂许多，药效更是五花八门。

有令人百毒不侵的辟毒丹；令人身法瞬间大增，躲避强敌三招的辟兵丸；可生骨肉的还魂生肌膏；可在一炷香时间之内将修为提高一倍的凌霄丹；还有防晕舟的定波丹——这回的十洲法会轮到太璞宗主持，地点设在东溟海中的一座岛屿上。

小顶不但要将药方牢记在心，还要将每一味药材的药性和五行相生相克之理都记住。此外，她得尽量多吃原材料，把气囤在肚子里，以备不时之需。

除了方子上的药材，她还自费吃了许多乱七八糟的药材，不管吃下多少种药材，她身体里的气都井然有序，纹丝不乱，要用时直接抽取出来投入小鼎即可。苏毓见她乱吃东西，起先还阻止一下，后来便当作没看到，索性让大渊献陪她去灵药库了——除了魅兽鞭的抽屉特地下了禁制，别的随她买来吃。

大约是傻人有傻福，小徒弟天生百毒不侵，什么毒物到了肚子里，便如同进了真正的丹炉，被她提炼出精气，存在肚子里。小顶每吃一样药材，都把药性和效用默默地记住，到临出发时，肚子里和脑袋里都装了好几百味药。

这段时日她忙得脚不沾地，自然挤不出什么时间抄书。出发前一晚，行装都收拾停当，她才抽空潜入灵府，拿出那本天书。

这回她没按着顺序抄——这写书的人也不知怎么回事，每回连山君出场，都要把他从头到脚写一遍，再来几大段写花的、写月的，害她吭哧吭哧地抄半天，读完什么都不知道。这回她学乖了，直接找十洲法会，看看接下去有些什么事。

她一目十行地浏览过去，翻了约莫二十页，便找到了“十洲法会”几个字。

她把前后几个段落抄出来，用金笔边点边听，这不听不打紧，一听却叫她大吃一惊。

书中的记载与她的经历又有些不同，在书里，小顶没能一夜结丹，秘境试炼也不曾提前，出席十洲法会的六十人中没有新入门的弟子。关于这次法会，书上一笔带过，只说法会上出了个重大变故。至于究竟是什么变故，书上也没有细写，只提到了一个大阴谋。什么阴谋，谁搞的鬼，书中依旧没有提及。

她只知道归藏去了六十个弟子，只有不到十人活着回来。而连山君在法会上受了重伤，险些丧命，是叫人抬回来的。

书上的原话是“经脉寸断，千万道伤口遍布全身，鲜血几乎流干。他眉宇间满是痛苦，眼神迷离，脸苍白得仿佛风雨中褪了残红的海棠花”。小顶眉头一皱，简直有些佩服这个写书的人，人都快死了，居然还有闲心在这儿写什么风啊花的。

小顶本来已经有些犯困了，这会儿就像被兜头浇了一盆冷水，顿时睡意全消。

连山君从头到尾都活着，法会后“经脉寸断”，过几页又活蹦乱跳，倒是用不着操心，但是门派前去法会的六十多人伤亡惨重，只有十来人生还，那些同门是确确实实死了。身为炉子，她对死亡没有生灵那种刻入骨髓的恐惧，但明白死是怎么回事，不希望同门罹难。

小顶也顾不上沐浴了，跑出浴堂，回到房中，对着墙洞唤道：“师尊——”

苏毓听她气喘吁吁，转过身，微微蹙眉：“明日一早便要起程，不早些就寝，还在做什么？”

小顶一时间不知道该怎么说，一来天机不可泄露，二来书上什么都没说，就算她想提醒师父当心，也没有头绪。

她想了想道：“师尊，我们能不能……不去十洲法会？”

苏毓挑了挑眉：“为何？你不是很想去吗？”第一次出远门，傻徒弟嘴上虽不说，但兴奋之情溢于言表，连跑调的曲子都比以往哼得多了。

小顶抿抿唇，避而不答：“不能不去吗？”

苏毓：“你若是实在不愿去便罢了。”

“不是我。”小顶道。

苏毓越发觉得莫名其妙："你想让为师也留下？"徒弟真是惯不得，这不，越来越黏人了，寸步都离不得他。苏毓无奈地扯了扯嘴角。不过倒也不是不行，换师兄去，他坐镇派中也无妨，法会之年通常是多事之秋，留下的未必比前去法会的安全。

苏毓正思忖着，只听傻徒弟道："所有人都不去……不行吗？"

苏毓一怔，皱起眉："为何？可是听说了什么？"

"我听说……法会很危险，"小顶苦思冥想，"容易受伤，没准还会死。"

苏毓轻嗤一声："有为师在，怕什么？"难道他连个傻徒弟都护不住？

小顶还是竭力挣扎："非去不可吗？"

苏毓捏了捏眉心，耐着性子向徒弟解释法会的意义。

十洲法会一甲子一度，是修道界最重要的盛会，不但关系到门派的名誉地位，在法会上胜出也有切实的好处。法会创立于一千多年前，由当时九大宗门的宗主联合十位散修大能共同创办。为此十九位大能每人付出了一件秘宝，或者是上古法器，或者是稀世罕见的灵药，抑或是能横扫千军的功法剑谱，供出席法会者竞逐。

这些秘宝封存在法会密塔中，一甲子开一次，获胜者便可入塔选一样宝物带走。

那是一个群星闪耀、大能辈出的时代，每一件秘宝都足以让世人瞠目结舌。

曾经有一届法会，一个不入流的小门派阴错阳差捡了漏，一时声名鹊起，其后更是凭借秘宝在修仙界占据一席之地，跻身二流之列——这便是金甲门。

此外，各大宗门每一届都会往奖池里投入各种珍贵法器和天材地宝，每一轮胜出者都可获得额外的奖赏。

小顶好奇道："我们归藏有人进过塔吗？"

"有，"苏毓心不甘情不愿地说道，"六十年前胜出入塔的是蒋寒秋。"

"天哪！"小顶感叹，"大师姐真厉害！师尊没胜出过吗？"

苏毓禁不住抬了抬下颌："只有金丹期到元婴期的修士能竞逐，为师尚未来得及参加，一不小心化神了。"

小顶没听出他的言外之意，惋惜道："师尊可真是……太不小心了。"

苏毓："……"

她又放软了声气安慰道："你也别太难过，兴许去了也不能得胜的。"

苏毓瞬间不想搭理她，冷声道："睡吧，明日起不来，翼舟可不会等你。"

小顶暗暗叹了口气。归藏从上到下都抠门，这么好的敛财机会是不可能错过的。她思索片刻道："师尊，我想去灵药库。"

苏毓："大半夜的做什么？还没吃够？"近来他就没见她停过嘴。

"突然想起来，想再买点带在路上吃。"

苏毓抚了抚额角："叫大渊献陪你去。"

小顶和阿亥去了灵药库，把存下的一大半灵石都换了药材，边吃边往乾坤袋里塞，忙活了大半夜。除了疗伤药之外，她还挑了许多益智补脑的药材——她的脑袋瓜实在有些不够用。

可惜师父只让她去最外面的两个窟，里面的窟里有许多魔药禁药，却是她接触不到的了。

离开灵药库时，天空已经泛出青灰色，她回房运气打坐，破天荒地一晚没睡。

翌日清晨，她便骑着迦陵鸟前往大昭峰。

旅途凶险，她本来不太想带儿子，但把他一个孩子留下，她又不放心，踌躇再三还是决定带在身边，若是遭遇不测，就把他吃进肚子里吧。迦陵鸟有一肚子的牢骚，边飞边道："你们归藏的事，和我有什么关系？我不去……"

小顶："别人都带纸鹤，掌门说了，你也是门派财物。"

迦陵："……"老狐狸也叫那龟孙子带坏了。

第五章　十洲会

他们到得大昭峰顶，弟子们差不多到齐了，云坪上停着一艘巨大的五层楼船，足有三十来丈长，两翼自船舷伸出，上下摆动，楼船便随之缓缓起伏，垂荫布影，犹如传说中的神鸟大鹏。

这种翼舟既可以在云端飞翔，到了海上便可敛起双翼，乘风破浪。

此次出席十洲法会的弟子一共六十名，内门十人，外门五十人。除了五个跟去见世面的新弟子，其余外门弟子也都是金丹期修为以上。

弟子之外，还有上百个傀儡人随行。单是掩日峰便带了十二名傀儡人，大渊献和大荒落两个地支傀儡人负责苏毓和小顶师徒的起居，十名天干傀儡人则充当整个队伍的护卫——他们素日陪苏毓练剑，剑法修为堪比化神期初阶的修士。

带队的除了苏毓，还有蒋寒秋和叶离。三人一个度劫期七重境，两个化神期六重境，都在十大剑修榜上，这样的阵容在修仙界几乎能横着走。用叶离的话来说，就算是碰到上古凶兽，他们也能片下肉来给小师妹打牙祭。

小顶牵着儿子走到沈碧茶身边，一看没有金竹，不由得有些失落："金师兄不去啊……"

沈碧茶道："金道君总理外门事务，自然分不开身……金竹也是可怜，内门就他一个办事的，其他都是游手好闲的货色，话说回来，操劳成这样也不见他瘦下去点，啧。"

小顶艳羡不已，金道长不吃东西还辛苦，也不见掉肉，可她呢，吃下去的东西都像掉进了无底洞，一点肉不见长，最近一忙还瘦了。

沈碧茶也踮着脚伸长脖子东张西望，搓着手，两眼放光："今天总能一睹连山君真容了吧？是十洲第一美男子还是王八精，也该见个分晓了……"

小顶爱莫能助："师父他一早就出门了，这会儿肯定上了船。"

沈碧茶不禁扼腕。

云中子带着内门诸人为弟子们送行，照例"之乎者也"地勉励了一番，便送他们登船。

翼舟扇动巨大的双翼缓缓地起飞，上负青天，下乘风脊，凌霄而去。

楼船内部陈设雅洁，轩敞舒适，足可容纳数千人，犹如一座移动的宫殿。这样奢华的出行法器非但造价高昂，用起来也十分靡费，每行一里便要烧去上千块上品灵石。

出动翼舟，云中子心疼不已，但作为三大宗门之一，这排场也是必不可少的——小里小气的怎么吸引十洲俊彦投入门下呢？

因为翼舟载的人少，每个弟子都分到了独立的房间，每四间舱房中间有一个宽敞的厅堂，五层道君们的舱房更是奢靡得令人发指——一人一个院落，甚至还带花园和楼台池榭。

小顶身为连山君的亲传弟子，自是和他住一个院子。

不过昼间师父闷在屋里，她还要去楼下和其他弟子一起上课。

老弟子要下场竞逐，一个个都如临大敌，争分夺秒地练剑、复习功法。

新弟子们只是跟着去见见世面，心境便悠然多了。一天的课上完，几人闲坐在甲板上，一边看着一碧如洗的天空、溟溟漠漠的云海，一边你一言我一语地聊天。

时不时有其他门派的弟子和散修从船舷旁经过，小门派一般乘坐云筏、飞毯或独木舟，散修的坐骑更是五花八门，有钱的骑蛟、雉、飞马，没钱有修为的御剑，没钱又没修为的就只能骑纸鹤。

很多人经过翼舟旁，都忍不住流露出艳羡的神色，甚至有人停下来问他们收不收弟子。

除了西门馥之外，其余四人是第一次乘坐翼舟，感觉十分新奇。

西门馥一手扣舷，一手摇着扇子，假惺惺地叹了口气："乘舟虽舒适些，速度却比不得御剑，三日的路程要飞六七日。”

恰好一人御剑从旁经过，头发凌乱，袍子被寒风刮得哗啦啦作响，整个人像一面寒酸的破旗。那人忍不住扭头给了西门馥一个白眼，响亮地呸了一声。

西门馥佯装没听到，接着道：“如此一来，我们在郁洲便只能逗留一夜了，真是可惜。”

这次法会由太璞宗主持，举办地是东溟海中的一座孤岛，这岛本身便是门派的一处秘地，四周布满了阵法和禁制，外人不能直接抵达，必须先前往太璞所在的郁洲，再由宗门统一传送过去。

小顶顿时叫他吊起了胃口：“郁洲很好玩吗？”

西门馥老神在在：“郁洲倒是无甚可观，寻常都市罢了。不过每年三月的蜃市是不容错过的。”顿了顿又问道，“萧仙子可曾听闻过蜃市？”

小顶摇摇头。

沈碧茶插嘴道：“你别听西门傻瞎吹牛，我爹带我去过一次，就是个乱哄哄的集市，没什么好玩的，我们买颗避水珠还买到了赝品，只能骗骗乡巴佬。哎呀，小顶你可要小心点，那些奸商骗的就是你。”

小顶感激道：“碧茶，谢谢你关心我，我会小心的。”

沈碧茶：“愁死人。”

西门馥睨了沈碧茶一眼：“你这种平……普通人，当然不明白蜃市真正的妙处。”

沈碧茶嗤笑了一声：“是啊，我们普通人比不得腚上长眼的西门公子，能见常人所不能见。”

西门馥涨红了脸，咬牙切齿地说道：“沈碧茶！”

两人打闹起来，蜃市的事便没了下文。

一眨眼三日过去，第四日白日西下时，翼舟从云端降下，一片杳杳茫茫、无边无涯的黑色水域出现在眼前。

距离海面尺许，楼船收起双翼，落在水面上，平静的黑水瞬间掀起万丈洪波，托着楼船向前飞驰。

船在海中行了两日，苍茫水雾中浮现出一抹碧色的陆岸，那便是郁洲了。郁洲是太璞宗的所在地，亦是东溟海中最大的岛屿，一岛便是一洲，在十洲中地位特殊。岛屿的形状如一只四指并拢、拇指张开的手掌，虎口便是岛上最大的渡口凤尾渡。

当日黄昏，归藏的翼舟抵达凤尾渡，四周大船小舟不计其数，熙攘如市。岸边的水鸟也不惧人，在林立的樯桅间飞来飞去，时不时落下来，悠然地踱几步，用喙梳理一下羽毛。除了各大宗门的船只以外，还有很多船只挂着商号的旗帜，显然是为蜃市而来。

太璞宗知道他们这一日到，一早便派了右长老等候在岸边。苏毓和蒋寒秋都不是喜欢酬酢的人，便推了叶离出去。太璞宗替他们准备了下榻的精舍，不过叶离婉拒了——翼舟上什么也不缺，在人家的地头上，总不如自己船上安全。

小顶趴在窗边，好奇地望着外面的世界。她自进入这个小世界，几乎一直待在归藏，还是第一次看见这样吵吵嚷嚷的景象，只觉十分新奇，怎么看都看不厌。

看了半晌，她回过头去："师尊，我可以和碧茶他们……去蜃市玩吗？"

苏毓本人不喜欢人多的地方，自己不想去，也不希望徒弟出去，但又没什么道理阻止小姑娘出去逛逛，只好捏着鼻子道："可。让大渊献陪你去，阏逢、旃蒙也带上。迦……你儿子就别带了，太惹眼。"

阏逢、旃蒙是天干傀儡人中修为最高的两个，最常陪苏毓练剑的就是他俩。

苏毓想了想，又补上一句："别玩太晚。为师的气海又有些空了，今晚得多吸几个时辰。"

小顶忙点头答应，心里却很纳闷，她师父的气海是连着漏斗吗？怎么吸都不够。

她换上外出的袍子，在乾坤袋里揣上两百多万上品灵石，带上傀儡人，便和几个同窗一起下了船。

西门馥带着一行人，轻车熟路地找到蜃市的入口，忽然停住脚步，用扇子掩住嘴，压低声音道："你们知不知道，这郁洲蜃市其实有表里两个？"

蜃市是水面上的集市。成千上万的舟船木筏相连，从岛屿的"虎口"凤尾渡西北三十里处，向着"十指"的方向延伸，绵延数十里。飘在半空中的鲛人灯将水面映成璀璨星河，鼎沸的人声与潮声相和，置身其中，有种不知今夕何夕之感。

西门馥扫了一眼熙熙攘攘的闹市，小声道："表市看着热闹，与一般市集没什么差别，不过是用来掩人耳目的，真正的好东西都在里市，你们想得到的、想不到的，那里都能买到。不过……"他顿了顿，把声音压得更低，"若是没找对路，就会有可怕的事发生……"

秦芝兰摸摸扁塌的鼻子，好奇道："什么可怕的事？"

一群缠着头巾，肩扛大捆货物的象面人甩着长鼻子，从他们身旁经过，西门馥待他们走远，神秘兮兮地说道："听说两百年前，曾有人掉进表里两市的夹缝中。"

小顶饶有兴味："掉进夹缝会怎么样？"

"这就不得而知了。"西门馥摇了摇扇子，"反正那些人再也没出现过，不过每到蜃市之期前后，靠近水边就能听见他们凄厉的惨叫……"

他忽然盯住沈碧茶，露出诡秘的神色："嘘，你听……"

恰在这时，一盏鲛人灯从他前面飘过，微青的火光照得他一张俊脸鬼气森森。沈碧茶啊的一声跳起来，紧紧地抱住身边的小顶。

小顶："碧茶，碧茶，你勒得我……喘不过气了……"

西门馥以扇掩口，笑得花枝乱颤："哈哈哈，沈碧茶，你这外强中干的草包，三岁孩童都不信这种鬼话。"

沈碧茶抹抹眼角沁出的泪花，跳脚道："西门傻，你少故弄玄虚，谁怕了……呜呜呜呜呜，吓死我了！我要阿娘……"

每个人都有害怕的东西，沈碧茶不怕尸妖、鬼怪这种对修士来说有形的东西，唯独害怕那些表里世界、噬魂阵法、走不到尽头的楼梯、一扇连着一扇的门之类的东西，许是因为小时候曾误入家用试炼秘境。

陆仁搓搓胳膊上的鸡皮疙瘩："我也挺怕这些的。"身为呼救都没人理会的隐形人，他隔三岔五会被人误锁在各种地方，一听什么夹缝，就觉得自己肯定会掉进去。

西门馥笑够了，啪的一声合上折扇，收起笑："不过表里蜃市是真的。"他说着从怀里摸出一只尾指大的青铜鲛人，晃了晃，"只是得有钥匙。这是里市市司发的，全十洲只有一百把。沈碧茶，想不想去开开眼？"

沈碧茶没有口是心非的能力，用力揪着头发："谁想去谁是……想去是想去，但是看见西门傻得意，我又好不甘心，啊啊啊，我恨有钱人……"

小顶完全不能理解沈碧茶的内心纠葛，跃跃欲试："西门馥，碧茶想去的，我也想去。"

西门馥点点头："自然，不用萧仙子开口，小可不过是和沈碧茶开开玩笑。每把钥匙的主人可以带四个人，我们一共只有四个人，绰绰有余。"

陆仁："……"

小顶却道："我们是八个人哪！"

阿亥解释道："小顶姑娘，这公子说得没错，我们傀儡人不算人的。"

小顶哦了一声："那还有五个呢。"

陆仁已经习惯了被人忽略，没想到竟有人还记得他，不禁吃惊道："萧姑娘记得我？"

小顶点点头："你是那个……头特别圆的陆同学。"她虽然有时候会不知不觉忘记他的名字，但是一想"圆脑袋"就能记起来。当初陆仁被忘在试炼秘境里，也是小顶第一个想起来那个圆脑袋的同窗似乎不见了。

陆仁没想到不但有人记得他，还记得他头圆头扁，感动得几乎流下泪来。其他人却不知不觉地忽略了他们的交谈。

西门馥一边在前面领路，一边道："单有钥匙也不行，通往里市的门每年都在变，市司会在蜃市前一个月发出密函，告知门的所在。"

他带着众人在集市中穿梭，七拐八弯地绕来绕去。

四周人声鼎沸，人潮川流不息，来自十洲三界的商贾和客人形貌服色各异，其中有一些明显非人——尸、鬼、精魅，更多的是妖族，比如先前遇到的象面人，还有三五成群的摆着尾巴招摇过市的狐族，那蓬蓬松松的大尾巴能羡杀云中子。

鳞次栉比的店肆中摆着琳琅满目的货品，食肆酒肆中飘出各种浓郁的香气，引得人垂涎欲滴。

小顶一直待在世外桃源般的归藏，从未见过这样喧嚣热闹、五光十色的红尘景象，光是表世界，就已经令她流连忘返了。可惜他们急着赶路，不能停留，只能走马观花地看几眼。

小顶数不清他们经过多少爿店铺，穿过多少条小巷，越过多少座浮桥，终于来到一爿卖旧书和灵符的铺子前。

这家店铺位置偏、货品少，没什么人光顾。一个头发花白的老婆婆坐在店中，见到客人也不招呼，仍旧面无表情地坐在原地。

店铺很小，五个人外加三个傀儡人往店中一站，便将小小的店铺挤得没有下脚的地方。

沈碧茶狐疑地环顾四周，睨了一眼西门馥："这儿哪里有门？西门傻，你不会弄错了吧？"

话音未落，西门馥把钥匙递给那老婆婆。

老婆婆一言不发地接过钥匙，无神的眼珠子滚动了一下，忽然把钥匙往嘴里一塞，转眼之间就吞进了肚子里。不等众人回过神来，老婆婆整个人像蜡一样融化，很快淌了一地。

片刻后，地上凭空出现一扇黑色的木门，门上有个青铜门环。

西门馥上前一拉门环，众人只觉一阵天旋地转，待回过神来，原本贴在地上的门眼一下竖立在他们面前，缓缓地打开，门中的声色如流水一般倾泻出来。

“别跟丢了。”西门馥回头叮嘱一句，率先一脚跨过了门槛。

一跨进那扇门，众人都吃了一惊，这蜃市竟在云海之上，一条光河蜿蜒而过，澄明如镜的月亮悬在河上，河两畔楼宇林立，每一座都像是用琉璃和光砌成，缥缈清雅的乐声随着月光在河中浮动。

河两岸的店肆一眼望不到头，客人却很少，四周弥漫的不是食物的香气，而是名花异草雅致的幽香，全然没有表市的尘世气息。

小顶暗暗失落，里市虽然漂亮，但冷冷清清的，她其实更喜欢表市那种热闹的烟火气。

他们沿着河走了一会儿，只见到三四个锦衣华服、头戴幂篱的人，看衣着有男有女，俱低垂着头，默不作声，脚步匆匆，一个闪身走进某家店肆，那家店便立即关上了门。

沈碧茶撇撇嘴：“鬼鬼祟祟的。”

西门馥道：“能受邀进里市的都是有头有脸的人物，说起来都是相识，交易的货品又……咯咯，匿迹藏形也是没办法的事。”

沈碧茶哦了一声：“敢情我们没头没脸，也没什么可遮的必要。”

西门馥从乾坤袋里掏出一顶幂篱扣在自己的头上：“没错。”

沈碧茶：“……”

一行人中唯一有头有脸的世家公子接着道：“这里的店铺同外间不同，一次只接待一批客人。你们想逛什么店，我领路。哦，对了……”他说着从乾坤袋中摸出一把玉简，与他平日当钱用的玉简相似，只不过是黑色的，另外还有一把同样质地的方孔钱币，“你们若是要买东西，先与我兑这种黑简，不会留下形迹。玉简一支十万上品灵石，玉钱一枚五万灵石。”

小顶高兴地摸出一支白色玉简：“先换一百万灵石，不够再找你。”

众人：“……”

沈碧茶：“我恨你们这些有钱人。”

小顶兑完钱，对西门馥道：“有没有卖药材的店？”

西门馥点点头：“那是自然。”说着轻车熟路地领着他们来到一家店肆前，门前没有店招，也没有牌匾，若是没有西门馥带路，恐怕谁也找不到。

他们一进门，两扇门便自动关上，把走在最后的陆仁关在了门外。

好在小顶答应他每到一处新地方都数一数人头，这才让店主开门把他放了进来。

店主将他们延入店中便垂手侍立一旁，脸上挂着客套又疏离的微笑，并不多言。

店堂里寒气逼人，四壁竟是寒冰筑成，冰里嵌着几百颗夜明珠，冰上凿出一个个规整的方形“窗口”，“窗口”中放着金盘，各种丹药和药材便置于其上。

这么一摆，便是一根草也显得价值连城。

小顶环顾四周，认出了几味药材，是她在掩日峰的灵药库里见过的，更多的是她从未见过的。有的东西看起来煞是古怪，比如晒干的手脚、生着鳞片的皮肤、开在火里的花。

西门馥拿起一个琉璃瓶子，晃了晃里面流光溢彩的液体，拔出塞子，一股烟气涌出来，竟凝成个鲛人的形状。

“鲛人油。”西门馥道。

那店主欠身道：“公子好眼力。”

西门馥连价钱都没问，把瓶子递给店主，微微颔首，店主便把瓶子小心翼翼地放在一边的金盘上。

小顶看得眼花缭乱，问那店主：“有什么救命的药？”

沈碧茶道：“你又不上场比试，救什么命？而且法会比试顶多受个伤，不会闹出人命的。”

小顶含糊其词道：“就看看……”

店主微微一笑，从冰墙中取出一个小玉盒，轻轻打开，里面是一颗透明的珠子：“劫珠，佩戴此珠，可挡一次生死劫。”

没想到还真有这种东西，小顶道：“这个多少钱？”

店主：“五十万上品灵石。”

小顶拈起珠子放在手心，有些难以置信：“这么便宜？”

西门馥拧眉道：“这个买不得。”

小顶也觉得能救命的珠子只卖五十万灵石有些可疑：“为什么？”

西门馥叹了口气，解释道：“这东西太阴损，虽能挡劫数，却是用别人的一条命来抵偿。你躲过一次劫难，凡人界便有一人因你而死。”

沈碧茶睨了西门馥一眼：“噫，西门傻，看不出来你这为富不仁的坏坯还有点良知。”

西门馥白了她一眼。

小顶把珠子放回盒子里：“我不要了。”

店主似有几分遗憾：“这可是敝店销路最好的货物，总共只有十颗，开市不到半个时辰便卖出了九颗，仅剩这一颗了。”

小顶忽然改了主意：“等等，我买。”

众人都吃惊地望着她。

沈碧茶惊恐地捂住嘴：“萧顶，你……”

小顶拿了五支黑色玉简出来，换了劫珠在手，问那店主：“怎么让它变没用？”

店主微微一怔，随即恢复了彬彬有礼的模样：“只需捏碎即可。”

小顶毫不犹豫地一捏，咔嚓一声轻响，仿佛琉璃破碎，那水色的珠子瞬间化为乌有。

沈碧茶双目失神，无力地靠在小顶的肩头：“五十万灵石啊……”

西门馥神色复杂，嘴唇动了动，终是摇摇头，什么都没说。

店主重新推荐了几味疗伤的药材，小顶听着觉得它们的功效和灵药库中那些大同小异，便挑看起来好吃，功效又不太常见的药材买了几样，花了三十万灵石。

买完药，几人走出铺子，西门馥摇了摇扇子道：“接着去哪儿好呢？我想想……对了，对岸有家卖灵宠的铺子，不如去瞧瞧？”

众人都道好，西门馥便带着他们上了一座浮桥，往对岸走去。

药铺主人往空盘子里补了药材，待一行人走远，掩上门扉，端起金茶盘上了二楼。

楼上有两个戴着幂篱的人凭窗而坐。

一只手拨开面前的轻纱，从茶盘上拿起茶杯。

这手纤白细腻，柔弱无骨，手背上隐隐透出微青的经脉，看着有些像闺阁少女的手，只是比寻常女子的手大了许多。

“这小炉鼎倒有些意思，”手的主人慵声道，“难怪连山君把她当宝贝，换了我也稀罕。你的一片痴心，看来要落空了。”

对面之人发出一声轻嗤：“不过一件玩物罢了，谁还把炉鼎当真？”嗓音犹如出谷黄莺，只闻其声，便知定是个难得的美人。

男子一笑：“上不上心，很快便知道了。”顿了顿，又打趣道，“你又不曾见过人家，就不怕你爹爹给你找的夫婿是个丑八怪？”

女子笑得更娇，半真半假地嗔道：“若他是个丑八怪，我便回头嫁给你……啊，不对，若他是丑八怪，你岂不是比丑八怪还不如？他们不是都说，你生得像他吗？”

屋中的气氛陡然一冷，只听咔嚓一声响，茶盘上的玉壶碎裂成数瓣，竟是被结冰的茶水撑裂了。

里市这家灵宠店，从外头看是一座三层阁楼，与毗邻的店肆无异。几人跟着西门馥走进门，却发现门内别有洞天，竟是一片幽静的山林，其中草木深茂，流水潺潺，松风山月，清绝尘寰。

灵兽幼崽便栖息其间，不盈一丈的幼蛟和幼蛇在深潭中游弋，不时腾跃出水面，现出一鳞半爪；灵雉、灵鹤和灵雀在林中盘旋，发出悦耳的清啸和啼鸣；一窝狻猊幼崽在树下打闹嬉戏；灵狐、灵貂、灵兔之类的小兽时不时从树后、洞窟里探出头来，转动着圆溜溜的眼睛打量他们这些不速之客。

看着这么多惹人疼的幼崽，饶是沈碧茶也说不出什么刻薄话，捧着心口，对一只漂亮的小灵鹿道：“你别看我，把我卖了都买不起你。”

小顶目不转睛地盯着一只圆头圆脑的小白虎，饶有兴味地看它追着自己毛茸茸的尾巴玩。

店主是个细眉细眼的年轻男人，穿一身满是纹绣的对襟长袍，花里胡哨的程度不下叶离。他蹲下身，对着小白虎招招手，小家伙蹦蹦跳跳地跃入他的怀中。店主捋捋它毛茸茸的脑袋，对小顶道：“仙子可以摸摸它。”

小顶伸出手，学着店主的样子摸了摸，小老虎颠了个身，四脚朝天，用前爪抱住小顶的手，伸出粉嫩的小舌头舔舔她的手指，张开嘴，奶猫似的叫了一声。

小顶觉得心都快化了，只觉和这油光水滑的小团子一比，自家儿子实在有些拿不出手。她不由得有些心动：“这个多少钱？”

店主笑意盈盈：“本来这样的灵虎价值七八百万灵石，仙子既有意，五百万灵石给你，当结个缘吧。”

小顶一听，恋恋不舍地缩回手，老实地说道：“我没那么多钱。”

沈碧茶怒其不争：“哎呀，萧顶你别直说自己没钱，挑挑货的毛病……怎么这么老实呢？”

店主恍若未闻，笑意不减，把虎崽轻轻地放到地上：“小店也有价廉物美的，客人们请随某来。”说着带他们来到一处林间空地，只见半空中浮着许多气泡，每个气泡中都有一颗蛋，蛋壳颜色质地各异，有的莹润如美玉，有的粗糙如岩石，有的剔透如水晶，隐隐可以看见里面蜷缩成一团的幼崽。

店主道：“这些蛋只消一两百万灵石，只是需要自己用灵力孵化。”

沈碧茶像泡了酸水：“……长这么大第一回知道‘只消’和‘一两百万灵石’可以连一起用。”

小顶见过那虎崽便念念不忘，对蛋提不起兴致。

西门馥倒是挑挑拣拣，问那店主：“有龙蛋吗？”

灵宠店自是买不到真龙的，所谓的“龙”其实是蛟龙。

店主应道：“自然。小公子想要什么龙？敝店水、火、风、雷一应俱全，还有烛龙、应龙……只要是叫得上名字的，敝店都有。”

西门馥看了一圈，微微皱眉：“这些都是寻常货色，我也来贵店不止一回了，好东西就别藏起来了。”

店主眼中闪过一丝迟疑：“不敢怠慢西门公子，倒是新得了一颗品相上佳的烛龙蛋，只是有一位客人先看上……”

西门馥本来只是随口一问，听他这么一说反倒来了劲：“那客人可有付定金？”

店主面露为难之色。

西门馥冷笑了一声：“那便是没付了，倒不知是哪位客人这么大面子？”

店主道：“不敢不敢。”说着忙将那宝贝烛龙蛋请了出来。

西门馥一见那烛龙蛋，眼前便是一亮——蛋壳通体漆黑，隐隐闪烁着星光，果然品相绝佳。

这虽是一颗蛋，要价却比一般的幼龙还贵，需七百万灵石。饶是西门馥也有些犹疑，不过为了脸面，这钱也得花。

西门馥买完蛋，将它连同那气泡一起装进乾坤袋中。一行人在店中逗玩了一会儿灵宠，这才离开了灵宠店。

两家店逛下来，众人对里市的物价有了初步的了解，沈碧茶受的打击不小，揭了嘴上的水膜：“我算看出来了，这里就没什么我能买得起的东西。西门傻，你是成心想气死我吧？”

西门馥把手伸进乾坤袋，摸了摸新得的宝贝蛋，难得没和沈碧茶拌嘴，用扇往西边一指：“那边有一家卖小玩意儿的铺子，便宜的只消几百灵石。”

沈碧茶对他们这些有钱人的“只消”不抱什么指望，不过难得来一回，空手而归总是不甘心，便催着西门馥带路。

比起他们方才去的店肆，这家铺子看着便接地气多了，灯火通明的店堂里摆着许多小东西：胭脂水粉、鲛绡帕子、灵石灵珠、手钏璎珞、苏合带、蒲葵扇……价格从几百灵石到几十万灵石不等。

小顶给师父、掌门、师姐、师兄、儿子和傀儡人都挑了礼物。付了账，她看见沈碧茶在一堆小珠子里挑挑拣拣，好奇地凑上前去：“这些用来干吗的？”

那些珠子颜色暗淡，质地粗糙，看着其貌不扬，标价一百块上品灵石一枚，价钱快赶上灵玉珠了，却远没有灵玉漂亮。

沈碧茶道：“这是愿珠，每夜子时在月下对它倾吐心事，满七七四十九日，就会现出漂亮的色泽来……快到端阳了，以五色灵蚕丝线穿上，编成长命缕送给意中人，意头好，显得心诚，又花不了几个钱，多实惠。”

西门馥正在一边挑扇坠，不忘鄙视一番：“真无聊。”

沈碧茶睨了他一眼：“语气那么酸，一定是从没收到过。”

小顶见她已经往小篮子里装了十来颗，还在继续挑，不禁纳闷：“碧茶，你买那么多做什么？你有很多意中人吗？”

西门馥扑哧笑出声来。

沈碧茶脸一红：“……谁说意中人只能有一个？我看上人家，人家又不一定中意我，当然得广撒网啊！傻姑娘。”

小顶点点头，拈起一颗珠子：“我也买一颗吧。”虽然沈碧茶说意中人可以有不止一个，但她总觉得多了就不稀罕了。

“哟，我们阿顶也有意中人啦？”沈碧茶纳罕。

小顶握着珠子，双颊微微泛起红晕，不过还是大大方方地点点头：“是啊。”

沈碧茶用胳膊肘轻轻地捅捅她：“是谁啊？你师父吗？”

小顶一愣，连忙摆手：“不是不是。”她的意中人当然是金师兄。

正说着，她耳畔忽然传来一串轻轻的金铃声，是有人给她传音——不用想也知道是谁。她忙付了账，把愿珠揣进乾坤袋里，走到一旁的角落里，打开传音咒。

师父的声音在耳边响起，冷淡中有一丝不满：“何时回来？”

“快了。”她随口答道。

里市里不能凭着星月判断时辰，她也估计不出他们在这里待了多久。

男人声音里的不满越发明显：“深更半夜的，别在外面流连了。”顿了顿又道，

“为师的气海都快空了。”

师父三天两头危言耸听，每回她在大师姐那儿玩得晚些，他的气海便要空一空。饶是小顶老实，也不太相信。

“知道了，就回来。”她敷衍道。

苏毓哪里听不出来，沉默片刻，不甘不愿地道：“做了糖，你再不回来，我便帮你吃完了。”

小顶一听有糖吃，顿时来了精神：“师尊别吃，我立刻回来。”说完掐了传音咒，对沈碧茶等人道：“我师父催我回去了。”

沈碧茶：“啧，你师父怎么比我爹管得还紧。”

西门馥还未尽兴，不过连山君有令，借他一百个胆子也不敢违拗，便道：“也快到子时了，毕竟是在别的门派地界上，还是早些回去吧。”

众人都没有异议，随即出了铺子往回走。

经过一座浮桥时，西门馥忽然觉得腰间一紧，低头一看，却是乾坤袋飘了起来。他有些纳闷，停住脚步，对其他人道：“稍等片刻，我的乾坤袋里似乎有点不对劲，我看看……”

他边说边把手探入乾坤袋，却冷不丁被烫了一下——原本只是有些许温热的蛋壳，竟然变得像燃烧的炭一般滚烫。西门馥惨呼一声，连忙缩回手，不承想那个诡异的烛龙蛋却像粘在了他的手上，被他一起拽出了乾坤袋。

他连忙甩手，可怎么都甩不脱。

灼烧感越来越强烈，黑色的蛋隐隐透出血红的光来，蛋壳有规律地一收一缩，竟似一颗搏动的心脏。

西门馥也顾不得心疼钱了，当机立断，把蛋往琉璃桥的栏杆上使劲一敲。蛋壳咔嚓裂开，里面传出一声凄厉而尖锐的婴儿啼哭声，然后涌出一股黑气，如同化在水中的浓墨，迅速笼罩住西门馥，然后尽数钻入他的七窍中。

西门馥瞬间停止挣扎，面无表情地伸出被烫得皮开肉绽的手，抽出腰间佩剑，向着小顶刺过来。

这一切发生在须臾之间，在场诸人都是毫无对敌经验的新弟子，见状都傻了眼，手足无措地呆立在原地。

好在几个傀儡人反应迅捷，阿亥身法如电，挡在小顶身前，以剑鞘顶开西门馥那来势汹汹的一剑，回头对众人道：“西门公子被魔物控制了，诸位跟我走。”他一边说一边护着小顶和几个弟子往桥头退去。

与此同时，阏逢和旃蒙两个天干傀儡人拔剑与西门馥战在一处，一时间只听剑刃相击，剑影如夕火秋月。

那魔物虽然厉害，却不是两个天干傀儡人的对手，只不过西门馥身体被占，傀儡人投鼠忌器，一时间双方都讨不到便宜。

阿亥护着几人退到岸边，没等他松一口气，星光熠熠的河水中忽然钻出一只黑色的触手，飞快地缠住沈碧茶的一只脚，将她往河里拖。

沈碧茶吱呀乱叫，提剑要砍，那魔物放开她的脚踝，在她的手腕上重重一抽。沈碧茶吃痛，手不禁一松，佩剑咣当一声落在地上。

小顶拔了佩剑万壑松握在手上，本来是聊胜于无，危急关头也来不及细想，举起剑，劈柴似的向那魔物斩去。魔物断成两半，松开沈碧茶的脚脖子，一半缩回水中，另一半却顺势缠上了小顶手中的剑，藤蔓一般沿着剑身爬过来，眼看着就要攀上她的手腕。

阿亥凌空虚画，刹那间画出个引雷符，符篆一闪，一道闪电向着剑上的魔物劈去，魔物发出一声婴啼，瞬间逃回了河水中。小顶也被震得虎口一麻。

这时，两个天干傀儡人终于将西门馥体内的魔物逼了出来，阏逢与那魔物交战，旃蒙则提起晕倒在地的西门馥退至岸边。

阿亥长出一口气："好险……"话音未落，他便见河水翻起黑浪，细看竟是成千上万的黑蛇般的魔物。

弟子们哪里见过这阵仗，沈碧茶被恶心得干哕不止，一边哭一边骂西门傻。

阿亥瞳孔一缩，正要挥剑，忽觉脸上一冷，抬手一摸，发现是一片雪花被风吹拂到他的脸上。傀儡人心中一喜，抬头一看，便见月轮中一人乘风而来，白衣猎猎作响，不是主人是谁?

小顶睁大眼睛："师尊……"

苏毓睨了徒弟一眼，挥剑向水中的魔物斩去。

小顶从未见过师父出手——他偶尔会教她剑法，但是为了让她看清楚，一招一式都特别慢，与真正却敌时的招式不可同日而语。

苏毓的身法快得让人看不清，目之所见，只有一道白虹般的残影，如流风，似飘雪，与如虹剑意融为一体。小顶不由得看得怔住，这样的师父，就算在她眼里也几乎是美的。

身边的沈碧茶把死里逃生的经历忘得一干二净，用力搓着小顶的袖子："萧顶，你这个暴殄天物的呆子！"

连山君的剑气如风樯阵马，裹挟着寒风与冰雪，所到之处，瞬间凝水成冰，排空的巨浪连同其中的魔物，一起被凛冽的剑气封冻，在银霜般的月光下熠熠生辉。

咔啦咔啦的破碎声从封冻的河中响起，须臾之间，河冰碎裂成亿万片，魔物发出短促的哀啼，消失得无影无踪。

他还剑入鞘，走到徒弟跟前，嫌弃地瞅了她一眼，从怀里掏出一物抛给她："叫你早点回去。"

小顶接住一看，却是一根棒糖，外头用透明的油纸包着，形状却是只圆头圆脑的小虎崽。

不等她说什么，苏毓一挑眉："走吧。"

就在这时，远处忽然传来一个温润的声音："请连山君阁下留步。"

一个身着玉白锦衣的年轻男子从桥头翩然行来："因在下疏漏，让诸位受惊了，实在抱歉。"

来人走到近处，取下幂篱放进乾坤袋中，众人都是一怔。

熟读"十洲三界美男榜"的沈碧茶第一个认出他来："哦，这不是美男榜上的万年老二顾苍舒吗？"她扯扯小顶的袖子，"噫！真的有点像你师父，单看倒还可以，放在一起一比就太惨烈了。啧，好死不死，还都穿了白衣服，简直是东施效颦，敢摘下幂篱也算是勇气可嘉……"她尽量克制自己，压低声音，但在场的都是修道人士，自是听得一清二楚。

顾苍舒冷冷地向她瞥来一眼，笑意凝在脸上。沈碧茶打了个寒战，忙识趣地往自己的嘴上贴了块水膜。

苏毓佯装什么都没听见，微抬下颌，冷着脸，一副不认人的模样——论搭架子和甩脸子，连山君也是修仙界当仁不让的第一人。

身为太璞宗宗主的独子，顾苍舒自是眼高于顶，但对上这位，也只能谦恭地行个礼："在下太璞宗顾苍舒，见过阁下。"

苏毓仿佛这时才忽然发现他的存在，泰然自若地受了他的礼，微微一颔首。

顾苍舒未曾料到苏毓竟如此倨傲。虽说苏毓是归藏掌门的师弟，论起来和太璞宗宗主是一辈，但他们的年纪相差不大——何况顾大公子平日走到哪儿都是众星捧月，便是年长他四五百岁的前辈也没有这样怠慢他的。顾苍舒心中微怒，面上不显："敝宗门下办事不力，未料竟让魔物混入蜃市，惊扰了贵派高足，顾某难辞其咎，望祈阁下恕罪……"

苏毓点点头："我不理庶务，赔偿事宜可找叶离。"叶师侄颇得师祖真传，是讨价还价的一把好手，这回顾家理亏，不扒下他们一层皮来定不罢休。

众人惊愕。只有小顶毫不惊讶，自家师父什么德行她一清二楚。何况这顾公子都认了是他们太璞宗的过错，赔钱不是天经地义的吗？

顾苍舒一时语塞。这和他想的不太一样。按照规矩，他们不是应该继续你来我往、含沙射影一番吗？张口就要赔钱是什么新招数？

苏毓挑了挑眉："顾公子可是有什么异议？"

顾苍舒定了定神，作了个揖："不敢，是敝派之过，补偿是应当的。"

苏毓冷漠地说道："那便失陪了。"说着抬起下颌朝他身侧点了点，"劳驾顾公子让一让。"

顾苍舒："……"

苏毓若有似无地往桥边的柳树后瞥了一眼，树下的影子微微一动，仿佛有一片云翳飘过。他收回寒凉如水的目光，没再搭理顾苍舒，带着门下弟子款款地朝对岸走去，身姿飘逸，清雅出尘，仿佛刚才理直气壮地讨债的人压根不是他。

顾苍舒在原地呆立半晌，直到一行人的背影消失在云雾中，这才眯起眼，自言自语似的轻声道："天下第一剑修名不虚传，只是不知还能得意几日。"

柳树后走出一个人来，幂篱垂下的轻纱随风飘拂，层层叠叠的锦缎衣裙随着她轻移莲步发出沙沙声，腰间的环佩却一声也不响。

女子走到顾苍舒身边，与他并肩站着，面纱下红唇一扬："方才的话我收回，见过他一眼，我可不愿再嫁你了。"

顾苍舒冷哼一声："你和令尊别竹篮打水一场空才好。"

"他是聪明人，没有理由拒绝这门婚事，"女子轻笑一声，"我的嫁妆可有半个大衍宗呢。"

"未必，"顾苍舒讥讽道，"我看他对那小炉鼎上心得很。"他顿了顿道，"有那三个傀儡人在，足以护那小炉鼎无虞，我们也不可能真的放任他们归藏的人在这里出事，这道理他不会不明白。明知我们在试探他，他仍然忍不住亲自出手，这难道不是关心则乱？"

女子不以为意："兴许那小炉鼎身上有什么玄机，让苏公子离不了她呢？你该不会真的以为，连山君那种人会被女色迷得神魂颠倒吧？"她伸出食指，轻点了一下顾苍舒的下颌，"或者说，是你吃醋了，苍舒哥哥？"

顾苍舒将她的手拂开。

女子丝毫不以为忤，整只手覆上他的脸颊："横竖我爹爹不可能让我嫁你，虽说修仙之人不讲究伦常，可谁都知道你是我大伯的种，我们白家还是要脸面的……"

顾苍舒瞳孔一缩，握住女子雪白的手腕，狠狠地一拧："白千霜，别以为我不敢动你。"

女子发出一声痛呼，目光微冷，却笑得越发娇媚："瞧你这性子，还是这么沉不住气。"

苏毓走在前面，小顶走在他身边，其余人紧随其后，个个眼观鼻，鼻观心，大气也不敢出一声。

小顶抓着老虎棒糖，半晌舍不得下嘴。苏毓嫌弃地睨了她一眼："不吃？"小顶这才伸出舌头轻轻地舔了一下老虎耳朵。

苏毓："回去还有。"他照例做了一套二十八个。

小顶这才放心大胆地咔嚓咔嚓咬起来。

走了一会儿，她抬起眼，忽然觉得不对劲，喊住苏毓："师尊，走错了，回去不是这条路。你们怎么都不说啊？"她纳闷地看了一眼沈碧茶。

嘴上贴着水膜的沈碧茶："呜呜呜呜呜……"

小顶又看向西门馥，西门馥趴在傀儡人的背上装死。

秦芝兰抬头望天，陆仁第一次庆幸自己仿佛不存在。

"谁说要回去？"苏毓挑挑眉，"去灵宠店。"

西门馥不敢装死了："道……道君，那店主也是弟子的老相识了，多半也不是有心的，罪不至死……"他手上受了伤，又被魔气侵入身体，浑身发虚，只想回去吃药疗伤。

苏毓冷冷地看了他一眼，西门馥立马噤若寒蝉。

小顶见西门馥手上在流血，皱皱眉道："西门馥，你的手是不是受了伤？"她把老虎糖塞进嘴里含着，低下头，从乾坤袋里翻出一盒伤药，含糊地说道，"我给你敷药。"说着便要去拽西门馥的手。

西门馥道了谢，正要伸手，冷不丁瞥见连山君的脸色，忙缩回手："多谢萧仙子，小可自己来便是。"

小顶："你两只手都……"他一只手被魔蛋灼伤，另一只手在打斗时被傀儡人的剑划了一下，还在淌血。

西门馥当机立断："我可以用脚。"

苏毓瞟了他一眼，脸色稍霁。这西门氏的败家子虽讨嫌，倒还有几分眼色。

沈碧茶从小顶的手里接过药盒："呜呜呜……"

西门馥心里微微一暖，想着这女人虽然嘴欠，关键时刻却还是念一点同窗情谊的。

沈碧茶揭了水膜："这种脏活我来干就是，别脏了我们阿顶的手。"说完又把水膜贴了回去。

西门馥："……"

苏毓看了一眼沈碧茶，颇为赞赏地一颔首。这弟子不错，小徒弟就该多交点这样的朋友，近朱者赤。

待沈碧茶给西门馥敷药时，小顶忽然意识到不对："师尊，你怎么知道的？"她看看手里缺了一只耳朵的小老虎棒糖，"还给我做老虎糖。"

苏毓一脸理所当然："你迟迟不归，为师便施了个离娄术看看你到了哪里。"

众人闻言，脸色俱一白。

沈碧茶："嘤嘤嘤。"

小顶只是哦了一声，嘟囔道："师尊下回要看，还是要先说一声。"

苏毓皱了皱眉："还不是因你修为太低？"顿了顿道，"若是为师不看着，你这会儿已经叫魔物吃了。"

小顶忽然想到什么，转头望了一眼河中的碎冰："那魔物能吃吗？"

苏毓乜了她一眼："就这点出息。"

说话间，他们已到了灵宠店。

他们一迈入店中，那身着绣花袍子的店主便迎了出来，不明就里地看看苏毓，又瞅瞅西门馥："西门公子，这是……"

不等西门馥吭声，傀儡人阿亥抢上前去，横眉立目，把破碎的烛龙蛋壳照店主人脸上一摔，捋起袖子："你这奸商，就拿这破玩意儿糊弄你爷爷？"扔完转过头看向主人，挠挠后脑勺："道君，我演得还成吗？"

小顶捧场："阿亥，你演得真像，连我都被你唬住了。"

阿亥一脸羞涩："小顶姑娘谬赞了。"

苏毓："……"让这货戴着嘴出来真是失策。

缺心眼的傀儡人和徒弟都指望不上，连山君不可能亲自出马。西门馥抚了抚额角，艰难地从傀儡人的背上爬下来，硬着头皮上前，对店主介绍道："这位是连山道君。”

店主诚惶诚恐地行礼，把身体弓成了虾状：“道君光降，令敝店蓬荜生辉……”

苏毓矜持地点了点头，便袖着手，一言不发地站着。

西门馥伸出惨不忍睹的伤手，把烛龙蛋之事向店主说了一遍。

店主一张小白脸顿时脱了色，一个劲地告罪：“道君、仙子们恕罪，小人真的一无所知……西门公子，你是知道的，小人就做个小本买卖糊糊口，哪有胆子在太岁头上动土啊……”

西门馥道：“这烛龙蛋是从哪里收来的？”

店主一脸困惑：“敝店的烛龙蛋都是从那伽洲来的，是带官印的。”他捡起碎蛋壳，指给众人看上面浅浅的印痕，“西门公子是知道我的，胆子还没针尖大，来源不明的东西岂敢拿出来卖给贵人们……”

“那就是后来被人动了手脚……”西门馥脑海中突然闪过一个念头，“你之前说，有客人也看上了这个蛋，那人是谁？”

店主面露难色：“这……”

西门馥来了气，冷哼一声：“怎么，害得本公子这么惨，还替人瞒着？我们西门氏看起来好欺负？”

苏毓一直站在一旁，此时方才淡淡地问道：“可是顾家人？”

店主脸色微变，心虚地垂下头来。众人见他这反应，便知是叫连山君说中了。

一听是顾家人，西门馥倒是不知该说什么好了——虽然他在归藏求学，但他们西门氏与太璞宗过从甚密，族中也有不少兄弟姐妹投在太璞宗门下。气归气，家里也不可能为了替他一个小辈讨公道，和太璞宗撕破脸。西门馥眼珠子一转，便给自己找了个台阶下：“英瑶仙子与顾宗主乃一代宗师，光风霁月，驭下谨严，其中定然有什么误会。不过蛋是从贵店出来的……”

“小人省得。”店主忙从怀中掏出七支黑玉简，每支一百万灵石，正是方才西门馥付给他的蛋资，他又添上五支同样的玉简，“完璧归赵，另外五百万灵石，权当小的给西门公子赔罪。”

“我受点伤倒是无关紧要，”西门馥接过玉简，用尖尖的下巴颏指指小顶，“可是我这些同窗受了不小的惊吓，尤其是这位仙子，可是我派连山道君的入室弟子……”

苏毓不禁对这西门败家子有些刮目相看，入门区区三个月，行事做派倒有几分祖师的风骨。

店主闻言面色一凛，腰弯得更低了，又从怀里掏出五支百万灵石的玉简：“给诸位小道君、小仙子压惊。”

沈碧茶喜上眉梢，揭开水膜：“竟然有这么好的事，要是每天都能被吓两次就好了。”

小顶接过玉简，皱皱眉：“阿亥、阏逢和旃蒙也吓坏了。”

阿亥配合地砰砰拍着心口：“吓死我了，现在想起来还后怕呢……”

众人：“……”

从没听说过傀儡人也会受惊吓，不过人家明摆着趁火打劫，店主只得认栽，给傀儡人也一人赔了一百万灵石。

阿亥弯眉笑眼地接过揣好：“这下子可以买好多身新衣裳穿啦。”

两个天干傀儡人虽不像缺心眼的阿亥这般七情上面，眼角眉梢也都是喜色。

讨完赔款，苏毓也不急着走，和小徒弟东看看，西瞧瞧。店主心疼得紧，不敢显露分毫，只能满脸堆笑地伺候着，只盼能早些把这群瘟神送出门。

苏毓看向小徒弟，指着不远处一只看起来傻傻的白虎幼崽：“你不是很喜欢这虎崽吗？为师买给你。”说着他若有似无地瞟了一眼店主人。

店主当即心领神会，上前抱起虎崽：“怎么好叫道君破费，这虎崽权当小人给仙子的赔礼了。”

苏毓面无表情：“一事归一事，买东西自然是要付钱的。”他从袖中抽出一支玉简，“够吗？”

店主一看，玉简上赫然写着五万灵石。他还能怎么办，只好诚惶诚恐地答道：“足矣足矣。”

苏毓接过虎崽，递给徒弟，说道：“拿去养着玩吧。”

小顶接过虎崽，用脸颊蹭蹭它圆圆的脑袋：“多谢师尊！”

苏毓点点头：“那便走吧，时候不早了。”

店主一听这话，简直要热泪盈眶，赶紧恭恭敬敬地将他们送出门去。

一行人在里市耽搁许久，回到楼船上时已近四更天。

与连山君师徒分开后，沈碧茶总算能摘下贴在嘴上的水膜了。虽然夜已深，但几人都没什么睡意，围坐在一块儿，回忆今晚的经历。

沈碧茶先是尽情地感叹了一番连山君的美貌和萧顶的眼光，接着才道：“说起来，那万年老二生得和我们道君还真挺像，就是哪儿哪儿都粗糙了些。”

西门馥啧了一声：“这就‘我们道君’了？人家是萧顶的师父，与你有何干系？”

沈碧茶不屑一顾：“你就酸吧。话说，那万年老二的事，你总该知道一些吧？”她对顾苍舒的了解仅限于“十洲三界美男榜”的记载，西门馥是世家子，对世家大族的那些秘密定然比她清楚多了。

果然，西门馥的脸上浮现出老神在在的微笑：“我怎会知道？”

沈碧茶推了他一把：“西门傻，别卖关子。”

西门馥抽出折扇打开——虽然两只手缠满了纱布，却仍旧顽强地摇着。

“沈碧茶，你这嘴上没把门的，听了可别到处乱说，该贴膜贴膜。”他压低声音道，“据传，顾苍舒不是他爹的亲儿子。”

沈碧茶这种平民少女，最爱听这些高门秘辛，顿时瞪大了眼睛，眼中射出精光：“啊，这是怎么回事？”

西门馥不紧不慢地说道：“太璞宗的情况你们应当有所耳闻吧？明面上宗主是顾清潇，其实他不过是个赘婿，出身不显，修为平平，为人又庸懦无能。太璞宗的权柄实际上牢牢握在他夫人英瑶仙子的手中。”他顿了顿道，“英瑶仙子和大衍宗宗主曾是青梅竹马，只是因为顾、白两家分道扬镳，一对有情人被生生拆散。不过，据说两人一直都藕断丝连，顾清潇不过是他们的幌子罢了。”

“那顾苍舒生得既不像爹，又不像娘，确实不太像是顾清潇的血脉。而且你只要见过他们父子相处，便会觉得他们根本不像父子。他和英瑶夫人对顾清潇颐指气使，倒像是对待家仆一般……因此许多人在背后讥笑顾清潇，戏称他为‘傀儡宗主’。”

沈碧茶：“这么说顾苍舒生得像大衍宗的白宗主？”

“是这么传的。”西门馥道，“不过白宗主自年轻时便开始练一种名为‘千面’的功法，如今的修仙界中，几乎没人见过他天生的那张脸。”

沈碧茶若有所思地摸摸下巴：“万年老二是白宗主的儿子……却生得像我们道君……莫非……”

西门馥手疾眼快地捂住沈碧茶的嘴，将声音压低到几不可闻的程度：“道君身世成谜，虽极少抛头露面，但总有见过他面貌的人，知道他和顾苍舒生得像，便有人悄悄地传，说他是白宗主遗落在外的……咯咯……”

窗外夜色沉沉，寒月在空，海面泛着粼粼波光。

苏毓在舱房中静坐运功。今夜三个傀儡人烧的都是他的灵气，加上他亲自挥出的那一剑，共耗去约莫半成灵气，他得在法会开始前吸回来。

舱房的陈设与他在掩日峰的住处无二，几榻、屏风都是从家里直接搬来的。

傻徒弟的卧房在隔壁，壁板上照例挖了个洞，眼下笑声夹杂着虎崽奶猫似的叫声不断地传入他的耳中。

傻徒弟咯咯笑个不停，气喘吁吁地告饶："红……红豆包，别舔我的脖子，啊……痒死啦……"

苏毓捏了捏眉心："萧顶，大半夜的不睡觉做什么？你若是玩物丧志，为师便把虎崽送回去。"

小顶用气声说道："嘘，红豆包，快回窝睡觉吧，师尊脾气不好，吵到他会把你赶走的……"

小虎崽仿佛能听懂，可怜兮兮地呜咽起来。

小顶觉得心仿佛化成了一摊水，一下子毫无原则："好吧，再让你扑一次……"

红豆包："呜呜呜……"

"两次……"

"呜呜呜……"

"好吧，三次……说好了，再扑三次，扑完睡觉，哈哈哈，痒……痒……"

苏毓："……"

三次复三次，不知又扑了多少次，虎崽终于累了，打个哈欠，趴在小顶的身边睡着了。

小顶一边爱不释手地摸着虎崽，一边回想今晚发生的事，后知后觉地感到不对劲。她凑到墙洞上："师尊，我们叫那个店主赔钱，是不是不太公道啊？他也是被骗的……"

碧茶说过，冤有头，债有主，这次是太璞宗的人在蛋里做了手脚，那店主又赔了蛋，又赔了好几百万灵石，也太惨了些。

苏毓："帮傀儡人讨钱的时候也没见你手软。"

"没想那么多嘛……"小顶脸一红，嘟囔道，"只是想着别人都有，阿亥他们若没有，一定会难过的。"

苏毓解释过好几次，傀儡人的喜怒哀乐都来自慧心石对真人的模仿，哪怕再惟妙惟肖，也不是由心而生。但是傻徒弟似乎始终没法真正明白傀儡人和真人的区别，对她来说，大渊献就是活生生的人。苏毓无意同她掰扯这个，想了想道："你觉得那店主是无辜的？"

"不是吗？"小顶没想到师父会这么问，这不是显而易见的吗？

苏毓浅浅一笑："自然不是。"

小顶纳闷："为什么？"

"一来，此人能在郁洲立足，将生意做大，与太璞宗定有往来。"苏毓耐着性子解释，"二来，若是真如他所言，顾家人先看上了那颗烛龙蛋，他又怎会拿出来给西门馥看，惹得他非买不可？这样岂不是得罪了顾家人？"

小顶似懂非懂地点点头："嗯……"

苏毓接着道："他会这么做，当然是得了顾家人的授意，或许并不知道全盘计划，但定然参与其中。"

小顶皱着眉头苦思冥想："师尊，我不太懂……他们怎么知道西门馥一定会买那颗龙蛋？"

苏毓扯了扯嘴角："你不知道这些人会为此下多少功夫。"顿了顿道，"他们打算对你下手，定然早就将你周围人的底细摸得一清二楚。他们早就摸清了西门馥的性子，也知道他近来在搜罗珍稀龙蛋，也许在市司发函时便已经设好了局，只等着你们自投罗网。"

小顶吃惊地张了张嘴，这事已经远远超出她所能理解的范畴："这些人是没事干，闲得发慌吗？"

苏毓抿唇一笑，小傻子说得也没错，那些宵小可不就是闲得慌，见不得别人比自己好，便想方设法用阴谋诡计害人吗？

小顶又道："他们为什么要害我？"

"他们只是借你试探我罢了。"苏毓淡淡地说道，"你记住，外面不比归藏，出门在外，凡事都要多想一想，提防着点总是没错的。"

归藏在十洲三界的门派中其实是个异类，出了门派，到处都是毫不掩饰的弱肉强食，压根没什么公道可言。就说那灵宠店的主人，即便真无辜，也会轻则破财，重则赔命。

傻徒弟闷闷地嗯了一声，显然有些沮丧。

苏毓有时也不太明白，一个被父母兄长无情地抛弃的小炉鼎，为何会有这样不切实际的天真想法？他思来想去，只能归结为"傻"了。身为师父，他本该早点让她明白世道人心的险恶，可只要一看见她无忧无虑的眼神，到嘴边的话又不知不觉地咽了下去——横竖有自己护着，让她再傻上几年也无妨，就算将来他不在了，也还有云中子、蒋寒秋等人看顾着。不过她还是得有基本的防人之心。明知这些话会让她困惑苦恼，他还是得说。他情不自禁地放缓了语气："别多想，就寝吧。"

小顶答应了一声，正要回去床上躺着，蓦地想起一事，又把嘴凑了回去："师尊，那个顾家的公子怎么和你生得那么像？你们就跟亲兄弟似的。"他们同窗中有一对真正的同胞兄弟，也还没他们这么像。

苏毓不觉敛起脸上的温和笑意。这话换个人是断断不敢问出口的，也只有这个口无遮拦的徒弟敢问出来了。

外间那些纷纷扰扰的流言，他自不会一无所知。当年英瑶仙子与顾清潇结为道侣时已经身怀六甲，顾苍舒是白宗主的血脉，这在高门世族中几乎是尽人皆知之事。不过那些关于苏毓的传闻，便是无稽之谈了。

苏毓并无愠色，只是答道："世间面貌相似之人比比皆是，没什么稀罕的。"顿了顿，又道，"在修道界，容貌相似有许多可能的缘故，血脉只是其一。我父母皆是凡人，阖族上下百余口人命丧于妖魔之手，恰好你师祖路过，斩杀了妖魔，将我救出，全族唯有我一人幸免于难。"

他长大成人后，师父带他回祖宅看过一眼，唯见残垣断壁，父母亲人的坟茔湮没在荒烟蔓草中，早已无迹可寻。

这是师父第一次说起往事，小顶未曾料到他的身世这样凄惨，可她一个炉子也不知道失去亲人是什么滋味，不知该怎么安慰人，半晌才道："师尊，你别伤心……"

苏毓一笑："那时候我还不曾记事，也不知伤心。自晓事起，我便与你师祖、师伯一起避居九狱山，也算得上是无忧无虑了。"

小顶用力地抿了抿唇，下定决心道："师尊，徒儿定会好好孝敬你的。"

苏毓道："不图你孝敬，你少气我，我就谢天谢地了。"

小顶觉得莫名其妙："我什么时候气师尊了？"她一直很听话啊！

"没有，睡吧。"他言简意赅地答道。

归藏一行人提前一天抵达，因此可在郁洲多停留一日。

翌日，顾苍舒与太璞宗的两位长老亲自前来凤尾渡赔礼道歉，连山君可不是吃素的，昨夜他既放了话，那不想赔也得赔了。

叶离奉师叔之命前去交涉，发动三寸不烂之舌，果然不辱使命，恨不能把太璞宗扒层皮。太璞宗的三人下船时脸色都是青的，右长老脚下一个趔趄，差点没栽进海里。

叶离送走了三人，失望地摇摇头："说起来是天下第二大宗门，却没有多少油水可刮，空架子罢了。"

西门馥是知道这些大宗的底细的："大衍和太璞传承千年，门人弟子动辄数万，看着光鲜，其实尾大不掉，内斗又狠，内里早就虚了。"他摇了摇扇子，"剑修门派都是灵石堆起来的，哪儿哪儿都要钱，也就我们归藏家底厚，历任掌门又生财有道，连外门弟子都有月俸领。"

"在大衍和太璞，外门弟子压根算不得弟子，就是杂役，根本学不到什么正经的剑法、术法。就这样，他们每年还得献束脩，要入内门，行拜师礼又是一大笔钱。对了，他们单内门弟子就有上千人，内门之上又有入室亲传弟子，我们归藏的外门弟子比他们的内门弟子学得还多，还不必执役、伺候师长。"

大部分弟子在拜师前都"货比三家"，闻言都深以为然，连连称是。

当日下晌，太璞便派人将谈定的赔偿送了来。

叶离大方地一挥手，便给昨夜遇险的几个弟子一人发了两百万灵石，外加太璞特产素女琴一把、云龙芝草一茎、蛟鳞宝甲一副。沈碧茶笑得嘴都合不拢，只能抬着下巴以防脱臼。

这天晚上，叶离生怕弟子们出门再惹什么是非，便给他们加了一堂晚课——太璞宗被他扒得只剩裤衩了，万一再出点什么事，他是扒还是不扒呢？

上完课，小顶回到房中，陪着虎崽红豆包玩了半天，听见外头传来水鸦的叫声，蓦地想起昨晚在里市买的愿珠来。

她捋了捋虎崽的脑袋，给了它一个绣球："我有事忙，你乖乖玩球，别来闹我啊。"

虎崽温驯地叫了一声，乖乖地玩起球来。

小顶从乾坤袋里摸出愿珠，打开窗户，按照沈碧茶教她的法子，施法让珠子悬浮在半空中，令它沐浴月光，然后双手合十，闭上眼睛虔诚地许愿："信女愿和金师兄两情相悦，结成道侣……"

愿望要连着念上七七四十九遍，如此反复七七四十九日。

她刚念上六七遍，耳畔便传来师父的声音："萧顶，你又在胡闹什么？"

"没胡闹。"小顶有些委屈。她诚心许愿，师父怎么能说她胡闹呢？

苏毓："方才在和谁说话？"

小顶觉得师父管得有点多，不过她心中坦荡，不觉这有什么不可告人的，照实说道："我在对着愿珠许愿呢。"

"许的什么愿？"苏毓道，"说来让为师也听听。"

小顶理直气壮地把愿望说了一遍。

苏毓轻嗤一声："你知道什么是道侣？"

小顶听出他语气中的不屑，有些气恼，皱皱眉："自然知道的，道侣就和凡间的夫妻差不多。"这是碧茶告诉她的，其实凡间的夫妻是什么她也不太明白，但是她不能叫师父小瞧了去。

"成了道侣，就可以整天待在一起。"她又补上一句，"还可以一起修炼。"

苏毓将话里的揶揄之意收敛了些，倒是带上了些许语重心长的意味："你还不懂这些，别整天瞎嚷嚷。"

小顶越发不服气了："我懂的，金师兄是我的意中人。"

苏毓揉了揉额角，懒得再搭理她，冷声道："随你。"

小顶撇撇嘴："我去继续念了，师尊别再打断我。"

被打断了她就要从头来过，很费劲的。

苏毓用一声冷哼回答她。

小顶顺顺当当地念完四十九遍，收回珠子，放在掌心端详了半晌，却看不出丝毫变化。这和碧茶说的不太一样，她纳闷地挠挠耳朵，想着许是才一日，变化不明显吧。

第二天便是起程的日子。

天蒙蒙亮，归藏众人便鱼贯下了船，登上太璞宗派来的云筏，前往海中的传送阵。

平静的黑色海面犹如一块无边无际的黑曜石，那阵法便设在一望无际的海中央。

云筏靠近，海面忽然掀起浪涛，天风海涛旋转不止，形成一个矗立在海面上的漩涡，漩涡中忽然白光大亮，瞬间将云筏吞没。小顶只觉两眼一花，忍不住闭上眼，再睁开时，云筏已在一片陌生的海域。

这里的海水不是黑色的，而是晶莹剔透的蓝紫色，嵌在广袤无垠的黑海中，犹如一块熠熠生辉的紫水晶。

紫色水域的正中是一座八卦形的小岛，岛上遍地细白沙石，葱茏的草木翠色欲流，朱红色的鸾鸟拖着长长的尾羽，在绿树间懒懒地飞着，像是一片片火红的流霞。

太璞宗的执事操纵云筏向岛的西北方飞去，大约是兑卦的位置——那便是他们今夜的下榻处。

云筏降落在一片风光秀美、楼台宏丽的庄园前。

执事领着他们进了门，谦恭地行了个礼："法会明日辰时召开，请诸位道君、仙子在此地歇息。"

叶离道了谢，将弟子们安排妥当，便让他们呼吸吐纳，养精蓄锐。

新弟子们不必上场，便凑在一起玩。

小顶这时才得空，从乾坤袋中摸出愿珠，问沈碧茶："碧茶，我昨夜对着珠子许愿了，怎么没什么变化？"

沈碧茶瞅了一眼，不由得皱眉："你可按照我说的步骤做了？"

小顶点点头，把那些步骤说了一遍。

"不应当啊！"沈碧茶从自己的乾坤袋里掏出七八颗愿珠。

这些珠子买来时像粗糙的石头，这会儿已经莹润剔透了不少，还呈现出不同的色泽来。

对比之下，小顶有些沮丧。

沈碧茶摸了摸下巴："珠子没什么不对，那就是你心不诚了。"

小顶一听，差点落下泪来。她对金师兄的心意天地可鉴，怎么可能心不诚呢？碧茶的真心分成那么多份，这珠子都显灵了，她心里只有金师兄一个，怎么反倒不行？一定是她哪里没做对！

小顶问道："碧茶，你许了什么愿望？"

沈碧茶瞪了一眼伸长脖子、竖起耳朵的西门馥，清秀的脸颊浮起一抹可疑的红晕："也没什么，就是……苍天在上，请赐信女一个有钱又体贴的美男子，一个不够两个也行，多多益善……"

西门馥扑哧笑出声来："沈碧茶，你果然诚心，真是感天动地。"

小顶有些困惑："碧茶，你对每颗珠子许愿的时候都不换词的吗？"

沈碧茶："换词？你以为我每颗都念四十九遍？我哪有那么闲，当然是对着它们同时念的呀！”

小顶深受打击，沮丧地垂下头。她一次念一颗，竟然还比不上沈碧茶一次念一把。

沈碧茶见她垂头丧气的，搂了搂她的肩膀：“别难过啦，许是你运气不好，挑了颗次品。”说着从乾坤袋里摸出三颗灰蒙蒙的愿珠，“我还剩三颗没用过的，你那颗给我，我回去试试看。”

是夜子时，小顶把沈碧茶给的愿珠取出来，正要许愿，忽然想到，自己在这里许愿，屋子里有红豆包，隔壁又有师父，容易受到干扰，生出杂念，兴许昨晚就是因此才失败的。她想了想，抱起虎崽出了门，瞧了瞧隔壁，道：“师尊——”

苏毓微微屈了屈手指，门自己打开了。

“何事？”他睁开眼，瞥了一眼小徒弟。

小顶把虎崽往地上一放：“师尊，我有要事，你帮我看一下红豆包。”

苏毓蹙眉：“为师忙得很，哪有空替你看……”

话音未落，小顶已经关上门跑了。门外传来她的声音：“多谢师尊。”

苏毓：“……”

小虎崽有些警觉，弓起背，竖着耳朵，轻轻地抽动着鼻子。

苏毓捏了捏眉心，叹了口气，并指一画，地上出现一个发着白光的圈。他绷着脸对虎崽道：“你就待在圈里，别胡闹。”

虎崽歪头看着苏毓，冰蓝色的眼睛里满是困惑，神情和它的主人颇有几分相似。

苏毓不自觉地放软了语气：“我有事忙，你自己玩。”

虎崽这时发现了亮闪闪的光圈，好奇地伸出肉嘟嘟的前爪摸了摸。它抖了抖耳朵，立马看出来这冷冰冰的白衣男人外冷内热，不足为惧。

虎崽天性活泼好动，哪里肯待在圈里，立即跳出来，朝着苏毓猛扑过去。苏毓手疾眼快，不等它扑到身上，便伸手捏住了它的后脖颈，把它放到一边，轻斥道：“萧五万，你好自为之。”作为一只身价五万灵石的灵宠，你该有点自知之明。

虎崽没有自知之明，也不会轻易放弃，撅起屁股蓄势待发。苏毓厉声道：“坐好。”这小东西坐也没个坐相，和它的主人一模一样。

灵虎生来通人性，灵智相当于三四岁的孩童，在灵宠店受过训练，能听懂许多指令，闻言呜咽一声，心不甘情不愿地坐下，可屁股刚沾地，它自觉已经完成使命，又蹦蹦跳跳地朝着苏毓扑来。

苏毓无可奈何："只此一次。"

红豆包："喵喵……"

约莫两刻钟后，小顶回来了。她敲门进屋，却见师父正襟危坐，虎崽乖乖地趴在他的脚边，懒洋洋地摇动着毛茸茸的尾巴。小顶瞅瞅师父，又瞅瞅虎崽："师尊，红豆包乖吗？"

苏毓微微抬起下颌，一本正经地说道："灵宠各有天性，灵虎贪玩好动，须严加驯养。有为师管束，它自然俯首帖耳。"

小顶迟疑了一下，还是如实说道："师父，你的簪子掉地上了……袖子和衣襟也被抓破了。"

苏毓："……"

她蹲下身轻拍虎崽的脑袋："红豆包，跟你说了，玩'猛虎扑食'要收起爪子，不能欺负师尊不会玩啊！"

苏毓轻咳了两声，扯开话题："萧顶，你的要事办完了？"

他不提这一茬还好，一提，小顶便垂头丧气："没办成。"

她对着碧茶给的三颗珠子轮番许愿，每颗都念了四十九遍，嘴皮子都快磨破了，可珠子还是老样子，一颗都没变。

"师尊，"她掏出珠子给苏毓看，"你帮我看看，是不是这愿珠坏了？"

苏毓揉了揉额角，实在无法理解这些小姑娘的想法："有这工夫做点什么不好？想要好看的珠子去买便是。"她又不缺钱。

小顶摇摇头："是要送给意中人的，买的没有心意。"她顿了顿，又添上一句，"师尊是不是从没收到过，所以不明白？"

苏毓冷哼一声："谁敢送我这种无聊的东西，恐怕是嫌命长了。"

小顶："哦。"师父就是死要面子。

苏毓懒得与她掰扯，一摊手："珠子拿来我看看。"

小顶忙把一颗珠子放到他的掌心。

苏毓拈起珠子，凝神屏息，向里头注入一丝愿力，珠子刹那间变得光华流转，像夜明珠一般夺目。他把愿力抽回，珠子顿时又恢复成原样。

这种所谓的"愿珠"只是用历阳山的愿池水浸泡过的普通石头，得愿念之力便会变换模样，在他看来没有半点用处——模样变了，本质上还是块不值钱的石头。他把珠子递还给徒弟："珠子没什么不妥，是你的愿力不够强。"

小顶看傻了眼："师尊怎么做到的？"

苏毓轻哼了一声，睨了她一眼："刻苦修炼，少在这些无聊的事情上浪费精力，自然能做到。"

碧茶说她心不诚，师父又说她愿力不够，小顶这下是彻底没辙了。

苏毓见她失落，也不忍心再奚落她："与其做这无谓之事，倒不如努力提升修为。若是你修为高，这次法会便可上场出力，替你金师兄把药赢回来。"

小顶闻言一怔："金师兄病了？"

"不是病了，是中毒。"苏毓解释道，"你金师兄幼时被人下了毒，这毒物虽不致命，却十分难缠。如今已用灵药勉强压制，但仍会不断地耗损元神，伤及经脉。你金师兄的修为停滞在元婴期，他迟迟不能提升境界，便是因为这毒。唯有洗髓伐筋、脱胎换骨，才能彻底将此毒拔除。"

金家手握十洲一半的灵石矿脉，金竹身为嫡孙，自然成了许多人的眼中钉，五六岁时被人痛下毒手，嫌疑最大的便是金竹的继母，但没有留下切实的证据，他父亲偏袒继室和一双幼子，只想着息事宁人，此事便不了了之了。

金竹本来根骨绝佳，中毒后样貌变化，修行受阻，倒是继母生的一双弟弟出落得一表人才，一个拜入大衍，一个投入太璞，都已修至化神期。高门大族中，这样的阴私之事比比皆是，为了争权夺利，比之狠毒千百倍的也有。苏毓也没和小徒弟细说，只道他怀璧其罪，被人陷害。

小顶这才明白过来，为何同为云中子的弟子，大师姐、叶师兄他们都已至化神期，唯有金师兄是元婴期修士，修为甚至还不如他的几个弟子。

她越发同情金师兄了。

"那药很难炼？"没准她可以试试。

苏毓却道："不难炼制，只是其中需用到一味'开明兽爪'。开明兽是上古神兽，早已绝迹，世间唯余一片，便在此次法会的奖赏中。"

小顶有些失落。她和别的新弟子不一样，她是金丹期九重境，这修为是可以参加角逐的，只是因为她太没本事，这才不能为金师兄尽一份心。

苏毓只是想激励她用功，谁知适得其反，倒令她越发沮丧了。他抿了抿唇道："你才入道门，一日千里未必是好事。这次有你那些师侄在，开明兽爪我们志在必得。"

小顶嗯了一声，把愿珠塞回乾坤袋中，抱起虎崽："我回房去了。"

回到房中，小顶把虎崽放回窝里，然后盘腿坐在榻上，潜入灵府中，翻开天书。

讲十洲法会的前后几页，她翻来覆去地看了好几遍，不过听了金师兄的事，她还是忍不住又细细地看了一遍。结果书里没有只言片语提及开明兽爪，只用一句话交代了归藏死伤众多。

小顶又把书从头到尾翻了一遍，金师兄的名字都被她圈出来了，从头到尾也就出现过六七次，每次只有一两句话，书里甚至没写他生得是圆是扁。

她叹了口气，把书收好，只能走一步看一步了。

翌日清晨，太璞宗的执事驾着翼马拉的云车来接归藏众人。

翼马腾云驾雾，向着岛中央飞去，不一会儿便抵达法会所在的轩辕台。

轩辕台通体白色，台高万仞，上宽下窄，如巨木一般直入云霄。台宽数百丈，中间刻着阴阳太极图，四周布满法阵，正面设有六个莲花座，两个莲花座上已经坐了人——一个男子约莫四十岁，身着苍色道袍，峨冠博带；另一个年轻女子红衣如火，头戴金莲花冠，眉目如画。

西门馥合上扇子朝那儿点了点，向众人道："那苍衣男子是大衍宗白宗主的二弟兼右长老白益谦，他身边那个着红衣的不用说，自是十洲第一美人白千霜白仙子了。"

沈碧茶不屑地说道："谁给封的第一美人？比我们阿顶差远了，看脸就知道不是什么省油的灯……没我朋友好看，四舍五入就是没我好看，哼。"

西门馥："啧，听听你这话，酸得牙都快掉了。快到地方了，赶紧贴膜吧。"

台边又有八座扇形飞台，组成八卦之形，台上有画阁朱楼，专供大门派的门人休憩和观赏法会之用。此外，还有许多飞舸、飞舫错落其间，比之飞台，要朴素许多，这是用来招待小门小派和散修的。

归藏的席位仍在兑卦的位置，他们算来得晚的，大部分飞台、飞舫上已经坐满了来自五湖四海的修士，服饰、法器五花八门，像是一大群毛色各异的鸟，令人目不暇接。

归藏的云车一驶近，便吸引了众人的目光。

交谈声停歇了片刻，然后越发兴奋，这可是连山君第一次出现在十洲法会上，也是他第一次光明正大地出现在万众眼前。

小顶一个金丹期九重境，也算耳聪目明，从那些蚊子似的嗡嗡声中听出了无数个"连山君"。

那些人仿佛都看过那本天书似的，把她师父的容貌吹得天上有地上无，夸赞之语都不重样。

师父在一般人眼里算是绝顶好看，小顶习以为常，也不奇怪。

就在这时，数人驾云而来，皆是通身飘逸的蓝袍，袖口与衣裾绣银色云水纹，显然是太璞宗的人。

为首的是他们的老熟人顾苍舒，右手边是个约莫三十岁的男子，相貌俊逸，举止颇为儒雅，只是脸色苍白泛青，眼下还有些青黑之色，显得有些憔悴。

西门馥用嘴唇对着沈碧茶无声地示意："顾清潇。"

今日要出席重要场合，沈碧茶一早便贴好了水膜，此时只能瞪圆了眼睛："噫噫噫，呜呜呜……"

前日听西门馥那么一说，她把这傀儡宗主想成了个一脸倒霉相的窝囊废，不想本人倒是个清秀的谦谦君子。不过她转念一想，若是他没几分姿色，又怎么能高攀上眼高于顶的英瑶仙子，入赘顾家，成为明面上的一宗之主呢？不过他这个宗主也做得着实憋屈，在这样万众瞩目的场合，也只能跟在儿子身后——这儿子还是道侣和别人生的。

顾苍舒仿佛全然忘了前日的仇怨，迎上前来向苏毓等人行礼："连山道君与诸位道君、仙子光降，有失远迎。"

他爹顾清潇这才和两个长老一同施礼。

苏毓对着顾苍舒和两个长老微一颔首，还了顾清潇一礼，淡淡地说道："多有叨扰。"

顾清潇垂眉敛目，又施了一礼，口中连连道："应当的，阁下亲移玉趾，辱临敝派，是敝派之幸……"

沈碧茶撇撇嘴，因脸而对他生出的那点好感顿时烟消云散。再好看的人，一旦做小伏低、唯唯诺诺，便难免令人生厌。

顾苍舒似乎也嫌爹丢脸，冷冷地瞟了他一眼，竟毫不迟疑地打断他，对苏毓道："有请阁下移驾主台。"

三大宗门在主台上各有两个席位，这是十洲法会的惯例了。

苏毓道："不必。"说罢转头对蒋寒秋和叶离道，"你们随顾宗主与公子去吧。"

蒋寒秋关起门来和师叔不对付，在外人面前却给足了他脸面，当即与师弟一起行礼："遵命。"

顾苍舒眼中闪过一丝微不可察的愠色，随即他若无其事地向苏毓一点头，把蒋寒秋和叶离带到主台。

云车继续前行，不一会儿降落在西北方的飞台上。苏毓带着弟子们落座，朝新弟子们的席位看了一眼："萧顶，过来。"

小顶刚坐定，正低头往乾坤袋里摸吃的，闻言噘噘嘴，对沈碧茶道："我师父叫我啦。"

沈碧茶一到自家门派的飞台上便揭了水膜，闻言推了她一把："身在福中不知福，什么时候能把这眼的毛病治一治？"

小顶走到师父身边坐下，法会也开始了。

这届法会由太璞宗主办，宗门实际的掌权人英瑶仙子却没出现，全权交给独子主持。

西门馥低声道："据传英瑶仙子二十年前受过一次重伤，便开始逐渐放权给顾苍舒，此次让他主持十洲法会，一方面是让他历练一番，另一方面也是想迅速提升他的威望。"

他正说着，顾苍舒款款上台致辞，套话说罢，顿了顿道："十洲法会历久弥新，正是由于前辈不断锐意进取。此次敝宗有幸主持本届法会，亦生见贤思齐之心。因此本届法会，首轮优胜者可向全场任一同境界的道友发起挑战。"

苏毓脸色一沉。

按照这个规则，全场任意一个金丹期修士都可以向萧顶请战，她那点吃出来的道行，自然不是其他修士的对手，上了台刀剑无眼，会发生什么事便说不好了。不等他发话，蒋寒秋立马从莲花座上站起来，抱臂冷声斥道："贵宗只是承办法会，凭什么随意更改规则？"

顾苍舒不以为忤，温文尔雅地一笑："十洲法会乃是由千年前的九大宗门共同发起，奈何其中四个宗门后继无人，剩下五个宗门都在此地，若有异议，尽可以提出。"

说起来是五大宗门，其实除了大衍和太璞，剩下三个宗门也是人才凋敝，唯大宗马首是瞻。而归藏是后起之秀，并不在当初的九大宗门之列——就他们祖师那个性子，别说当时还未发迹，就算已经出头，八成也舍不得掏个宝贝出来。

场上能和太璞宗掰腕子的，只有大衍宗。

蒋寒秋望向大衍宗的白长老，只见他面带笑意，不动声色，便知他们早已通好了气。

顾苍舒的眼中闪过一丝得意之色："若是贵派实在不能接受，敝宗亦是无可奈何。”其言下之意——要么接受，要么退出法会。

蒋寒秋冷冷一笑：“退出便退出。”说着瞪了一眼叶离。

叶离忙不迭地站起身，来到大师姐的身边。

顾苍舒向苏毓望来，又收回目光：“有长辈在，蒋仙子与叶道君怕是不能做这个主吧？”

此言一出，轩辕台四周数千双眼睛齐齐看向西北方的飞台上一袭白衣的男子。

苏毓没有片刻犹豫，正要起身——他长这么大，还从未受过谁的胁迫。就在这时，小顶却牵了牵他的袖子，低声道：“师尊退出法会是为了我吗？”

苏毓微微蹙眉——可以说是，也可以说不是，归根结底，他们针对的还是他和归藏。

萧顶的身份瞒不住有心人。苏毓从不收徒，忽然收了个炉鼎为徒，外间一定有诸多猜测。里市的风波，法会更改规则，无非为了试探这个徒弟究竟是个什么角色，于他有何用处，又有多重要。当然，他们的另一个目的便是以此打压归藏。

归藏近一两百年势如破竹，从一个名不见经传的小门派跻身三大宗门之列，与大衍、太璞分庭抗礼，甚至可能危及他们的地位，这些老家伙自然着慌。

在一众门派面前借着打压“连山君入室弟子”，削一削归藏的脸面，稳一稳自己的阵脚，想必这是在场许多人喜闻乐见的。

小顶的脑袋瓜转得比别人慢些，又不通人情世故，想不明白那么多的弯弯绕绕，但她明白，更改这个规则，全门派上下受影响的只有她一人——能参加比试的只有金丹期和元婴期的修士，老弟子本来就准备好上场，而新弟子中只有她一个是金丹期。

苏毓乜了徒弟一眼：“与你无关，别多想。”

小顶却并未就此安心，拧着秀气的眉头道：“这回退出，我们下回还能把药赢回来吗？”

苏毓也不想骗她，摇了摇头。

世上最后一片开明兽爪是十年前现世的，此前一直藏在千草门，是门派秘藏的圣物，因为金家的内斗牵扯到三大宗门的势力，老门主生怕给后辈招祸，索性在弥留之际昭告天下，将此物献给十洲法会当作奖赏——要抢你们就光明正大地抢，抢破头都与千草门无关。

归藏若是退出法会，此物自然会落入大衍或太璞的手中，不管谁得到，都会立即毁去——都等不到苏毓暗地里去抢。

小顶没有纠结太久："师尊，我可以上场的。"见师父拉长脸，她不等他开口又道，"我多吃点药，一上场就输给人家。"

她对自己的修为很有自知之明，不会妄想去赢，虽说一上台就输有些丢脸，但若是不丢这个脸，金师兄的毒就再也解不了了。

苏毓皱了皱眉："也许会受伤。"

"比起给金师兄解毒，受点伤不算什么。"小顶毫不犹豫地说道。她知道受伤会很疼，要比金链子穿过骨头还疼上许多，但若是因为她，金师兄一直解不了毒，她恐怕会一直过意不去。

苏毓面沉似水，冷冷的目光锁在她的脸上，好像要把她冻在冰里保存起来："为了金竹……"

小顶叫他看得有些不自在。她是见惯了师父冷脸的，但这一回，他的眼里似乎有些不一样的东西。她不明白到底怎么回事，但感觉到师父很不开心，便牵牵他的袖子，轻声安抚："不单是为了金师兄，就算是换成师尊，我也会这么做的。"

苏毓："……"

小顶这么说是想让师父开心些，可不知为什么，听了这话，他似乎更生气了，干脆别过脸去不理她，不过到底还是坐在原处没动。

顾苍舒收回视线，对着蒋寒秋微微一笑："连山君似有异议，你们不妨商量一下。"

苏毓传了个秘音咒给蒋寒秋："留下。"

蒋寒秋差点拔剑，强忍着怒气，用秘音回他："苏毓，你知道他们改规则是为了什么吧？你自己的徒弟不知道心疼……"

苏毓打断她："萧顶自己决定的。"

蒋寒秋一时语塞，随即更加愤慨："她年纪小不知道轻重……等等，她为何要留下？"

苏毓言简意赅地回复："因为金竹。"

蒋寒秋一时不知说什么好。她不舍得小师妹冒险，却也不忍心夺走二师弟的希望。金竹温柔宽厚，脸上总是带着笑，待谁都和和气气，甚至时不时调侃自己的身板。他从不把心里的苦楚示人，只是日复一日地下苦功，努力冲击上一重境界，却徒劳无功。蒋寒秋沉默良久，终于收起秘音咒，冷冷地看向顾苍舒："开始吧。"

她目光中不加掩饰的狠戾让顾苍舒心头掠过一丝寒意，他毫不怀疑，若非在法会之上，这女人定会拔剑相向——她在剑修榜上位列第四，只比他高了一名，但论剑法造诣，他比她差了一大截。

顾苍舒心中生出一个念头，毒蛇般地蜿蜒到他的眼底，飞快地吐了吐芯子。

他定了定神，又是那个风度翩翩的顾家公子，道："请两位入座。"

蒋寒秋冷哼一声，纵身跃起，踏着本命剑向归藏其他人所在的飞台飞去。

叶离无可奈何，只得紧随其后。

主台上的六个莲花座瞬间又空了两个，就像缺了两颗牙齿。

一场风波暂时消弭，水底的暗流却越发汹涌。

顾苍舒用余光瞥见两人已在飞台上坐定，便宣布法会正式开始。

一对朱鸾口衔一卷卷轴的两端，慢慢展开，卷轴高约一丈，长数十丈，上面慢慢显现出金色的文字，是第一轮比试的所有参赛者的名字、门派、师承。

第一轮比试还是按照原来的规则，所有同境界的修士两两对战。比试不仅分胜负，更设有专门的阵法，根据双方的强弱和表现给出点数，点数高者，在下一轮便可优先选择对手。

如是往复，直至决出金丹期和元婴期的最终胜者。

十洲法会共有大大小小上百个正道宗门出席，三大宗门各六十人，二三流门派三十来人，小门小派十到二十人不等，还有经过初选的散修上百人，总计千余人，其中金丹期修士有八九百人，元婴期修士则有两百人上下。

除了魔修、鬼修、尸修之类的邪派禁止参加法会，其余法门都不受限。可虽说不限法门，这样的比试基本是剑修和五行法修的天下，偶尔有乐修和精通阵法、术数的修士加入，多半也撑不过五轮。

场上共设二十八个秘境，分别以四象二十八宿为名，意味着同时有二十八对比试。先金丹，后元婴，第一轮的数百场比试结束，再进行下一轮，金丹期修士就此决出最终胜负，赢得奖赏。

元婴期修士的比试要复杂些，到最后只剩十六人时，便要进入夺宝秘境，各凭本事夺取宝物——归藏志在必得的开明兽爪也在其中。

高悬空中的卷轴上，修士的名字一个个出现，成对的名字用红线相连，每配成一对，卷轴便宣告："有请太璞宗阮靖之、昆吾派丁一，进入苍龙角。"

片刻后，两人御剑飞向主台。

对战双方看着都不过弱冠之年，一个身着太璞宗的银纹蓝袍，衣袂飘飘，另一个却一身黑不黑、褐不褐的布袍，头发用木簪束起来，手中的佩剑上缠着破破烂烂的布条。不过衣饰的寒酸非但无损少年的俊美，反而衬得他如珠如玉。对比之下，那锦衣华服的太璞宗弟子倒显得浮夸俗气了。

沈碧茶只看了一眼便嗷嗷叫着翻起了“十洲三界美男榜”。

小顶挠了挠脸颊，觉得“丁一”这个名字有些耳熟。

场上两人向着众人作了一揖，便进入位于主台东面的苍龙角秘境入口。

随后不断有人上台行礼，进入秘境。很快，二十八对修士都已进入秘境，比试便开始了。

观看者可用离娄术随意选择秘境观看，若是不会离娄术，太璞宗也准备了观天镜，供修士们借用——不过很少有人用得上，因为离娄术是哪个门派都会教的基础术法。

二十八块离娄水镜整整齐齐地排在小顶面前，苏毓和蒋寒秋一左一右把她夹在中间，你一言我一语地评点交战双方的招式。

第一轮比试名单中没有小顶，她自是不用参加的，但到了下一轮，胜出者便能自行挑人对战，全场八九百个金丹期修士，哪一个都可能是她下一轮的对手。

最先进入秘境的两人自然最引人注意，然而那衣着贫寒的少年压根不是太璞宗弟子的对手，一上场便被压着打，不过片刻，手臂、腰和腿上都被剑气所伤，流出的血浸湿了褐衣。

如此下去，恐怕不出十招，他们之间便能分出胜负。

那太璞宗弟子却不肯给对方一个痛快，花招不断，每一招都在少年身上不轻不重地划一道口子，猫逗老鼠似的。

蒋寒秋不禁皱眉：“太璞宗真是上梁不正下梁歪。”他们号称名门大宗，行事却一股小家子气。

不过苍龙角秘境中的比试已没什么悬念，众人便将目光投向其他的水镜。

蒋寒秋指着其中一块道：“这着紫衣的是无患门弟子，擅使梅花法刀，这一招唤作雪里温柔，若是对上她这招，你便用师姐教你的惊沙乱海，顺刀而上，直挑其腕下部……”

小顶对对手指：“那个……”大师姐教的这招她舞过一次给师父看，师父说她这不是惊沙乱海，该叫泥沙俱下。她默默地从乾坤袋里摸出一把酸酸甜甜的太一九宫丹，剑术是指望不上的，还是抓紧时间吃点药实在。

大师姐还在说个不停。

苏毓捏了捏眉心：“蒋寒秋，你教她赢还是教她输？”

蒋寒秋欲哭无泪："我练了几十年的剑，想的都是怎么赢，谁知道怎么输啊？"

苏毓道："我倒是记得你最擅此道。"不等蒋寒秋开骂，他便转向小顶："无论这招还是下一招水边明秀，都是攻你的左侧……"

小顶听得晕头转向，几乎连左右都分不清楚了，挠了挠后脑勺："师……师尊，大师姐，直接认输不行吗？"

"不行。"苏毓和蒋寒秋异口同声地道。

叶离从旁伸过头来，解释道："小师妹，你有所不知，输赢和点数都由秘境的阵法自行判定，秘境是创立十洲法会的那些大能设下的，唯有这样才能保证公平。"

苏毓颔首："所以自己认输不算，秘境说你输才算输。"

小顶张了张嘴："这也太不讲道理了。那要怎么样，秘境才会算我输呢？"

苏毓："简而言之，失去反抗之力。"

小顶："啊？"

叶离眯了眯眼："比如气海抽空。"

苏毓："这就不用想了。"

小顶压根没有气海，若是算经脉中的灵气，那抽个一百年都抽不干——河图石的灵气可全在她的身体里。

叶离双手一张一合，危言耸听："那就断手断脚，鲜血流干……"

他话没说完，大师姐一剑鞘把爪子抽开："少吓唬小师妹。"

叶离揉着手背："真狠，大师姐真是不懂得怜香惜玉……"话没说完，冷不丁对上师叔冷冷的眼神，他一缩脖子，顿时不敢吭声了。

蒋寒秋摸摸小顶的脑袋："别听你叶师兄吓唬人，如双方实力悬殊，秘境便会断定你没有一战之力。"

叶离抚了抚下巴，苦恼地说道："可是小师妹再怎么说都是金丹期九重境，要找个实力悬殊的也不容易，况且对方肯定会先派个实力普通的来试探……"

蒋寒秋忽然指着第一块水镜道："看这个。"

众人循声望去，是那个昆吾派的少年，他的褐衣比方才又深了不少，显然是被血浸透了。他用剑拄着身子，勉强站立着，美玉般的脸颊上也被划了道口子，殷红的鲜血染红了半张脸。

蓝衣的太璞宗弟子似乎终于玩腻了，剑下不再留情，跃至半空，由左向那少年的头部猛刺过去，剑锋上有电光隐现，显然是灌注了灵力。

这一剑又快又猛，一剑下去，那少年便是不死也要去掉半条命。

很多人不忍心看下去，移开了视线。可就在千钧一发之际，那摇摇欲坠的少年猛地后退一步，身法如游龙，忽地转向敌人左旁，照着他的手腕横刺过去。

太璞宗弟子未曾料到自己这一剑会落空，一个愣神，差点被刺中手腕，慌忙躲避。少年瞅准空当，翻腕一刺，乌黑的剑锋没入那太璞宗弟子的腹中。

少年左手掐诀，在剑把上一拍，乌黑的剑身红光流溢，太璞宗弟子惨叫一声，向后飞出数丈，瘫在地上一动不动。

蒋寒秋："那小子原来是扮猪吃老虎，隐藏实力，就等着对方大意，露出破绽。"

卷轴发出冷漠的声音："苍龙角，胜负已分，昆吾派丁一胜。"与此同时，太璞宗阮靖之的名字由金色变成了灰色。

小顶若有所思地望着那金光闪闪的"丁一"两个字，半晌，蓦地想起自己在天书上看见过这个名字，因为笔画特别少，这才留下了印象。

她忙潜入灵府，凭着模糊的印象从中间往后翻，不一会儿便找到了这个名字。

就在这时，傀儡人阿亥急匆匆地跑过来："道君道君，有位昆吾派的丁公子求见。"

苏毓挑了挑眉，觉得有些莫名其妙："何事？"

昆吾派是个很小的剑修门派，每一代人都很少，隐居在深山中，与未发迹时的归藏有几分相似，在修仙界中寂寂无名，约等于散修。这么一个名不见经传的少年，和苏毓八竿子打不着，来见他做什么？

不等阿亥回答，小顶道："师尊，这人我大概认识……"

阿亥接话道："那位丁公子自称和小顶姑娘是青梅竹马，还定有婚约。"

小顶点点头："没错。"天书上就是这么写的，不过什么叫婚约她就不知道了。

傀儡人一听这话，顿时喜上眉梢："哎呀，恭喜小顶姑娘！那位丁家公子一表人才，年少英俊，与小顶姑娘真是登对。"顿了顿又道，"丁公子与小顶姑娘是青梅竹马，情分非同寻常，年岁又相当，站在一起定是一对璧人。"一边说还一边伸出双手食指，慢慢并在一处。他每说一句，苏毓的脸色就黑上一分。阿亥却没发现，一张嘴停不下来："最重要的还是年岁相当，青春年少，格外般配呢……"

傀儡人语速极快，小顶听得一知半解，大致明白是吉利话，便笑着答谢："借你吉言。"

阿亥："对了，大叽叽公子还不知道这事，不知他心里怎么想……唉，天要打雷，娘要……"

他话没说完，嘴没了。

苏毓的眉间仿佛笼罩着黑云："你何时又定下婚事了？"

小顶方才匆匆扫了一眼，只看了个大概，含混地答道："小时候……吧。"

苏毓："这么大的事怎么不曾听你提过？"

小顶挠了挠腮帮子，说道："我忘了。"

蒋寒秋见师叔脸上阴云密布，内心一片晴空："婚约自是家中长辈定下的，孩子小不知道也不足为怪。"

苏毓冷哼了一声："萧顶已无父母，婚约自不能作数。"那样的父母能定下什么好亲事？

蒋寒秋和叶离知道卖身契的事，闻言小心翼翼地看向小顶，生怕她难过，她却没有半点异样。

蒋寒秋不由得暗暗叹了口气，好在小师妹没心没肺。她想了想道："我看那少年郎不错，若是好姻缘也别错过了，有我们这些师姐、师兄把关，还能让小顶受欺负？再不济还有你这长辈呢。"

她故意把"长辈"两个字咬得重重的，苏毓听着只觉甚是刺耳，脸色阴沉："我看那人生得尖嘴猴腮，面无三两肉，一看便不是什么良配，许是骗子。"

小顶不知道师父为什么对那位丁公子如此反感，但当他说起"面无三两肉"时，悄悄瞅了眼师父，暗忖：你自己还不是半斤八两？

这话她自是不敢说出口。

叶离趁着两人针锋相对，悄悄地往旁边挪，以免殃及池鱼。

蒋寒秋一把扯住他的袖子："三师弟，你说是不是？"

"只是见一面，倒也……"叶离对上师叔的眼神，生生把"无伤大雅"四个字吞了下去。

蒋寒秋瞪了这家伙一眼，抱着胳膊道："再怎么说，与那位丁小公子有婚约的是小顶，见不见也该由她自己做主。"

几双眼睛都望向小顶。小顶不明就里，眨巴了两下眼睛："什么是婚约？"

众人："……"闹了半天她本人什么都不懂。

苏毓捏了捏眉心，耐着性子解释："就是约定结为夫妇，在修仙界便是结为道侣。"

一听这话，小顶把头摇得像个拨浪鼓。她可不想做这个丁公子的道侣。

正要回绝，她冷不防瞥见御着剑，伫立在风中的布衣少年，又有些犹豫——他换了一身洁净的青布袍子，脸上的血迹擦干净了，长长的伤口还在，看着怪可怜的。

苏毓见她摇头，嘴角漾起浅浅的笑意，此时见她迟疑，顿时又拉长了脸：“萧顶，你下一轮便要上场，正该全力以赴，别忘了你是为什么留下的，别节外生枝。”

叫师父这么一说，小顶回过神来。她留下是为了金师兄的解药，这时候不该节外生枝。而且她根本不认识这丁公子，只是在天书上见过他的名字，见了他又该说什么呢？她抿了抿唇，下定决心，对着师父摇摇头。

苏毓嘴角一挑，把嘴还给阿亥：“告诉丁公子，萧顶已断绝尘缘，此事作罢。”

阿亥一脸遗憾，咕哝着“年岁相当”“一对璧人”，不情不愿地去传话了。

布衣少年得了答复，在云台边又站了好一会儿，这才默默地转身离开。

上台竞技斗法的金丹期修士共有八九百人，便是每批有二十八对上场，也要耗费不少时间。

十几场三四百对下来，一晌午过去，顾苍舒宣布比试暂时停止，歇息半个时辰，下晌继续。

蒋寒秋等人要去指导别的弟子，苏毓见小顶对着水镜揉眼睛，便用下颌示意旁边的一座楼阁：“你去楼上休息会儿，养精蓄锐。”

小顶点点头，随即上了楼。

她一离开，苏毓便叫来叶离：“去查查那人的底细。”姓丁的小子与小顶是青梅竹马，年岁相差无几，小小年纪已经结丹，其中当有玄机。

不用说“那人”是谁，叶离马上会意。

修真界中不乏以买卖消息为业的人，一甲子一度的十洲法会他们自不会错过，只要找到门路，哪怕是丁一这样名不见经传的小人物，他们也能轻而易举地扒出祖宗十八代。

叶离很快便打听出了少年的来历。他与小顶同样来自一个偏僻的村庄，村子在凡人界和修道界的交界处，村子里有凡人，也有血脉混杂或因故避居的修道寒门，小顶家与丁家便是后者。两家背景相当，交情不错，在儿女未出生时便定下了亲事。

丁一比小顶大两岁，三四岁时，他父母相继病故，临终前将他托付给亲家。他是在小顶家长大的，两人是青梅竹马。

十岁时，丁一机缘巧合地被一个游方的修士看上，收为关门弟子——这修士便是昆吾派前任掌门。

昆吾派在修仙界中寂寂无名，但那种小地方的人，连散修都没见过几个，正经仙门的一门之长，在他们看来无异于神仙。

小顶的双生哥哥根骨比丁一更佳，她父母自然眼热，想让自家儿子也拜这位“大能”为师，但不知为何，昆吾掌门不愿收下他。小顶父母为了儿子的前程卖掉女儿，这也是个诱因。

昆吾掌门将丁一带回门派中悉心栽培，更在弥留之际将自己的修为尽数转给弟子。

苏毓点点头：“原来他的金丹是这么来的。我方才一看便知他资质平平。”

他修行没几年便筑基，经脉能承受结丹所需的灵力，这叫资质平平？叶离腹诽，以为大家都像你们师徒，结丹像闹着玩一样吗？

丁一身世简单，比起身世扑朔迷离的连山君，清得如山间泉水，一眼就能望到底。

苏毓挑了挑眉：“家无恒产，身无长物，还想着娶媳妇，呵。”

叶离：“……”今朝有酒今朝醉的他果然不配娶媳妇。

他给苏毓传了个秘音咒：“师叔，一会儿小师妹上场比试，其实只需服颗丹药……”

入对战秘境不能携带丹药——不然人家一边打一边补，打到天黑都打不完，何况也有失公平。不过小顶体质特殊，把丹药藏在身体中秘境也查不出，只需服颗能让筋骨酥软的丹药，自可以立即结束比试。

苏毓用秘音回他：“不行，太冒险。”

徒弟的体质让人匪夷所思，若是让人知道她能用身体炼丹，又拥有河图石的全部灵气，那她便是个行走的天材地宝，如今他在还好，若是他不能度过雷劫……

叶离：“那……”

苏毓道：“我已传了秘音给龙渊，他第一轮可进前五，直接请战萧顶便是。”

叶离一惊：“这……”

龙渊是他们耗费几十年，好不容易塞进大衍宗的钉子——大衍宗内门像个密不透风的铁桶，要往里塞个自己人难于登天。一旦动用，他的身份便暴露了，只能回归藏。

师叔为了护小师妹无虞，真是舍得下血本。

苏毓不等他说什么，先道："别告诉你小师妹，不可让她养成不劳而获的习气。"

叶离："……"他还真把自己当爹了。

半个时辰的休息时间一晃而过，小顶下楼坐回师父身边，看他的眼神便夹杂着些害怕——师父没事可千万别发失心风，怪吓人的。

第一轮比试结束，卷轴上的文字不断地跳跃迁移，重新按照第一轮的点数高低排列。

第一名是大衍弟子，第二名来自归藏，第三名却令人倍感意外，是昆吾派弟子丁一。

丁一只是金丹期六重境修士，以弱胜强打败了金丹期九重境且法器精良的对手，且最后一招干净利落，赢得极漂亮，因此秘境给出了极高的点数。

小顶和其他几个第一轮不曾报名的金丹期修士的名字也出现在了卷轴末尾。

她的名字旁写着一行小字：归藏第十二代内门弟子，连山君亲传。

全场数千双眼睛都盯住了最后这五个小字，猜测谁会请战连山君有生以来收的第一个弟子。

蒋寒秋轻轻地拍了拍小顶的肩头："别怕。"

小顶点点头："我会小心的，大师姐。"

苏毓却面沉似水，一言不发。自从丁一的名字出现在第三位，他的脸色就变得很难看。

台上，修士们开始按照排名挨个选择对手，大衍宗弟子选了个排名二十多位的修士，归藏弟子按照上场前商议好的计划选了位列第八的太璞宗弟子。轮到丁一选择，他没看卷轴，毫不犹豫地说道："归藏，萧顶。"

小顶啊了一声。不过看过天书以后，她对此并不怎么意外，书里的丁一为了见小顶一面，可以说吃尽了苦头。

全场瞬间寂静无声，随即哗然。

顾苍舒盯着那寂寂无名的少年郎："丁道友真的要请战连山道君亲传弟子？"这话问得有些失态了，也是关心则乱。

那布衣少年却不卑不亢，欠了欠身，平和但坚定地说道：“在下想请战归藏派连山君座下弟子萧顶。”

小顶不自觉地看向师父，苏毓阴沉着脸，对上徒弟有些不安的眼神，鬼使神差地摸了摸她的头：“小心。”

小顶经常被大师姐和碧茶摸头，也没把师父的举动放在心上，倒是苏毓，对这样亲昵的举止很有些不自在，尴尬地缩回手，清了清嗓子：“走吧。”

丁一的背景没什么问题，不可能有人未卜先知预料到他会收小顶为徒，提前埋下这颗钉子。

他不会伤害小顶，由他请战是最合适的，龙渊也不用暴露了，正可谓一举两得。可苏毓就是憋了一肚子的气，浑身上下不舒坦。

小顶哪里知道师父那么多心思，从阿亥手里接过大红鸡的缰绳，对儿子道：“我们走吧。”

别人上台不是御剑就是腾云驾雾，然而小顶两样都没来得及学，只能骑纸鹤。

大红鸡想做垂死挣扎：“本座不去，堂堂妖王，丢不起这个人。”

小顶捋捋它红宝石般熠熠生辉的羽毛，柔声道：“放心吧，本来出了九狱山就没人认得你。”

大红鸡还是扭扭捏捏地不肯上，小顶收了笑，沉下脸，垂下眼帘看向自己的鞋子：“儿子……”

能屈能伸的妖王立马奋力地挪动小短腿：“去了，有话好说。”

众目睽睽之下，小顶坐上大红鸡，一拍鸡身：“驾。”

鸡尾巴喷出熊熊烈焰，轰然向着主台飞去。

拭目以待的众人：“……”连山君座下首徒果然不同凡响。

有人好奇：“坐骑不是不能进轩辕台吗？”

另一人揣测：“许是什么时新的法器？”

台上一个归藏内门弟子淡定地向目瞪口呆的对手解释：“那是我们小师叔的纸鹤。”

对手咽了口唾沫：“……哪里有的卖吗？”这东西怪威风的，他也想搞一个呢。

大红鸡稳稳当当地落到主台上，熄了火，小顶拍拍它：“别乱跑。”

妖王哼唧了一声，到底不敢造次，老老实实地蹲在台边。

小顶走到轩辕台中央，按照叶师兄教的规矩，向众人作了个揖，然后对面前的布衣少年作了个揖，大大方方地说道："承蒙赐教。"

丁一方才也叫那大红鸡震撼了一下，此时见到小顶走近，方才回过神来。

初出茅庐的少年到底没什么城府，虽竭力自持，勉强维持镇定，但眼中的情感已翻起一片惊涛骇浪，因失血而苍白的嘴唇轻轻哆嗦，良久方默默地回以一礼。

这是他朝思暮想的姑娘，分别近七年，她出落得比他梦中的还漂亮，一身归藏内门的天青色素丝道袍，头戴白玉素簪，衬着她的明眸皓齿，使她整个人宛如清水芙蕖。

然而熟悉的眉眼中是全然陌生的神情，与他记忆中总是跟在身后"阿一哥哥"长，"阿一哥哥"短的小女童判若两人。

他凝了凝神，伸手示意，小顶也不和他客气，率先走进"苍龙氏"秘境入口。

比试秘境构造简单，只是一片平坦的石台，一眼望不到边际，对战双方尽可以在里头打个天翻地覆。

同批比试者还未就位，先入秘境的人只能无所事事地等待。里面看不见外头的状况，待所有人就位，各个秘境中便会响起钟声，九遍钟声响过，比试才算正式开始。

等待的时间仿佛有一辈子那么漫长，又如弹指一挥间。

丁一凝视对面的少女良久，嘴唇动了动，几番欲言又止，最后传了个秘音咒给她："你……还认得我吗？"

小顶四下里张望了一番，轻声道："我们传音说话，别人听不到吧？"

丁一摇摇头："放心，我施了秘音咒。"

小顶放下心来："你是昆吾派的丁一道友。"

归藏的飞台上，苏毓眉头微蹙，紧紧地盯着离娄镜，左耳耳垂上有个光点闪烁，乍一看像是戴了个耳坠，给他俊秀清冷的脸庞平添了些许妖冶。

蒋寒秋看了他一眼："啧，居然连追心咒这种邪术都用上了，就为了偷听人家小两口说悄悄话，真是不要脸。"

苏毓挑了挑眉，懒得搭理她，继续听着。傻徒弟少不更事，被那巧言令色的小贼骗了去怎么办？

秘境中，丁一感觉到小顶的冷淡和疏离，这次重逢与他预料的大相径庭。

他本来前些年就想回家乡把小顶接走，奈何师父病重离不开，直到一年前，师父羽化，他安葬了师父，赶回家乡一问，却得到了未婚妻子病故的消息。

他见岳父岳母目光躲闪，遮遮掩掩，心中狐疑，便四处辗转打听，得知他离开没多久，小顶的父母便为了儿子的前程将她卖给了金甲门。

丁一无权无势，无依无靠，只能四处奔波追查小顶的下落，最近听闻金甲门两个弟子运送“货物”时在归藏地界失踪。随后便有流言传出，连山君收了个十几岁的炉鼎为徒，那弟子单名一个顶字，年岁又对得上。他追到十洲法会，远远一瞥，便知她就是自己要找的人。

可他实在很难把眼前这个明丽的少女和记忆中的女孩联系起来。

他的小妹妹眉宇间总带着怯意，嘴角总是挂着讨好人的微笑，多吃一个馒头被母亲打肿脸颊，也只会坐在屋槛上悄悄抹泪，委屈地问他：“阿一哥哥，爹爹和阿娘这么讨厌我，是因为我不好吗？”

他的眼中掠过一丝失落，随即他便小心翼翼地将这种情绪藏起来，笑着道：“你以前总是叫我阿一哥哥。”他从怀里摸出个洗得发白的青布囊，打开，倒了一颗什么东西在掌心，“还记得这个吗？”

小顶知道这是糖莲子，却是从天书上看来的。

少年自顾自道：“是分别时你送我的糖莲子，你自己都舍不得吃的。”他也一直没舍得吃，这七年来一直贴着心口，用心脉中的灵气养着，就和她刚送他时一样。

小顶垂下眼帘：“对不起，我生了场病，以前的事都不记得了。”

她不喜欢骗人，但真相自是不能告诉他的。

少年咧开嘴笑了笑，笑容宽厚：“不记得也没关系，是我不好，没能早点回去找你。”

少年的眼眸亮如寒星，他嘴角挂着笑，可小顶总觉得他下一刻就要哭了，也跟着有些难受。

来到这个小世界，她一直没有亲人，没有故旧，仅有的“认识”她的人，就是死在师父剑下的那两个金甲门弟子。

丁一是她遇见的第一个“故人”。

以前她从未想过这个问题，因为这个小世界是在她眼前诞生的——在她选定这本书时，仙君的灵气瞬间灌入书中，小世界由此诞生。

清气上浮，浊气下沉，天地初分，星辰罗列，然后有了飞禽走兽和仙凡妖魔，千万年的光阴只在弹指一挥间，接着她便掉了进来，成了箱子里的少女。

这个世界是她决定避劫那一刻才诞生的，但是这个世界当然有过去，她以前从来不操心——她对自己的脑袋瓜很有自知之明，这种玄而又玄的事，想破头都想不明白。反正身边所有人都是她来到这个世界后才认识的。

可因为眼前这个脸上带伤的布衣少年，一切都不一样了。

他记忆中的小顶是真实存在的吗？抑或存在的只是他的记忆？

不知道她为什么沉默，丁一有些慌乱："你别难过，把那些不开心的事忘记也好。"哪怕连我也一起忘了。

少年的难过那么真切，小顶越发恍惚，不觉想起在九重天时，仙君讲过的"庄周梦蝶，蝶梦庄周"。当时她听不明白，现在似乎隐约有些明白了，却更茫然，像是心口堵着什么。

不知是不是想得太多，经脉中的灵气似乎也起了感应，在她体内汹涌地冲撞，连带着灵府也震颤起来。她只觉腹中翻江倒海，忍不住捂住了肚子。

水镜外，苏毓皱起眉，身子不由自主地往前倾。

丁一也叫她唬了一跳："你怎么了？"他似乎犹豫着该不该上前搀扶。

小顶没等他靠近，直起腰，摇摇头："没什么，可能吃多了。"

苏毓："……"

丁一支吾着道："你在归藏……过得好吗？"

小顶毫不犹豫地点头："很好，同门都对我特别好。"

少年垂下眼眸，声音轻得像在自言自语："那就好。"他的眼尾微垂，他低眉垂眼时，越发显得温柔。

小顶没法把原来的小顶变出来还他，甚至连她到底是否存在过都不知道。

"婚事……你别在意。"丁一接着道，"我只是想见你一面，知道你过得开心就好了。"

小顶如释重负："你也别太难过了……"她现学现卖，把阿亥的奉承话转手送他，"你年少英俊，才貌双全，一定能找到新的心上人。"

若按照书里写的，他吃力不讨好不说，媳妇跑了，最后是死是活都没个准话，实在算不上有什么好下场。

少年扯了扯嘴角，垂着眼不说话。

小顶略微放心，压低声音道："你记得躲着我师父点……"

她虽觉得师父不会平白无故杀人，但天书里的事有不少都应验了，他还是小心点好，万一师父哪天像书里一样发起失心风来呢？

苏毓："……"

丁一听了小顶的话，却会错了意，蹙着眉，定定地看着她，眼神中满是关切和担忧之意：“他是不是……待你不好？”

小顶摆摆手：“不是，师父待我挺好的。”

师父会给她做糖，在她遇险时会立即出现，他还是她的救命恩人，虽说有时候挺小心眼的，还经常黑脸，但那都是自己家的事，俗话说家丑不能外扬。

苏毓闻言，脸色稍霁，轻哼了一声，这小傻子还算有点良心。

水镜中的两人一时无言，好在这时候钟声响了。

丁一没有立即动，仍旧用秘音问道：“你想输还是想赢？”

小顶一怔，随即明白过来：“想输。”

“我一会儿会用灵力封住你的翳风穴和风池穴，让你暂时昏睡，可能有些刺痛，不会很疼的。”丁一浅浅一笑，“我知道你怕疼。”

怕疼的不是她，身为炉子，小顶其实挺能忍痛，不过她什么也没说，只是点点头：“多谢你。”

苦恼的问题迎刃而解，真是多亏遇上了他。

丁一没再耽搁，数到三，收起秘音咒，手中掐诀，小顶便觉有一股微热的风从她的耳边掠过，转到她的耳后，在她后脖颈上的两处穴位轻点了两下。

小顶瞬间被一阵困意攫住，随即倒在地上。

半空中一个冷冰冰的女声响起：“苍龙氏胜负已分，昆吾派丁一胜。”

丁一望了望躺在地上的少女，毫不迟疑地走上前去，蹲下身，正要伸手将她抱起，还未触到她的身子，指尖像是被火灼了一下，他不自觉地一缩手。

就在这时，他眼前白光一闪，一个白衣男人凭空出现在他的面前。

丁一只遥遥望见过连山君一眼，但几乎是一瞬间就认出了他。苏毓掀起眼皮冷冷地打量了他一眼，微一颔首：“敝徒由苏某领回便是，不劳丁公子。”

寂寂无名的少年剑修在当世大能面前也不露怯，不卑不亢地行了一礼：“晚辈见过连山阁下，方才乃是情势所迫，并非有意冒犯高足。”

苏毓正要俯身，闻言挑了挑眉，什么叫情势所迫，什么情势能迫得你对我家徒弟动手动脚？登徒子！

苏毓以身作则，掐诀施术，向躺在地上不省人事的徒弟一指。

双目紧闭的少女忽然直立起来，双脚离地，双手平托，直直举在身前，慢悠悠地往秘境外飘去。

苏毓转过头，瞥了一眼站在原地发怔的少年郎，嘴角微微一挑，轻哼了一声，跟着徒弟走出秘境，然后在目瞪口呆的众人的注视下，优雅地拎起徒弟的后衣领，翩然御剑回到飞台上。

小顶这一觉睡到三更半夜，身体里的灵气左冲右突，其间不知做了多少乱梦，最后还是被一缕甜香勾醒的。

她睁开眼睛，发现自己身处飞台的楼阁中，席地躺在云簟上，旁边生着堆火，师父正在捣鼓什么东西。

小顶一骨碌坐起身，揉揉眼睛："师尊，在做什么好吃的？"一边说，一边伸手去够师父身边的荷叶绿玉碗，"哎，是糖莲子吗？"她方才在秘境里就馋得很，正想尝尝呢。

苏毓把碗往自己身前一拦："谁说是给你的？"

小心眼的男人撩了撩眼皮，抱起碗，轻哼了一声，拈起一颗塞进自己的嘴里。

小顶咽了咽口水，忽然想起一件事："对了师尊，刚才睡觉的时候，我的金丹好像化了。"她打了个哈欠，"要是早点化就好了，也不用那么麻烦。"

苏毓也顾不上和徒弟置气，随即放下碗，并往她的腕上按去，顿时脸色一变。

这傻子，好死不死，居然在这时候冲破了境界，化金丹至元婴期了。

从金丹期九重境到元婴期，看似只是突破一重境界，实则不啻天壤之别。

结丹凭的是拓宽经脉、充盈气海，说白了是"硬功"，功夫到了就能结丹。像小顶这种因为体质特殊，直接把自己吃到结丹的情况，奇异归奇异，尚属苏毓勉强能理解的范畴。但要从金丹期跃至元婴期，考验的是道心，需要有悟道的机缘，大部分人要经历一次心魔劫。

归藏试炼秘境中的问心谷便是仿照心魔劫造的，有许多归藏弟子就是在问心谷中完成心魔劫，从而突破境界。

可就看她在问心谷里那吃吃喝喝的样子，离悟道怕是有十万八千里。

当初看了她在问心谷的表现，苏毓便觉得他得给这傻徒弟多留点钱，没准她一辈子就卡在金丹期九重境了——许多资质不错的修士生来缺少道缘和道心，一辈子卡在金丹期也是常事。

可她竟然一觉从金丹期睡到了元婴期！

苏毓怀疑自己是不是已经殒身了，现在正卡在什么莫名其妙的幻境里。

小顶压根没注意师父的脸色，趁着他不注意，悄悄地挪到荷叶绿玉碗旁边，试探着伸出手，然后偷看了师父一眼，见他还在发怔，摸了颗糖莲子，迅速塞进嘴里。

糖的味道很熟悉，表面是师父给她做棒糖用的甘华晶，薄薄脆脆的一层，里面包裹着冰川雪莲子，它比她想象中的还好吃。

她一时间忘了自己是在偷吃，赞叹道："师尊，你的手艺越来越好了。"

苏毓看了她一眼，百思不得其解。她这哪里像是悟道了的样子，还是和先前一样傻。

他皱了皱眉，艰难地说道："你突破境界了。"

小顶正要去摸糖莲子，闻言手一顿，吃惊地睁大眼："怎么回事？"

不过经师父这么一提醒，她倒是想起来了，掌门师伯的心法课上讲过化丹结婴的事，只是云中子讲得玄乎其玄，什么"役心为道""虚怀任运"，她听得如堕云雾，也不指望自己能突破境界——金丹期没什么不好，她时不时把那颗金丹运出来看看，突然没了还觉得挺可惜。

苏毓也想知道是怎么回事："你方才可是动过什么念头？"

小顶歪了歪头："嗯？"

苏毓捏了捏眉心："可是在秘境中想了些什么不同寻常的事？"

他顿了顿，补上一句："除了吃喝、炼丹和金竹以外的事。"

小顶挠了挠耳朵，皱着眉回想，蓦地想起来，似乎是思索三千小世界真假虚实的时候，经脉中的灵气开始不安分，肚子也难受起来。

这些她不能如实告诉师父，于是说道："大概是……想到丁公子和夺舍的事……"

苏毓一听脸便是一黑，摁了摁太阳穴："不许再想这种事。"

小顶不明白师父为什么瞬间又翻脸，只是懵懂地点点头："师尊，元婴期有什么用？"

苏毓的脸色更不好了："你的心法课上到哪里去了？"

小顶撇了撇嘴："忘了。"师伯一讲一大篇，用词又艰深玄奥，她哪里听得懂，久而久之，干脆和碧茶一起研读"十洲三界美男榜"去了，好歹还能学几个字。

苏毓耐着性子向她解释了一番，简而言之，修士到了元婴期，便有了灵府和元神，元神可以离体，于是可以修习更上层的法术。

小顶本来就有灵府，能自由出入，不过她隐约明白，一般人在修道初期是没有这些的——大约是因她的神魂不属于这个世界。

不过元神离体，倒是桩新鲜事。

苏毓见她的眼角眉梢都是喜色，越发疲惫："先别急着高兴，想想明日的比试怎么办。"

小顶不明白："什么比试？不是已经输了吗？"

明天她就能和碧茶一起吃吃喝喝了。

苏毓轻哼了一声："输的是金丹期修士的比试，如今你是元婴期修士了。"

法会比试第一日是金丹期修士，第二日是元婴期修士，如此交错，以便让修士们轮番休整，明日便是元婴期修士的首场比试。

小顶张口结舌，半晌才道："这……怎么不讲道理呢？这事不告诉别人呢？"

苏毓无情地打碎了她的希望："没用，轩辕台四周设有阵法，所有人的修为都瞒不住。"

小顶欲哭无泪，昨日本以为要吃点苦头，运气好遇到了丁一，睡了一觉就渡过了难关，谁知道又要来一次。

师父继续泼她冷水："元婴期和金丹期不可同日而语，明日你绝无可能像昨日那般轻易过关。"顿了顿道，"此时退出还来得及。"

小顶一怔，随即默默地摇摇头，现在退倒不如早点退。同门们竭尽全力拼杀了一天，很多人负了伤，这时候再退，他们岂不是做了无用功？

苏毓知她执拗，也不多劝。

大衍和太璞想借机让他和归藏颜面尽失，却也不想在这时候撕破脸，不至于伤她的性命，但定会让她受些苦。

修士的大部分外伤都能治，便是断手断脚、扒皮抽筋，及时医治也不会有什么遗患。但这傻子不比对这些习以为常的修士，怎么能受这种苦！

看来，他少不得动用那位……比之龙渊，代价又高了何止十倍。

为了不助长徒弟不劳而获的习气，他自不会让她知道，只是淡淡地说道："离比试还有几个时辰，为师尽量多教你些自保的法门。"

小顶忙里偷闲地摸了两颗糖莲子塞进嘴里，点点头："嗯。"

饶是苏毓也有些佩服她的心大，揉了揉额角道："首先要学的是如何操控元神……"

讲完控制元神的要领，他便给徒弟演示，让元神脱出身体："元神与魂魄相似，却又不尽相同。"

他一边解释，一边操控元神取了一颗糖莲子："元神是有实体的，可以取物，也可以伤人。若是元神足够强大，便可以分出无数个分身。"顿了顿又道，"当然，大部分元婴期修士只能二分，能三分的已是凤毛麟角。"

"师尊，我有个问题。"小顶道。

苏毓料她要问他能分成多少个，嘴角微弯：“问吧。”

小顶：“元神可以吃东西吗？”

苏毓：“元婴期修士哪个不是早辟谷了？你就不能惦记些别的？不求上进。”

小顶有些失望，她还以为分成两个元神，就能一边吃甜的一边吃咸的呢。

“那有什么用啊？”她又不擅长打架，别说分成两个，就是分成一百个也抵不上人家一个。

苏毓道：“元神离体，便可将外界的物件带进灵府中。”说着演示了一遍如何把糖莲子拿进灵府里，再拿出来，“与乾坤袋有些相似。”

小顶双眼倏然一亮。这倒挺实用，如此一来，她不就能把金笔拿进灵府里，不用再抄书了？还有一些药材，模样奇怪、味道难闻，看着便难以下嘴，如今可以直接拿进灵府里，就方便多了。

她想了想，问道：“大点的东西呢？”

“只要灵府能容纳，将整个天地装进去也未尝不可。”苏毓解释道，“不过能做到的人多半已经得道成仙了。”

小顶点点头，那便可以炼器了。

“我想先学这个。”

“不要想着一步登天，”苏毓道，“先从元神出窍开始。”

操纵元神与小顶操纵神识出入灵府差不多，只是多了出窍一个环节，她第一次尝试便成功了，练习几次已经很熟练，大大出乎苏毓的意料。莫非这傻徒弟真的有些修道天分？

他正想着，徒弟的元神摸起一颗糖莲子扔进嘴里，咯吱咯吱地嚼了，她气愤地说道：“师尊骗我，明明可以吃。”

苏毓摁了摁太阳穴：一定是他想多了。

小顶从糖莲子开始练习，先是一颗，然后是一把，最后连碗一起端进了灵府里，不肯再拿出来。

苏毓懒得与她计较，拿起她的佩剑万壑松道：“试试这个。”

万壑松足有三尺长，初时有些困难，小顶尝试了五六次，最后成功把佩剑带入了灵府中。

她把剑和灵府中的小鼎比了比，剑身比炉子还长出一截。

不过在九重天时，仙君时常用她来炼比炉身大上好几倍的法器。她回忆了一下，学着仙君的样子念咒，万壑松在她手中不断地缩小，须臾之间缩成了巴掌大。

她把万壑松塞进炉膛里，小剑便飘在正中。

小顶若有所思地摸了摸下巴，忽然想到个主意，便让元神归位，问苏毓："师父，比试可以带自己的剑吗？"

苏毓挑了挑眉："别想着用万壑松取巧，秘境中有禁制，一切法器中的灵力都会失效。"

万壑松这样的名剑中自是有剑灵的，虽然还未修成人形，但灵力已然十分强悍。加上这剑又是蒋寒秋这种剑痴养出来的，便是对上苏毓，也能过上几招。为了杜绝修士凭借法器取胜，当初创立法会的大能们在秘境中特地下了禁制，上古名剑到了其中便与废铁无异，修士只能靠自身修为和道法取胜。

小顶摇摇头："我不用万壑松。"

万壑松是大师姐给她的宝贝，她可不舍得用它来试。

"我好像有个办法，"她一边说一边忙不迭地站起来，"先出去借几样东西。"

苏毓没来得及说话，徒弟已经跑出去了。

不一会儿，小顶抱着一大堆剑回来。苏毓一看，倒都是好剑，只是剑鞘花里胡哨、镶金嵌宝，生怕别人看不出值钱。

他挑了挑眉，问："哪里来的？"

"跟西门馥借的。"小顶匆忙答道，"师尊，我有事忙，不和你说了，还要去炼剑。"

苏毓："……"她早不知道下功夫，火烧眉毛了才练剑，能练出什么花来？

小顶没等他说话，抱着剑噔噔噔地跑上楼，砰地关上了房门。

她在灵府里守着炉子捣鼓了大半夜，终于在破晓时分大功告成。

她把炼成的两把剑带出灵府，匆匆下了楼："师尊师尊……"

苏毓正在打坐，闻声睁开眼，道："临时抱佛脚……"

小顶把两把剑往他眼前一晃，得意地道："看我炼的剑。"

苏毓："……"原来是这个炼，就说她怎么会练剑。

他瞥了一眼花里胡哨的剑鞘，皱了皱眉："又胡闹。"

小顶不理他，把一把剑塞到他的手里，自己持另一把剑："师尊你出两招试试。"

苏毓一哂："你要和为师比剑？"

小顶无可奈何地摇摇头："可能吗？"

苏毓一时语塞，随意使出一招明月出海，几乎是同时，小徒弟也动了起来，与他使出一模一样的剑招。饶是连山君见多识广，也有些讶然。他又使出一招山月虚照，徒弟同时使出了一模一样的一招。

苏毓收起剑，不得不信邪。这傻子除非被夺舍，否则一百年也学不会这一招——那就是剑里有蹊跷了。可他分明没有感觉到剑中有灵力。连他都感觉不到，秘境自然也探查不出什么异样。

小傻子见师父困惑，得意扬扬地道：“厉害吧？”到时候她用子剑，让大师姐或者三师兄操纵母剑，还不是想怎么输就怎么输？

苏毓自然瞬间就明白了，抿了抿唇：“你动了什么手脚？”

小顶盘腿坐下，把剑放在一旁，托着腮冲他挤挤眼：“你猜。”

苏毓冷淡地移开眼：“那便罢了，我不想知道。”

小傻子果然上钩：“我告诉你吧，是把这两把剑，加上阿亥的头发和子母蛊一起炼的，叫作‘子母傀儡剑’。”

苏毓：“……”先不说这些东西能不能放在一起炼，能想到这种东西，这徒弟果然不同凡响。

翌日清晨，元婴期修士的比试开始。

朱鸾衔着卷轴两端将其缓缓地展开，卷轴上浮现出一个个金色的名字。

第一轮比试结束，榜上一半的名字变成了灰色，榜首赫然写着“白千霜”三个字。

顾清潇侧过身，微微弓着腰，满面堆笑地恭维身边的白千霜的父亲、大衍宗白长老：“虎父无犬女，令千金真是后生可畏。”

白长老嘴上称谢，神色却甚是傲慢，显然不想与他多言。

就在这时，人群中发出嗡嗡声——眼尖的人发现，榜末忽然多出了一个名字：萧顶。

起初众人以为是凑巧出现了同名同姓的人，但当“连山君亲传”几个小字浮现出来时，全场顿时哗然：昨日不堪一击的金丹期修士不知怎么修为大进，一跃而成元婴期修士。

顾苍舒自然也发现了卷轴上多出的名字，眼中浮现出阴冷的笑意。他与白千霜迅速交换了一个眼神：“请白道友选择下一轮的对手。”

白千霜莞尔一笑：“我欲请战归藏派萧顶。”

白长老神色一冷，立即传了个秘音咒给女儿：“千霜，休得胡闹！你是什么身份，何必为了个玩物同人家置气？”

白千霜用秘音答道：“女儿有分寸，爹爹别担心。”说着便掐断了秘音咒，从腰间抽出软剑，朝北望去，向着一脸寒霜的白衣男子媚然一笑。

苏毓目光一冷，转头对手持母剑的蒋寒秋道：“给我赢。”

蒋寒秋难得没有反唇相讥，而是精神一振，要赢可比输容易多了。她转身上了楼阁，找了一间静室，元神出窍，将母剑带进灵府中。

蒋寒秋已是化神期修士，灵府是一片浩瀚沙海。她施了个离娄照机术——这是她师祖以离娄术为基础创造的法术，是归藏的不传之术，只有内门弟子能学。

普通离娄术，施术者只能在镜外观看，而运用照机术，施术者则可以迈入水镜中，仿佛身临其境。

蒋寒秋没有犹豫，径直跨入水镜中，便仿佛身处小顶和白千霜的对战秘境中。

镜中人丝毫感知不到她的存在，她无形亦无影，就如一个看不见摸不着的幽魂。

蒋寒秋走到小顶的位置，两人的身体几乎完全“重叠”。她活动了一下手腕和肩颈，只等着比试的钟声敲响。

小顶手握子剑，心里有些不安，虽说昨夜他们已经排演过好几遍，但是和三师兄过招与真的上场还是有些不一样。最要紧的是，对面那个女修士的目光让她有些不舒服。

白千霜看着不过十七岁，身量和大师姐差不多，着一身红色纱衣，层层叠叠的看不出有多少层，走起路来衣裾随风飘摆，便如燃烧的烈焰一般。

在秘境中站定，白千霜便从头到脚打量她，脸上挂着温柔得体的笑容，但眼睛里像藏着把尖刀，像是要把她剖开看看里头什么样。

“真是漂亮啊！”白千霜轻叹了一声，嗓音像银铃轻响，余韵悠长。

小顶虽是个炉子，但到底做了几个月的人，已经有了些许做人的心得。她觉得这姑娘的语气不像是在夸她，却像是在评价一件衣裳或首饰。

这却是小顶想错了，在白千霜的眼里，炉鼎远不如衣裳、首饰——衣裳、首饰能用来打扮自己，而未婚夫君身边的炉鼎只会碍她的眼。她已到元婴期九重境，在第一轮比试中得分名列前茅，而这炉鼎刚从金丹期突破至元婴期，只到元婴期一重境。她在众目睽睽之下与这炉鼎计较，的确是自降身价，也难怪爹爹要恼火。

她不相信连山君这样的男人会对一件玩物上心，更不认为一个炉鼎会撼动自己夫人的地位。连山君眼下宠一宠这东西，不过是新鲜劲还没过去罢了。

她虽明白，但两次见到意中人为这炉鼎出手，心里仍旧不爽利。

白千霜从来不会委屈自己，谁让她不爽利，她便要让谁吃苦头。她今日主动请战，也有敲打的意思。虽然她一心恋慕他，但即便是连山君，要娶白氏女儿，也要拿出点诚意来——他这么抬举一个炉鼎，又将其收作徒弟，又给这炉鼎修为，甚至不知用什么手段让其跃升至元婴期，这是将她置于何地？

自然，她也会顾及未来夫君的颜面，点到即止。

她不禁又想起那日在里市中的一瞥，一颗心便悸动起来。只有那样器宇不凡的逸群之才才配得上她，看似俊逸风流的顾苍舒与他一比，便如鱼目与珍珠。

她就爱他的冷漠无情，爱他的目无下尘。

就在这时，比试的钟声忽然响起，把白千霜的思绪拉了回来。

她定了定神，目光从小顶明珠生晕般的脸蛋滑落到单薄的肩头上，妙目中光华流转，朱唇微勾，心想，在那张漂亮的小脸蛋上划几道，再卸掉一条胳膊吧。

与此同时，蒋寒秋拔剑出鞘，小顶手中的子剑立即有所感应，开始轻轻地颤动——子母剑在鞘中时便如休眠一般，一经出鞘便立即苏醒。

小顶知道大师姐已经准备好，些许不安顿时烟消云散，随即拔剑出鞘。

蒋寒秋手腕一抖，摆出一个起手势，小顶同时右手持剑，左臂沉肩坠肘，有如半月。

两柄剑的虚影几乎重叠在一起。

见小顶的样子倒是像那么回事，白千霜一笑，娇媚得有如春花初绽：“小心了。”

话音未落，她腾跃至半空，软剑朝着小顶的面门直刺过来，到得眼前，忽然转向小顶的右侧，薄如纸的剑身灵蛇般一弯，剑尖如毒蛇吐芯，向着小顶的脸颊舔来。

蒋寒秋瞳孔一缩，当即挥剑顶开，两剑相击，发出叮的一声脆响。

蒋寒秋向后猛退一步，几乎是同时，苏毓冷气森森的声音在她的耳边响起：“蒋寒秋，你在做什么？不行就换叶离。”

蒋寒秋抿了抿唇，生生忍下这口气，沉声道：“知道了。”

苏毓捏了捏眉心，本来让蒋寒秋上，便是因为对方是女子，生怕叶离拖泥带水，没想到这位更不济——若非担心自己对着那姓白的阴阳怪气的丑脸会忍不住把她劈成两半，他就自己上了。

蒋寒秋本来和这白家的姑娘无冤无仇，见她年纪不大，固然骄纵了些，也只是要要大小姐脾气，手下便留了余地，未料她出手如此狠辣，第一剑便冲着小师妹的脸去——分明就是要毁小顶的容貌。蒋寒秋那一点怜香惜玉之情顿时烟消云散，冷笑一声，提剑向白千霜攻去。

白千霜一击不中，大感意外，一个恍神之间，见对方竟反守为攻，连忙仓皇避退，并以软剑招架。不承想对方身法奇快，行如游龙，转似飞凤，剑光如电光一般在她的眼前闪过，她只觉脸颊上传来一阵火辣辣的疼痛感，随即微痒，有如虫蚁爬动，原来是脸被划开了一道长长的口子。

鲜血从伤口冒出，顺着脸颊蜿蜒流下来。白千霜急忙腾空而起，退出数丈之地，用衣袖轻轻地擦了擦脸上的血。

她平素最珍爱自己这一张沉鱼落雁的脸，虽是剑修，也不曾伤它一分半毫，如今却当着数千人的面破了相，真是奇耻大辱！

她在大衍宗要风得风，要雨得雨，大伯膝下没有一儿半女，平素又不管事，宗门里的大小事务都由她爹做主，她比俗世的公主还要骄纵几分，何曾受过这样的委屈？

白千霜的眼中闪过狠戾之色，笑容却越发甜美，她娇俏地偏了偏头：“倒是从未见过你这样的鼎修，看来我也不能掉以轻心了。”

此言一出，无须苏毓再说，蒋寒秋的脸上仿佛结了霜，她从牙缝中挤出两个字：“找死。”

白千霜掐诀念咒，瞬间分出三个元神，各持一柄同样的软剑，向小顶围攻过来。

小顶只见四个一模一样的白千霜从前后左右同时向她袭来，不免有些心惊。不等她回神，手上已经使出了一招飞雪迷天，手中寒剑狂舞，有如狂风吹雪，锵锵锵数声过后，剑将前方、右方、左方三柄软剑斩断。

白千霜大吃一惊。这几柄软剑是以万年寒铁铸炼而成，虽轻薄如绢，却能削金断玉。那炉鼎的手中之剑虽一看便出自铸剑名家之手，到底也不及自己的剑，不想却能一连削断她的三柄宝剑。她正吃惊，对手跃至半空，轻捷地转身后，手中剑向着她当胸刺来。

白千霜顾不得多想，忙将灵力灌注于软剑中，剑身瞬间长出数尺，犹如一条银白色的软鞭，向着小顶持剑的手腕抽来。她的手腕一转，剑锋随之一转，朝着小顶的手腕削下。与此同时，小顶背后白千霜的分身手持断剑，向着小顶的后背直刺过来——剑虽已断，依旧锋利无比。

小顶腹背受敌，难免顾此失彼，若要避开后方的袭击，便只能舍去一只手。

秘境外的众人倒吸一口凉气，几千双眼睛紧紧地盯着那皓腕。

许多人暗自心惊，这白家的姑娘年纪不大，心肠真是狠辣，法会的比试虽说死生不论，但到底都是正道宗门，说起来都要互称一声道友，少有这般不留情面的。

有那怜香惜玉的修士，忍不住闭上眼或者别过脸。

白长老沉着脸默不作声。女儿的性情他自是一清二楚，定是方才叫那炉鼎割破脸后恼羞成怒，女儿咽不下这口气，即便不取她的性命，也要废她的一只手。一般人未必能看清楚，修为高些的，一看便知白千霜用上了十成功力，还在剑上施了咒法，一旦那炉鼎的手被砍断，断口便会立即腐烂坏死，无法再接续。

顾清潇在一旁幽幽地叹道："令千金行事果决，顾某自叹弗如。"

白长老的脸色越发不好看。早知如此他就不该放任她胡闹。他还拿不准连山君对这炉鼎有多着紧，但观连山君那日比试时的举止，至少新鲜劲还未过去，若是因此坏了事，联姻不成，便是"一子错，满盘皆落索"。

可就在这时，少女忽然以迅雷不及掩耳之势收回剑，手腕一转，挽了个剑花，仿佛脑后生眼，反手一挑，正中那分身的手腕，将那只手齐腕削落。

断剑当啷一声落地，分身惨叫一声捂住手腕，指缝中渗出的却不是鲜血，而是流霞一般的灵气。

水镜外的众人鸦雀无声，白长老腾地站起身，随即察觉自己失态，又坐回莲花座上。元神受损，与外伤不可同日而语，虽说是分身，但受此重伤也得养好几十年方能继续修行。

白千霜也知道不妙。她是见那炉鼎只到元婴期一重境，才大胆地放出元神，却不想这炉鼎的剑法如此凌厉，令她吃了个大亏。

小顶一击得中，没有片刻停滞，挥剑便照着白千霜的左侧劈去。白千霜大骇，忙挥出软剑，如同挥着铁鞭，向着小顶的长剑缠上去，藤蔓一般将剑身缠裹得密密实实。

白千霜心神稍定——自己已将大量的灵力灌注在软剑上，对方只是个元婴期一重境修士，定然难以抵挡，只要将对方这把剑绞断，料她手无寸铁也施展不出什么功夫来。

谁知白千霜刚想到此处，那炉鼎手中的剑忽然寒光大盛。只见对方翻过手腕，轻轻一挑，软剑发出几声清脆的响声，瞬间断成了十数截。

与此同时，小顶飞起一脚，踢中她的手腕，将她手中的断剑踢飞。小顶在半空中翻了个身，剑尖照着白千霜眉间刺去，却突然停住，随即一偏，照着她的脸颊轻轻划去，飞舞的剑尖如萤火闪烁，白千霜只觉额头和脸颊传来刺痛，紧接着心口被结结实实地踹了一脚。

小顶双脚落回地上，抖了抖剑尖上的鲜血，还剑入鞘。

白千霜被踹翻在地，半空中响起冷冰冰的声音："苍龙角，胜负已分，归藏萧顶胜。"

白千霜绝望地躺在地上，只觉脸上刺痛，伤口似乎不深，有些发麻，却没有血流出来，不知那贱人使了什么阴招。她迫不及待地想起身照照镜子，但方才小顶那一脚委实厉害，竟是直接踹在了她的元神上——方才断了一腕，眼下更是雪上加霜。

白千霜自己看不到脸，水镜外的众人却看得分明——她左边的脸颊被刺了一条惟妙惟肖的毒蛇，右边的脸颊被刺了一只蝎子，额头上被工工整整地刺上了"心如蛇蝎"四个字。

有人忍不住扑哧一声笑出来。平日看不惯白千霜的人便幸灾乐祸地议论："连山道君那位小弟子剑法修为了得，心思也怪巧。"

"我听闻过此种秘术，"有人博闻强识，向周围人解释道，"是一些门派惩罚犯戒弟子用的，除非施术者网开一面，否则这字迹、图画没个几十年消不去。"

"可怜十洲三界第一美人，要顶着这一脸图画过日子了，唉……"

苏毓把归鞘的母剑扔回蒋寒秋的怀里，撩了撩眼皮，冷冷地说道："要你有何用？"到头来还是得让他亲自动手。

蒋寒秋抱着胳膊没吭声，也只有师叔这种丝毫不懂怜香惜玉的人才能想出这种损招。那一脚也忒狠，元神受了这么重的伤，那白家姑娘的修为至少会停滞百年。

苏毓乜了师侄一眼，便要飞去主台接徒弟，忽听轰的一声巨响，主台中央忽然塌陷下去，露出一个深坑。顾清潇与白长老立即施法，飞至半空，却见深坑中是一个巨大的黑色旋涡，中间有一个血红色的光球，宛如妖兽的眼瞳。

白长老瞳孔一缩，惊叫道："是魔眼！"

顾苍舒的修为毕竟低了些，他还未飞起来，旋涡便将他吸了进去。

二十八个秘境中的修士们看不到外界的情况，便是知道生变，也多半躲避不及，尽数被吸入了旋涡中。

不等众人回过神，旋涡消失，轩辕台顷刻之间恢复了原样。

魔眼出现得蹊跷，消失得也突然，若非主台上空空如也，六十余人连带八个秘境瞬间无影无踪，真要令人怀疑一切只是自己的幻觉。

这是元婴期修士的第二轮比试，第一批上场的多是各个门派弟子中的佼佼者，其中又以大衍、太璞、归藏三大宗门的弟子为多。

片刻的寂静后，轩辕台四周一片哗然。有的见同门遭难，焦急愤怒；有的侥幸逃过一劫，暗自庆幸；更有许多门派的话事人气急败坏地向主台飞去，要向太璞宗宗主顾清潇讨个说法。

重华宗的女长老一脸寒霜，对顾清潇僵硬地作了一揖："顾宗主，本次十洲法会由贵宗主持，八方道友相信贵宗，将门下弟子的性命安危托付给贵宗，怎么出了这档子事？"重华门是仅次于三大宗门的大宗门，也有三名弟子在场上。

这位女长老在修仙界德高望重，她的诘问顿时引起许多人的附和："是啊，太璞宗不是号称法阵双绝，法会绝无后顾之忧吗？怎么让魔修乘虚而入？这禁制法阵是纸糊的吗？"

顾清潇握着袖子揩揩额上的冷汗，不住地向着众人作揖赔不是："魔眼自魔君伏诛后便消失，近百年来不曾出世，如今忽然现世，实非敝派所能预料……还请诸位少安毋躁，容某等从长计议……"

有人不留情面地打断他："等你们从长计议完，弟子们连骨头渣都不剩了！顾宗主倒是沉得住气。"

顾清潇涨红了脸，也不知是羞惭还是恼怒："……犬子亦在其中，可事已至此，心急也于事无补……"

一人冷哼了一声："令郎乃人中龙凤，吉人自有天相，顾宗主自是不急的。"话虽未说破，语气神态无不是在暗示顾苍舒并非顾清潇的血脉。

方才那位重华门的女长老瞪了那人一眼，对顾清潇道："顾宗主，无论如何，请贵派快些拿主意，立即部署营救。"

有人对沉着脸袖手旁观的大衍宗白长老道："白长老威望素著，修为高深，某等愿听长老号令。"

立即有许多人附和，视顾清潇这一宗之主若无物。

顾清潇受此大辱，却只是一脸赧色，讷讷地说不出话来。他虽也到了炼虚期三重境，与那白长老不相伯仲，但剑法与术法都无足可观，谁都知道他那修为都是靠着与英瑶仙子双修得来的。

白长老看了一眼顾清潇，谦虚地道："白某人微言轻，难堪大任，还请另择贤明。"

有人忽然想起来："连山君呢？"

立即有人附和："对啊，连山君的剑法修为举世无俦，由他来主持大局再合适不过了。"

"咦，连山君怎么不见了？还有那位叶小道君，叔侄俩都不见了……"

白长老脸色微变。苏毓是现任归藏掌门的师弟，地位与大衍、太璞的大长老相当，不过到底是晚辈，可如今，其风头竟已完全盖过了自己。他不由得捋须摇头，看来这联姻之事恐怕要三思而后行了——本来他只是想借苏毓的力，可到时候别引狼入室，为他人做了嫁衣裳才好。

就在这时，顾清潇突然一个踉跄，痛呼一声，捂住脸颊。

众人一看，只见他白皙的面颊上出现一道血杠子，半张脸迅速高高地肿起。

大家正纳闷，一个身着紫色道袍的女子从天而降，手中玉鞭闪闪发光。那女子容貌极美，疏瘦亭亭，只是微带病容，此时眉宇间尽是怒意，倒是少了几分憔悴，显得英姿勃发。

有人认出了她，小声道："英瑶仙子……"

英瑶仙子近年来虽极少露面，但当年也是叱咤十洲的人物，一根芙蓉白玉鞭下，不知有多少亡魂。

轩辕台四周顿时鸦雀无声，众人面面相觑，这英瑶仙子着实彪悍。不管怎么说，顾清潇明面上是太璞宗宗主，又是她的夫君，她竟然当着众人的面以鞭子抽他的脸，真是一点情面都不顾。

英瑶仙子轻盈地落到台上，死死地盯着顾清潇，一鞭子下去仍旧余怒未消，正欲提鞭再抽，顾清潇的秘音传至她的耳畔："阿瑶，是我之过，没看顾好阿舒，回去要打要罚任由你，但事关太璞颜面，众目睽睽之下……"

英瑶仙子提鞭的手微微地颤抖了一下，终是落了下来。她嘴唇哆嗦，用秘音回道："顾清潇，若是我儿有个三长两短，我定不与你干休！"

顾清潇无可奈何，哄孩子似的道："阿瑶，虽然阿舒非我亲生骨肉，可我这些年一直将他视为己出。你若是不信我待你们母子的心，也想一想，我害他又有何益？何况老宗主于我恩重如山，我顾清潇虽无能，又岂是背信弃义之徒……"

"不必说了，"英瑶仙子冷笑着打断他，"我料你也没这能耐，但阿舒若出事，我定要你给他陪葬。”

说罢她向白长老郑重地作了一揖：“外子体弱多病，不堪大任，有劳白长老代为主持大局。”又向众人作了个揖：“诸位道友放心，既是在我太璞宗的地界出事，我顾英瑶定会给诸位一个交代，将贵派弟子安然无恙地带回来。”

顾清潇大惊失色，忍不住道：“阿瑶，你重伤未愈，不可冲动行事……”

英瑶仙子恍若未闻，连个眼神都不愿给他：“有什么后果，我顾英瑶一力承担。”

白长老还礼道：“英瑶仙子林下风高、义薄云天，令白某感佩。不过魔眼现世，事关十洲三界安危，非一宗一门之事，于情于理，都不该让仙子孤身犯险。”他顿了顿道，“依老夫之见，我等也不该袖手旁观，不妨勠力同心，共商对策。”

这话说得持正公允，众人纷纷点头称是。

白长老朝西北方的飞台张望了一眼，扬声道：“怎不见归藏连山道君？”他用了雷音咒，声音在上空回荡，众人听得分明。

话音未落，蒋寒秋背负长剑，远远地作了一揖，同样用雷音咒答道：“敝师叔与师弟已前去解救受困弟子，还请白长老与诸位道友尽情商议。”

白长老没说话，却听一人道：“魔眼突然出现又骤然消失，贵派如何知道去哪里救人？”这话却有些诛心了，显然是在暗示归藏与此事脱不了干系。

蒋寒秋一望，只见那中年人穿着黑色绣金道袍，原来是金甲门八大长老之一。她冷笑道：“在下愚钝，却也知道，魔眼兴风作浪，总不会是冲着一群元婴期的小弟子来的，既然要对付诸位大能，自然要占尽地利……”

有些人已经想到，并不意外，有不少人却是经她一提醒才想明白，惊恐万分：“七魔谷……”

一些小弟子不曾听过这地方，好奇地问师长：“七魔谷是什么地方？”

有师兄解释：“七魔谷乃魔域的禁地，传说谷中充斥着毒瘴和魔物，修士一踏入此地，非但无法动用灵力，心智也会受魔雾侵蚀，误入其中者几乎无一生还。当年魔君伏诛后，他的一干残部避入谷中，有数批修士入谷清剿，皆一去不复返。当时的大能便在四周下了重重禁制，令底下的魔物出不来，仙门弟子也进不去。”

小弟子抓耳挠腮：“既然无人生还，谷中的情形又是怎么传出来的呢？”

“这……”那师兄在他的后脑勺上拍了一记，“不该你操心的事少管！”

众人正七嘴八舌地议论，忽听得远远传来一声雷震，循声向北望去，只见黑海苍天相接处，一道白光闪过，如电光般将天空劈出了一道口子。

白长老和顾清潇等人露出讶然之色。三大宗门中，阵法以太璞最精，这岛屿四周下了无数法阵和禁制，竟叫连山君一剑劈开了，实在是闻所未闻。

英瑶仙子皱了皱眉，回身向众人道：“性命攸关，事不宜迟，请诸位恕顾某失陪。”说罢纵身一跃，腾云向着阵法边界的裂口飞去。

第六章　七魔谷

苏毓与叶离眨眼间已飞至郁洲附近的海域。

叶离难得一改平日的玩世不恭，脸上尽是忧色。归藏这回为了替金竹赢回开明兽爪解毒，几乎将所有元婴期的精锐都派了出来，排名靠前的二十八名修士中，归藏便占了十人，被请战的又有九人，被掳去的六十来人中，归藏弟子便占了三分之一。

叶离转头看一眼师叔，却见他冷着一张脸，看上去与平日无异。若非见他把剑当成闪电御，叶离都差点被骗过去了。他犹豫着道："师叔，小师妹和弟子们吉人天相，一定会没事的。那些魔修掳走一群弟子不过是当作诱饵，不会伤他们性命。"

苏毓微一颔首，脸色却越发凝重。道理他明白，但仍旧放心不下。魔君残部不会轻易动顾苍舒和白千霜，但若是要拉几个人泄愤呢？何况魔眼出现得蹊跷，他不信几个苟延残喘的魔修有这能耐。

不想被叶离看出他乱了阵脚，苏毓稳了稳心神，淡淡地说道："萧顶身存河图石的灵力，若不能及早救她出来，我的气海便没了来源。"

叶离："……"您老人家就别拿气海当借口了，我又不瞎。

却说小顶赢了剑，正要出秘境，四周忽然狂风大作、飞沙走石，脚下的大地震颤不已。她正纳闷，忽然一阵天旋地转，头不知撞在什么上，当即失去了知觉。再醒来时，她发现自己躺在一个全然陌生的地方，一睁眼便看到一片昏黄发绿的天空，空中没有云，当空有一个杏核似的黑色旋涡，中间是一个火红的圆球，乍一看像只眼睛。

那天空也煞是古怪，不但颜色诡异，细看还咕嘟咕嘟地冒着泡泡，不时有泡破裂，从中冒出一股黄色的烟尘。烟尘慢慢地下沉，弥漫开来，把周遭都染成昏黄的一片，一切仿佛笼罩在永恒的暮色中。

小顶不明就里地坐起身，只觉浑身酸痛，骨头几乎要散架，脚脖子也扭了，肿得老高，后脑勺上隐隐作痛，抬手一摸，鼓了个大包，脑袋也昏昏沉沉的。

她举目四顾，发现周围是一片干旱的峡谷，寸草不生，却长着许多紫色的晶簇，小的只有一指来长，长的却比人还高。

峡谷四周是红褐和橙黄相间的崖壁，不知什么人在壁上凿出一个个巨大的洞窟，黑黢黢的门洞四周用紫晶和白石砌造出门脸，立着参天的石柱，沿着山势建造的台阶和回廊样式古怪。整个峡谷富丽堂皇，宛如宫殿。

小顶晃了晃昏昏沉沉的脑袋，呆坐着回想了半晌，这才想起晕倒前的事。

她往四下一环顾，发现不仅她落到这里了，四周还横七竖八地躺着不少人，看衣着都是参加法会的各门弟子，各种刀剑法器散落一地。旁边一个着红衣、脸朝地而不省人事的，正是方才与她对战的白千霜。

众人都一动不动，不知是死是活。

小顶忙手脚并用地爬起来，拖着伤脚走到离她最近的一个归藏同门跟前，轻轻地推了推他："醒醒。"

那同门是蒋寒秋的亲传弟子，名唤李圆光。

他慢慢地睁开眼，发了会儿怔，认出她来："小师叔，我们这是在哪儿……"

不等小顶回答，远处响起空洞的脚步声，两人循声望去，只见两山之间有一条细细的窄道，铺着白石，像条蜿蜒的白蛇。那脚步声便是自那窄道的尽头传来的。

不一会儿，几个黑影从黄雾中现身，慢慢地向他们走来。

李圆光警觉地去握腰间的剑柄，却发觉手臂似乎折断了。他赶忙运气疗伤，可一运气，却发现经脉中毫无动静，气海犹如一潭死水。他的脸色不由得变了："不好，若是我没猜错，此处大约是七魔谷……"

话音未落，那些黑影已经到了眼前。十来个人都穿着及地的宽大黑袍，连脸都用黑色的面罩蒙住了，也不知是怎么视物的。

当先一人飺声飺气地训道：“小子见识浅薄，什么七魔谷，此地乃是我圣域禁地七圣谷。”此人似是这帮人的首领，身形魁梧，比同伴高了一头有余。

昏迷的弟子们被动静惊醒，陆陆续续地醒来，都是一脸茫然，面面相觑：“出什么事了？我们这是在哪里？”许多人立即运气，却和李圆光一样，发现气海全无反应。

一个黑衣人粗声道：“你们能来这里，真是百世修来的福气。”

另一人声音阴冷，听在耳朵里便似有毒蛇在脊背上爬动：“是啊，你们这些修士不是都想成仙吗？我们圣君开恩，让你们在死前尝尝登仙的滋味。”那粗重的嗓门发出乌鸦般的笑声，“定叫你们欲仙欲死。”

众弟子听了这话，又惊又惧，只有小顶一头雾水。这些黑袍人打扮就够奇怪的了，说的话就更让人摸不着头脑了，一会儿要弄死他们，一会儿又要让他们尝尝升仙的滋味——自己升过仙吗？就想帮人升仙？

小顶是九重天来的，见过正儿八经的仙人，可没有他们这样的。

这地方也古怪得很，李圆光说此处叫“七魔谷”，可那些黑衣人又把它称作“七圣谷”。小顶环顾四周，数了数，山谷中一共有七个洞窟，这“七”字大约就是这么来的。

七个洞窟以外，峡谷中间有个深坑，黑黢黢的，深不见底，有台阶往下延伸。深坑旁有个圆丘，丘上建着个下宽上窄的高台，是用峡谷中遍地都是的紫晶砌成的。高台中心正对着空中的红色光球，红光将高台上部映成紫红色，像是泼了血一般，看着甚是不祥。

小顶不由得想起天书上写的那场劫难，难不成就发生在这里了？

她环顾四周，连她在内，归藏同门有二十个左右。但是根据天书记载，十洲法会上总共只有十来人生还，便是他们这些人全都折在这里，也够不上这个数。

她皱着眉咬着唇苦思冥想，想得脑袋发涨，仍旧想不出个所以然，索性不想了，大不了走一步看一步。

好在今日是师父御剑送她上台的，出事时儿子不在台上，否则母子俩一起掉到这里，怕是更不好办。

她正思忖着，那些黑袍人已经上前来拽人了。有弟子未受什么伤，便提起兵刃法器反抗，这“宁为玉碎，不为瓦全”的气概，却只引得黑衣人一阵哄笑。

几个黑衣人与弟子们对抗起来，那为首之人却抱着臂立在一旁，泰然自若地观战，仿佛在看猴戏。

顾苍舒便是反抗的弟子中的一员。方才其他人都是猝不及防被吸入魔眼的，他却及时运功，不曾受什么伤。且这里就数他修为最高，身为太璞少主，于情于理他都不能束手就擒。

顾苍舒身法灵巧，剑术精湛，虽然无法动用灵力，但仅凭剑法以一敌二，竟也不落下风。只见他一剑横扫，接连割断两个黑衣人的喉咙，鲜血喷溅，洒了一地。

顾苍舒一击得中，并不犹豫，突然回身朝着黑衣人首领刺去。这一剑来得突然，黑衣男人来不及闪避，剑尖径直刺入黑衣人的胸膛。

顾苍舒随即发觉不对，剑尖刺破衣物后毫无阻滞之感——黑袍里竟似空无一物。

他正要拔剑，那剑却如插入坚石中，竟然拔它不动。只听刺啦一声响，在那黑衣人体外的长长一截剑身竟然直接化成了气，顾苍舒低呼一声，急忙将剑柄甩脱，手心却已灼出一片红肿。

事情并未至此结束，他手掌上的伤口迅速溃烂，顺着手腕往手臂蔓延。

顾苍舒顾不得贵公子的体面，发出声嘶力竭的惨叫，很快，溃烂蔓延至他的脖子，再是脸颊，片刻间，他裸露在外的皮肤一片血肉模糊，模样十分骇人。方才那两个被他用剑割断喉咙的黑衣人却从地上爬起来，洒落在地的鲜血竟飞起来，瞬间回到两人的脖颈中。

两人嬉笑着走上前来，没事人似的，一左一右架着顾苍舒的胳膊，将他往巨坑边的圆丘拖去。

众弟子都被这一幕吓呆了，这才明白，那些黑袍人任由他们留着兵刃法器，也不束缚他们的双手，却是知道他们插翅难飞，压根不怕他们反抗。

为首的黑衣人道："奉劝诸位一句，在这七圣谷中，什么抵抗都是以卵击石，只会让你们死得更痛苦。"

小顶趁着那些黑衣人不注意，赶紧从灵府里取了两颗疗伤用的紫微丹，迅速地塞了一颗到李圆光的手里。

李圆光一愣，随即明白过来，无声地说了句"多谢"，趁乱把丹药服下，立即感到一股凉意在经脉与肌骨中游走，所过之处，血肉复生，骨骼愈合，痛楚顿消，方才无法动弹的伤臂，转眼间变得灵活自如。

身为蒋寒秋的亲传弟子，李圆光三不五时受伤，各种伤药当饭吃，但还从未见过这么立竿见影的药，活动一下手臂，难以置信地瞪大了眼：“小师叔，这是什么丹药……”

小顶朝他挤挤眼，微微一笑，现出一对浅浅的梨涡：“紫微丹。”

李圆光吃过几百颗紫微丹，但是那些丹药哪里有这样的效果？情势危急，他没再多问，按捺下了困惑。

不过方才见小师叔这么一笑，他沉重压抑的心情顿时好了不少，心中暗忖，小师叔如此泰然自若、沉着冷静，定是已经想好了脱身的法子——这却是想差了，小师叔只是身为炉子不太怕死而已。

有大衍宗弟子的前车之鉴，一众仙门弟子顿时没了反抗的心思，收起了各自的兵刃，峡谷中安静下来，只有黑衣人一边说笑，一边驱赶仙门弟子，就像牧人驱赶牛羊。

伤势轻的自己走，伤得重的便被黑袍人扛在肩上。

那些黑袍人个个高大魁梧、膂力惊人，将人提起来往肩上一甩，左边一个，右边一个，仿佛这些人没有重量似的。

他们也不知道轻拿轻放，不管这些仙门弟子伤得多重，动作十分粗暴，许多人痛得面色发白，低低呻吟。

这会儿大部分弟子已经苏醒过来，白千霜却还趴在地上不省人事，一个黑衣人注意到她，大步走上前去：“这个身段看着不错。”却是方才那个乌鸦嗓。

一众黑衣人都停下手头的活计，转头看过来。

乌鸦嗓把白千霜翻过来，看见她的花脸，身子一僵，叽里咕噜说了一大串话，弟子们虽然听不见，但听语气便知是在咒骂。

不知是他骂得太狠还是牵动了白千霜的伤口，她终于醒过来，慢慢地睁开眼睛，恍惚片刻，终于看清楚面前蒙脸的黑衣人，颤声道：“你是谁？这是哪里？放开我！”

黑衣人似乎被逗乐了，故意将她重重地往上一抛，又接住，往肩头一甩：“闭嘴，丑女人。”

白千霜也不知是被气到了还是内伤发作，吐出一口鲜血，两眼一翻晕了过去。

为首的黑衣人从喉间发出一种鸟叫般的奇异声响，一众黑衣人驱赶着仙门弟子聚拢到一起，然后跟着头领走进崖壁上的一个洞窟中。

为首之人指尖一捻，一簇冷白的莲花形火苗从他的两指间冒出来，照亮了幽暗的洞窟。

里面很宽阔，一个洞窟连着一个洞窟，石壁上遍生着与峡谷中一样的紫晶。

走过十来个洞窟，尽头却是一座石牢，约莫有一间普通厅堂大。

黑衣人将弟子们尽数赶进牢中，把重伤的弟子粗暴地往地上一扔。莲花形的火苗在弟子中间飘荡，将一张张脸照亮。为首的黑衣人抱着胳膊，虽然遮着脸，但弟子们莫名觉得他这模样，像是屠夫在挑选待宰的牲畜。

另一个黑衣人道："不知今晚谁有幸伺候圣君……"

许多人闻言瑟缩了一下。

小顶忽觉背后被人轻轻地一推，往前一个趔趄。她转过头去，却没见身后有人，只觉莫名其妙。

火苗正好飘到她的面前，停住不动了。

为首的黑衣人盯住她的脸看了半晌，忽然轻声一笑："反正还有两个时辰，不如你们好好商量，自行推举一个人出来。"

他锁上牢门，便与同伴们向外走去。

黑衣人一离开，弟子们自然而然地按门派聚在一起商议对策。

地牢不算狭小逼仄，但六十来人关在一起，也有些挤。七魔谷里传音咒、秘音咒皆失效，众人不敢高声议论，都压低了声音，地牢里一片嗡嗡声。

此处就数归藏人最多，足有十九个，众弟子中修为最高、入门最久的是李圆光，但辈分最高的是小顶。

李圆光压低了声音问小顶："小师叔可有什么良策？"

小顶什么想法都没有，却从灵府中掏出一瓶紫微丹，分发给受伤的同门："先把伤治一治再说。"

不少人在对战时都受了伤，一粒灵丹下去，伤势立即痊愈，无不佩服小师叔的先见之明。

小顶因为看了天书，所以炼了许多伤药带在身上，单是紫微丹便备了几百颗，正要分给其他门派的伤员，却听见个熟悉的声音道："事已至此，不知诸位有何高见？"说话者正是白千霜。

她的红衣衣襟被血染成了深红，身姿如弱柳扶风，不过她仍旧不失世家贵女的娴雅气度，语调虽温和，却自有一股威力——若非一张俏脸"图文并茂"，这气度、风姿不知要迷倒多少人。

不过即使白千霜顶着一张花脸，也是在场诸人中身份最高的一个——白氏女儿的话还是很有分量的。

别的门派暂且不说，大衍和几个仰仗大衍的狗腿门派都唯她马首是瞻。

立即有个金甲门弟子附和道：“在下窃以为，当务之急是将今夜之事应付过去。”

众人都陷入了沉默，谁也不知道被推举出来的那个人今晚会遭遇什么，但显然不会是什么好事。

有人提议：“不如抽签决定吧。”

许多人附和：“还是抽签最为公平。”

白千霜却摇摇头，平静地说道：“不，还是我去吧。”

此言一出，便如滴水溅入热油中，一个大衍男弟子跳起来：“师姐乃金枝玉叶，怎么能让你以身饲虎？还是我去吧！”

那男弟子生得浓眉粗眼，虎背熊腰，大吼一声，便如猛虎啸林。

众人：“……”也不知道虎吃不吃得下。

白千霜苦笑着摇摇头，淡然道：“总要有人牺牲，我身为白家女儿，平日承蒙诸位抬爱，此时自然义不容辞。”

能修到元婴期的修士都不傻，本来这番慷慨陈词说不定还能糊弄几个少不更事、热血上头的年轻人，但她的额头上明晃晃地顶着个“心如蛇蝎”的匾额，话语的说服力不免大打折扣。

白千霜在秘境中还记挂着自己的脸，但后来出了一连串的事情，倒把脸上的伤忘了，是以她仍旧没意识到自己已经“换新颜”。

大衍和狗腿门派的弟子们顿时道：“白仙子高义，但我等怎能让白仙子舍生取义？”

车轱辘话说了一轮又一轮，一个金甲门的男弟子忽然道：“这里不是有个现成的炉鼎吗？这种时候，炉鼎不该挺身而出吗？”

知道小顶真实身份的弟子并不多，除了太璞、大衍和金甲门的弟子以外，连归藏同门都不知道小师叔是炉鼎。

小顶不明就里，师父叮嘱过她不可把自己是炉鼎的事告诉别人，便默不作声。

听了这话，人群骚动起来，知道的露出讳莫如深的微笑，不知道的面面相觑，悄悄询问：“是谁啊？”

那金甲门弟子朝着小顶一指：“就是她。”

随即有人道：“她不是归藏的弟子吗？不会弄错了吧……哎呀……”

众人都朝小顶望去，却见她神色如常，眉宇间只有些许困惑，却也不曾否认。

这下子连归藏诸人都吃了一惊，李圆光第一个回过神来，提起剑便向那金甲门弟子的肩头刺去。他的剑法是蒋寒秋手把手教的，那金甲门弟子哪里躲得过，肩膀被捅出了个血窟窿，疼得龇牙咧嘴。

李圆光仍旧提着剑，咬牙切齿地道："小师叔是我们师叔祖连山君正儿八经的亲传弟子，若敢再加冒犯，休怪我手中剑不长眼。"

有李圆光带头，其余归藏弟子也回过神来，站起身将小师叔围拢在中间，当啷啷拔剑出鞘，将剑锋指向大衍弟子和其他狗腿子："敢碰我们小师叔一根毫毛，让你们死无葬身之地。"

一个大衍宗男弟子冷笑道："素闻归藏剑法凌厉蛮横，我看不只是剑法，归藏道友的做派倒比剑法还横。不过有人戕害正道道友，我大衍门徒也不会袖手旁观。"说着抽出剑来。

话音未落，白千霜却将他的剑尖捏住，轻轻地推开："诸位少安毋躁。"她转头对同门道："我心意已决，萧姑娘虽是炉鼎，比我们多一些自保的经验，却也没有强迫她献身的道理。"

这时，一个太璞宗的弟子站出来道："依在下愚见，不如由在场众人来表决，本来那些黑衣人便让我等自行推举，如此最为公允，诸位意下如何？"

李圆光等人自是不答应，那太璞弟子道："归藏道友虽人多势众，但事关所有人的安危，还请诸位以大局为重。"那太璞宗的弟子继续自说自话，"我等要在白仙子与萧姑娘之间择一位，不赞成由萧姑娘去的举手。"

除了归藏之外，只有七八人举手，大多是与大衍、太璞不相关的小门派弟子，其他人即便私下里看不惯白千霜的做派，却也不敢真把她推举上去。

一边是归藏，一边是大衍，但一个是炉鼎，一个是白氏的千金，谁都知道该怎么选——连山君再狠，能为一个炉鼎与所有宗门为敌？

小顶听着他们七嘴八舌地安排自己的去路，有些茫然。她不知道去"伺候圣君"是什么意思，也不知道这和炉鼎有什么关系，但是看众人的反应也猜出来这不是好事。

李圆光瞥见她眼神迷离，越发怒火中烧，气得眼眶发红："小师叔放心，便是死在这里，我也不会让他们动你一根手指头。"

归藏众弟子本来还有些震惊，但见别人都欺负到头上来了，哪里还管什么炉鼎不炉鼎，炉鼎又碍着别人什么了？

大衍和金甲门的弟子也抽出法器兵刃，剑拔弩张之时，忽听外头传来脚步声，众人手中的兵刃飞至半空。

方才那黑衣人头领的声音响起："你们的性命和躯壳都是圣君的，谁准你们死？"他说着走到近前，打开牢门，对着身后的同伴挥挥手。

方才那些黑衣人走进门内，将弟子们驱赶出来。

白千霜道："你们要带我们去哪里？不是只选一个人吗？"话音未落，她只觉一股劲风照着她的脸颊扇过来，将她打得一个踉跄。

黑衣人道："圣君不喜欢话多的女人。"

白千霜不敢再多言，众人被黑衣人押着出了地牢，出了水晶门，向着峡谷中央的深坑走去。

"下去。"黑衣人首领道。

众人顺着长长的台阶往下走。

台阶也不知有几千几万级，延伸至黑暗中，望不见尽头。众人不知走了多久，头顶的圆光越来越小，周遭越来越暗，渐渐地变成伸手不见五指的黑暗。

他们不断往下走，四周越来越寒冷，归藏的道袍能抵御严寒和酷热，饶是如此，裸露在外的肌肤仍旧被寒意刺得生疼。就在寒意逐渐难以忍受的时候，他们终于走到了台阶的尽头。

黑衣人齐声用一种听不懂的语言吟唱起来，片刻后，只听轰隆隆一阵巨响，脚下岩石震颤，一道强光冷不丁射入众人的眼中。

弟子们瞳孔骤缩，纷纷眯起眼，待眼睛适应了强光，这才发现眼前的石壁向两边分开，露出一个巨大的石室——与其说是石室，毋宁说是一座富丽堂皇的地下宫殿。

宫殿四壁铺着无瑕的白石，许多形态各异的金枝从白石中伸出，枝头挂着明珠，映照得四周宛如白昼，三十六根孔雀石巨柱支撑起硕大的穹顶，每根柱头都雕琢着异兽的头颅，兽口中吐出水流，沿着柱身流到地上，然后顺着紫晶地面上的凹槽汇入大殿中央的巨大水池中。

池子里的景象就更令人目瞪口呆了——里头竟有几十个赤身裸体的银尾鲛人。这些鲛人有男有女，个个雪肤红唇，妖艳无比，有的在水中游弋，有的坐在池边用尾巴拍击水面玩耍。

为首的黑衣人笑道："请诸位好好享受。"

话音未落，黑衣人们一闪，瞬间退至门外，不等弟子们回过神来，石门已在他们身后关上了。

一个貌若女子的鲛人爬到岸上，鱼尾离了水，顿时化作修长笔直的双腿。她抖抖身上的水珠，坐到岸边一个紫晶长榻上，长腿交叠，捋了捋湿漉漉的长发，旁若无人地哼唱起来。

修仙之人虽不像凡人那样拘束，这些弟子中也不乏已结有道侣者，但到底不曾见过这样的世面，许多人顿时涨红了脸，纷纷别过头或是闭上眼，不敢再看。

鲛人的歌声缥缈悠扬，像是温柔的海风轻轻地吹拂众人的耳畔，令人的心潮随之起伏，忘记了世间的一切忧愁。

众人的眼神不由自主地迷离起来。大殿中温暖如春，氤氲的水汽往人的七窍和肌肤中钻，一股难以察觉的痒意随之在他们的身体里弥漫。

“这水汽有毒！”李圆光察觉出异样，对周围的同门道，“快凝神调息，别让毒雾侵入灵府。”

一个太璞弟子道：“不只是水汽，这妖物的歌声也不对劲，封闭五感。”

越来越多的鲛人爬上岸来，或躺或坐，口中吟唱着暧昧的调子。

众人都盘腿坐下，凝神屏息，封闭五感，然而鲛人的歌声和水汽无孔不入，封闭五感压根没用，即便闭上眼睛，那些鲛人的身影依旧宛若在眼前。

一个大衍宗弟子挥剑劈向一个近处的鲛人，可剑刃却径直穿过她的身体，鲛人毫发无伤，众人便知这些鲛人只是用来勾起他们欲望的幻影。

很快，许多人感到心火升腾，燥热难耐，伤势重或是意志薄弱些的，已经忍不住解下了外袍。

小顶却感觉不到燥热和难受，只觉得此处暖和湿润，又有曲子听，还怪舒服的，水汽中还有好闻的香气。她不由得深吸了几口。

李圆光和她靠得近，见她深吸一口气，吓了一跳：“小师叔，快闭息！”

小顶纳闷地道：“我没什么不舒服啊！”说着又深深地吸了一口气。

她这么一吸，李圆光的灵台顿时清明了不少。他涨红了脸，狐疑道：“小师叔没觉得有什么……异样吗？”

小顶摇摇头：“你们不舒服？”

李圆光见她的脸色与平日无异，脸依旧是白里微微透着粉色，神色也毫无异常，不得不信了邪——不知为何，这媚毒似乎对小师叔不起作用。他觍着脸道：“小师叔，能不能多吸两口？”

小顶点点头，便把归藏同门聚拢到一处，开始努力吸气，经她这么一吸，众人便好受多了。

小顶又掏出清心解毒的丹药来分发给大家，又让李圆光给方才站在他们这边的七八个人送了一份，还给了他们一些疗伤的药。

归藏众人服下药丸后，媚毒的威力大减。他们背靠背围坐成一圈，一边打坐一边念清心诀。

其他人却没那么幸运了。水汽中的香气越来越浓郁，歌声越来越密，那些鲛人也越来越放浪形骸，竟然三个一群、两个一伙地当众行起不堪之事来。

一个大衍弟子终于忍耐不住，脱光衣裳跳进池水中，触水的刹那，他的双腿化作一条银光闪闪的鱼尾。

岸边的鲛人听到动静，两个女鲛人将他从池中拖出来，便行起无耻之事来。

那池水不知有什么古怪，那男弟子从水中出来，便全然失了神志，口中尽是不堪入耳的污言秽语。

小顶看着这诡异的情景，心中满是疑惑，转头问李圆光："他们这是在做什么？"

李圆光支支吾吾："回……回禀小师叔，这……大大大概是在……双双双……修。"

小顶若有所思地摸摸下巴——这大衍宗的弟子双修时，说的话怎么和天书里的内容那么像呢？

李圆光后知后觉地惊诧起来，小师叔竟然连双修是什么都不知道吗？

其实得知她的身份的时候，他也不由自主地想歪了，毕竟师叔祖爱护小师叔，全门派上下都看在眼里。师叔祖自打收了这个徒弟，连脾气都好了不少，脸上也有了笑容，他俩要是单纯的师徒情……李圆光觉得自己的眼睛可能瞎了。

水池边的动静越来越大，场面令人面红耳赤。

白千霜的脸色一会儿红，一会儿白，一会儿青，她没想到第一个耐不住的竟是他们大衍宗的弟子，真是奇耻大辱。

她转头对身边的师弟使眼色，却见师弟正双目迷离地盯着她的胸口。白千霜又羞又恼，抬手扇了师弟一个巴掌。

那弟子被她打得一个激灵，抬起头看见师姐的脸，顿时清醒了些："师姐……"

白千霜咬牙切齿地训道："去把那禽兽拖回来！"她指的正是第一个跳进池中的同门。

白大小姐有命，那大衍宗的弟子只得硬着头皮走上前去。

他弯下腰，正想把丢脸的不肖师弟拉起来，却拉了个空。他定睛一看，只见自己的手径直穿过了师弟的后背，但什么都没碰到，那师弟也全然不知，仍在卖力地起起伏伏。

其他人也将这情景看在眼里，顿时大骇，那大衍宗的弟子竟然也变成了看得见摸不着的虚影。

“就和这些鲛人一样……”有人道。

就在这时，那弟子抬起头来，向众人咧嘴一笑。

“他的脸！”一个大衍宗的弟子惊声尖呼，声调都变了。

其他门派的弟子虽和此人不熟，也记得他原先长得五大三粗，紫棠色面皮，眼下是黑发雪肤，妩媚妖娆，口中两侧还生着鲛人似的尖牙，若非眉目依稀还有先前的影子，简直就像土生土长的鲛人。

“那池水定有古怪！”一人揣测道，“不但能把人变成鲛人，还会让人去到另一个世界……”

“那这些鲛人难道都是……”

众人顿时不寒而栗，传闻当年进入七魔谷的修士再也没有出去……

就在这时，又有个金甲门的弟子按捺不住，连衣裳都没来得及脱就跳进了池子里，然后被一群欢天喜地的鲛人拖上岸。

他的同门上前拉他，手也径直穿过他的身体，就和那大衍宗的弟子一模一样。

鲛人们的吟唱声越来越响，越来越甜腻，像糖浆一样往修士们的耳朵里灌，纠缠着他们的心。除了小顶以外，其他人都感觉到了池水的召唤，这歌谣和池水仿佛都有着蛊惑人心的力量。

归藏弟子还好，服了清心解毒的丹药，又有小师叔努力吸气，还算能应付过来，其他门派的弟子却越发难以忍受。

小顶问李圆光：“这歌声和水汽有什么不对劲吗？”

李圆光道：“好像会蛊惑人心，让人欲罢不能。”

小顶若有所思地挠挠耳朵，心念一动，把鲛人的歌声往耳朵里“吸”，声音一入体，顿时化作了一缕缕桃红色的气。

归藏弟子顿觉耳边的歌声变轻了。

其他弟子没那么幸运，不一会儿，又有几人忍不住跳入池中，变成了虚影般的鲛人。

众人的脸色都不好看，他们频频向归藏这边看来——他们方才分药的动静不小，其他门派的人都看在眼里。

先前在地牢中站出来“主持公道”的太璞宗弟子终于忍不住，站起身走过来，对着小顶作了个揖：“萧姑娘可否看在同为正道友人的分上，分我们一些药，解救诸派道友于水火之间？”

不等小顶开口，李圆光腾地站起身挡在她的面前：“你们方才推我小师叔出去的时候怎么不讲同门道义？”

其他归藏弟子也义愤填膺：

“臭不要脸！”

“谁是你们道友？！”

“再不滚看剑！”

大衍宗诸人都沉着脸不吭声。白千霜死命咬着唇，她的元神受了伤，就算意志比一般人坚强，也忍得十分辛苦。但要她拉下脸去求一个下贱的炉鼎，她无论如何都做不出来，只盼着太璞宗的弟子出面能说通，没想到归藏那些人一口回绝，半点情面都不讲。

另一个门派的弟子道：“方才之事也是迫不得已，眼下萧姑娘不是安然无恙吗？”

那太璞宗的弟子深深地鞠了个躬：“方才是在下欠考虑，得罪了萧姑娘，但眼下生死攸关，还请萧姑娘放下个人恩怨，以大局为重。”

李圆光气得要拔剑，小顶道：“等等。”

她对那太璞宗的弟子道：“清心丹我有。”

那太璞宗的弟子大喜，正要作揖道谢，便听她道：“一百万上品灵石一颗。”她虽然懒得帮这些人，但师祖有训，“无论何时何地，都不可与钱过不去”。这些清心丹原料便宜，炼起来又容易，就算她炼的丹药效比市面上的上上品还强些，但平时最多卖个一百来块一颗。

众人脸色大变，那个浓眉粗眼的大衍宗的弟子像猛虎一样跳将起来：“你这是在趁火打劫！”

小顶掀了掀眼皮，那副讨打的神态颇得她师父的真传：“请我劫我还不劫你们呢。”顿了顿补上一句，“一人只能买一颗，大衍宗和金甲门的不卖。”

那“猛虎”的手直哆嗦：“你……”

那太璞宗的弟子道：“萧姑娘，你明知性命攸关，还趁机坐地起价，大肆敛财，似乎有违道义。”

一个归藏弟子抢白：“哼，药是我们小师叔的，想卖多少钱就卖多少钱，想卖给谁就卖给谁。”

李圆光接口：“性命攸关你们还舍不得钱，自己都要钱不要命，我们可不爱多管闲事。”

不等那人再说话，便有人道：“我买，但是我身上没那么多钱，也没带玉简。”

李圆光道：“你立个借据。”

小顶点点头：“别忘了把担保的写上，再留个信物。”

李圆光不禁感叹：“小师叔考虑周全！”

那弟子脸都气成了咸菜色，但也只得乖乖立了字据，又解下随身的佩玉当信物。

有人带头，其他人也一拥而上，唯恐来迟了药就卖完了。

灵石终究是身外之物，当下除了大衍、金甲门的弟子和先前七八个已经得药的弟子以外，其余二十来人都买了药，小顶把玉简和欠条收进灵府，心满意足地继续看戏。

大衍宗的弟子想向其他门派的弟子买药，然而这时候谁也不愿把一线生机让给别人。那猛虎似的大衍宗弟子看准一个狗腿门派的弟子，便上前要强买强卖。

那弟子哪里肯卖，当即把丹药塞进嘴里。大衍宗的弟子一拳打在他的小腹上，那人一张嘴，药丸掉出来，那大衍宗的弟子及时接住，同时把那倒霉的弟子踹翻在地，往他身上扔了支一百万灵石的玉简。

大衍宗的弟子用衣袖把丹药擦抹干净，捧着给白千霜。

白千霜接过来，柳眉一拧，便将一物扔进池中。众人都以为她嫌药丸脏，却没看清她扔进池子里的是腰带上的一粒珠子。趁着众人不注意，她假装以袖掩嘴咳嗽，便将藏在手心的清心丸吞了下去。

大衍宗势大，被欺侮的狗腿门派的弟子敢怒不敢言。

小顶懒得看他们狗咬狗，继续看那些鲛人“戏耍”。

“李师侄，”看了一会儿，她纳闷道，“双修有什么用？是在修炼什么功法吗？”

她看天书的时候也时常怀疑书里两人在练功，如今看这些人扭来扭去，一会儿换一个姿势，似乎印证了她的猜测。

李圆光打了个寒战：“小师叔，这……我也不懂啊……”说着揩揩脑门上的汗。

小顶狐疑地盯着他的脸，李圆光哪里受得住，心虚地垂下眼帘。这装相的本事可比他那个师叔祖差太远了，她一针见血地说道：“你骗人。”

李圆光只得道：“男为阳，女为阴，所谓双修……就是阴阳和合，道侣之间的确能以此道增进彼此修为，也有一方采……那个补另一方的……”

小顶纳闷，指指那大衍宗的弟子和女鲛人：“他们不是道侣，怎么也双……修呢？”

李圆光汗如雨下，泪水在眼眶里打转：“不一定非得是道侣，只要彼此看对了眼……不碍着旁人便是。常言道‘饮食男女，人之大欲存焉’，修士调和阴阳，凡人传宗接代，也是少不得的……”

小顶一听这话，顿时来了兴趣：“传宗接代，是说生小娃娃吗？从哪里生的？等等，你详细说说这个。”

她虽说有生儿子的经验，但大师姐说别人不是这么生的，又不肯细说，如今她正好请李师侄解惑。

李圆光欲哭无泪，哀求道：“小师叔就别为难小侄了，要是叫师叔祖知道，会拿剑劈了小侄的……”

小顶不能理解身为人的羞耻心，诧异道：“这有什么不能说的吗？”

李圆光支支吾吾：“这……此事不雅，须避着人……小师叔真的别问了，小侄不敢叫这些腌臜事污了小师叔耳目……”

小顶眯了眯眼：“你好好回答，我就瞒着师父；你不愿说，我只能去问师父，到时候师父问我，是从哪儿得知双修的，我只能如实告诉他，是圆光师侄你……”

李圆光脸都白了。小师叔变坏了！

小顶又从灵府里掏出一个青瓷小药盒：“你好好回答，这颗伏羲天元丹就送你。”

李圆光双眼一亮。这可是颐养元神、增进修为的圣药，一颗便值数十万灵石，等闲还买不到。

在小师叔的威逼利诱下，李圆光迅速屈服，开始有问必答，好在小师叔心无邪念，李圆光也渐渐觉得自己只是在向她解释天地阴阳的道理。小顶很快便大致弄明白了这事的原理。

小顶又看了一会儿，发现那些人虽然姿势层出不穷，但归根结底，本质上就那几个套路，看多了难免无趣。她很不能理解人类，既觉得此事羞耻，要遮遮掩掩，偏偏又翻出那么多花样来。

她看得不耐烦了，干脆潜入灵府中，拿出金笔和天书。

有了方才李师侄的“教导”，她此时再看天书，只觉茅塞顿开，之前觉得摸不着头脑的段落，只要往这上面联想，大部分疑难迎刃而解。

她一边思忖，一边随手翻到快结尾的地方，突然注意到一句话，用金笔点了点。

“一听‘道侣’两个字，连山君的目光顿时冷了下来，方才的丁点温柔荡然无存。他的薄唇勾出个残忍的弧度：‘妄想做我的道侣，凭你一个炉鼎也配？’”

师父的声调毫无起伏，可小顶听到最后一句时，心好像被揪了一下，有些酸。

她合上书，出了灵府，问李圆光：“你们说的‘炉鼎’，不是炼丹炉吗？”

李圆光大感诧异，原来小师叔本人一直蒙在鼓里，难怪先时金甲门的弟子道破炉鼎之事，归藏同门义愤填膺，她自己却无动于衷。

这种事为什么要由自己来说？

小顶见他欲言又止，越发肯定了：“你要说实话，骗师叔的话，伏羲丹就不给你了。”

李圆光一听这话，硬着头皮解释了一下修仙界的炉鼎到底是怎么回事。

小顶听完，半晌没回过神来。原来她从选书的时候就搞错了，这炉鼎和她理解的炉鼎根本不是一回事！而书里的连山君，一开始把小顶带回去，就是为了采补她来疗伤的。所以她帮连山君疗完伤之后，自己就变得很虚弱，原来不是病了，是被采虚了！所以丁一冒险偷偷地带她走，是怕她的身体越来越虚弱。

小顶只觉李圆光的一席话就像洪水，她一直以来深信不疑的东西就像河堤上的沙堆，在洪流的冲击下面目全非。她抿了抿唇，问李圆光：“这事我师父和掌门师伯知道吗？”

李圆光小心翼翼地观察着小师叔的脸色：“师叔祖他们不告诉小师叔，定是怕你多想……小师叔才十多岁就修到元婴期了，这天资十洲里找不出第二个，与之相比，那只是小事……”

小顶点点头：“我知道。”她不但修道很快，还能用灵府里的小鼎炼丹，但是即便她没有这些本事，像书里的小顶一样，只是普通的“那种炉鼎”，她也不觉得自己就低人一等。

她不明白的是那些修士为什么一边享受炉鼎的好处，用他们疗伤，用他们增进修为，一边却反过来瞧不起他们。就像书里的连山君，分明从头到尾占人便宜，到头来还要骂她“不配”。他得多不要脸才说得出这种话？她不由得回想起第一次见到师父的情形，又想起他一直以来的所作所为，又觉他只是有些记仇、有些小心眼，和书里那个人不太一样——一开始她要当他的炉鼎，他也是拒绝了的。

思及此，她稍感宽慰，心口没那么发堵了。无论如何，师门上下待她都很好，这是骗不了人的。

她定了定神，决定暂且不去想这些，待见到师父试试他是不是骗人的便是。

想到这儿，她索性潜入灵府炼器去了。

她苦于儿子不求上进，一直想炼个什么丹药或者法器让他爱上读书，可惜一没时间，二缺材料，眼下闲着也是闲着，倒可以试试。

她拿出笔墨纸砚，把《千字文》从头到尾默写了一遍，把卷轴投入小鼎中，加上跃过龙门的锦鲤留下的鳞片、她左脚的鞋子，又往里引了方才吸进体内的水汽和鲛人的歌声，然后静静地等待。

不到一刻钟，炉子里的材料被炼到了一起，鱼鳞和鞋底板都融进了卷轴里。

她出了灵府，正打算找李圆光试验一下效果，忽觉地面震颤起来，靠里的白石墙壁轰然向两边分开，一个蒙面黑袍男人从里面走出来，扬声道："圣君驾到——"

黑袍人刚喊出一声"圣君驾到"，池畔鲛人的歌声戛然而止，那些人形妖物顾不上玩乐，逃命似的跳回池水中。鲛人们三五成群地抱在一起，在清澈的池水中瑟瑟发抖，银尾颤动发出的光芒映得水面璀璨夺目。

刚变成鲛人的弟子不明所以，不过机灵些的有样学样，跟着"土著"一起跳回了池子里。

两个弟子正在兴头上，扯着个鲛人不肯放手，那鲛人急得龇起尖牙，转头狠狠地在其中一人的手臂上咬了一口。那人吃痛却不松手，反倒揪住鲛人的长发，朝她猛踹了几脚。

鲛人趴在池边动弹不得，两个弟子见黑袍人走过来，却逃进了池中。

就在这时，黑袍人抬起手，朝着那鲛人一抓，鲛人像是铁屑遇到磁铁，刹那间飞了过去，纤细的脖子卡在黑袍人的虎口中。

黑袍人卡住她的喉咙，将她慢慢地提起来。那人格外高大魁梧，鲛人不矮，但被提在他的手中，竟像个十来岁的孩童。

鲛人苍白的脸慢慢泛出银色，双腿化作鱼尾。她发出一阵凄厉的怪叫，仿佛能刺破人的耳膜，一众修士都痛苦地捂住耳朵，小顶没什么痛苦的感觉，只被她叫得心中恻然。

鲛人惨叫，眼泪如断线的珠子滚落而下，到地上都变成了闪着莹莹蓝光的珠子，滚得满地都是。

有珠子滚落到白千霜的身边，她用广袖遮掩着，试着一摸，竟然触碰到了。她不由得双眼一亮，她存了半盒子极品鲛人泪，品相比这还差些，已是价值连城，若是把这些都收起来，穿成一袭珠裙，当作嫁衣，岂不是美事一桩？她心下只盼着那鲛人哭久一些，多流下些泪来。

鲛人挣扎起来，本能地去掰那黑袍人的手。但她生得瘦弱纤细，哪里是这高大魁梧的黑袍人的对手，拼尽了全力，那黑袍人的手指依旧纹丝不动。

眼看着那鲛人奄奄一息，连落泪的力气都没了，小顶心下不忍，一时却想不出法子救她。就在这时，只听那洞开的门里传来窸窸窣窣的丝绸摩擦地面的声音。一个清朗慵懒的声音在黑袍人的背后响起："大好的日子，何必喊打喊杀？"

话音未落，一个满头银发的男人施施然走出来，也穿着黑衣，那黑却和黑袍人的不一样，像是深邃幽暗的夜空。

他一出现，黑袍人立即扔下奄奄一息的鲛人，垂手退到一边。

修士们看清了来人面貌后，呼吸不由得一窒，虽然鲛人们未歌唱，但所有人都仿佛被迷惑住了心智，忘了生死，忘了一切，只想多看他一眼。

白千霜直勾勾地盯着眼前的男人，怎么都挪不开眼。他的容貌其实不如连山君，但与苏毓的清冷孤傲不同，他有一种不属于世间的魅惑，看着他，便如临着深渊，明知危险却又不由自主地想往下跳，就像传说中那个被正道门派联手诛杀的魔君……

白千霜心里咯噔一下，莫非那大魔头其实并未魂飞魄散，而是蛰伏在这七魔谷中？这就能解释他的绝世姿容和高华气质了。

只有小顶无动于衷，更不明白周围那些人为什么都呆愣愣的，在她看来这什么"圣君"充其量是又一个白皮瘦子，五官生得还不如师父精致呢。经过"十洲三界美男榜"的熏陶和碧茶老师孜孜不倦的教诲，她对分辨人的美丑已有了些许心得。

也就是那一头银发令她想起自家仙君，让她情不自禁多看了几眼。

那人走动起来几乎不见起伏，只有衣摆微微作响，若非看见黑袍中时隐时现的长腿，简直要让人怀疑他是不是生着蛇尾。

他停下脚步，银灰色的眼瞳扫向众人。垂手肃立的黑袍人道："圣君降临，还不跪下？！"

话音未落，一股无形的威压如山岳般向修士们压来，许多修为低些的弟子，随即屈膝跪倒。

小顶向来能屈能伸，一早便跪了下来。有小师叔带头，归藏弟子也都从善如流地跪了下来。白千霜却用佩剑拄着身子，额上渗出豆大的汗珠，最后还是在重重威压下，不得不跪倒在地。

魔君的目光停留在白千霜的脸上，他露出饶有兴味的神情，缓步走到她的面前停住脚步："抬起头来。"

白千霜一颗心怦怦直跳，脸一直红到了脖子根——虽然她心有所属，但方才中毒颇深，又遇上这样俊美高贵的男子，不免有些心猿意马，然而得他青睐是一回事，真要她和他发生点什么，她却是不愿意的。

她咬着唇，将头垂得更低了。

魔君轻笑一声，从腰间摘下佩剑。

白千霜眼看着那剑鞘缓缓地向她伸来，心中悸动又惊恐："不，正邪不两立，你休想……"话音未落，冰冷的剑鞘已经将她的下颌挑起。

魔君淡淡地说道："多虑了，本座只想看看你的脸上写了什么。"

"嗯，"他顿了顿，"蛇蝎心肠，很是贴切。"

白千霜只觉莫名其妙，不等她弄明白，男人已经收回剑鞘，毫不犹豫地从她的身边走了过去。

他走到小顶跟前，打量了她两眼，对身后如影随形的黑袍男人道："就这个了。"

黑袍人道："恭喜圣君，喜得王妃。"

魔君淡淡一笑："也就是一晚上的事，这是第几个我都记不得了。"

李圆光和其他归藏弟子闻言大骇，想把小师叔护在身后："老魔头，不许碰我们小师叔！"可威压排山倒海地袭来，压得他们不能动弹，脊骨发出咔咔的声响。

李圆光吐出一口血来，声音也发不出来。

魔君打量了他一眼，笑了起来："归藏。许久未见，云中子又收了新徒弟吗？"

小顶摇摇头："不，家师道号连山。"

魔君偏了偏头，眼中满是好奇，神态几乎有些孩子气："啊，原来是故人高足，那本座可得好好尽一下地主之谊了。"他顿了顿，微微眯起眼，眼中掠过一丝残忍，俯下身来，伸手挑起小顶的下颌，赞叹道，"真是个漂亮的孩子，跟着苏毓那种不解风情的剑修，实在是暴殄天物。”

他用拇指轻轻地擦过少女饱满的下唇：“不知明日连山君见到你漂亮的尸首，会是什么神情？”说着松开她小巧的下巴，直起身，对身后的黑袍人道，“带她去沐浴更衣，打扮得漂亮些，好好一个大美人穿得这么寒酸，鞋子都掉了一只，也只有他做得出来。”

黑袍人拍拍手，门里出来两个穿得十分清凉的侍女，动作轻柔地扶起小顶。

小顶方才受着魔君的威压不能动弹，此时两条腿又不听她使唤，倒跟着那两个侍女往门里走去了。

魔君转头看了修士们一眼：“搅扰诸位雅兴，请继续吧。”说罢一旋身，跟着小顶向内室走去，几乎是同时，墙壁轰地在他身后关上，又恢复成光滑的白石墙壁，压根看不见缝隙。

白千霜见那石壁关上，既庆幸又失落，还有些恼火——她自不想丢命，但那魔头选了那炉鼎，她又不甘心。她忽然想起那魔头方才的话，忙拔出佩剑，用锃亮的剑身对着脸一照，顿时惨叫一声，佩剑脱手，当啷一声掉在地上。

小顶本以为门内是内室，走进去一看才发现是一条望不见尽头的长廊。四排绿玉柱子不断地往前延伸。

长廊两侧都是宫室，一间挨着一间，门口挂着帘幕，有的是珍珠，有的是宝石，还有一些是用泛着莹蓝光泽的珠子穿成的——正是方才在外面看见的鲛人之泪。

小顶不由得心惊，这么多眼泪，得哭上多少回啊？

魔君赶上她，与她并肩走，在她的耳边悠悠地说道：“你知道吗？鲛人只有在濒死时才能流出这种色泽的珠泪，做这一条帘子，需宰杀数百个鲛人。”

他的声音柔和轻快，仿佛在说什么稀松平常的事，即便小顶是个炉子，听了也觉后背发寒。

不知走了多久，长廊两边的宫室越发华丽，有几间显然是藏宝库，小顶只从门外隔着帘子匆匆望上一眼，便被里头堆积成山的珍宝晃得眼花缭乱。寻常人别说没见过，怕是连做梦都梦不到。

与这些富丽堂皇、美轮美奂的宫室比起来，方才那个房间只能算个澡堂子。

还有两间似乎是药库，从门外经过，便有药香飘出来，小顶往里一瞅，各种药材和瓶瓶罐罐放在水晶雕成的柜子里，她只扫了一眼，就看到了许多从未见过的药材。

小顶见着珠宝还不觉心动，一见药材，顿时心痒起来，悄悄地记下了药库所在的位置，打定了主意，一会儿若是能顺利脱身，定要进来尽情地搜刮一番。

走了许久，魔君停下脚步，对侍女道："带她去沐浴梳妆。"又拨弄了一下小顶散落在脸侧的一绺头发，指尖若有似无地擦过她的脸颊，"我等着你。"

两个侍女默不作声地带着她进了左侧的门，小顶一看，发现宫室的中间也有一方巨大的水池，四下里水汽氤氲，不过水中没有那股奇异的香气，只有兰麝的气味。

小顶双脚不能动弹，双臂也没什么力气。两个侍女除下她的衣物，将她推进了池水中。

小顶赶紧低头一看，双腿安然无恙，并没有变成鱼尾，顿时松了一口气，看来这只是普通的水。

两个侍女替她擦干身体和头发，替她换上了衣裳，将头发编起，用鲜花和宝石装扮她。

这些衣裳与她平日穿的青衫和袍子大相径庭，层层叠叠的轻纱和珠链交缠勾连，式样倒和她初来乍到时穿的那身有些像，不过要华丽得多。

好在她们没往她身上穿金链子，小顶松了一口气，便任由她们往她头上插戴。她本就生得极美，这般盛装起来，更是难描难画。

梳妆完毕，两个侍女引着她走进右边的宫殿。

这宫室奢靡至极，到处是织锦、鲛绡、凤羽，穹隆上描金绘彩，四壁却是锃亮的镜子。

中间一张大床，约有十张普通的床那么大，床前却是一方巨大的圆形水池，小顶一闻香气便微微变了脸色，这是能把人变成鲛人的池水。

魔君衣衫不整地靠在床上，银发随意地散落下来，铺了满枕。

见少女看着池水露出惊骇的神色，他的心情似乎越发愉悦："不急着用这水池，一会儿你会喜欢的。"

两个侍女把小顶放在床上，行了一礼，然后静静地退了出去。

她们一退出宫殿，便有一堵厚重的紫晶墙落下，将入口封得严严实实，堵上了所有出路。

魔君靠过来，长指在小顶的咽喉处轻轻一抚："王妃的声音那么好听，不叫可惜了。"

一股凉意划过肌肤，小顶忽然又能发声了，立即道："你要和我双修？"

魔君微微一怔，随即笑起来："当真有趣。"

小顶道："我听人说，要看对了眼才能双修。但是你太丑了，我不喜欢。"

魔君的眼中闪过一抹狠戾之色，千万年来，他还从未被人说过丑。他打算给这不知天高地厚的小王妃一点教训，伸出手，正欲掐住她的脖子，却见手指迅速变粗变短，缩得像个白面馒头，胳膊也迅速缩短变圆。不只是手和胳膊，他整个身体都像吹了气一般膨胀起来，迅速变成个圆球。

"你做了什么？！"

小顶呼出了一口气："吃了点能让你变好看的药。"

她被带出地牢时便服下了魔幻玉容丹，只是这药起效有点慢，还好来得及，不然她就得和这个丑八怪双修了。

魔君变成了球，身体中的经脉自然也和瘦时有所不同，体内的魔气运行受阻，小顶身上的禁锢便解开了。

小顶忽然觉得手脚又能动弹了，一看"魔球"的脸，吃惊地叫了一声。他的身子是变圆了，脸却变成了师父的模样，还怪好看的。

小顶的双颊微微一红。她定了定神，不敢耽搁。这一招不过是攻其不备，修为厉害的人便是成了球，也有的是办法压制她。

她趁着手脚能动，赶忙从灵府中掏出刚炼好的《千字文》，将它抛到空中，卷轴一下展开，飘在"魔球"眼前。

"魔球"一个冷不防，看到了卷轴中的内容，忽觉头脑一阵眩晕，耳边有人轻声吟唱："书中自有黄金屋，书中自有颜如玉……"竟是鲛人蛊惑人心的歌声！

普通鲛人的歌声对魔君自然起不了什么作用，最多助助兴。但是这歌声经过小顶身体的淬炼，比原先的歌声精纯百倍，加上魔君还在变成球的震惊中没回过神来，便叫她打了个措手不及。

这歌声直直地灌入"魔球"心底，他莫名生出一种读书的渴望，对着卷轴念起来："天地玄黄，宇宙洪荒，日月盈……"

后面一个"昃"字他不认识。

"魔球"正苦思冥想，那卷轴一亮，从里面冒出一只金光闪闪的鞋子，照着他劈头盖脸就是一顿抽。与此同时，鲛人在他的耳边轻声哼哼："学海无涯苦作舟，别气馁，再来一遍……"

"魔球"被那鞋子一顿猛抽，在床上滚来滚去，冷不丁撞到床头，不知触动了什么机关，只听咔啦啦一阵响，床头忽然高高地翘起来。

小顶吓了一跳，伸手胡乱一抓，却只抓住一条轻薄的鲛绡幔子。

幔子刺啦一声断裂，小顶和“魔球”一起滑落下去，扑通扑通两声，双双掉进了床前的水池里。

小顶心道不妙，不等她爬出去，双腿遇水便似要融化了一般，使不上力气。

就在这时，紫晶墙壁外忽然有细密如网的银光闪过，忽听得哗啦啦一阵巨响，厚重的晶墙碎裂成了无数片，碎片落下，堆积成小山丘。

苏毓提剑跃过碎晶堆成的小山，双目赤红地冲进内室，眼前的景象却让他一怔。

床前浴池中漂浮着一个人——与其说是人，倒不如说是颗肉球，身上还布满了红红的鞋印。

那肉球的眉眼竟与他自己有几分相似，一头银发散在水中。

肉球见到苏毓，张嘴念道：“天地玄黄，宇宙洪荒……”

苏毓：“……”

他不去理会那古怪的肉球，挥剑将床幔斩落，一片狼藉的大床上却空无一人。

“小顶，你在哪里？”他扬声道，忽听身后池中传来哗啦的声响。

苏毓转身，只见池中金色光芒一闪，这才发现，水下还有一物，只是方才被那肉球的银发遮挡住了没看清楚。

他定睛一看，却发现了一个金色的鲛人，脸在水下看不见，但苏毓的心莫名地往下一坠。

那鲛人破水而出，拨开湿漉漉的长发，吐出个泡泡，一张嘴，声调却像是在唱歌：“师尊，我在这儿呢——”

苏毓连忙伸手去拉她，手却径直从她的胳膊中穿过。他的心像是被谁重重地捶了一下，隐隐作痛。

他小时候听师父说起过七魔谷的传说。据说那些入谷清剿魔君残部的大能并没有死，而是变成了另一种东西，去了另一个世界。

他们说是清剿魔君残部，其实是打着清剿的幌子进七魔谷搜刮魔族世代累积的珍宝。

归藏当时的掌门，苏毓的师祖，秉持着祖师爷“有钱没命花，挣了也白搭”的遗训，没去凑这热闹，也严禁门下弟子靠近七魔谷。

归藏不仅躲过一劫，门派近百年的壮大也和这件事不无关系——当时几大宗门都有大能折在七魔谷中，有几个大宗甚至就此一蹶不振，给归藏出头提供了契机。

不过也正因如此，归藏对此事只是知道个大概，苏毓方才在外面见到那些鲛人，才知道那“另一种东西”指的是什么，也明白了当时几大门派大费周章下禁制封谷的真正目的——不是为了几个不成气候的魔君残部，却是为了门派的颜面。

然而现在变成鲛人的是自家徒弟，苏毓张了张嘴，却发现嗓子眼又干又涩，一句话也说不出来。

他的傻徒弟兀自不觉，继续用唱歌似的音调道：“魔幻之玉容丹兮，吃了能变圆，师尊没变圆兮，是何缘由？”调子竟还有些遗憾怅惘。

她又用鱼尾拍拍水面，接着唱：“一朝变作鲛人兮，与师尊如隔万里，看得见摸不着兮，如何是好？看得见摸不着兮，如何是好？”调子中有些苦恼，却依旧轻快。

许是因为变成了鲛，这小傻子似乎更傻了。若是换了往常，苏毓应该嘲笑她两句，但此时一点也笑不出来。

小顶见师父似乎不太开心，体贴地唱道：“师尊之来迅如风兮，想是气海又见底……”

苏毓心里有些发堵。他总拿气海说事，这回气海真的快见底了，且依眼下这情形，他甚至不知道还能不能填上，却有生以来第一次没在意气海。他没好气地说道：“气海不空便不能来救你？”

小顶心想，你每次都说气海空了，谁知道你这回怎么又不空了……她没心没肺地接着唱：“师尊之气海兮，据说浩瀚无垠，不知为何兮，一日三空……”

苏毓捏了捏眉心：“先出去再说。”

他瞥见一旁勤勤恳恳地念千字文的“魔球”，嫌恶地问道：“这什么鬼东西？”

小顶绕着池子边游边唱：“邪魔之君王兮，大字不识……”

“魔球”好不容易念到“鸟官人皇”，叫他们一打岔，不小心跳过了一行，那鞋底板毫不容情，噼里啪啦又是一顿毒打，打得池子里水花四溅。

小顶在池子里翻了个身，欢快地甩甩尾巴：“大字不识兮，还想双修……双修不成兮，变成个圆球。变成个圆球兮，有点眉清目秀……”

苏毓一听，目光仿佛瞬间凝成了两道冰锥，似乎要把那颗圆球刺穿。他冷笑道：“区区鼠辈，也敢借着那老东西的一口魔气兴风作浪。”

小顶惊讶地摆摆尾，听这意思，原来魔君是假的？难怪连《千字文》都不会念。她正想用歌声表达自己震惊的心情，刚起了个调，被忍无可忍的师父打断："别唱了，好好说话。"

鲛人能用歌声惑人，以他的定力虽不至于顶不住，但也不是毫无影响。被她几句一唱，他原本苍白的双颊已经覆上了一层薄红。

小顶这才发觉自己方才不知不觉地唱起了歌。变成鲛人之后，她虽没有像其他人那样迷失心智，但也染上了一些奇奇怪怪的毛病，比如忍不住戏水，比如不由自主地把想说的话唱出来。若非师父提醒，她自己还没发现。

就在这时，半空中的《千字文》忽然燃烧起来。"魔球"不知用了什么法子，总算摆脱了《千字文》的摧残，腾地从池水中一跃而出，在地上滚了一圈，让脸朝上对准苏毓，眯了眯眼，眼神中充满了危险的意味："本座便是圣域之主，区区黄口小儿，也敢造次。"

可惜他摆脱了《千字文》，却抵挡不住魔幻玉容丹的威力，气势大打折扣。

苏毓连眼皮都没抬一下，不慌不忙地抽出剑："那老东西虽说也是个半文盲，倒不至于连篇《千字文》都认不全。"且百年前苏毓年纪虽小，却也记得魔君在十洲掀起的腥风血雨，当时的六大宗门被迫联手，数百高手围攻他一人，才将他杀死。

那魔头自视甚高，即便躲在老巢里韬光养晦，也不至于满脑子就这点破事。他接着道："听说老魔头身边有只魅兽，颇会讨他欢心，引得他做了不少荒唐事，令一干部众与他离心。老魔头死后，残部要杀那魅兽泄愤，却遍寻他不得。"顿了顿，说道，"原来是躲在这地下迷宫里。"

那"魔球"脸上红一阵白一阵，被苏毓道破身份，到底不敢再冒充前主人的名号。他与主人朝夕相对，将主人的言谈举止模仿得惟妙惟肖，但修为终究差得太多，仅有的力量都来自主人死前渡给他的一口气——这是用来给他保命的。

苏毓嘴角一挑："看来是让我说中了。真是不明白，那魔头大小也算个人物，怎么眼光这么差呢？许是因为读书太少。"

他与"魔球"长篇大论，极尽挖苦之能事，余光却始终观察着水池中的动静。

方才趁着"魔球"不注意，他向徒弟比了个"子母剑"的口型，她立即会意——这魔物似乎能在两个世界之间穿梭，只要他藏在另一个世界中，苏毓便伤不了他，但小顶可以。

只是苏毓也没把握子母剑还能不能用，便悄悄示意徒弟，并尽量拖延时间。

他看着徒弟悄悄地游到池边，笨手笨脚地爬出水池，鱼尾变作修长的双腿，又从灵府中悄悄地拔出了子剑，冲他点点头。

苏毓立即懒得与他废话，提剑便刺。

“魔球”已被看穿，也不再模仿魔君的神态举止，狞笑着道：“我和你不在一个世界，你连碰都碰不到我，更别说杀我了，哈哈哈哈……”

忽然，他的笑声变了调子，成了一声惊呼——苏毓的剑从他右侧刺入，却听哧的一声响，他后背左侧传来一阵剧痛。

若是他没变成球，这一剑定能将他捅穿，变成球之后他的身体厚了不少，脏腑都挪了位置，是以这一剑并未刺中要害。

小顶拔出剑。那“魔球”转了个圈，才发现刺他的是那小鲛人，顿时恼羞成怒：“凭你这小东西也敢在太岁爷爷头上动土！待我解了咒，定要当着你情郎的面把你杀死！”

“魔球”说完便朝她滚来，周身魔气滚滚，电光闪耀，竟似个滚地雷。

虽然他只得了魔君临终时的一口气，但那口气毕竟是魔君给爱宠保命用的，他的修为还是比小顶高上太多了。魔气一凝聚，他便如穿上了一件坚不可摧的铠甲。

他已看出两人的剑招如出一辙，料到是那剑中有什么蹊跷，但丝毫不担心。这七魔谷中修士又无法动用灵力，便是大名鼎鼎的第一剑修，到了这里也只是个凡夫俗子，凡夫俗子的剑又怎么能伤到圣气护体的他？

“魔球”来势汹汹，小顶眼看着要被他撞上，千钧一发之际却灵巧地一避，躲开了这一击。

“魔球”一击不中，原地旋风似的转了个圈，再度向她袭去。

他丝毫不担心抓不住这小鲛人，只想着一会儿要如何报复泄愤。

可这一回，小顶并未再躲，而是跃至半空，双手握剑，高高挥起，兔起鹘落间，长剑顺势劈落，剑刃与魔气凝成的坚甲相击，发出锵的一声令人牙酸的震响。

少女赤足轻轻地在地上一点，再次跃起，故技重施，剑再次劈下，与方才那一剑所击之处完全重合，分毫不爽，只听琉璃破碎般清越的声响传来。“魔球”大吃一惊，毫无灵力加持的凡剑，竟然劈开了他的护甲。

不等他回过神来，小顶再一次跃起，仍旧沿着那条线，将“魔球”劈成了两半。

小顶连出三剑，压根没给对手喘息的机会，“魔球”甚至连位置都来不及挪一下，便在电光石火之间被劈成了两半。

魔幻玉容丹只对活物有效，“魔球”一死，便化作一头奇形怪状的野兽。它长着张姣好的人脸，头上生着长长的独角，身体有些像马，又有些像羊。

小顶摸摸下巴：“师尊，这魅兽是男的吗？”

苏毓含糊地嗯了一声，脸黑成了锅底。方才外面群魔乱舞，也不知傻徒弟看见了多少。

小顶哦了一声便没再问下去，一副了然于胸的样子。

苏毓生怕她多问，但她当真不问，他又更加担心了。

就在这时，一缕紫黑色的烟雾悠悠地从魅兽断成两截的尸首中升起，凝聚成方才那个银发灰眼的男人模样。

小顶吓了一跳，不由自主地往师父身后躲。

苏毓道：“别怕，不过是个残影，不成气候。”

魔君微微一笑，只这一个笑容，便将方才那赝品衬得拙劣不堪。

“真是后生可畏，”魔君倚老卖老地感慨道，“想当初你师父带着你们师兄弟二人来魔域时，你不过是个十五六岁的少年，一晃眼竟已风华绝代。那小狐狸如何了？想来也已出落得十分漂亮了。”

小顶想起掌门师叔，总觉得这话怪怪的。

苏毓对这色眯眯的老魔头没有半点好感，也不想和他叙旧，不客气地说道：“听说贵域的规矩，胜者不但可以取败者性命，还可以问一个问题，败者必须知无不言。”

魔君微微颔首：“没错。虽然我不算败在你的手中，但魂飞魄散是因你最后这一剑。你想问什么？”

苏毓毫不犹豫地问道：“如何从鲛人变回人？”

魔君笑容不减，摩挲着指环上的红宝石：“你只有一次机会，不妨三思。”顿了顿道，“比如，魔眼再次现世，究竟是谁的手笔？再比如，你师父为何要隐瞒你的身世……把这么宝贵的一次机会浪费在无关紧要的小事上，不像是连山君所为啊！”说着朝小顶望了一眼，又冲着苏毓甜蜜地一笑。

紧接着，苏毓忽然感到似有一缕微风拂过他的耳畔，原来是魔君的影子给他传来了秘音：“我教你一个法子，既能取回河图石的灵力，又可以尽情地享用她，鲛人有你想不到的妙处……”

苏毓的心中生出怒火，他拔剑刺向魔君的幻影：“少废话，如何从鲛人变回人？”

秘音咒破裂，那幻影似水波般一荡，变得更浅了。

不过他的眼底笑意越发浓了，他摇摇头道："可惜。要变回人，说难也不难，只需取西极若木树心的一滴汁液服下即可。"

他说得轻巧，但西极若木四方各有一头上古凶兽看守，只要有人靠近神树，那几头凶兽便会群起而攻之，即便是他气海盈满时，也没有全身而退的把握。

方才他与叶离、顾英瑶三人联手突破七魔谷外的禁制，已将灵气耗去大半，去西极取药，定然九死一生。

不过他神色淡然，只是点了点头。

魔君的影子一笑："何必呢，不如用我教你的那个法子。"

苏毓眉头一蹙，挥剑斩去，那虚影被斜斩成两半，消失不见了。

小顶看着魔影消失，等了片刻，方才小声道："师尊，他死了吗？"

苏毓道："算，也不算。"

小顶又道："他说的法子是什么？"

苏毓脸色一沉："不许多问。"

小顶哦了一声，想去牵师父的袖子，抬起手才想起如今牵不了他的袖子了："师尊，其实做鲛人也没什么不好，虽然碰不到，但还是能看见，能说话。我以前不会浮水，如今自己会了……"

她说着伸手在水池子里划拉了两下，接着把双臂都伸进水里，连胸和脖颈都贴着水面——变成了鲛，水似乎对她有种别样的吸引力。

苏毓皱起眉："别胡言乱语，你本来就够傻的，变成鲛岂不是更呆？先出去再说。"

小顶悻悻地收回手，甩了甩水，嘴里哼着不成调的曲子，哼着哼着，瞥见师父的脸颊越来越红，一直红到了耳朵尖。

她盯着他的耳朵瞅了会儿，突然福至心灵："师尊，要清心丹吗？"

苏毓恼怒地看了她一眼："闭嘴。"

"别不好意思呀。"

她想起方才看到白千霜悄悄地捡起鲛人的眼泪藏到袖子里，想来鲛人身上掉下的东西是可以越过屏障到达他们的世界的。

她从灵府中运了一颗清心丹出来，正要用手去接，想到满手都是池水，不知有没有影响，便将药运到嘴里，凑到师父跟前，踮起脚："师尊，张开嘴。"

苏毓眉头一皱："做什么？"

话音未落，小顶便把嘴凑了过来："张嘴啊。"

虽然明知两人不在一个世界，苏毓却仿佛可以清晰地闻到她口中甜甜的香气，不自觉地照她说的微微张嘴，一颗沁凉的小小药丸落入他的嘴里。

小顶一喂完药便立即离开，看看师父的脸："咦，师尊你的脸怎么更红了？"难道跨了一个世界，药就失效了？

苏毓这才回过神来，清心丹已经化开了，一股凉意散入他的四肢百骸，但效果与清心背道而驰。

小顶："师尊，我们赶紧走吧。"说着提了提湿漉漉的纱裙，随即往外跑。

苏毓方才只顾着为她变鲛发愁，此时才发觉她穿得很不成体统，纱衣本就式样古怪，被水打湿后贴在身上，就越发不像样了。他忙叫住她："等等。"

小顶觉得莫名其妙："怎么了？"他脸这么红，是不是清心丹没吃够？

苏毓三下五除二地除下外衣，朝她兜头扔过去："换件衣裳。"虽然宫殿中到处都是锦幔鲛绡，但苏毓看那些东西都觉不干净。

他说完便转过身让她换衣裳，小顶扯下身上的布料，裹上师父的衣裳，把拆下的珠链当腰带胡乱一束。

苏毓转过头，见她套着宽大的衣衫，腰间一束，越发显得腰肢纤细，湿漉漉的长发披散在肩头，脸颊被水一洗更加柔润，眼眸也像被水洗过，冷不丁对上，令他微微一怔。

小顶低下头，扯起衣襟深吸了一口气："师尊，你真香。"

苏毓像是被踩住尾巴的猫："不许胡说！"

小顶撇撇嘴，师父这脾气真是越来越怪了，夸他香还不乐意，难道说他臭就高兴了？

两人越过紫晶墙碎片堆成的小山，出了宫殿门，沿着长廊原路返回。

小顶一边走，一边蚊子似的轻轻哼道："十洲之怪人兮，数我师尊最稀奇，好话不爱听兮，挨骂倒高兴……"

苏毓听不清她含混不清的哼哼唧唧，也知道不是好话，冷冷地乜了她一眼。

小顶本来就不怕他，如今身在另一个世界，就更是有恃无恐，只当没看见。

走到第一个藏宝库门口，小顶眨眨眼道："师尊，你快去救圆光师侄他们，别让他们等急了。"

苏毓哪里猜不透她那点小心思，故意道："外头有叶离在，不妨事，我也进去瞧瞧，那老魔头藏了些什么好东西。"

小顶想不出别的借口支开他，只得和他一起走进库中。

魔君的藏宝库果真不同凡响，金银珠宝美玉像是石头沙砾似的堆了一地，里头墙上还有一个门洞，内室比外面这间又深了许多，里面则是各种法器，琳琅满目，令人眼花缭乱。

看这些法器的式样，有的是魔域出产，另一些则显然是仙门至宝，多半是历代魔君从各处搜刮来的战利品，其中不乏古物，式样古朴，光华内蕴。

苏毓最见不得别人比他有钱还大大咧咧地炫耀，从腰间解下个乾坤袋抛给徒弟，言简意赅地说道："全带走。"小顶正有此意，哪里需要他吩咐，当即埋头苦干，吭哧吭哧地装了半晌。她直起腰对着师父道："师尊怎么不来帮忙？"他就这么干看着，是坐等着分钱吗？

苏毓道："我碰不到。"

魔君敢把这么多价值连城的宝物随意堆在地上，不加阵法禁制，甚至连道门都没有，一来是确信别人偷不走；二来也是引诱外来之人主动铤而走险，为了摸到宝物而跳进池子里变成鲛人。

只可惜他们一变成鲛人，便迷失了心智，哪里还记得宝物？

苏毓瞥了傻徒弟一眼，心中又添了一重疑惑。何以她的神志依旧清醒，只是爱唱歪歌的毛病加重了些？她的父母兄长皆是寻常人，为何单她一个如此古怪？

小顶一边捡，一边问道："师尊，西极很远吗？"

"还行吧。"苏毓轻描淡写地说道。

小顶抿了抿唇："能不去吗？"

她记得天书上有一段，连山君去西极，书里的小顶趁这机会跟着丁一跑了，后来因为小顶反悔，又回去找连山君。当时她跳过了几页，方才听见魔君提到西极，特地翻出书来看了一眼，书里他也是去找一样什么灵药，却是为了一个白家的姑娘——小顶想到白字，心里咯噔一下，不过随即觉得应当不是，白千霜那么坏，连山君看上她什么了？

总之小顶回去之后，发现连山君伤了元神，差点入魔，连忙帮他疗伤，治好了他，自己丢了半条命。因此她知道，西极是个很危险的地方。

她想了想道："听说西极有凶兽，师尊替我去找药，受伤了怎么办？"

"只是几只愚蠢的看门狗罢了。"他挑挑眉，"你别多想。你一日不恢复，我的气海便没着落。再说药也不是白给你的，自要与你算钱的。少说废话，赶紧捡，免得到时候倾家荡产。"

小顶哦了一声，开始埋头捡钱。

小顶将第一个库里的所有珍宝尽数收进乾坤袋中，两人又去长廊对面的另一个宝库，依样将其搜刮一空。

两人一边走一边扫荡，不一会儿便将魔君的五个珍宝库和三个灵药库搬空了，只剩下靠近大门的最后一个库。

他们从一个宝库出来，正要奔赴最后一个，忽见不远处，三个大衍宗的弟子迎面而来，为首的正是一身红衣的白千霜。

白千霜见到两人，不由得大吃一惊。

她料想着连山君入内救那炉鼎，与魔君必有一番殊死搏斗，便想着趁乱溜进来，一来是找寻宗门前辈说过的宝藏，二来也是打算看战况见机行事——若是两人势均力敌或者苏毓占上风，她便上去助苏毓一臂之力，若是苏毓不敌，她便悄然退回去。想来两人酣战时，也不会留意她。

据宗门前辈说，魔君的寝殿在魔宫的最深处，大大小小的藏宝库却散布在沿途各处。谁知她还没走到第一个宝库，就迎面撞上了连山君和他那炉鼎。

白千霜的目光落在那炉鼎的身上，白千霜只见她身上披着件白色的男子外衫，一看便是连山君的衣裳，心中立时醋海翻腾，但转念一想，她既披着连山君的衣裳，当时在殿内定是丑态百出。

这么想着，白千霜又看向小顶，见她神色如常，眼圈都不见红，甚至可以说是容光焕发，不禁失望，只得安慰自己，炉鼎与正经人家的女儿不一样。连山君据说生性好洁，而且眼里容不得沙子，即便没有当场杀了这炉鼎，想来也会嫌她脏，就此厌弃。得出这么个结论后，白千霜顿感欣慰，不枉她落入险境，受了这么多的苦。只是不能叫心上人看见她贪图钱财，她只能暂且放弃宝藏了。

白千霜大大方方地上前作了一揖："千霜拜见连山君阁下，未能及时前来相助，还请道君见谅。"

苏毓不答礼，只是睨着她。

白千霜虽然看不见他的视线，却无端感到脊背发寒。就在额上快要渗出冷汗的时候，她才听男人淡淡地说道："免礼。"

她心弦一松，直起身，对小顶道："萧姑娘能全身而退，实是万幸。"顿了顿，若有似无地掠了苏毓一眼，语气越发亲善，"你我在法会上虽是对手，但一起身陷魔域，我只盼着你安然无恙，见你被那魔头带走，我一直提心吊胆。"

小顶虽不太通世故，但谁对她好，谁对她坏，她可是看得一清二楚——这白家姑娘嘴上说得比唱得还好听，可处处针对她，眼里时不时流露出凶光，她才不信这些鬼话呢。可惜她笨嘴拙舌，不像人家说起话来一套又一套的，师父还不准她在人前唱歌。

她好不容易想好怎么回嘴，师父却道："听闻白姑娘对敝徒多有照拂，待出了魔域，苏某定当向白姑娘与令尊道谢。"

白千霜忙道不敢，心里有些隐隐的不安。虽然他话说得客气，语气却十分冷淡，甚至还有几分不善。她只当是自己关心则乱，定了定神，对同伴道："萧姑娘既已脱险，此地不宜久留，我们回去与其他人会合吧。"

那两个师兄弟唯她马首是瞻，虽说白跑一趟心有不甘，到底不敢多言——何况连山君在这里，难不成他们还能抢得过他？只能跟着白千霜退了出去。

两人进了宝库，苏毓见小顶往地上一蹲，发起呆来，唤她也不吭声，似乎是元神进了灵府，半晌才恢复正常，却只是低着头，默默地往乾坤袋里装东西，就差把"不高兴"三个字写在脑门上。

苏毓道："怎么了？"

小顶撇撇嘴："没什么。"

小顶在法会上便觉白千霜这名字有些眼熟，似乎在哪里看见过，方才见到她和师父一问一答，蓦地想起是在天书上看到过。她潜入灵府，凭着记忆一翻，果然在快结尾的地方找到了——书里的连山君不但娶了白千霜当道侣，还因为白千霜哭了一场，就挖了小顶的金丹，把她赶出了门派。

她觉得自家师父不至于如此，师伯、师姐、师兄们也不会看着她被赶走，要是他真的赶她，大不了她不要这个师父便是。只是明知自己不会落得那样惨，她心里还是堵得慌，大约因为书中人也叫小顶，也有个叫作苏毓的师父，难免感同身受。

苏毓不再问了，小顶心里却藏不住事，忍不住嘟囔道："那个白千霜坏得很。我被抓去，她可高兴了。"

苏毓掀了掀眼皮："怎么说？"

小顶："我被抓走的时候，她笑了。"

苏毓假装不以为然："许是你看错了。"

小顶气愤起来："我又不瞎。"

苏毓嘴角一挑："她与你有仇，自然乐见其成。"

小顶一愣，随即鼓了鼓腮帮子："那你还和她有说有笑的，还白姑娘长白姑娘短。”怎么不见他叫她萧姑娘？整天傻子傻子，要不就连名带姓地叫她萧顶。

苏毓哭笑不得，方才他分明是在冷笑，也不知她是什么眼神。不过见她这模样，他心中莫名有些畅快，故意板起脸：“为师与别人说两句话你就生气了？”

小顶转过身背对他蹲着，不再搭理他了。

苏毓伸手拍她的脑袋，却拍了个空，方才想起碰不到她。

其实他和叶离一到，李圆光便告了个言简意赅的刁状，白千霜借刀杀人把小顶推出去的事，他心里一清二楚。

他大可以立即帮徒弟报这一箭之仇，但若是那样，便起不到杀鸡儆猴的作用了，还有个连他自己也不愿承认的缘故——他不太想让徒弟看见他心狠手辣的一面，尽管他从不认为心狠手辣有什么错。

小顶抓起一把宝石塞进乾坤袋里，垂着眼不吭声。

苏毓：“萧顶？”

小顶轻轻地哼了一声，起身进了内室，把所有的东西都塞进乾坤袋中，连门口的金珠帘子都没落下。

出了宝库，小顶紧紧地把乾坤袋捏在手里。

苏毓有心逗她，摊开手道：“有劳了，给我吧。”

小顶抬起眼，难以置信地瞪着他。阿亥说过“天要打雷，娘要嫁”，小辈做不了长辈的主。他真的讨个白千霜那样的师娘她也管不着，但他居然还要抢她的钱！

她瞪着瞪着，眼睛里漫起了潮水，两行眼泪落下来，变成两串莹润剔透、闪着金色光芒的珠子，噼里啪啦地滚了一地。

小顶忙蹲下身，一边掉金豆一边捡起来往乾坤袋里塞，还愤愤地瞅了他一眼：“一颗都不给你……”

苏毓这下也知道不对劲了，蹙眉道：“出什么事了？”

话音未落，只听上方传来轰隆一声巨响，苏毓瞳孔一缩——声音是从东南方向传来的，那个位置正是深坑旁的祭台所在。他们进入七魔谷之后，从魔将口中逼问出弟子们的所在，便兵分两路，他和叶离来地下迷宫救人，顾英瑶则去营救被关押在祭台下的儿子。

祭台那里出事了。

顾英瑶站在水晶高台前，紧紧地握住白玉鞭，直捏得指节发白。血从手臂上的伤口蜿蜒流下，把白玉握把染上了鲜红色，她也不觉得痛。

这座高台似乎是由整块的紫水晶雕琢而成，通体看不出砌造的痕迹。在红色魔眼的映照下，水晶台上部透着红光，下部却是紫蓝色，犹如残阳下的海水。

水晶中“嵌”着个血肉模糊的人，仿佛虫子嵌在琥珀里。他裸露在外的肌肤都已溃烂，辨不清面目，但母子连心，顾英瑶不用看他的衣饰，只一眼便认出了那是自己的儿子。

顾苍舒的双手被绑缚在身后，他不住地扭动着身体，仰着脖子，手指不住地蜷缩又张开，虽然顾英瑶听不见声音，但他的痛苦就像一只利爪，紧紧地攫住她的心脏，让她几乎无法呼吸。

就在这时，水晶石一闪，一道白光从地底射出，水晶中的人不见了。

顾英瑶恍然大悟，原来这只是个影子。

白光在水晶高台中转来折去，勾画出复杂又精密的图案，像是某种古怪的阵法。顾英瑶正欲提鞭横扫，忽听咔啦一声轻响，高台上开了一扇方形小门，门内是一道水晶阶梯，通往深不可测的地底。

顾英瑶嘴唇微微地哆嗦着，心中冷笑，好一个请君入瓮！她心里隐隐猜到始作俑者是谁，只有那人才会如此痛恨他们母子。可他有这样的手腕吗？还是趁她闭关时与外人暗度陈仓？

无论如何，地下一定有重重埋伏等着。若是她下去救人，多半会把母子俩的性命都断送在这里。只要她此刻转身离去，放弃儿子，她便可以保全自己一条命，还能为他报仇。

救还是不救？顾英瑶没有犹豫太久，把长鞭一卷，提了提气，便往门内走去。

那是她怀胎十月生下，捧在手心里养大的孩子。明知是陷阱，她也只能往下跳，但凡他还有一线生机，她便是拼死也要救出他。

她没有料错，祭台中不但埋伏了很多黑袍人，还密布着机关陷阱。她身上有陈年旧伤，方才强行突破禁制更是雪上加霜。谷中不能动用灵力，她所能凭借的只有一套炉火纯青的鞭法。

她一边拼杀一边顺着台阶往下，周遭很快陷入伸手不见五指的黑暗。她只能靠气流的声响辨别敌人的方位和暗器的来向。

阶梯越来越窄，她每走几步，便有一层薄如刀刃，冷不丁踩上去，脚底就被割出一道深深的血口。

顾英瑶记不清自己身上有多少伤口，只感到血不住地往外流，自己仿佛成了个被划开无数道小口的血袋子。

就在她双眼模糊，几乎倒下的时候，下方传来了一声低泣。

顾英瑶双眼一亮："舒儿，是你吗？"

"娘？"那人轻轻地唤了一声，嗓音嘶哑，却是她熟悉的声音。

"舒儿你别怕，"顾英瑶几乎喜极而泣，"娘这就来救你。"

"别来！"顾苍舒惊恐地吼道，"娘，你快出去，别管我……"

他带着哭腔道："儿子已经成了废人，出去也活不成……这里太危险，娘，你赶紧上去吧。原谅儿子不孝，不能再侍奉左右……"

顾英瑶咬咬牙，踩着台阶往下走，儿子痛苦的喘息声越来越近，台阶却已走到了底，朔风裹挟着血腥气扑面而来，令她几乎窒息。

她顾不得自己的安危，从怀里取出颗夜明珠抛了下去。

明珠的辉光映出了顾苍舒，他距离她只有十步之遥。与她方才看见的幻影一样，他浑身溃烂，双手被反缚在一根水晶柱上。

水晶柱像是从无底深渊中长出的一般，孤零零地竖立着，四周便是无尽的黑暗。顾英瑶心中一片酸涩，安慰儿子道："舒儿别怕，这些伤很快就能治好。"又咬牙切齿地说道，"待娘出去，一定杀了那贱人为你报仇雪恨。"

顾苍舒抽着冷气道："阿娘知道……是谁？"

说话间，顾英瑶用鞭子在水晶柱子上不轻不重地一抽，光滑的柱身上出现一道鞭痕。她把鞭鞘系在凹痕处，抓着鞭子一点点往下，终于够到了儿子。她将鞭子绕在手腕上，一手揽住儿子，一手持匕首割开束缚他的绳索，然后用双脚和手臂的力量，顺着鞭子一点点地往上攀缘。她好不容易即将到顶时，那水晶柱却发出咔啦啦的声响——柱子已承受不住两人的分量，眼看着要从鞭痕处折断。

顾苍舒大骇："娘，快松手。"

顾英瑶哪里舍得松手，反而紧紧地抱了他一下，像小时候那样在儿子发顶吻住。

顾苍舒只觉一股热意源源不断地涌入他的经脉，惊道："娘，你在干什么？"

顾英瑶将毕生修为灌注到儿子体内，随即一咬牙，用尽全身的力量将他往上一甩，高高地抛到了台阶上。

顾苍舒向下滑落了几级，终于稳稳地停住。

顾英瑶听着水晶柱中间细碎的断裂声，知道自己已无生机，但终于救了儿子，心中一派宁谧："舒儿，快上去吧，回去后立即命人杀了顾清潇，你要……你要好好的……”

话音未落，她忽听上方传来儿子的轻笑声。

“阿娘放心，”顾苍舒悠悠地道，“儿子不会让你白死，继任宗主之位后，定会把太璞发扬光大。”

顾英瑶后背发冷，浑身的血液都似凝成了冰：“你……为什么？我只有你这一个儿子，宗主之位早晚……”

“因为我等不及了！”顾苍舒打断她，“凡人一生不过倏忽百年，我不介意母慈子孝地等你老死，可惜你不是。等你殒身，要多少年？三百年？五百年？八百年？太长太长了。就此别过，阿娘。”

最后一个字出口，水晶柱终于断成两半，顾英瑶往后仰跌下去，双眼仍旧死死地盯住儿子，直到落入无边的黑暗中看不见了。

小顶叫那巨响吓了一跳，眼泪瞬间止住，也忘了自己在生师父的气，吸了吸鼻子：“怎么了？”

话音未落，地动山摇，他们身后的一根绿玉廊柱轰然倒塌。

“快走！”苏毓不自觉地去拎徒弟的后衣领，却拎了个空。

好在她只是愣怔了一下，便立即发足狂奔。

这宫殿造在地下，来路只有一条，一旦前方发生塌陷，他们便会被活埋在里面。

身后断裂、倒塌的柱子越来越多，穹顶一块块地砸落，镶嵌的宝石、美玉像冰雹一样噼里啪啦地往下掉。小顶使出九牛二虎之力才忍住了没去捡。

苏毓执剑在前，不断挥剑将落下的晶块和珠宝挡开。忽然一块三尺见方、两寸多厚的水晶板朝着小顶的头顶砸落下来，苏毓闪身过来，来不及提剑，情急之下横起左臂，生生替她挡住了。

只听咔嚓两声响——水晶板碎成两半，苏毓的左臂骨头断裂。

修道之人的筋骨虽比凡人强健许多，但毕竟是血肉之躯，苏毓又本就比一般修士更容易受伤，平日有强悍的灵力护体还不打紧，眼下却只能生生受了。

小顶脚下一顿，便要去掏伤药。

苏毓一咬牙：“走，出去再说。”

小顶点点头，继续往前跑，心里却记挂着师父手臂上的伤，不由得后悔方才和他赌气。早知如此她就把泪珠子分他几颗了。

瞥见师父发白的嘴唇和额上的冷汗，她觉得鼻根又酸又胀，眼睛里又泛起泪花。她忙吸了吸鼻子，把泪水生生憋了回去——这时候掉下来没空捡，岂不是浪费了？

两人沿着长廊一路狂奔，终于在千钧一发之际跨过门槛，回到那个有水池和鲛人的房间，整条长廊在他们身后訇然倒塌。

“澡堂”里也是一片狼藉，穹顶落下的晶石在地面上砸出许多深坑，池水溅得到处都是，鲛人们不见了踪影，不知是去哪里避难了。

两人不敢耽搁，径直出了门，沿着阶梯往上跑。他们爬了数百级台阶，脚下的震动总算停止了。

两人这才得到片刻喘息的机会，小顶立即从灵府中运出一颗紫微丹，口齿不清地说道：“师尊，等一下。”

苏毓停下脚步，小顶越到上一级台阶，转过身，便朝他贴过来：“张嘴。”

苏毓身体一僵，差点没仰天摔下台阶。小顶却是一回生二回熟，把小小一颗丹药喂到他微微张开的双唇中。

“好点了吗？”她问道。

苏毓不知道怎么回答，因为他浑身上下都好像失去了知觉，只有心脏一下一下地搏动着，仿佛一只扑扇着翅膀，想从笼中挣脱的鸟。他紧紧地抿着唇，像是担心一张嘴，长了翅膀的心就要飞出去。

“师尊？”小顶轻轻地叫了一声。

苏毓蓦地回过神来，揉了揉眉心：“好多了。”

他定了定神，念了几句清心诀，将一闪而过的杂念摒除。七魔谷中遍布瘴毒，是最容易生心魔的地方。

他在此逗留多时，想是吸进去不少，加上鲛人徒弟的歌声，才会生出这么荒诞的念头。

这是他的徒弟，又关系到他的气海，他自要在危急关头护着她，去西极取药也是同样的道理。换成云中子他们变成鲛人，他也会冒这个险。如此一想，他顿时心安理得起来，深觉自己真是个尽心尽责的好师父，天底下简直找不出第二个来。

他挑了挑眉，厉声教训道：“往后不许这样。”

小顶刚决定大人不记小人过，谁知他吃了自己的药还来教训自己，顿时新仇旧恨一起涌上心头，没好气地道：“不许什么样？”

“不许这么喂药。”

“又碰不到，有什么要紧的？”小顶撇撇嘴。

“总之不可，”苏毓捏了捏眉心，“男女授受不亲。”

小顶眨了眨眼：“和师父也不行吗？”

苏毓斩钉截铁地说道：“更不可。”

小顶哦了一声，心想：你在书里可不是这么说的。

小顶快步往前爬了十几级台阶，把师父甩在身后，低声哼唱：“男女授受不亲兮，说得好听，和人双修兮，转头就娶妻，娶妻名唤白千霜兮，不是个好东西……”

苏毓落在后面，看着小徒弟的背影，时刻留意着周遭的气流。

那台阶也不知有几千几万级，似乎总也爬不到头。

苏毓清了清嗓子：“萧顶，方才为什么哭？”

“没什么。”

“是谁欺负你了？”

小顶脱口而出：“你。”

苏毓皱了皱眉：“为师何时欺负你了？”

小顶后悔自己嘴快，一来天机不可泄露，二来书上写的事还没发生，说出来她也不占理。

她想了想，避重就轻地说道：“因为你老叫我傻子。”

苏毓想也没想便道：“不想被人叫傻子，那你倒是学聪明……”

瞧着徒弟脸色不对，他赶忙住口：“行了，往后不叫你傻子便是。”

小顶：“那叫什么？”

“当然叫你萧顶，”苏毓说道，“你有名有姓，还能是什么？”

小顶觉得这师父已经无可救药了：“师伯、师兄、师姐他们都叫我小顶，碧茶叫我阿顶，阿亥叫我小顶姑娘。”

仙君叫她小顶，有时候叫炉子；连书里的连山君还管小顶叫卿卿和小妖精呢，就没有他这样连名带姓地叫的。

她看了师父一眼，意思是“你看着办吧”。

苏毓自小不与人亲近，每次被师父和师兄叫小毓，鸡皮疙瘩能掉一地。见傻徒弟不依不饶，一副不改个称呼不肯善罢甘休的样子，他只得妥协：“你想为师叫你什么？”

小顶想了想：“萧姑娘。”

苏毓："……哪有称自己的徒弟某姑娘的？"

小顶盯着他的脸。

苏毓立刻败下阵来，自暴自弃地叫了一声："萧姑娘。"

小顶这才心满意足："把手伸出来。"

苏毓不明就里地伸出手。

小顶又道："手心朝上。"

苏毓把手翻转过来。

小顶先五指握拳，悬在他的手心，然后轻轻地将拳头张开，一把小小的金珠子落在他的掌心。他看了一眼，一颗不多一颗不少，正好二十八颗。

"萧姑娘一共就哭了这么多，收好别丢了。"她生怕师父太得意，又板着脸补上一句，"给你是让你记住，以后别再惹我哭。还有，刚才的清心丹和紫微丹都要收钱的。"

苏毓默默地看了一眼手中流光溢彩的小金珠，一时不知这傻徒弟是大方还是小气——他见过各种色泽的鲛人泪，却从未见过这般光华璀璨的，把幽暗的地底通道映亮了一大片。

据说不同的鲛人流出的眼泪不尽相同，便是同一个鲛人，心境不同，流出的珠泪也是不一样的。这小傻子流的大约是守财奴的泪，所以才这么金光闪闪。

苏毓一哂，两颗丹药还要算钱，价值连城的宝贝倒是一送一把，就这样她还不承认自己傻。

见小傻子的目光飘过来，他忙将珠子收进灵府里，用玉盒细心装好，免得她一会儿回过味来反悔。

这却是他小人之心了。小顶虽然心疼，但送出去的东西断断不会要回来。师父说话不太中听，到底为救她折了胳膊，她不是个不知好歹的炉子。

二十八颗金珠子似乎比丹药还管用，苏毓只觉脚步轻捷，简直飘然欲飞。

精彩片段

瞧着徒弟脸色不对，苏毓赶忙道：『行了，往后不叫你傻子便是。』

小顶：『那叫什么？』

『当然叫你萧顶，』苏毓说道，『你有名有姓，还能是什么？』

小顶觉得这师父已经无可救药了：『师伯、师兄、师姐他们都叫我小顶，碧茶叫我阿顶，阿亥叫我小顶姑娘。』她看了师父一眼，意思是『你看着办吧』。

苏毓自小不与人亲近，每次被师父和师兄叫小毓，鸡皮疙瘩能掉一地。见傻徒弟不依不饶，一副不改个称呼不肯善罢甘休的样子，他只得妥协：『你想为师叫你什么？』

小顶想了想：『萧姑娘。』

苏毓：『哪有称自己的徒弟某姑娘的？』

小顶盯着他的脸。

苏毓片刻败下阵来，自暴自弃地叫了一声：『萧姑娘。』

官方微博：@悦读纪

官方微信：yuedugirlbook

扫描关注悦读纪官方微博、微信，就有机会获得悦家最新畅销书。

青岛出版集团 | 青岛出版社

第七章　金甲门

苏毓和小顶回到地上，叶离和归藏众弟子正在外面焦急地等候，其他门派的弟子被叶离顺带捞了出来。他们不愿靠得太近，却也不敢离得太远，各按门派聚在一处。

其他宗门的弟子还好，大衍宗和金甲门的人就狼狈了。他们见过变成鲛人的后果，可没有清心丹，抵御不了水汽和鲛人歌声的诱惑，最后或自给自足，或互帮互助，丑态都叫众人看了去。

白千霜抱着臂，与她那两个跟班站在一起，与其他同门划清界限，仿佛离得近一些，都会叫他们玷污了冰清玉洁的身体和灵魂。

归藏众人见连山君和小顶安然无恙，着实松了一口气。

叶离的目光落在小顶身上的男子外袍上，眉头一跳，随即去看师叔的脸色。他见师叔脸色晴朗，便知小师妹并未出事。

李圆光却是激动得不能自已，红着眼眶奔上前来："小师叔，你没事吧？小侄还以为再也见不到你老人家了……"

苏毓不动声色地上前一步，挡在两人之间。他本来对这小弟子印象不错，此人虽是蒋寒秋的亲传弟子，倒还算机灵，眼下一看，果然上梁不正下梁歪，和师父一样没眼色。

小顶却猜不透师父的心思，从师父背后跑出来。

她见了众弟子也很高兴。本来她和这些师侄辈的弟子不怎么熟，但如今一同经历过生死，又得他们一心维护，情分自不比先前。当下她也关切地询问："你们都没事吧？圆光师侄方才吐血了，要不要再服颗紫微丹？"

李圆光连连摇手："小侄们没事，多亏了小师叔的清心丹。那点小伤不妨事，不必浪费小师叔的灵丹妙药……"

小顶却已经掏了颗紫微丹出来："有伤要及时治，丹药再炼就是。"说着把丹药递了过去。李圆光双手接过，连连道谢。

苏毓在一边看着，冷哼了一声，心里嘀咕：穷大方。

他瞅了叶离一眼，冷冷地说道："不如摆桌酒席，慢慢叙旧？"

啧，醋味都飘到十里外了，叶离腹诽着，脸上却堆着谄媚的笑："师叔教训得是。"

说着他把李圆光拽到一边："师叔祖和小师叔乏了，别去打搅他们清净。"

苏毓这才舒坦了些，矜持地一颔首，看了一眼圆坑旁倒塌的水晶高台，问叶离："顾家母子如何了？"

叶离望着废墟摇摇头："我带着弟子们逃出来时这水晶台便已倒塌。"说着抬头看了看天，"魔眼也已经消失不见了。我们守在这里，没见到顾家母子的踪影。大约凶多……"

他话未说完，便听废墟下面传来隐隐的叫声："救命——"

苏毓和叶离对视了一眼。

那人又拔高声音喊了声"救命"，这回其他人也听到了。

一个太璞宗的弟子惊呼："是少主的声音！"

众人随即跑过去，七手八脚地把碎石搬开，果见下面有一个血肉模糊、气息奄奄的人，蓝衣已经被血染透，浑身肌肤都已溃烂，几乎分辨不清面目，但一开口，熟悉的人便能认出来，这的的确确是顾氏的少主顾苍舒。

白千霜与他何其熟稔，单看那双与连山君有七八分相似的眼睛，也能一眼认出他来。

半日前还风度翩翩的贵公子，眼下形容变得如此可怖，饶是白千霜心肠硬，也吓得退了一步。

太璞宗众弟子中为首的那个问道："少主，你在里面可曾见到师祖？"他说的师祖，自然是指顾英瑶了。

顾苍舒的双眼中顿时盈满了泪水，他喘着粗气，一字一顿道："娘……娘为了救我，落入……深渊中……”

说罢，他终于气力不支，昏厥过去。

那太璞宗的弟子忙伸手探他的鼻息，感到气息还在，稍微放下心来，但随即想起顾英瑶葬身魔域，顿感迷茫无措——虽然英瑶仙子这几十年来大半时间在闭关，将门派中大部分事务交给少主，但大事仍旧由她委决。

明面上顾清潇是宗主，实际上太璞宗的门户全由英瑶仙子支撑。如今顶梁柱断送在这里，宗主庸懦，少主年轻，还受了重伤，不知门派中要乱成什么样。

苏毓冷眼瞧着不成人形的顾苍舒，对师侄道：“你去看看。”

叶离领了命，走上前去，俯身打量顾苍舒的伤势，从袖中取出一盒去腐生肌的膏药给那弟子：“先替顾公子敷上。”

那太璞宗的弟子道谢接过，却只拿在手上，并不替顾苍舒敷上。

叶离见状只是无所谓地一扯嘴角，对那弟子道：“节哀顺变。”

说罢，他回到师叔身边，啧了一声：“那顾家小子着实惨，浑身上下就没有一块好肉，还没了当靠山的亲娘，太璞那些老家伙怕是要不安分了。凭他这副外强中干的样子恐怕压不住。”

苏毓随便找了个借口把小顶支开，挑了挑嘴角，对叶离道：“未必。那姓顾的连自己的生身母亲都能算计，不是什么省油的灯。”

叶离大吃一惊：“莫非……他犯不着吧？”

苏毓抬头望了眼天空，视线的尽头正是原先魔眼的位置，如今只有一片昏黄。他收回视线，淡淡地问道：“知道那座高台是做什么用的吗？”

叶离摇摇头：“请师叔赐教。”

苏毓挑挑眉，不满地说道：“你这魔族人怎么当的？本族的事还要别人赐教？”

叶离挠挠后脑勺：“师叔可别冤枉小侄，小侄生是归藏的人，死是归藏的鬼，与那些邪魔外道没有半点瓜葛。”他一出生就被师父捡回归藏，是彻头彻尾的归藏人，只看他有多抠门就知道了。

苏毓道：“这是魔族用来祭祀魔眼的祭台，据说下面连着归墟，若是能按正确的方法将血脉至亲献出去，就能获得归墟的力量。”

叶离想到身上那点稀薄的魔族血脉，脸色都绿了。

苏毓轻嗤一声：“你怎么连这种蠢话都信？若那么容易，他们早就把正道杀光了，哪至于藏在这种破地方？”

叶离腹诽：说话这么尖酸刻薄，活该你讨不到老婆。

苏毓话锋一转："不过若你是顾英瑶，知道自己已无生机，会把自己一身修为带下黄泉吗？"

杀人可以夺宝、夺丹，却夺不了修为，除非本人心甘情愿地将修为送出去。

叶离只觉一股寒意爬上脊背，回头望了一眼不省人事的顾苍舒，轻轻地叹道："人心哪……"

正说着，苏毓忽然瞥见天边似有一片黑云向他们飘来，伴随着呼呼的风声。

七魔谷位于魔沼之下，他们头顶的根本不是天空，哪里来的云？他当即明白那是什么。

不多时，"黑云"飞近些，原来是一艘翼舟，比归藏那艘略小些。身陷谷中的弟子们发现翼舟，个个如释重负。

翼舟飞到当空，慢慢下降，悬停在离地两三丈处，二十来个穿着各色道袍的修士从船舷跃下，个个仙风道骨，单看那通身的气派便知是各派的高手。

为首之人正是大衍宗的白长老，紧随其后的则是太璞宗的两个长老，还有重华门那个女长老。

众人一下翼舟，见到顾苍舒的惨状便是一惊，又得知顾英瑶的死讯，俱现出震惊和沉痛的神色，至于心里怎么想的就不得而知了。

白长老确认过女儿安然无恙，随即张罗着众人小心翼翼地将重伤的顾苍舒搬上横杆，抬上翼舟治伤。

白千霜待父亲忙完，像个孩童一样扑进他的怀中，低声地抽泣起来："爹爹，女儿差点就见不着你了……"

白长老拍拍女儿的后背："没事了，没事了，别怕，有爹爹在。"又轻轻地推了推女儿的肩头，"爹爹还有事，多大的人还撒娇……"

白千霜这才松开父亲，用帕子揩揩眼角："女儿失态了。"

话音未落，她回头一望，却见苏毓和叶离带着归藏众弟子向翼舟走来，立即娇羞地低下了头。

白长老顺着女儿的目光望去，那男子不是苏毓是谁？白长老的目光落到苏毓身边的炉鼎身上，他见她紧紧地跟在连山君的身后，心下已是不悦，再留意到她身上披着的男子外袍，目光越发沉了。白长老虽属意连山君为婿，但对他颇有几分忌惮，又见他将一个炉鼎宠得不知天高地厚，越发不喜。

那炉鼎在众目睽睽下羞辱他的女儿——那姓苏的小子若要娶他的宝贝女儿，

先得把那炉鼎料理了。

他定了定神，按捺下怒意，迎上前去，向着苏毓一揖："调集人手费了些时间，贫道来迟了，还请连山道君见谅。"

苏毓回以一揖，淡淡地说道："白长老来得正及时。"

白长老哪里听不出他话里有话，更是恼怒，忽觉手臂一沉，原来是女儿挽住了自己的臂弯："爹爹，多亏苏大哥来得及时，救女儿于水火……"

白长老在心中长叹一声。他子女缘薄，命里无子，只得这么一个女儿，自小爱如眼珠，见女儿一颗心全系在这小子身上，心头不由得一软，又想到若有连山君当助力，他的大业便成了一大半。

他便强压下不满，正要开口，却听归藏的弟子中有一人道："白仙子与师叔祖以兄妹相称，咱们岂不是多了个干姑婆？可喜可贺。"

这话一出，不只归藏众人笑成一片，其他门派的弟子也忍俊不禁。

白千霜脸上顿时有些挂不住，咬着唇，泪盈于睫，又偷看了苏毓一眼，见他冷着张脸，并不朝她望来，心里不由得有些失望。

白长老气得脸上红一阵白一阵，碍着众人在场又不好发作。

苏毓欣赏了一番老家伙的窘相，这才转头对李圆光道："不得无礼。"

白长老面色稍霁，对众人道："请诸位移步舟上稍加修整。"

苏毓道了声"叨扰"，便带着弟子们上了翼舟。

登云梯时，他照例让小顶走在前面，免得这小傻子一脚踩空掉下来，随即想起自己接不住她，脸色顿时一沉，回头冷冷地望了白氏父女一眼，一言不发地上了翼舟。

大衍的翼舟与归藏的差不多，也分数层，连山君的房间自然在顶层。

小顶想也没想便跟着师父往上走，却被一个大衍宗的执事拦住："仙子请留步，敝派已在楼下为仙子安排了单独的雅舍……"

小顶老实，想着自己是客，在人家地头上自要听人家安排，便从善如流地停下脚步。

苏毓目光冷冷地扫过那执事，却不与他多言，转头对徒弟道："还不快上来！"

那执事叫苏毓那一眼看得毛骨悚然，便是有白小姐暗中嘱咐，也不敢再加阻拦。

小顶快步走到师父的身边，小声道："师尊，这么霸道不太好吧？"

苏毓乜了这没出息的徒弟一眼，恨铁不成钢地摇了摇头。

两人回到院中沐浴更衣。

小顶如今是鲛人，一回到水中便像回了故乡，现出鱼尾，尽情地在池子里扑腾了半晌，这才意犹未尽地爬出来，擦干身子往床上一躺——虽然被卷进魔眼才不到一日，却数度死里逃生，早已筋疲力尽，一沾床便闭上了眼。

这一觉睡得天昏地暗，她醒过来推开窗户一看，只见翼舟早已离了魔域，此时正飞在云间，一轮明月悬在窗前，清辉洒了满室。

她敲敲壁板，叫了声“师尊”，却没有人回答，便绕到门外敲了敲门，也没人应。她试着推了推门，门没上锁，屋子里却空无一人，心里纳闷，只得回到房中，锁上门继续睡回笼觉。

苏毓此时却是在白长老的院中赴宴，出席的都是各大门派中有头有脸的人物，只白千霜一个晚辈。她戴着金丝面纱，额前“心如蛇蝎”四个字用额发遮住了，勉强还能见人。

水陆珍馐满席，白长老执起酒杯，装模作样地洒在地上：“仅以杯酒祭奠，敬英瑶仙子英灵。”

众人都假惺惺地举酒致哀，场面话说完，白千霜便起身替长辈们斟酒。

太璞宗的左长老对白长老恭维道：“令爱蕙心纨质，仙姿玉貌，最难得的是贞顺柔婉，有此一女，夫复何求？”

白长老也礼尚往来地夸了对方家的公子。

重华门的女长老道：“不知令爱可曾结下仙缘？”

白长老道：“小女刁蛮任性，叫老夫宠坏了，这脾气哪个郎君受得了？”

白千霜低下头，娇羞地嗔道：“爹爹……”

“白兄过谦。令爱这般出众的女子，自不是凡夫俗子可以相配的。”女长老若有似无地看了一眼苏毓，“老婆子今日卖个老，替令爱牵个红线可好？”

白千霜忙道：“前辈说笑了。”

女长老豪迈地挥挥手：“修道之人没那么多忌讳，白姑娘不必害羞。”

众人又赞白氏家风谨严，如今这般柔顺的女孩儿不多了。

白长老握着酒杯沉吟不语。

方才那太璞宗的左长老接口：“盛长老且说，若真是天造地设的一对，便是老白不允，我们这些老友也不依的。”

苏毓嘴角微挑，冷眼看着一群人做戏，一脸事不关己的样子。

那重华门的女长老朝苏毓看来，笑道：“可不是远在天边，近在眼前？”

众人都赞道：“果真是郎才女貌，英雄配佳人，天造地设的一对。”

白长老皮笑肉不笑地说道：“小女蒲柳之姿，哪里配得上连山道君？且她生就是个眼里揉不进沙子的性子，又叫老夫宠得无法无天，是半点委屈也受不得的。”他顿了顿，又半开玩笑地说道，“不怕诸位笑话，老夫为小女寻觅良缘，这夫婿首先便是不得三心二意，先前的事便罢了，若是有心娶我白家女儿，可不能和那些莺莺燕燕纠缠不清。”

白千霜嗔怪道：“爹爹……”

众人都道这是自然：“有此绝代佳人在侧，那些庸脂俗粉哪还入得了眼？”

这些人仿佛都不曾看见她脸上的东西，直把她夸得天上有地上无。

苏毓悠然地饮完一杯茶，这才掀起眼皮，将琉璃杯往案上轻轻地一撂。

原本七嘴八舌的众人莫名感到一丝凉意，不由自主地噤声了。

苏毓淡淡地说道：“在下婚配之事不劳诸位费心，倒是与白长老有一桩恩怨，有劳诸位做个见证。”

此言一出，不仅白氏父女大为惊讶，列席的众人也都甚是诧异。这样千载难逢的好事，竟然有人会拒绝！

白千霜背后是大衍宗的半壁江山，若是连山君娶了她，和岳丈联手，把另一半夺过来也不是难事。

白氏嫡支的两兄弟都没什么子女缘。白宗主和两任夫人生过十多个儿女，一个都没长到成人，只留下顾苍舒这不明不白的私生子——究竟是不是他的血脉还众说纷纭。

白长老稍好些，有白千霜这么个女儿。

他白家的家业自不能落到顾氏的手里。白氏也没有顾氏那般传男不传女的规矩，白千霜这个嫡系独苗继承家业是顺理成章之事。

只是白宗主一直不松口，大约还存着逆天改命的心思。白长老也怕夜长梦多，因此急着找个实力强悍而出身不显的女婿，把权柄夺过来。

倒是连山君自己，虽说剑法修为高，但出身是硬伤——说起来英雄不问出处，但说到底当今修仙界还是世家大族的天下。

多少天赋卓绝却出身不显的年轻人，做梦都想娶个名门贵女跻身上流，便是生得像嫫母，也能闭着眼睛娶了。这白家小姐生得花容月貌，根骨也出类拔萃——根骨好，血脉纯，意味着更可能生出天赋好的后代——很多男子抢破头都想把她娶到手。

在座众人都和白长老走得近，知道他父女有此意，又觉此事十拿九稳，乐得撮合撮合，向双方卖个好。

退一万步说，就算连山君不愿娶白家女儿，只消委婉地透个意思，也不伤和气——酒酣耳热之际的玩笑话，打个哈哈就过去了。如今他非但不愿结亲，听这意思是还要报仇，莫非他和白长老真有什么不共戴天之仇？

众人神色尴尬。顺水推舟卖个好谁都乐意，掺和进人家的恩怨是非里就没意思了，多数人打定了隔岸观火的主意。

白千霜脸上镇定，心里却已翻江倒海，将手中的鲛绡帕子绞成了绳子。

白长老也不明就里，暗自回想年轻时做下的几桩大事，可曾留下什么遗孤，思来想去，都是斩草除根，一点祸患都没留。他皱了皱眉，冷笑道："不知老夫何时得罪了阁下？"

苏毓掀了掀眼皮："白长老言重了，倒是敝徒不知何时得罪了令爱，让她三番五次痛下杀手。"

众人听了都暗自松了一口气，以为他不愿任由白氏父女拿捏，故意拿炉鼎做文章，搭足架子，免得被人视为攀龙附凤的赘婿之流。

白长老以己度人，也会错了意，朗声大笑一阵，眼中闪过阴鸷之色，对女儿道："阿霜，你可曾为难过那位姑娘？这却是你的不是了。那位姑娘是连山道君爱宠，常言道'打狗还需看主人'，便是道君不见怪，为父也要骂你，你是什么身份，与那等……"他顿了顿，似乎在搜肠刮肚，想找个合适的词，半晌才一脸嫌恶地说道，"那等供人消遣的物件一般见识？"

白千霜急得泪盈于睫："爹爹！"这不是火上浇油吗？

白长老向来重门第，自恃家世显赫，总觉得苏毓出身太低，性子又太傲，有些委屈了女儿，此时见他借着炉鼎的事下自己女儿的脸面，心中恼怒，加上酒意上头，忍不住出言不逊。

话一出口，他立时有些后悔，女儿的面子固然要紧，他的大计却也需要助力，实在没有比苏毓更合适的人选了。

有人打着哈哈和稀泥："白兄也别苛责令爱，谁年轻时没这般小儿女心思呢？"又对苏毓道，"连山道君也别见怪，女孩儿家闹着玩罢了，白世侄是老夫看着长大的，人品气度没话说，不是那等不能容人的……"

苏毓冷冷地扫了那人一眼："苏某的徒弟轮不到别人来容。"

白千霜毕竟是女子，看到这里，知道苏毓是真的被那炉鼎迷得神魂颠倒，连前程都不顾了，心口仿佛被塞了一抔雪，一片冰凉。她沉吟片刻，站起身，向苏毓行了一礼："请阁下明鉴，小女子从不曾加害高足。身陷魔窟时，小女子本已暗自下定决心舍身成仁，与那魔头同归于尽。只是诸派道友不忍见小女子受辱，小女子再三思虑，唯恐打草惊蛇，反而累及道友，故按兵不动。一脱身，小女子便与两个同门前去营救，当时还遇上了阁下，阁下想必还记得。幸而上天眷顾，高足安然无恙。"

她表面上句句陈己过，实际上又句句将自己撇得干干净净——生在白氏这样的人家，她自小知道一个道理，说出的话未必要让别人相信，却必须冠冕堂皇，让人无可指摘。

这套说辞连山君不会信，在场众人也不会信，但只要她是白家嫡支的大小姐，他们只能装作相信。

有人打圆场："千霜是老夫看着长大的，纯真善良，绝无害人之心，其中定有误会。"

又有人道："既然阁下高足全身而退，何必计较过去的事……"

"是啊，得饶人处且饶人，阁下是当世大能，大人有大量，何必和一个女孩儿计较……"

苏毓扫了那几人一眼："敝徒不曾叫人害死，凭的是她自己的聪明才智。但有人要害她，做师父的便要计较到底。"他掀了掀眼皮，"也好叫人知道，什么人动不得。"

白长老冷笑道："小女已说了不曾加害阁下那炉鼎，阁下红口白牙地诬陷小女，毁她清誉，莫非是欺我白氏无人？"

他怒气冲冲，紧咬牙关，脖子上青筋暴起，苏毓却仍是那副不冷不热的样子，冷冷地问："是不是诬陷，不如问问令爱。白小姐，苏某可曾诬陷你？"

白千霜刚想辩解，忽然感到一股强大的威压袭来，不断地挤压她，像是要把她暗藏的心思从身体里挤出来。她感到透不过气来，后背上汗如雨下，一个辩解的字也说不出来。不过片刻，她便忍受不了行将窒息的折磨，开口道："我……就是想让那贱人去死……"她说出真话后，那股压迫之力顿时减轻了一些，心里话便像水一样往外流，"本来他们是要抽签决定的，我怎么能让他们抽签？万一抽到我呢？何况抽签抽到那贱人的机会太小，我想让她死，更想让她被玩弄死，最好让连山君看到她的丑态，想起她时只觉得恶心……”

她一股脑地往外说，白长老压根来不及阻止，恼羞成怒地瞪向苏毓：“你竟敢对我女儿用禁术！”

这术法原是大宗的法堂审问犯了重罪或重戒的弟子用的，因为被滥用，正道宗门明面上都将之当作禁术。

此术条件苛刻，两人修为得悬殊方可奏效。按说白千霜已是元婴期九重境，这种术法对她难以起作用——便是度劫期的白宗主，恐怕也做不到。

苏毓露了这一手，方才帮腔的那些人顿时偃旗息鼓——一来白千霜已吐露了实情，二来连山君的修为已超出他们的意料，他们再帮下去，恐怕惹得一身臊。

苏毓却翻脸不认账：“许是令爱良心发现说出实情，与苏某何干？”

白长老咬牙切齿：“你待如何？那女子毫发无伤，莫非还要我堂堂白氏女儿低三下四地向她赔礼道歉？”

苏毓眼皮也没抬一下：“这倒不必，令爱那些废话一文不值。”

“你……”白长老腾地站起身，指着苏毓的脸，“小子张狂，今日势必不肯善罢甘休了？真当我白家无人？”

苏毓一哂：“白宗主修为高深，剑法精妙。至于其他姓白的，请恕苏某孤陋寡闻，的确不曾听闻。”

白长老在剑法、修为上自是不差，但天资就比长兄差了一截，平素最恨别人说他不如长兄，当下急火攻心，本命剑锵的一声出鞘，剑锋直指苏毓的脸。

白长老是火灵根，本命剑也带着离火之气，宝剑出鞘，给苏毓那白皙的俊脸笼上一层红光，使他多了几分妖异之感。

白千霜看着，不由得又心神荡漾。她自小要风得风，要雨得雨，偏生想要的男子求而不得——越是求而不得，她心中情焰愈炽，一时忘了他是来找自己算账的，竟看得痴了。

白长老右手边坐的是太璞宗的右长老，见状忙起身按住他的手：“白兄切莫冲动，有话好好说。”

众人也都劝解起来：“年轻人气盛，白兄是长辈，且担待着些。”

苏毓却是气定神闲，甚至端起茶杯润了润喉咙，这才放下杯盏，不疾不徐地站起身，不拔剑，只对白长老道：“常言道，养不教，父之过。便是白长老吝于赐教，苏某也要讨教。”又向众人一揖，“此事是苏某与白长老的个人恩怨，与诸位无关，今日搅扰诸位雅兴，请容苏某日后向诸位赔罪。”

众人方才见他气焰嚣张，对着白长老一个前辈大能出言不逊，心中多有不悦，但眼下见他只针对姓白的，对他们倒是彬彬有礼，心下稍宽，越发不想蹚浑水。

苏毓不怕白长老找帮手，便是这些老家伙联手，也不是他的对手，但他没必要浪费灵力，更没必要给门派树那么多仇敌。

白长老知道其他人已打定了主意要作壁上观，既已拔剑，便没有转圜的余地，趁着苏毓还未拔剑，提剑一跃而起——这几乎有偷袭之嫌，当然有失体面，然而劲敌当前，公平较量他全无把握，也顾不上大能的脸面了。

剑身上符文隐隐地流动，红光熠熠，如欲燃烧，真有丹凤朝阳之势。

白长老到了这个地位，极少有与人动手的机会，然而一招使出，威势不减当年，反而多了几分老辣，必是苦练不辍，无一日松懈。

众人暗忖，换作自己，未必接得住这一剑，即便能避开，必然仓皇狼狈，先就输了气势。

他们都不错眼地盯着连山君，看他如何化解。却见苏毓不去拔剑，从几案上拿起一根玉箸，扬手一挡，只听一声脆响，那玉箸竟然完好无损，对方剑身上的符文却是一暗。

白长老又惊又恼，对方连剑都不拔，用细细一根玉箸迎敌，这已经不是把他的脸面踩在脚底，而是踩了他的脸后还要踹上几脚。

他当下挺剑再度袭去。他有数百年勤学苦练打下的底子，剑路沉稳，剑招绵密，一撩一刺，一劈一削，剑剑着实，手手稳慎，几乎找不出破绽。

然而无论他怎么强攻，苏毓每次都能凭着一根筷子化解。两人身法都快得如疾风闪电，转眼间已拆了数百招。众人只听得清越的叮叮之声不绝于耳，始终不见玉箸断裂。

白长老越战，心中越发焦急，已有力不从心之感。苏毓看似被动，却始终将周身护得密不透风，若是拖下去，早晚会让白长老找到破绽。而且苏毓一直在消耗灵力，对方却只在退守的瞬间用灵力相抗，一触即收。

苏毓从未见过这么抠门的打法，但这样打下去，自己的气海迟早会被耗空。想到此处，他暗暗运气，灵力从气海涌出，灌注在本命剑上，剑气汹涌，剑光有如冲天直木。围观众人忙运气护体，这才没被殃及。

苏毓看着火剑横扫而来，知他这一击押上了全力，也不藏锋，拈起玉箸一架。

白长老只觉一股霜雪之气扑面而来，灌注全力的一剑偏偏劈不下去，剑身上的离火刹那间熄灭，剑尖结起霜花，迅速蔓延到剑柄。白长老感到手掌一阵刺痛，发觉手掌竟被冻在了剑柄上。

苏毓用玉箸将剑一拨，白长老急退一步，挥剑再斫，却听连珠似的叮叮几声，数十招之后，苏毓反守为攻，白长老勉力招架，被根筷子逼得连连退步。

苏毓忽然将手一扬，玉箸离手，发出利箭般的破空之声，直趋白长老的面门。

白长老一惊，不及闪避，横剑一挡，玉箸却径直穿过坚不可摧的剑身，直直钉入白长老的右眼。

苏毓以两指夹住白长老的长剑，手腕一转，这本命剑应声断成了两截。

白长老发出一声哀号——本命剑与元神相连，断剑之痛犹如抽筋剔骨。他痛得握不住剑，剑当啷一声掉落在地。

苏毓仍将完好无损的玉箸搁回案上，淡淡地说道："承让。"

堂中鸦雀无声，落针可闻。众人虽听过连山君的种种事迹，但心里总存着几分怀疑，如今见他出手，才知传闻不足以道出此人剑法的凌厉，也不足以形容他下手的凶残。

苏毓看向面如死灰、说不出话来的白千霜，面无表情地说道："令尊看来是无暇管教白小姐，只能由苏某越俎代庖。"说着他从袖中取出一块八卦镜。

席间认出此物之人，无不大惊失色。此镜名唤照心镜，与试炼秘境有些相似，只是一旦在镜中受伤丧命，在现实中也会消亡。最奇的是，镜中秘境由本人恶念化成，恶念越强，秘境也越凶险，想让别人遭遇什么，自己便要加倍地经历。

苏毓道："苏某一向不喜占人便宜，此番乃小惩大诫，能不能安然无恙，就看白小姐的品行是否真的那么高洁了。"

白千霜虽不知道这镜子的来历、功效，也知凶多吉少，睁大了眼睛不住地摇头，眼泪直流。见爹爹自顾不暇，她便向在场的前辈哀求，可哪里有人敢插手？连重华门的女长老也皱着眉别过脸去。

苏毓一挑眉，并指向她一指，白千霜只觉脚下一空，身子飞起，被吸入了镜中。

白长老哀呼一声，朝着镜子直扑过去，却无济于事。

苏毓留下镜子便拂袖而去。

众人再见到白千霜时，已是一个时辰之后。她从镜中爬出来时遍体鳞伤，几乎不成人形，扑进白长老的怀里，叫了一声"爹爹"，便昏厥了过去。

小顶不知睡了多久，睡梦中隐隐约约听见有人说话，迷迷糊糊地听到"连山君”三个字，一个激灵醒过来。

她坐起身侧耳细听，果然是两个女子在说话，声音不高，但她如今已是元婴期，耳力与以前不可同日而语。

只听一人道：“方才在筵席上，我去斟酒，偷偷瞧了连山君一眼，可真是丰神俊朗，与我们家小姐真是天造地设的一对……”

另一人附和：“是啊，也只有这样的郎君才配得上我们家小姐。”

先头一人道：“方才我听见重华门的吴长老给两人说合，可惜没听他们说完，小姐就让我退下，也不知说成了没有……”

“哪有不成的，我们家小姐什么身份，能娶到她可是祖坟冒青烟了……”

“他们的婚事一定，我们可有的忙了……”

“哎，”一人压低声音，“总是跟在连山君身边那个……怎么办？”

“不过是个炉鼎，若是要点脸，也该识趣些自己离开……”

两人还在叽叽喳喳说个不停。小顶明白这是白千霜的婢女在说话，翼舟那么大，哪儿不能说，非要跑她窗下来说，小顶便是再傻，也知道她们是故意说给她听的。她从乾坤袋里摸出两张纸，叠了只纸鹤，吹了口气，打开窗户往外面一抛。

片刻后，只听那两个婢女叫起来：“哪里来的怪鸡？去去去！”

“哎呀，我的眼睛！”

“别扯我头发，快帮我把它赶走！”

小顶忽听两声重物落水的声响，原是那两个婢女被纸鹤啄得东奔西窜，慌不择路地跳进了花园的水池里。

小顶收回纸鹤，推上窗，躺回床上翻了个身，想接着睡，但可能睡多了，半点困意也无。她索性起床，从乾坤袋中拿出纸笔，一边抄《千字文》，一边等师父回来——她给儿子做的“学海无涯《千字文》”被“魔球”烧毁了，得抓紧时间再炼一个，明日好叫儿子用功。

苏毓懒得看白千霜的下场，扔下镜子，向众宾客作了个揖，道一声“失陪”，便回了院子。他走到小顶门外，正想抬手叩门，忽又改了主意，收回手，想着那小傻子肯定已经睡沉了。

他对徒弟夜夜花好几个时辰睡觉这事一直嗤之以鼻，但她真的睡熟了，他却不忍心去叫醒她。

就在这时，门扇嘎吱一声开了，小傻子探出脑袋：“师尊，你回来啦！”

苏毓一怔，随即道：“半夜三更的，怎么不睡觉？”

小顶答道："等你啊。"一边打开房门，一边侧身示意师父进来。

说者无心，听者有意。苏毓心里顿时泛起微澜，脚下踟蹰不前，清了清嗓子道："深更半夜多有不便，为师便不进来了。"

他们在大衍的翼舟上，自然得慎之又慎。他一早让叶离在整个院子里下了禁制，他们站在门口说话也不怕隔墙有耳。

小顶只觉师父怪怪的，以前他们也时常在炼丹房里待到半夜，突然讲究起来了，莫非是因为要娶妻了？这倒提醒了她，她便问道："师尊，听说你要和白千霜定亲了？"

苏毓脸一沉："你听谁说的？"

小顶："他们大衍宗的人故意跑我窗底下说的。"

苏毓心想这傻子倒是长了点心眼，知道别人这是故意挑拨离间，心下稍觉宽慰："为师没和她定亲。"

小顶松了一口气，随即想起天书上，他和白千霜也不是那么早定亲，又有些杞人忧天："那师尊以后会娶她吗？"

苏毓见她蹙着眉，一脸紧张，不知怎的心里有些快慰："自然不会。"

小顶仍旧有些狐疑："你不会骗我吧？"

苏毓捏了捏眉心："我骗你图什么？"是有钱挣怎么的？

小顶撇撇嘴。

苏毓乜了她一眼："别乱想，为师此生都不会结道侣。"

小顶："为什么？"

苏毓挑挑眉："不想结就不结，哪来那么多为何？别胡思乱想，为师何尝骗过你？"

小顶："……"

苏毓观她神色，忽然想起自己和叶离闯入魔谷"澡堂子"时看见的情景，心头一跳，也不知道傻徒弟看见了多少。不过就算看在眼里，她这么傻乎乎的，想来也不会全明白。

他清了清嗓子，面不改色心不跳地说道："就算为师哪天骗你，也是为你好。"

小顶哦了一声，转开话题："师父的气海还剩多少？去西极不要紧吧？"

苏毓睁眼说瞎话："九成多。"

小顶本来是听什么信什么，但自从揭穿了师父的骗局，对他的话便半信半疑："要不师尊带上我吧？我们可以用子母……"

不等她把话说完，苏毓斩钉截铁地拒绝：“不必，此行太凶险。”

小顶不服气：“你不是说那些凶兽只是看门狗吗？”

苏毓掀起眼皮看了她一眼，没好气地说道：“你修为低，自然就凶险了。”

关于西极四凶兽的传说历来莫衷一是，不乏矛盾处，但有一点是一致的：其中有一头凶兽捕猎鲛人为食。他没提这一茬，一来怕吓着她，二来也怕这傻子忽然聪明起来，想到其中的关窍——那凶兽既能捕猎鲛人，必定也能像魔君一样在两个世界间穿梭。

他一提到修为，小顶立即无言以对。

苏毓趁热打铁：“知道修为低就好好下功夫，我回来考你。”顿了顿，又安慰道，“别操这些闲心，不睡觉便去打坐。”

小顶忙打了个哈欠：“睡的睡的，师尊你老人家也回房休息吧。”

苏毓摁了摁太阳穴：“什么老人家，油嘴滑舌跟谁学的……”

小顶听圆光师侄恭恭敬敬地称她“你老人家”，觉得很是顺耳，哪知师父不喜欢，心想，原来师父不喜欢别人说他老。

苏毓不想再理会她，带上门，回到自己房中，盘腿打坐。

入定半个多时辰，他忽然想起那块照心镜，顿时有些坐不住。

镜子他自是嫌脏不要了，但留在那里没人捡，最后多半便宜大衍的人，他不要的东西，也不能便宜了别人。可自己回去太跌份，苏毓想了想，传音给叶离，让他去取。

不一会儿，叶离取了照心镜回来：“啧，一个不满百岁的女儿家，不知哪来的那么多歹毒心思。”

镜子上能看到入镜人的遭遇，叶离去取镜子时看见白千霜不成人形，有些好奇，方才忍不住打开看了一眼，差点没吐出来——再去问心谷，他一定改邪归正。

苏毓掀掀眼皮，漠然道：“死了？”

“那倒没有。”叶离摇摇头，“她对自己也挺狠得下心，留了元神在里面被折磨至灭，自己逃了出来。不过这么多年的修为是白费了，根骨也毁了大半。”

苏毓不以为意：“命还在就好，白家两兄弟还能继续热闹。”

叶离这才恍然大悟，心想难怪，若是这祖宗真要取她的性命，她断尾求生又有什么用？

他定了定神，把镜子奉还给师叔。

苏毓眼皮也不抬一下：“这么脏的东西，毁了便是。”

叶离大骇："洗洗干净还能用啊！"这东西价值五六百万灵石呢，还有价无市！祖师爷要知道他这么浪费，还不得气活过来。

苏毓轻描淡写地说道："你要便拿去。"

叶离："……"他像捡破烂的吗？他只是见不得人糟蹋东西。

苏毓："不要算了。"

叶离忙把镜子揣进袖子里："多谢师叔。"谁叫他穷呢？他不像师叔和大师姐能打，又不像二师兄家里富可敌国，更不像小师妹能随地捡钱。

他随即又担心："姓白的吃了这么大一个亏，咽不下这口气吧？咱们要不要……"

苏毓一扯嘴角："放心，他比我们还怕这事宣扬出去。他如今操心的是如何堵住昨日那些人的嘴。"

堂堂大衍宗大长老，被一个晚辈用一根筷子打瞎一只眼睛，元神剑也被人徒手折断，在党徒面前还有什么威信可言？

叶离心思敏锐，一点就透，很快安下心来。

翌日，小顶便听说白家父女受了伤。她隐约猜到这事和自家师父有关，但详细情形不得而知，大衍宗的弟子和一干执事都对此讳莫如深。

难道师父那么不想结道侣？谁想当他的道侣他就打谁？

小顶想不明白，想问师父，刚提个话头他就板起脸不让她多问。她便也懒得问了，只要白千霜做不成她师娘就行。

苏毓寻了主人的晦气，仍旧领着一干本派弟子，大摇大摆地坐着主人家的船，没有半点不自在。

由于船上有不少伤员，翼舟放慢速度行驶，两日后方才回到举行法会的小岛。

归藏诸人一下翼舟，蒋寒秋迎上前来，一见小顶便要上前搂她。苏毓上前一步挡在两人之间，沉声对蒋寒秋道："进去说话。"说着让小顶先回房休息，随后叫上叶离，师叔侄三人关起门来说话。

苏毓对叶离使个眼色，他便将七魔谷中发生的事大致说了一遍。

听到白千霜设计小顶，害她变成鲛人一节，蒋寒秋火冒三丈地站起身："我去杀了那姓白的！"

叶离忙拉住她："师姐且慢，师叔已经替小师妹报了仇。"

蒋寒秋听说苏毓并未取白氏父女性命，不由得有些不满："这种人留他们的命做什么？一剑杀了了事！”

苏毓睨了师侄一眼：“杀了这对父女，帮白宗主铲除祸患，顺便送个大把柄给大衍，让他们师出有名，来攻打我们？”顿了顿，说了句，“凡事多想想。”

蒋寒秋也不傻，只是一时被怒气冲昏了头脑。

叶离又将他们对顾苍舒的猜测说了一遍，蒋寒秋只觉难以置信。叶离条分缕析地解释了一遍，她这才不得不承认，的确是顾苍舒的嫌疑最大。可她实在不能理解有人为了权位和修为，就能狠心弑母——若是她的母亲能死而复生，她愿意用性命来换。

苏毓淡淡地说道：“除了权位和修为，还有恨。”

顾英瑶和白宗主的私情几乎尽人皆知，顾苍舒身为顾家少主，却始终甩不脱私生子的名声。像他这样的人，会记恨顾英瑶也不奇怪。

“若我猜得不错，他不久后便会对生父下手了。”苏毓事不关己地推测道。

蒋寒秋和叶离突觉后背一凉。顾苍舒固然可怕，眼前的这位也不遑多让——正常人会往弑母上猜吗？

叶离吞了口唾沫：“师叔，顾苍舒若是能拿下大衍，恐怕下一步就要对付我们归藏了。”

苏毓摇摇头：“顾苍舒跳得欢，不过也只是颗棋子罢了。”他真正关心的是那只若隐若现的执棋的手。

“姑且坐山观虎斗，先看完这场好戏再说。”他转过话头，“回门派之前，萧顶变成鲛人的事不可泄露半点。”

鲛人与他们分处两个世界，但也不是绝对安全的，让有心人知道，难免多出事端。

叶离答应道：“最近委屈小师妹待在房中，谎称元神受伤，需要静养便是。”

苏毓颔首：“你去安排。”

顾英瑶的死讯掀起了轩然大波。众人不由得想到，每届十洲法会总是要出事，不想这回应在了太璞。

顾英瑶是十洲举足轻重的人物，她一死，不知三大宗门的格局会变成什么样。有人暗自幸灾乐祸，打算看太璞的好戏，也有人冷眼旁观——世事一向是祸福相依，将来会如何，倒是不好说。

顾英瑶殒身七魔谷；顾苍舒受了重伤仍在昏迷中；顾清潇一向没什么主意，

听说道侣身亡，竟然当场晕了过去。太璞乱成一团，可各大门派几千个人聚在一起等着法会重开，总不能一直把人晾着。

太璞几个长老吵了半日，总算定下来，法会休整三日，由右长老暂代少主主持法会，宗主顾清潇则带着重伤的“儿子”和左长老回门派料理道侣后事。

三日后，法会继续。

小顶变成鲛人之后，榜上便没了她的名字，同样消失的还有白千霜——白大小姐一直到法会结束都没露过面，众人诸般猜测，不知究竟发生了什么。

大衍在七魔谷中损兵折将，太璞又出了大事，归藏胜出毫无悬念。

李圆光得了魁首，不但顺顺利利地把金竹需要的开明兽爪拿到手，还有幸进入秘塔中挑了一样宝贝——十洲法会办了十几届，大能们最初献出的宝物被挑得所剩无几，挑剩下的多少都有点一言难尽。

李圆光只好从矬子里拔将军，挑了一顶云阳帽。

云阳是大树中的精怪之名，极善隐藏。此帽法力强大，戴上后可以躲避敌人十招——高手过招，十招之差已能定生死。

云阳帽之所以被留到现在，是因为这顶帽子的颜色——它青翠欲滴，光彩夺目，戴上后满头绿光，十分耀眼。

按归藏的规矩，得了宝贝是不需要上缴的，但这么贵重的一顶帽子，李圆光一个小辈实在不敢专美，出了塔便巴巴地跑到师叔祖那儿献宝：“师叔祖你老人家前去西极，路途凶险，带上此帽，有备无患。”横竖师叔祖乃孤家寡人一个，也不怕兆头不好。

小师叔刚好也在，凑过来道：“啊，真漂亮！圆光师侄真孝顺！”转头对苏毓道：“师父，你戴着一定好看，我帮你戴吧。”

苏毓的一张脸被帽子的光芒染得碧绿碧绿的，他盯着李圆光，咬牙切齿地说道：“你留着自己戴吧。”

十洲法会上没再闹什么幺蛾子，顺顺利利地结束了。归藏众人赚得盆满钵满，仍旧经由传送法阵离开小岛，回到郁洲附近的海域，乘上自家的翼舟，预备打道回府。

苏毓前几日已传音给云中子，将自己要去西极的事与他说了，又托他去藏书塔找出有关西极的所有书简，传送过来。

云中子不敢耽搁，收到传音便去了藏书塔，不到半日就将书简传了过来。

西极地处十洲边界之外，从十洲西境西行，先要穿过一千多里寸草不生、广袤无垠的大沙碛，接着便要经过死魂海，那儿的海水据说是自古以来战死亡魂的怨气所化，万物遇水即沉，连根羽毛也浮不起来。若木便生长在海中央的小洲上。

西极贫瘠险恶，又没什么宝物，一棵没什么用处的破树还有四头凶兽把守，只有闲出病来的人才会往那儿跑。因此数百年来几乎无人踏足西极，早年的记载多是残篇断简，或者是一些道听途说、捕风捉影来的传闻，关于四凶兽的描述更是语焉不详。

苏毓用半个时辰将那些书简浏览了一遍，并未理出什么头绪，只能走一步看一步。

翼舟沿来路返回，从位于十洲东部的郁洲出发，西行五日左右，抵达地处中原的平洲。出了平洲南界，苏毓和其他人便要分道扬镳——他径直往西，其余人则往南回归藏。

平洲四周是大衍的地盘，再往南便是归藏的势力范围，一出平洲南界，就没什么后顾之忧了。

分别前一晚，苏毓将叶离和蒋寒秋叫来耳提面命了一番，接着便回到自己和徒弟的院落。

院子里，阿亥正和灵虎红豆包玩“猛虎扑食”的游戏，大红鸡蹲在一边，在“学海无涯《千字文》”的监督下背书：“金生丽水，玉出昆冈，剑号巨……巨……”

它一打磕绊，书卷中顿时钻出一只金光闪闪的丝鞋，劈头盖脸打过来。大红鸡满院乱窜，灵虎也来了劲，放开阿亥，一蹦一跳地去追大红鸡，院子里顿时鸡飞狗跳。

苏毓看了一眼躺在地上衣衫褴褛的傀儡人：“萧顶呢？”

阿亥答道：“小顶姑娘今日一直在房中歇息。”

苏毓微微蹙眉，这几日小徒弟有点古怪，从早到晚窝在房中闷头睡觉，可睡成这样还是成天睡眼惺忪、萎靡不振。他问了几次，她总是支支吾吾的，说不出个所以然。他望了望紧闭的门扇，迟疑片刻，还是走过去敲门。

他敲到第三下，门吱呀一声开了，傻徒弟蔫头耷脑，打了个哈欠：“师尊，你忙完啦？我正要来找你呢。”

苏毓点点头：“到我房中说话。”说着撩开门帘。

小顶跟着进了门。

苏毓看了徒弟一眼，只觉她似乎又比早晨见到时的样子瘦削了些，脸色也不好，双颊自然的红晕褪得无影无踪，连嘴唇也有些发白。

小徒弟一向没心没肺、能吃能睡，他还从未见过她这么憔悴，不由得皱眉：“怎么脸色这般差？”

小顶没回答，低下头，从乾坤袋里摸出一个红底逑路纹的花布小包袱：“这些药给你带在路上。”

苏毓接过打开一看，里面瓶瓶罐罐一大堆，每个罐子上都挂着小纸签，上面用歪歪扭扭的丑字写着药名，都是紫微丹、回春丹、天元散、生肌膏之类的伤药。

苏毓目光微微一动。不用说，她这几日定是在忙活这些。短短几天内不停地炼丹，自然十分耗费精神，难怪她这么无精打采。

苏毓眉头微蹙，正要训她两句，转念一想，炼都炼了，徒弟一片孝心，泼她冷水未免太不近人情，便把嗔怪之言咽了下去，只道：“你虽有过人天赋，也不可过度劳累，以免耗损元神。”

“知道啦。”小顶满口答应，不等他把瓶瓶罐罐一一拿起来细看，麻溜地打起包袱，“师尊路上再细看吧。”

苏毓逗她：“这回又不收钱了？”

小顶呆了呆，忙道：“自然要收的。”想了想补上一句，“你先吃着，回头吃掉多少算多少钱，剩下的还我便是。”——居然还能赊账，萧姑娘挺会做买卖。苏毓一哂：“你就不怕我回不来，这笔账变成坏账？”

小顶愣了愣，眉头紧紧一皱：“你要是回不来，我就……我就不理你！”

苏毓忍不住笑出声来，连双肩也笑得微颤，弯弯的双眼盛满了笑意，低声笑道：“傻子。”

小顶还是第一次见师父这么开心，只觉他这么一笑，好像整个人都在发光，不由得呆了呆，都忘了计较他又叫她傻子——她好像有点明白他们为什么都说师父好看了。若是师父多笑几次，她没准连他的丑肚子都忘了。

苏毓见小徒弟直勾勾地盯着自己，蓦地察觉自己失态，转过脸去，捂嘴轻咳两声，敛起笑容，眼中却仍然满是笑意：“为师也有东西给你。”说着他从自己的乾坤袋中抽出几卷帛书，“这些经籍都要倒背如流，融会贯通，待我从西极回来考你。”

小顶瞅了一眼卷头上的象牙签，见都是术法典籍和剑谱，不由得一个头变成了两个大——她虽时常教导儿子用功，轮到自己时立即就蔫了。

苏毓见她垂头丧气，把乾坤袋整个递给她："拿去。"

小顶接过来好奇地问道："里面是什么啊？"

苏毓掀掀眼皮："不会自己看？"

小顶用神识在乾坤袋里一探，不由得惊喜地"哎呀"叫出声来。乾坤袋里整整齐齐地放着一排排乌龟棒糖，乍一看得有好几百根。

"怎么做了这么多？"

苏毓轻描淡写："一次多做些省事。"

这也太多了，小顶数了数，足有七百八十四根，一天两根也能吃上一年呢。

她摸出一根，剥了油纸，正要对着乌龟脑袋咬下去，猛地想起在魔域中长的见识，顿时难以下嘴。

苏毓纳闷："怎么不吃？"

小顶支支吾吾两句，在乌龟的前腿上咬了一口。

苏毓不疑有他，照例嘱咐了徒弟几句，大抵是课业不可松懈之类。小顶听得哈欠连天，一只耳朵进，一只耳朵出。

苏毓看她精神不振，便打发她回屋歇息。

翌日一早，苏毓将要起程，屈指轻轻叩了下壁板。徒弟房中全无动静，他便也没去吵醒她，与叶离、蒋寒秋说了一声，随即御剑离开了翼舟。

他没有回望，但听着耳边飒飒的风声，心头忽然掠过一丝不安。

他蹙了蹙眉。自己什么时候变得这么拖泥带水了？简直像是被云中子那老妈子附体。平洲虽是大衍地界，但白宗主是聪明人，没有十足的把握绝不会轻举妄动。蒋寒秋和叶离两人剑法虽差，把弟子们安全带回门派却还不在话下。

他便将这念头从脑海中扔了出去。

苏毓此行只带了三个傀儡人，两个没嘴的天干傀儡人外加一个有嘴的大渊献。

为了节省灵力，他还提前召了自己的坐骑螣蛇出山——这长虫虽是个不服管教的惹祸精，但不烧他的灵力，喂一把灵石就能飞上几百里，到了西极还能帮忙打架。

螣蛇阿银本来该在郁洲赶上他们的，谁知他们到了平洲也不见它的踪影。一向不靠谱的阿亥都忍不住抱怨起来："阿银也真是，太贪玩了！"

苏毓倒是不操心，十洲境内不怕赁不到舟车，只要它在他们进入沙碛前赶到就行了，坐在那长虫身上他还嫌硌呢。

他让阿亥在平洲赁了一艘小飞舟。

这小舟自比他们去法会乘的那种翼舟小得多，但胜在轻捷灵活，舱房也算宽敞舒适。

登上船，苏毓坐在舱中打坐，不知怎的又想起傻徒弟。他从乾坤袋中取出徒弟给的包袱，轻手轻脚地解开，把药一瓶瓶拿出来细看，拨弄拨弄签子，摩挲摩挲瓶罐，拔开塞子闻闻，嘴角不时弯起。

不知是不是他的错觉，徒弟炼的药似乎也带着股熟悉的甜香。

就在这时，他的目光不经意地落在一个琉璃小瓶上，瓶塞用蜡封得严严实实，里头装的当是灵液。

他拈起瓶口的签子一看，只见上面写的不是药名，只有简单的“补气”两个字，心头微微一动，用切玉刀剔除封蜡，拔起塞子，往里看了看，只见瓶底盖着浅浅的一层灵液，轻轻一晃，便闪耀出流霞般的光泽。

他眉头蹙得越发紧了，把瓶子凑到鼻端轻嗅了一下，除了熟悉的甜香之外，还有一股淡淡的霜雪气息——那是他自身灵气的气味。除此之外，还有一股淡淡的血腥气。

他顿时明白过来，眼中的笑意退得干干净净。这傻子这么虚弱，根本不是因为那些寻常的丹药，而是因为这一瓶灵液。

河图石的灵气无法炼化，也不能和其他药物融合，没有依托之物，不能在丹炉中成形——师叔祖和师父早就试过不知多少回了。

这傻子不知怎的突发奇想，用了自己的血。

炼出这几滴灵液，她不知要耗费多少血。

除了血之外，她还往里加了什么？

苏毓突然想起前几日她吵着要他教自己怎么分离元神，一股寒意顺着脊背往上蹿，耳边嗡嗡作响，一口气差点上不来。他立即给小顶传音：“萧顶！”

小顶一听师父这咬牙切齿的语气，知道肯定是那瓶药被他发现了，但这会儿有恃无恐——翼舟都已经往南飞出上百里了，师父总不见得再回头追上来骂她几句。她搓搓耳朵：“师尊，碧茶来找我了，回头再说。”又嚣张地补上一句，“气海空了记得吃补气药啊！”说完立即掐断了传音咒。

苏毓再传过去，她便不接了。苏毓差点没叫徒弟气出好歹，正盘算着怎么收拾她，不经意地往帘外一瞥，忽见云海中有银光闪动。

“阿银，你怎么才来？”傀儡人数落道，“早不来晚不来，刚赁了飞舟，你就来了。成日就知道玩，哪家的坐骑像你这样，看看人家大叽叽公子，上进又文武双全……”

螣蛇十分不服气，朝阿亥咝咝吐着蛇芯子，蛇身上电光微闪。

阿亥：“还敢回嘴！看道君不教训你！”

苏毓本就火冒三丈，叫他们一吵，心里越发烦躁，掀帘子走了出去。

傀儡人一见主人脸色，立即闭上嘴。

螣蛇仍旧梗着脖子，冲着阿亥吐芯子。

苏毓冷冷地问道：“怎么才来？”

螣蛇拍拍翅膀，原地盘旋了几圈。

阿亥向苏毓解释：“道君，阿银说它早就来了，一直在原地转来转去。”

苏毓乜了傀儡人一眼，心想果然傻子和傻子才能心意相通。

螣蛇点点脑袋，表示傀儡人说得没错。接着它又把尾巴尖绕过来搭在头顶，脑袋左右摇晃，像是在学人手搭凉棚东张西望。

阿亥道：“道君，阿银说它一直在找我们，但是找不到。”

螣蛇点点头，深吸了一口气，忽然摇头晃脑，在云里上蹿下跳，接着又摆出寻人的架势，最后尾巴耷拉下来。

阿亥道：“它说感觉到了道君的气息，但是看不见人。”他转头拍拍阿银的脑袋：“怎么还学会扯谎了？坏孩子……”

苏毓心头一凛，打断喋喋不休的大渊献：“掉转船头。”

阿亥不明就里地搔搔头：“道君，怎么了？”

苏毓来不及向他解释，只道：“原路返回，去追萧顶他们。”

阿亥见主人面覆寒霜，不敢多问，随即操控飞舟转向。

苏毓传音给小顶，无人回应，又传音给叶离和蒋寒秋，果然无一人回应。

他终于知道心底那股不安是从哪里来的了。

一切都太顺了。魔眼重新现世，最后却是雷声大，雨点小。

若他是顾苍舒……不，顾苍舒不是他，而是个连亲妈都杀的疯子。而苏毓看着嚣张，实则谨慎至极，每次出手都要精打细算。苏毓习惯于因势利导，借力打力，不会去设局，因为知道有太多意想不到的地方会出现意外，最后落得满盘皆输。

若他是顾苍舒，只会千方百计地挑动白氏兄弟内斗，慢慢消耗大衍的实力，反正他有耐心，等得起。但顾苍舒是个自以为是又急于证明自己的疯子。

他不应该用自己的想法去揣度疯子的心思。

一个心比天高，自以为能把天下人玩弄于股掌之间的疯子，不会有耐心再蛰伏几十几百年。

法会由太璞举办，正好给了顾苍舒设局的便利。这么好的机会，只是杀死一个顾英瑶，岂不是浪费？若是顾苍舒能趁着丧母和自己重伤这种最容易洗脱嫌疑的时候再做一桩大案，栽赃给大衍，不是一箭双雕的美事？

归藏和大衍向来不和，和太璞却没什么仇怨。归藏出事，嫌疑最大的无疑是大衍。到时候归藏去和大衍拼个你死我活，无论谁胜谁败，太璞都可坐收渔翁之利。

至于由谁出手……有蒋寒秋和叶离联手，若是明刀明枪地打，放眼十洲有一战之力的不过四五人而已，顾苍舒还请不动他们。那顾苍舒就只有用阵法了。

螣蛇能感觉到苏毓的气息，却找不到他的人，是因为此前他一直在翼舟上，而翼舟在阵中。十洲以阵法见长的门派首推太璞，但顾苍舒要择干净自己，绝不会用太璞的独门阵法，另一个则是……

苏毓心中浮现出了最佳人选：金甲门。

众所周知，金甲门是大衍的爪牙，而归藏近来又与金甲门结下了梁子，此事由金甲门出马真是再合适不过了。这宗门庙小妖风大，派系争斗不亚于大衍、太璞，趁隙利用他们不是难事，他随便一想都有十七八个办法。而且苏毓记得金甲门当初凭着独门阵法在法会上取胜，取走的法器似乎也与阵法有关。

苏毓揉了揉额角，传音给云中子："师兄，两百多年前，金甲门在法会上胜出，取走的是什么法器？"

云中子丈二和尚摸不着头脑，但听他问得急切，回想了一下道："好像是个阵法，到底是什么我也说不清楚，只知那阵法号称'天罗地网'，据说不管修为多高的大能，一旦陷入阵中，便再也无法逃脱，只能坐以待毙。"

"别追了。"苏毓对阿亥道，然后一个纵身跃到螣蛇背上，"去太璞。"

他用拇指摩挲了一下手中小小的琉璃瓶，紧紧地握在手心里。

此时，归藏的翼舟中风平浪静，弥漫着闲散慵懒的气息。

这日天朗气清，翼舟飞行在云下，弟子们三三两两地站在甲板上，有的谈天说地，有的切磋剑法。

小顶和沈碧茶、西门馥等新弟子凑在一堆闲聊——如今到了自家门派地界，她变成鲛人的事也无须隐瞒了。

众人得知后自然大吃一惊。

西门馥心如电转，立即窥见了商机："这么说萧仙子也能泣泪成珠？"

小顶点头称是，顺便往自己的胳膊上重重掐了下，眼角流出一滴泪，滚落到腮边，果然成了颗晶莹璀璨的珠子，泛着点浅浅的樱粉色。她发现不同情境下掉的眼泪颜色也不一样——犯困时流的泪是透明的，痛出的眼泪带点粉，烟火熏出来的是银灰的……

她灵巧地接住珠子，放在碧茶的手心："碧茶，送给你。"

西门馥目光中满是艳羡："萧姑娘这眼泪愿卖吗？三十万灵石一颗，若是有成色更漂亮的，还能再往上加价。"十洲富人多的是，专门收集鲛人泪的不乏其人。不过一般鲛人泪以透明、银色为多，稀有些的是莹蓝色，这种颜色的他却是第一次见。

沈碧茶两眼发直地盯着小顶："萧顶，我要是你，整天不做别的事，从早到晚不停哭，哭瞎为止。"

小顶吓得直摇头："不了不了。"她没事哭不出来，也不想一直掐自己。钱够花就行了。若是她缺钱，随便变卖几样从魔君地宫里带出来的珠宝法器，不比哭省力气？

几人靠在栏杆旁说说笑笑，沐浴在和煦的暖阳中。下方是一片连绵起伏的山岭，山花开得绚烂似锦，微风送来醉人的花香和清脆的鸟语，让人如饮醇醪，筋骨为之一酥。

小顶惬意地望着同伴们，心里忽然生出一阵没来由的不安感。

似乎有哪里不对劲。

她皱起眉，苦思冥想了半晌，蓦地一个激灵："咦，陆仁呢？陆仁去哪里了？"她一边说一边比画，"脑袋圆圆的，脸色有点灰扑扑的，总是考第二名那个。"

众人听见这个名字都愣怔了一下，听她这么一说方才想起确有这么个同窗，都摇头道："似乎有些时日不曾见到他了。"

小顶越发困惑。她知道陆仁容易被人忘记，每次到一个新地方，总会提醒着自己数一数人头。在郁洲海上登舟时，她还特地数过，那时候陆仁还在。后来她忙着给师父炼药，接连几日窝在房中，便没再留意这事——上了翼舟便不会跟丢了。

她连忙给陆仁传音，发出的传音咒却如石沉大海，半晌没收到回音。

秦芝兰道："萧仙子别急，既然陆兄已经登舟，总不至于丢了，多半又有谁不小心将他误锁在哪里了。"

小顶听他说得有理，点点头："我去找找。"

众人都道要帮忙，随即分头去找。

小顶先去陆仁的舱房，发现门没上锁，推门一看，只见里面空无一人，窗户半掩，床上的被褥整整齐齐，案上还摊着一本符法书，旁边摆着笔砚朱砂和一张画了一半的符。几案和席簟上却已积了薄薄一层灰，砚台里的朱墨也干了，显然已有几日无人居住。

接着几人又分头把弟子们常去的地方都找了一遍，仍旧一无所获。

小顶本来不欲惊动师兄、师姐，这会儿也没辙了，只得去找叶离和蒋寒秋，把陆仁不知所终的事告诉了师兄、师姐。

两人对这个陆姓弟子印象模糊，听小顶说了后，特地去翻了名册，对照上面的画像，这才想起他来。

叶离和蒋寒秋起初不甚担心，既然登舟的时候在，一个大活人还能掉了不成？多半是弟子们搜寻时疏忽了哪里。叶离随即用神识迅速将整艘翼舟扫了一遍，却没有找到失踪的弟子。

蒋寒秋不信这个邪，亲自细细地扫了一遍，什么犄角旮旯都没放过，依然无果。

几人都是百思不得其解。

"难道那弟子贪玩，趁人不注意溜下船去玩了？"叶离道。

小顶立即摇头："陆仁不会的。"他平常最怕被人落下，总是紧紧跟着，怎么会偷溜出去玩？她心底那股不安感越来越强烈，仿佛有什么不得了的事要发生，不单因为陆仁失踪。

忽然，一个念头从她的脑海中闪过，被她抓住：天书。

对了，天书上记载着，十洲法会上归藏六十余人险些全军覆没，只有十来人生还，而被魔眼掳去七魔谷的弟子只有十九人，伤亡定然不是发生在七魔谷。

回到法会后，她一直提心吊胆，直到上了自家的翼舟才松了一口气——毕竟很多事都和天书上写的不一样，书里他们六人都没去法会呢。

可如今她一想，天书上写的事也有很多在这个世界里发生了，只是结果未必一样。比如书里写着白千霜嫁师父，在这个世界里，白家的确想结亲，只是师父不乐意。还有书里写师父去西极替那个白小姐取药，在这个世界中，师父也去了西极，只不过换成替她取药。

那么致使归藏伤亡惨重的那个阴谋，会不会在后面等着？

想到此处，小顶突然有些不寒而栗。

对了，书里连山君这会儿还没去西极，那么法会结束后他应该也在翼舟上，和其他人一起回门派。

就在这时，他们忽听外面传来李圆光的声音：“你们觉不觉得有点怪？”

另一个弟子道：“哪里怪？”

“怎么今日都没见着什么其他门派的人？”

“叫你这么一说还真是，昨日还有不少人从旁飞过，今日怎么连个散修都没见着……”

“难道是不敢打我们归藏地界过，生怕雁过拔毛？哈哈……”

“哈哈哈，可别这么说，小心叫道君们听见吃排揎……”

说者无心，听者有意。叶离和蒋寒秋都变了脸色，对视一眼，异口同声地道：“阵法。”

叶离忙试着传音给苏毓，没有回音，又传音给师父云中子，依旧没有回音。

“八成是真的中招了。”叶离皱眉沉思。他们从郁洲出发，一路上都十分谨慎，且那时师叔也在舟上，应当没有人可以在他的眼皮底下搞鬼，算起来趁着翼舟停泊在郁洲凤尾渡时下手是最容易的。

小顶拧着眉头，紧抿着嘴唇，摇摇头：“那陆仁呢？”如果是对船下手，陆仁为何上船时还在，后来却不见了——而且看舱房里的情形，少说他也走了三四日了。

叶离发现自己不知不觉又把这陆姓弟子忽略了，揉了揉额角，苦笑道：“这么一看，的确说不通……若是师叔在就好了。”

说到师叔，他老人家今早又是怎么大摇大摆地从阵里出去的？总不见得是设局之人好心吧？

叶离疲惫地揉了揉额角，怎么也想不通。

蒋寒秋道：“别管这些，先想想怎么应付过去。”

她用神识往窗外一扫，与双目看见的景象一般无二，蔚蓝的天空中飘着几缕轻纱般的薄云，一派宁谧祥和，但谁知道这表象后隐藏着什么呢？

叶离抱着胳膊道：“他们既然对我们下手，这阵定然十分厉害，连师叔都不曾发现异状，凭你我的神识怎么看得破？”

我在明，敌在暗，莫非只能坐以待毙？

小顶一直一言不发地呆立一旁，这时却突然道：“西门馥的腚眼！”不是说那只眼能看穿一切迷障吗？

叶离和蒋寒秋一怔，随即喜出望外。

叶离不敢耽搁，对两人道：“你们且回避片刻。”毕竟这眼睛长得不是地方。

蒋寒秋带着小顶去了隔壁的舱房，叶离立即传音给西门馥：“西门，到我房中来一下。”

西门馥和叶道君平日没什么私交，忽然受到召唤，只觉莫名其妙，当下忐忑不安地上了楼。

他一进门，发现房中只有叶离一人，越发狐疑，正要行礼，叶离冲他一点头：“把房门掩上。”

西门馥心头一跳。这是要做什么？不过道君有令，他不敢违抗，乖乖地掩上房门：“不知道君有何……”

叶离言简意赅：“脱裤子。”

西门馥后退两步，后背抵在门上，脸涨得通红，语无伦次：“叶……叶道君，弟子虽素来仰慕道君德行修为，可……弟子无此雅好……”他虽然很想进内门，但并没有准备好付出这么大的代价啊！

叶离哭笑不得：“……我也无此雅好，只是借你后面那只真眼一用。情势危急，回头再与你细说。快脱吧。”

西门馥这才明白过来，赧然地哦了一声，解开腰带，将裤子扒拉下一点，露出左臀上的真眼，往窗外望了一眼。

这一眼吓得他一个踉跄，脸色顿时变得惨白。

叶离观他神色便知有端倪，沉声问道：“你看到了什么？”

西门馥颤声道：“我……我看到的压根不是青天白日，外面一片血红，周围有很多黑影，模样可怖至极……”

叶离道：“这些黑影在做什么？”

西门馥煞白着脸道：“好像在啃咬吞噬我们翼舟四周的白光……”黑影吞下白光，便痛苦地扭动身体，做出各种扭曲狰狞的表情，然后消散成一片黑雾。

“黑影密密麻麻，前仆后继，且专盯着一处啃，已经啃出个缺口了。”西门馥接着道。

叶离脸色一沉。翼舟四周布了九龙阵护体，在黑夜里隐现白光，这是至阳至刚之阵，本是专克这类阴邪之物的，但架不住对方持续攻击，这样下去早晚要被啃穿。

他叫西门馥指出缺口的方向，一望便知那是阵眼所在，若是被啃穿，阵法也就失效了。

他定了定神："这些东西暂时靠近不了，你那条夜行裤带了吗？"

西门馥连连点头："带了带了。"

"立即换上，去船头桅杆顶上，我要知道四周的情形。"

西门馥哆哆嗦嗦地从腰间乾坤袋里翻出夜行裤，手忙脚乱地换上。

叶离把情况向蒋寒秋和小顶简单说了一遍，几人随即去了船头。

叶离拎起西门馥飞到桅杆顶端查看周遭情况；蒋寒秋则用雷音咒召集所有弟子去船头集合，三言两语将他们的处境说了一遍。弟子们听了自然心惊，好在他们一向训练有素，并未自乱阵脚，而是拔出佩剑，拿出符箓，根据两位道君的指示，分散到九龙阵的几个薄弱处。

性命攸关的时刻，西门馥也顾不得丢人了，抱着桅杆撅着腚，用真眼向四下里张望，及时把周遭的情形告诉众人。

叶离不敢轻举妄动，让翼舟悬停在原地。

两人带领一众弟子，根据西门馥指示的方位，施术挥剑，将啃咬九龙阵的黑影斩落。小顶骑着大红鸡飞到半空中，往船舷外不要钱似的抛灵符——仗着有钱，她出发前本着有备无患的原则买了不少。

奈何黑影似乎无穷无尽，像蝗虫一般乌泱泱地拥上来，众人气海中的灵气却在一点点消耗，他们只能再支撑一两个时辰。

就在这时，桅杆顶上传来西门馥的惊叫声。

叶离心头一凛："怎么了？"

西门馥后背上冷汗涔涔，急忙将看到的情形告诉叶离——翼舟前方突然出现一张银色大网。

网眼极细极密，上面电光隐现，几个黑影撞在网上，立即化作一阵白烟消散得无影无踪，可想而知，若是他们一无所觉地径直往前飞，一头撞到网上，必会舟毁人亡。

西门馥又大叫："那网朝我们罩过来了！"

叶离忙用神识操控翼舟转向，一侧飞翼却忽然动弹不得。

就在这时，西门馥又大叫起来："黑影把白光啃穿了！他们缠住了船翼！爬上来了！爬上来了！啊啊啊啊啊——"

顾苍舒躺在寒冰床上，气定神闲地望着浮在半空中的棋局。

金芒在窟顶画出棋盘，双色夜明珠充当棋子，他以心念移动棋子，与自己对弈——这是他近来最喜欢的消遣。

他受了重伤，筋骨断折，满身血痂，伤口中正在长出新肉，犹如遭万蚁啮咬，可谓痛不欲生。但此时的他无比舒畅惬意，感到顾英瑶的强大修为在自己体内涌动——虽然暂时还不能全部为他所用，但他不会等得太久……

正思忖着，他忽听外头隐隐传来利刃破空之声，紧接着是几声惨叫，心头不由得一凛——莫非是那些老家伙见他受伤，按捺不住想要浑水摸鱼？

随即他又放下心来。他如今住在亡母的天霜峰，不但守卫森严，还密布禁制与阵法，料那几个无用的老东西也翻不出水花来，若是能把那姓林的傀儡杀了，倒是省却了他的麻烦……

没等他盘算完，忽听轰的一声巨响，洞口的石门竟然裂成了数块，碎岩落下，震得一阵地动山摇。洞中的石钟乳被震下许多，好在冰床上方的窟顶光滑平整，没生石笋。

饶是如此，充当棋子的夜明珠噼里啪啦地掉落下来，砸在他的伤处，也让他疼得倒抽了一口冷气。

"谁？"他咬着牙，努力转过头看向门口，待把来人看清，心中骇然，强自镇定地道，"连山道君光降，有失远迎，不知有何见教？"

苏毓二话不说，将长剑架在他的颈间："阵眼在哪里？"

"道君此言在下却是听不懂。"顾苍舒瞥了一眼苏毓，见他白衣红透，鲜血顺着袖口蜿蜒到持剑的手上，显然是受了伤，眯了眯眼，"道君受伤了？听说道君当年魔域一战，诛杀魔修百人，白衣滴血不染，今日怎的如此狼狈？"

苏毓挑了挑眉，手腕一翻，举剑一刺，剑尖刺入顾苍舒的肩头。

"说。"苏毓冷冷地说道。

顾苍舒心念急转，思考对策，苏毓却不给他犹豫的机会，往剑柄上一拍，剑身前移数寸，竟将顾苍舒钉在了冰床上。

洞外响起一人仓皇的叫声："舒儿——道君手下留情！"

顾苍舒眼中掠过厉色，啐出一口血沫子："你来添什么乱？"

顾清潇御剑飞到洞口，从剑上跳下来，踉踉跄跄地扑到洞口，对着苏毓长揖至地：“小子无知，开罪道君，请道君念他是亡妻唯一骨血，饶他这一回……”

苏毓掀起眼皮看了看这一宗之主，只见他一身麻衣，满脸病容，比法会上见到的样子又憔悴消瘦了许多。

苏毓抽出顾苍舒肩头的长剑，对着他的小腹扎下：“阵眼在哪里？”说着手腕轻轻地转动，顾苍舒只觉利剑在腹中搅动，几乎疼晕过去。

顾清潇慌忙上前夺剑：“老夫知道阵眼所在，老夫带道君前去……”

顾苍舒狠狠地瞪他：“滚！你知道什么？”

苏毓停住手，看了顾清潇一眼：“顾宗主知道苏某说的是什么阵？”

顾清潇偷觑了一眼少主，十足一副家奴的神态，小心翼翼地赔不是：“舒儿，那日我来送药，恰好听到你传音……”他又对苏毓不住地打躬作揖：“只要道君饶小儿一命，老夫愿一命换一命。”

苏毓不置可否，收起剑，抖了抖血珠，一把拽起顾苍舒：“有劳顾宗主带路吧。”

西门馥大喊大叫，没等他喊完，另一只飞翼也被黑影缠上。叶离以神识操控双翼以稳住翼舟，明显觉察到一股滞重感。再这样下去，翼舟就要坠落了。

西门馥火上浇油：“下面变成了火海！烧起来了！要烧起来了！”

沈碧茶正和五六个突破护阵的黑影缠斗，百忙之中仰起脖子大吼：“西门傻，你别咋咋呼呼的行不行？”不用他说，其他人也感觉到了阵阵热浪和烟气。

蒋寒秋纵身飞出船舷，对着黑影横扫，然而斩落一批又来一批。初时她剑上的罡气还能震慑鬼物，但黑影越来越多，密密匝匝地包围上来，不但再次缠住飞翼，还将她团团围住。

蒋寒秋用风雷咒震开近身的黑影，飞回甲板上，咬牙道：“弃船御剑！”

此言一出，叶离大骇：“不行！”开什么玩笑，翼舟造价几千万灵石呢！

“我还能撑！”他紧咬牙关，奋力扇动双翼，愣是把下降的翼舟稳住，甚至还让它往上升腾了几尺。只是他此时额上青筋暴起，双目赤红，经脉中隐隐地流动着黑紫色的魔气。

蒋寒秋：“……快放开！再抠下去要入魔了！”她是成年以后才入的门派，虽然平常也抠，但无法理解叶离这种土生土长的归藏人。

叶离只觉脑子里有一团炽热的岩浆，眼前都有些模糊了，但依旧用神识牢牢地抓住翼舟，满心只有一个念头：几千万灵石！一辈子也挣不到的几千万灵石。

可虽然他念力强，但黑影无穷无尽，他甩开十个又扑上来百个，不一会儿翼舟又开始慢慢地下降。

就在这时候，小顶身下的大红鸡突然道："女人，下来！"

没等她回过神来，大红鸡忽然一个甩尾，把小顶甩到了甲板上。

小顶肩膀一痛："你要干吗？"

大红鸡哼一声，一个俯冲蹿到船底。叶离只觉神识一松，重负忽然减轻不少，随即意识到有人托住了船底。

见这几千万保住有望，他精神一振，顿时腰也不酸了，眼也不花了，将呼之欲出的魔气平复下去，侥幸没成为十洲三界因抠入魔第一人。

小顶扒着船舷："儿子，你没事吧？"

闷雷般的轰鸣声中，夹杂着大红鸡齉声齉气的少年音："本座才不是为了救你们这些龟儿子！"她刚松了一口气，便听儿子骂骂咧咧，"什么鬼东西？咬老子屁股！不对，老子屁股着火了！"

小顶一听，登时慌了："快回来，你是纸做的呀！"

大红鸡叽叽一阵乱叫，忽然没了声息，小顶急得眼泪乱滚也顾不上捡，翼舟却猛地向上升起数丈。众人惊魂未定，不知发生了什么，却见一个背生双翼的裸身男子冉冉升起。

小顶目瞪口呆："你……"儿子怎么变瘦了？

众人："……"

弟子们不清楚大红鸡的底细，只以为这是只变种的纸鹤，没想到被火一烧还能大变活人，顿时都傻了眼。

那男人身量颀长，眉目如画，眉心一点朱砂痣更添妖艳，但是这会儿众人都无暇注意他的脸。

妖王到底化形好几百年了，也沾染了一点人间的不良习气，光着腚被众人围观，深觉自己吃了大亏，忙用翅膀裹住身体，恶狠狠地瞪视众人，一张嘴还是大红鸡奶声奶气的少年音："看什么看！没见过伟男子？小心长针眼……"

迦陵一边骂骂咧咧，一边雍容优雅地扇动着彤云般的双翼。他绕着翼舟盘旋着，每扇动一下翅膀，便有无数火星落下。

其他人看不见黑影，桅杆上的西门馥却看得分明。那些黑影遇到妖王扇下的火星，立即全身着火，片刻化作轻烟，其他黑影见了纷纷退避。与此同时，叶离感到翼舟的双翼一轻，翼舟又能动弹了。

叶离忙操控翼舟转向。

西门馥大叫："道君再快点！网过来了！只有十几丈远了！"

但翼舟这样的大家伙，掉个头谈何容易？

蒋寒秋飞至船侧，双手撑住翼舟后部，运起气海中所剩无几的灵力，拼尽全力推了一把。

翼舟急转，船尾堪堪从网上擦过，顿时烧了起来。

弟子们忙上前，符咒、法术齐上，几条水龙将火扑灭。

蒋寒秋几近气竭，跃回甲板，趔趄了一下，被徒弟李圆光手疾眼快地扶到一旁服药疗伤。

迦陵鸟妖力未曾恢复，方才情急之下勉强施术，这时已是筋疲力尽，强撑着扇两下翅膀，骂了句"坑死老子了"后砰的一声栽倒在甲板上，又变成了大红鸡。

红鸡尾巴上的毛烧秃了，屁股上有一股焦味。小顶忙往他嘴里塞了几颗药丸，捋捋他头顶软软的绒毛："吓死阿娘了。"

大红鸡不愿与这女人废话，扭过头把眼一闭。

那些黑影方才慑于迦陵鸟的阳火不敢靠近翼舟，见他不省人事，顿时卷土重来。

蒋寒秋气海已空，叶离忙着操控翼舟躲避穷追不舍的巨网，其他弟子修为尚浅，又看不见黑影，很快便落了下风。

小顶心急如焚，咬咬牙，从乾坤袋里掏出十七八瓶清心丹，让沈碧茶赶紧分给大家服下，自己则爬到楼船顶上——虽然师父不准她唱歌，但这时候大家命都快没了，她也顾不得那么多了。

她深吸一口气，沉入丹田，双手按在肚子上，放声唱起来："缺胳膊少腿兮，做鬼不容易；又没钱挣兮，害我们何必；死人活人都歇歇兮，不如喘口气……"

鲛人的歌声威力十足，弟子们每人服了几颗清心丹，还能抵御得了，黑影们被她一唱，怨气烟消云散，残破不堪的灵体中涌动着一股和谐的力量，不知沉寂了多久的春心又荡漾起来——他们活人斗来斗去，死人管什么闲事？

众弟子只觉缠在自己剑上身上的阴气陡然松开，一个个面面相觑，不知道发生了什么。

可怜西门馥在桅杆顶上哀号："我要瞎了，让我瞎了吧！"

黑影们有神志，会受鲛人歌声的影响，那巨网却不怕，仍旧紧紧地追着翼舟，且不断向四面八方延伸，越来越大。

叶离左支右绌，几次与巨网擦身而过，额上豆大的汗珠不断滚落，也顾不上揩一揩，忽听西门馥惊恐地喊道：“糟了叶道君，网好像在往里收！”

叶离浑身冰凉，听说网一直在扩张，就知道会有收网之时，却没想到来得这样快。

他看不见那张无形的网，在他眼里，四周仍旧是晴蓝的天空，底下是山光鸟语。

难道他们就要不明不白地死在这里了吗？要不他干脆入魔算了，没准招个天雷来，就能把这邪门的阵法给劈开……然而大约是魔道嫌他心不诚，他只这么一想，方才还蠢蠢欲动的魔血忽然不动了。

蒋寒秋经方才那一下损伤了经脉，正在调息，真气还未转过一个小周天，听西门馥一叫，睁开眼睛，站起身，用剑拄着地，走到船头，拍拍师弟的胳膊：“阿离，照顾好小师妹和弟子们，替我好好孝顺师父。”

叶离脸色煞白：“你要做什么？”

蒋寒秋只是道：“若是得闲，代我向我娘上炷香。”

叶离明白她要做什么——若是拼上毕生修为和元神，没准还有一线破阵的希望，但是这么做必定神魂俱灭。他目眦欲裂：“大师姐你控舟，让我去，你还有父亲兄弟，我不过一个孤儿……”

蒋寒秋想摸摸师弟的头，一抬眼发现师弟比自己高了一个头，不摸也罢，便在他的背上重重地拍了一下：“你修为太低了。”

接着，她横剑在掌心一抹，暗淡的剑身顿时青光大盛。

她强提一口气，飞跃至半空，正要投入阵眼来个玉石俱焚，蔚蓝的天空忽然刺啦一声，裂开了一道口子，一股熟悉的剑气如劲风般扑面而来，将蒋寒秋掀回甲板上。

半空中传来师叔的声音：“你嫌命多？”仍旧那么冷冰冰的不近人情。

裂口的边缘像是燃烧般卷起，露出阵内真正的景象——血红的天空，交缠的黑影，天罗地网，熊熊燃烧的火海……

众人虽听西门馥描述过周遭的情形，亲眼看见后还是大惊失色。

沈碧茶目瞪口呆地看着忘情的黑影们，咂咂嘴，道：“西门傻，真是委屈你了……”

就在这时，一人提着长剑，翩然落到甲板上，不是苏毓是谁？

小顶看见浑身是血的师父，歌也顾不上唱了，从五层楼船上一跃而下，趔趄两步，扑到苏毓面前："师尊，你受伤了？"

苏毓轻描淡写地说道："别人的血。"

小顶半信半疑，他不耐烦地说道："阵要破了，先出去再说。"

话音甫落，天空出现越来越多的裂口，就像是一卷画被人零刀碎剐，碎片片片落下，在半空中燃烧起来，星星点点的火焰汇聚到一起，在空中显现出一个个金色符文。

七十二个符文一一显现，然后开始旋转，越转越快，转成一个巨大的金色旋涡，将黑影尽数吸了进去，翼舟也打着旋往旋涡中心飞去。

众人纷纷抓住船桅和栏杆，生怕被急速旋转的翼舟抛出去。

众人转得七荤八素，不知过了多久，总算不转了，举目四顾，发现翼舟正漂浮在一条金色的河上，顺流而下。

"都没事吧？"叶离和蒋寒秋紧张地确认弟子们的安危，发现所有人都在，也没受什么重伤，这才松了一口气。

小顶勉强扶着桅杆站起，一个趔趄，不小心撞到身边的师父，不由得大奇："咦，师尊，我怎么能碰到你了？"

苏毓在太璞宗厮杀半晌，又强行破阵，不仅气海枯竭，经脉也损伤严重，外伤更是不计其数，被她一撞，差点没倒下。

勉强用剑撑住后，他若无其事地说道："我们在阵眼中，非此世，非彼世，兴许是这缘故。一会儿出去，多半又会恢复原状。"

小顶本以为自己变回来了，师父也不用冒险去西极了，不想白高兴一场，抿了抿唇，又问他："师尊气海空了吗？"

苏毓都快站不住了，仍然打肿脸充胖子："还剩大半，不必担心。"

叶离实在忍不住了："师叔，你们就不能做点别的？"多大的人了，莫非还要他手把手教？

经他这么一提醒，苏毓果然走向徒弟，一把将她揽住，顺势往怀里一带。小顶还没回过神来，发现自己已经躺在了师父的臂弯里。

师父的脸慢慢地靠近，他的脸上毫无血色，白得近乎透明，小顶的心跳忽然乱起来。

沈碧茶的尖叫从水膜下面漏出来："啊啊啊——"

没等沈碧茶叫完，连山君反手捏住小顶的鼻子，趁着她张嘴，迅速从怀里掏出一个小巧的琉璃瓶，掀起塞子，往她嘴里灌下了什么。

众人："……"

苏毓把灵液尽数灌下，这才松开捏着她鼻子的手，数落道："下次再做这种事，小心我……"

一句话没说完，他忽然觉得后颈一沉，不等反应过来，有什么温暖又柔软的东西贴到了他的唇上，又有什么撬开了他的双唇和齿关，有什么顶进了他的口中。随着唇齿的交缠，腥甜的液体在他的口中弥漫，顺着他的喉头滑落下去，进入经脉。

小顶见师父把药咽下，这才放开他，抹抹嘴角，如实说道："师尊，你的嘴真软。"

苏毓定定地看了她一会儿，突然头一偏，吐出一口血，双眼一闭晕了过去。

四下里一瞬间鸦雀无声，只有金色河水流淌的哗哗声。

良久，沈碧茶嘴上的水膜啪嗒一声掉在甲板上。她看着小顶，咽了口唾沫，尽可能地压低声音道："萧顶，道君这是……被你一口亲死了吗？"

小顶探了探师父的鼻息，摇摇头："还有气，好像是晕过去了。"

沈碧茶："萧顶你太行了！从今以后你就是我祖师爷，请受我一拜！"

众弟子深以为然，不愧是吃视肉的女人，啃起第一剑修的嘴也毫不含糊，直接把人啃晕过去。不过他们没吃贯胸丸，谁也不敢把心里话说出口，不是垂着头就是转过脸，纷纷假装自己什么都没看见。幸好道君晕过去了，不然他们怕是要被当场灭口。

小顶掏出帕子给师父擦了擦嘴角的血迹，看向蒋寒秋："大师姐，我师父不要紧吧？"

蒋寒秋眼皮也没抬一下："死不了。"

顿了顿，她冲着昏厥的师叔骂道："这厚颜无耻、老谋深算的老东西，竟敢轻薄我家小顶！"

叶离摸了摸下巴："大师姐，你这话就有失公允了。"这分明是小师妹轻薄师叔啊！

小顶道："大师姐，我只是给师尊喂个药。"虽然师父说男女授受不亲，明令禁止她用嘴喂药，但方才她也是情急之下顾不得那么多了。

蒋寒秋："哼！那也是他的不是。"

说着她把小顶揽在怀里，语重心长地说道：“小师妹，苏毓不是什么好人！你不懂那些事，别叫他骗了。”

李圆光心虚地摸了摸鼻子，心想：小师叔她老人家可能比你老人家懂得多多了。

苏毓听着蒋寒秋在徒弟面前诋毁他，差点没气死过去。

他看似昏厥，其实神志还清醒着，只是失血过多，经脉受损，方才又一下子被灌注了太多灵力，这才支持不住背过气去——至于气血上涌、血液沸腾、心脏差点停跳等细枝末节，他就一概忽略了。

此时河图石的灵气在他受损的经脉中横冲直撞，像是滚烫的岩浆在他体内奔腾，烧得他浑身炽热，有如烈火焚身。

这冥顽不灵、屡教不改的傻徒弟就是欠教训，他愤愤地想，等他醒了，一定要好好教训她……

不知不觉，他的神思恍惚起来……迷迷糊糊中，他感觉到柔软微凉的双唇，蜻蜓点水般地在他的嘴唇上一碰一碰：“阿毓，你的嘴真软……”

他想骂她没大没小，想让她别胡闹，甚至想把她推开，但她反而变本加厉，含混不清地呢喃：“阿毓，阿毓……”

苏毓不由得蹙眉。他不能让她得寸进尺，翻了个身，把她重重地压在身下……

…………

小顶摸摸师父滚烫的额头，不明就里地问叶离：“三师兄，我师父他好像不太对劲。”

叶离也是筋疲力尽，这会儿正打坐运气，无所谓地答道：“小师妹别担心，剑修没那么讲究，只要死不了，放着不管就……”

说着他不经意地往师叔脸上一瞥，剩下半句话直接给吓没了——这满脸绯红、印堂发黑的样子，看来师叔是出心魔了啊！

他忙一瘸一拐地奔过来：“小师妹，清心丹！”

小顶忙从乾坤袋里掏出两瓶递给师兄，叶离接过来，拔出塞子：“小师妹，你帮我掰开师叔的嘴。”

小顶依言掰开师父的嘴，叶离不管三七二十一，把两瓶清心丹全倒了进去。

片刻后，萦绕在苏毓印堂上的黑气总算褪去了些，双颊也没那么艳丽了，叶离方才松了一口气，把两指搭在师叔的腕上——他们这些剑修，受伤是家常便饭，多少都会点医术。

叶离的眉头越皱越紧：失血和经脉受损都在意料之中，师叔只有半条灵脉，经脉本就脆弱，此番孤身闯阵，想必历尽艰险，但他不同寻常的反应不是因为重伤。

叶离让灵力在师叔的经脉中运转了一个小周天，方才收回手，问小顶道："小师妹，你给师叔喂的是什么药？"

小顶偷觑了一眼蒋寒秋，挠挠手肘，含糊地答道："补气的……"

"里面有些什么材料？"

小顶道："河图石的灵力，还加了点我的血……"其实她还分了点元神加进去，因为光有血还是无法凝结。

叶离揉了揉额角："鲛人血……"

大部分人不明就里，小部分人心照不宣。鲛人血是补气养元的圣品，只是有个小小的不足——它同时还是一种烈性催情药。像苏毓这样修为高深的大能，换作平时自然能压住药性，但偏偏受了重伤……

叶离清了清嗓子："幸好只有几滴，应当没什么大碍。"

小顶摇摇头："不是的，三师兄，我放了两碗，只是炼出来变成了这么点。"

众人："……"

叶离同情地看了眼师叔："小师妹，多炼点清心丹吧。"

他们说话的当口儿，河水变得越来越湍急，翼舟颠簸起来。

叶离道："抓紧桅杆，出口应该就在前方。"

话音甫落，水中忽然掀起巨浪，将翼舟高高地抛起。又是一阵天旋地转，待众人回过神来，翼舟已经行驶在星斗满天的墨蓝夜空中——原来阵内阵外的时间流速也不同，他们在阵中的时间满打满算也就一个多时辰，实际上已经过去整整一天了。

小顶忙试着去碰师父，果然一出阵眼又碰不到了。早知道是这结果，她还是有些丧气，忽听啪嗒一声轻响，一物落在小顶脚边。

她捡起来一看，是一张小小的金丝网，网上按照八卦方位嵌满了宝石，宝光熠熠，乍一看像闺阁女子的饰物。网中间破了个小孔，那里原来应该也嵌着块宝石，如今不知所终。

叶离道："这应当就是困住我们的法器了，这缺口就是阵眼所在。"

小顶："补补还能用吗？"

叶离摇摇头："这样的阵法法器，一旦阵破，便没了法力，小师妹若是喜欢，补上几根金丝当面纱戴吧。"

小顶便把金丝网收进了乾坤袋里，想着没准下回能用它炼点什么。

螣蛇阿银守在阵外替主人护法，此时见翼舟出来，连忙飞了过来，背上还载着三个傀儡人——方才连山君气海枯竭，傀儡人也断了灵力供给，直到小顶给苏毓喂了药，他们这才有了灵力。

傀儡人跳到甲板上，七手八脚地把主人抬回舱房，替他清洗身体、包扎伤口，换上干净的衣裳——苏毓三不五时受伤，他们做起这些来驾轻就熟。

小顶插不上什么手，自去洗了个澡，回到房中躺在床上，正想睡觉，忽然感到似乎忘了什么事，苦思冥想半晌，一个激灵坐起身：陆仁，她又把陆仁给忘了！

她忙给陆仁传音，这回很快就有回音传来，陆仁的声音蔫蔫的："萧仙子……"

"陆仁你没事吧？"

"有劳仙子挂心，我没事，"陆仁道，"就是在海上漂了几日，没什么力气。"

小顶大惊："你怎么会在海上？哪里的海上？"

"郁洲附近的黑海。"

"咦，我记得上船时你在的啊？"

陆仁："第一日我在的，第二日我在房中抄符，抄到一半，不知怎的脚下一空，就掉进了海里。往天上一看，你们连人带船都不见了……"

他还不会御剑驾云，身上连只纸鹤都没揣，一个人在茫茫大海中央，传音给船上的同门，无人应答。他只好传音回门派，掌门托了船只来救，结果那船在他附近兜了好几个圈子，他都快把喉咙叫破了，愣是没人发现他。

好在他已辟谷，落水时身边恰好有根浮木，这才支撑到现在。不过他对这些都习以为常，也不喜欢与人诉苦，只问："萧仙子和诸位同门无恙吧？"

小顶道："我们被吸进一个什么阵法里去了，眼下已经没事了。"

陆仁恍然大悟，自嘲地笑笑："原来是阵法把我漏了，哈哈。"

虽然此次是阵法的过错，但陆仁在海上漂了那么多天她才发现，小顶心里很是过意不去："你等着，我立即叫人来接你。"

去接陆仁的是两个天干傀儡人，他们用了一日一夜御剑前往黑海，找陆仁又花了大半天，最后还是小顶用离娄术帮忙找，这才把陆仁捞了出来——这会儿他已经在海上漂了五个日夜了。

半个月后，翼舟终于回到九狱山。

众人的伤在路上已经调养得差不多了，只有连山君依然在昏迷中。

消息比人飞得快，不等他们回去，云中子已经得知苏毓孤身一人差点把太璞宗掀个底朝天，其中内情外人不得而知。

云中子将一双徒弟和三个傀儡人的话拼凑了一下，便知道了大致的来龙去脉——顾苍舒偷鸡不成蚀把米，想设局害死归藏弟子，嫁祸给大衍，自己好坐收渔翁之利，不想被苏毓看穿，差点没把自己一条命赔上。

亏得那祖宗当时气海见底，又急着破阵救人，不好和顾清潇动手，这才留了顾家小子一条命，否则以他睚眦必报的性子，恐怕当场就把人扒皮抽筋了。

幸而此行有惊无险，六十多个弟子全须全尾地回到门派，实在是福大命大。

云中子虽性子仁厚，但也不是随人拿捏的软柿子。此时他们不便与太璞大动干戈，但此仇不能不报，他想了想，便让叶离添油加醋、半真半假地把消息放出去。

白宗主是聪明人，见太璞勾结金甲门对付归藏，定然也猜得到顾苍舒栽赃嫁祸的意图，想来白宗主对这传闻中的亲儿子也要心寒齿冷了。

苏毓醒来之时，已是回到门派的七日后。

这些天他始终半梦半醒，时不时听见小徒弟在耳边唱歌，但又不知是真的还是自己的梦——他似乎做了许多支离破碎的乱梦，此时一个都回想不起来，只觉心头依稀萦绕着些许缠绵的感觉。

他睁开双眼，看到一个模糊的人影坐在他的床前，忽然想起昏睡前的事，一种难以名状的窘迫感袭来。他知道徒弟那时候只是为了逼自己把药咽下去，但那时毕竟……

他嘴唇动了动，哑声道："萧顶？"

耳边响起个兴高采烈的声音："道君你总算醒啦！"却不是意料中的小徒弟，而是傀儡人大渊献。

苏毓皱了皱眉："萧顶呢？"

傀儡人道："今日旬休，小顶姑娘带着红豆包去找沈姑娘玩了。"顿了顿又补充道，"前几日都是小顶姑娘在这里守着道君的……"

苏毓心中涌起一股微微的暖意。

“常言道：‘久病床前无孝子。’成天守着生病的长辈也怪无趣的。”

苏毓：“她可曾留下什么话？”

阿亥一拍脑袋，从袖子里摸出一个纸卷：“这是小顶姑娘给道君的。”

苏毓心尖微不可察地颤了颤。小傻子虽然贪玩，倒还算有心，也不知留了什么信给他。

他立即强撑着从床上坐起身，接过纸卷展开，微笑顿时僵在嘴角。

上面赫然写着：

> 枯木逢春老树开花逆天改命回春丹六颗，共计六百万上品灵石
>
> 心如明镜纤尘不染清心寡欲丹二十六瓶，共计七百二十八颗，三十六万四千上品灵石
>
> …………

苏毓看着长长一溜单子，脸越来越黑：“为什么有这么多清心丹？”

阿亥一个缺心眼傀儡人哪里知道这些啊，挠了挠后脑勺，推测道：“大概是道君的心太脏吧。”

阿亥话音刚落嘴又飞了。莫非是他说错话了？他看了一眼道君手里的单子，恍然大悟，是了，道君一向不舍得花钱，吃掉一千来万灵石的药，能高兴才怪。不过嘴飞了他倒是不怎么担心，只要有小顶姑娘在，不出三天他的嘴肯定回来。

苏毓哪里看不出傀儡人有恃无恐，糟心地挥挥手：“退下。”

傀儡人刚退出门外，苏毓就听外头传来由远及近的轰隆声。不用说，是那逆徒骑着她的大红鸡回来了。

他冷哼了一声，躺回枕上，侧过身面朝墙壁。

不一会儿，轰鸣声停了，风沙沙地吹过梧桐叶，送来了傻徒弟山泉般欢快的声音：“咦，阿亥，你的嘴怎么又没了？哎呀，师尊醒了？”

一阵轻快的脚步声嗒嗒嗒地敲在苏毓的心上，敲得他的心也怦怦作响。

啪嗒！定是这傻子又被伸到台阶上的茶花枝丫绊了一下，苏毓的心跳也跟着漏了一拍——这小傻子，吃了多少次亏也不知长点记性。

脚步声到了门口，竹帘唰啦一响，一股淡淡的香风扑进来。按说他们不在一个世界，他是闻不到她身上的气味的，但是只要她在身边，他鼻端似乎总有丝丝

缕缕的幽香萦绕着。

"师尊——"一个恍神，徒弟已经绕过床前的琉璃屏风。

苏毓不想搭理她，闭着眼睛一动不动。

忽然后脑勺上一痛，苏毓转过身一看，只见枕边落着颗青青的梧桐子。这傻子长行市了，竟然敢拿东西砸他！

小顶见他转身，嬉皮笑脸道："就知道你醒了，还装。经脉和伤口还痛吗？"

"本来就不痛，"苏毓轻描淡写地说道，"已经无碍了。"

他经脉伤成那样怎么可能不痛？小顶知道师父嘴硬，也不戳穿他。

苏毓一边说话，一边睨徒弟，只见她并未着道袍，却穿了一身海天霞色的轻薄广袖纱衣，衣袖和裙裾绣着白蝶，行动间蝶若翻舞。头上也不是道髻，青丝分作数股绾起，松松地堆叠着，弄成所谓的"云鬟雾鬓"。发上不见簪钗宝钿，一小簇素馨斜斜地插在发间，一走动便摇摇欲坠，将堕未堕，看得人心里发痒。

苏毓皱了皱眉。年轻姑娘爱俏没什么稀罕，但她这领子未免开得太低了些，偏偏还欲盖弥彰地戴个银丝缠的宝石璎珞，叫她胜雪的肤光一衬，宝石都暗淡了几分。

算算他不过昏睡了二十多日，也不知是不是他的错觉，小徒弟的身量似乎又长高了些，双颊的丰腴退去了些许，更添了秀丽，她只要不开口，还挺像那么回事。

小顶注意到师父在看自己，托起双臂，露出笑靥："这身衣裳好看不好看？碧茶替我挑的。"可惜她太瘦，撑不起衣裳，再圆润些就好看了。

苏毓轻哼了一声："不伦不类的。"

小顶早知师父嘴里没好话，也不放在心上。

苏毓撩起眼皮："穿成这样做什么？"

小顶偷偷一笑，摆弄着衣带道："今日是端阳，金师兄未时三刻出关，我们都要去恭贺，顺便去送长命缕。"她只在回来那一日看了金师兄一眼，当天他就去闭关解毒了，算起来两人都有快三个月没见着了。

苏毓一撇嘴，冷冷地道："长命靠的是修道，想长命就少花点心思在这些无谓的东西上。"

小顶努努嘴，指着他的左臂道："师尊不要就还我吧。"

苏毓低头一看，发现自己上臂果然系着条五色丝线编的长命缕，做工不怎么精细，一段宽一段窄，还有几个窟窿，显然是编错的，看得他恨不得立马拆了重新编过。长命缕上挂着颗珠子，他一眼认出是她在里市买的愿珠。

这珠子却不是铅灰色的，倒和她双颊的颜色很像，有如春半桃花，明霞拂脸。

仿佛有什么极轻极柔的东西落在他的心上，带起浅浅的涟漪。

“许的什么愿？”他状似不经意地问道。

小顶答道：“自是愿师尊早日醒来。”也好早点还她钱。

苏毓淡淡地嗯了一声，心里说不上来是什么滋味，有些欣慰，又有些微不可察的失落。

小顶又道：“你若是不要，我就去卖给西门馥了。”西门馥说但凡是连山君穿戴过的东西他都高价收。

苏毓一口气差点没喘上来，闭上眼睛：“为师累了，你先出去吧。”

小顶嗯了一声，却踟蹰着不走。

苏毓双眼打开一条缝，见她正在瞅床头的纸卷，都快气笑了。这是怕他赖账吗？

“还有什么事？”他故意问道。

小顶清了清嗓子，旁敲侧击道：“这药单师父可是已经看过了？有哪里不对吗？”

当然是哪里都不对。她趁着他昏迷给他塞药就罢了，还将普通丹药随便改个花里胡哨的名字，立时翻几倍卖给他，简直是青出于蓝。但他懒得与她计较这些，自己的钱早晚都是她的，为了这点小钱与她讨价还价倒显得自己小气。若是认真要算，她那瓶灵液又是血又是元神的，哪是钱能买得到的？她偏偏没把那瓶最珍贵的灵液写进单子里……他觉得心尖仿佛被人揪了一下，蓦地一阵酸痛。

这却是误会小顶了。她回来查了药典，明白了鲛人血的药性，得知师父的症状全是因为中了鲛血毒，生怕他找自己算账，哪里敢把这个写上去？

苏毓淡淡地交代：“书房里有盖了章的玉简，你取了自己填吧。”

小顶本来打的是漫天要价的主意，等着师父还价，谁知师父突然大方起来，不和她砍价，倒叫她有些心虚。她一心虚，态度立马殷勤起来：“师尊渴不渴？我给你煮茶吧。”

“不必了。”苏毓懒懒地说道。

“那你热不热？我替你把另外半边帐子也挂起来吧。”小顶说着踮起脚，把半垂的帐幔挽起来，广袖垂落，露出白胳膊。

苏毓冷不丁看见，慌忙移开目光，仿佛多看一眼会被灼伤似的。

小顶撩完帐子，见他双颊绯红，连忙驾轻就熟地掀起被褥，往某处扫了一眼，露出一脸了然的神情。

苏毓察觉她在看哪一处，气血直冲头顶，一把抢过被褥，把自己裹得严严实实，转身朝向另一侧。

小顶只觉莫名其妙，从腰间绣囊里摸出一瓶清心丹："师尊自己吃还是我喂你？"

苏毓脸上红一阵白一阵："不必。"

"有的钱不能省啊。"小顶劝道，"放着不管会伤身的。"

"出去。"被子里传来闷闷的声音。

小顶后知后觉地意识到师父可能是害臊了。但这有什么好害臊的？他是因为中毒才肿的，何必讳疾忌医呢？不过她一向猜不透师父的心思，便也不去管了，把药放在床边的小几上，柔声道："药给你放在这里，别硬撑着。"

被子里的声音已经带上了明显的恼意："萧顶，你给我出去！"

小顶去书房取了玉简，把数目填上，心满意足地揣进兜里，便骑着大红鸡往金师兄所住的赤望峰飞去。

大红鸡烧秃的尾巴还没长出来，好在他阿娘珍藏了从他原身上拔下的尾羽，给他插戴起来，勉强不用光着腚招摇过市。他的翅膀上也被强行绑上了条长命缕。

大红鸡深觉戴着这种玩意儿有损妖王体面，想解下，奈何嘴和另一只翅膀都够不到，只得不去看它，来个眼不见心不烦。

小顶到得赤望峰金竹的洞府时，见已有很多人到了，门外云台上乌泱泱站满了人。

到场的除了内门的师兄、师姐和师侄们，还有不少外门弟子——金竹为人和善，人缘出了名地好，若是换了她师父，出关闭关一百回也没人来恭祝。

蒋寒秋先到，一见小顶就把她从头夸到脚。

叶离也附和："几日不见，小师妹出落得更标致了。"

小顶叫他们夸得不好意思："我师父说我穿得不伦不类。"

"少听他胡说。"蒋寒秋愤愤地说道，"他巴不得你灰头土脸地出门。"

小顶不太明白大师姐的话。她灰头土脸地出门，师父不也脸上无光吗？大师姐一向和她师父不对付，总是把他往坏处想，这么说很正常，但叶师兄也是笑而不语，露出深以为然的神情，她就有些疑惑了。

她从乾坤袋里取出长命缕，分送给师兄、师姐们。

蒋寒秋爱不释手，随即让叶离帮忙系上，昧着良心夸好看。

有大师姐带头，其余人也不敢嫌丑，纷纷系在臂上。

叶离询问师叔的伤势，小顶道："师父说无碍了，只是鲛血毒今日又发作了。"

她秀眉微蹙："叶师兄，我看药典上说，中了鲛血毒，不出半个月就能自行化解，为何师父前几日好了，今日醒来又发作？"

叶离冷不丁被口水呛到，咳得死去活来，半晌才揩揩眼角的泪花道："……许是毒入心脉，化解不干净，小师妹多备点清心丹吧，往后恐怕时不时要发作。"

蒋寒秋拿起剑鞘往师弟胳膊上抽了一下，对小顶道："别听你师兄胡说八道，你师父那不是毒，是心思龌龊。"

小顶正要问个仔细，忽听人群一阵骚动，金竹的大徒弟高声道："恭迎师父出关。"

话音甫落，洞口石门缓缓打开。

众人自动往两旁分开，让出一条道来。

一个身穿天青色道袍的颀长身影走出来，只见来人面如凝脂，眼如点漆，风姿翩然，气度不凡。

四周顿时静得落针可闻。

小顶见此人有几分面善，却想不起来在哪里见过，小声问蒋寒秋："大师姐，这是金师兄新收的弟子吗？"话音未落，却见那人朝众人一揖："承蒙诸位同门抬爱，有失远迎。"

小顶睁大了眼睛："这是……这是……"

蒋寒秋扑哧一笑："小师妹认不出来了？这就是你金师兄啊。"

金竹循声朝他们望来，朝小顶颔首微笑。

小顶手中握着还未来得及送出的长命缕，目瞪口呆地望着模样大变的金师兄，嘴张了又张，半晌说不出一个字来。

她圆圆胖胖、美貌无双的金师兄，怎么变得比师父还丑了？

第八章　搜魂灯

小顶浑浑噩噩的，记不清自己怎么跟着师兄、师姐一起恭喜金师兄出关，怎么把长命缕送给他，又是怎么乘着儿子回到掩日峰的。

苏毓一听小徒弟的脚步声就知道她心绪不佳，眼底闪过一丝笑意，连清心丹的事也忘了，扬声道："萧顶，是你吗？"

小顶本来是要回自己卧房的，听见师父喊她，只得掀开帘子，走进房中，蔫头耷脑地行了个礼："师尊叫我什么事？"

"没事不能叫你？"苏毓放下手中书卷，慵懒惬意地往隐囊上一靠，"替我倒杯茶来。"

小顶没精打采地道了声"好"，便转身去忙活，不一会儿端了茶过来。

苏毓接过茶碗抿了一口，掀起眼皮瞧了徒弟一眼："方才见到你金师兄了？"

这师父真是哪壶不开提哪壶！小顶现在最不想提金师兄的事。

但是师父身为金师兄的师叔，关心一下师侄也是理所当然的事，小顶只得道："见到了。"

"毒解了？"苏毓又问。

小顶抿了抿唇："毒是解了。"人也瘦得只剩一半了。

"毒解了不是好事吗？"苏毓若无其事，"你怎么不高兴？"

他不说还好，一说这个，小顶的眼眶立时红了，她吸了吸鼻子："我高兴……”她微微地仰起头。不能哭，今天是金师兄的好日子，她不能哭。可越是这么想，她越是忍不住，眼泪不住地往外涌，在眼眶里打了几个转，终于啪嗒掉了一颗下来。

这一掉，顿时一发不可收拾，眼泪骨碌碌地滚了一地，这回是澄澈的蓝色，像阳光下的海水。

苏毓放下茶杯，直起身："既然高兴，你哭什么？"

这种事哪好意思和师父说呢？小顶撇撇嘴："师尊，你把嘴还给阿亥好不好？"

苏毓收起眼底的笑意："有什么话同我说便是，为师是过来人，可替你参详参详。"

小顶泪眼婆娑地看了一眼师父，心想：你算哪门子过来人？

当然她知道嘴上是不能这么说的，师父也是一番好意，含糊地道："没什么。"

苏毓道："莫非是金竹欺负你了？"

小顶忙摆手："不是不是，金师兄很好……就是……"

"就是？"

小顶嘴又是一撇："金师兄瘦了……"

苏毓见过"魔球"的模样，虽不知她为何对胖子情有独钟，却对她的喜好心知肚明，此时却佯装不知："毒解了，自然就瘦了，你金师兄如今想必是玉树临风、一表人才了。"

小顶打了个哭嗝："可我喜欢圆的，他不圆了……"

苏毓嘴角微挑："爱慕一个人，自会为他着想，因他欢喜而欢喜，因他悲伤而悲伤。金竹因中毒难以施展抱负，如今苦尽甘来，想必是意气风发。"

小顶皱着眉头，咬住下嘴唇，不得不承认师父这话没错。

苏毓接着道："若仅因形貌变化就变心，那定然不是真心，不过是贪图皮相，说到底不过是……"说着，他意味深长地看了徒弟一眼，"好色罢了。"

小顶心里咯噔一下。难道她不是真的喜欢金师兄，只是好色？她连忙摇头："我不是……金师兄人很好，待我很好……"

苏毓微垂眼皮，轻轻地晃了晃茶杯："别的师兄人不好？待你就不好了？你怎么没看上叶离？"

小顶一愣："叶师兄他……"他太瘦了。

苏毓不依不饶："如今你还想和你金师兄合籍吗？本门倒是没有同门不许合籍

的规矩，若你有意，我可叫你师伯去问问金竹的意思……”

小顶心头一凛，不假思索地道：“不了不了……”

话说出口，她自己也明白了，原来她待金师兄不是真心的，她只是图人家长得好看。她就是个好色的女子，难怪愿珠都嫌她心不诚呢。

这打击不可谓不大。

苏毓见小徒弟心灰意懒，也不再穷追猛打：“这些事无谓得很，趁早收心，潜心修道才是正经事。”

小顶听师父说得头头是道，不禁有些钦佩：“师尊懂得真多。”方才是她小看他了。

“这些都是粗浅的道理。”苏毓轻描淡写地说道，“待你修为有了进境，自能破除迷障，不会再囿于儿女情长。”

小顶点点头，强打起精神：“知道了师尊，我去炼丹了。”

苏毓欣慰地点点头，在心中感慨：真是孺子可教。

小顶瞥见他床头的小瓷瓶，拿起来掂了掂——方才还是满瓶，眼下只剩一半了——不禁有些担心：“师尊，清心丹虽然好，但毕竟是药三分毒，你也别一次吃太多。”

苏毓：“……”

金竹出关后第一次出现在学堂，沈碧茶足足鬼叫了半堂课，差点没把西门馥的袖子搓烂。

“不枉我悬梁刺股进归藏，我们门派这是要把美男榜前十名都包圆啊！”沈碧茶捶着桌子感叹，“长得俊，脾气好，人聪慧，最要紧的是有钱，十分有钱，格外有钱，有钱得令人发指！”

西门馥使劲把自己的宝贝袖子从那疯女人手里拯救出来，摇了摇扇子，酸溜溜地说道：“沈碧茶，你就别痴心妄想了，人家道君眼不瞎。”

沈碧茶冷笑：“对，就你瞎，你三只眼都瞎。”

西门馥：“你……”

沈碧茶：“我我我，来打我呀。”

金竹一下子脱胎换骨，相貌还在其次，关键是摆脱了毒物的桎梏后，修行不再受压制，多年苦修的成效便显现出来，厚积薄发之下，进境一日千里。原先对他不闻不问的父亲，得知此事后特地派了得力的副手，亲自来请他回族中，在今岁的山神祭上献上牺牲——这是自他中毒以来，家族首次明确承认他继承人的身份。

金竹春风得意，难得的是仍旧敦厚谦逊，与往日一般无二。

转眼一个月过去，金竹两次突破境界，顺利跨入化神期。

苏毓的伤也养得差不多了，虽然经脉未曾完全复原，但他还是决定尽快起程去西极——小顶在阵中暴露了鲛人身份，若是再拖下去，难免夜长梦多。

起程前一日，他去大昭峰辞行，顺便托师兄多照看一下那不省心的小徒弟。

小顶闲着无事，便一起去向师伯请安。

师徒俩走到山房外，隐约听见里面传出谈笑之声。

恰在这时，一个傀儡人迎出来，苏毓问道："师兄在见客？"

傀儡人答道："是道君一位故友的高足。请连山道君与萧仙子稍待片刻，容仆向道君通禀。"

苏毓颔首，眉头微微一蹙，觉得里头那人的声音有几分耳熟。

片刻后，傀儡人折回来："道君说请两位入内叙话。"

苏毓挑了挑眉："师兄不是有客吗？"

傀儡人答道："我家道君说，那位客人连山道君和萧仙子也认得，他本就要去向道君请安，现下道君和仙子来了，正好一叙。"

苏毓瞥了眼不明就里的徒弟，脸色微微一变，已想起那声音是在何处听过。

两人跟着傀儡人穿过庭院和回廊，走到正堂门前。

傀儡人打起帘子，苏毓往里一望，见袅袅茶烟中，师兄与一个身着青布衣裳的年轻人相对而坐。

那人抬起头，与他四目相对，随即垂下眼帘，避席行礼："丁某见过连山道君、萧仙子。"

小顶一开始只是觉得这人模样眼熟，声音耳熟，听他自称"丁某"，这才想起来："你是丁一？"

丁一目光微微一动："正是在下，萧仙子别来无恙？"

小顶一见这少年便有些不自在，不过还是微笑道："我很好，丁公子别来无恙？"

丁一道："有劳仙子垂问，丁某也很好。"

苏毓不动声色地往前一步，横插在两人之间："丁公子莅临敝派，不知有何赐教？”

丁一揖道：“不敢当，先师驾鹤西游前，命某将一封书信亲自交与云中子道君，因此前来叨扰。”

苏毓略微松了一口气。这小子只是送封信，也就逗留个两三日，反正客馆所在的恒阳峰离掩日峰远得很，一会儿寻机和师兄说一声，趁早打发他回去……

他正思忖着，云中子拍了拍丁一的后背，笑吟吟地说道：“不必如此客套，从今往后你们便是同门，你称他师叔便是。”

苏毓虽有城府，听了这话脸色也不由自主地沉了沉。

小顶好奇道：“丁公子拜了师伯为师吗？”

丁一忙道：“未曾行拜师礼，晚辈不敢僭越。”

云中子最喜欢克己复礼的年轻人，对这新收的弟子越发满意：“不过虚礼罢了，乐酣道长与某相交莫逆，故人之托，安敢不从？”他转而对小顶道：“小顶，丁小郎君从今往后便是你的小师弟了，你可要多关照他。”

丁一从善如流地一揖：“见过小师姐，往后请小师姐多指教。”

小顶忙道：“不敢当，你的剑法可比我强多了。”

三人你一句我一句地寒暄起来，不知不觉将沉默寡言的连山君晾在一旁。

小顶不经意一抬眼，发现师父的脸色不知什么时候黑成了锅底。

云中子也看出师弟脸色不对，沉吟道：“阿毓，你明日一早便要远行，早些回去歇息吧。”

苏毓嗯了一声，却坐着不动，反而瞥了一眼丁一道：“丁公子远道而来，想必也乏了。”

这话说得直白，丁一不能装作听不懂，只得起身行礼：“晚辈先告退了。”

云中子知道师弟有话要说，便道：“你先在客馆下榻几日，待赤望峰的房舍修葺收拾好，再搬过去。”他叫来傀儡人，吩咐道：“带丁公子去恒阳峰。”又对丁一道：“有什么不明白的，随时来问为师，或者问你几个师兄、师姐，不必拘束。”

丁一道了谢，再次向众人施礼告辞，深深地看了小顶一眼，然后跟着傀儡人退了出去。

苏毓看见他热切的目光在小徒弟身上睃巡，越发眼睛不是眼睛，鼻子不是鼻子。

待人离开，他若有似无地瞟了徒弟一眼，只见这向来没心没肺的小傻子一反常态，垂着眼，耷拉着脑袋，一看就是在心虚。

小顶的确是在心虚，却与师父猜测的原因大相径庭。

她心里藏不住事，又不喜欢骗人，守着天书的秘密已十分勉强，如今丁一成了她的小师弟，抬头不见低头见的，叫他看出身子里换了人可怎么是好？

苏毓凝视徒弟片刻，淡淡地吩咐道："你先回掩日峰，为师与你师伯有话说。"

小顶正想回去仔细读读天书，闻言求之不得，随即乘着师伯的纸鹤回了掩日峰。

徒弟走后，苏毓垂下眼眸，将手里的半杯冷茶一饮而尽，皱了皱眉道："丁一此人的底细，师兄可曾查过？"

云中子道："他师父乐酣道长高风万古、不偶于俗，与我有上百年的交情，但从未请托过我什么事。他临终前将修为传与此子，又修书将其托付于我，这少年的品行与才智定然都有过人之处。"他顿了顿道，"方才我与他一席长谈，这丁小郎胸有丘壑，聪明颖悟，是上佳之材。我收他为徒，固然有故人托孤的缘故，但与他本身的天资和心性也不无干系。"

苏毓冷哼一声道："我看不过勉强算个中材。"

云中子被他一噎，心想：这都只能算中材？难道你以为大家都像你一样？

他无可奈何："即便如此，也算难得了。我也不过是个中材，收个中材徒弟正好。"

苏毓忙道："师兄不必妄自菲薄。"

云中子摆摆手："我自己的斤两还不知道？"

苏毓道："我并非此意。只是师兄破格收徒，有失公允，弟子们难免心生怨望。"

云中子简直被他气笑了，心想：也不想想你自己的徒弟怎么来的，这不是只许州官放火，不许百姓点灯吗？

苏毓也想到自家徒弟，悠悠地说道："萧顶短短数月便修至元婴期，自与旁人不同。"

云中子一哂，这家伙说得像是他慧眼识珠，当初为什么收的徒弟自己忘了？他若有所思地盯着师弟的脸："你和这丁小郎君，可是有什么过节？"

云中子知道，苏毓虽目无下尘，也不会去难为名不见经传的晚辈，此次偏偏对这少年郎横挑鼻子竖挑眼，可想而知是什么缘故。

苏毓挑了挑眉："我与他能有什么过节？只是如今乃多事之秋，大衍、太璞狼顾虎视，我又不得不远行，此时让不明不白的人混入内门，我不能安心。"

云中子疲惫地捏了捏眉心：“这却不必担心，那孩子生怕不能自证清白，再三恳求我对他施搜魂咒。若有不轨之心，他又怎么敢让人搜魂？”

苏毓一怔，这倒是他始料未及的。搜魂通常用于俘虏和重罪之人，请人搜自己的魂，便是将心底的私隐都摊开给人看，换了苏毓也是决计不愿意的。这姓丁的小子，为了接近小顶，真是无所不用其极，可见心机之深。

他冷哼了一声：“许是他料定师兄为人宽厚仁善，不会当真搜他的魂。若是问心无愧，又怎会想到搜魂？”

云中子定定地看了师弟一会儿，忽然想起丁一方才看小顶的眼神，隐约明白了些什么：“小毓，莫非你……”

苏毓心头一凛：“我没有。”

云中子乜了他一眼。这家伙真是此地无银三百两。

苏毓见师兄心意已决，知道他最重道义，再说也是白费口舌，只得起身告辞。

苏毓回到掩日峰，见院子里静悄悄的，小傻子紧闭着房门，也不知在忙什么。

他回到东轩打坐，刚闭上眼睛，丁一的眼神便浮现在他的脑海中，一股邪火蹿上来，烧得他坐立不安。

“萧顶，睡了吗？”他转过身冲着墙上的小圆洞道。

小顶刚翻完天书，正打算去沐浴，闻言道：“师尊，我还没睡呢。你找我有事？”

苏毓想了想道：“换身衣裳，跟我出趟门。”

小顶不明就里：“大晚上的去哪里啊？”

“藏书塔。”

小顶越发疑惑了。都到睡觉的时辰了，他们这会儿去藏书塔做什么？不过师父有令，她也只能跟着去。

两人骑着纸鹤到了紫玉峰，一前一后进了藏书塔。

苏毓径直带着徒弟去了第十二层。

小顶环顾四周，这一整层都是元婴期的心法典籍，光是看一眼就头晕目眩。苏毓默不作声地走在前面，时不时抽一卷书放进乾坤袋里，小顶在后面默默数着：“一卷，两卷，三卷……”

她隐约明白这些都是功课，师父每抽一卷，她的心尖就哆嗦一下，数到二十八卷，她小心翼翼地说道：“师父，够了吧？太多看不完……”

苏毓乜她一眼："此去西极，一来一回三四个月，我不在你身边，功课也不可落下。放课后不许在外游荡，回家练剑、炼丹、读书，书房、丹房任你出入，缺什么药材，自去灵药库取。"顿了顿他又说道，"为师白昼赶路，夜晚无事，便可传音考你的功课。"

"不用了吧……"小顶慌忙道，"没事传音，多浪费灵气呀！"

苏毓看了她一眼："无妨，托萧姑娘的福，苏某气海充盈得很。"

小顶："……"

苏毓一边说，一边在书架之间信步，几句话的当儿又往乾坤袋里塞了十几卷书。

小顶欲哭无泪。她还以为在师父不在的几个月，能松散松散筋骨，谁知道课业反而更重了。

"师尊，你索性带我去西极吧。"至少白天的课她不用上了。

"不行。"苏毓斩钉截铁地说道。无论如何，徒弟的安全是首位的。

苏毓取了二百八十卷书，方才罢手："这一层差不多了，剑谱在第三十七层，还有第四十九层的药谱……"

取完书，苏毓把乾坤袋交给徒弟。小顶接过来，虽然乾坤袋没什么重量，但觉得自己像是扛着一座大山。

"业精于勤，荒于嬉。"苏毓掀掀眼皮道，"眼下正是用功的时候，切莫让别的事分了心神。"

给徒弟留了三年也念不完的功课，苏毓总算安心了些许。

翌日清晨，他带着四个傀儡人和螣蛇阿银，起程前往西极。

掌门收徒之事不胫而走，第二日便传遍了整个门派。

蒋寒秋和叶离等人在法会上见过丁一，对这小师弟的印象不错。

一个默默无闻的小门派弟子一跃而成为掌门的亲传弟子，许多外门弟子颇有微词，直到听说他在十洲法会上取得金丹期优胜，又见他谦和有礼，进退有度，这才慢慢放下了芥蒂。

小顶抽空将天书从头到尾细细翻了两遍，丁一的确只出现过那一回——他偷偷带走小顶，最后留下一包带血的糖莲子，从此生死不明，到结尾都不曾出现。

书里丁一设法混入归藏带走小顶，便是连山君去西极的时候，这巧合让她有些许不安。

但她转念一想，书里和现实颇有不同。其一，书里他是悄悄地混入归藏的，如今是光明正大地拜云中子为师；其二，书里小顶替连山君疗伤，弄得身体虚弱，丁一才要带她走，如今她身强体健，并没有这回事；其三，书里小顶是自愿跑的，如今她自然不愿意跟他走，何况她变成了鲛人，丁一就是想绑她走也不行。

这么一想，小顶心下稍安，不过还是尽可能地绕着小师弟走，免得叫他看出端倪。

她白天上课，一放课便回掩日峰练剑炼丹、背诵典籍，甚至还要习字——师父嫌她的字太丑了。

苏毓言而有信，说要负责她的功课，绝不糊弄人，每晚一到戌时便传音过来，风雨无阻，雷打不动。

有一次小顶甚至听见师父那头声音嘈杂，隐隐有兵刃相击的声音和惨叫声，显然是在跟人打架，但他还是从头到尾不间断地讲足了一个半时辰的课。

托师父的福，她和新入门的小师弟，实在也没什么机会相处。

丁一虽然也在紫玉峰上学，却不用和新弟子们一起打基础——他根基扎实、悟性过人，读了几本典籍，便将昆吾派的道法与归藏的心法融会贯通，直接和入门五六年的弟子一起上课去了。

两人偶尔在上课、放课时遇见，也只是点个头打个招呼，与陌生人无异。

这一日放课后，小顶把书卷、笔墨和符纸等物收进乾坤袋里，正要骑上大红鸡回掩日峰温书，忽然瞥见一人正穿过人群，快步向她走来，不是丁一是谁？

她佯装看不见，果断跨上鸡背准备开溜。

丁一却不给她逃走的机会，叫住她："小师姐，请留步。"

这么一来，小顶也不能装听不见了，只得硬着头皮转过身："小师弟，有什么事吗？"

丁一看了眼四周道："可否借一步说话？"这会儿正是放课的时候，弟子们鱼贯而出，云台上十分热闹。

小顶迟疑道："我还要回去温书……"

丁一抿了抿唇，长长的眼睫垂下，神色黯然："只是与小师姐说几句话，不会耽误你很久。"

小顶见他这副模样，有些不落忍，便点点头，跟着他走到偃月湖边。这一处人虽少，视野却开阔，不时有三五成群的弟子从不远处经过。

小顶佯装若无其事地寒暄："小师弟在赤望峰住得可好？"

丁一定定地望着她的眼睛：“你为何躲着我？”

小顶最不擅长骗人，顿时脸一红：“我没有啊……”

丁一浅浅一笑，也不戳穿她，从腰间的百宝囊中取出一串用红绳系好的油纸包：“叫住小师姐没别的事，只是想把这个给你。”

小顶却不去接：“这是什么？”

丁一道：“是我途经平洲时买的果脯蜜饯，有你最爱吃的松子、糖莲子和蜜渍李子……”

小顶平素最喜欢这些零嘴，一听口水都快流下来了，但摇摇头：“我不爱吃这些了，你收着自己吃吧。”别人送的都可以收，只有丁一送的不能收，因为这不是送给她的。

丁一眼神一黯：“你以前很爱吃的。小时候每到过年的时候，你爹爹都会从城里置办这些待客，有一回你……”

小顶歉然道：“以前的事我真的不记得了。”

丁一的眼神比那微风吹拂下的湖水还要温柔：“无妨，你不记得，我可以说给你听。”他顿了顿说道，“只说开心的。”

小顶有些尴尬：“小师弟，过去的事已经过去了，我不想知道了。”

丁一微微一怔，旋即道：“方才是我失礼了，请小师姐见谅。”

小顶抿抿唇道：“我先回去啦，有人等着我呢。”

丁一站在原地目送她离开。直到她的背影消失在一片茫茫的水雾中，他仍怔怔地站在湖边，手里提着那一串送不出去的油纸包。

自打那日在偃月湖边说过话，小顶便时常遇见丁一，几乎每天上学、放课途中都会发生这种“巧遇”。每逢云中子给新弟子上课，他也会跟着师父来涵虚馆。

他生得俊秀，举止温文，年未弱冠已在十洲法会上崭露头角，更破格成为掌门入室弟子，贫寒出身非但无损于他，反倒为他增添了一股凌霜傲雪的清气，很快便赢得了许多弟子的芳心。

修仙界不像俗世那般有诸多顾忌，修士们喜欢谁便会表明心迹，只要双方情投意合，结为道侣或者来一段露水情缘都是常事。不出几日便有好几个人大胆地向丁小道君示爱，一律折戟而归。

沈碧茶向来广撒网，秉着“试一试又不会多块肉”的原则，送了一条过期的愿珠长命缕给丁一，当天就被原样退了回来。

西门馥好不容易逮到这个千载难逢的机会，自然要奚落她，用折扇挑起长命缕晃了晃："啧，沈碧茶，你可真是抠门，追求人家都不舍得下本，端阳都过了，还拿这破玩意儿送人。"

沈碧茶恼羞成怒，一把抢过长命缕塞进百宝囊里："滚，礼轻情意重你懂吗……这不是不知道人家会退吗？要是一早知道会退，我就送贵点的……"

西门馥笑得花枝乱颤："沈碧茶你别做白日梦了，你就是把全副嫁妆抬去也没用。"

沈碧茶白了他一眼："去去去，人家丁小道君是有心上人了。"她惆怅地捧着脸，"唉，也不知道便宜了哪家的姑娘……"又看了一眼小顶道："哎，阿顶，他不是你小师弟吗？你知不知道他的心上人是谁？"

小顶心虚地摇摇头："我不知道啊……"

"也对，都没见你和他说话。"沈碧茶幽幽地叹了口气，"怎么美男子不是有主了就是高攀不上，剩下的都是歪瓜裂枣……对，就是说你呢西门傻。"

西门馥啪地收起折扇，两个人又打起来。小顶看着他们打闹，有些提不起精神。

自那天起丁一就没再提过以前的事，见了她只是规规矩矩地行礼，称她"小师姐"，举止神态都没有半点逾矩，但小顶有时候不经意地一抬头，就会发现他望着她出神。

她只得尽量躲着他，因此赤望峰和大昭峰是彻底不敢去了。

不过有的时候她还是避无可避。

这一日，最后一堂是云中子的课。放课后，师伯叫住她，笑着问她："小顶，好几日没见你来大昭峰玩，在忙什么？"

小顶忙端出苏毓这个挡箭牌："师父临行前留了一堆功课，放课后我便要回去温书，师父夜里要考。这几日我没去给师伯请安，请师伯见谅。"

她还是有些心虚，功课虽多，但也不至于连请个安的时间都抽不出来。只是因为丁一常在大昭峰云中子的山房，她这才绕着走。

小顶不会骗人，说了一句谎话，脸颊便生出红晕。云中子自不会戳穿她，只不知她为何要躲着师弟——他们两人定过亲的事，他已听叶离说了，但是那婚约已不作数，丁一也不曾纠缠不休。两人从小有交情，倒比旁人还生疏，不知是为何。

云中子沉吟片刻道："明日旬休，我在大昭峰备了些水酒瓜果，你们师姐弟师兄妹几个聚一聚。”

小顶正想推说要温书，云中子道：“你小师弟入门晚，错过了入门礼，明日小聚一下，权当作庆贺他入门了。”顿了顿又道，“功课无须担心，你师父若是敢说你，师伯传音训他。”

他都说到了这个份上，小顶也没法推辞了，只得道好。

既是庆贺小师弟入门，自然是要随礼的，这倒不难，小顶比着自己当初入内门时师姐、师兄们送的贺礼，从自己的宝库里找了个上品括苍山龙仙芝，用檀木匣子装了起来。想了想，她又另外包了一枝南海紫珊瑚，把师父的那份也随了——师父不在乎失礼不失礼，少不得她这做徒弟的替他周全一下。

翌日，她带上贺礼去了大昭峰。

云中子虽然说的是“小聚”，筵席却置办得很丰盛，大昭峰的傀儡人全出动了不说，金竹、叶离等人也帮着忙里忙外。

云中子知道自己门派的厨子手艺靠不住，酒水、菜肴、点心都是让凤麟城最好的酒楼垂珠楼送上山的。

丁一随师父在门外迎客，今日穿上了天青色的广袖道袍，越发丰姿秀拔。

小顶把贺礼奉上，丁一见有两个匣子，微微一怔。

小顶指着文柏匣子道：“这是我师父的。”

丁一目光动了动，接过来道了谢，又道：“有劳小师姐替我向师叔也道声谢。”说着把她延入堂中。

她到得晚，内门诸人已差不多到齐了，除了师兄、师姐们，一干师侄也在。其中有大半人是一起去十洲法会的，和小顶在七魔谷中共患难过，见了她便上来热情地打招呼。

李圆光端着酒杯迎上来：“小师叔，你老人家到得晚了，罚酒三杯。”

叶离端着酒壶从旁经过，在师侄的后脑勺上拍了一下。

李圆光意识到自己叫错了，如今丁一才是小师叔，连忙改口：“七师叔，七师叔。”抱歉地觑了丁一一眼，“小师叔，小侄驽钝，叫习惯了忘了改口，你老人家千万别见怪。”

丁一笑道：“不过一个称呼罢了，不必挂怀。”便将此事揭过。

小顶被师侄们围在中间，同他们有说有笑。丁一与他们不熟，插不上话，只是静静地立在一旁，望着众星拱月、神采飞扬的姑娘。

小顶好不容易摆脱了热情的师侄们，便听外头有傀儡人道蒋仙子到了。

蒋寒秋风风火火地走进堂中，先向丁一道贺，送上贺礼，然后招呼小顶与自己同榻而坐。

人都到齐了，云中子也回到堂中，下令张筵。

箜篌、琵琶、管弦自己奏起乐来，盛装打扮的傀儡人与纸鹤翩翩起舞——掩日峰玉树上的那只金凤也被云中子借了来，正倒挂在房梁上一展歌喉。

蒋寒秋给小顶和自己都斟了酒，嗔怪道："难得你师父不在，成日窝在掩日峰做什么？"

小顶把师父令人发指的行径控诉了一遍，蒋寒秋义愤填膺："这厮怎么阴魂不散？你别理他。"又压低了声音道，"你小师弟性子拘谨，入门多日仍旧与大家有些生分，此筵席多花了点心思，比你那时丰盛些，你可别介意。"

小顶忙道："怎么会介意，我没往那处想……"

"就知道我们小顶最大度。"蒋寒秋又给她满上酒，"明日放课后我带你去山下玩，凤麟城你还没玩过呢吧？叫上你叶师兄，咱们一起逛花楼去，这些傀儡人跳得僵板板的，真没看头……"

叶离正在帮忙往各人的案上摆果盘，闻言呛咳起来："小师妹，别听大师姐说醉话，你三师兄是正经人。"

四师兄扑哧笑出声来，五师兄和六师兄心照不宣地对视一眼，一搭一唱。

"正经正经，别提有多正经。"

"归藏第一正经人就是咱们三师兄，不信去问心谷问问。"

叶离从果盘里捞起三颗葡萄，一人一颗，弹在三人的脑门上："胆子肥了。"

丁一坐在云中子和金竹中间，见状道："师姐、师兄们感情真好。"

金竹笑眯眯地说道："如今小师弟来了就更热闹了。"

叶离把一碟桂花糕放到丁一的食案上："小师弟别怕，我们都是正经人。"

蒋寒秋用筷子一点三四五六几个，笑道："小师弟，这几个泼皮若是敢欺负你，你来告诉大师姐，我替你教训他们。"

众人说说笑笑，丁一的目光越过舞筵，在小顶身上睃巡了一会儿，落在她执箸的右手上，稍一停顿，便垂下眼帘。

云中子和金竹见他与周围的热闹有些格格不入，生怕他觉得闷，不停地找话同他说，师兄、师姐们也不时与他攀谈，丁一有问必答，态度恭谨，但总是有些客套疏离。

云中子一个不善酬酢的老学究，不一会儿便开始没话找话：“学业上可有什么难处？你师兄、师姐各有所长，你平日可多与他们切磋。”

金竹无奈地揉了揉额角，丁一看了小顶一眼：“的确有一事要劳烦小师姐。”

小顶听见“小师姐”三个字便是一凛，忙放下啃了一半的林檎饼，拍拍指尖上的糖霜：“啊？”

丁一道：“听闻小师姐精研丹道，我最近找了些丹谱读，但炼制时总是出岔子，不知能否去向小师姐请教？”

小顶有些为难，虽不想和丁一多相处，但觉得当着那么多人的面拒绝这么个小小的要求，一定会让他下不来台。

叶离越过金竹，拍拍丁一的肩头：“小师弟，你有所不知，掩日峰的丹房是禁地，有一回我误入，差点没被傀儡人削成棍子。”他自然知道这少年醉翁之意不在酒，也就是初生牛犊不怕虎，敢趁着他师叔不在挖墙脚。

小顶忙点头：“没错，师父很宝贝那口炉子，不让旁人摸的，其实那炉子不怎么样。”

云中子见徒弟神色落寞，便道：“紫玉峰倒是也有丹房。”

叶离道：“对了师父，说起来，我们归藏也有许多年不曾开过丹道课了，不少弟子想学只能自己瞎捣鼓，不如趁此机会开门课，这样想学的弟子都可去学，也不耽误小师妹休息。”

众人都道好，李圆光尤其积极：“小……七师叔若是能开课就太好了，别的都可以不学，清心丹是非学不可的！”

云中子一听开课，自然两眼放光，对小顶道：“师侄你意下如何？”

小顶一口应承下来，如此一来就不怕与丁一尴尬地独处了。

她感激地看了叶师兄一眼，叶离冲她挤挤眼。

总算撑到酒阑席散，小顶骑着大红鸡回到掩日峰，筋疲力尽地往地上一趴，只觉吃这顿酒席比练两个时辰剑还累。

她躺了一小会儿，师父的传音咒来了，今日的声音特别急，叮叮当当催命似的。

小顶瞥了一眼更漏，这不是还有半个时辰才到戌时吗？

她翻了个身，朝天躺平，摸着肚子懒懒地叫道：“师尊。”

师父似乎有些不高兴，声音像凉水一样灌进她的耳朵里：“今日去哪里玩了？”

小顶如实答道：“去大昭峰了，师伯摆酒庆贺小师弟入门。”

苏毓轻哼了一声。

小顶又道：“对了，我把你那份礼也随了。”

苏毓冷冷地说道：“这些小事你做主便是，不用告诉我。”

小顶心想：还要和你算钱呢，怎么能不告诉你？

师父似乎与她心有灵犀：“用了多少钱你自去书房取。”

小顶哦了一声：“师尊，今日还上课吗？我饮了酒，头有些疼……”

“谁让你喝酒的？”苏毓冷声道，“先念三遍清净经醒醒酒，念完上今日的课。”

小顶：“……方才说颠倒了，头不疼，是脚疼。”

苏毓一哂，声音柔和了些许：“今日不上课了。”

小顶喜上眉梢：“真的？”

“这会儿脚也不疼了？”苏毓没好气地道，“不求上进。”顿了顿，他道，“放你七日假。”

小顶不敢相信有这么大的好事，狐疑地问道：“为什么呀？”

“听到风声了吗？”

小顶侧耳倾听，果然听见忽远忽近的呼呼声响：“听到了。”

“我已到了十洲的西界，再往前就是沙碛。”苏毓道，“一出十洲界，传音咒便不能用了。”

小顶恍然大悟，心莫名往下一坠：“七日后才能再说上话吗？”

“若是顺利。”

小顶心猛地一跳，便听师父接着道：“若是不顺利，或许会多耽搁几日。”

虽然他这么说，但小顶依然提着一颗心：“带去的丹药还在吗？别丢了。”

“放心，”苏毓淡淡地说道，“你辛苦炼出的丹药，我怎么会丢？”

小顶莫名觉得今日的师父有些不一样，以前他可从不会说这么顺耳的话。可他越是这样，她心里就越是不安，宁愿他像平常那样冷言冷语的。

她抿了抿唇：“师尊，我能不能看看你？”她学艺不精，施出的离娄术管不到那么远。

那头一阵沉默，只有朔风在她的耳畔呼啸盘旋。

“师尊？”

苏毓一哂：“有什么好看的？”

小顶想了想，师父这白皮瘦子的确没什么好看的，便道："也是，那就不看了吧。"

话音未落，她的眼前出现一面水镜，镜中是熟悉的身影。

苏毓背后是连绵起伏的沙丘，在银霜般的月光下犹如寂静的雪原。朔风拂起他的长发，将他的白衣吹得猎猎作响。

"看到了？"镜中人懒洋洋地问道。

小顶呆呆地点点头，许是夜色的缘故，师父的眉眼似乎格外温柔。

水镜化作缕缕水汽。

"看完便去温书吧。"苏毓无情地交代，"这几日也不可贪玩，七日后考你功课，答不出可要罚你。"

小顶觉得眼眶莫名有些发酸，吸了吸鼻子，道："说好了，你千万要回来罚我啊！"

苏毓："……你就不能有点志气？"

"我本来就没有……"小顶咕哝道。

两人一时无话，传音咒却迟迟不断开。

良久，苏毓道："萧姑娘，给我唱首歌吧。"

小顶一骨碌从地上爬起来："你先吃点清心丹？"

"……用不着。"

小顶张口唱道："黄沙茫茫兮，师父在西极。听歌不吃药兮，毒发没人医。师父不懂事兮，徒弟心太息……"

苏毓忍无可忍地打断她："不用唱词，哼个曲子就行了。"

一曲歌罢，苏毓断开传音咒，收起笑容，转身对躲得远远的螣蛇和傀儡人一抬下颌："走吧。"

苏毓骑着螣蛇，连夜穿过绵延千里的沙碛，在翌日清晨抵达死魂海东岸。

正如古籍所载，这里的海水黝黑、黏稠，死气沉沉，仿佛不会流动。熹微的晨光透过铅灰色的厚重云层洒落下来，遇到海面便被吞噬，泛不起一星半点波光。

海水是否真是死魂不得而知，然而连苏毓这样冷心冷情、心性坚定的剑修，靠近这片海域时也觉压抑，心里仿佛灌了铅。

他定了定神，转头对螣蛇阿银道："你在此等候。"

阿银立时竖直了脖子，咝咝吐着舌，用力拍打翅膀，表达它的不满。

苏毓不搭理它，从怀中取出一只纸鹤，注了少许灵气后放出去。纸鹤飞到海上，盘旋了一圈，忽然像是被一根无形的线牵着向海面坠落。

纸鹤发出声声哀唳，奋力地扑打着羽翼，似在对抗那股无形的力量，然而只是徒劳，很快，纸鹤便坠入海中，触到海水的一瞬间，海中忽然伸出无数灰白的手臂，将纸鹤拖入水中，刹那间便没了踪影。

阿银急忙缩回脑袋，掉转身子，飞出几里地，离那海水远远的，把自己紧紧盘了起来。

苏毓无奈。为什么他身边都是这种货色？

他懒得再看这没用的坐骑一眼，切断四个傀儡人的灵力，将他们纳入灵府中，然后径直向水中走去。

一踏入水中，便有无数双手将他拖入海底，他闭上双眼，让整个人没入水里。海水从四面八方涌来，像铅水一样涌入他的双耳，封住他的双眼，将他层层包裹起来。

海水厚重得仿佛要凝固，他行走在水中，如同穿过正在凝结的琥珀，五感越来越迟钝，只有沉重压抑与生自心底的寒意挥之不去。方才拖曳他躯体的灰白手臂，眼下正在拖曳他的神志，要将他拖入无尽的深渊，与他们永远做伴。

据说死魂海连着幽冥，没有飞鸟可以从空中越过，没有舟楫可以渡过，法术、符咒和刀剑在这里毫无用武之地，但凡心有一丝一毫的动摇，便会沉入幽冥，万劫不复。

苏毓在水中跋涉，五感已经完全消失了，仿佛身处一片虚空，感觉不到时间，也感觉不到自己的身体。

他眼前不是黑暗，而是一片雾蒙蒙的昏暗，就像山间将雨未雨的黄昏。

他不记得是在哪里见过这样的天空，肯定不是在归藏，内九峰四季如春，连暮色都是清朗澄明的。

他感到头痛欲裂，像是外面有什么要撬开他的神魂，又像是里面有什么要摆脱桎梏逃出来。

恐惧从心而生，他不知道那是什么，但是不愿意想起。

于是他开始遗忘，忘了自己身在何处，渐渐想不起自己所为何来。

就在这时，忽然有人轻而短促地在他的耳边唤了一声“阿毓”。

他蓦地清醒过来——小顶。

这是小顶的声音，但是小徒弟总是唤他师尊，从未直呼其名。

可这一声轻唤分明来自他内心深处，又是为何？

他未及细思，另一个念头占据了他的心神：有人在等他回去，小顶在等他回去。

对了，他是来替徒弟取药的。这个念头驱散了寒意，像热泉一样把他包裹起来。

哗啦一声，海水忽然掀起巨浪，封闭的五感瞬间打开，苏毓感到身体被高高地抛到半空中。他稳住身体，轻轻地落到水面上。

月光下海浪轻轻地涌动，水面泛着粼粼波光，海雾中隐隐可见礁石小洲的轮廓，耳畔传来海浪轻轻地拍打礁石的声响。

这里被称作鲛人海，海水清澈宁谧，与方才那片海域大相径庭。

但苏毓丝毫不敢大意，立即召出傀儡人，一人四傀儡，御剑向着小石洲飞去。

随着他们飞近，小岛的轮廓越来越清晰，月光下依稀可以看见十洲中央的参天巨木，树顶向四面伸展，如穹隆一般笼罩了整个小洲。

距离岸边约一箭之地，忽有一声诡异又凄厉的咯咯的笑声划破夜空，撕碎了宁静的假象。

苏毓抬头一看，只见一只九头怪鸟从空中盘旋而下，当中一颗头颅生着人面，那刺耳的笑声正是从它口中发出的。与此同时，平静的海水哗然作响，一条通体漆黑、身长百丈的蛟龙破水而出，溅出的水浪如山墙倾颓，发出轰然巨响。不用说，这便是四凶兽中的两头了。

苏毓实在不明白一棵破树有什么稀罕，何至于摆出这么大的阵仗。

不过他杀过、降伏过的凶兽没有成千也有上百，只要气海充盈便无所畏惧。

他当即提剑飞至半空，自下往九头鸟的腹部挑去。

四个天干傀儡人自发地围住黑蛟。他们日日陪着苏毓练剑，一向是四人围攻，早已配合得默契无间——主人的剑法可比恶蛟的利爪凶残多了。

两头凶兽大约从未见过这么嚣张的修士，还未回过神来，双双被剑所伤。

苏毓的长剑没入九头大鸟的腹中，只是妖兽皮糙肉厚，体形巨大，一击不足以毙命。

九头鸟吃痛，拼命地扇动翅膀，海上顿时风涛大作。九个脑袋发出尖厉的嘶叫，弯曲脖子，向苏毓猛啄。

苏毓足尖抵住鸟腹借力，唰地拔出长剑，身子在半空中顺势一转，手中长剑挥出，一剑削落三颗脑袋。

怪鸟一下子少了三颗头颅，登时狂怒，人面上的五官扭曲成一团。

它猛扇几下翅膀，高高飞上云端，然后敛翮向苏毓俯冲下来。

苏毓身形如鬼魅，在鸟喙即将碰到自己的瞬间忽地一飘，不见了踪影。

怪鸟扑了个空，六根脖子乱转，找寻那白衣修士的踪迹，忽觉什么轻轻地在自己后背上一点，扭头一看，却见青光一闪，只听得扑通、扑通、扑通接连三声，又是三颗头颅落入海中。

怪鸟猛扇翅膀，用劲风把苏毓掀至半空，随即回身照着苏毓的胸腹啄去。鸟喙长而尖利，如刀剑般刺来，这一下若是击中，非把他的身体捅个对穿不可。

苏毓被劲风卷起，尚未稳住身体，眼看着鸟喙已到身前，便忽然向后一仰，柔韧的腰一弯，顺势一个空翻，长剑插入鸟腹下的伤口处。

不等九头鸟回神，他双手握住剑柄，向前急飞，剑刃刺啦一声剖开鸟腹。

怪鸟惨叫着往下坠落，苏毓拔出满是鲜血的长剑，纵身跃上鸟背，把剩下三颗鸟头一剑砍落。

他与九头鸟战斗的当儿，黑蛟在四个傀儡人的围攻下也已奄奄一息。

苏毓从鸟背上翻身跃下，手中剑锋直直刺入蛟龙两眼之中。

蛟龙在空中翻滚数周，沉沉地坠入海中，海水中弥漫着浓重的血腥气。

苏毓抖了抖剑身上的血："还有两只。"

话音刚落，岛屿四周的海水忽然闪起银光，在月光的映衬下越发显得璀璨夺目。

苏毓瞳孔一缩："来了。"

银光以小洲为中心向四周扩散，不一会儿，目力所及皆是银光闪耀，仿佛铺满了水银。水声激荡，几个鲛人破水而出，高高扬起银尾。

越来越多的鲛人从水下探出头来，密密麻麻地遍布整片海域。

银光中有蓝色闪动，鲛人自动分向两边，留出一条漆黑的"道路"。

一物浮上水面，爬到岸边一块礁石上。苏毓定睛一看，却是个女身蛇尾的怪物。

怪物盘踞在礁石上，坐着便足有两人高，泛着蓝光的鳞片从尾巴向上延伸，覆盖胸乳和脖颈，直至面颊。

那便是四凶兽之一了，苏毓心想。他曾在古籍上见过相关记载，只是关于它的形貌和手段众说纷纭。

他不敢大意，随即召出傀儡人，一人四傀儡呈扇形分散，长剑在握。

众鲛人轻启朱唇，齐声吟唱，婉转缠绵的歌声像千万条绵软柔韧的绳索，争先恐后地纠缠上来。这歌声对傀儡人不起作用，而经过徒弟的千锤百炼，这些对苏毓来说不过是挠挠痒。

蛇人见五个不速之客全无反应，露出困惑的神情。

它抬起尾巴往水面上随意地一拍，一个鲛人跃上水面。它伸出臂膀接住，张开大口，露出一口白森森的尖牙，撕开鲛人柔软的腹部，三两口啃掉内脏，然后把残尸抛进水里。

银尾鲛人停止歌唱，蜂拥而上，将同伴的残躯分而食之，很快那尸体便只余森森白骨，沉入水中不见了。

这一幕太恶心，连几个没有肠胃的傀儡人都觉一阵难受，苏毓更是遍体生寒。

蛇人舔舔嘴角银色的血迹，抬起遍生鳞片的胳膊，捋了捋海藻般的长发，冲苏毓妖媚地一笑，紫蓝的嘴唇一直咧到耳下，发出一串叽叽咕咕的奇怪声音，似乎对眼前这白衣男子非常满意。

苏毓虽然听不懂怪物的语言，但从它的神情举止也能看出那是什么意思，胳膊上顿时起了层密密麻麻的鸡皮疙瘩，本命剑脱出经脉，如离弦的箭一般飞向蛇人。

本命剑径直穿过怪物的身体，没有遇到任何障碍——这人身蛇尾的怪物也和鲛人一样，身在另一个世界。

苏毓早有所料，并不惊慌。

方才见到蛇人捕猎鲛人，他便知它能避入另一个世界，但它既然想对他下手，必然要穿梭到他的世界，他只需静待时机即可。

苏毓的剑没有伤到蛇人，但显然激怒了它。它直起上半身，昂起脖颈，张开大口。突然，嗖嗖嗖的破空声响起，黑色毒汁如千万根毒针般喷涌而出，呈扇形向苏毓和四个傀儡人射来。

苏毓举剑一挥，雪亮微青的剑光有如秋月，将他团团围住，毒汁尽数被弹落，四周鲛人四散逃窜，却躲避不及，被那毒汁碰到肌肤，不一会儿便面红耳赤、气喘吁吁，做出种种不堪入目的丑态。

苏毓脸色一沉，不由得想起一部十洲海外方志上不知从哪里引的一段逸闻："西极之海多鲛人，有硕物曰人鳗，雌雄同体，以鲛人为食，其性淫，其涎腥臊，沾之交合而死。"

关于这头以鲛人为食的凶兽，有几十种林林总总的说法，他觉得这种最离谱，又没什么正经来源，看过便抛诸脑后。没想到偏是最离谱的成了真，想起方才用自己的本命剑碰了这种东西，他恨不能扔了重铸一把。

苏毓正想着，那东西又在往外喷下流的毒液。苏毓以剑击水，海中霎时间立起一面水墙，将他和四个傀儡人护得密不透风。

蛇人喷了几次毒液，也不知是用完了还是终于发觉不管用，扭扭身子，从礁石上立起，扑通一声跳入水中。甫一入水，那怪物便如离弦的箭一般破开水面，顷刻之间已蹿至苏毓面前，双手成爪，向苏毓的肩头抓来。它的五指间生着半透明的蹼，尖利的指爪仿佛精钢铸成，在月光下闪着骇人的青光。

苏毓往后急退，那怪物两手一合，指爪相撞发出铿锵的声响，犹如兵刃相击。

就是此刻，苏毓不等它再次攻来，纵身前跃，举剑直刺。蛇人情急之下抬尾格挡，剑尖深深扎进它莹蓝的长尾中。

四个傀儡人合围而上，四柄长剑分别没入它的左肩、右胁、后心和后腰。蛇人仰天发出一声长啸，声浪将四个傀儡人震开。它向后挥动利爪，四柄长剑应声而断。

苏毓脸色微微一变，抽剑再刺，却刺了个空——它已避入鲛人的世界中了。

蛇人任由断剑插在体内，像是插上了几片银光闪闪的背鳍。

不一会儿，玄铁铸成的长剑竟慢慢变软，化成银液，沿着它的后背淌进海水中，发出刺啦的响声。

蛇人卷起尾巴，吮了一口尾巴上流出的黑血，竖瞳紧紧地盯住苏毓。

苏毓对上这眼神，便知此怪阴险狡诈，与方才那两头老实巴交的凶兽不是一类。方才他那一击未能刺中要害，再要诱它出来怕是难了。

他想了想，一挥手，断了四个傀儡人的灵力，将他们收入灵府——对付这种东西，人多也无济于事，还不如省点灵力。

蛇人绕着苏毓游了几圈，时不时从水下探出头，打量他一眼，终于还是色欲熏心，决定铤而走险。

苏毓暗暗地握住手中剑柄。

蛇人眼睛一眯，尾巴忽然甩出水面，像钢鞭一样照着苏毓抽来。苏毓正要闪身回避，忽然改了主意，身体未动，被尾巴重重地抽中左肩。

一阵火辣辣的剧痛袭来。苏毓低头一瞥，只见肩头被撕去一片血肉，伤口血肉模糊，鲜血染透了衣衫。

蛇人眯起眼，得意地扬起尾巴。月光下，尾鳞片片竖起，闪着幽蓝的光，其中有几片上还沾着鲜血。

原来那尾巴看似光滑，攻击时鳞片便竖起，如利刃一般。

蛇人将尾巴凑到嘴边，慢慢地舔舐鳞片上沾着的鲜血，然后勾起一个不怀好意的微笑。

苏毓不去理会伤臂，提剑向蛇人斫去，又斫了个空。

蛇人得意地一甩长尾，这回抽中苏毓的腰。

它不断故技重施，苏毓的还击却次次落空，越来越没有章法，片刻工夫，身上已受了五六处伤，白衣上全是触目惊心的血迹。

蛇人再次甩动尾巴。苏毓动作迟滞，仿佛已经没了闪避的力气，被尾巴抽中右肩，手一松，本命剑扑通落入水中，人也从半空中坠落。

蛇人不等猎物落入水中，长尾将他一卷，把男人拉至身前，正要拨开他的长发，好好端详那张美得不可方物的脸，忽听身后哗啦一声响，转过头去，只见白光一闪，方才落入水中的长剑直直插进它的眉心。

蛇人的竖瞳中闪过一丝难以置信，尾巴慢慢地松开。

苏毓一改方才奄奄一息的模样，一跃而起，抽出长剑，照着那濒死的蛇人一顿猛削，一时间鳞片和血肉飞溅。方才还在哼着靡靡之音的鲛人顿时噤声，纷纷潜回水下，水面上的银光很快隐没，只剩下点点波光。

顷刻之间，那蛇人已经被片成了不知几千几万片。

它若是想杀他、想吃他，他还能给它个痛快，结果它竟然狗胆包天觊觎他，他就必须把它千刀万剐。

苏毓这才冷哼了一声，给自己和剑施了个清净诀，从头到脚洗干净，然后才拿出一瓶紫微丹，服下两颗——方才一战虽然受了点皮肉之苦，却没费什么灵力，眼下气海还剩五六成。

他召出傀儡人，从乾坤袋里拿出四把新剑扔给他们，然后打量近在咫尺的小洲。

四头凶兽杀了三头，最后那一头却不出来。莫非是记载出错？抑或最后那头被人杀了？

苏毓想了想，觉得自己想多了——他从小到大运气都奇差无比，凡事往最坏的地方想就对了。

这最后一头凶兽一定是最难对付的，这时候肯定潜伏在某处伺机而动。

想着是祸躲不过，他握了握手中剑，举步向岸上走去。

这小洲虽名为洲，其实只是海中一块巴掌大的礁石。一人四傀儡很快便走到名为“若木”的大树前，四周风平浪静，月光下的海水清澈见底，藏不了什么怪物。

难道他真的时来运转了？苏毓心中纳罕，从乾坤袋中拿出个空的琉璃瓶，拔开塞子，然后提剑削去一片树皮，将剑深深地刺入树心，再拔出剑，一滴滴晶亮的树液从伤口中渗出来。

苏毓用瓶口接住，塞好塞子，正要转身离开，忽听头顶沙沙作响，枝叶无风而动，巨树忽然像活物一样颤抖起来。

来了，苏毓暗暗叹了口气，就知道没有这么好的运气。

他将灵液交给傀儡人：“你们带着药先回去。”

傀儡人面面相觑，谁也不接。他们是老主人创造出来保护小主人的，守护他周全便是他们的职责，可如今小主人要他们弃他于不顾，他们却不知该怎么办了。

苏毓微微蹙眉，将瓶子向阏逢抛去。阏逢一惊，赶紧接住，忽觉一股气流将他卷起，向海面上抛去。待他在水面上站定，发现其他三个同伴也被扔了过来，再往礁石上一看，却见那大树分作两半，从里面走出个熟悉的身影——竟是另一个苏毓。

傀儡人傻了眼，怎么忽然多出一个道君来？两人一模一样，从眉眼到握剑的姿势，乃至白衣上的破口、伤口隐出的血迹都分毫不差。还没等他们想明白，树心里又走出一个苏毓来，接着又是一个。

三人摆出同样的起手势，本命剑在他们手中闪着如出一辙的寒光。

这第四头凶兽，原来便是这棵树，是这座岛。

苏毓抿了抿唇，一股凉意从心底升起。若是他没料错，这三人的修为、剑法大约都与他一模一样，若是以一敌一，尚有半分一分的生机，可一下子对上三个自己，哪有取胜的机会？

若是别的情况下以一对多，他自可以分出元神去打，但对上自己此举便毫无意义——他能分，对手也能分。

苏毓无可奈何地一扯嘴角，想着自己这回是真的要折在这里了，没想到到头来他竟是败给自己，真像个笑话。好在这些人只攻击他，并不去追击傀儡人，大约是谁取药谁死。

死便死吧。他本就孑然一身，了无牵挂，生来就是天煞孤星的命格，早点死了也好，免得祸害身边人。

只是……若早知会死在这里，那晚他就该让那傻姑娘多唱一支歌。

苏毓敛起笑，瞥了一眼傀儡人："走。"

话音未落，三人已经提剑向他攻来。

苏毓举剑格挡，只听剑刃相击之声密如急雨，转眼之间已经拆了数十招，苏毓的胳膊上被划了一道浅浅的口子，自己也在其中一人右胁留下一道伤口——这是他熟悉的打法，在敌人实力不明时，先以守为重，谨慎试探。

这些假人无论修为、招式还是想法都与他如出一辙，他怀疑对方气海中剩下的灵气也和他的一样多——若是这样打下去，三人对一人，耗也能把他耗死。

四个傀儡人御剑飞出几里，转身一看，以一敌三那个明显已落下风。

"这样打下去，道君一定会死在这里。"阏逢皱着眉道。

"噫，小顶姑娘的腹语丸真的管用！"柔兆惊奇地摸着肚子。

旃蒙："我也来试试……是真的，强圉你怎么不试试？"

强圉："我不想说话，没嘴挺好。"

阏逢火冒三丈："现在是说这些的时候吗？道君要死了怎么办？"

旃蒙："呃……我们往后轻省了？"

柔兆惊恐地问道："那跟谁去领钱？"

众傀儡沉默了。

旃蒙："道君不能死！"

柔兆："不能死不能死，赶紧想想办法。"

强圉瞄了阏逢一眼："小顶姑娘不是给了你一个宝贝应急吗？"

阏逢："啊，对！"他忙从怀里摸出百宝囊，"小顶姑娘说里面的东西危急关头才能用，不然道君会生气，眼下算危急关头吗？"

旃蒙："都快死了应该算吧？"

柔兆催促阏逢："快别磨蹭了，你怎么蠢得像大渊献一样？"

阏逢白了他一眼，伸手在百宝囊里掏了掏，拽出一个绿油油的东西，往空中一抛。那绿东西就像一道光，飞快向战得难分难舍的四人飞去。

柔兆："这玩意儿准头怎么样？别偏了飞到别人头上去……"

阏逢："那不能。小顶姑娘说了这玩意儿百发百中，还只认道君一个人。小顶姑娘炼的东西能有错？"

一提小顶姑娘，几个傀儡人都心服口服，纷纷点头："有小顶姑娘出马，一定错不了。"

苏毓正在勉力招架三人越来越凌厉的攻势，感到自己的气海已接近枯竭，那三人也快到全力强攻的时候了。

这个念头一起，三人的剑招果然一变。

苏毓紧咬牙关，正要拼个鱼死网破，忽然瞥见一抹鲜亮的绿色。没等他回过神来，那东西已经准确无误地扣在了他的头上。

苏毓的脸比头顶的帽子还绿，三个假人被这炫目的绿光震慑，齐齐一怔，似乎不理解苏毓怎么能容忍头上出现这种玩意儿。

苏毓不用想就知道这是谁干的好事——那傻子定是对帽子动了什么手脚，又买通了傀儡人。

他又好气又好笑，想立即把帽子摘下，忽然又改了主意。若是换了从前，他觉得这样不体面地捡回一条命，倒不如死了的好。

可如今不一样了，他想活着回去。

他要活着回去罚她，活着回去见她。

对他们这样的人来说，三招之内便足以定生死。他利落地将三人一剑封喉，然后飞快地摘下帽子塞进乾坤袋里。

他长出了一口气，嘴角微微扬起，心想：好在这里没有别人。

就在这时，树后忽然响起一阵熟悉的咳嗽声。

苏毓后背一僵，慢慢地转过身："师父？"

确切地说那算不得他师父，只是纯元道君的一缕元神。

一个身着归藏的天青道袍，长得人模狗样的男人笑眯眯地看着徒弟："小毓，帽子挺漂亮。"

苏毓的脸黑得像锅底："师父怎么会留了元神在这里？"

一般来说，修士极珍惜自己的元神，轻易不切片乱扔，最多只是在大劫来临前留下一丝半缕，向亲故交代后事用。

纯元道君笑得见牙不见眼："为师百年前掐指一算，算到你今日有一场大劫难，因此特地留了一缕元神在这里……"

苏毓气不打一处来，想说"不劳你费心，暂且死不了"，还没来得及开口，便听那老头大言不惭地接着说道："看看你的热闹。"

苏毓冷哼一声："可惜让师父失望了，徒弟不曾遇到什么大劫，些许小厄也已安然度过。看来人算不如天算。"

纯元道君摆摆手："不不不，你的大劫正要来呢。"

话音未落，天边白光一闪，紧接着传来闷闷的雷声。

苏毓脸色微变："这是……"

纯元道君耷拉着眉毛点点头："小毓，你下一重境界的雷劫提前到了。"

这倒霉的孩子。

苏毓知道自己运气差，可差成这样也是始料未及的。

修士到了度劫期，从五重境开始，每一回提升境界都要挨劫雷，从三道、九道、二十七道，直到最后一次八十一道，每一次都可能殒身，全部挨过便得成大道，白日飞升——至于升到哪里去就不得而知了，反正飞升后的大能也没再回来过。

他如今是度劫期七重境，这回的天雷便是二十七道。

雷劫躲不过，境界提升却是自己可以稍加控制的。修士预感即将突破境界，便会提前闭关，务求度雷劫时神完气足，如此一来，度劫生还的机会也大一些。

苏毓比常人少了半条灵脉，度劫本就难，如今浑身是伤，与三个自己对战前将一半灵力灌给了四个傀儡人，如今气海也快见底了，可谓是屋漏偏逢连夜雨。

"为何雷劫也会提前？"苏毓怎么都想不通，也还从未听说过这种事。

纯元道君叹了口气："你命中有此一劫，不应在这里便应在那里，许是天道懒得寻别的晦气，便索性将雷劫提前了。往好了想，横竖雷劫早晚要过，总比再整点新鲜事好。"

苏毓："……"这也得讲点道理吧？境界还没到就提前劈他，这天道不是无理取闹吗？

"事不宜迟，赶紧把你的帽子戴上吧。"纯元道君的眼中隐现笑意。

苏毓冷哼了一声："都这时候了师父还拿徒弟取乐。"

法器能糊弄人、鬼、神，却糊弄不了天地。度雷劫不能取巧，只能自己扛，或者有别人替你扛。

纯元道君被徒弟戳穿，大方地承认道："为师只是看这顶帽子怪衬你的，不戴可惜了。"

两人正说话间，夜空被闪电映得雪亮，哐的一声巨响，一道雷直直地劈了下来。

纯元道君早已跳开八丈远，生怕遭受池鱼之殃。

苏毓知道自家师父什么德行，也没指望那一缕稀薄成半透明的元神能替他分担什么，自己硬扛下了第一道劫雷。

接着是第二道、第三道……鲜血顺着他的嘴角流下来，他的双膝开始颤抖，但他仍旧站着。

纯元道君皱着眉啧了一声，在雷声的间隙道："小毓，这种时候你就别在乎脸面了，躺下来接吧，横竖都一样，躺着还舒服点不是？"

苏毓不理他，转眼间又是六七道雷落下。

他浑身数十处同时传来剧痛，估计是骨骼被震断了。

这回想站也站不住了，他扶着若木粗糙的树干慢慢地坐下，在心里默数：十六、十七……

他已经感觉不到痛了，但是能感到经脉在一寸寸地断裂……这是第十八道……

还有最后九道，这九道不会再摧残他的身体，因为直接打在元神上。

"师父……"苏毓靠着树，轻声道。

"怎么了小毓？"纯元道君的声音也有些打战。

"我们……归藏……"苏毓断断续续地说道，"有没有……师徒不能合籍的……规矩……"

纯元道君一惊："小毓，这可万万使不得，为师虽然生得俊，但只把你当儿子……"

苏毓狠狠地瞪了他一眼，旋即垂下眼，自嘲地弯起嘴角。他眼看着就要死在这里了，竟然还在想那些有的没的。

二十二、二十三……

劫雷像一柄从天而降的巨剑，劈裂了他的元神，震毁了他的灵府。

他的双眼无法视物，双耳也听不见声音，他失去了知觉，神魂陷入浓浓的黑暗。

二十七道天雷落完，阴云散去，银盘似的月亮洒下一地清辉。纯元道君坐在不省人事的徒弟身旁，从袖中掏出帕子轻轻地揩揩他嘴角的血迹，抚了抚他白皙如玉的额头，右手掐诀，将一道金芒打入他的眉心。

苏毓恍惚间听见心底传来咔嗒一声轻响，像是钥匙扣动机簧的声音。

"小毓，不管听见谁叫你，都别出声。"一个女人用气声道。

他应该从未听过这个声音，但莫名感到熟悉，还有些留恋。他不由自主地点点头，轻声道："阿娘，爹爹去哪里了？"

那女人颤声道："你爹爹……"

仿佛有一扇门嘎吱打开一条缝，无穷无尽的噩梦像洪水一样涌出来，瞬间吞没了他。

纯元道君站起身，跃上头顶的一根横枝，摘下一片若木的树叶。

他把叶子放到水边，叶子遇水，变作一叶小舟。

死魂海可沉万物，唯有若木叶做舟，可以漂浮其上——徒弟受了这一遭罪，已经经受不起死魂海的摧残了。

纯元道君轻手轻脚地抱起徒弟，将他放在小舟上，静静地端详了他一会儿，沉沉地叹了一口气，便在船尾一推，小舟向着海中央漂去。

他又摘了一片若木叶，放在嘴边，轻轻地吹起了一支不知名的小调。

叶笛空灵，天地苍茫，纯元道君望着自己一手养大的孩子随水漂远，看见傀儡人跳上船，七手八脚地给他喂药，看见小舟漂入浓漆般的海水，渐行渐远，再也望不见了。

他只是百年前的一缕元神，留在这里只为这一个使命，如今使命已经达成，便没了存在的理由。

纯元道君扔了树叶，拍拍手，最后往那小舟消失的地方望了一眼，化作点点星芒，消散在夜色中。

四个傀儡人围着昏迷的主人，捧着脸，一筹莫展。

连山君三不五时受伤，他们这些傀儡人个个都能算半个大夫，尤其擅长疗伤，但是这回他受的伤实在是太重了——经脉寸断，元神破碎，纵然有小顶准备的大堆灵丹妙药也无济于事。

旃蒙用手肘捅了捅阏逢："喂，小顶姑娘不是还给了你一瓶救急的灵液吗？"

阏逢摇摇头："这是给道君补气的，道君现在到处漏风，往里补气有什么用？"

柔兆道："里头还有鲛血，道君现在这样子，一口灌下去怕不是要了他的命。"

强圉默不作声地点点头。

阏逢摸了摸下巴："要不先带回去，让小顶姑娘喂……"

柔兆："对对对，小顶姑娘喂，喂死了道君也不会怪她的。"

几人纷纷点头，道君外强中干，平常张牙舞爪，一见小顶姑娘比红豆包还乖。

小顶睡得正沉，恍惚间只觉心脏一缩，随即狂跳起来。她一个激灵睁开眼睛，腾地坐起身，冲着墙上的洞叫了一声："师尊——"

旋即她想起师父去西极了，东轩空无一人。她重又躺下，发现里衣不知什么时候被冷汗湿透了，心脏仍旧擂鼓似的狂跳不止。

方才似乎做了什么梦，可她怎么也想不起来了。

床边窝里的灵虎被她吵醒，警觉地撑起四肢，伸长脖子，竖起耳朵，水蓝色的眼睛在黑暗里发着莹莹的光。

小顶"摸"了一下红豆包的脑袋："没事，你接着睡吧。"

灵虎低叫了一声，重新趴回窝里，舔舔爪子。

小顶起身下床，找出一身干净衣裳，去浴堂洗了个澡，回到房中，换了床褥，再躺下却没睡意了。

闲着也是闲着，她索性潜入灵府中，翻出天书来读。

这些日子她又认了不少字，很多时候已经不需要借助金笔帮忙了——反正整本书有八九成都在写连山君和小顶在各种地方、用各种姿势双修，跳过这些，剩下的内容少得可怜。

她翻到连山君去西极取药那段，和十洲法会一样，天书写得十分简略，连山君在西极的遭遇一概没写，只说伤了元神，似乎还伤得不轻。但他得知小顶跟着丁一逃走，发起失心风来，还杀了许多人泄愤，说是差点入魔。不过好像也只是旁人遭殃，小顶自己仍旧活蹦乱跳的。

书里的小顶回到连山君的身边，立即替他疗伤。

小顶略微放心了些。书里的连山君都活蹦乱跳地从西极回来了，她提前准备了那么多补元神的药，还让阏逢带上了那顶帽子和补气灵液，想来师父肯定能化险为夷。

她收起天书，拿出当初师父教她炼丹用的入门典籍，把第一卷又通读了一遍——明日有她的第一堂丹道课，她是第一次给人上课，可不能砸了师父的招牌。

翌日晌午，她抱着书来到紫玉峰的丹房。

归藏好几十年没开过丹道课了，这间丹房也锁了几十年，虽提前洒扫过，走进去还是能闻到一股淡淡的尘土和朽木的气味。

屋子里摆了二十多张药案，每张药案前有个小丹炉，另外云中子还从大昭峰拨了两个傀儡人来，学生不在的时候帮忙看火。

小顶到得早，学生们都还没来。

她从乾坤袋中拿出第一堂课要用的材料，分门别类地放进小瓷碟中。正忙活着，身后门帘一阵轻响，她正纳闷哪个学生那么勤快，便听来人道："小师姐。"

小顶心头一跳，手一抖，便将半瓶金液洒在了腿上。

她放下瓶子，正要从袖子里抽帕子，一方素白的细苎帕子被一只干净白皙的手放到她面前的药案上。

"用我的吧，"丁一顿了顿，又补上一句，"若是小师姐不嫌弃。"

小顶道了声谢："这东西不好洗，清净诀也洗不干净，小师弟的帕子那样白，别糟蹋了。"说着还是拿出自己的丝帕，帕子一角绣着只圆滚滚的大红鸡，针脚很粗糙。

丁一默默地收回自己的帕子，指着大红鸡道："这是小师姐绣的？"

小顶微露赧色："绣着玩的。"这是她跟着碧茶学的，本来想练好了给金师兄绣个香囊什么的，哪知还没等她练好，金师兄已经瘦得只剩半个了。

丁一目光动了动，出了会儿神方才道："小师姐的手一直很巧。"

小顶含糊地应了一声，把帕子团成一团胡乱塞进乾坤袋里。

好在这时候别的学生陆陆续续到了，丁一坐回自己的药案后，没再说话，只是目光始终若即若离地追随着小顶。

一堂课上完，小顶正要收拾散乱的药材和工具，李圆光凑上来道："这些杂事让小侄来吧。"

小顶假意推辞："哎呀，圆光师侄太客气了，那怎么好意思呢！"

"七师叔还得回涵虚馆上课呢，别耽误了。"李圆光一边说一边捋起袖子。

小顶便顺水推舟道："那就多谢圆光师侄啦。"

她又客套了两句，便出了门。

丁一收起自己的书卷和切药刀，走到李圆光身边，帮他一起整理。

李圆光诚惶诚恐："怎么能劳动小师叔！"

丁一微微一笑："师侄不必同我客气。"说着便不由分说地抢活干。

李圆光本来觉得这小师叔的性子有些冷淡，可此时三句话一聊，才发现他平易近人，压根不难接近。

李圆光本就健谈，丁一虽话不多，但很擅长倾听，时不时问一句，更助长了师侄的谈兴。

不知不觉中，话题被带到了掩日峰。

丁一道："师叔收小师姐为徒前，一直是独居掩日峰吗？"

李圆光摇摇头："不不，七师叔刚入门不久就住掩日峰了，那时候还没拜师叔为师呢。"

丁一目光微微一闪。

李圆光忙道："哎呀，小师叔别想差了，没有那回事……"

他挠了挠头："其实我们也不知道缘故，七师叔是自己上山拜师的，一开始进的是外门，入门礼之后搬去掩日峰的。"

丁一道："听闻入门礼上可以测灵根？可惜错过了。"

李圆光："那是在河图石沉水之前。"

河图石沉水不是秘密，丁一也有所耳闻，他点了点头："真是可惜。"

李圆光道："谁说不是呢？说句玩笑话，河图石还是七师叔摸沉的呢……"

接连两日，小顶没有师父的消息。

小顶掰着手指算，从师父入沙碛算起，已经整整五天了，若是顺利，再过两天就能收到师父的消息。

偏偏越往后越难挨，她连书都没心思看了，整天坐立不安，简直一刻也静不下心来。

这天傍晚，她正在院子里监督儿子念书，傀儡人阿亥从外面跑来："小顶姑娘，丁小道君求见。"

小顶皱了皱眉："小师弟有没有说是什么事？"

阿亥道："丁小道君说是来辞行的，听说他明日要回乡祭扫。"

小顶这才松了一口气："请他去前院吧。"

小顶整了整衣衫，走到前院，阿亥也把丁一带来了。

小顶问他要不要进屋喝杯茶，丁一似乎也看出小师姐是虚情假意，站在院中的银杏树下，摇摇头："多谢小师姐。我明日一早便要起程，须早些回去收拾行装，就不叨扰了。"他顿了顿，"这一来一回要月余，因此向各位师兄、师姐道个别。"

小顶一听这辞行别人也有份，顿觉自己之前有点小人之心。不过一想到一个多月不用见到丁一，她心里着实一松，仿佛压在心上的大石头忽然被抬起了一角。

丁一看了看她，与她寒暄两句，便告辞离去。

翌日小顶去大昭峰向师伯请安，得知小师弟一早便下山去了，立即松快了不少。

这天晚上，她沐浴更衣完毕，走进房中，正想和红豆包玩一会儿，往它小窝里一看，发现灵虎不在。

她走到院中，叫来几个傀儡人一问，都道傍晚时还看见红豆包在院子里扑蝶，后来见它进了房，便没再留意。

阿亥道：“红豆包胆子小得很，一定不会走远。我们分头去找找，小顶姑娘别着急。”

小顶点点头，但仍旧蹙着眉，紧紧咬着嘴唇。

几人傀儡人施术将整个府邸找了一遍，却不见灵虎的踪影。

“莫不是跑到后山去了？”阿亥思忖道，“这样吧，小顶姑娘在这里等着，我们几个去后山找找。”

因为道君气海不足，后山的禁制比府中松了许多。道君离去前叮嘱过，不可让小顶姑娘去后山。

小顶点点头：“我在这里等你们。”

几个傀儡人去后山找灵虎，小顶在院中转了一圈，推门回到房中，虽然知道灵虎不在屋里，但还是忍不住唤了一声“红豆包”。

角落里忽然传来熟悉的喵喵叫，小顶喜出望外，正要跑过去看个究竟，却见一个人抱着灵虎走出来：“小师姐。”

小顶吓了一跳：“你怎么会在这里？”

她一边说一边迅速往门边退，不等她退出去，门扇啪的一声在她身后重重地关上。

她慌忙转身推门，手一碰到门，便觉掌心一阵刺痛，赶紧收回手，发现手心上布满了细小的血口子。

丁一眼中没了往日的温情，满是冰冷和厌恶之意：“你最好别乱动。”他说着从乾坤袋中取出一盏琉璃灯，火焰闪着幽冷的绿光。

小顶没见过这东西，但是听西门馥说起过：“这是……”

“搜魂灯！”丁一冷冷地说出了他心中的话，“让我看看，占鹊巢的究竟是什么东西！”

屋子里的夜明珠忽然同时熄灭，窗户里透进的月光消失了，方才还好奇地歪着头看着他们的灵虎，此时也不见了踪影。

屋子仿佛成了个黑口袋，只有丁一手中搜魂灯诡异的青绿光芒在摇曳，从下往上映在他的脸上，将他柔和清秀的五官映得陌生又骇人。

搜魂术是禁术，不管怎么小心，多少都会对神魂有些损伤，但若是施术者修为够高，技艺精湛，可以将损害减至最低。

搜魂灯的作用与搜魂术大抵相仿，对神魂的破坏却大得多。若说搜魂术是高手操薄刃，后者便是樵夫用大斧横劈竖砍，但求搜出有用的秘密。被施术者的神魂能不能复原，甚至能不能活下来，都不在考虑之中。

要施搜魂术，施术者的修为至少得比对方高出九个小境界，但搜魂灯不论双方修为高低，施个开启法咒便能用。丁一只至金丹期，也可以对元婴期的小顶用。

这东西如此阴毒，明面上自然早就被禁了，连西门馥都只见过记载和图画。

小顶皱起眉，先没顾上害怕，诧异地问道：“这是谁给你的？”

丁一的目光闪烁了一下，随即恢复原状。他没回答她的问话，低下头，打开琉璃罩。

“儿子——”小顶高声冲着门外喊。

“不用白费力气！”丁一漠然地道，“这法阵是专门捕猎鲛人用的，你逃不出去。”

小顶一怔：“小师弟，你别用搜魂灯，想知道什么就问我。用搜魂灯会伤神魂……”

丁一冷冷地看她：“问你？你嘴里有哪句是真话？”

“只要是能说的，我都告诉你。”小顶看着他的眼睛道，“你对我用搜魂灯，师伯、师姐和师兄他们知道了会难过的……”

小顶一边和他说话，一边在灵府中翻找，却没有什么用得上的丹药法器。她和丁一不在一个世界，魔幻玉容丹根本用不上，《千字文》还在儿子那儿，连疗伤丹药都没多少了——好药都给师父带去了西极。

她万万没想到在掩日峰会遇上危险，可以说毫无准备。

丁一嗤笑了一声：“你以为他们还能找到你？对了，你也骗了他们。他们还不知道你是什么怪物。”

小顶鼻子一酸：“我不是怪物。”她吸了吸鼻子，又道，“你不可能躲一辈子。”

丁一道：“我只要小顶回来，待此间事了，自会向师父请罪，要杀要剐任凭处置。”

“给你搜魂灯的人不是好人，”小顶道，“你别信他们的话。”

丁一自然知道，也有自己的打算，不会被那些人牵着鼻子走。

他不和她多说，一手掐诀，青绿的火苗从灯中飞出，径直钻入了小顶的眉心。

仿佛有一把钢锯切开她的头颅，然后用刀在她的血肉中一寸寸地翻搅。小顶痛得呼吸一窒，双腿一软，倒了下来。

在她摔倒的刹那，丁一的眼中有一瞬间的惊慌失措，不过一对上她的眼神，立刻充满了恨意："你最好小心点，别把小顶的身体碰伤，若伤到一点，我就多搜一刻。"

丁一指着床道："躺床上去。"

小顶蜷缩在地上，疼得直抽冷气，额头沁出的汗珠淌下来模糊了她的双眼。

"听见没有？"丁一提高了声音。

"我……没力气……"

丁一走到床边，拿起一条被褥扔在地上："躺上去。"

小顶痛得浑身使不上劲，连手指都动弹不了。

丁一有些不忍，就在这时，与搜魂灯相连的心念动了一下，他找到了第一个问题的答案：眼前这个东西，不管她是什么，的确是夺了小顶的舍。

丁一的眼中闪过戾色。他将牙关咬紧，从袖中抽出一条银色的长鞭，照着小顶抽去。这是打魂鞭，也是捕鲛人专用来对付鲛人的，不会打坏鳞片和皮肉，却能让他们不断落泪。

小顶想抬臂去挡，却连动一下手指的力气都没有，只是瑟缩了一下，泪珠从她的眼中滚落下来——她一直强忍到这时候，实在是痛得忍不住了。

丁一拧着眉，嘴唇扭曲——她连哭也和他的小顶那么不一样。

他抬起手又重重地抽了一鞭：

"你为什么要害她？"

"就因为她好看？"

"为什么你们都要害她？"

"她没过过一天好日子，为什么偏偏是她？"

他没日没夜地修炼，就是为了有一天修出点名堂，风风光光地带她离开那个家。

可等他回去，他们却告诉他，她已经被卖了。

他千辛万苦地追查到她的消息，终于在法会上见到朝思暮想的姑娘，她却已经不认识他了。

若她真的忘了一切，他只会为她高兴。

可都是假的，她是假的。她霸占着小顶的身体，凭着小顶的容貌赢得了不属于她的东西。凭什么她笑得那么开心？凭什么他的小顶不得爹娘的喜欢，只能吃剩饭、穿旧衣，因为多夹一筷子菜被打被骂？

他把小顶的委屈、他的不甘以及世人对她的亏欠，通通发泄在眼前这个赝品身上。

他问一句打一鞭，不能把她打死，要给小顶招魂，得留着她一口气。

就在这时，第二个问题的答案来了：小顶不是她害的。

她只是鸠占鹊巢而已。

丁一摔了鞭子，双手盖住脸，肩头轻轻地耸动。

搜魂灯停下来，小顶慢慢没那么痛苦了，停止了抽搐和颤抖，下嘴唇不知什么时候被咬破了，口中一股腥甜。她轻声道："我……没害人……"

她想告诉他实话，痛得顾不得天机可不可泄露，想把她的来历、这个世界的秘密、他原来的命运，原原本本地告诉他。但她根本说不了，当她想道破天机的时候，她张开嘴却发不出声音。

丁一放下手，冷冷地说道："还没完。"他还不知道她的来历，不知道她炼丹的秘密。

话音甫落，搜魂灯又开始在她的神魂中翻搅，小顶缩成一团。身体若是这样痛，人早就晕过去了，但她受伤的是神魂，疼痛永无止境，只能生生受着。

她痛得恍惚，耳边似乎有人轻声唤她，一声又一声。她迷迷糊糊地唤了一声"阿毓"。

丁一瞳孔骤缩："你和苏毓……竟敢用她的身子……你怎么敢？！"

鞭子打在神魂上，小顶耳边嗡嗡作响，说起了胡话。她一时叫阿毓，一时叫仙君，一时唤师尊，句句落在丁一的耳朵里，"仙君"两个字却模糊不可闻。

搜到她和连山君并无夫妻之实，他把鞭子扔在一旁。

他又搜了一刻钟，她的来历和炼丹的秘密却始终搜不出来。

丁一捏了捏眉心，收回搜魂灯，冷冷地睨了她一眼："不管你是什么，都该死。"

他说完这句话，小顶身下的地面忽然变得松软，像一个布袋一样把她兜起来，然后开始慢慢地移动。

小顶的长睫轻颤了两下。她睁开眼，视野中一片模糊："你要……带我走？"

天书上的这段故事终于还是发生了，只是和原来大相径庭。

丁一不吭声。

小顶道："你要……杀我吗？"

丁一嗯了一声。他已经平静下来，愤怒像潮水一样退去，只感到深深的疲惫。

"我可以……留点东西……"小顶缓缓地问道，"给我……师父吗？"

丁一："什么？"

小顶从灵府中取出一个小小的琉璃瓶，里面有半瓶晶莹的灵液，是师父走后她慢慢攒的，一次不能炼太多，会被师父听出来。

她攒了这么久，也只得这半瓶。她也不知用完之前，师叔祖能不能想出办法来。

她用双手捧着琉璃瓶道："求求你……"

丁一接过来看了看，用手一捏，瓶子顿时碎裂，灵液流霞一般从他的指缝中淌下来。

小顶呼吸一窒，感到她的心也跟着琉璃瓶一起被捏碎了。

"小顶被你夺舍的时候一句话也没留下，"丁一面无表情地说道，"凭什么你可以？"

随着琉璃瓶的破碎，小顶眼中的光也暗淡下来。先前丁一用鞭子抽她，她也只当他是发现原来的小顶不见气疯了，因为那把沾血的糖莲子，总觉得他有些可怜。可是她不明白为什么他要故意捏碎她的药，若是不肯帮她留给师父，他直接拒绝便是，她还能自己吃，弄碎了对他又有什么好处？

她只是一个炉子，终究不懂人心。小顶木木地说道："给你搜魂灯的人要害的不只是我，师伯、师姐、师兄他们没对不起你，我师父也……"

丁一打断她："我从未想过攀附名门大宗，一开始入归藏便是为了查清小顶的事。"顿了顿，道，"你大概不知道，入门那晚苏毓也对我用了搜魂术。"

小顶一怔，师父不曾告诉过她这些。

"可惜他没搜仔细，问出我永远不会伤害小顶就罢了手。若是他多搜一会儿，就会知道你是个赝品。"丁一冷声道，"你师父与我并无不同。易地而处，他也会这么做。"

小顶摇了摇头。她师父不会把小顶一个人留下，也不会非等出人头地，做好了万全的准备才回去找她。

她也不知道自己为什么这么笃定，好像和师父认识了很久似的。

这么一想，她浑浑噩噩的脑海中忽然闪过一段不属于她的往事——师父背着她，他的胳膊受了伤，血从袖管中淌下来，流过手中的长剑，滴落在地上，留下一点点刺目的殷红。

他们都穿着道袍，却不是归藏的道袍——藤紫色的底，深紫色的衣襟和袖口——她不记得哪派有这样的道袍，在十洲法会上也没见过，但莫名觉得眼熟，连袖口绣金纹样的触感都那么熟悉。

她声音打战，也不知道是因为害怕还是因为冷："阿毓……"

"别怕，"他反手握了握她绕在他颈上的手，"谁想欺负你，我就是死也要杀了他们。"

"我不怕，但你好不容易进了大宗门……"

"不拜了，那种师门不要也罢！"苏毓道，"别哭，今后我们自己修，早晚能修成正果。"

她破涕为笑："我哪是修仙的材料，你得道了，别忘了分我一口仙气就好。"

"傻子，"他一笑，"就这点出息。"

"我本来就没出息。"她憧憬地道，"到那时候你位列仙班，我还跟着你，我就是那跟着苏仙君升天的鸡犬。"

苏毓不理她。

小顶自顾自说道："不对，都成了上仙怎么还用俗名，得取个好听又威风的道号才行……无涯子怎么样？"

"……"

"不行，听着像老头。凌霄？碧霄？冲霄？玄霄？玄冥？南冥？青冥……哎，这个不错，青冥怎么样？"

"你喜欢哪个就哪个吧。"

"那就这个了，青冥上仙，青冥仙尊，"她吹开纷纷扬扬飘落到他发上的雪花，"青冥仙君，好听不好听？"

"还行。"

"我觉着好听……"

小顶一个激灵睁开眼，方才不知不觉昏睡了过去，睡梦中有许多纷乱的画面从她的脑海中掠过，这时一回想，却都像斑驳褪色的画一样看不真切了。

不只是梦境，就连真正的记忆也变得凌乱不堪，像是被人剪成无数碎片。她又使劲晃了百八十下，怔怔地想了好久，想得头痛欲裂，这才依稀记起自己为什么会在这里。

她不知道自己睡了多久，四周仍是一片黑暗，感觉不到丁一的气息。

她潜入灵府找了找，翻出一瓶紫微丹，胡乱吃了几颗，但紫微丹只管外伤，她的伤都在神魂上，服了药仍旧疼得打冷战。

她想炼些丹药救救急，像往常一样把灵气引入原身小鼎，但许是神魂受伤的缘故，小鼎也受了影响，灵气一入炉膛便立即散去。她试了几次，什么也炼不出来，这么一折腾倒是疼得更厉害了，只得罢手。

就在这时，她听见外面传来丁一的声音，闷闷的，像是隔着层厚布。

“师父，我在路上，刚出凤麟城……出什么事了？”小顶明白他是在和师伯传音，连忙忍着疼大喊，“师伯——师伯——”

没人理她。

只听丁一接着道：“小师姐？临行前一日我去向小师姐辞行，此后便没再见过了……”

“小师姐出什么事了？我立即回来。”他的声音焦急万分，任谁听了都以为他是真的担心小师姐。

云中子万万想不到失踪的师侄此刻就在新徒弟的乾坤袋里，疲惫地说道：“不必回来，这里有我和你师姐、师兄在。”

云中子不会怀疑丁一，一来这少年是故友所托，二来那晚师弟为了确保他不会对小顶不利，还是去搜了他的魂。

“找到小师姐要紧，徒儿这就回来。”丁一断了传音咒，立即御剑回到归藏。

叶离和蒋寒秋本来对这小师弟存着几分怀疑，毕竟前一晚他去了掩日峰，第二天小顶就失踪了，未免有点太巧了，但他闻讯立即折返，神色焦急不似作伪，他们心头那丝疑虑也就打消了。

小顶听着师伯、师姐和师兄们的声音近在咫尺，大声喊他们，却没人听见。

“小师姐是什么时候不见的？”丁一急切地问。

“就在你下山那天晚上。”云中子疲惫地捏了捏眉心，“傀儡人去后山找灵虎，回来发现灵虎好好地待在房里，你小师姐却不见了。房中还有一瓶碎掉的灵液瓶。”

他眼眶微红，声音颤抖起来：“是给你师叔炼的，用她的血和元神炼的药，全洒了……”

丁一双目赤红，暗暗握紧拳头，指甲深深地嵌入手心——这赝品竟敢用小顶的血炼药，若不是要留着她一条命，他真想立即用搜魂灯把她的神魂搅碎。他定了定神："师父，小师姐和师叔可有什么仇家？谁会对她不利？"

云中子嘴里发苦，那祖宗的仇家可太多了。

蒋寒秋道："在这里胡乱猜测也无济于事，我们带人分头去找。我去西北，叶离你和老四去平洲、郁洲，让老五老六去魔域……师父和小师弟便留在门派中等消息吧。"

丁一道："大师姐，我也去找，留在这里我……"他哽咽了一下，"我不能……大师姐，我也跟着五师兄和六师兄一起去吧，就算帮不上什么忙，也不会拖他们的后腿。"

蒋寒秋拍拍他的肩头："行，事不宜迟，立即分头行动，务必小心，小师妹失踪的消息别泄露出去。"

小顶把师兄、师姐们的声音听得一清二楚，但她被困在阵法里，怎么喊他们都听不见，绝望像水一样慢慢把她淹没。

丁一和两个师兄御剑前往魔域，日夜兼程，两日便抵达魔域最大的城池千叶。

五师兄宋明道："我们分头往东、西、南三个方向寻找，魔域不能传音，找到小师妹便以火符为信，若是遍寻不到，三日后仍旧在这城门口见。"

丁一道："我云游时曾在城南逗留过几日，我去那里找吧。"

宋明点点头："好，你多加小心。"又从乾坤袋中翻出一沓符咒和法器，"小师弟把这些带在身上以防万一。"

六师兄也找出一件丝甲："小师弟把这个也穿上，魔域不比十洲别的地方。"

丁一目光动了动，接过来讷讷地道了声谢。

与两个师兄分别后，丁一便径直前往城南。

给他阵法和搜魂灯的人许诺替他招回小顶的魂魄，他当然不会相信。背后的人只是想挖出河图石和她炼丹的秘密，不是要囚禁她为己所用，就是打算剖开她的身体查验。

他本想问出炼丹的秘密，好有个准备，若她是凭借什么外物，大不了他把那劳什子秘宝扔给他们。

但是搜魂灯搜不出来，他只好作罢。

无论如何他都不会把小顶的身体交给他们。

因此他在与他们约定的日期前半个月便先行动手——他们没把他一个金丹期

修士放在眼里，以为他会对他们言听计从，却料错了。

丁一当年云游四方时遇到过一个精通旁门左道的散修，听那人说起魔域千叶城有个老魔修可以布招魂阵，无论魂魄在世间还是在幽冥，都能招回来。

待招回了小顶的魂魄，他就立即带着她前往北陲。

三日后，两个师兄发现他不见踪迹，定会以为他在魔域出了事，会在那儿再搜寻上几日。他不停歇地飞，只要在他们找到他前抵达北陲就行。

北陲是蛮荒化外之地，那里的山川天地不会溢出灵气，只会吞噬灵气。丁一在那里有个凡人刀客朋友，打算到时候将小顶托付于他，让她从此隐姓埋名，做个无忧无虑的凡人；而他自己，回归藏以死谢罪便是。

若是他的小顶已经转世投胎，他也可以替她报了夺舍之仇。

他自幼有过耳不忘之能，虽然只是听那散修提了一嘴，却把那老魔修的居处和形貌记在了心里。

凭着记忆，他不到一个时辰便在南城外一处废弃的离宫找到了那老魔修。

那老魔修一头蓬乱的白发，脸上不知有几百道褶子，眼皮耷拉下来遮住了昏花的老眼，老得让人怀疑他还会不会喘气。

丁一说明了来意，把十支玉简放在他面前的破案上。

老头眼珠子转了转："先说好，阵一动，钱就不退了。招得来招不来，全看造化。"

丁一道："能查到她魂魄的下落吗？"

老头发出夜枭般的笑声："你当老头是阎王，手里攥着生死簿？"

"我只要知道她是不是已经投胎转世，不用知道她投到了哪里。"

老头点点头："不过是另外的价钱。"

丁一又从袖子里抽出一支黑简："够不够？"

老头颤巍巍地把玉简拾起来放进怀里："躯壳带来了？"

丁一从乾坤袋里拿出一个黑色的口袋，打开束口一倒，小顶便从袋口摔了出来。

这几日她神思越发恍惚，成天昏昏沉沉的，断断续续地听见丁一和两个师兄说话，隐约知道自己在魔域，但只要一多想，脑袋便疼得厉害。

此时乍见天光，她不由自主地闭上眼睛，皱紧了眉头。

"哟，还是鲛人。"老头眯起右眼，用左眼打量她，"咦，这魂魄不是挺好吗？"

丁一眼中闪过一丝恨意："这不是她的魂魄。"

“丑话说在前头，阵法一动，即便招不来你要的那个魂魄，里头这个也毁了。”老头摸了摸脸，微微抬起头，往四下里嗅了嗅，耷下嘴角摇摇头，“依我看，招来的机会恐怕不大，估计一成半成。”

丁一眼中闪过一丝犹疑，看了躺在地上的小顶一眼，见她一脸茫然无措，仿佛不知道自己命不久矣，不知怎的心底又涌出一股深深的嫌恶感：“就算小顶回不来，我也不会让你占着她的身体。”

小顶压根听不见他在说什么，她的耳边只有舟楫劈开水面的哗哗水声。

丁一咬咬牙道：“开始吧。”

他根本无须怜悯她，即便她不是什么穷凶极恶的妖魔恶灵，她心安理得地占着小顶的身体，过了那么久的好日子，如今也该还了。

老魔修叹了口气，要了名姓和生辰八字、家在何处、父母姓名，然后慢悠悠地站起身。

他从脏得看不清颜色的百宝囊里摸出一把漆黑的石头，一边绕着小顶走一边抛，口中念念有词，不一会儿手里的石头尽数抛完。他并指往小顶身上一指：“起。”

小顶不由自主地站起来，阵石中发出青光，渐渐笼罩了她周身。

老魔修嗡嗡唱着什么歌谣，丁一听不懂，只觉音调古老苍茫，让人心中悲戚。

小顶感到自己慢慢飘了起来，有点像她修成器灵时脱离原身的感觉，仿佛脱去一件沉重的旧冬衣。

疼痛也消失了，整个人轻盈得像片离开枝头的秋叶。

她这是死了吗？人死了魂魄会去幽冥，炉子死了去哪里？

丁一看到的却是另一番景象——站在阵中的少女软软地倒下来，像是个倒空的布袋，一道金光忽然从她的躯壳中飞出。

丁一瞳孔一缩，挥剑便砍——这把昆吾剑是师父传他的宝物，可斩妖魔精怪鬼魂。不管她是什么，他都要让她魂飞魄散，报夺舍之仇。

剑刃与金光相撞，却发出叮的一声脆响，却似金石相击，震得他手腕一麻。

待他挥剑再砍，那道金光却在眨眼间不见了踪影。老魔修眯眼瞧着，口中哼唱不止，过了约莫一炷香的时间，对着丁一摇摇头：“没有你要招的魂。”

丁一皱了皱眉：“可是转世投胎了？”

老魔修摇摇头：“也没有。小公子，真有那位姑娘吗？”

“你是什么意思？”丁一一把抓住老魔修的衣襟，把他提了起来。

老魔修哎哟哎哟地叫唤着："别晃，再晃这把老骨头就散架啦……方才看那姑娘魂魄，不像是夺舍的样子……哎，你快看那姑娘的尸体，这是怎么了？"

丁一转眼一看，立即松开手，奔到小顶的尸身旁。

片刻之间，那熟悉的身体慢慢地消散着，在他眼前渐渐变成流沙。一阵狂风吹过，骨肉发肤荡然无存，只剩下一身归藏的道袍。

老魔修袖着手啧啧称奇："老头活了三千年，还不曾见过这种新鲜事……"

丁一跪倒在地，捧起衣裳，里面啪嗒啪嗒掉下两件东西。

他捡起一看，是一本奇怪的书，还有一块小小的石头。

老魔修讶然道："慧心石，难怪天上地下都找不到你要的魂魄，这不就是了？"顿了顿，他道，"你要找的姑娘原来是傀儡人哪！"

丁一颤抖着手伸向那块晶莹的石头，指尖不曾触及，便缩成了拳头。他发出一声困兽般的嘶吼，眼泪夺眶而出。

小顶从身体里飘了出来，迷迷糊糊地在空中乱飞，也不知飞了多久，身子忽然一沉，一头栽下来，扑通一声落进水里。

冰冷的河水让她打了个激灵，让她清醒过来。

咦，她打量了一下自己——她漂亮的圆肚子又回来了！

不知为什么，她又回到了原身里，只不过原身还是和待在灵府里时见到的样子差不多，只有巴掌大，像个香炉。

正想着，她忽然被什么东西兜了起来。

"爹爹！"一个孩童清亮的声音响起来，"看我网到什么，好像是个香炉！"

小顶："……"她明明是个炼丹炉，这小孩好没见识。

"爹爹，这是金的吗？我咬一下看看……"一张生着小斑点的大脸凑上来，对着她张开血盆大口，大口里还缺了一颗门牙。

小顶惊恐万分。

一只大手把她夺了去："别乱啃，仔细咬坏了你的牙！"

那渔人用粗布袖子擦擦炉子上的水："噫，上面还刻了字，丁……页……看样子是稀罕物事，拿到西市上，少说也能卖个十块灵石。"

小顶："……"

老魔修在泣不成声的少年郎身上打量了一番，又看向那块小小的石头，眼中闪动着贪婪的光。

“你要这慧心石也没用，不如卖给我吧……”

少年抬起头，握紧剑柄，血红的双眼里露出困兽般的凶光。

老魔修不由自主地退后两步，忙不迭地解释：“这是石头，不是魂魄，你就是再给她找个躯壳也没用……你对我撒气也没用……”

丁一松开手，剑当啷一声掉在地上：“不对，她不可能是傀儡人！她出生的时候我就在屋外，我听着她呱呱坠地，我看着她长大的……傀儡人不会长大……”

他的双眼发亮，仿佛燃着两团火：“定是那妖物的诡计！它害了我的小顶，故意留下这石头骗人……”

老魔修摇摇头：“这小姑娘身体里为什么会有慧心石老头不知道，不过你说傀儡人不会长大，这却未必。”他顿了顿，摇头晃脑地卖弄道，“这慧心石是千年慧心兽的心窍里结出来的，你想必也知道吧？”

丁一默不作声。他不关心慧心兽，此刻什么也听不进去。他的小顶不可能是傀儡人，他们是合起来骗他的。

老头自顾自接着道：“世人但知其一，不知其二，都道只有雄兽可结，雌兽无石，其实雌兽也可以结出慧心石，只是要活到万年。万年雌兽结出的是另一种慧心石，若是放在活人的躯壳中，那人便能如活人一般行走起卧；若是放在孩童的躯壳里，还能像活人一般长大。雄兽之石色青，雌兽之石色红有纹，你这块就是雌兽之石。”

千年雄兽已经极为难得，数百年前便已绝迹，万年雌兽更是稀世罕有。他活了这么多年也只见过三块，少年手中的就是第三块。

他舔了舔嘴唇：“这姑娘这颗是怎么来的，老头也弄不明白，不过她的躯壳没了，你留着这石头没用，不如……”

丁一双目失神，只是紧紧地握住慧心石，石头的棱角嵌入他的手心，但他已感觉不到疼了。

老魔修还在喋喋不休，但他什么也听不见。良久，他失神的目光终于落到那本古怪的书上。

老魔修皱起脸：“如果我是你，就不去碰那本书。”他叹了口气，指了指覆着白膜的左眼，“知道老头这只眼睛怎么瞎的吗？有的事不该你窥探，还是少知道为妙！睁只眼闭只眼，才能活得久。你还年轻，忘了这事，稀里糊涂地修你的仙吧。”

丁一朝他看去，涣散的目光变得坚定了。这老头白发缠结，衣衫褴褛，像野狗一样窝在半人高的荒草中。自称活了三千多岁，与行尸走肉何异?

就算是死，他丁一也要死个明白。

修仙?他踏上仙途便是为了带她离开那对不堪的父母。

也许他那时该大胆一点，求师父带她一起走，那样他便一辈子不会知道真相。但他那时候太小，太孱弱，听见师父拒绝了她天赋上佳的双生哥哥，便不敢开口恳求。可眼下说什么都太晚了。

老魔修半真半假地劝道："少年人别钻牛角尖，只要有命在，世上没什么过不去的坎……"

丁一一笑，做下这些事，还能回头吗?

他眼中闪过决绝，伸手翻开了第一页。

双脚传来一阵剧痛，仿佛有人用锉刀锉他的血肉。

他一目十行地读下去，一行行字就如一排排的钢针，刺着他的双眼。

这才是他熟悉的小顶，她的一颦一笑，她的所思所想，该是书里这样，可怜而软弱，让人忍不住想为她遮风挡雨，将她紧紧地护在怀里。

不一会儿，他的双脚消失了，化成了一缕缕油墨，飘进了书里。他仍旧不罢手，一页页地往后翻，脸色煞白，豆大的汗珠从额头渗出来，滴落在满是尘土和蛛网的石板上。

待双腿都化作了油墨，他终于看到了自己的名字。

"丁一"，简单的两个字，莫名其妙地出现，仿佛是写书人随手拈来敷衍人的。

他看得很慢，仿佛要把每个字都刻进脑海中，但是再慢也花不了多久，提到他的总共只有短短数页。书中的他突兀地出现，突兀地消失，只留下一包带血的糖莲子。

两行泪顺着丁一的脸颊无声地滑落。

早知道是这个结局，丁一会为了她将生死置之度外吗?

会的，他为她而生，仍旧会义无反顾地为她而死。他的一生就是薄薄几页纸，一个笑话。

他无法再翻动书页，双手也已化作了油墨，一阵风吹来，将书翻过一页。

在彻底消失前，他看见两个段落的空白处，一缕缕油烟缓缓汇成一行字：

很久以后小顶终于知道，这世上唯一真心爱她的阿一哥哥，早已葬身魔域，尸骨无存，魂飞魄散。

少年消失后，那本怪异的书瞬间燃烧起来，顷刻间化为灰烬，被风一吹便不见了踪影。

老魔修蹲伏在一旁，静待了许久，见没什么动静，这才走到少年留下的一堆东西边，先把慧心石揣进灵府里，然后捡起丁一的乾坤袋，把散落各处的阵石和捕鲛阵一股脑地塞了进去。

他正要去捡丁一的佩剑，忽听墙外传来脚步声，声音轻捷，一听便是修为深厚的修士。

老魔修忙闪身躲在一根粗大的断柱后，隐藏了自己的气息。

两个身穿黑衣、戴着帷帽的修士走进来，四下环顾了一圈，然后蹲下身，在丁一的衣裳里翻检了一番。

一人道："我们看着他进来的，怎么活不见人死不见尸？"

另一人道："那老东西呢？找出来问问。"

两人说着便在各处搜寻起来。

老魔修凝神屏息，悄悄咬破指尖，挤出血，在身周地面点了几下，用阵法把自己隐藏了起来。

两个修士搜寻了一圈无果，第一人道："那老东西滑不留手，惯会藏头露尾，怕是知道惹祸上身，钻地下去了。"

另一人道："不管了，带上剑和衣裳，先回去向主君复命。"

小顶在渔人王老六的渔船上待了两天，第三天清晨，王老六用一件旧衣把她包起来，打成包裹背在肩上。

"别傻站着，帮你娘把鱼倒进车里。"那渔人吩咐儿子。

板车木轮辘辘作响，小顶被布裹着，看不到外头的情形，只觉得一颠一颠，不时听见人来车往的声音，还有灵兽坐骑踢踢踏踏的足音。

过了约莫两刻钟，周围的声音变得更嘈杂了，尽是吆喝叫卖和讨价还价的声音，显然是到了集市。

不一会儿，颠簸停了下来。

王老六和儿子把油毡布铺在地上，把半板车鱼卸下来，然后用手把鱼扒开，整理出一块地方，取下包裹打开。

周围乍然一亮，一股令人窒息的腥味扑鼻而来，小顶环顾四周，发现自己被一堆鱼虾包围着。

小顶做了几个月的人，乍然做回炉子，赤条条地供人围观，一时有些不自在。但她不能说话，不能动弹，更不能找件衣裳给自己盖上，只得大咧咧地袒露着漂亮的肚子。

王老六扯着嗓子吆喝起来："卖鲜鱼活虾啰，刚打上来的，走过路过瞧一瞧啰——"

便有人闻声驻足，在摊前挑挑拣拣。

"你这卖鱼的怎么还卖起香炉来了？"有个挎着竹篮的大娘纳闷地问道。

王老六道："这是我打鱼捞上来的。"

大娘蹲下来摸了摸小顶的肚子："倒挺滑溜，多少钱？"

"十块上品灵石。"

大娘腾地站起身，像是受到了莫大的侮辱，叉着腰愤愤地道："你倒不如去抢！五块下品灵石，我捎一个。"

小顶："……"她以为十块灵石已经是她炉生的低谷了，没想到还能继续跌。

王老六梗着脖子道："你嫌贵，我还不舍得卖哩！这可是在千叶城外河里捞着的，上面还刻了字，没准是哪个大能掉的法器哩。"

这话一出，众人都哄笑起来："王老六，你想发财想痴了吧？什么大能的法器能给你一个凡人捞到？"

另一人道："什么大能的法器是个香炉？"

还有个油头滑脑的闲汉凑上来："你怎么不说这是连山道君的香炉？就吹吧。"

小顶："……"

众人你一言我一语，把王老六挤对得满脸通红。就在这时，小顶听见不远处响起一个熟悉的声音。

"这都已经到了凡人界了，小师弟不会跑这里来吧？"

小顶精神一振，这是五师兄宋明的声音。她真想大声喊他，奈何发不出声音，只能盼着他们能从这里经过。

"小师妹还没找到，连小师弟都丢了，这可怎么办？"这是六师兄元青的声音。

"还是再回千叶城找吧，你去城北，我去城南，就是把魔域翻个底朝天……"

有个陌生的声音打断他："两位道君可是要寻人？"

宋明道："足下有何高见？"

那人道："两位这样找，恐怕没什么头绪……"

宋明和元青对视了一眼，元青从袖中摸出一支玉简："还请足下指条明路。"

那人接过玉简，眼中闪过喜色："两位要打听消息，地面上是打听不到什么的，得去地河集市。若是两位要找的人真遇上不测，他的东西八成会在那儿，入口就在……"那人压低了声音，小顶就听不清楚了。

宋明道了谢，对元青道："事不宜迟，我们立即去那儿打探打探。"

两人一边说一边走，声音离小顶越来越近。

快看我快看我，小顶在心里焦急地祈祷，恨不能飞到他们眼前去。

两人经过鱼摊，元青不经意地一瞥，发现了小顶："咦，怎么有那么小的炼丹炉？"

宋明道："给小孩扮家家酒玩的吧。"

小顶："……"谁家小孩扮家家酒用炼丹炉？

元青："看着不是寻常物件……这炉子怎么卖？"

不等王老六回答，宋明在他的后脑勺上拍了一记："都火烧眉毛了还想着捡漏！"说完拽着师弟快步离开了鱼摊。

小顶只能绝望地看着他们越走越远。

"听见了吧，"王老六得意地道，"那两位道君都说不是寻常物件。"

有人道："十块灵石是吧？我买了。"

王老六："十块灵石太亏了，连道君都说是宝贝，一口价，二十块。"

小顶："……"多亏两个师兄，她的身价翻了一番。

宋明和元青按着那人的指点，找到了地河集市的入口。

集市隐藏在城下，一条暗河从中流过，河两岸挤挤挨挨地摆满了货摊。

每个城池都有这样一个见不得光的地方，供人做一些见不得人的交易，杀人越货得来的赃物也会自然而然地流向这个地方。

两个人并不像没头苍蝇一般瞎撞，找了个显眼的摊子，甩出一沓黑简，把摊位上的东西都包圆了。

片刻之后，整个集市都知道来了两个豪客，便有人像嗅到了血腥气的秃鹫一样围了上来。

两人很快便摸清了销赃的所在，对上暗号，摊主将他们带到一个偏僻的角落，从袖中拿出个乾坤袋，往地上一倒："这些都是这三天新到的。"

元青拿起一物："这是……"

宋明也认出来了，这是分别时六师弟给小师弟的那件丝甲。

两人忧心如焚，但不敢表露出分毫。

宋明道："和这件丝甲一起的还有什么东西？"

那人有些不情不愿："这可不能告诉两位，我们这一行也是有规矩……"话说到一半生生咽了下去，因为元青的剑已经抵在了他的脖子上。

这剑快得吓人，他一直防备着，竟然直到剑架到脖子上还没醒过神来。

那人忙告饶，从怀里摸出另一个乾坤袋："这些和丝甲都是一块儿的，但转了几道手才到我的手上，我真不知道是从谁手上流出来的……"

宋明接过来翻检了一番："是小师弟的……"

他的声音戛然而止。

"怎么了？"元青问道。

宋明拿出一只黑色的口袋、一条银白色的鞭子，对师弟道："你认得出这是什么吗？"

元青想说话，声音卡在嗓子眼里发不出来。

这是捕猎鲛人用的法阵和鞭子。

元青将手中的剑握紧了："这是谁卖给你的？带我们去找他！"

摊主想搪塞，元青手上微微加了点力道，摊主只觉脖子一痛，忙道："我说我说……"

那乾坤袋果然转了好几道手，两人辗转找到那白发苍苍的老头时，已是半夜。

老头道："老头什么也不知道，只是他们施法的时候恰好在暗处看了个分明。"

他添添减减地把事情说了一遍，只是编了个莫须有的魔修，把招魂阵之事栽赃出去，又隐瞒了慧心石的事。

听到小顶魂魄离体，丁一拔剑去砍，两人目眦欲裂。元青揪住那老头的衣襟："若有半句虚言，便叫你身首异处！"

那老头颤巍巍、气喘吁吁地说道："老头不敢诓骗两位道君……句句属实，老头亲眼看见那姑娘躯壳里冒出一道金光，那少年郎挥剑砍去，叮的一声，那金光就不见了。那姑娘的躯壳变成了流沙被风刮走了。"

"那人在哪里？"宋明问道。

"姑娘身上掉出来一本书，少年郎翻开一看，就一点点地不见了，后来书自己烧没了。”

宋明哪里肯信，搜了他的魂，发现丁一的所作所为果然不假，这才松开手，将老头放回地上。

两人一言不发，如行尸走肉一般御剑出了魔域。良久，宋明紧紧地捏着手里的乾坤袋，终于从牙缝里挤出几个字：“究竟为什么……”

元青眼眶发红：“可以传音了，先告诉师父一声吧。”

云中子几日不曾打坐入定，双目中布满了血丝，接到五弟子传音，便腾地站起身，迫不及待地问道：“找到你小师妹了？”

宋明哽咽着把他们的发现告诉了师父。

云中子缓缓地跌坐在榻上。

“其中或许有什么……”话一出口，宋明自己也不相信。

一切都太凑巧了，丁一前一晚去过掩日峰，第二天小师妹就不见了，还有那捕鲛阵和打魂鞭……

就在这时，云中子收到了来自师叔祖的传音。

“师叔祖，怎么了？”云中子疲惫地问道。

“我上回不是带了河图石回万艾谷吗？”纯阳子兴高采烈地说道，“一直搁在院子里，今早出关一看，灵力居然回来了，这下小毓不必发愁了。小顶在吗？她可有什么异样？”

云中子听不见师叔祖在说什么，已经不想去思考小顶究竟是什么，来自何处，只是眼睛一眨不眨地盯着案上的琉璃瓶。里面只有两三滴灵液，像晚霞一样微微发着光——这是他在瓶子碎片上找到的一点残余的灵液，那个傻乎乎的小姑娘只留下这么点东西在世上了。

第九章　萧千万

宋明断开传音咒，看了看元青手里提着的老魔修："把他带回去，让师父和师兄他们仔细审问。"

话音未落，只听噗的一声，老头身上突然喷出一股烟尘，眯住两人的眼睛，害得两人险些从剑上栽下来。

元青只觉手下一轻，待烟尘散去，抓着的老头不见了，只剩下一根绳索。他眉头一皱："金蟾脱壳。"

两人御剑回身去追，在千叶城中搜寻了一圈，哪里还有那老头的影子？

宋明沉吟道："这样找也不是办法，先回门派吧。"

元青无法，只得点点头。

两人走后，街角一棵火桑树背后探出一蓬乱草般的白发。

"凭两个百来岁的毛头小子也想和老头斗？"老魔修从鼻子里发出一声嗤笑。

原来的窝是不能回了，住了几十年的地方，要挪窝他还真有些舍不得。不过他一想到灵府里那块价值连城的慧心石，千沟万壑的老脸上绽开一个得意的笑容，连瞎了的那只眼都有了一丝光彩。

就在这时，他的后心忽然传来一阵剧痛，他瞪大眼睛，回过身，却见身后不知何时突然多了两个戴帷帽的黑衣人——正是先前将那青衣少年的佩剑和衣裳捡去的两人。

其中一人满手鲜血，如钩的五指间捏着一颗跳动的心脏，漠然笑道：“这老东西的心竟是红的。”

另一人道：“主君命我转告你，下辈子小心些，不该看的少看。”

老魔修双眼圆睁，无法抑制地战栗起来。百年来他小心隐藏行迹，没想到终究因这桩买卖撞进了那人手里。他张了张嘴，哇地吐出一口血，慢慢软倒下来。

他们在城中大道旁，不时有人、魔和妖从旁经过，只是低下头加快脚步，没有人多看一眼——在魔域这种地方，杀人越货乃稀松平常之事，时刻都在发生，大家全凭本事。

黑衣人搜了老魔修的身，又剖了他的灵府，搜出几样贵重的宝物，连同那块不知来历和效用的纹石一起塞进乾坤袋里，将血淋淋的残骸扔在一旁，随即转身离去。

没有人理会那老魔修的尸首，不一会儿，一群苍蝇嗡嗡地围了上来。

三日后，老魔修的乾坤袋、丁一的昆吾剑，连同那块拇指大的红色石头，出现在一方紫檀小案上，由一个黑衣人跪地托举着，捧到低垂的纱帐前。

帐中依稀有两个人影隔着一方棋枰对坐，不时有啪啪的落子声传出。

黑衣人跪了许久，帐中一局终了，两人收起棋子，棋子一把把落在笥中，发出哗哗的声响。

片刻后，纱帐动了动，一只手从纱帐中伸出来，骨节分明而纤瘦，白到近乎透明的手背上隐隐看得出青色的经脉。

那手如抚琴般滑过昆吾剑乌黑而粗糙的剑鞘，绣着银色流云纹的水蓝广袖发出沙沙的轻响：“我最喜欢自以为聪明的人，他们最不愿听话，以为事事都是自己拿主意，故而做起事来也最卖力，用起来倒比唯命是从的还顺手。”

黑衣人知道他不是在同自己说话，只是默不作声，一动不动地举着小案。

帐中的男子在剑上轻敲了一下：“收起来吧。”

另一个黑衣人毕恭毕敬地道一声“遵命”，膝行上前，双手捧过宝剑。

那只手又落在纹石上。

“没想到这世上还有第三块……”那人饶有兴味地说道，“也是从他身上搜出来的？”

这回他是在问下属，黑衣人赶紧答是。

“人为财死，鸟为食亡。”帐中人惆怅地叹道，“当初我只取他一只眼睛，不想他最后折在了这块石头上。早知如此，倒不如给他个痛快，阿蓁，你说是不是？”

只见棋枰对面的人微微点头，头上的簪钗发出细细的丁零声。

“可有白家的消息？”帐中人又问道。

“回禀主君，”黑衣人道，“属下接到消息，白宗主已在纠集心腹死士，准备派往西洲边境，截杀连山君。”

男子拈起慧心石，将手收回帐中：“退下吧。”

两名黑衣人如蒙大赦，赶紧行礼退出殿外。

嗒的一声，慧心石轻轻地落在星位上。

“好漂亮的石头，做什么用的？”对面的女子轻声问道，嗓音温婉如水，又带着股山泉般的凉意。

“慧心石，做傀儡人用的，”男子道，“你拿去玩吧。”

女子不解地问：“你用不着吗？”

“用不着，”男子道，“只要懂人心，就会发现活人比傀儡人更听话。”

“嗯？”

“是什么样的人，就会做什么样的事，”男子拈起一颗棋子，“明知也许成了别人的棋子，但不得不这样一步一步地走下去，因为他们忍不住。”

他顿了顿道：“比如白景昕，有天赐良机可以除掉阿毓，他能忍住吗？再比如苏毓，知道害死他心爱之人的是谁，能忍住不去复仇吗？”

女子的嘴唇微微一动：“阿毓……”

“是我们的阿毓，”男子微微探身，越过棋枰，将女子散落下来的一缕鬓发细致地别到耳后，“他到底是像你多一些，太重情，终究难成大器。”

“我听不懂……”

“无妨，你累了，去睡吧。”男子淡淡地说道。

女人欠了欠身，慢慢站起身，走到床边躺下来，双眼直直地望着帐顶。

男子断开灵力，她眼中的神采便消失了。

四个傀儡人守着主人在死魂海上漂了足足七日，总算漂到了岸上。

螣蛇阿银百无聊赖，把方圆百里的蜥蜴、沙鼠和地头蛇都祸害完了，只能用尾巴卷着大石头往海里扔解闷。

它终于盼得主人和傀儡人出现，却见主人一动不动地躺在船上，像是死了。

螣蛇把头凑上去，对着苏毓的脸咝咝地吐芯子，被旃蒙手疾眼快地一把推开：

“道君没死呢，别打他的主意。”

阿银悻悻地缩回脑袋，突然绷直身子瘫倒在地，然后昂起头，期待地望着傀儡人。

“别想了，”柔兆拍拍它的脑袋，“就算死了也不能给你吃。”他说着从乾坤袋里掏出一块三足鹿的肉脯扔给螣蛇。

阿银聊胜于无地吞了下去，遗憾地看了看不省人事的苏毓，舔了舔嘴。

四个傀儡人七手八脚地把主人从船上抬下来，搁在沙岸上。若木叶化成的小舟重新变回叶片，打了个旋，慢慢漂远了。

傀儡人把苏毓搁在阿银的背上，用衣带从头到脚绑了几圈。

阏逢拍拍蛇背：“走吧。”

阿银心不甘情不愿地拍拍翅膀飞了起来，四个傀儡人分别御剑在两旁护着。

从死魂海岸到十洲边境隔着千里沙碛，若是往常，他们只需两三日便能飞过。此次苏毓受了伤，也不知能不能颠动，傀儡人便让螣蛇飞慢些，时不时落下来歇上一个半个时辰，顺便给主人塞一把药。

小顶姑娘炼的伤药疗效显著，不过几日，苏毓身上的断骨已经长好了，经脉也在逐渐修复。

傀儡人估摸着他的经脉够结实了，应当不至于被小顶姑娘半瓶鲛血炼的灵药灌死，商量了一下，便捏开主人的嘴，把药强灌了下去。

上回主人服下这灵液后浑身滚烫，肌肤通红，但这次没什么异状，衣裳下面也没什么动静。

他们不明就里，不过保险起见，还是给苏毓灌了两瓶清心丹。

苏毓服了灵液后，经脉中灵气充溢，气海很快便满了，连带四个傀儡人都神采奕奕，但他还是一动不动，没有半点要醒的迹象。

眼看着能望见沙碛与西洲草原相接的那条界线了，苏毓仍旧没动静。

这一夜无星无月，黑沉沉的云层重重地压下来。

他们照例停下来，找了一座沙丘的背阴处歇脚。

阏逢道：“明日亭午就能到十洲了，到时候给掌门和小顶姑娘传音报个平安，顺便问问她有没有法子……”

话音未落，他忽听耳边传来嗖的一声利器破空之声。

阏逢想也没想，拔剑一挡，发出叮的一声响。

一支手指长的短箭落下来，哧地插进沙土中。

四个傀儡人知是有人守在这里偷袭，立即拔出剑，围在主人身边。

很快，便有十几道人影从空中落下，提起兵刃便急攻过来。

这些人身着黑衣，装束上看不出是哪门哪派，但剑招狠辣，攻势凌厉，一交手便知个个都是化神期以上的剑修高手。

“躲远点，看好道君。”旃蒙把苏毓往阿银背上一撂，迅速用衣带一捆。

“不许趁机偷吃！”柔兆补上一句。

阿银委屈地咝了一声。它是那种不讲道理的坐骑吗？主人还活着，它怎么会去吃？当然，他死了就另当别论了——反正放着也浪费。

它拍拍翅膀朝空中飞去，却不敢飞得太高太远，毕竟这些人是冲着主人来的，一定在周围布了阵法。

四个黑衣人朝着他们追过来，螣蛇身子一扭，尾巴便如一条粗壮的银鞭呼呼地向敌人抽去。

一个死士被劲风从剑上扫落，阿银迅猛地在空中掉了个头，不待那人提剑，张开大口咬住了他，足有大腿粗的利齿扎透了那人的身体。顷刻之间它把他的血和灵力吸得一干二净，呸一声，把尸体吐了出来。

其余三个黑衣人脸色微变。他们一早听说连山君的坐骑螣蛇凶猛残暴，极难对付，今日见了方知传闻不假，不由得越发谨慎。

几人交换了一个眼神，两人提剑分别从左右攻来，另一人掐诀念咒，天空中落下团团火焰，落在阿银的身上，在它漂亮的银色身躯上烧出一个个瘢痕。

阿银疼得忍不住扭动身子，但还是卷起尾巴，挡住背上的主人。

它急得直绕圈，一柄利剑插进它两个鳞片的空隙中，痛楚直达心脏。

它用力一甩身，那修士来不及拔剑，剑柄不慎脱手，还没回过神来，被阿银一尾巴抽落到地上，柔兆飞身而起，一剑将那人钉在地上。

四个傀儡人以少敌多，与十多个修为与自己相当的活人修士交战，自是讨不到什么便宜，好在他们的剑法得自主人真传，才得以勉强拖住敌人。

饶是如此，四人不一会儿便受了许多处伤。

这样打下去，他们迟早要落下风。

若是主人再不醒，他们恐怕是凶多吉少了。

苏毓在蛇背上颠来颠去，却对自己的处境一无所知，他的神魂被困在了一个寒夜里。

他忘了自己是个报上名字能止小儿夜啼的大能，如今他自己不过是个六岁不到的小儿。

就寝的时辰早过了，他却不在自己温暖的被窝里，而是在逼仄狭小的车厢里。

马车颠簸得厉害，冷风从织锦车帷下钻进来。虽然阿娘尽力将他搂在怀里，但那冷风还是往他的骨头缝里钻。

“阿娘，我们要去哪里？”他打了个哈欠，“我困了，想回去睡觉。”

阿娘紧紧地搂着他，在他的耳边小声道：“我们去阳城外祖家，很快就到了。”

“我们什么时候回来啊？”他一个激灵清醒过来，“我还要喂阿银呢！”

阿银是他新得的小马驹，比月光还要白还要亮，是爹爹送他的。

“对了，爹爹呢？”他道，“我们走了，爹爹知道吗？”

一滴温热的液体落在他的脸上，接着是第二滴，第三滴……

“阿娘，你哭了？”

不等她回答，拉车的马忽然嘶叫一声，马车骤然停了下来。

车夫不知说了句什么，阿娘跳下车，用衣裳将他一裹，抱在怀里，发足狂奔起来。

他听见叮叮当当的声音，又听见有人惨叫，正想伸长脖子看个究竟，被阿娘一把按在怀里。

阿娘抱着他跑了很久，周围的草越来越高，越来越密。阿娘蹲下来，把他放在地上，捂住他的嘴：“嘘，阿毓，不管听到什么都别出声，知道吗？”

苏毓点了点头，小声道：“爹爹去哪儿了？”

“你爹爹……”阿娘在他的脸颊上重重地吻了一下，撞得他有点疼，“等你长大了阿娘再告诉你。”

就在这时，忽然传来一个男人温柔的声音：“阿蓁——阿毓——”

“是爹爹！”苏毓兴奋地叫起来，“爹爹——”

接着他什么也看不清了，所有的颜色、光、气味和声音都搅和在一起——有阿娘的哀求，裂帛般的声音，红色的月亮，铁锈一样的气味。

爹爹找到了他们，杀死了阿娘，全都是因为他不听话。阿娘软软地倒下来，苏毓连忙跑过去，跪在她的身边，推推她的身体：“阿娘，阿娘……”

爹爹牵着他的玉骢马站在不远处，手里拿着一把弯刀，刀在月下闪着冰凉的光，什么东西顺着刀淌下来，滴滴答答地落在草丛里。

他推了好一会儿，阿娘不理他。他仰起头：“爹爹，阿娘睡着了吗？”

爹爹背对着月亮，脸隐藏在黑暗中，看不真切。他不说话，从马背上取下一个布囊，打开，里面有两样东西：一个小小的皮水囊；一块巴掌大的生肉，连着皮毛，在皎洁的月光下，像丝缎一样光滑，比月光还白，比月光还亮。

苏毓隐约想到那是什么，退后了一步："这是什么？"

爹爹蹲下身，像平时那样轻轻地揉揉他的顶发："这是阿银的血和肉，给你吃的。"

"那阿银呢？阿银在哪里？"苏毓向四周张望。

爹爹道："傻孩子，阿银被杀了，给你吃它的肉，自然没了。"

苏毓紧紧地抿住嘴，眼泪在眼眶里打转："我不吃，我不吃阿银的肉。"

爹爹仍旧把肉和水囊包起来，搭在他的肩上，然后握着他的肩膀，让他转过身，指指前方黑黢黢的密林："穿过这片林子有个山坳，到了那里才有人家可以给你东西吃。若是你不吃阿银的肉，不喝它的血，你就会饿死、渴死。"

苏毓眨了眨眼，一滴泪珠落了下来："爹爹，我要回家。"

"你没有家了。"男人道。

"叔伯婶婶、堂兄堂姐他们呢？"苏毓忽闪了一下长睫毛，大眼睛里泪光盈盈。

一片云飘过来，遮去了月亮，这下他更看不清爹爹的脸了。

"那我……"苏毓想了想道，"阿娘和我去外祖家……"

男人淡淡地一笑："你外祖家也没人了。"

怎么会呢？苏毓感到困惑，阿娘说外祖父是什么侯，他随阿娘回过一次阳城，外祖家的宅子特别大，走也走不完，人比他家还多，有许多舅舅和舅母，还有许多表兄和表姐，怎么会没人呢？

男人柔声道："若是不信，你就去阳城看一看吧。"

他觉得爹爹今晚很古怪，心里越来越不安："爹爹，我是在做梦吗？"

男人笑而不答，弯下腰抚了抚他的脸颊："要探求大道，先要断绝尘缘，你是应天命而生之人，长大后也会走上这条路，到时便懂了。"

男人说完拉起他的手，把满是血污的弯刀塞进他的手里，拍拍他的头，直起身，抱起他的阿娘放到马背上。阿娘歪倒下来，在玉骢马雪白的皮毛上拖出长长的一条深色的印子。

爹爹把娘扶好，翻身上马，让她靠在自己的怀里，一踢马腹，便转身走了。

苏毓赶忙追上去："阿娘，爹爹，别扔下我……"

他一边跑一边用手背抹眼泪。阿娘说男儿有泪不轻弹，但是他顾不得了。玉骢马撒开四蹄疾奔，不一会儿便消失在了弯弯的山道上。

他追了很久，终于追不动了，沿着原路走回去，坐在那块林间空地上哭起来，不知哭了多久，困意慢慢笼罩上来，便不知不觉地睡着了。

再次醒来，他又是在奔驰的马车中，阿娘紧紧地搂着他。

如此周而复始，反反复复。

小顶在王老六的摊位上从清早蹲到黄昏，做伴的鱼虾陆陆续续被人买去了，她还在。

驻足询价的人倒是不少，还有人把她拿在手上掂了掂，但一听要二十块上品灵石，便把她放回原处，顺便将王老六挖苦了一番。

第二日，王老六学了个乖，让儿子守着摊儿，自己揣着香炉去专卖古物器玩的铺子，向店家兜售。

倒是有几个店主人感兴趣，一问价钱，随即摇头："你这玩意儿，大小是个香炉，形制却是炼丹炉的形制，不伦不类的，收进来也要熔了重铸，就值这几斤的铜价。你卖二十块上品灵石，但凡眼睛没瞎的都不会要的。五块灵石顶天了。"

还有这个嫌她太扁，那个说她太圆，这个说她制式太老，那个又说她不够古朴，连耳朵上的小青鸟都被嫌弃长得像只鸡，总之从头到脚都是毛病。

王老六一家一家挨个儿问过去，果然没人愿意出二十块上品灵石，最后磨破了嘴皮子，以八块上品灵石的价卖给了一家卖香烛纸钱冥器的铺子。

一天下来，小顶已经没了脾气，摆正了自己的位置——虽然她是青冥仙君亲手锻造的炼丹炉，第二任主人是大名鼎鼎的连山君，但没人认得她，她就是一个价值八块灵石，还长得像炼丹炉的香炉。

她环顾四周，在心中叹了口气，想着和香烛纸钱做伴，总好过埋在一堆鱼虾中间供人围观。

她已经走丢好几日了，也不知道师父有没有音信。连那么惫懒的五师兄和六师兄都找到魔域来了，师伯、师姐和师兄他们肯定急坏了，碧茶和李圆光他们一定也很担心她。

她更担心暗中帮丁一对付她的人，会对师父和其他同门不利。

一想到这一切都是因为她，她便难受得想哭。要是她在修炼上多上点心就好了，丁一的修为比她低了几个境界，可她对上他毫无招架之力，都是不够勤勉的缘故。

师父总说她怠惰，仗着会炼丹炼器投机取巧，还真是说对了。不过事已至此，再怎么懊悔焦急都无济于事，现在她不能说话也不能动，灵体不能离开原身，就和她在九重天上第一次“醒来”时的情形一模一样。

那时候她不会修炼，不懂心法，稀里糊涂地过了很久，忽然有一天就能离开原身，也能说话了。

仙君说这是修成器灵了。

既然那时候她能修出来，没准现在也一样。

眼下她可是正经拜了师、修过仙的炉子，总比胸无点墨的时候强吧？

她定了定神，开始回想先前学的门派心法。

多亏了师父每晚雷打不动的传音课，小顶最近背了十七八卷元婴期适用的心法。

她一边默诵，一边凝神入定。她现在是个炉子，自然没了经脉，只能凭空存想，假装从日月天地中汲取灵气，引入不存在的经脉，在其中运转二十八个小周天，再运转二十八个大周天。

不知是不是她的错觉，她运完功后，她的神思似乎清明了一些，视物也比先前清晰了。

此时当是夜半，店主人已经将门扇关了起来，店堂里空无一人，只有几缕月光从门板的缝隙里漏进来。

但她能清楚地看见对面靠架子立着的一排纸人，其中有一个还只扎了一半，勾着红唇，弯着眉眼，似在朝她微笑。

小顶“后背”上莫名有些发凉，旋即想起自己是个炉子，不禁哑然失笑。

她怎么也害怕起这些来了？

做了半年的活人，她倒是越活越像人了。

小顶在心里叹了口气，不由自主地怀念起做人的感觉来，虽不如当炉子省心，有许多苦恼，但生着腿，能到处跑，能说能笑，有师长，有朋友……

想到师长，她不免又想起师父来。她定睛一瞧，对面有个男纸人的眉毛与师父有几分相似，隔壁那个的下巴颏和师父有点像，还有那个额头差不多有师父那么宽的纸人……

她想着想着，有些犯困，慢慢地沉入了梦乡。

半梦半醒之间，她忽然觉得自己像是被一根细线牵引着飞出了铺子。

她越飞越快，月色下的山河在她的眼底一闪而过，转瞬之间似乎已飞了几千几万里。

紧接着牵着她的那根线忽然猛地一拽，她眼前一黑，便跌落下来。

小顶丈二和尚摸不着头脑，睁开眼睛一看，看见一些模糊而摇曳的火光，耳边有嘈杂的声响，似乎有个女人在哭哭啼啼。

就在这时，她猛然发觉自己又有眼睛、手脚和身体了。

她抬手揉了揉眼睛，忽觉哪里不对劲，借着火光看了看手，发现眼前的分明是只孩童的手。

胳膊、腿、身体、脑袋……她整个人都成了小孩，被人装在一个藤编的背篓里背在背上，那人身上有一股熟悉的气息。她不由自主地脱口而出："爹爹。"声音也是脆生生的。

男人脚步一顿："醒了啊？再睡会儿，还没到地方。"

"这是去哪儿啊？"小顶一边问，一边打量四周，只见他们身在荒山野岭中，又圆又大的月亮挂在山尖上。

他们一行人总有二三十个，都是村夫野老的打扮，几个人举着火把，还有几个人挑着酒坛子和竹饭篮。

米酒和烧肉的香气隐隐飘过来，让她食指大动——自从没了人身，她已经几天没吃过东西了。

不远处，一个女人发出一声呜咽，小顶不用人告诉，立即想起那是她娘。

她叫了一声阿娘，又问了一遍去哪儿。

阿娘用袖子抹了把脸，抽抽噎噎着，说不出话来。

旁边有个持火把的年轻人笑道："带你上山耍呢，顶丫头。"

她娘一听这话，突然恸哭起来，去扯他爹肩上竹篓的带子："不去了，我们不去了，钱还给族老，把小顶还给我！"

爹爹压低了声音，烦躁地吼道："发什么疯！回去！"

旁边有两个妇人一边拽她娘一边劝："嫂子，回去吧。"

小顶的阿娘瘦瘦一个人，不知哪里来的力气，挣脱了她们，扑向她的男人，一边捶打一边骂："你这没心肝的，为了八块灵石卖自己的骨肉去嫁山神！她才四岁！你这……"

啪的一声脆响，她阿娘的声音戛然而止。

女人捂着脸，慢慢地蹲下来。

"我不是为了大郎？你不舍得，不舍得儿子怎么办？一辈子困在这山沟沟里？”她爹嘶哑着嗓子道，“走！”

她阿娘不再吭声，一动不动地蹲在山道旁。

小顶从背篓里探出头，盖子一下下地打在她的头上，阿娘越来越小，渐渐地看不见了。

她虽不知道自己为什么会在这里，为什么自然而然地知道这是她爹娘，她什么都不知道，但她心口还是一抽一抽地痛，两行眼泪滚落下来。

爹爹不再说话，只是背着她默默走着，时而上坡，时而下坡，不知走了多久，他们终于停了下来。

众人忙活起来，在地上铺了席子，摆上香案，将香炉、红烛、酒、烧猪头、烧鸡、瓜果等物都摆好。

接着爹爹打开背篓，把小顶抱起来放在香案旁，摸了摸她的头发：“小顶乖，爹爹和叔叔伯伯们有事走开一会儿，你坐在此地乖乖等爹爹回来。”

小顶一看这架势便知他们在做什么，但只是点点头。

不一会儿，人走光了，黑黢黢的林子里，只剩下她一个人。

他们一离开，她立即站起来，脱下外衫，把糕点、烧鸡和瓜果抱起来挎着，拿起一个烛台，凭着记忆往林子外走。

他们来时故意在林子里绕来绕去，生怕她找到路回去，但现在的小顶不是四岁稚童，这法子对她不管用。

她虽不知道这一晚会发生什么，但隐隐明白，林子里一定有危险的东西，她必须快点离开。

她约莫走了一炷香的时间，红烛光晕的边缘，似乎趴伏着一团东西。

她小心翼翼地走近几步，举起蜡烛一照，却是个和她差不多大的男童，生得粉雕玉琢，虽闭着眼，也看得出眼睛很长，眼梢微微上挑，又长又翘的睫毛覆在眼上，像两把小扇子。

不知怎的，这孩子看着有几分面善。

这孩子穿着一身织锦衣裳，一看就是富贵人家的孩子，不知怎么也孤身一人跑到林子里来了。

最诡异的是，他身边放着一把寒光闪闪的弯刀，刀上还有血迹。

小顶悄悄拿起弯刀放到旁边，然后轻轻地推了推他：“小孩，你醒醒。”

苏毓又在做同一个梦。

颠簸的马车里，阿娘紧紧地搂着他。马忽然长嘶一声停下来，阿娘抱着他跳下车不停地跑。

他们藏在草丛里，阿娘让他别出声，他记住了，可是爹爹一唤他，他又忍不住答应。

阿娘倒下了，爹爹将他抛在林子里，骑着马带走了阿娘。

这梦不知做了几千几万遍，就在他又一次蜷缩着身子躺在林中空地上快要睡着的时候，忽然有人推了推他："小孩，你醒醒。"

是个小姑娘甜甜的声音，甜得像是岁除夜里吃的胶牙糖。

他睁开眼睛，发现眼前烛影摇曳。

他一个激灵坐起身，却见身边蹲着个小女童，穿一身红布衣裳，梳着双鬟髻，圆圆的小脸在烛光中像珍珠一样微微发着光，一双微圆的大眼睛忽闪忽闪。

苏毓微微一怔，随即警觉地往旁边挪了几寸。

不等他发问，那女童先道："你是谁？怎么会在这里？"

"我是阿毓……"

"阿毓？是哪个'毓'？"她又道。

苏毓觉得她问得古怪，不过还是彬彬有礼地答道："家父说过，是'钟灵毓秀'的'毓'。"

"啊！"女童吃惊地道，"那你姓什么？"

"苏。"

"师……"女童咽了口口水，"你怎么变成这样了？"

苏毓皱起小小的眉头："什么样？"

"我是小顶，"女童指指自己翘翘的小鼻子，"你记得我吗？"

苏毓摇了摇头。

小顶又问："你还记得自己的生辰八字吗？"

苏毓戒备地皱起眉："你为何问我生辰八字？"莫非这小女童其实是妖怪？

小顶道："那你就说六个字吧。"

苏毓迟疑了一下，还是说了。

小顶张了张嘴，半晌才问道："你记得自己几岁吗？"

苏毓奶声奶气地答道："五岁。"

小顶彻底蒙了。她变成了小娃娃，遇到了师父，师父也变成了小娃娃，什么也不记得了。

她只记得自己在冥器纸烛店里打了个瞌睡，连眼前的世界是真是假都不知道。她这是回到师父小时候了？还是他的梦？或者是她自己的梦？

她掐了一下自己的脸，皱着眉头嘶了一声，怪疼的，不像是在做梦。一抬眼，她发现五岁的小师父正狐疑地盯着她，哭过的眼皮微肿，眉头微微蹙着，又黑又大的瞳仁里满是困惑。

小顶瞅了瞅他鼓鼓的腮帮子，吞了口口水，这么圆、这么嫩的师父，真想掐掐看。但是她忍住了没下手。万一这真是师父小时候呢？师父那么小心眼，肯定会记到大的。

她挠了挠脸："你知道这是哪里吗？"

苏毓摇了摇头："阿娘和我坐车来的。"

他在车上昏昏欲睡，只记得颠簸了很久，似乎比他们去城南的佛寺踏青还久。

"你阿娘呢？"小顶问道。

苏毓如实答道："爹爹骑着马，将阿娘带走了。"

"他们为什么把你留在这里？"

苏毓茫然地摇摇头。

"你家住在哪里？"

"永兴坊北曲。"

"哪个洲哪个城啊？"

"清州靖安城。"

小顶没听过这城池的名字，肯定它不在十洲内，大约是凡人界的城池。

可是师父亲口对她说过，他出生不久全家都被妖怪害死了，还在襁褓中就被师祖带回了门派，是在归藏长大的，怎么眼下又有爹娘，又在凡人界？

到底什么是真，什么是假？

"你知道归藏派吗？"她蹙眉问道。

苏毓摇摇头："未曾听说过。"他微微垂下眼，似乎在为自己的孤陋寡闻感到不好意思。

小顶想得脑仁疼，干脆不想了，指了指地上沾血的弯刀问他："这是你的刀？"

苏毓点点头。

"这刀是谁给你的？"

"爹爹。"

“你爹娘离开时，有没有留下什么话？”

苏毓记性虽好，但毕竟年纪小，很多事情不明白，只能按照自己的理解去讲述，小顶只能连猜带蒙，努力拼凑真相。

她毕竟做了半年的人，不是个不谙世事的炉子了，听到他们母子躲在草丛里，被爹爹找到，白光一闪，他阿娘忽然倒在地上睡着了，便隐约明白了什么，心一点点揪了起来。

苏毓又解开布囊给她看马肉和装着血的水囊。

看见白马的皮毛，他嘴一撇，眼泪夺眶而出：“爹爹叫我吃阿银的肉，我不想吃。”

“阿银是……”小顶嗓子眼发干。

“是我的小马驹，”苏毓模糊的泪眼在烛光里流淌着奇异的光彩，“可漂亮了。”

小顶明白师父为什么会给坐骑螣蛇取这么个名字了——给坐骑取名字，实在不像是他老人家会做的事。

苏毓微露赧色：“可我还不会骑……爹爹说我不吃阿银的肉，就会饿死。”

“不会的，”小顶拍拍挎在胳膊上的包袱，“我有吃的，你饿吗？”

苏毓刚想点头，忽然想起阿娘说不能向别人讨东西吃，便摇摇头：“我不饿。”

话音刚落，他的小肚子发出一串叽咕声。

他有些害臊，悄悄用手盖住肚子。

他不算个胖娃娃，但小肚子还是圆乎乎的，微微鼓起。

小顶把烛台放在地上，摘下包袱解开，一股肉香弥漫开来。

苏毓没忍住，咽了咽口水，脸颊顿时烧了起来。

小顶听见轻轻的咕嘟一声，抬起眼一看，就见烛光里小师父满面通红。

原来师父从小时候起就这么死要面子，她暗忖着，从烧鸡上扯下一条腿递给他：“吃吧，师……阿毓。”

苏毓道了声“多谢”，从袖子里掏出一方雪白的帕子，垫着接过鸡腿，却没有立即吃，小声问：“有盘箸吗？”

小顶：“……”就说师父一个土生土长的归藏弟子，哪里来的那么多臭讲究。

“将就一下吧。”她撕下另一条腿，啃了一口给他看。

苏毓有些为难，到底还是抵不住烧鸡的诱惑，垂下眼帘，用指尖撕下一小条肉，放进嘴里，斯斯文文地吃了。

他今日还不曾用过晚膳，已经饿慌了，见小女童大口大口地啃肉很是羡慕，但自小的教养刻在骨子里，还是不好意思狼吞虎咽，撕一片肉，便要用帕子揩一揩指尖，再揩一揩嘴角。

他举止文雅，吃得倒是不慢，不一会儿就把一个鸡腿吃完了。

小顶没他那么讲究，捡了片落叶蹭蹭手上的油，打起包袱背在背上："走吧，我先带你出林子。"

苏毓把背囊背在肩上，捡起地上的刀，狐疑地瞅着红衣小女童，有些不放心。

他方才亲眼看着她把自己掐得龇牙咧嘴、眼泪汪汪，觉得这小女童有点傻。

况且她比自己还矮呢。

小顶却会错了意："你是不是害怕？我牵着你走吧。"说着牵起他的手，想着别看师父现在天不怕地不怕，原来小时候也胆小怕黑。

小师父的手肉乎乎的，手心很软，虽然小，手指却挺长。她攥紧了些："不用怕。"

苏毓感觉到她手上的油，胳膊上起了层鸡皮疙瘩，但没抽出手，任由她牵着。

两人手牵着手在林子里穿行，小顶举着红烛照路，见他小小一个人单手提着刀有些吃力，停下脚步道："你来拿烛台，我拿刀。"

虽然她的身体比他还小，但她还是把自己当大人。

苏毓却摇摇头，只是趁机松开她的手，换了只手提刀："我是男儿郎，力气大。"怎么可以让小娘子帮他拿东西呢？阿娘知道定会训他的。

想起阿娘，他的鼻根酸胀起来，他吸了吸鼻子，努力憋住泪。

小顶听他声音虽奶气，口吻却极是坚定，暗暗叹了口气，原来师父从小就爱逞强。

她想了想道："我怕烛蜡淌下来滴在手上，你帮我举着好不好？"

苏毓眨了眨眼，点点头，接过烛台。

小顶又道："你两只手都满了，不能牵手了，把刀给我。"说着趁他没回神，把刀接了过去，握住他的手，"走吧。"

苏毓："……"他好像被骗了。

他们走了约莫一刻钟，红烛燃得只剩下半根了，小顶忽然停住脚步，拧眉道："不太对劲。"

她分明按照记忆往林子外走，但树木越来越密了。

她听师父说过，有些妖魔鬼怪会混进凡人界，占个山头称王称神，胆子小的骗些供奉吃喝，胆子大的兴风作浪、为害一方。

那个所谓的“山神”八成就是这种东西。

“莫不是妖怪出来了？”她说道。

苏毓身子一僵，手心顿时沁出薄汗。

小顶忙道：“我瞎说的。”

话音未落，林子里忽然静下来，草虫、禽鸟和远处山溪发出的声音一下子不见了，只有簌簌的风声。

风声越来越大，枝叶飒然作响。

不远处传来砰砰的陶器碎裂声，然后是骨头断裂的声音、狼吞虎咽的咀嚼声——显然是那妖怪在享用祭品了。

小顶忙拖着小师父便往相反的方向跑。

谁知那声音非但没有远去，反而离他们越来越近了。

这妖怪一定在林子里施了什么妖法，就像修士设法阵一样，让人逃不出去，只能不停地兜圈子。

就在这时，黑黢黢的树丛发出窸窸窣窣的响动，有什么东西向他们走近，不紧不慢地踩着落叶，脚步声嚓嚓作响。

小顶摘下包袱扔在地上，握紧了刀柄，把苏毓拨到身后，小声道：“你自己先跑。”

苏毓摇摇头，想着自己虽然害怕，但怎么能让女儿家挡在前面呢？

他的声音微微打战：“你跑，我……我来打妖怪……”

“你学过刀剑吗？”小顶道。

苏毓：“……明年就学了，你把刀给我。”

小顶恍惚觉得这情景有些熟悉，似乎曾经发生过，只不过那时是他握着刀，颤声催促她快逃。

她笑着握紧刀：“我是修士，专来斩妖除魔的。”

苏毓睁大眼看看她，随即摇摇头，哪有修士像她这么小的？

“我只是故意变成小孩的模样诱它出来。”小顶道，“你在这里我不好施展，你先跑，我杀完妖怪便来找你，到时候变成大人给你看。”

苏毓将信将疑，小嘴抿成了一条线。

小顶从地上捡起一块石头，一会儿在这棵树上画一道，一会儿在那棵树上做个记号。

“你在做什么？”苏毓问道。

“布阵啊。”小顶道，“你快走吧。”

她眼下是个没有修为、灵力的凡人，只能就地取材、因地制宜，用树木来布阵，也不知有多少效果，大约聊胜于无吧。

一个黑影猛地从树丛里蹿了出来。

小顶借着烛光定睛一瞧，只见那物状似猿猴，白毛黑脸，身长足有九尺，却只有一条腿。

怪物眼珠子骨碌碌地转着，宛如老妪的脸上满是欣喜，它似乎没料到今年的祭品会有两个。

它看看这个看看那个，似乎拿不定主意从哪个开始下手。

小顶用尽全力把石块照着那怪物腿上掷去。

这身子力气小，但她到底习过武，准头很好，石头打中了怪物的独腿。它显然被这祭品不自量力的行为激怒了，决定先解决她。

它张开大嘴嚎叫了一声，伸出铁钩似的利爪，向小顶扑过来。

苏毓终于相信这小女童是修士了——方才他一见这怪物，身子都僵住了，她却还敢用石头掷它，且那一下掷得又狠又准，呼呼带风。

小顶的身法、眼法底子都在，她灵活地往右侧一避，躲开了一击，大声道：“快跑！”

苏毓咬了咬牙，转身向林子里跑去。

白猿一击落空，一抬头见另一个祭品竟然想跑，扔下小顶便朝苏毓背后抓去。

说时迟那时快，两树之间忽有一道金光闪过，将它弹了回去。

小顶松了一口气。她阵法一直学得不怎么样，幸好前阵子师父逼着她把功课补了上来，这会儿救了自己一命。

白猿连吃了两次亏，越发狂躁，三脚着地，像山猫似的朝小顶扑过来。

小顶一蹲身，顺势用双手举起弯刀，刀刃在它的前肢上划出一道口子，浓稠的血喷溅出来，沾在小顶的衣袖上，顿时蚀出几个窟窿。她感到胳膊上传来一阵火辣辣的疼，似乎起了水疱。

她来不及查看伤口，黑面白猿又扑了过来。

小顶提刀劈砍，那白猿忽然往她右侧一闪，后足轻轻点地，灵巧地一旋，高高跃起，向着她的右肩抓来。

小顶闪避不及，胳膊被它抓了个正着，一阵剧痛袭来，她的手不由得一松，刀飞脱出手，当啷一声落在一边。

她的胳膊上被利爪割开了四道血口子。

白猿乘胜追击，三足甫落地又跳了上来，迎面把她扑倒在地，双爪嵌进她肩头的血肉中，呼哧呼哧地对着她的脸喘气，一股腐臭熏得她几欲昏厥。

她抬腿踹它的肚皮，奈何力气小，那妖怪又皮糙肉厚，被她踹两脚就像挠痒痒似的。

小顶脑海中闪过很多凌乱无序的画面，很久很久以前，他们似乎也经历过这样险象环生的场面，只是那时候留下与妖怪搏斗的是阿毓。那时候她逃出十来步远，不知怎的改了主意，又跑回去，刚好看到白猿要对着阿毓的脖子咬下去。她不知哪里来的胆量，捡起刀，用尽全力朝妖怪的后脑勺砍去。

她想到这里，忽听那猿猴嘶吼一声，松开她的肩头，转过身，后脑勺上赫然插着一把弯刀——阿毓像她一样折返回来了。

小顶忍着疼从地上一跃而起，趁着那猿猴伏低身子蓄势待发的当儿，将它后脑勺上的弯刀拔了下来。

白猿吃痛，犹豫了一下，转过身袭击小顶。小顶竭尽全力举起刀，照着它的肚子砍去，刺啦一声，弯刀划开了白猿的肚子。毒血飞溅出来，小顶赶紧抬手挡住头脸，袖子被侵蚀掉了大半，胳膊上起了好几个大水疱，脖子上也溅到了一点。

不过她顾不上疼，赶紧补上一刀。

白猿捧着肠子，用单脚跳了几下，终于倒地不起。

小顶长出了一口气，见苏毓一动不动地站在一旁，盯着白猿腹上的口子，走过去碰碰他的手："怎么了？"

苏毓抬起眼，大眼睛里却没了神采，指指猿猴，木然地道："它……"

"别怕，妖怪已经死了，我们把它杀了。"

苏毓听了这话，浑身战栗起来："阿娘身上也有血……阿娘的肚子上也有口子……"

他茫然地望着小顶："我阿娘是不是……也死了？"顿了顿，他小心翼翼地问道，"爹爹杀了阿娘，是因为我不乖吗？"

小顶恍惚觉得他问过自己同样的话，那时候她只是个懵懂无知的稚童，不知道该怎么回答，大约也没有回答。

如今她知道了。

她扔了刀，走过去紧紧地抱住他："不是你的错。"

她的血染红了他的衣裳。

“真的？”苏毓茫然无措的声音里多了一丝希冀，“那阿娘会醒过来吗？”

小顶道：“你阿娘去了天上，她会在天上等你的。你会遇上最好的师父，拜入世上最好的门派，变成世上最厉害的修士，修成正果，得道成仙。到那时候，你就能再见到你阿娘了。”

她顿了顿，觍着脸道：“你还会有个世上最好的徒弟。”

苏毓抬起头，疑惑地看着她：“你怎么知道的？”

“因为我是天上来的。”

苏毓皱了皱眉：“可你还是没变成大人。”

“下次见面的时候，我就是大人啦。”她牵起他的手，“走吧，天快亮了。”

苏毓抬起头，看看遮天蔽日的枝叶。他们在密林深处，根本分不清白昼和黑夜。

“你怎么知道的？”他疑惑地问道。

小顶笑了笑，因为她隐约听见鸡鸣声和店主人卸下门板的动静了。

梦快醒了。

她忽然想起来，该趁机告诉师父她变成了炉子，眼下在哪儿，兴许他会记得。

可刚想开口，她就像贴上水膜的碧茶一样，一个字都说不出来，只得作罢。

“你的胳膊痛吗？”苏毓看看她胳膊上的水疱。

小顶摇摇头。她感觉不到痛，反倒觉得经脉中灵气涌动，像百川入海一样往丹田中汇聚。

不知不觉中，她的灵府又能打开了。

“你等等。”她停下脚步，从灵府里掏出一个小玉盒。

苏毓看不清她的动作，只觉得像变戏法一样，一眨眼她的手上就多了个小盒子。

小顶把盒子打开，里面是一颗小小的琥珀色丹丸：“这个给你吃。”这是她用吃下去的几百根棒糖炼成的糖丸。

苏毓好奇地道：“这是什么？”

小顶想了想道：“是世上最甜的东西。”

“给我的？”

小顶点点头：“张嘴。”

苏毓乖乖地张开嘴。

小顶把盒子往他嘴上一扣，然后把空盒子收回去，喃喃自语道：“盒子我还要的……”

丝丝缕缕的香甜在口中弥漫，渗进他的心里，苏毓微微睁大眼睛。

她没骗人，这真的是世上最甜的东西，好像能甜上一辈子。

两人手牵着手在黑暗的树林中走着，渐渐地，树木变得稀疏起来，淡淡的晨曦从枝叶间漏下来。

小顶感到自己的脚步声越来越轻，她的身体也一点点融化在光里。

她知道该道别了，但舍不得松开手。他们似乎应该这样手牵着手走很久，从南走到北，从春走到冬，一直走上几十年几百年……

不知不觉中，他们已经走到了树林的边缘，长空中传来一声鹤唳。

小顶循声望去，见一个穿着天青色道袍的男子驾鹤飞来，不由得弯起了嘴角。

那是她的师祖、苏毓的师父纯元道君，掩日峰到处都是他的画像。

纯元道君从鹤背上跳下来，落在苏毓面前。

苏毓后退了两步："你是……”

纯元道君弯下腰摸摸他的头顶："贫道是归藏派的修士，道号纯元，掐指一算，算到与你有师徒缘分，你要不要拜我为师，小毓？”

“我……”苏毓转过头一看，却发现走在他身边的小女童不见了。

“从今往后你就是我归藏弟子了。”纯元道君强买强卖地拉起他的手，“我们归藏有很多好吃好玩的，膳食特别好，还有长毛大狐狸摸，有会喷火的大鸟玩……”

苏毓走一步回头望一眼。

纯元道君道："你在找什么？”

苏毓喃喃地道："小顶……”

“哦，小鼎啊，我们归藏也很多啊，铜的金的都有，大大小小各种尺寸，等你大些为师教你炼丹……”

师父带着他乘上鹤，向杳茫的天际飞去，初升的朝阳洒落在他的肩头，驱散了阴冷黑暗的噩梦。

苏毓睁开眼睛，发现四周一片刀光剑影，而他的舌尖仍旧萦绕着甘甜。

广袤无垠的沙碛中，四个傀儡人已没了声息——他们的“生命”与主人的气海相连，只要主人不死，他们也不会死，但受损太严重便无法继续战斗。

来截杀苏毓的死士却还剩下七个，七人以自身为阵眼，结成七星阵，将螣蛇围困在中间。

阿银奄奄一息地躺在地上，奋力地扇动着受伤的翅膀，却怎么也飞不起来。它的银尾已看不出原来的颜色，被雷火烧得焦黑，绽开的皮肉中汩汩地淌出血，在身下的沙地中汇成一条蜿蜒的小河。

它明亮如炬的金瞳失去了神采，雾蒙蒙的，仿佛蒙上了一层白翳。这时候就算把它垂涎已久的主人扔进它的嘴里，恐怕它也没力气吞咽了。

饶是如此，它还是竭尽全力地卷起尾巴，替主人挡住了从侧旁袭来的一剑。

锋利的剑身深深地没入它的身体，疼得它忍不住抽搐扭动。

又一把剑从另一侧袭来，它举起百孔千疮的左翼护住主人，长剑哧的一声刺穿了它的翅膜。又有几道黑影同时攻来，它已经没什么可以用来抵挡的了。

就在这时，它忽然感到有一股冰凉的气息自它的七寸流入血脉，有主人身上熟悉的气息。

灵气源源不断地注入它的身体，伤口的血瞬间止住，一股凉意扩散到全身，抚平了灼烧般的痛楚，折断的双翼重新愈合。

阿银不明就里地拍了拍翅膀，一股气流将它的身子托了起来——它又能飞了。

将它困住，令它不得动弹的凶恶法阵，突然变得如同蛛网一般不堪一击。它张开血盆大口，将那布满雷火之力的阵网一口撕裂。

黑衣死士们眼看着那巨大的翼蛇已经奄奄一息，只差最后一击便能将它置于死地，到时候蛇背上不省人事的连山君便能任他们宰割。谁知这妖蛇竟然在须臾之间恢复了生机，展开双翼，精神抖擞地昂起头颅，张开血盆大口，亮出冷气森森的尖利毒牙，一口撕开了威力巨大的法阵。

不等他们反应过来，螣蛇已翱翔至半空，在沙丘上盘旋，银尾被朝霞映得流光溢彩，让人无法逼视，火雷法术和刀剑留下的伤疤不知何时全不见了。

初升的红日将天空和沙丘染得犹如火海。

耀眼的日轮中，一道影子高高跃起，袍袖在晨风中飘展，猎猎作响，犹如飞鸟展开双翼。

有人情不自禁地颤声惊呼："是连山君，他醒……"

话只说到一半，一道光芒向他直直劈来。

那人忽然噤声。他的额头至脖颈出现一道细细的血线，只听哗啦一声响，他整个人从正中分成了大小完全一样的两半。

众黑衣修士虽存了必死之心，但看到这一幕，仍旧从头顶冷到了脚底，不由自主地打起了冷战，顿时乱了阵脚。

为首的黑衣人凝了凝神："别被他的虚张声势骗了！他的气海所余无几，拖也能拖死他！变阵！"

经他这么一喊，死士们镇定下来，重整旗鼓，腾云飞至半空，结成六合阵。顿时狂风大作，沙尘漫天，遮蔽了天日，螣蛇被刮得东倒西歪，连山君犹如狂风中的一片落叶——只消片刻，这一蛇一人便会被无数沙砾磨成齑粉。

果然，不一会儿沙雾中血色弥漫开来。

众人顿时松了一口气，一人得意地道："任他再有能耐，也逃不出这六合阵……"

话音未落，沙砾中忽然横冲出一股气流，咔嚓一声将他的脖颈生生折断。

缺了一人，六合阵不攻自破，风势顿收，螣蛇蛟龙般的身躯在黄尘中若隐若现。

它张开大嘴，一个黑影扑通一声从半空坠落到地上。

死士首领定睛一看，趴在地上一动不动的人身着黑衣，显然是他们的同伴，连山君却不见了踪影。

尘雾散去了些，占据"金"位的"死士"忽然跃起，手中长剑横扫，四颗头颅应声而落。

死士首领面如土色，连山君苏醒不过片刻，砍瓜切菜一般干净利落地斩杀了六个同伴，连号称杀神杀佛的六合阵也困不住他。

这个首领虽不曾与苏毓正面交手，但不久前曾见他出手，那时他修为虽也高，却没有这般骇人。

他在西极究竟发生了什么？

不过这个首领永远不会知道答案了。身为有来无回的死士，他没有退路，也绝不能被人生擒，自知不敌，便只有一死。自爆经脉只需一瞬间，他没有丝毫犹豫，随即催动灵气。

就在这时，苏毓忽然一扬手，数十道银线自他的掌心飞出，钉入那死士浑身上下的二十八处要穴，如同给死士的经脉加了二十八道闸门，瞬间隔断了灵气的流动。

苏毓合拢五指，轻轻一扯手中银线，死士经脉中的灵气便迅速顺着丝线流出体外，散逸到天地间。

死士自然准备了另一种死法以防万一，可不等他用上后招，苏毓凌空一剑劈裂了他的灵府，斩断他的元神，同时左手捏诀，十根金色长钉自他的头顶落下，钉死了他的三魂七魄。

黑衣人登时无法动弹，求生不得，求死不能。

苏毓没有片刻犹豫，随即将一道青光打入他的眉心搜魂。

“白景昕那老东西，”他漫不经心地挑了挑嘴角，“终于忍不住了。”

问出想要的答案，苏毓反手一剑，割断了死士的咽喉，给了他一个痛快。

接着，苏毓走到傀儡人身边，用灵气将他们修复成原样。

四个傀儡人苏醒过来，见主人和阿银活蹦乱跳，黑衣人的尸首横了一地，既惊又喜，围着主人七嘴八舌地嚷嚷起来。

苏毓不胜其扰，皱眉道：“你们怎么能说话了？”

四个傀儡人齐齐捂住肚子，糟了，因为太高兴，一时忘形，把腹语丸的秘密暴露了。

苏毓抬起下颔，指定阏逢：“你说。”

阏逢头皮一麻，除了大渊献那个缺心眼，他们二十一个明明一模一样，偏他运气不好排在第一，每次有事都得顶在前头。他蔫头耷脑地说道：“是小顶姑娘见仆等憋得慌，炼了腹语丸……道君别怪小顶姑娘，要怪就怪仆等。”

苏毓一早知道和那小傻子脱不了干系，此时听见她的名字，就像有颗小石子落进心湖里，荡起一圈圈涟漪。他抿了抿唇，嘴角有浅淡的笑意：“下不为例。”

四个傀儡人如蒙大赦，暗忖，不愧是小顶姑娘，把他们家道君拿捏得死死的，只要她出马，道君就特别好说话。

苏毓乜了他们一眼：“走吧。”

不知耽搁了几日，想来七日之期早过了，他还要考她功课呢，也不知道她有没有趁机偷懒。

阿银趁着主人和傀儡人说话，绕着黑衣死士的尸首打转，闻闻这个，嗅嗅那个，犹豫着从哪个开始下口——这些可都是化神期的修士，对它来说不啻一顿盛宴。

苏毓懒得理它，也不等四个傀儡人，踏剑乘风，飞快地向沙碛的边缘飞去——出了这片沙海便是十洲边境，一过边境，他就能给萧姑娘传音了。

原来他在幼时便已见过她，是她带他走出了黑暗的深渊。

只是当年师父见他报仇心切，生怕他被执念所误，在他自剖灵脉后便封印了他的记忆，她便随着那段梦魇一起沉睡在了他的心底。

她并没有食言，真的变成大姑娘来找他了，他却没认出她来。

好在他如今全记起来了，他们还有很多时间。待他报了母仇，便放慢修行，一直留在她的身边，看顾着她，护她周全。若她只想当他的徒弟，那他便继续当她的师父，像如今这样便足矣。

不知不觉中，他已越过了十洲边缘那条金色的细线。

脚下的黄沙慢慢变成绿意盎然的草原，风轻轻吹着，青草披拂，像温柔的海浪。他捏诀传音，不等念完咒忽又掐断——他没想好该说什么。

不如他佯装什么都不曾发生，像平时那样问问她的课业——不知道说什么的时候，问课业总是不会错的。

他打定了主意，凝了凝神，重新施了个传音咒。

没人答应。

他的心漏跳了半拍，然后开始狂跳起来。随即他想起，许是因为刚过边境——越靠近边境，天地间的灵气越稀薄，音信传不出去也是常事。

他加快速度，又飞了一段，下方的草原上渐渐有了稀稀拉拉的人烟。

这回总该行了，他又施了个传音咒，仍旧如石沉大海。

他蹙起眉。莫非她跑到什么蛮荒之地去了？

一定是蒋寒秋那厮，趁着他不在，拐着她去魔域玩了，回去他得好好找蒋寒秋算这笔账，想要徒弟自己去收，成天抢他的算什么？

他想了想，当即传音给师兄，预备报个平安，顺便让师兄管管徒弟。这回传音咒瞬间就接通了，他的耳畔传来云中子疲惫沙哑的声音："小毓……"

苏毓心微微提起，皱眉道："师兄你的声音怎么了？可是门派中出了什么事？"

那姓白的能派人来截杀他，未必不会乘虚而入，对整个门派不利。

云中子答非所问："你回到十洲境内了？路上可太平？"

"遇上点小事耽搁了几日，"苏毓言简意赅，"若木树的灵液取到了。"他顿了顿道："师兄，我想起了小时候的事。"

云中子沉默片刻，随即道："师父那时也是怕你冲动，不得已才出此下策。"

"我知道……"苏毓道，"我还想起小时候见过萧顶，她……"

他羞赧地闭上了嘴。他与师兄虽亲近，却很少与师兄谈论自己的事，此时却像个十几岁的愣头小子，心里一点也藏不住事，恐怕会让那老狐狸看了笑话。

云中子非但没笑，反而哽咽了一声："小毓，小顶没了。"

简简单单的几个字，苏毓却怎么也听不明白，只觉得心脏被一只冰冷的手攥住，呼吸凌乱起来。

“她去哪里玩了？”他若无其事地问道，“是不是被蒋寒秋拐着出去玩了？你这徒弟无法无天，也该管管了。”

“是丁一……”云中子的声音中满是痛苦，“是师兄不好，没看出丁一的居心，让他害死了小顶。”

“师兄，你不用骗我。”苏毓笑道，“是不是那傻子求你这么说的？是不是她喜欢上那姓丁的，怕我不答应，所以悄悄地跟着他跑了？”

“怎么那么傻！她若是真的看上了那小子，我怎么会拦着她……”苏毓木然地说道，“你告诉她，她想和谁合籍都行，别这么不明不白地嫁了。师父给她备好十里红妆，风风光光地送她出门。”

“小毓，”云中子已经泣不成声，“你别这样，小顶没了……”

“师兄你不用骗我。”苏毓打断云中子，“我搜过丁一的魂，他只想从我身边把她抢走，我都知道。”

“你知道他们在哪里吧？”师兄还在解释，可他什么也听不见，“让她出来见我一面，至少把药拿去……她不想见我也行，传个音便是，我和她说两句话……她不想听我说话也无妨，我什么都不说，只要让我听听她的声音……”

“小毓，”云中子道，“河图石的灵力回来了。”

苏毓沉默下来。云中子只能听见轻柔的风在耳边回旋，断断续续地把事情的始末说了一遍。

云中子每说一个字，苏毓便觉得捏住心脏的那只手紧了一分，冷了一分。

那只手终于将他的心攥紧，生生从他的胸膛里扯了出来，鲜血从他的嘴角渗出来。

他不明白发生了什么，只是心口空了一块，冷风径直灌进空洞，寒意蔓延到四肢百骸，渗入骨头缝里。

他好像再也暖不起来了。

传音咒仍旧连着。良久，他笑起来：“师兄，我认输了，我上当了，被你们骗到了，到此为止行吗？”他压低声音，近乎哀求，“告诉我她在哪里吧。”

不等云中子说什么，苏毓先道：“你不说便罢了，我自己找。”说完便断了传音咒。

这一断便音信全无，云中子再给师弟传音，他再没有回答过。

他断了四个傀儡人的灵力——掩日峰的傀儡人来自同一块慧心石，彼此之间有感应，当然从大渊献那儿听到了谎话，缺心眼傀儡人和那傻子交情好，自然和她合起伙来骗他。

也只有傀儡人才会信这种瞎话。

螣蛇被他远远地抛在身后。他嫌它飞得太慢，本来带它出来只是为了省点灵力，如今他不用省了，气海空了才好。他暗暗盘算，她人傻心肠软，一听说他气海空了，再远也会回来的。

他没日没夜地御剑往东飞，并不停地用神识搜寻熟悉的气息。他经过许多山水，许多城池和村庄，经过许多悲欢离合和喜怒哀乐——那些都与他无关，他连看都不想看一眼。唯一与他有关的人和他隔山隔水，他要飞回去找她。

他回到归藏已是两旬之后。一入九狱山，他的神识便感应到了她的元神。只是那元神太微弱，别人感觉不到也不足为奇。

他胸中有一根弦拉紧——他就知道她是躲起来了。

他径直朝着掩日峰飞去，在半空中俯瞰熟悉的院子。

那庭院四四方方的，与他一样单调无趣，自她来了以后，多了许多乱七八糟的东西：迦陵鸟的窝、练习法阵用的沙盘和黑曜石、廊柱间的晾衣绳、逗灵虎的竹竿。那竹竿梢上系着小金铃，与檐角的铜铃在风里唱和着。

一切都和他离开时没什么两样，只是庭中的梧桐叶变作枯黄，夏日里她用来掷他的梧桐子和枝叶间啁啾不停的雀鸟，一转眼都不知哪里去了。

房门紧闭着，仿佛随时都会吱呀一下被人从里推开。

“萧顶。”他唤了一声。

门没开，门上的桃符被风掀动，轻叩着门扉，发出空洞的响声——桃符也是她来了后挂上的，见别人挂，她便也挂，说是能保家宅平安。

他一直嗤之以鼻。修行本是逆天而行，求天求地求神求佛都不如求自己，如今他有所求了，却不知道该求谁。

“萧顶，出来。”他落到庭中，收起剑，提高了声音，“我知道你在里面。”

“小毓……”身后响起师兄沙哑的声音。

“师兄，”苏毓回过头，皱了皱眉，“大渊献和迦陵呢？”

云中子道：“大渊献把自己关在仓房里不愿出来，迦陵恢复了原身，回外山去了。”

苏毓怔了怔，随即一挑眉：“是她放走的？”

云中子立即明白他说的是谁，眼眶发红。

苏毓不等师兄开口，便打断了他："她在这里，我感觉到她的元神了。"

云中子只看了师弟一眼便忍不住垂下了眼。修仙之人即便不眠不休，容貌亦不会有所改变，他不知道一个人的眼神竟可以憔悴成这样。

"她在房里，"苏毓说着砰的一声推开房门，"萧顶——"

房中空无一人，扬起的尘埃在阳光里飞舞。

她在这里，他能感觉到她的元神，一定有什么秘境或者阵法把她和他隔开了。

他用神识一遍遍地扫过整个掩日峰，气海早空了，如有千万根针在他的经脉中游动。他在房中走来走去，每走一步都像是踩在刀锋上，但他丝毫感觉不到痛。

"别找了，小毓……"云中子道。

苏毓恍若未闻。

良久，他终于在床边找到了她微弱的元神。他跪下来，轻轻地抚了抚砖石，指尖上沾上了一层薄灰。他看着指尖，眼中满是困惑。他分明感觉到了小顶的元神，但看不破这里的阵法。

他用手去抠砖缝，指甲里流出了血。

云中子心中大恸，抓住他的手腕："别找了小毓，那时候灵液洒了一地……她真的不在了……"

云中子从怀里取出一个小小的琉璃瓶，瓶底有两三滴晶莹剔透的灵液，像是把漫天云霞收进了瓶子里。

"你感觉到的是这个。"云中子颤声道。

苏毓手一顿，一把夺过瓶子，眼中闪过一抹厉色："又炼这种东西。"

他不管不顾地把青砖一块块地撬起来。她的元神在这里，一定有什么高明的法阵把她困住了。

师徒一场，她不能就这样不告而别。

"别找了小毓，小顶真的不在这里。"云中子忍不住道，"是打翻的灵液渗进了砖缝里。难受你就哭出来吧，求你哭出来吧……"

师兄的话像是来自远方，水一样从他的耳边流过，每个字他都听见了，合在一起却拼凑不出完整的话。

他为何要哭？苏毓诧异地看着师兄，师兄的面容模糊不清。

他感觉自己成了只封在琥珀里的虫子，周遭的一切变得光怪陆离，仿佛一场荒唐的梦。

师兄的声音拖得很长，越飘越远，到最后他一点声音也听不见，只看见云中子的嘴唇一翕一张。

不知哪里传来砰的一声轻响，好像有根弦绷断了。

这不是苏毓第一次气海枯竭，以往每一次都是直接不省人事，此时却无比清醒。

他感到自己背着一个人行走在冰天雪地中，胳膊上受了伤，血从伤口渗出来，一滴滴落在雪地上。背上的人用胳膊环着他的脖颈，滚烫的眼泪落到他的衣领中。

他握了握她的手，叫她别哭。她果然就不哭了，喋喋不休地说着什么，声音时远时近，始终听不真切。

伤口很痛，寒风刺骨，前路茫茫，他垂眸看看她微红的指尖。

他想就这样背着她走到天荒地老。

可是一阵风吹来，她的笑声像雪片一样散落在风里。转眼之间，漫天飞雪不见了，他抱着她坐在灼热的山谷中。

谷中不见草木，也没有鸟兽，目力所及只有焦土，天空是沉闷的铁灰色，电光如龙蛇般在云层后若隐若现。她无力地躺在他的怀里，像是被抽去了全身的骨头。

他感到有温热的液体从她的背后渗出来，洇湿了她和他的衣裳。

她双眼快而轻地眨动，长睫像风中的蝴蝶。她似乎想抬手去抚他的脸，指尖才触到他的下颌，便垂落下来。

他紧紧地抓着她的手，将她的掌心贴在自己的脸上。

“还好你逼着我修炼，”她牵动了一下嘴角，“不求上进一辈子，临到头有用了一回……就是对不住你，要留下你一个人了……”

“别入魔，别入魔，阿毓，”她抚着他手背上的黑色纹路，揪紧他的手指，“别忘了你还欠我……”她的手渐渐松开，眼神逐渐涣散，“欠我……一口仙气……”

一道道劫雷落下，天地和他的神魂一起震颤起来。他将她抱在怀里，用后背挡住雷电，在倾盆大雨中，他不住地吻着她紧合的双眼。

不该是这样的……他们生未必要同衾，死一定要同穴，他以为这是理所当然的事，谁知却被她骗了。

她装傻充愣一辈子，大约就为了骗他这一次。

八十一道雷打折了他的脊梁，震碎了他的元神，却没能杀死他——仙身已成，他终于修成正果，可说好要随他一起升天的人食言了。

苏毓猛地睁开眼，发现自己和衣躺在冰寒彻骨的灵池里，熟悉的灵气缓慢而平稳地渗入他的经脉。

这次不会了，他再也不会了。他一定能把他的小顶找回来。

苏毓伸手扶住池边坐起身，云中子一听到动静，立即从洞外走进来："你的气海空了，经脉受了伤，在灵池中多养几日。"

苏毓走出灵池："我出去一趟。"

不等师兄说什么，他已经走出洞府外，御剑向着山外飞去。

倏忽三年过去，十洲格局剧变，三大宗门成了四大宗门。

三大宗门之首大衍宗，在宗主白景昕殒身后，宗门中貌合神离的两派终于分道扬镳，正式分为南宗和北宗。

太璞宗宗主顾清潇本就体弱多病，在夫人去世后哀毁过度，渐至于不能理事，终于决定退位让贤，将宗主之位传给独子顾苍舒，自己长年闭关，潜心修炼。这自然是冠冕堂皇的说法，外界一致揣测，前任宗主一定是被儿子"卸磨杀驴"了，往好了猜是被软禁，没准已经死了。不过没了顾英瑶，这倒插门的宗主要修为没修为，也没人关心他的死活。

顾苍舒却是个狠角色，吃着碗里，看着锅里，自家宗主之位还没坐热，见白宗主这传说中的亲爹一死，又打起了家产的主意。不过白家的基业当然不能传给姓顾的，于是他另辟蹊径，娶了大衍宗长老的独女白千霜——他传说中的亲堂妹。

这桩亲事给十洲百姓提供了丰富的谈资，茶楼酒馆的生意都因此兴盛了不少。

不过，在修真界中，这三年来最为人所津津乐道的，却是连山君与大衍宗那场精彩绝伦的大战，尤其是连山君斩杀白景昕那震惊六合的一剑。

究竟怎么个精彩绝伦法，其实没人真正目睹——在场的人都死了。

外人只知他孤身一人闯入大衍宗圣地，单挑白宗主在内的十二高手，不到半个时辰便将十二个顶尖剑修杀得片甲不留，回门派的途中还顺便灭了个金甲门。

有这么个杀神在，即便归藏这些年安静得像一口古井，仍旧免不了名声大噪，十洲境内没人敢来招惹。

连山君三不五时在外面兴风作浪，在自家门派中却淡成了一个影子。

以前他还会出席一下入门礼，站在云端让人仰望一眼，如今连脸都懒得露。

三年来新入门的弟子中没人见过连山君的真容，有人甚至怀疑门派里究竟有没有这么个“大能”。

连云中子这师兄也很少见到他。每次回来，他都是遍体鳞伤、气海干涸，一回来便浸在灵池中，待伤好些，气海半满，便把自己关在丹室中一整夜，在次日天光微明时匆匆离去。

没有人知道他去哪里，西极、北陲、魔域和凡人界都有人声称见过他。

同门中，他只和叶离多说几句话，因为每隔一两个月，他都会托师侄替他买甘华晶。

这一日，叶离收到师叔的传音：“替我买一批甘华晶，有多少要多少。”

叶离苦笑：“师叔，十洲就那么几个地方出产甘华晶，上回将存货都买回来了，下一批要等明年。”

苏毓轻轻嗯了一声，便断了传音。

他捧着满满一盆棒糖走出丹房，琥珀色的棒糖在晨曦中流溢着甜蜜的光泽。

他轻轻地推开挂着桃符的门扇，一股夹杂着乳香的气息扑面而来——架子和几案上摆满了糖，橱柜里塞满了糖，连花瓶里也插着糖。

苏毓把新做好的七百八十四根糖放在架子上，给小顶传音。

没有人答应。

他拿起一根糖，坐在榻上，慢慢剥开纸，故意发出唰啦的声响，像哄小孩一样道：“做了你爱吃的糖，再不回来，我可就全都吃掉了。”

阳春三月，四处英蕊芬郁，连魔域这种穷山恶水之地都是花红柳绿。

千叶城外的丹朱山满山火杜鹃，开得如火如荼。

峰顶有株千年大梨树，枝繁叶茂，盘屈数百里，自古是妖王千岁鸟的栖居之地。

不过三年前，一只外来的迦陵鸟打跑了本地老鸟，霸占了整个山头和这棵代表无上尊荣的大梨树，令群妖俯首称臣。

此时春暖花开，一簇簇盛放的梨花犹如堆雪，树下站了一群奇形怪状的小妖，叽叽喳喳地向妖王禀报山中大小事务。

化作人身的新任妖王懒洋洋地躺在密密匝匝的枝叶间，不着寸缕，肌肤比梨花瓣还雪白莹透，一卷帛书搭在腰际，堪堪遮住了有伤风化的部位。

听着下属们叽叽喳喳，他不胜其烦地皱了皱眉。这些小妖没文化又蠢笨，说起话来颠三倒四，绕来绕去没个完，什么鸡毛蒜皮的事都来烦他，叫他们打听点事都办不好。

他折下一枝梨花，往一个喋喋不休的麋鹿妖的脑门上一弹，小妖哎哟了一声，捂住脑门上的包，不敢再吭声了。

“烦不烦！”妖王凤眼微眯，“叽叽喳喳干什么？一个一个说。”

一个憨头憨脑的人形妖怪上前行礼：“启禀大王，千叶城附近的凡人界出了桩新鲜事……哎哟……”

它的脑门也挨了一记，妖王怒道：“你一只野猪，不准学本座说话。”

野猪妖忙不迭地告罪，迦陵鸟这才消了气：“接着说。”

野猪小心翼翼地说道：“在千叶城东边有座凡人的小城……不，西边……还是南边？总之就是有这么个小城，城里有个集市，有家卖香烛纸钱的铺子闹鬼。先是有人听见大半夜的里面有人说话，还有人说半夜经过，那店门突然开了，从里面走出来一个人，看背影是个佳人，正纳闷着，那佳人猛地一回头！大王你猜怎么着？”

迦陵鸟身上起了一层鸡皮疙瘩，面上不显，皮笑肉不笑地答道：“本座猜你想读书。”

众妖顿时变了脸色。他们的新大王有一样了不得的法器，看着是一卷书，其实也是一卷书，书上一共一千个字，它们要一字不差地从头念到尾，只要有一点差错书里就会冒出一只金光闪闪、威力无边的鞋底板，把它们打个半死，还要从头来过。

上一任妖王千岁鸟就是栽在这上面——它认识的大字装不满一箩筐，被鞋底板抽得不成鸟样，只能告饶。

野猪妖一听“读书”两个字，立即闭嘴，叩头如捣蒜。

迦陵鸟扫视群妖：“屁大点事，少来烦本座。还有什么要禀报？”

有了野猪妖的前车之鉴，众妖都不敢轻举妄动。

迦陵鸟恨铁不成钢地看着这一群没用的下属，有点怀念以前，归藏的孙子们虽然不做人，但好歹脑筋好使，和他们说两句话没那么累，连缺心眼的傀儡人都比这些玩意儿强。

他在心里叹了口气：“叫你们打听的事呢？有没有死女人的消息？”

群妖都摇头。

“没用的东西！”迦陵鸟把群妖挨个弹了一遍，“死女人在千叶城丢的，死要见尸，再给本座去找！”

众妖唯唯诺诺。

“苏毓那龟儿子呢？死到哪里去了？”

群妖当然听过连山君的凶名，每每听见大王连名带姓地辱骂，都免不了打个寒战，同时对大王佩服得五体投地。

一个双头蛇妖大着胆子道：“回禀大王，连……大王说的那人，最近好像是在郁洲一带……”

迦陵鸟往蛇妖两颗头上各弹了一下，愤恨地说道：“龟儿子，连个死女人都找不到。”

“无事上奏就退朝吧！”他懒懒地说道，“退远点，别碍本座的眼。”

众妖连忙行了礼后落荒而逃，不一会儿，丹朱峰顶只剩下一只鸟。

迦陵坐起身，四下里张望了一下，这才从枝头挂着的乾坤袋里掏出一张归藏出产的灵纸，撕下一块搓成个纸团，做贼似的塞进嘴里。

不知道为什么，自己搓的就是没有那死女人搓出来的香。

他把一张纸吃完，重新躺回树枝上，翻了个身，闭上眼小憩。

没等他睡着，半山腰传来野猪妖气喘吁吁的声音：“大王，启禀大王！”

“什么事？没见本座在练功？”迦陵鸟不耐烦地睁开眼睛，却看见野猪妖抱着个五花大绑的女人朝山上跑来。

迦陵鸟气不打一处来：“叫你找死女人，谁叫你去抢活女人？！”

“不是，不是……”野猪妖吭哧吭哧地爬到峰顶，“这是属下擒获的奸细！最近好几个兄弟看见它满山转悠，探头探脑，鬼鬼祟祟的。”

迦陵鸟定睛一瞧，方才发现这女人不是活人，头、胳膊、腿都是纸糊的，有点像烧给死人的那种纸人。

纸人打扮得花枝招展，梳着百合髻，戴着一朵大大的红色纸牡丹，脸颊上有两坨圆圆的红晕，眉目如画——事实上也是画的。

“我不是奸细。”纸人张开鲜红的小嘴，“我叫牡丹。”

哟，还是个注了灵的纸人。迦陵鸟偷偷地咽了口口水，眯了眯眼，对野猪妖道：“本座知道了，把它留下，本座仔细审问它。”

他顿了顿道：“算你立了一功，下去领赏吧。”

野猪精喜出望外，嘴里说着歌功颂德的好话，乐颠颠地跑了。

迦陵鸟跳下树，绕着那被五花大绑的纸人转了一圈，拎起它的一条胳膊，便要扯下来吃，那纸人哎哟哎哟叫起来：“别撕我，我真不是奸细，是去替人传信的。”

“传什么信？你在本座的地盘上图谋不轨，本座就要把你吃掉。”迦陵鸟无情地说道。

“我是路过的，”纸人道，“要去归藏传信，在这山里迷路了。”

“这么说你还是那些‘归儿子’的奸细？”迦陵冷笑，“那本座更要吃掉你。”

纸人呆了呆，坚决地道：“我奉命去传信，不能让你吃。”

“你给谁传信？”迦陵鸟按捺不住，扯下它的头花塞进嘴里嚼起来。

“小顶，”纸人道，“我给小顶传信。”

迦陵鸟一惊，半朵纸花卡在喉咙里，噎得他死去活来。

半个时辰后，迦陵鸟找到了纸人说的那家冥器香烛店，却见大白天的店门紧闭。

他不管三七二十一，抬腿往门扇上一脚踢去，只见店堂里空空如也，地上落了一层灰，墙角都结起了蛛网。

他揪住一个无辜路过的凡人大娘问道：“香炉去哪里了？”

大娘吓了一跳，慌张地摇头：“我……我……不知道什么香炉……”大娘暗忖，这年轻人生得挺俊俏，怎么是个疯子？

“店家在哪里？”迦陵鸟又问。

大娘恍然大悟：“你是打听纸人徐老四呀！他们家铺子闹鬼，徐老四起先道是西头对家石七郎下绊子害他，不信这个邪，可店里的纸人老是丢，总不是个办法，他就在店里打了地铺，夜夜候着，结果你猜怎么着？”

她瞪着眼睛，眉飞色舞：“有天半夜，他被一泡尿憋醒，睁开眼睛一瞧，白日刚扎好的纸人自己走到门边，拔下门闩，推开门溜了出去！这下好了，不信也得信了，他第二日就把铺子里的存货卖了，当晚带着一家老小回乡避祸去了。都走了三个多月啦！这铺子闹鬼，一直没赁出去……”

“店里那香炉呢？被谁买去了？”迦陵打断她。

大娘摇摇头：“他店里好多香炉呢，谁知道都被谁买去了！”

迦陵吩咐众妖满城挨家挨户地搜寻，倒是搜出来不少铜香炉，叫牡丹来辨认，却都不是它说的那一个。

牡丹还嚷嚷着要去归藏报信，迦陵不能真把它吃了，被它吵得睡不着觉，只得化成原形：“别唠叨了，本座带你去找那些‘归儿子’！”

死女人本来就是归藏弟子，关他什么事，要找让那些“归儿子”找去。

此时小顶正在郁洲里市的一家法器铺子里，蹲在角落最下层的架子上吃灰。

三年前，她在睡梦中见到年幼的师父，醒来后发现自己的灵府又能打开了。

她习惯把什么乱七八糟的东西都往灵府里塞，里面吃的用的玩的一应俱全，还堆了不少书，有功法，也有剑谱。

她无法脱离原身，只能在灵府中修炼，白昼炼丹、炼剑，夜里便打坐运功，吸取日月精华。

她也不知自己如今的修为如何，但自从脱离了人身，灵气的运转顺畅了许多，原本经脉中虽然存了大量灵气，却不能为她所用，因为灵根的限制，许多术法施展不出来。

如今她一试，灵气在身体中运转无碍，金系和火系的术法也能在灵府中毫不费力地施展出来。

她的灵府也随着修炼不断扩张，从一间斗室变成一片鸟语花香的小天地，比掩日峰的院子还大。她还无师自通地学会了通过运转灵气在灵府里种花栽树、砌房盖屋，仿着掩日峰的样子盖了一模一样的小院子——只可惜院子里只有她一个人。

她无时无刻不在想念师父和同人，但被困在原身里不能说话，不能动弹，只能在心里干着急。

好在归藏和连山君在凡人界也是威名赫赫，她三不五时能从店主人和客人的闲谈中听到师父和师门的消息。

这些消息真真假假，传着传着便变了样，但以她对师父的了解，大致情况还是能猜出来。

师父灭了金甲门，又端了几个暗中买卖炉鼎的集市，一时间十洲境内人人谈鼎色变，没人敢再沾手这门生意，连带着凡人界鬻儿卖女当作炉鼎的事也成了忌讳。

小顶知道师父是在找她，所以才会找遍十洲内外买卖炉鼎的所有地方，可惜她变回了另一种炉鼎。

她一边庆幸师父没放弃找她，一边又觉得揪心，三年多时间，一千多个日日夜夜，他该多难过啊，师伯他们又该多自责。

她无能为力，便只能加倍勤恳地修炼，比在门派时刻苦十倍不止。

一年前，她开始试着将灵力往外引导，一开始，灵力一出她的身体就立即消散。数月后，她渐渐可以让灵力凝聚一会儿。再到后来，灵力终于可以穿过整个店堂。

她便尝试给对面的纸人注灵，不知失败了几千几万次，最后终于成功了。

她连忙让纸人去归藏送信，然而不知是她的灵气太弱还是纸人太笨，送出去的十多个纸人，如同石沉大海。

她巴巴地等着师父收到信来找她，哪知还没等来师父，纸人的事先被店主人徐老四撞破了。徐老四做的虽是冥器生意，却被自己扎的纸人吓得不轻。小顶不敢暴露自己，只能让纸人安抚劝慰他，哪知徐老四更怕了，第二天便带着妻儿回乡避难去了。

她和店里的其他货品被折价卖了出去，一个过路的魔域行商慧眼识珠，看出这炉子的不凡，将她买了去。

两个月中，她被转手了几回，最后就到了这里市里。

她的身价从八块灵石一路涨到了二十万灵石，然而她还是无人问津，避免不了在角落里吃灰的命运。

她已经习惯了，既来之，则安之，继续心平气和地蹲着。

许是因为里市靠近太璞宗，灵气充溢，比之在冥器店时，她修炼起来常有事半功倍的感觉。

不知不觉又到了一年一度蜃市开市的日子。

这几日，店里的人明显多了起来，不时有锦衣华服、满身珠翠的男男女女在她面前停下脚步，不过目光很少在她的身上停留——如今十洲中修丹道的人本就少，她这种尺寸的炉子一炉大约只能炼一颗，二十万灵石说贵不贵，但用来买个百无一用的玩具，有钱人也不傻。

这天是三月三，她修炼了一天，从灵府中钻出来，忽然觉得喉咙里有点痒——这感觉她在九重天时也体会过，她第一次开口，就是一声咳嗽。

她喜不自胜，趁着店里嘈杂，咳嗽了一下，又轻轻地“啊”了一声，发现自己果然又能发出声音了。虽然这声音比之人声，多了一点金石的感觉，但若是熟人听见，一定能认出来。

她正想着，耳边传来店主人谄媚的声音：“西门公子光降，真是令小店蓬荜生辉。”

“新到了什么好货别藏着，拿出来瞧瞧。”西门馥一身归藏内门弟子专属的天青色道袍，老神在在地摇着扇子，用挑剔的目光审视着店堂里的货物。

他正弯腰打量一个大能用过的玉指环，忽听身后传来一个熟悉的声音：“西门馥！”

他转过身，背后空无一人。

他背上冷飕飕的，这种古物扎堆的地方，多少有些邪门。

还是假装没听见吧，他转过身，继续打量别的货品。

“西门馥，我知道你听见了！”小顶急道，“是我呀，我是萧顶，快把我买回去，只要二十万灵石！”

郁洲沿岸，舳舻相连，游人如织，绵延数十里的华灯与声色轻易将人淹没。

苏毓形单影只地穿行在鳞次栉比的店肆之间，对落到他身上的目光一无所觉。

三年来，真实和幻梦的界限越来越模糊。

起初是气海枯竭、神魂虚弱时，纷杂的梦便会乘虚而入。他总是梦见他和小顶。他们似乎总是并肩走着，从南走到北，从春走到冬。那些梦多半是苦的，他们没有师门长辈的庇护，衣衫褴褛，饱受冻馁之苦，受尽白眼，与豺狼野狗争食。

年幼时，他们在污泥与黄尘中打滚，稍大一些，他们又在刀光和血雨里拼命。他们很多次险些被人杀死，也杀了很多人。

不管梦多长，最后他们总是会回到那片焦土，他总是无能为力，眼睁睁地看着她在他怀里闭上眼。

然后他便抽离了出来，像一个游魂一般，看着自己夜以继日地用灵火焚烧她魂飞魄散的那座山峰，将山石凝成金石，再铸成丹炉。

他看着自己守着丹炉，日复一日地枯坐着。

梦出现得越来越频繁，到如今，即便他毫发无伤地走着，梦境也会突然降临。

他知道今夕是何夕，也知道自己身在十洲最大的水边集市，但他的神魂仿佛行走在一段记忆里。

也是这样华灯如昼、人喧马嘶的烟火凡尘，一轮圆月高悬在水上，粼粼水面上的倒影像一面破碎的圆镜。

天气很冷，他们口中呼出的白气模糊了视野。

他们还小，视线只到成人的腰际，一不小心就会撞到人。

那些人看清他们的模样，好些的避之唯恐不及，有的啐一口，低低骂一声“晦气”，凶一些的便是当胸一脚踹来。

他握紧了手心里的小手，一用力，手背上的冻疮裂开流出血来，痛得他皱了皱眉。但他没放开，只是将她的手握得更紧："这里人多，拉着我的手，小心走散了。"

她嗯了一声，抽抽鼻子，左顾右盼："什么气味？好香……"

他秀气的鼻翼动了动，他果然闻到一股微带焦味的甜香，勾起了他不久以前的回忆。

"是浇糖画的，"他解释道，"就是把糖熔成金黄的糖稀，浇成各种模样，有狮子、龙凤、猴子、花……想去看看？"

"你吃过？"她咽了咽口水。

他垂下眼："小时候，阿娘给我买过。"自打他有记忆起，每年上元节爹娘都会带他逛花灯会，爹爹把他扛在肩上，一手牵着阿娘。

平常不让他多吃糖的阿娘，这一晚格外好说话，一买就是一大把。他左手拿着"龙"，右手拿着"虎"，左边咬一口，右边咬一口，溶化的糖渣粘了满脸，阿娘便刮刮他的鼻子，道一声"小馋猫"，用帕子替他擦嘴。

他们不知不觉地走到了浇糖画的摊子前，摊主正在浇一只小凤凰，抬眼看到他俩，眉毛一竖，扬手便赶："走开走开，脏死了。"

旁边有人说风凉话："上元佳节，和气生财，来者是客嘛！"

摊主鄙夷地骂道："呸！两个脏兮兮的小乞儿，算哪门子客？这是替我赶客呢！"

"小乞儿怎么了？莫欺少年穷，没准小乞儿怀里揣着金锭儿……"

众人哈哈大笑。他涨红了脸，牵着她钻出人群。

"阿毓，你怀里有没有金锭儿？"她傻乎乎地问。

他咬着唇摇摇头。他没有金锭，别说金锭、银锭，就是昨日讨来的两枚铜钱，今早已换了个馒头，早进了这小傻子的肚子里。

看着她回头伸长脖子，巴巴地望着香气四溢的糖画摊子，他抿了抿唇，心想等有了钱，他就买一个糖画摊子给她，让她敞开了吃。

他正想着，忽听人群中有人大叫："花灯出来了！花灯出来了！"

鼓乐和炮仗声震天，人群像潮水一样涌过来，奔向他们身后的宫城南门，他们像汹涌潮水中的两片树叶，瞬间就被冲散了。

"小顶——小顶——"他声嘶力竭地喊着她的名字，声音却淹没在洪流中，连他自己也听不清。

过了许久，人潮总算散去，他在林立的店肆中奔跑着，呼喊着她的名字。

他跑丢了一只鞋，满是冻疮的脚踩在冰冷的地面上，疼痛直往心口钻。他也顾不上，一瘸一拐地在人群中搜寻她瘦小单薄的身影。

他找了很久，终于支撑不住，停下来低头喘气，就在这时，有人轻轻地拉他的衣摆。

他猛地转过头，看到她站在那儿傻笑，手里抓着一根棒糖，左边脸颊高高地肿起了。

她拉起他的手，把糖塞进他的手里："阿毓，你吃。"

"谁打了你？"他眼中现出与年龄不符的狠戾。

"我自己撞的……这是别的小孩掉在地上的，"她躲着他的视线，挠挠后脑勺，"不脏的，沾的土我都舔掉了……"

他也被人打过巴掌，一看她的脸就知道是被打了，一定是为了这根糖。他轻轻地抚了抚她因为红肿而绷紧的肌肤，抿了抿唇："你吃吧。"

她咽了咽口水，摇摇头："我吃过了，很甜的。"

灯火中，她的双眸像琉璃珠子一样闪闪发光："你尝尝是不是和你阿娘买的一样甜。"

他轻轻地咬了一口，微带焦苦的甜味在口中弥漫。他点点头："一样甜。"

苏毓不知不觉地走到浇糖画的摊子前，围在摊子旁的大人和孩子不由自主地噤了声，给他让开一条道。

店主觑了眼这身披大氅、气质清冷的男子，见他神色冷淡，一身的肃杀之气，想不通他为什么在这里停下，莫非他要买糖吃？

他小心翼翼地问道："道君要些什么？"

苏毓微微一怔，随即回过神来，摇了摇头，又漫无目的地向前走去。

就在这时，他的神识忽然发现了一缕熟悉的气息，仿佛风雨中的一盏孤灯，在远方若隐若现，仿佛随时会熄灭。

三年了，他走遍了十洲内外，踏遍万水千山，无论到哪里，都习惯用神识一遍遍地搜寻她的踪迹。

这是他第一次感觉到她的存在，而她此时离他不过数里。

他仿佛挖空了的心口隐隐作痛，真假之间的界限在他的眼前彻底消失。

他可能真的已经疯了。

西门馥一听“萧顶”两个字，立时转过身，然而背后还是空无一人。

他狐疑地皱起眉头，想着自己果然是撞邪了，时常听说有的妖魔鬼怪能探知人心，装成亲朋好友来唤人，若是不小心答应了，轻则被中魇魔，重则被摄去魂魄。八成是什么古物成了精，装成死去的熟人缠上他——弄不好是店家卖货的伎俩。

西门馥连新货也不想看了，打算不动声色地离开。

小顶看他神情就知道他要跑，急忙道：“西门馥，我真是萧顶，变成炼丹炉了，你往左边看看。”

西门馥将信将疑地往左边的角落里看去：“哪里有炼丹炉？”

小顶无可奈何，忍着屈辱道：“小的，看着像香炉那个。”

西门馥的目光在琳琅满目的货架上转了几圈，终于落在她的身上。

小顶若是有眼泪，这会儿一定激动得哭了：“对，就是这个。”

他蹲下身，凑近了小声道：“你真是萧仙子？你怎么变成这样了？！”

“回去慢慢说，你先把我买下来，”小顶有些害臊，“哎，你别盯着我的肚子。”

她虽然这么挺着肚子给人围观了三年，但遇到熟人还是免不了有点尴尬。

西门馥听这炉子说话的口吻和萧顶一模一样，怀疑又减了一分，不过还是有些迟疑，摸了摸下巴道：“等等，让我好好想想……”

“想什么呀？”小顶急道，“我才二十万灵石，买回去还能吃亏吗？”

西门馥终于下定决心：“行吧，萧仙子稍待片刻。”

他站起身，冲着店主人抬了抬下巴。

店主人当即满面春风地迎上来：“敝店可有什么能入西门公子贵眼的？”

西门馥状似不经意地指了指小顶：“这丹炉。”

店主人笑容可掬：“不瞒西门公子，此乃七百年前紫霄仙君用过的丹炉。你看它做工精细，宝光内蕴，灵力充沛，本来要五十万上品灵石，但西门公子是敝店老主顾，就按收来的价，只需三十万灵石。”

小顶傻了眼。她才不认识什么紫霄仙子，而且店主人是从行商手里把她收来的，明明只花了一万灵石！

先前有客人询价他还说是二十万灵石呢！

西门馥一听便知这店主人坐地起价，不过十万灵石于他而言不过一点小钱，不想多费口舌，便伸手入怀去掏黑简。

就在这时，他不经意地瞟到天青色的袖口，胸中一荡，忽然涌起一股凛然之气。

他可是归藏弟子，门规第一条是“不当冤大头”，第二条是“肥水不流外人田”，若是今日伸长脖子挨了奸商这一刀，他还有什么脸面回师门？

西门馥毅然伸出一个巴掌：“五万灵石。”

小顶要是有血，怕是已经一口吐了出来。这还是一掷千金的西门馥吗？这三年他到底经受了什么？

店主人觉得胸口挨了一记大锤：“西门公子这不是在拿小的消遣吗？小本买卖，还请公子手下留情……”

西门馥收起折扇插在腰间，又伸出一个巴掌：“五万五。”

小顶：“……”

“这炼丹炉太小了，只能买回去养鱼，质地也就……”西门馥偷瞄了小顶一眼，“还行吧。”

“西门公子见惯了好东西，眼光自然高。”店主人道，“不过这丹炉怎么说也是紫霄仙君的遗物，就看这份遗意，也得……再加点吧？”

小顶听他们你一言我一语地砍起价来，心里五味杂陈。

就在这时，门口的金铃忽然发出一串清脆的响声，一个人影风风火火地冲进店堂，身后还拖了一个东西。

店主人定睛一看，吓了一跳：“这位客人，怎的把这……带进敝店来了？”

西门馥转头望去，也吓得差点升天——这不是烧给死人的那种纸扎童女吗？

小顶高兴地叫起来：“牡丹！”

店主人还没从纸人的惊吓中缓过来，又听见炉子说话，吓得连连后退，一手捧着心，一手捂着额头，几乎要昏厥过去。

小顶盯着走在前面的着红衣，披散着长发，眉眼有几分熟悉的男人，缓缓地问道：“儿子？”

迦陵鸟一个箭步冲到她的面前，忽然蹲下身，扭过头，把脸埋在臂弯里，愤愤地骂道：“死女人！死到哪里去了？！”他转头瞪了一眼西门馥：“抠抠搜搜的‘归儿子’，买个香炉还要磨磨叽叽！没用！”

小顶咳嗽了一声，小声道：“儿子，你有三十万灵石吗？”

迦陵一呆——他还真没有。他和牡丹本来要去归藏，但走到半道上，牡丹忽然感应到小顶在东边，他们便转道前往郁洲，一直找到了这里。

他一个占山为王的鸟妖，哪里来这么多灵石？

他眯了眯眼：“我可以去抢。”说着他便站起身，一把揪住西门馥的领子，使劲摇晃。

金珠、宝玉、法器丁零当啷地从西门馥身上掉落。

西门馥因修为不如妖王，敢怒不敢言，气得直哆嗦。

迦陵晃出几支黑筒，把西门馥放回地上，朝地上一抓，黑筒便被他吸到了掌心里。他正要拎起炉子去付账，一只手横插过来，先他一步把炉子拎了起来。

小顶只觉头重脚轻，随即便被人一头按进了怀里，氅衣将她包裹得严严实实的。

一股霜雪气息扑面而来，却很暖，抱着她的人在轻轻颤抖，仿佛把所有的暖意都给了她，把自己留在了寒冬里。

“师父……”小顶轻轻地唤了一声。

他没有回答，只是把她搂得更紧。

迦陵鸟跳脚大骂：“苏毓你个龟孙子，是老子先看到她的！”

苏毓充耳不闻，随手掏出一把黑筒甩给店主人，连数额都没看一眼，头也不回地往店外走。

西门馥眼尖：“师叔祖，用不了那么多！这里头一千多万灵石呢！”

小顶本来因为重逢心潮澎湃，一听这话，隔着衣服大喊：“西门馥，把我师父的钱拿回来啊！”

苏毓探手入怀，摩挲了一下她的炉耳：“一千万灵石算什么？没长进。”

小顶：“……”完了，她师父一定是疯了。

出了里市，小顶仍旧对那一千多万灵石耿耿于怀，也不知道西门馥能不能把钱讨回来。

她忍了又忍，憋不住开口：“师尊，下次别再乱花钱啦。”

苏毓屈指在她的炉盖上轻轻地弹了一下：“你想做萧六万，去和萧五万做伴？”

萧千万也不见得多好听啊，小顶腹诽，不过好不容易重逢，她这当徒弟的不能一见面就顶撞师父。

“红豆包怎么样了？”她问道，“师伯、师姐、师兄他们，还有阿亥、阏逢他们，都还好吗？碧茶也入内门了吧？”

“都好。”苏毓言简意赅。

“我想他们……”

“回去就能见着了。”

小顶想问问师父三年来过得怎么样，但话到嘴边又咽了下去。修士动辄好几百岁，三年说起来不过一弹指，但一千多个日日夜夜也是实打实的。

这三年来，她偶尔会做一些乱梦，醒来往往就忘了，但每当这时候，她就会特别想师父。她也时常想起仙君，但不知为何，仙君也变成了师父的模样，只是一头白发。

她印象中仙君和师父长得不一样，可此时要她回想仙君到底长什么样，她却想不起来。

分明是两个人，她却总是不知不觉就把他们当成同一个人。

她百思不得其解，但向来心大，想不通也就不想了。

“师尊……”她软软地唤了一声。

“怎么了？”不知是不是错觉，苏毓觉得怀里的炉子有点发烫。

“我想归藏，想大家，但是最想你，”小顶认真地说道，“白天想，夜里也想，特别想。”

苏毓垂下眼睫，低低地嗯了一声。

“那你想不想我？”

“嗯。”苏毓淡淡地答道。

“师尊，你怎么不问我为什么会变成炉子？”

“炉子没什么不好，是什么就什么吧。”他可以把她揣在怀里，去哪儿都带着，再也不怕失去她了。

他这么想着，手又加重了一些力道。

小顶没想到师父会是这种反应，如果她有嘴，这会儿一定吃惊得合不拢了。

“还是修个人身出来吧。”小顶嘟囔道，“做炉子不能到处跑，太闷了。”

“修出灵体便能走动了。”

“那得很久呢……”小顶惆怅地道。她在九重天做炉子时浑浑噩噩的，但也记得过了很久，而且直到被雷劈，她也没修出正经的身体，只是一团光。

苏毓却似有无穷的耐心，拍拍她道：“慢慢修便是。”

说话间，小顶隔着衣服感到耳边有呼呼的风声，知道师父大约在御剑飞行，好奇地问道：“我们这是去哪儿啊？回九狱山吗？”

不等他回答，她又问：“对了，你们怎么会来郁洲？”

"来办点事，"苏毓道，"先不回门派。"

"是太璞宗的事吧？"小顶这一个月也不是白蹲的，来店里的客人非富即贵，听他们闲谈两句，便能将十洲近来的大事了解个七七八八。

最近十洲最大的事，大约就是太璞宗与大衍宗南宗合并的事了。

大衍宗白宗主死后，宗门分成南北两派，北派由白宗主的亲信执掌，南派则落入白长老父女的手中。

顾苍舒娶了白千霜不出三个月，白长老突然身亡，白千霜顺理成章地继任南宗宗主——谁都知道白千霜不过是个幌子，如今顾苍舒势焰熏天，自白长老死后，顾苍舒便成了南宗实际的掌权人。

如今他连这幌子都打算不要了，要把南宗并入太璞，并广邀十洲各派大能前来太璞出席仪式，仪式就在三日后举行。

顾苍舒明面上是请各门各派的大能做个见证，实则是耀武扬威——吞并半个大衍后，太璞便是当之无愧的十洲第一宗门了。

小顶对这些事一知半解，不过听人家说多了，也略知一二。他们都说顾苍舒野心勃勃，吞并了南宗后，下一步便是对大衍北宗下手，若是得逞，太璞和归藏必有一战——太璞和归藏的过节尽人皆知，顾夫人白千霜元神被毁，脸上被刺字，据说也是连山君的手笔。

小顶担心地问道："太璞宗会不会来打我们啊？"

虽然师父、师伯、师兄、师姐都很厉害，但若是太璞真的吞下大衍，他们仗着人多势众来攻打九狱山，不管谁输谁赢，伤亡必定惨重。

"不用担心。"苏毓道。

他也没解释，但小顶一听他这么说，立即放下心来，好像只要有他在，便没有什么可怕的。

就在这时，她感到师父放慢了速度，逐渐往下降，耳边的风声弱了下来，替之以哗哗的水声。

她感觉师父落到地上，抱着她走了十来步，登上几道阶梯，忽听得吱呀一声，门开了，随即又是吱呀一声，门扇立即重新关上。

苏毓闩上门，把小炉子从怀里取出来，捧在手里。

小顶定睛一看，认出这是哪里，讶然道："我们在翼舟上啊！"

她随即意识到这里灯火通明，而她一丝不挂地被师父捧在手心里打量，顿时羞窘起来。

苏毓又感觉手里的炉子微微发烫，金色的炉身在他的眼皮底下慢慢泛起微红。

看来这小傻子也不是全无长进，都知道害臊了。

“师尊……”小顶扭扭捏捏地说道，“你把我放下吧，捧在手里怪累的。”

“不累。”他的长指若有似无地掠过她的炉耳，落在她的肚子上。

小顶一阵羞窘：“师……师尊……”

苏毓嘴角微微一翘，起身把她放在几案上。

小顶长出了一口气，又道：“师尊，你能不能给我块布遮一遮？”

苏毓乜了她一眼：“为何要遮？不是挺好看吗？”

冷不丁被夸好看，小顶心里美滋滋的：“真的吗？”

苏毓嗯了一声，在案前坐下，拿起一卷看了一半的书，又把她拎起来放在膝上，一手捧书，一手有一搭没一搭地摩挲着她的耳朵。

炉子在他的手底下越来越红，几乎从黄铜变成了红铜。

“师尊……”小顶终于忍不住抗议，“你别摸我的耳朵了，有点痒……”

苏毓嗯了一声，手滑落到她的肚子上，也不动，就那么用手心紧紧地贴着。

可小顶还是觉得别扭：“师尊，你别摸了，我身上都是灰……”

苏毓放下书，把她捧到眼前看了看：“是积了灰，我带你去洗洗。”

说着他不由分说地站起身，抱着她走出房间，来到屋后的热泉池。

泉池三丈见方，灵石煮至温热的清水从池壁四周的龙口中汩汩流出，池上水汽氤氲，一颗拳头大的夜明珠悬在当空，像一枚小月亮。池边草木芬郁，雀鸟啁啾，不像是在船上，倒像是在山林间。

苏毓捏个手诀，飞快地布下法阵，便没有人能看见这里的情形了。

小顶三年没洗过澡，店主人十来天用掸帚掸掸外面的灰已算仁至义尽了。

她还残留着做鲛人时的记忆，看见水便恨不得一头扎进去。

苏毓把炉子放在池边的石头上，开始解外衣。

小顶心头一凛，忙道：“师尊，你把我扔水里就行了。”

苏毓不搭理她，脱了外衣，取下玉冠和发簪，长发像流瀑一样披散下来。

小顶看得呆了呆，许是分别许久的缘故，师父虽然比以前还瘦，但变得更好看了——没有圆肚子好像也不是什么大不了的事。

被热气一蒸，他苍白的脸上有了点血色，浅淡的嘴唇也红了些许，眼眸映着水光，一朝她望过来，她并不存在的心便怦怦直跳。

不等她回过神，师父已经脱得只剩洁白的中衣。

他走进池中，然后拎起她浸入水里，用手指细细地揉搓。

小顶一会儿觉得痒，一会儿又觉得酥麻，又羞又窘："师尊，随便洗洗就行了。"

"三年没洗过吧？这么多灰，得洗洗干净。"苏毓说着掀开炉盖，长指伸进炉膛里，把她从里到外都仔仔细细地搓洗过去。

小顶觉得自己烫得都能直接拿来煮饭了。苏毓把她抱出水面，借着夜明珠的光把她仔细打量了一遍，满意地说道："干净了。"

说着他抱着她走出浴池，捏诀把自己的衣裳弄干。可轮到她了，他却不用法术，拿起一条巾帕，慢悠悠地把她一寸寸擦干，方才抱着她回到房中，放回案上。

小顶暗暗松了一口气。就在这时，外头传来敲门声："师叔——"

"是叶师兄！"小顶一喜。

苏毓从衣桁上取下大氅兜头一罩，把炉子盖得严严实实，这才去开门。

他打开门一看，门外不仅有叶离，还有西门馥。

叶离一脸欣喜，伸长脖子往里张望："小师妹真的回来了？"

小顶隔着衣服道："三师兄，我回来啦！"

叶离搓搓手："小师妹当真附身到香炉上了？能否让小侄见一见……？"

"是炼丹炉，三师兄！"小顶纠正他。

苏毓一挑眉："更深多有不便，明日再说。"

叶离心想：以前小师妹是个姑娘还能说不便，眼下都成炉子了，有什么不便的？

不过师叔都这么说了，他也不敢反驳。

"还有何事？"苏毓扶着门扇冷声问道，语气中的不耐烦显而易见，就差没赶他们走了。

叶离用下巴点点西门馥："阿馥把钱要了回来，不敢来叨扰，小侄便带他前来。"

西门馥忙将一把漆黑的玉简奉上，又从乾坤袋中取出一支玉笔和一面铜镜："这是那店主人的赔礼。"

那店主人一听这炉子是连山君丢的，吓去了半条命，哪里敢收钱，不但将玉简奉还，还又是送钱又是送东西，只求西门馥念在和他有几分交情，从中斡旋一二。

苏毓接过玉简，微微颔首："有劳。"又看了一眼玉笔和铜镜，对西门馥道，

“这些你留着吧。”

师徒俩都是有眼色的人，事情一办完，麻溜地告退。

苏毓正要关门，一道红色的人影风一样刮过来，嘴里叫骂：“‘归孙子’，把我的死女人藏哪里了……”

苏毓手疾眼快，啪地把门拍在迦陵的脸上，反手一个法诀扔过去，一道青光封住了门口，把妖王的叫骂隔在外面，耳边顿时清净了。

苏毓走到案边，揭开小顶身上的氅衣，放下玉简。

小顶看见玉简，松了一口气：“都拿回来了？”

苏毓不以为意：“还多出了几支。”西门馥真是得了叶离的真传，把他坑蒙拐骗那一套学了个十足十。

小顶瞄了一眼玉简，咽了咽口水：“师尊，你快收好吧。”

苏毓淡淡地说道：“已经花出去的钱，我便没打算收回来。”顿了顿道，“谁要谁拿去吧。”

小顶毫不犹豫：“我要我要！”

苏毓眼中掠过一丝笑意。

小顶道：“你先帮我收着。”

“好。”

“师尊，你很有钱吗？”她以前以为师父那么抠门，还要坑她的钱，日子肯定过得紧巴巴的，今天看他一下子甩出一千多万灵石，忽然怀疑自己是不是弄错了。

“还行吧，”苏毓轻描淡写地说了个数字，“不算魔域五个城的岁贡、十洲各地百来个庄园。”

小顶眨巴着眼算了半天，也没算清楚这么多钱到底是多少钱。

苏毓从袖中取出一把钥匙，掀开炉盖，叮的一声扔了进去。

“这是什么呀师父？”小顶问道。

“府库的钥匙，”苏毓道，“从今往后这些都是你的了。”

小顶就像是被雷劈了，半晌没回过神来：“什么？”

“你现在可能是十洲最有钱的人了，萧姑娘。”

苏毓淡淡一笑，把她紧紧地抱在怀里：“所以别再走了。”

猝不及防地成为十洲最有钱的人，小顶晕乎乎的，有些找不着北，半晌方才回过神来，觉得不对劲。自家师父什么性子她一清二楚，那勤俭持家的习惯是刻进他的骨子里，流在血液中的，怎么突然变成这样了？

她斟酌了一下用词，小心地问道："师尊，你没事吧？"

苏毓垂下眼帘："能有什么事？"

"那你怎么突然变大方了？"还不是一般大方，简直是视钱财如粪土。

苏毓一哂："给你也不是让你乱花的。"

小顶："哦。"这句是她师父会说的话。

苏毓用指尖在她的炉盖上轻敲了两下："给你就给你，别乱想了。"正说着，他收到个传音咒——师兄传来的。

云中子的声音颤得厉害："小毓，小顶……"

苏毓浅浅一笑，并不搭话，却把炉子举起来。小顶会意，对着半空中发着青光的篆文道："师伯。"

那头半晌没有声音，过了很久，才传来云中子小心翼翼的声音，像是担心惊扰了谁的美梦："真的是小顶？"

"师伯，真的是我，"小顶道，"我真的回来了。"

又是良久的沉默，云中子的声音有些哽咽："好，好……师伯……师伯不好，让你受苦……"

小顶道："师伯你别难过，我没受什么苦，真的。"

云中子还想说什么，话却堵在胸中说不出来。

小顶又道："等我们从郁洲回来，就去给师伯请安。我最近待的那家店里，有好多上好的古墨，师伯一定喜欢，我给你带回来。"

苏毓道："师兄早些歇息吧，小顶也该睡了。"说着便与师兄道别，断了传音咒。

小顶幽幽地叹了口气。这三年师伯的头发肯定又少了不少。她试着炼过好几次生发的膏药，可至今没成功。

师徒俩有一搭没一搭地说了会儿话，基本是炉子在说话，苏毓只是简单地回答一两句。

不知不觉已将近午夜，小顶打了个哈欠："师尊，我困了，想睡觉。"

许是方才沐浴太耗精神，又或者是终于回到师父身边安下心来，她像是几百年没睡过觉似的。

苏毓轻轻地抚了抚她："睡吧。"

师父的声音低沉又温柔，小顶心里一暖，只觉一身硬邦邦的金铜都要化成铜水了。

她有些不自在："你……你把我放回自己房间吧。"师父晚上不睡觉，他的舱房里没有床。

见苏毓隐去嘴角的笑容，小顶莫名感到一股凉意，改口道："或者把我放几案上就行了。"顿了顿又补上一句，"我怕你手酸，真的。"她虽然只有香炉大，但做工扎实，抱久了还是挺沉的。

苏毓换成正坐，把她放在膝上，双手仍旧捧着圆鼓鼓的炉身："如此便不酸了。"

小顶没了借口，又实在困得不行，便趴在他的膝头睡了。

不知睡了多久，她只觉一股暖流涌入她的神魂，恍惚感到自己在温水池中舒展身体，似要和池水融为一体，浑身上下都弥漫着慵懒和惬意。

她迷迷糊糊地醒过来，冷不丁地对上一双漆黑的眼睛。

那黑色比无数个枯寂寒冷的长夜叠起来还要深浓，但底下隐隐燃着两团火，小顶看一眼便觉心里被灼了一下。

这双眼睛她太熟悉了。

小顶微微一怔，喃喃地道："仙君？"

一对长长的眼睫垂下来，掩住了眸光。小顶回过神来，发现自己脱口而出叫错了人，也不知道师父听没听见。她忙改口："师尊……"

苏毓淡淡地说道："才三更，接着睡吧。"

小顶嗯了一声，随即发现他的脸色不好——师父平时脸上也没什么血色，但眼下更差，苍白得近乎透明的肤色中隐隐透着微青，仿佛刚刚大病了一场。若不是贴着他温热的手心，她简直怀疑眼前的师父只是个虚淡的影子。

这手心也太温热了点，暖意源源不断地从他的掌心流出来。

小顶忽然察觉出异样："师尊，你在做什么？"

苏毓若无其事地松开手："无事。"

那种感觉瞬间没了，小顶只觉浑身暖融融的，神魂似乎更强大了，灵府中也是灵气充溢。

她看看自己，再看看师父苍白虚弱的脸色，忽然觉得她好像吸走了师父的生气。

小顶后背一凉——师父该不会是在传修为给她吧？

"师尊你……"她惊慌地道。

不等她把话说完，苏毓默不作声地捏了个手诀，往炉身上一按。小顶只觉眼前一黑，随即失去了知觉。

再醒来时已是天光大亮，她发现自己蹲在榻上，身下是一条毛茸茸的软垫，师父双目紧合坐在她的身边，正在打坐运功。

昨天半夜醒来的事，她已经全然不记得了。

她一声没吭，师父却似能察觉到她醒来了，恰好在这时睁开眼。

就在这时，外头传来一阵急促的敲门声："苏毓，开门！小顶——"

小顶开心得差点没蹦起来："大师姐——"

苏毓脸色微微一沉。

"大师姐来了，我可想大师姐了！师尊快去开门。"小顶催促道。

"不急，"苏毓道，"先把衣裳穿上。"

小顶第一次听说炉子还有衣裳穿，正纳闷着，就被师父抱了起来。

他抱着她走到案边，打开一个沉香木小箱，打开盖子："想穿哪一套？"

小顶定睛一看，只见箱子里整整齐齐地码着一摞小衣裳，颜色、质地、纹样各不相同，中衣、外衫、下裳、裘衣一应俱全，甚至还有腰带——她连腰都没有！

小顶说不出话来，半晌才道："这些是哪里来的？"

"做的。"

"谁做的？"

苏毓咳嗽了两声，没说话。

小顶如遭雷劈："该不会是你做的吧？"

苏毓拿起一件洁白的鲛绡中衣给她套上，衣裳裁得上窄下宽，套在炉子上正合身，下摆正好垂到案上。

他又替她系上石榴裙，问道："要穿什么颜色的外衫？"

小顶挑了归藏的天青色，发现衣服上竟然还绣了云鹤，对师父佩服得五体投地："师尊你什么时候学的？也太厉害了。"

苏毓面无表情地答道："昨夜。"

小顶越发震惊："那绣花呢？"

苏毓："昨夜。"

小顶呆了呆："怎么学的啊……？"

苏毓掀了掀眼皮："不用学。"他看看衣裳就会了。

小顶看看这栩栩如生的丹顶鹤，再想想她跟着碧茶学了一个多月才捣鼓出来的帕子，真是人比人气死人。

外面蒋寒秋等得不耐烦了，捶门的力道大了几分："开门苏毓，小顶又不是你一个人的，凭什么把她藏起来！"

小顶扬声道："大师姐，师父在替我穿衣裳，一会儿就好——"

蒋寒秋脑海中猛地跳出一些香艳的画面，顿时火冒三丈："苏毓你个……放开我的小顶！"

叶离拖住她的胳膊："冷静，大师姐冷静，小师妹现在是个香炉……"

小顶高声道："三师兄，我不是香炉，我是炼丹炉！"她昨天刚提醒过他的，怎么又忘了？！

苏毓不搭理他们，在衣箱里挑挑拣拣，取出一条白底绣银色宝相花纹，点缀细珍珠和瑟瑟珠的腰带，给她系在凸起的小肚子上，在侧边系了个大大的蝴蝶结。

女儿家就没有不喜欢漂亮衣裳的，小顶被这身巧夺天工的衣裳迷得神魂颠倒，觉得自己肯定是全十洲最好看的炉子。

苏毓举起炉子端详了一下，又从箱子里取出一块填着丝绵的银白色软垫放在案上，把宝贝炉子轻轻地搁在软垫上，这才慢条斯理地去开门。

门一开，外面不仅站着蒋寒秋和叶离，这次一同来太璞的内门弟子几乎全来了，去年刚入内门的沈碧茶、西门馥和陆仁也在。

蒋寒秋一马当先地冲进来，一把将案边的香炉搂在怀里，热泪盈眶："小顶——"

"大师姐……"小顶尴尬地咳嗽了一声，小声道，"那个不是我……我在这里……"

蒋寒秋："……"案上这个穿金戴银的东西，到底哪里像炉子了？！

她若无其事地把怀里的铜香炉一扔，抱起小顶："我就知道，我们家小顶变成炉子也是世上最好看的炉子。"说着说着便抽噎起来，"都怪大师姐没看顾好你……"

大师姐一向最要强，小顶从没见过她落泪，心头也是一酸，忙安慰她："大师姐你别难受了，我不是好好的吗？"

叶离和其他弟子见苏毓脸色如常，也齐齐围了上来。

蒋寒秋抱了半晌，依依不舍地把小顶放回软垫上，让别人一起观瞻。

小顶第一次用原身面对这么多同门，幸好师父有先见之明，连夜替她赶制了衣裳，不然这会儿她得羞得挖个地洞钻下去。

沈碧茶用帕子抹眼泪，一边哭一边笑："阿顶，我还以为再也见不到你了！呜呜呜……但是看到炉子穿衣裳，我怎么那么想笑呢？哈哈哈……呜呜呜……我还是好难过……"她打了个哭嗝继续道，"我以前老羡慕你命好，长得好看，修道又顺，男人是十洲第一美人还特别特别有钱……呜呜呜，我心眼小，人又酸，可你也不能扔下我呀……大家心里想你，嘴上都不提，可我不成啊！我一想你就忍不住说，一说惹得大家一起哭……我就只能贴水膜，你都不知道我这三年贴了多少水膜！我好好一个火灵根都快变成水系了，都是你害的！"

她捂着脸一边埋怨一边哭，肩头一耸一耸，小顶很想拍拍她的背，可是不能动，也没有手，只能柔声安慰她："好了好了，没事了，我回来了。"

沈碧茶将手里的帕子哭湿了，用袖子抹了一把脸："对了……你现在算是器灵，还是附身在炉子上啊？"

小顶含糊地答道："大概算器灵吧。"

"器灵和人能双……"沈碧茶瞥了一眼苏毓，熟练地给自己贴上水膜。

小顶："双什么？"

西门馥用折扇掩着嘴轻咳了两声："待小师叔修得人身，便能回来与我们一同上课了。"

小顶注意到他身上的天青色道袍："对了，昨日忘了问，你们都进内门了呀？西门拜了叶师兄为师吗？"

不等西门馥说什么，蒋寒秋笑道："是啊，你叶师兄说这辈子怕是发不了财了，收个有钱徒弟过过瘾也好。"

叶离嗔道："大师姐怎么在徒弟面前拆我台？！"

小顶又问沈碧茶："碧茶你呢？"

沈碧茶揭了水膜："我拜了金道君，嘿嘿……"

西门馥冷哼一声，嘟囔："痴心妄想。"

沈碧茶："西门傻，你是不是想打架？"

西门馥晃晃扇子："那就出去过两招吧。"

小顶忍不住笑起来，三年过去了，这两个人都进了内门，怎么还是老样子？

其他师兄、师侄也有一肚子的话要和她叙，围着她七嘴八舌地说了起来，你一言我一语。

小顶的目光在人群中扫了一圈，落在一个不起眼的身影上："陆仁，别来无恙啊！"

陆仁愣了愣，有些呆了。他习惯了被人忽视，因此每当有人和他说话时，都会有片刻的不知所措。

“小师叔。”他回过神来，不好意思地摸摸头。

“你拜了谁为师啊？”小顶问道。

“是稚川仙子。”陆仁看了一眼自家师父，蒋寒秋一脸茫然，似乎突然意识到自己有这么个徒弟。

陆仁扯了扯嘴角，露出一个苦笑。他夜以继日地苦练，好不容易取得剑法第一名，这才拜得稚川仙子为师，但师父也和其他人一样，经常想不起他。

“啊，那你的剑法一定特别厉害！大师姐收徒弟很严格的！”小顶赞叹道。

陆仁的脸红到了脖子根：“承蒙师父不弃，托小师叔的福……”

“你太谦虚了。”小顶道。

众人聊了一会儿，叶离觑了觑师叔，见他脸色越来越冷，识趣地拉拉蒋寒秋：“大师姐，小师妹刚回来，让她好好歇息两日。”

蒋寒秋自然不情愿，叶离在她的耳边小声道：“人家分别三年也怪可怜的，大师姐发发慈悲，嗯？”

蒋寒秋这才道：“小顶你好好休息，回头师姐再来看你。”

由叶离领头，众人呼啦啦地往外走。

陆仁照例走在最后，正要迈过门槛，苏毓忽然对着他的背影道：“陆仁，你留下。”

陆仁走出两步才反应过来苏毓叫的是自己，停住脚步，转过身，难以置信地睁大眼睛：“师叔祖……是在叫侄孙吗？”

苏毓点点头，冷冷地说道：“我有话要问你。”

第十章　大师兄

换作一般弟子，被连山君这样郑重其事地留下来，也会感到不安，更别说陆仁这个到哪儿都被忽略的石头精了。他一脸茫然地呆立在门口，不知道该做何反应。

小顶也很纳闷，师父找陆仁做什么？难道是问他怎么从石头修成人吗？

她正想着，只见苏毓对着陆仁抬了抬下颌："进来。"

陆仁深吸了一口气，小心翼翼地走过来，在距离苏毓三步远的地方停下，恭恭敬敬地行了个礼。

苏毓微微颔首，抬手凌空画了个复杂的符箓。陆仁只觉耳边突然一静，海风、海浪和水鸟的声音霎时间不见了，自己像是被一个看不见的琉璃碗扣了起来。

紧接着，他气海中的灵气不受控制地往经脉中涌去，接着从七窍溢出，不一会儿，他的气海便被抽空了，经脉如受刀割一般疼。

陆仁冷汗涔涔，忍不住躬起背，满心茫然和错愕。

小顶吓了一跳："师尊你这是在做什么啊？"

苏毓看了炉子一眼，从乾坤袋里取出一瓶丹药递给陆仁："服下去，会让你舒服点。"

换作从前，他绝不会多此一举，抽空气海在他看来就跟挠痒痒差不多，不过徒弟心肠软，见不得朋友难受，他只能迁就一二。

趁着陆仁服药的当口，苏毓给叶离传音："你和蒋寒秋到我房里来。"

叶离生着颗七窍玲珑心，一听师叔的语气，便知此事干系重大，当下不敢耽搁，拉着师姐折返回来。

陆仁服了药，一股凉意渗入经脉，收缩干裂的痛楚顿时缓解了不少，但脸色还是很难看。

苏毓见他呼吸平缓下来，便指着对面的坐榻道："坐吧。"

陆仁依言坐下，仍旧一脸的局促不安。

这时叶离和蒋寒秋也到了。

他们照例对陆仁视若无睹，直到陆仁起身行礼，蒋寒秋才发现自己的徒弟脸色发灰，额头上都是虚汗，吓了一跳："这是怎么了？"随即拧眉，质问苏毓，"你对我徒弟做了什么？"

苏毓平静地答道："我抽干了他的气海，还加了个封灵阵。"

小顶和陆仁都是一头雾水，叶离和蒋寒秋一听便知端的，无论是抽干气海还是加封灵阵，都是为了断开陆仁与外部的联系。

蒋寒秋不自觉地想为这老实的徒弟辩解几句，可随即想到丁一的事，话到嘴边又咽了下去。

当初最相信丁一的，除了师父便是她，甚至得知是他掳走小顶时，她心中仍然存着几分怀疑，直至她见到老五、老六带回来的捕鲛阵和打魂鞭。

她想到这些，心又抽搐了一下。

小顶不明就里："师尊，为什么要抽掉陆仁的灵气啊？"抽干气海是很痛的。

苏毓开门见山道："我怀疑他是细作。"

此言犹如平地一声惊雷，纵然叶离和蒋寒秋已有所料，也不由得一怔。

陆仁张了张嘴，呆呆地问道："我是细作？"

他性子好，虽从不做坏事，但此时也有两分心虚，被人冤枉了也不气不恼，反倒怀疑起自己来。小顶看在眼里，越发难受："师尊不会弄错了吧？"

叶离瞥了眼炉子道："出了那件事后，他们几个都搜过魂了。"当初丁一掳走小顶，苏毓又在西极被死士围攻，门派中诸人的一举一动仿佛都被人盯着，让人不得不多想。

嫌疑最大的除了内门弟子，便是和小顶走得最近的几个同窗，苏毓自要仔细排查一遍，以陆仁这样的性子，便是没有人搜他，他都要主动自证清白，自然十分配合。

提到搜魂，他一下子回过神来，对啊，当初连山君搜过他的魂了，知道他和这事无关，他怎么会是细作呢？

他长出了一口气："侄……侄孙并非细作，还请师叔祖明鉴。"

小顶听说同窗因为她被搜魂，难过得整个炉子都黯淡了。

苏毓安慰似的摸了摸炉盖，对陆仁道："不必惊惶，你自己也不知情。我也并非怪罪于你，只是问一件事。"

陆仁听他这么一说，七上八下的心总算是平静下来，只是越发困惑，觉得自己的脑袋似乎又变成了石头。

叶离若有所思："莫非是被人下了术法？不对啊，当初不是也查过了吗？"

苏毓摇了摇头，问陆仁："听说你本是一块山石，因机缘开启了灵智。你把此事细细说一遍。"

陆仁有些讶异，不过还是点点头，老老实实地开始讲述："回禀师叔祖，弟子本来是随洲龙吟山中的一块顽石，三百多年前，有位大能在山中度雷劫，当时他就靠坐在弟子的身上，一道天雷落下来，就把弟子劈出了灵智。那位大能发现了弟子，渡了些修为给我，还传了弟子修炼的心法。可惜那位大能没能度过劫，传完修为和功法，便在弟子身边坐化了。"

虽然时隔三百多年，但说起这段往事，陆仁神色还是有些黯然。

众人听他说话，不知不觉就开始走神，陆仁习惯了，便放慢了速度，又特地从头到尾说了两遍。

苏毓沉吟道："你可知那位大能的名号？"

陆仁摇摇头："他不曾告知名号，弟子那时只是块刚启智的石头，也不曾想到去问。不过……"他顿了顿，有些不确定地说道，"不过那位大能自称是归藏门下弟子。弟子记得他当日穿的便是一身天青色的衣袍，且他传给弟子的心法，正是我们归藏的正统心法。"

叶离和蒋寒秋闻言俱是一凛。这怎么还牵扯上自家门派了？

蒋寒秋皱眉道："这些事你怎么从来不说？"

饶是陆仁性子好，此时也有些委屈："弟子说过许多遍，师父也问过弟子，弟子都是如实作答……弟子还曾向师父打听过那位大能，但师父似乎没听见……"

众人都沉默了半晌。

小顶安慰他道："你别伤心。"别说其他人了，连她这个炉子，也只是记得个大概。

苏毓继续问陆仁："你可记得天雷是几道？"

陆仁想了想道："弟子被劈出灵智前，自是一无所知，但开启灵智后，弟子记得，得有五六十道。"

几人都是一惊，那就是度劫期九重境所历的大雷劫了。这是飞升前的最后一次雷劫，不成功便成仁，若是度过，便能平地飞升，若是度不过，便只能殒身，魂魄重归天地。这位归藏前辈不幸成了后者。

叶离皱着眉苦思冥想了一阵，摸了摸下巴道："不对啊，三百年前我们归藏有哪位前辈度大雷劫吗？我怎么不记得？"

便是在归藏这样的门派，能修到度劫期九重境的修士，也是寥寥无几。

而且归藏的大能多半是在九狱山寻个僻静的地方闭关来度雷劫，随洲距门派数千里，都快到北陲了，谁会跑到那种鸟不拉屎的地方去度劫？距今三百多年也不算久远，若是有这么一号人物，他们不该一无所知才对。

蒋寒秋也疑惑地摇摇头："我也不曾听说此事，按理说门派中有大能殒身是大事，怎么都会记上一笔。"

归藏每年冬日一小祭，三年一大祭，历代殒身的大能都会配享祭祀，神位中也没有这个人。

苏毓却似早有所料，脸上没什么惊讶之色，只是问陆仁："他当时可曾与你说过什么？原原本本地告诉我。"

陆仁点点头。那位大能是他醒来后见到的第一个人，又是引他入道途之人，即便过去三百多年，大能的话音犹在耳畔。

"那时候五六十道劫雷全都降完，他已经奄奄一息，发现弟子有了灵智，抚了抚我的头道：'小石头，你我也算有缘，剩下一点修为也带不去，便送与你吧。'说着便传修为给弟子，不过弟子天资驽钝，根基又浅，只吸纳了少许，大部分的修为散在天地间了。

"对了，弟子会拜入归藏，也是因了这位大能的指点。他说：'小石头，你有慧根，假以时日修出人身，拜个好师父，定会有所成就。'弟子说：'我只是一块石头，哪个师父会收我呢？'那大能便说：'归藏派兼容并蓄，海纳百川，对山精水怪也是一视同仁。我便是归藏门下修士，如今传你本派心法，你潜心修炼，他日入我门下，也算我临死前的功德一件。'"

他说完，眼眶微微发红，怯怯地望向苏毓："师叔祖，弟子是不是做错事了？"

他虽是石头，但比一般人都聪明，几句话听下来，便猜到那位大能的身份有蹊跷，他是叫有心人利用了。

依他这个容易被人忽略的特性，充当耳目太合适了。

可无论那人存心如何，他终究是得了人家的修为和心法，若没有那人的指引，他也不会拜入归藏。

那人也算是他的恩人。

他心里又愧疚又难受，一时间五味杂陈，不知如何是好。

苏毓道："若是我没猜错，当时你和他同受天雷，又得他所传修为，神魂便有了联系，他可以用你来'看'。"

叶离摸了摸下巴道："所以他又是给修为，又是传心法，还指引陆仁拜入归藏，打一开始就是为了往我们门派安插'眼线'。他和我们门派有多大仇啊……"

那种时候一般人扛天雷还来不及，这位还顾得上安插细作，也不是一般人物了。

蒋寒秋捋了捋头发："等等，那人不是殒身了吗？"

叶离道："对啊，飞升劫只有两种结果，不是飞升就是殒身……"

苏毓摇摇头："不，陆仁替他分担了雷劫，所以他的飞升劫并未度完，虽然身死，但魂魄并未全散。"

他安抚似的摸了摸炉子，对陆仁道："不知者不罪，你也不必自责。不过事了之前，你须待在封灵阵中，也不可聚气。"

他不知道那人与陆仁的联系究竟是通过灵力还是神魂，只有两者都切断了才保险。

陆仁以为按照师叔祖的做派，他最轻也会被逐出师门，没想到师叔祖竟不打算追究他的责任，不由得吃了一惊。

叶离觑了眼师叔，心里暗忖，这还是他冷酷无情的师叔吗？若是按照苏毓以往的性子，不会留个隐患在门派中，要么立即除去，要么不动声色地反过来加以利用——不过那样便会将陆仁置于险境。如今苏毓选择断了陆仁与外界的联系，那人自会察觉，多半会当陆仁死了，这样便保全了陆仁。

叶离不由得感慨，小师妹虽然变成了炉子，但威力更胜当年，师叔为了她都快放下屠刀，立地成佛了。

苏毓冷冷地乜了师侄一眼，吓得叶离一缩脖子。

苏毓对陆仁道："你先出去吧。"

陆仁仿佛劫后余生，忙向师长行礼告退。

待他离开，叶离好奇地问苏毓：“师叔，你是怎么发现陆仁有问题的？”出了丁一的事后，他们察觉身边有别人的耳目，但排查了几次都没有结果，又不可能对所有弟子都用上搜魂咒，寻找奸细之事便不了了之。

苏毓道：“十洲法会那次，你们被困阵中，单单漏掉了他，当时我便感觉遗漏了什么事，只是想不起来。今日见到他方才想起。”

他顿了顿道：“不说他是石头成精，即便他真是一块石头，法阵不是人，哪有漏掉他的道理？”

叶离深有同感，当时他也隐隐察觉不对，但每次一想到陆仁，思绪就像是打了滑，不由自主地滑到别的地方去；如今想来，即便陆仁是石头成精，也不至于如此，那位大能前辈想必还动了别的手脚。

蒋寒秋道：“当初就是小顶发现陆仁不在船上，这才让我们警觉起来，那人难道是在帮我们？”

苏毓道：“他在借陆仁提醒我们，不过未必是帮。”

叶离看了眼师叔：“师叔猜到他是何人了？”

苏毓道：“我师父收过三个徒弟，你们曾经有个大师伯。”

叶离和蒋寒秋都是一惊。

苏毓道：“我不曾在归藏见过他，早在我入门前的两百多年前，他已经被师父逐出师门了。我也只听师父和师兄提过一句。”

他当时只觉难以置信，在他看来，师父是个性子好得实在有些过分的人，简直是个由人捏圆搓扁的面团，能让师父逐出师门的人，必定是犯了无可饶恕的过错。

不过对那段往事，师父和师兄都讳莫如深，师父更是常露出悲痛之色，他便不问了。

他在西极取回幼时的记忆，但始终觉得缺了几片，比如他父亲的样子，比如十一岁他在师父房中究竟看到了什么，以至于冲动之下自剖灵脉。

如今他想起来了。当日他在师父房中瞥见的是一幅画像，他那个素未谋面的大师兄，也是亲手杀了他母亲的仇人，更是给了他血肉之躯的生父。

关于这个“大师兄”，苏毓知道的并不比蒋寒秋他们多多少。他打发两个师侄离开，便传音给师兄云中子。

传音很快接通，云中子道：“我正打算传音给你，真是巧了。”

苏毓道：“师兄有何事？”

云中子：“不急，你先说吧。”

苏毓便把陆仁的事说了一遍，末了问道：“那个人的事，师兄知道多少？”

云中子沉吟片刻，声音里带了点伤怀：“那时候我才两百多岁，详情自是不太清楚，自那人离开门派，师父便不太愿意提起他。”

苏毓又道：“师兄可知师父缘何将他逐出师门？”

云中子想了想道：“我只听得一些只言片语，不过后来拼拼凑凑，也能猜到个大概。大抵是因为《归藏易》。”

他顿了顿道：“现在的弟子大多不清楚，其实我们归藏数代之前并非剑修门派，而是以占卜见长，用的便是代代相传的《归藏易》。不过祖师定下规矩，这门绝学一代只可传一人，传人不但需要绝佳的悟性，还需远过常人的坚韧心性。”

苏毓有些意外。他常见师父笨手笨脚地摆弄铜钱，连厨子午膳做了什么菜都测算不出，一直以为师父于卜筮一道是个半吊子，和江湖术士差不多，不想他们归藏竟是以此道起家的。

云中子似乎猜到他所想，轻轻一笑：“不是算午膳有没有视肉那种，那是逗着你玩的。师父早已将《归藏易》毁了，发誓此生不再窥伺天机，让此道断绝在他手上。”

苏毓道：“是因为那人？”

云中子没说话，算是默认了：“那时候师父座下有两个徒弟。大师兄入门也就比我早十来年，但他真是不世出的天才，天赋绝佳，悟性又高，几乎和你不相上下。”

苏毓无声地扯了扯嘴角。

云中子接着道：“我天资平庸，自然难以望其项背，任谁都以为他是当仁不让的《归藏易》传人，但是修行百来年，师父始终不愿传他此门绝学，犹豫再三，最终打定主意传给我。

“后来师父说，他为此占过一卦，卦象说大师兄是注定的《归藏易》传人。但师父担心大师兄的心性，最后还是决定逆天而为——那是师父一生中唯一一次妄图逆天改命，结果……”

云中子苦笑道：“大师兄何其聪敏，一早便察知师父心思，趁着师父受伤闭关，偷偷突破禁制，取得经书。他聪明绝顶，仅凭着古奥的经文便学通了四五成。”

苏毓道：“他就是因此事被师父逐出师门的？”

云中子轻叹了一声：“不是。师父出关后发现木已成舟，只是长叹一声，道‘天命难违，是我自作聪明’，更无多言，将毕生绝学倾囊相授。”

“大师兄最终如愿以偿，但师徒之间已为此事生出了嫌隙，不复往日般亲密无间，兴许正因如此，为后来的事埋下了祸端。”他顿了顿道，“大师兄不比我胸无大志，他生性要强，因师父当初打算选我做传人，他心中埋了一根刺，便越发要证明师父看错了，加之习得绝学，行事越发少了顾忌，最终做出了不能回头之事……”

苏毓听出了师兄的遗憾惋惜。他们师兄弟相处百年，云中子又是重情之人，与那人定然有很深的感情。

而他小时候何尝不是将那人当作天底下最好的父亲？

“他做了什么？”他问道。

“他杀了一个人，”云中子答道，“一个凡人。我也不知道始末，只是那日恰好在书房外听见师父与大师兄争执的几句话。师父的声音很低，我听不清他说什么，但听得出他动了真火。大师兄的几句话我倒是听得分明。师兄说：‘不过一个凡人老妪，只剩下十来年阳寿，杀她一个便能成全一百多个正道修士。’师父说了句什么，师兄又道：‘那一百多名正道修士合该去死？我既然已窥得天机，若袖手旁观，又与杀了那一百多人何异？’师父不吭声，师兄又道：‘明明能知天机，却什么也不做，明明能成为执棋人，却甘当棋子，任由天道摆布！师父甘愿为刍狗，弟子却不愿意。’”

苏毓唇上掠过一丝讽笑，对那人来说，一个凡人老妪和一百多个修士哪有何不同，他享受的不过是摆布别人命运的乐趣而已。

苏毓自五岁之后便不曾见过此人，也从未听见此人的消息，但苏毓比任何人都懂他，因为苏毓身上流着他的血。

他们其实是同一种人。

苏毓轻轻颤抖，不由自主地将怀里的炉子抱紧，仿佛要嵌进心口里去。

小顶把师父和师伯的话听得一清二楚，想起邂逅小师父的那个梦，恨不得立时生出两条胳膊，反过来把师父抱在怀里。

苏毓感到炉身上微微发热，似有一股暖流顺着他的心口流遍冰冷的四肢百骸。

他抚了抚炉盖，低声道：“我没事。”又对云中子道：“师父因此将他逐出师门了？”

“说是逐出师门，其实说叛出师门更确切。”云中子道，“师父开了戒堂，请了戒鞭，在历代掌门的神位前狠狠地打了他八十一鞭。三日后，他不等伤愈便离开了九狱山。师父将他从门派中除名，从此绝口不提他。他也自此销声匿迹，直到过了二三十年，传来他在随洲龙吟山中度劫失败，魂飞魄散的消息。”

云中子顿了顿道：“又过了两百年，师父带回来一个幼崽，说这是他的孩儿……我才知道他那时并未殒身，残魂入了轮回，想来师父一开始就算到了。”

苏毓沉默片刻，低声道：“师父算到他会再入轮回，也算到他会生下我，杀光我所有亲人。”

云中子的声音中满是疼惜：“小毓，师父他……”

苏毓道：“我明白。”

云中子说不出话来。苏毓什么都明白，但明白并不意味着不会难过。

苏毓淡淡地问道：“师父可曾说过，那人如今是什么身份？”

因为顾苍舒的相貌与苏毓有几分相似，他怀疑过大衍宗宗主白景昕，但白宗主的年纪、修为、经历都对不上。他父亲度雷劫失败，几乎魂飞魄散，剩下一缕残魂入轮回，恐怕要好几世才能养回来，即便养回灵根，天资也不会太好。所以那个人的修为不会很高，他几乎不可能是度劫期的大能。

十洲内外，这样修为不高又隐于暗处的人实在数不胜数。

云中子道：“师父不曾说过，自从大师兄叛出师门，他便毁去了《归藏易》。”

苏毓沉吟了一会儿，问道：“师兄方才想说的是什么事？”

云中子挠了挠日渐稀疏的头发，蓦地想起来：“对了，差点把这事忘了。昨夜我去了趟藏书塔，查了查与器灵相关的典籍。我们归藏祖上曾有一位前辈，机缘巧合下附身在剑中成为剑灵，后来只用了一年不到便修出了原身，还把修人身的法子记了下来，我这就传给你。”

话音未落，苏毓便收到了师兄传来的书简。

他扫了一眼道：“要用原身的血肉。”

云中子道：“当初小顶留给你那几滴灵液里面不就有她的血吗？姑且试一试，不行再想办法。”

苏毓目光微微闪动，沉声道：“知道了。”

传音断了后，小顶跃跃欲试：“师尊，快把灵液拿出来，我这就试试。”

苏毓垂眸睨了她一眼，冷声道：“倒是把这事忘了。”

小顶心头一凛：“师尊……”

"我记得有人答应过我，再也不会炼这种东西。"

"我……这不是歪打正着吗？"小顶讪讪地道。

她生怕师父再唠叨，抢着道："快把灵液给我吧。"

苏毓目光动了动："你很想修出人身？"

小顶不明白师父为什么有此一问，这不是理所当然的吗？

"当然啦，"她道，"修出人身就可以出去玩了，我快闷死了。"她可是在冥器店里蹲了三年，最近才换了地方。

苏毓垂下眼帘，道了声"好"，从灵府中取出灵液。

小顶道："我没手，你帮我倒在炉子里。"

苏毓如今对她简直可说千依百顺，当即揭开瓶盖，小心翼翼地把灵液倒进炉子里。

小顶又道："师父把我放在地上吧，给我点把灵火。"

苏毓："……"她这是修炼还是炖自己？

炉子微微一红："师尊你别这么看我，我就是这么修炼的。"

苏毓只得依言点上灵火，横竖人已经找回来了，随她去折腾吧，大不了炖煳了，再慢慢修便是，修慢点最好，这样她哪里也去不了，他可以时时刻刻将她抱在怀里。

而只有将她实实在在地抱在怀里，他才感到自己是个真实存在的人，而不是某个人放进小世界里的一缕元神。

她不属于这里，终有一天会离开他，回到她自己的世界。

苏毓怔怔地望着炉火，忽然感觉手心有点痛，低头一看，才发现手心不知不觉被自己掐出了血。

身为一个技艺精湛又兢兢业业的炼丹炉，小顶炖起自己来也是一丝不苟。聚精会神地炼了一整天，她终于支撑不住，让师父熄了灵火，打了个哈欠道："我困了，明日接着炼吧。"

苏毓嗯了一声，将灵火熄灭，把她抱回怀里："睡吧。"

"我烫不烫手啊？"小顶问道。

"不烫，很暖。"苏毓道。

小顶望了他两眼："师尊，你的脸怎么那么红？"

苏毓将目光移开："热气熏的。"

小顶有些狐疑，灵火不像凡火那么热，哪里就能把他熏成这样了……

苏毓自然不能说是因为她炉膛里的鲛血遇热，散得整个房间都是。

小顶还想多问，忽听刺啦一声，身子一沉，托着她的双手仿佛瞬间消失。不等她回过神来，已经砰的一声砸到了地上。

好在苏毓的坐榻不高，小顶离地不远，这一下砸得不重，只是屁股着地，有点痛。

她摸摸摔疼的地方，忽然一个激灵，回过神来："师尊，我的屁股回来啦！"

苏毓："……"

他受到的冲击比她大多了，先是抱在手里的炉子突然没了，紧接着坐榻前就多出个不着寸缕的大活人来。

更别提他还被鲛人血熏了一整天。

此刻他只觉得浑身的血气兵分两路，一股冲向头顶，一股往下奔腾。

苏毓忙起身脱下外衫，不管三七二十一往她身上一盖。

小顶腾地坐起身，从屁股底下捞出一堆破布："哎呀，小衣裳撑破了！"

她这么一动，盖好的衣裳又从身上滑了下来。她还处于恢复人身的震惊中，当炉子时又习惯了衣不蔽体，这会儿还在惋惜那身巧夺天工的小衣裳。

苏毓像被灼伤了眼睛一般，哑声道："把衣服披好。"

小顶这才想起这茬，把衣裳披好，进灵府一看，小炉子又回到了灵府里。

她拿起铜镜照了照，还是那张脸，自己炼出来的也没圆一点，不由得轻轻叹了一口气。

她又挪到师父的身旁，试着碰他的胳膊，发现手径直穿了过去，才恍然大悟："对了，灵液里的是鲛血，我现在还是鲛人吧？"

不等苏毓说什么，她的目光忽然停留在苏毓身体的某处。她捂住嘴："师尊，你中鲛血毒了？清心丹还有吗？"

哪里还有清心丹，他前往西极时，那四个不成器的傀儡人把所有清心丹都给他灌了下去。

他避而不答，只是取出另一个琉璃瓶，里面装着一些澄澈而微微泛青的灵液。

他把瓶子放到身前："这是若木树的灵液，服一滴下去。"

小顶拔开塞子，服下灵液，忽觉有一股无形的力量将她猛地往上一扯。她感觉整个人像是穿过了一堆糨糊，片刻的窒息后，又恢复了正常。

她碰了碰师父的手，欣喜道："真的变回来了！"

苏毓却没有她想象的那般高兴，只是淡淡地说道："变回来就好，剩下的灵液你自己收好。”

小顶收好琉璃瓶，便盯着师父的脸瞧，苏毓却避开她的目光：“没事就回房睡觉去吧。”说着便转过身，闭上眼睛打坐入定。

小顶不明白师父为什么突然变得这么冷淡。

她一向有话就问，爬到他的坐榻上，牵牵他的袖子：“师尊，我变回人你不高兴吗？”

苏毓睁开眼睛：“高兴。”

可苏毓看着就不像高兴的样子，小顶狐疑，难道师尊也喜欢她圆滚滚的原身吗？

“那你怎么不笑啊？”小顶道。

苏毓扯了一下嘴角：“笑完了，你去睡吧。”

小顶问：“你中毒了，怎么办啊？”

苏毓恼羞成怒，用衣袖一挡：“不用管。”

这不是自欺欺人嘛！

她想了想，提议道：“要不我们双修吧！”

苏毓像是被人当胸砸了一拳，差点没吐出血来，声色俱厉地说道：“这种事岂能随口乱说？”

“我没乱说啊。”小顶委屈地说道，“你中了鲛血毒，双修能解毒，干吗不双修？”

苏毓都快被她气笑了：“你知道什么是双修？”

小顶：“我懂，就是……”

苏毓捏了捏眉心，耐着性子道：“这不是随随便便就能做的事。”

“我知道啊，”小顶道，“要互相喜欢才能双修。难道你不喜欢我，不想和我双修？”

苏毓揉了揉额角：“你不懂……不是你以为的那种喜欢……”

“我怎么就不懂了？”小顶有些生气了，“我以为的喜欢是哪种喜欢？”

她气冲冲地从乾坤袋里掏出一颗圆溜溜的珠子，呈到苏毓的眼皮底下。

苏毓以为她要给自己塞药，下意识地往后一仰，被她顺势扑倒在地衣上。

珠子从小顶的指尖飞了出去，悬浮在两人中间。

苏毓定睛一看，方才发现这颗珠子暗然无光，灰溜溜的像颗石头，原来是颗愿珠。

小顶气鼓鼓地说道："你看好了。"她对着珠子恶狠狠地说道："信女心悦苏毓，愿与苏毓结为道侣，生生世世永不……"

不等她念完，愿珠已经遍体生辉，将室中的几颗夜明珠衬得暗淡无光。

"谁不懂了？"小顶眼眶发红，"我喜欢你，多简单的事。是你不喜欢我吧？整天嫌我笨嫌我傻，嫌这个嫌那个，我都没嫌你肚子瘪！我都没嫌你编瞎话骗……"

话未说完，余下的被一双滚烫的唇堵在了嘴里。

她感到一阵头重脚轻，回过神时已被人重重地压在身下。

他紧紧地压着她的双唇，毫无章法地吻她，那些狂热的吻像暴风雨一样席卷而来。

小顶几乎喘不过气来，晕晕乎乎地抬起胳膊，搂住他的脖颈。苏毓更深地吻她，像是要将两人融在一起。

良久，他抬起眼看她，像是要把她的神魂都摄进深深的眼眸里。他抬手摩挲了一下她殷红微肿的嘴唇，哑着声音，几乎带着恨意："你根本不知道。"

他扯开裹在她肩头的衣裳，随着她急促的呼吸，堆雪般的肌肤在愿珠下莹莹发光，灼得他双眼生疼。他在做什么？这是错的，他不该这样。

苏毓将头一偏，对着她修长的脖颈吻了下去。

就在这时，门外传来咚咚两声敲门声。

"师叔你不在忙吧？"是叶离的声音，"有件要紧事……"

苏毓手一顿，上半身微微抬起。

小顶睁开眼睛，水眸犹如春阳下起雾的水面，澄净中带着些许迷离，似乎还没从方才的情热中缓过神来，脖颈随着急促而凌乱的呼吸起伏。苏毓凭着第一剑修的坚忍，替她将揉皱的衣襟掩好，然后将她打横抱起，打开两室之间的门扇，把她放在床上，用指尖挑开贴在她唇上的一缕发丝。

"师尊……"小顶望着他的眼睛，偷偷钩他的手指。

苏毓忍不住俯身，吻上她水润欲滴的唇，本来只打算啄一下，但浅尝辄止哪里够？他就像个偷糖吃的孩子，心里想着只吃一口，一口接着一口，恨不能把一整罐子都吞下去。

外头叶离没听到回答，有些纳闷，不过事关重大，便还是大着胆子又敲了一次门："师叔，你在里面吗？"

苏毓逼着自己放开小顶，抚了抚她的脸颊，哑声道："我去看看，尽快回来。"

小顶觉得像是挠痒痒挠到一半，忽然被人打断，连痒痒挠也被抢了去，心吊在半空中，没着没落的，不过还是通情达理地点点头，叶师兄说了有要紧事，解毒可以等等。

叶离在门外踌躇着要不要敲第三次，刚抬起手，门吱呀一声从里面打开，师叔出现在门口，眼神冷得能把人冻成冰坨子。

“为何不传音？”他冷声问道。

大家都在一条船上，这不是好心给你省口灵气吗？叶离心想。但叶离觑着师叔的脸色，哪里敢说出口，只能道：“小侄思虑不周，师叔别见怪。”

“进来。”苏毓看了他一眼道。

叶离不由自主地打了个寒战，很快注意到师叔有些古怪，平时毫无血色的双颊有未褪的红晕，嘴唇红而微肿，似乎还破了一点，有种说不出的鲜润。眼神也有点奇怪，像是热炭猛然被人塞进冰窟里，外头看着冷，内里还在冒热气。还有他的衣衫，虽然仍旧遮得严严实实，但前襟上有明显的褶痕，显然是被人用力揪扯蹂躏过。

叶离心头没来由地咯噔一下，一个念头浮出脑海：他该不是打断了师叔的好事吧？

他随即回过神来，觉得自己想多了。师叔再怎么老房子着火、春心荡漾，也不至于和个炉子……吧？

不不不，师叔不至于，不至于……至于吗？

他又想起师叔给炉子穿衣裳的劲头，冷汗又下来了。

说到炉子……叶离游目四顾：“咦，怎么不见小师妹？”

苏毓的眼中掠过冷色：“回房就寝了。”

炉子也要睡觉吗？叶离心中纳罕。

师叔仿佛能看穿他的心思，幽幽地答道：“刚修出人身，累了。”

叶离大骇，头皮顿时一麻，心里连道完了完了！他赔着小心伺候这位祖宗好几十年，没想到今日功亏一篑，从今往后就要取代大师姐，成为师叔的眼中钉了。

苏毓掀起眼皮乜了一眼脸色煞白的师侄：“有什么要紧事？”

他语气虽淡淡的，但叶离听着总有一股咬牙切齿的味道，好像在说“要是这要紧事不够要紧，我就把你的狗胆挖出来下酒”。

他打了个哆嗦，深吸一口气，壮壮胆子：“回禀师叔，里市灵宠店的店主人求见，就是师叔买红豆包那家。”

苏毓嘴角微弯，磨了磨后槽牙，语气柔和：“灵宠店的主人？”

叶离：“……”师叔你老人家这样很吓人你知道吗？

他忙道：“他说他才是真的顾苍舒，连日来遭人追杀，因此投靠我们。小侄难辨真假，无法决断，只能请师叔定夺。深夜打扰师叔清修，请师叔恕罪……”说到最后他都快哭了。

苏毓沉吟片刻道：“带他到前厅来。”

叶离领了命便忙不迭地退了出去。

退到门外，他迫不及待地将门扇一阖，抚着胸口长出一口气，感叹总算捡回了一条命。

苏毓换了身衣裳，整了整衣冠，叩叩壁板，对着上面的小洞道：“我去一趟前厅。”

小顶拉长了音调：“哦——”显然有些不开心。

苏毓心里便是一软，柔声道：“我去去就回来。”

小顶道：“我等你。”

“你先睡吧。”苏毓虽这么客套一句，但料想他们方才都那样了，她哪里睡得着？

苏毓走到前厅，客人已经到了，在阶下等候。

来客共有两位。一位是与苏毓有过一面之缘的灵宠店主人，生得俊美，又久经世故，举手投足都带着股商贾的圆滑，修为也不过到金丹期，若非眉目间有几分顾英瑶的影子，很难令人相信他是十洲数一数二的大能英瑶仙子的儿子。此人着一身纹绣纷繁、色彩斑驳的锦袍，比叶离有过之而无不及。两人往那儿一站，抵得上半家衣裳铺子，直晃得人眼晕。

另一人却是一身朴素的褐绝衣裳，头发花白，微微弓腰站着，像个不起眼的影子。

两人毕恭毕敬地向苏毓行了礼，那老人果然是顾家的旧仆，名唤顾忠。

苏毓命傀儡人看座上茶。

店主人道谢入座，那老人垂手侍立一旁，俨然是旧家世仆的做派。

店主人深更半夜来求人，却没什么低声下气的意思，笑吟吟地道：“顾某有幸与阁下见过一面，只是当时不便自陈身世，多有隐瞒，还请阁下见谅。”

“无妨，”苏毓神色冷淡，“不知阁下深夜来访，有何贵干？”

店主人瞟了眼叶离道："想必阁下对在下的窘境已略知一二，在下实在是走投无路，求告无门，这才前来叨扰阁下。实不相瞒，在下乃英瑶仙子之子，本名顾苍舒。"

苏毓从傀儡人手中的托盘上拿起茶碗，若无其事地说道："阁下的意思是，太璞宗如今的顾宗主是假的？"

店主人道："没错，此人并非英瑶仙子所生，是占鹊巢之鸠。"

苏毓浅浅一笑："阁下深夜来访，是来给苏某讲笑话的？"

店主人道："顾某若有半句虚言，任由阁下处置。"

苏毓无动于衷，只是垂眸看看茶汤。

店主人瞥了眼身边的老仆道："请容家下人顾忠向阁下禀明情由。"

苏毓点了点头。

那老人行了一礼："启禀道君，老仆是太璞十九代宗主的长随，顾老宗主便是英瑶仙子之父。当年英瑶仙子与大衍白道君两情相悦，奈何不能见容于宗门。英瑶仙子珠胎暗结，以死相逼，执意要生下小公子。老主人爱女心切，又不能容忍顾家继承人有白家血脉，便替英瑶仙子寻了个夫婿掩人耳目，并在宗室中另择血脉纯净的婴孩，待仙子诞下孩儿，便偷偷调换。"

店主人插口道："不怕叫阁下笑话，当初外祖父命忠伯将某扼死，忠伯不忍心，连夜逃到海上，某这才留得一条性命。"顿了顿道，"外祖的意思是，若家母与夫婿诞下别的公子，便传位给幼子，若再无所出，至少继承人血脉干净，家业不至旁落。"

苏毓沉吟片刻，淡淡地说道："如此说来，如今这位顾宗主继承家业是老宗主的意思，两位若有不满，该去找太璞的长老们理论。"

店主人道："换子是外祖的意愿，顾某不敢置喙，那位道君继承太璞是名正言顺，便是他要号令大衍，顾某一个人微言轻、修为低下的商贾，亦不敢有微词。顾某只愿置身事外，做个小商贾，奈何那位顾道君不愿成全，近来不知怎么得知顾某还在世，便欲除之而后快。顾某实是走投无路，只能来求贵派施以援手。"

苏毓道："阁下是白宗主之子，有事不找白家人，却来找杀父仇人，是何缘故？"

店主人脸上没有半点赧色："阁下与家父公平比试，家父技不如人，命丧阁下剑下，何仇之有？"

苏毓一笑："顾公子豁达。"顿了顿道，"时候不早了，顾公子若是不介意，便在舟上下榻一晚，明日再叙，如何？”

主仆俩对视一眼，都是精神一振——连山君既然松口收留他们，所谋之事便成了一大半。

店主人随即道谢告退。

叶离送客人到阶下，折回堂中：“师叔，此人可信吗？小侄方才找人查过，这小子的确在凤尾渡附近遭人追杀，死了十几个人，不过……”

苏毓抿了口茶道：“那十几个人里有白家的高手是不是？”

叶离忙道：“师叔真是料事如神！师叔是怎么知道的？”

苏毓冷哼了一声：“他在顾家眼皮子底下待了几十年没人发现，怎么偏巧这时候被挖出来了？”

叶离恍然大悟：“是他自己跳出来的。”

“太璞宗宗主之位人家坐得稳稳当当，他自然不能觊觎，”苏毓对这师侄的脑袋瓜还算满意，“白家可是乱作一团，白景昕人是死了，追随他的那些人可没死。你说他们是愿意被顾家一口吞了，还是愿意推个流落民间的金丹期太子上位？”

他顿了顿道：“只是白家那些人不顶事，连护他周全都做不到。他是聪明人，死里逃生两次就知道该找谁当靠山。”他只是好奇，那个占鹊巢的鸠究竟是谁，真的是老宗主找来的那个婴儿吗？

叶离听师叔这么条分缕析地一说，顿时明白了。

这个“真顾苍舒”一直隐姓埋名，直到白宗主身死，大衍宗大乱，觉得有机可乘，便找到父亲的旧部表明身份。谁知那些人靠不住，他便宜还没占上，差点把命丢了，于是转而与归藏合作。

他修为低，在门派中又没有根基，凭一己之力镇不住白氏，需要归藏这样的强援。而他们与他结盟，不但可以牵制大衍，也可以避免太璞一家独大。

叶离谄媚道：“小侄驽钝，经师叔一提点方才茅塞顿开，师叔英明……”

苏毓冷声打断他：“想明白了就出去。”

“是，是……”叶离一边说一边往外退，“小侄不打扰师叔清修，师叔清修愉快。”

苏毓脸上有些挂不住，差点没把茶碗扔在师侄的脸上。

待叶离的脚步声远去，他立即撂下茶碗，掀帘子出门，匆匆穿过回廊，回到后院。

他快步穿过庭院，走到小顶的房前，脚步却是一顿。

想起那意有所指的“清修”两个字，他便觉脸上有点发烫，这么迫不及待地赶回来，明明只是想快点见她，被叶离这么一说倒显得他多急色似的。

他欲盖弥彰地轻咳两声，轻轻推门进去，只觉满室幽香沁人心脾，借着明珠的微光往床上一看，却见小顶四仰八叉地躺在床上，衣襟半敞，被褥踢到了床下，一条腿伸在床外，樱唇微启，呼吸沉沉，显然已经睡熟了。

苏毓万万没想到这傻子没心没肺到这种地步，这么一会儿工夫竟然就睡熟了。

他走过去，把她的腿捞起来搁回床上，拉起被褥替她盖好，动作间不免又碰触到她柔腻如脂的肌肤，禁不住一阵心猿意马，吸入的鲛血便在经脉中作起祟来。

然而小顶一无所知，自顾自睡得酣甜。

苏毓有些不甘心，轻唤道：“小顶？”

小顶哼了一声。

苏毓又捏捏她的胳膊：“萧姑娘？”

小顶皱了皱眉，抬手把他的手挥开，抱着被子转了个身，用屁股对着他。

萧姑娘只管杀不管埋，苏毓无法，只得在床边坐下，打坐调息，足足运转了二十八个大周天，总算把来势汹汹的鲛血毒压了下去。

苏毓运气解毒毕，便欲回房，瞥了一眼小顶，见她又将被褥踢到了床下，衣带也松了，肌肤袒露了一大片，只得将她抱起摆正，理好衣衫，系好衣带，再掖好被褥。

这么一折腾，刚压下去的毒又发作起来。他只能接着打坐，如是反复了几次，窗纸已经亮了起来。

修士不需要睡眠，但被鲛血毒反复摧残，饶是连山君修为高深，也不免身心疲惫，便背对床打坐，凝神入定。

正养精蓄锐，他恍惚间感觉肩背上一沉，出定睁开眼睛一看，发现一双玉白的胳膊从后面搂住他的脖颈，背上传来绵软的感觉，一股非兰非麝的甜香直往他的鼻子里钻，解毒一夜瞬间前功尽弃。

小顶趴在他的背上，脸颊在他的脖子上蹭蹭，轻轻打了个哈欠：“师尊，我们昨晚双修了吗？我怎么没什么感觉呢？”

苏毓：“……修没修你不知道？”

小顶在他的脖子上啃了一口：“不知道啊，我睡着了。”说着又去捏他软软的耳垂，“你的耳朵怎么那么红？”

苏毓把她的手扯下来："别闹。"

"那到底修没修？"

"没修。"苏毓道。

"为什么呀？"

"回来你睡了。"

"你怎么不叫醒我？"再说她睡着了也不耽误吧？

苏毓："……"她睡得那么死，叫得醒才怪，再说把她叫起来行那种事，他怎么启齿？

他移开眼，冷声道："你当我是什么人？魅兽才满脑子这种事。"

昨夜一时情热，难以自抑，他其实有些后悔，修士合籍虽不比凡人三媒六礼那么多繁文缛节，但究竟是人生大事。她自己或许不在意这些，他却不能让她在任何事上受委屈，别人有的她不能少，别人没有的她也得有。

眼下局势也不明朗，他还不知道杀母仇人身居何处，但能感觉到这人已从暗处慢慢逼近，只等着给他致命一击。何况她总有一天要回去的，那时候这个小世界不知还存不存在，与他牵扯过深也不是好事。

小顶做梦也想不到师父刹那间有了那么多念头，听他说得义正词严，不禁暗暗惭愧。许是因为天书上的连山君成天想着双修，她不知不觉误解了师父。

师父不是凡夫俗子，性子冷，对什么都很冷淡，早就说过这辈子不想找道侣，肯定也不想双修了，昨晚那个样子，一定是因为鲛血毒发作。

她伸头往下看了一眼，嗯，症状这么严重，一定是因为中毒太深。

苏毓一偏头，恰好发现她正在盯着某处，顿时恼羞成怒："行了，别闹我了，我还有事忙。"

"毒又发了，怎么办？"

"自己解。"

"好吧。"小顶嘟囔。虽然她挺想知道双修到底是什么感觉，但师父不乐意也就算了，圆光师侄说这事一定要双方都心甘情愿，勉强不得的。

她恋恋不舍地在他的脖子上啃了一口，顺便把手伸进他的衣襟摸了两把。师父虽然瘦，但肌肤细腻，身上还有股淡淡的冷香，摸起来怪上瘾的。

她的手不由自主地往下，滑到了肚子上。他的肚子虽然有沟沟壑壑，但也没有看起来那么瘦，肉生得紧实又有弹性，她昨晚摸过一次就喜欢上这手感了。

苏毓浑身僵硬，脑海中一片空白，本来要把她的手捞出来，此时却动弹不得。

算了吧，他心想，合籍不过是走个形式，他们都修仙道了，还拘那些俗礼做什么，那些回门派后再补就是。

她的手在他的小腹上游走，只要再往下一寸……

小顶用食指指尖绕着师父的肚脐眼打了个转，又捏了捏他的小腹，然后干脆利落地抽出手，在他的后背上一拍，似是善解人意地说道："好了，你去忙吧，别耽误了正事。"

苏毓："……"

他恨不得立时把她拽过来，给她点颜色瞧瞧，但是刚刚话已经说出口，若是立即打自己嘴巴，往后在她面前还怎么抬得起头来？

他还在天人交战，小顶已经站起身："我也去炼炉丹药试试。"

昨晚光想着双修，她还没来得及探索一下自己新修出的身体，也不知道重新修出来的人身还能不能像以前那样炼丹。

"对了，"她道，"师尊，我现在是什么境界啊？"

苏毓已修至度劫期，小顶比他低了几个大境界，他只需看一眼就知道她的修为。

"昨晚看过了，元婴期七重境。"他道。

小顶有些失望："怎么还是元婴期啊……这三年我可用功了，天天从早修炼到晚，除了睡觉就是修炼。"

苏毓："……"这修炼速度几乎能把十洲的大能气死九成九，也就是他胸襟宽广，她居然还嫌慢。

"已经算快的了，很多人要用上一两百年。"他道。

小顶这下开心了，眉飞色舞地叫道："真的？"

苏毓皱了皱眉："别骄傲。"

小顶哪里听得进去，迫不及待地要试试新身体，忙对师父道："我也有事忙了，师尊你没事就出去吧，你身上太香了，待在这里我老想亲你抱你，都不能专心办正事。"

苏毓只觉一口气堵在胸中，偏又说不出什么话来，只得冷哼一声，站起身回了自己舱房，打坐将毒压下去，然后出去找叶师侄的晦气。

待苏毓走后，小顶开始探究自己的新身体。

这具肉身与原来那具的样子差不多，但多了个气海，经脉中的阻滞感没了，不过河图石浩瀚的灵力也不见了。

她之前修仙修得稀里糊涂，空有元婴期的境界修为，却施展不出相应的本事，也没有灵根，施个法术还得靠符引。

这三年来她在灵府里勤学苦练，剑法说不上多强，至少一招一式已经像点样了。如今她施起火系和金系术法得心应手，脑海里还多出一些水系的法诀，却想不起来是什么时候学的。

她思来想去，推测大约是在九重天做炉子时听仙君念过吧。

补上剑法和术法是为了自保，她最在意的自然还是炼丹和炼器。

她照例用辟谷丹来试炉，像以往那样将灵气引入小鼎中。

几道灵气入炉，须臾之间便凝结成数颗碧绿的丹丸，正是她以前长炼的辟谷丹，但光华更胜以往。

她不由得吃了一惊，修为提升越快，她炼丹所需的时间越短，炼出来的丹药效也越强，没想到元婴期六重境和一重境会差那么多。

她又炼了炉紫微丹，随即想起师父急需的清心丹没了，连忙炼了两炉。

她尝了一颗，皱了皱眉。

这清心丹的药效有所提升，不过功效还是与原来没什么区别，当初用来解师父的鲛血毒，不过是权宜之计，其实治标不治本——他吃下去的清心丹没有上千也有几百了，可鲛血毒发作起来越来越凶，可见治标不治本，那毒根一定埋得很深。

身为一个兢兢业业的炼丹炉，她一向是精益求精，绝不允许这种事情发生。

她苦思冥想了半天，脑海中灵光乍现，犹如打通了任督二脉——她先入为主，总是绕着清心丹打转，真是一叶障目了，当然是哪里发病治哪里，这是心的事吗?

想通了关键，她便开始找材料——她灵府中囤了数千种材料，有魅兽鞭那种药，自然也不乏与其药性恰恰相反的药。

她挑了几味药力最强的——这些药珍贵又稀有，贵是贵了点，但她稀罕师父，什么都想给他最好的。

小顶将所有材料都放进了炉子，又加了点以前从别处收的怨气，正要起火，忽听窗户上的锁扣发出咔嗒一声轻响，自己脱落下来。

窗扇嘎吱一声打开，从外面探进两颗脑袋来。

小顶腾地站起身，高兴地道："儿子、牡丹，你们怎么不走门啊？"

对于儿子变成白皮瘦子这件事，她其实是有些耿耿于怀的，但面上从不敢表现出分毫，生怕伤了儿子的心。

迦陵看着房里的人目瞪口呆。

小顶问道："你们怎么来啦？"

牡丹道："迦陵殿下说来偷炉子。"

迦陵这才想起来："你怎么变回去了？！"他瞄了眼她左脚上的鞋，死女人又变成女人了，还怎么偷？

牡丹连头带身子一起转向迦陵："迦陵殿下，小顶变成人了，还偷吗？"

迦陵哼了一声："本座只想偷炉子，不想偷人。"难道他要偷回去让她天天打自己吗？

小顶向他们招招手："你们别挂在窗户上，进来坐啊。"

牡丹爽快地爬进屋里，扶了扶头发上的大朵纸葵花，在榻上坐好。

迦陵道："牡丹，本座还没下令，你怎么自说自话？"

牡丹看出这大王外强中干，压根不怕他，从纸葵花上抠下几粒纸葵花子，托在手心里："你进来，这些就给你吃。"

迦陵咽了咽口水，终于骂骂咧咧地进了屋。

牡丹对冥器店之外的地方充满了好奇，四下里望了一圈，问小顶："小顶在忙什么？"

小顶道："正打算炼丹，你们就来了。"

她看看一鸟一纸人，忽然灵机一动："对了，正好跟你们要点东西。"

迦陵警觉地抱住胸往后仰："要什么？"

牡丹却大方地说道："小顶要什么就拿去。"

小顶称赞："牡丹真大方。"

迦陵不甘示弱："本座又没说不给，你拿去。"话没说完，只觉头皮一紧，小顶手里多了一撮鸟毛。

小顶又从牡丹的头花上撕下一片花瓣："这就行啦。"

迦陵："……"这女人为什么拔他的毛？他不想和老狐狸一样秃！

说不了几句话，迦陵便催着牡丹走。

小顶道："急什么呀？"

迦陵不吭声，牡丹道："迦陵殿下怕连山君。"

迦陵恼羞成怒："老子不怕他！本座还要回丹朱山处理要事……"

小顶道："牡丹也一起去吗？"

牡丹点点头。

小顶又问："什么时候回来啊？"

迦陵抬起下巴："反正这里也没人在乎本座！本座在丹朱山号令几十万大妖，个个忠心耿耿又聪明，比'归儿孙'强多了……"

牡丹："这么多大妖藏在哪里啊？牡丹在山里兜了几十圈，只看见几十只小妖。"

迦陵："……"

小顶道："魔域太远啦，外九峰地方多的是，要不让你的部下都搬来住吧？想读书的还能考归藏，多方便。"

迦陵张了张嘴，又抿上，梗着脖子道："此事再议，本座要和谋臣商议一番。"

小顶掏出个乾坤袋："这是给你的。"

迦陵不明就里地接过来，用神识一探，差点没吓得哭出来——里面是一摞又一摞的书卷。

小顶道："你是大人了，不能只读一本《千字文》。这是阿娘三年来给你做的'学海无涯书库'。"她得意地道，"从今往后你再也不怕没书读了。"

迦陵："……"

小顶又掏出个百宝囊，对牡丹道："我还要拜托你们一件事。冥器铺子主人徐四郎，被我吓得贱卖了铺子回老家种田去了，你们帮我把这袋金子捎去给他，悄悄放在他屋里就行了，别吓着他们。"

牡丹接了东西，揣在纸袖子里："小顶放心，一定送到。"

迦陵又催促起来，小顶只能送他们到门外，叮咛了几句，这才折回屋里，关上门，潜入灵府继续炼丹。

她把两样新得的材料投入炉子里一起炼化。

迦陵鸟有雄无雌，无须求偶，自己给自己传宗接代；牡丹是纸人中的异类——别的纸人、纸马都是成双成对，只有它生来没有配套的童男，因为冥器店主人扎完它就被吓得卷铺盖跑路了——小顶又觉得，"葵花"和"牡丹"两个字听着总觉得意头很好。

苏毓一整日都在与蒋寒秋和叶离议事——他心中有个人嫌疑很大，两日后太璞和大衍并派大典，正是引蛇出洞的好时机。

将计划部署完毕，已经是人定时分，他回到院中，见小顶的舱房中亮着夜明珠，显然那小傻子还没入睡。

他正要抬手敲门，门扇从里面推开了。小顶一见他便绽开笑容，明媚得像是三月晴光：“师尊回来啦，快进来，我都等你好久了。”

苏毓心里有股说不出的熨帖——小傻子总是这么直抒胸臆，有时候他还真有些招架不住。

“等我什么事？”他故作淡定地问道。

小顶把他拉进屋里，砰地关上门，抬手环住他的脖颈，踮起脚，仰起脸：“我有好东西给你。”

苏毓一低头，对上她灿若星河的双眼，忽然把一切顾忌和迟疑都抛到了脑后。

也许他明天就会死，也许她明天就会离开，就算他们还没合籍，船停在别人的渡口，那又如何？

他将她抵在门上，掐住她的腰，一偏头俯身含住了她的唇。

她有些气促，微微启开双唇。

苏毓浑身的血液都在沸腾着，叫嚣着。她的嘴里真甜，简直像藏着颗糖丸……

苏毓随即发现那不是他的错觉，她的嘴里真的有颗甜甜的小药丸，她正用舌尖把药丸往他嘴里顶。

苏毓正想问她这是什么，便听她情不自禁地嗯了一声，这百转千回的一声，仿佛带着钩子，差点没把他的魂魄勾出来。管他大世界小世界，本体还是分身，小顶是他的，是他一个人的，今天他箭在弦上，非发不可。

不等他回神，那颗小药丸已经滑进了他的喉咙里，然后迅速融化。他立即感到哪里不对劲，心头一跳。

小顶松开胳膊，抹抹嘴，抬腿蹭了蹭他的腿心，对自己立竿见影的新药十分满意：“师尊，这是我给你炼的‘葵花拔毒绝欲断根丹’。”她在他的耳朵上亲了一口，“不算钱的。”

苏毓如坠冰窟，随即运气散毒，然而小顶如今修为提升，与往日不可同日而语，又不计代价地往里加好料，药性猛，发作快，即便他反应快，也有三成毒散在他的各处经脉中，逼不出来了。

温香软玉近在咫尺，某一处却如枯木死灰，没有半点动静。苏毓抿了抿唇，一股苦涩的味道从心里蔓延到口中，把那药丸的甜味都冲淡了。

小顶看着师父神色古怪，两眼发直，不由得大惑不解——师父这是不高兴还是高兴傻了？

“师尊以后就不用为了解毒勉强自己双修了。”她眨巴眨巴眼睛，补上一句，一脸真诚，半点没有开玩笑的意思。

苏毓心中一片荒凉。分别三年，刻骨的相思和重逢的狂喜，让他忘了这傻子首先是个傻子，跟她说话是不能拐弯抹角的，口是心非她是会当真的，眼下他就是作茧自缚。

他从嗓子眼里挤出几个字：“有解药吗？”

小顶更疑惑了：“这就是解药啊，就是解你的鲛血毒的。”

苏毓：“……鲛血毒昨夜已经解了。”

“刚才不是又发作了吗？”小顶纳闷道。

“……”苏毓道，“那不是毒发。”

“不是毒发？”小顶睁大眼睛，“那是什么？”

事到如今，他也不敢再藏着掖着，不然指定还有下次，这小傻子绝对做得出来。他冷着脸道：“是想和你双修的意思。”

小顶张了张嘴，半晌才回过神来，感叹道：“啊！”她想了想，皱着眉道，“可是你每次都……一直都……”

苏毓破罐子破摔，索性一口气交底：“是，每次都想，一直都想。”

小顶：“……”师父不是说只有魅兽才满脑子这种事吗？

事已至此，再掰扯这些也没用，苏毓问道：“你往里面加了些什么？”

小顶掰着手指一样样报出来。她每说一味药材，苏毓的脸就黑一分，待她把三十多味药材数完，苏毓的脸已经黑成了锅底。

这小傻子竟然这么舍得下血本，他都不知道该哭还是该笑。

他长于炼丹，精通药理，一听便知这药性难解，好在他修为高，花上一年半载，大约能慢慢把毒逼出来。

小顶与双修失之交臂，也有些懊恼。

苏毓本来一肚子气，见她臊眉耷眼的，心头一软，揉揉她的脑袋：“行了，下不为例。”

小顶道：“我一定能炼出解药的。”

小顶惆怅地哦了一声，抱住他的腰，脸在他的胸膛上一个劲地蹭：“知道啦。”

说着她又踮脚去搂他的脖子，亲他的嘴角。

苏毓顿时发现这药名不副实，断根倒是断根，绝欲就差得远了。他觉得自己的爱欲半点没减少，她一靠近，心火立即被挑起，忍不住低头深吻她。

他满脑子只有一个念头，就是把她就地正法，然而心有余而力不足，一股燥热憋在心里，烫得他整个人要烧起来了。

这样下去他早晚得憋出病来。

“别招我了。”他在她的下唇上轻咬了一下，没好气地道。

小顶感到师父身上烫得吓人，善解人意地掏出一瓶清心丹。

苏毓接过瓶子，拔去塞子，一仰头便往嘴里倒。

“给我也留几颗……”小顶不好意思地搓搓衣摆。

苏毓捏住她的下巴，往她嘴里送了几颗，郁闷地乜她一眼：“多炼些吧。”以后他怕是一日也离不开清心丹了。

转眼两日过去，到了去太璞宗观礼的日子。

归藏这回有三十来人应邀出席，几乎整个内门都出动了，只有云中子和金竹等人留守门派以防有变。

典礼上注定不太平，但苏毓还是决定带着小顶去——经过丁一的事，他终于明白，还是把她放在自己眼皮底下最安全。

一大早，归藏的翼舟便向着太璞宗宗门所在的罗浮山飞去。

郁洲地势平衍，罗浮山虽名为山，其实只能算丘陵，山势绵延平缓，与九狱山的崇峻大异其趣，草木风物也多有不同。

太璞宗门下弟子数万，单内门弟子就比归藏整个门派还多，房舍自然数倍于归藏。外围的几十座山峰是外门弟子所居，房舍低矮，一概是青瓦白墙，一间挨着一间，连成一大片。中间十数座山峰则是内门所在，琼楼玉宇浮在云根之上，琉璃翠瓦金剪边，在阳光下熠熠生辉，远望犹如仙宫。

最让人叹为观止的是一道悬浮在半空中的清澈曲水，蜿蜒萦绕在亭台楼阁间，犹如天女的衣带。

从空中俯瞰，可见水上舟船往来不绝。

归藏众人难得出一趟远门，都在甲板上看风景，苏毓兴致缺缺，但小顶要看，他也只能奉陪。

叶离靠在栏杆上，指着那条悬空的河流道：“小师妹，你是第一次来太璞吧？这条就是闻名十洲的‘悬玉河’，俗称‘无根河’。”

话音未落，两道冷飕飕的目光像冰箭一样向他射来，叶离一缩脖子：“师叔……”他说错什么话了？

不知是不是他的错觉，师叔这两天看他的眼神不太对劲。若说之前师叔只是看他不顺眼，那现在简直像是在看不共戴天的仇人。

叶离被看得心里发毛，悄悄往后退了几步，躲在大师姐的身后。

好在这时，小师妹开口救了他一命：“师尊，我想吃糯米团子，你回房帮我蒸一碟吧。”

众人都是一惊，都去瞧苏毓的脸色。

沈碧茶正和西门馥对斫拆招，无暇给自己贴水膜，脱口而出：“这就是传说中的恃宠而骄吗？”

苏毓恍若未闻，自然地问道：“要浇糖蜜还是葱花肉汁？”

小顶想了想：“都想吃，一半做咸的，一半做甜的。”

“好，”苏毓道，“粉要现磨，你多等一会儿。”

小顶点点头：“不急不急。”

众人目瞪口呆地看着两人，差点没把下巴掉到地上。

小顶支开了师父，这才跑到宋明跟前：“五师兄，你是不是捡到了丁一的遗物？”

丁一那件事在门派中几乎成了忌讳，即便小顶找回来了，大家也是绝口不提，一来是不敢，二来是不忍。

宋明立即露出惊慌失措的神色。

小顶忙道：“师兄别担心，我只是想问问有些什么东西。”

她脱出肉身后，灵府一度打不开，后来总算能开了，那本天书却不见了踪影，想来是在招魂阵里丢的。

天书她不知看过几遍，几乎能倒背如流，但是那种东西若是被人捡了去，不知会有什么麻烦。

宋明不想提丁一的名字，只道：“他留下一只乾坤袋，里面除了一些灵符、丹药、灵石，便是些甲胄法器……”

小顶道：“有书吗？”

宋明皱着眉头想了想，忽然想起那白发老魔修的确提到过一本书，不过那本书让丁一挫骨扬灰后，自己也烧毁了。

他把自己所知的一切原原本本地告诉小顶，末了好奇地问道：“那是什么书啊？”

小顶含糊地答道："是试着炼的法器。"

宋明恍然大悟："原来如此。"他把这事告诉师叔时，师叔神色凝重，半晌不说话，他还以为是什么了不得的东西。

小顶又道："对了，那个阵法和鞭子还在你那儿吗？"

宋明点点头："师父让我收着。"

那些东西师父不想碰，他也不敢拿去给师叔，本想毁了，但一想毕竟是小师妹最后待过的地方，又狠不下心，就一直收在乾坤袋的角落里。

小顶道："能给我吗？"

她向来心大，自己眼下活蹦乱跳，那些事也就不放在心上了，倒是记得那阵法和鞭子挺厉害，说不定能拿来炼个什么。

宋明自然无有不应，拿出个百宝囊给她。

小顶刚揣进乾坤袋里，苏毓正好提着食盒过来了。

小顶吃了几颗丸子，道一声"饱了"，苏毓便利落地收起盘箸，显然不是第一次伺候徒弟。

这时太璞宗的山门也近在眼前了。

船头重重一沉，翼舟开始颠簸着下降，苏毓连忙把宝贝徒弟揽在怀里，顾不上为难师侄。

翼舟降在山门外的云屏上，便有知客弟子迎上前来，请客人换乘飞舆。

苏毓三年前孤身闯入人家宗门，杀了几十名高手，把闭门养伤的顾苍舒打了个半死，如今故地重游，倒是没有半点不自在。

举办典礼的七星台位于宗门的正中，呈半月形，用沉香砌成，四周围以朱漆嵌宝钿的雕栏。悬河恰好从台前绕过，犹如给七星台镶了一道银边。

台上设好了席簟帐幄，满目都是玉簟牙席、织锦绣缎，连帐纱都是上好的鲛绡，日光经薄纱一滤，便柔和沁凉，不再灼人。

叶离看得眼热，低声酸道："十洲法会那会儿还一股穷酸气，要了半个大衍宗，如今倒是富得流油。"

他正说着，便见十几名太璞门人簇拥着两人向他们走来。

当先一人身着绣银蓝袍，头戴白玉冠，正是新任宗主顾苍舒。

一个艳光摄人、身段窈窕的红衣女修落于他身后一步，却不是他的正牌道侣白千霜，而是个生面孔。

与三年前相比，顾苍舒的眉宇间少了几分急躁和局促气，他举手投足间尽是雍容的高人做派，从头到脚都写着“春风得意”四个字。

他在归藏众人身上巡顾一圈，在小顶身上停留了片刻，然后移到苏毓的脸上，施了一礼：“连山道君，别来无恙？归藏诸道友远道而来，有失欢迎。”

观顾苍舒的神色，仿佛苏毓是多年未见的知交好友，恨不得与他把臂言欢、促膝长谈，好似全然忘了三年前自己差点死在苏毓手上

苏毓却无意费力做这些表面功夫，只道：“恭贺顾宗主。”

顾苍舒全无愠色，道了声“有请”，亲自在前导引，把他们带到中间的座席。

苏毓道：“怎么不见顾老宗主与白宗主？”

他说的顾老宗主是上任宗主顾清潇，白宗主自然是在父亲死后继任大衍南宗宗主之位的白千霜了。

两宗相并这么大的事，这两人于情于理都该到场，何况眼下还没并，白千霜还是正经宗主。

顾苍舒眼神一凝，不过刹那间的工夫又恢复如常：“家严微恙，近日闭关休养，不能亲迎贵客，还请阁下见谅。”顿了顿道，“至于贱内，因在岳丈孝中，不便见客……”

话音未落，忽听远处水声哗然，顾苍舒脸色微变。

众人循声望去，却见一艘描金着彩的轻舟顺着悬河驶来，停靠在台边。

一群青衣侍女簇拥着一个素衣银簪、头戴帷帽的女子走下船。面纱底下有墨纹若隐若现，显然是脸上刺着字画的白千霜了。

顾苍舒眼中闪过一丝阴鸷之色，定了定神，上前扶住她的胳膊，嗔怪道：“怎么来了？你身子不好，这里有我就行了。”

他只是轻扶了一下，并未使出半分力道，白千霜却不由自主地打战，强自镇定道：“事关大衍兴亡，我忝居宗主之位，怎能不到场？”

“阿霜，”顾苍舒不得不传秘音，“别使性子。”

白千霜瞥了一眼他身后明媚张扬的红衣女人，双眉一拧，甩开顾苍舒的手，用秘音回他：“怎么，我这正经道侣反而来不得？丢你脸了？”

在场都是修道之人，观顾苍舒与白千霜的神色，便知他们是在用秘音交谈，并且谈得不怎么愉快。

顾苍舒深谙道侣的性子，知道再这么僵持下去，她说不定当众给他难堪，便沉着脸不再与她多言。

白千霜的目光在归藏一行人身上掠过，在苏毓的脸上略一停顿，她便径直走

向七星台正中，在宗主席位的右首坐了下来。

顾苍舒被正经道侣当众甩脸，饶是城府见长，脸上也有些挂不住，转头对那红衣女子使了个眼色，自去迎接宾客。

那红衣女子也向正中的主人席走去，坐了顾苍舒左首的席位。白千霜差点没把银牙咬碎，碍于身份不能与她正面交锋。

白千霜身后一个青衣侍女道："一个以色侍人的消遣玩意儿，还真把自己当人了。也不看看这是什么场合，这位子也是她配坐的？"

红衣女子不气不恼，从案上的金盘里摘了一颗葡萄，剥了送进嘴里，舔舔指尖，对白千霜道："姐姐是半个宗主，妹妹我大小也是个门主，姐姐坐得，妹妹我自然也坐得。"

她说话声音不高，却也没有要掩饰的意思，在场众人听得分明，纷纷与同伴传秘音讨论起来。

归藏门人爱看戏，自然不能错过这场热闹。

蒋寒秋道："那穿红衣的女子是谁？我怎么不记得太璞宗有这样的大美人？"

苏毓面无表情，只是捞起宝贝炉子的手，在广袖中与她十指紧扣。

叶离看在眼里，想着不愧是老房子着火，嘴角不由得翘起，却冷不丁对上师叔冷飕飕的目光，吓得连忙收起笑。

这师叔为什么看小师妹的时候眼里能流出蜜来，看着他就像要杀人？不是说琴瑟和鸣会让人变得温和宽容吗？

他定了定神，回答大师姐："那是玄女门门主，他们玄女门在北陲一带活动，中原很少有人识得。"

蒋寒秋打量了一下那女子，很是好奇："倒是不曾听过这门派，听名字莫非全是女修？也不见她佩刀剑法器，是修什么的？"

叶离掩嘴咳嗽两声："听说……我只是听说……他们修的是玄素之术……"

蒋寒秋若有所思地摸了摸下巴："这么说门派里肯定有很多美人了。"

苏毓端起身前案上的茶抿了一口，乜了叶离一眼："你倒是见多识广。"

蒋寒秋在叶离的背上重重地拍了一下："对啊，你小子怎么知道的？不好好练剑，一天到晚想这些，难怪剑法一直不上不下。"

叶离抱屈："大师姐冤我，我哪里一天到晚想这些，只是听说顾苍舒新近娶了个侧室，闹得府中鸡飞狗跳，因此打听了一下是何方神圣。"

蒋寒秋若有所思："一门之主去给人当侧室，这是怎么想的……"

叶离道："倒也未必是贪慕虚荣。玄女门的修炼之道便是如此……喀喀，对方修为越高，她的进境便越快，毕竟顾苍舒的修为在如今的十洲也算屈指可数了，相貌也生得不错。"

顾苍舒自得了母亲的修为，又不知修炼了什么功法，短短数年竟从化神初期跃至炼虚后期，一只脚已经跨进了度劫期。

小顶在一旁认真听着，好奇地问："叶师兄，什么是侧室？"

她变成人后一直在归藏，连道侣都没看见几对，压根不知道世上还有人左拥右抱、三妻四妾。

叶离硬着头皮解释道："就是妾室，有些人不止娶了一个女子，最要紧的那个称作道侣，其他的就叫侧室。"

小顶不解："为什么啊？不是有道侣了吗？"

叶离都不敢去看师叔的脸色，讪笑道："那些人的心思师兄也不明白，我猜……我只是猜啊，好比有人爱吃甜食，可是吃久了也想换换口味……吃点咸的……"

小顶顿觉豁然开朗，一说吃的她就懂了："那女子也能娶侧室吗？"

苏毓面沉似水："男女都不可，结为道侣便是认定了彼此，一生一世再容不下别人。有道侣还与别人不清不楚，是禽兽不如。"

蒋寒秋迫不及待地拆师叔的台："小顶你别听他乱说，合籍了还能和离呢。你师兄的譬喻也不确切，用菜式作比更合适。这世上有各种好吃的，有胡饼蒸饼、包子毕罗、饺子馄饨、烧鸡烧鹅、炙羊烤猪、酪浆醇酒……不过一次只能吃一样，一口这个一口那个是不行的，但如果吃腻了手头这缸腌酸菜，你可以把缸子扔了，换别的山珍海味吃。"

苏毓的脸色越来越差，和腌酸菜就在伯仲之间："蒋寒秋，我看你是嫌命长了。"

叶离心想：大师姐好样的，再加把劲师叔就不记得我了。

小顶思索片刻，眨巴眨巴眼睛道："我有师父就够了。"

苏毓瞬间舒坦了，笑意止不住地从眼底溢出来。

蒋寒秋恨铁不成钢地抓着小师妹的肩膀一阵摇晃："小顶你清醒一点，外面有那么多山珍海味，为什么吃一辈子腌酸菜？！"

小顶："我师父什么菜都会做，想吃什么跟他说，他就会去学。"

苏毓："……"

蒋寒秋："……"

小顶朝金盘上的荔枝瞅了一眼，苏毓立即拿起一颗荔枝，麻利地剥了，送到她面前的琉璃盏中。

小顶拿起来吃了，苏毓自然地把手伸过去，接过她吐出的核，顺手递上一方施过清净诀的帕子给她擦手，一套动作行云流水，显然是做惯了的。

连山君到哪儿都是最引人瞩目的那个，此时自然也被很多双眼睛盯着。他不以为意，接连给徒弟剥了五六颗荔枝，方才揩净手："不可一次吃太多，喜欢的话我们在后山种几棵荔枝树。"

小顶双眼一亮："好啊！"

"干脆辟个果园，想吃什么果子都种上。"

师徒两人便开始旁若无人地商量起来，等其他门派的宾客差不多都到了，两人已经把果园的方位、果树的种类等事都安排得明明白白。

今日几乎所有名门大宗和各大世家都派了人来赴会道贺，太璞眼下如日中天，除了归藏之外没有门派可以相抗，也没人敢得罪顾苍舒——他在修为上虽和连山君差着一大截，论心狠手辣却是有过之而无不及。

他继任宗主之位后，先把门派上下血洗了一遍，把不服他的长老杀了个干净，刚坐稳位子，便对扶持他上位的岳丈下手，紧接着又吞并了周边几个小门派。

连山君杀人都是事出有因，不去招惹归藏便不会被他找到头上；顾苍舒却是防不胜防，没准哪天便会寻个由头灭了人家满门。

顾苍舒忙着应酬宾客，他的道侣却似木雕泥塑一般坐在席中一动不动。

白千霜的座席离归藏不远，她时不时往苏毓身上瞟，不由自主地揪紧了手中的绢帕。

那红衣女子凑过头去，低声道："姐姐瞧什么这么出神？啊，那位不是连山君吗？姐姐莫非又旧情复燃了？"

白千霜再也忍耐不住，抬手便往红衣女子的脸上甩去，却没有那声意料中的脆响，她的手腕被那红衣女子捏在手里。

红衣女子娇笑："姐姐别忘了，我的修为可比你高多了。"

众人自然把这一幕看在眼里，七星台上顿时鸦雀无声。

白千霜眼中噙着泪，这寂静比窃窃私语更让她难堪。

红衣女子用秘音道："你眼下还是半个宗主，郎君给你三分颜面，过了今日，你屁也不是，要地位没地位，要修为没修为，要姿色没姿色。"

她的五指像铁钳一样越捏越紧，她的目光缓缓地往下移，停在白千霜的小腹上，打了个转。

白千霜感觉到她眼睛里的狠意，不自觉地抬手护住小腹。

红衣女子的指甲掐进白千霜的皮肉中："你以为我和郎君会让你生下这孩子？"

白千霜目光一凛："你们休想！便是两宗相并，我也是白家女儿，大衍还有北宗……他不敢……"

"我都要忍不住可怜你了，"红衣女子笑道，"北宗有人认你吗？再说等郎君吃下南宗，下一步就轮到北宗了。白姐姐，曾经的第一大宗就要亡在你的手里啦。"

她说着抚了抚肚子："不过我真的要多谢姐姐。我腹中的孩儿将来能继承十洲第一大宗门，可是多亏了姐姐你大义灭亲呢……"

话音未落，她瞥见顾苍舒正向她们走来，便立即轻柔地把白千霜的手搁回膝上。

顾苍舒在两人脸上看了几眼，狐疑地道："你们在做什么？"

白千霜扭过头去不看他。

红衣女子道："妾在尽心侍奉姐姐呢。"

顾苍舒一哂，轻斥一声"小妖精"，随即入席，端起酒杯向众人道："诸位道友降临敝派，顾某不胜荣幸，谨以杯酒相酬，多谢诸位赏光。"说着便仰头将杯中酒一饮而尽。

众人都举杯答谢，苏毓也举起酒杯，不过只是用嘴唇碰了碰杯沿。

顾苍舒道："粗茶薄酒不成敬意，招待不周之处，还请诸位道友海涵。"

席间所有人都已辟谷，对美酒珍馐也只是浅尝辄止，又没什么饮宴的心思。

顾苍舒看着众人都停杯投箸，便命执事弟子撤下食案，换上祭台，摆上牺牲。

两宗相并的大典，自要祭告天地。

顾苍舒回帐中换上黑底绣四象纹的礼衣，头戴紫金莲花冠。他本就生得俊美，被华衣一衬，越发显得仪表堂堂、气度不凡，乍一看，与连山君倒有七八分相似了，连白千霜都忍不住恍了恍神。

他走到祭台面前，向司典微微颔首。

司典宣布典礼开始，霎时间鼓乐齐鸣，凤鸟与白鹤翩翩起舞。

顾苍舒神色端凝地向天地和两宗的先祖行三跪九叩之礼，礼毕，他正了正衣冠道："两宗本出同源，千百年来唇齿相依，不分彼此，今日合为……"话没说完，忽听一阵环佩的丁零声响起，一身缟素的白千霜站起身，高声道："我不答应！"

她顿了顿："我大衍传承千年，岂有沦为别宗附庸的道理？我这宗主一日未死，谁也别想动大衍宗！"

陡生变故，众人都大吃一惊，顾苍舒按捺下怒火，吩咐侍女："夫人哀毁过度，神情不属，扶她回去歇息。"

白千霜身边的侍女都是她从大衍宗带来的，只受自己的主人差遣，但顾苍舒平日的做派她们看在眼里，也有些怕他，当下跪倒在地，却不奉命。

顾苍舒此时也顾不上什么礼数，吩咐执事弟子："还不请夫人下去？"

便有两人上前，一左一右去架白千霜的胳膊，白千霜用力甩开一人，反手一个耳光，重重地抽在那弟子的脸上。

"顾苍舒，你图谋我家业，害死我爹爹，我白千霜只要活着一日，绝不与你干休！"白千霜高声道。

顾苍舒怒不可遏，紧咬牙关，脖子上青筋暴起，向弟子们斥道："你们还在等什么？"

几名弟子一拥而上，便要将白千霜拖下去。

白千霜冷笑道："你们若是太璞弟子，便松开手！"她指着顾苍舒道，"这才是你们的仇人，是他杀了英瑶仙子！顾苍舒，你弑父杀母还不够，今日还要杀妻杀子吗？"

此言一出，顿时全场哗然，执事弟子不由自主地松开手。

顾苍舒脸色煞白，双眼中似有大火烧起："夫人已经疯了，将她扶下去。"语气中已带了十足的威胁之意。

众弟子从震惊中回过神来，想着虽然英瑶仙子威望高，但如今毕竟已是新宗主的天下，这些事轮不到他们来管。这么想着，他们再度围上前去，竟要把白千霜抬走。

就在这时，一人忽道："且慢。"

众人循声望去，却见末席中有一人站起身，缓步上前。

顾苍舒觉得此人有几分面善，打量他两眼，认出竟是里市灵宠店的主人，冷笑着道："这是顾某家务事，与你何干？"

灵宠店主人作了个四方揖，笑着答道："令正是鄙人堂妹，英瑶仙子正是先母，请恕鄙人不能置身事外。"

在场众人未料这一场并宗典礼如此跌宕起伏、奇峰突起，太璞宗的秘辛一个接一个抖出来，真是叫人应接不暇。顾苍舒“弑父杀母”的事还没扯清楚，又冒出个自称顾英瑶儿子的人，事情越发扑朔迷离。

有人困惑地道：“等等……白仙子的堂兄，英瑶仙子的儿子……这不就是顾宗主的亲兄弟？”

难道英瑶仙子和白老宗主私通，还不止生了一个？

几百道目光齐刷刷地盯住那一身花哨锦袍的年轻人——这人和顾小宗主生得也不怎么像啊！

众人正疑惑间，便听那人道：“鄙人正是白老宗主与英瑶仙子之子，顾苍舒。”

这话犹如平地一声惊雷，不只看戏的不明就里，连顾苍舒也是一脸愕然，神情不似作伪，显然对此事一无所知。

倒是有熟悉英瑶仙子的老一辈修士，依稀从那年轻人的眉目间看出故人的影子，犯起沉吟。

白千霜趁着众人惊愕之时，挣脱了执事弟子的钳制，快步走到那灵宠店主人身边：“请堂兄替我爹爹讨个公道，妹妹愿退下宗主之位，以避贤者之路。”

顾苍舒死死地盯着道侣，隔着面纱隐约看见她嘴角挂着讽笑，顿时明白他们事先串通一气。

白千霜把手轻轻地按在小腹上。自打爹爹死后，顾苍舒便将大衍南宗视为囊中之物，她这宗主早就名存实亡。她一直以他们的婚事为耻，与其等他卸磨杀驴，还不如先下手为强。

两日前，她收到大衍北宗长老密信，声称只要她让出大衍宗宗主之位，令南北两宗归于一统，便扶持她腹中的孩儿继任太璞宗宗主之位，到时候她便可以以宗主生母之名执掌宗门。

她将信将疑，直至最后一刻还在犹豫，是那贱婢的几句话让她下定决心。北宗固然靠不住，到底还是白家人，若是让大衍亡在她的手里，她便真的无所倚仗了。

顾苍舒急怒攻心：“白千霜，你这忘恩负义的妒妇，竟串通外人构陷于我！”

白千霜冷笑：“你杀母夺修为在先，弑父抢宗主之位在后，论忘恩负义谁及得上你？原来你是鸠占鹊巢，难怪下得了毒手！”

顾苍舒此时已全然顾不上风度，横眉厉声道：“宵小之辈颠倒黑白，玷污先母清誉！将两人一齐给我拿下！”

十数弟子拔剑相向。

太璞宗高手如云，那灵宠店主人只有金丹期的修为，然而在寒光闪闪的剑丛中，仍旧镇定自若：“鄙人不过一介小小商贾，修为低下，顾宗主不必大动干戈。你我同为顾氏子弟，同室操戈不免贻笑大方。”话音未落，一道数尺长的青紫电光直直向他的面门飞去，原来是顾苍舒忍无可忍，竟不顾众目睽睽，欲亲手夺他性命。

灵宠店主人的修为与顾苍舒如隔天渊，这一道雷咒来势迅疾，他压根反应不过来，遑论抵挡化解。众宾客也不曾料到顾苍舒会当众灭口，都以为那人决计丧命于此。可就在这时，不知从何处飞来一道银光，在那人面前飞速旋转，残影化作一面圆盾，青紫电光与之一触，只听刺啦一声响，随即消逝无踪。

有懂行的道：“顾宗主此术名唤‘紫电青霜’，乃是英瑶仙子所创，有万钧之力，没想到竟被轻轻化解……”

顾苍舒瞳孔一缩：“谁？”

店主面前的银光旋转之势渐收，慢慢停下，众人定睛一看，原是一柄银光闪闪的小剑，只比绣花针大了那么一点。

顾苍舒在这柄剑下吃过大亏，自然识得，随即向归藏的座席看去，冷笑道：“阁下这是何意？”

苏毓把手里的一只虾剥完，放到徒弟面前的碟子里，擦净手，这才不紧不慢地说道：“敝徒用膳时不喜见血，还请顾宗主见谅。”

小顶一脸茫然：“啊？”

方才她嫌祭礼冗长乏味，便潜入灵府中，拿新得的捕鲛阵炼着玩，这会儿听师父提到她，回过神来才发现自己已看不懂事情的进展了。

蒋寒秋端起一碟甜瓜放到小顶的案上：“吃瓜吃瓜，很甜的。”

小顶被瓜吸引，拿起一片边啃边看。

顾苍舒怒不可遏：“苏毓，你别欺人太甚！”

苏毓道：“本来这是贵宗与白氏的恩怨，与苏某无关。不过英瑶仙子是前辈大能，风高万古，侠肝义胆，不明不白地殒身七魔谷，是十洲之殇，非一门一派之事。身为晚辈，苏某也盼着此事水落石出，早日还英瑶仙子一个公道。”

苏毓虽未道明，但句句意有所指，竟三言两语就把顾苍舒的弑母之罪坐实了大半。

顾苍舒情知自己的修为与苏毓差着一大截，不敢轻举妄动，又封不住他的嘴，只能出言讥讽："没想到大名鼎鼎的连山君，也会听信妇人的一面之词。"

苏毓还未说什么，忽听一人娇声道："郎君，这就是你的不是了。"

众人循声望去，说话者原是顾苍舒千般宠爱的侧室，玄女门门主。

"瞧不起妇人，可是会栽在妇人手上的。"

她一边说，一边将纤纤玉手搁在微微隆起的小腹上，打了个圈，腕上金铃丁零零作响，仿佛一串放肆的笑声。

顾苍舒呆立在原地，半晌方道："你……"

红衣女子道："怎么，郎君以为我怀了你的骨肉，便会对你死心塌地？"

顾苍舒看看她，又看看气定神闲的苏毓，恍然大悟，咬牙切齿地道："原来你也是他的人！"

小顶又迷惑了，问蒋寒秋："大师姐，他说谁是谁的人？"

蒋寒秋道："那红衣姑娘是你师父的人。"

小顶哦了一声，乜了师父一眼："原来师尊认识人家啊！"那刚才他还假装不认识。

苏毓忙道："不是，我没见过她……"

玄女门前任门主与太璞宗有仇，他去北陲找徒弟时得知门主要报师仇，便推波助澜了一把，都是通过傀儡人传信交涉，今日还是第一次见到那女子。可眼下无暇从头解释，他便剥了颗荔枝送到徒弟的面前："吃果子。"

小顶别开脸去，把琉璃盏一推："饱了。"

苏毓无可奈何，心中却莫名涌起一股甜意。

连山君在这边忙着哄祖宗，台上一场恩怨情仇的大戏也在紧锣密鼓地上演。

红衣女子向归藏的座席一望，转头笑道："我自然是我自己的人。"

顾苍舒双目赤红，从牙缝中挤出几个字："为什么？"

他是真的宠爱眼前这个女子，甚至想过待白千霜再无用处，便将她扶正，他对别人狠，却没亏待过她。

红衣女子一笑："郎君待我不薄，只是家师惨死在贵宗老宗主手上，此仇不可不报。"

她顿了顿，抚了抚肚子："你不用担心这孩子，我不会生下仇家的骨肉。"她说着，手上缓缓加力，只见一道红光从她的指缝中漏出，片刻之后，她微微隆起的小腹便恢复了平坦。

顾苍舒连遭妻妾背叛，转眼间又失去骨肉，两眼几欲喷出火来。他手腕忽地一翻，手里便多了一条漆黑的长鞭。

他抬手一挥，鞭子便如游蛇般向红衣女子飞去。

他本可以一剑结果了她，但那样太便宜她，他要将她生擒，慢慢折磨她至死，让她后悔来这世上走一遭。

顾苍舒的鞭法得自母亲真传，这一鞭迅疾如风，众宾客看在眼里，自忖若换作自己，怕是难以躲过。

那红衣女子有些修为，不过与顾苍舒还差得远，怕是难以招架这一鞭。

谁知就在这时，一道剑光闪过，只听一声震响，原是剑锋与铁鞭相撞。

持剑之人虎口被震麻了，长剑脱手，但鞭上的力道也减去了大半，鞭鞘堪堪擦过火红的衣角。

顾苍舒望向持剑之人，只见此人眉目疏朗，面色端凝——竟是他一手扶植起来的亲信，左长老程宁。

程宁向地上的佩剑一运功，长剑飞起，回到他的手中。

顾苍舒目眦欲裂："连你也要背叛我？"

程宁道："在下不敢，在下恳请宗主当着各派道友之面澄清误会，以免宗主令誉受损。"

苏毓悠悠地道："这位道友说得没错，若弑父杀母、偷龙转凤只是误会，顾宗主不如当着诸位道友的面澄清，以正视听，也免得有人诟病其位不正。"

程宁接口道："当日英瑶仙子命丧七魔谷，连山道君也在场，连道君都觉此事可疑，还请宗主当着众道友和弟子们的面，将来龙去脉道明，免得徒生猜忌，难以服众。"

到这时候，再迟钝的人也看得出，这一出出好戏是谁编排的了。

顾苍舒脸色狰狞："我先杀了你这恩将仇报的叛徒！"一边说一边扬起长鞭，向着程宁击去。

但听破空之声如裂帛，夹杂着雷火的噼啪声和兵刃相击的叮当声，转眼之间两人已经过了数十招。

叶离用秘音道："小师妹，这个真是咱们的人，这是你师兄胜邪。"刚说完，只见胜邪被鞭鞘扫中，从半空中坠落，砰地落到地上。

小顶着急起来："师兄打不过顾苍舒吧？我们要不要去帮忙？"

苏毓道："不急。"

太璞宗弟子手执兵刃，却不知该帮哪边，一个是宗主，一个是长老，如果英瑶仙子真是宗主杀的，他们去帮顾苍舒，岂不是助纣为虐？一时间遂都无心上前助战。

小顶心里着急，却见红衣女子从袖中抽出一支洞箫。

她将红玉箫管凑近嘴边，清婉的乐声如水波一般荡漾开。众宾客只觉箫声悦耳，并无异样，俱一头雾水，只觉这女子好生古怪，人家忙着打斗，她倒有闲情逸致吹起箫来。

顾苍舒持鞭的手忽地一沉，脸色从苍白迅速转为绯红，左手慢慢举起，扼住自己的咽喉："你……你对我……"

红衣女子道："桃花蛊罢了，还请郎君笑纳。"

小顶不懂就问："师尊，桃花蛊是什么？"

苏毓道："不是什么正经……"话未说完，他神色一凛。

叶离道："师叔，怎么了？"

苏毓道："有人在用离娄术窥视。"

他随即施术反追，水镜中的面容慢慢清晰，竟是个雪肤墨发的女子。

他有一瞬间的失神，无声地道："阿娘。"

水镜中的面容越来越清晰，镜中人却不知苏毓也在看她，只是用温柔的目光凝视着他。

苏毓以为母亲的面容已在漫长的时光中模糊，其实并没有，只要一瞥，他就能认出来。

这是阿娘。

台上的打斗声远去，他仿佛又回到了那一夜，惨白的月光洗去了所有颜色，只余黑白和那片触目惊心的红。他的血渐渐冷下来，这不可能是阿娘，她已经死了，当时他不懂，如今却明白，没有凡人能在那种情况下活下来。

多半是那人用了什么手段，不过是想扰乱他的心神罢了。

就在这时，镜中人的嘴唇动了动，似在自言自语，又似在忍不住与人分享喜悦："阿毓这么大了啊……"

苏毓的心脏猛地一缩。

"可惜我要养病，不能离开此地，"她又叹息道，"真想见见他。"

旁边传来一个男子的声音："很快就能见到了。"比他记忆中的声音低沉一些，但那种温和中透着冷意的口吻，与那人如出一辙。

苏毓往那声音的来处看去，却见男子的面容隐没在昏黄的雾气中。

“阿毓真的会来？”

女子偏过头，露出乌发上插着的白玉凤钗，凤尾处有一道不起眼的金色细线，是用金修补的痕迹。

苏毓认得那支凤钗，那是外祖家传了好几代的老东西，玉质莹润，雕镂精细，每根翎毛都历历可见，是母亲最心爱的一件首饰，平日小心翼翼地锁在床头的檀木螺钿小箱子里。

有一回婢女大意，把钥匙留在盒子上，他便拿了凤钗出来，带到庭中玩，刚走下台阶，他养的狸花猫从花丛里蹿出来，惊得他脚下一滑摔下台阶，把玉钗摔成了两半。

他又疼又怕，阿娘却没怪他，把他搂在怀里拍哄，待他收了泪，方才刮刮他的鼻子：“本来是要留着将来给阿毓媳妇的，如今只能补起来阿娘自己戴啦。”

那道裂痕的样子他记得清清楚楚。

镜中人又道：“阿毓何时回来？我得早些吩咐厨下准备他爱吃的菜。”

旁边的男子道：“不必准备这些，阿毓早就辟谷了。”

“对啊……”女子有些失落，旋即浅笑，“一不小心又忘了，总还把他当孩子。只可惜他幼时我不能多陪他几年，如今后悔也来不及了。”

那男人的声音又道：“来日方长，你先去歇歇吧，看多了伤神，今日就到此为止。”

“让我再看看阿毓，”女人恳求着，眼睛一眨不眨地望着苏毓，“再看一眼，就一眼……”

“不久便能相见了。”男人笑道。

女子似乎将信将疑：“真的？你不会又在骗我吧？”

“真的，他会来的。”

一只苍白微青的手轻轻地搁在女子的肩头，水蓝色衣袖上绣着银色云水纹。

男人柔声哄道：“该去歇息了，乖，听话。”

女子迟疑地站起身，目光仍旧不离水镜。

就在这时，镜子里光影一晃，女子的身影消失了，出现一片干旱的峡谷，山石犹如刀斧劈削而成，呈现出红褐和橙黄相间的奇异色彩。

山石间簇生着紫色和白色的水晶石。

山谷中央是一堆巨大的水晶废墟——那是坍塌的祭台。

苏毓心下一凛。

这是七魔谷。

就在这时，只见镜中水蓝色衣袖一拂，离娄水镜顿时化作一片水雾。

七魔谷中，女子走出几步，又回头看向水雾消散之处。

男子快步上前，扶住她的手肘："可是累了？"

女子摇摇头，怔怔地道："阿毓找得到这里吗？"

男子将她滑落至肘弯的披帛拉到肩头，按了按："放心。"

"你怎么知道他一定会来？"女子道，"你又卜过卦了？"

"不用卜卦，"男人笑道，"对阿毓不用卜卦。"

苏毓眼前的水镜也散成水雾。

雾气散尽，他仍旧怔怔地望着那一处出神，直到有人牵牵他的袖子，一道清泉似的声音灌进他的耳朵里："师尊，你怎么了？"

苏毓回过神来："无事。"又握了握她温暖的手，"别担心。"

他定了定神，重新将目光投向缠斗的三人。

桃花蛊分雌雄二蛊，女子种下雄蛊，给男子种下雌蛊，催动蛊虫便可从男子体内源源不断地汲取精气，直至将人吸成一具干尸。不过此蛊在中原失传已久，仅见于典籍记载，是出了名的恶蛊。

只是顾苍舒修为深厚，他察觉不对便立即运气封住经脉，然后拔出短剑，毫不犹豫地向下腹关元穴位置横剖一刀，接着将两指探入伤口，捏出一条一寸来长、小指粗，被血染成猩红的蛊虫，扔在地上，一个火咒将其烧为灰烬。

玄女门门主手中的玉箫断裂成三截，她哇地吐出一口鲜血——遭到雄蛊反噬了。

不过顾苍舒也伤得不轻，又差点被桃花蛊吸干精气，在左长老程宁的急攻之下，也有些招架不住。

程宁却越发游刃有余，他的剑招看着像是太璞的游龙剑，懂行的一看便知其中颇多变招，博采众长而并无一定之规，倒有几分归藏连山剑的剑意。

顾苍舒长于用鞭，却不便应付近身的缠斗，只能弃了长鞭，以剑相斗，不多时便落了下风，破绽越来越多，终于被程宁瞅准空门，一剑刺入他的左胁。

程宁只是奉命坐实顾苍舒弑母之事，逼他退下宗主之位，由宗门戒堂发落，因此当下并不想置他于死地——不等定罪便弑杀宗主，程宁也难辞其咎。

这一剑下去，他料顾苍舒绝无还手之力，心中一松。

可就在这时，他忽然感到手中剑柄发烫，登时察觉不对，随即抽剑，谁知那玄铁铸成的剑身却软绵绵地陷在顾苍舒的血肉中，竟然拔不出来。与此同时，一股黑气从顾苍舒的伤口涌出，顺着外面半截剑身迅速流动，像毒蛇一样缠绕住程宁的手腕。

程宁一惊，想要弃剑，可手心似粘在了剑上。

黑气向他的肘部蜿蜒，他来不及思索，左手并指如刀，将劲力凝聚在外掌，高高举起，向着右手砍落，竟徒手将右手齐腕断下。

断手仍牢牢地粘在剑柄上。

顾苍舒扔了手中剑，双手握拳，颈间和脸上的经脉凸起，其中黑气流动，只见插在他身体上的剑，连同断手，一齐没入他的身体中，就像没入泥沼。

众人都被这突如其来的变故吓了一跳。

叶离高喊："这是魔修功法！"

与此同时，蒋寒秋纵身跃起，提剑向顾苍舒斩去，同时反手将一瓶紫微丹抛给身后的程宁。

程宁抄手接过，仰脖吞下整瓶药丸，伤口的血立即止住。一旁的太璞弟子忙搀扶他到一旁运气疗伤。

好在他当机立断，只是断了一手，可以用灵药再续，若是魔气侵入经脉和脏腑就不好治了。

席中一个苍老的声音高声道："顾苍舒，你身为太璞弟子，却误入歧途，修炼魔功，今日我便代老宗主清理门户！"

话音未落，便有一人从末座中跃出，却是个身着皂色衣袍、头发花白的老者，正是将"真顾苍舒"抱走养大的老人。

有太璞门人认出他来，惊道："这不是以前常在师祖跟前侍奉的忠伯吗？"

老人道："正是老仆顾忠。"

他是顾家世仆，十来岁便开始充当主人的长随，与主人一起习武学道，数百年如影随形，修为道法自也不低，随即加入战阵。

程宁正在台边疗伤，扬声道："宗门弟子何在？顾苍舒堕入魔道，天理难容，人人得而诛之！你们身为太璞弟子，不思清理门户，见别派道友出手，竟袖手旁观？"

众人都知顾宗主大势已去，此时正是争功的时候，便有十数名化神期和两名炼虚期的太璞门人上前围攻。

顾苍舒意态癫狂，仰天大笑：“你们这些趋炎附势的废物！”

话音未落，他左目中忽然冒出红光，一枚血红的光球从眼眶中脱出，飞至半空，不断变大，魔气在四周凝聚，渐渐变作眼睛的形状。

“魔眼！”有人高呼。

苏毓神色一凛，当日他们抵达七魔谷时魔眼不知所终，不想却是封在顾苍舒的体内了。

看来顾苍舒与魔域早有牵扯。

苏毓催动心念，小剑立即飞出，化作长剑，剑光交织成一张光幕，把蒋寒秋、程宁、顾忠和玄女门门主等人笼罩其中。

与此同时，魔眼中红光大盛，七星台仿佛笼罩在血色的残阳中。

只听一声声凄厉的惨叫此起彼伏，眨眼之间，台上尸体横陈，围攻顾苍舒的太璞宗弟子俱七窍流血而死，只有剑光笼罩下的数人幸免于难。而顾苍舒和那魔眼都已不知所终。

众人目瞪口呆，随即恍然大悟，难怪顾苍舒短短数年之内修为突飞猛进，原来是入了魔道——这不比一般旁门左道，虽然进境一日千里，但天道清算起前账来也是毫不含糊，正道修士的飞升劫是八十一道，魔修却有七百二十九道，几乎是绝了飞升的希望。

像顾苍舒这样天资高、出身好的名门子弟，疯了才会自掘坟墓。

归藏诸人也是大惑不解。

苏毓沉吟片刻道：“顾苍舒急功近利，但也不会那么蠢，当是上次在七魔谷种下的因。”

他既然做得出弑母的事，心有邪念，被魔气侵入也是轻而易举之事，魔气一旦与神魂融为一体，不想入魔也得入魔了。

“眼下不是猜测这些的时候。”苏毓说着看向程宁。

程宁正吩咐弟子们将祭台前的尸首抬走，施清净诀除去地上的血污，对上师叔的眼神，当即会意，向众宾客作揖：“师门不幸，令诸位道友受惊了。此人鱼目混珠，鸠占鹊巢，残杀父母，戕害同门，为害甚矣！今日幸得众道友相助，真相水落石出。

“惜乎未能令其毙命于当场，不过请诸位同道放心，此事因敝宗而起，敝宗责无旁贷，定会全力斩除凶徒，以免为害十洲。”

他顿了顿道：“突逢巨变，敝宗有诸多内务待厘清，并宗事宜不得不就此搁置，还请诸位见谅。宗主之位虚悬，在下忝居长老之位，只能暂时代理门中之务。”

他看向灵宠店主人：“这位公子自称英瑶仙子之子，可有旁证？”

顾忠便当着众人的面把换子的来龙去脉说了一遍，又出示了信物和襁褓。

多亏顾苍舒一番血洗，把宗门中不服管的老家伙杀得一个不留，只剩下俯首帖耳、见风使舵之辈。如今顾苍舒一倒，左长老和这“真顾苍舒”背靠归藏，就算是假的也变成真的了。

店主人黯然道：“那位顾公子虽是旁支，与鄙人也属同宗，未料存心不正，误入歧途，可悲可叹。”

程宁道：“人证物证确凿无疑，顾公子不妨趁着各派道友在场，认祖归宗，拨乱反正。”

店主人颔首：“但凭左长老做主。”

两人一唱一和，压根没有别人插嘴的份。白千霜站起来，还未开口，程宁便将她堵了回去：“白仙子被奸人蒙蔽，不知者不罪，顾公子与太璞门人不会迁怒于你，还请回院中安心将养。”

白千霜这才明白自己给别人做了嫁衣裳，一时急怒攻心，竟当场昏厥过去。

并宗仪式没办成，祭台香案和祭品倒是现成的，灵宠店主人随即祭拜天地，祭告祖先，认祖归宗。

一场大戏看完，归藏众人回到翼舟上。

苏毓立即叫来叶离：“我们明日起程回门派，你转道替我去一趟清州。”

叶离不明就里：“是凡人界的清州？那不是……”

他话说到一半，恍然大悟——那不是师叔的家乡吗？他连忙道：“师叔有什么吩咐尽管说，小侄赴汤蹈火在所不辞……”

苏毓冷冷地乜了他一眼：“你带几个傀儡人去，挖开我父母的坟冢，看看棺木里有什么。”

叶离一听，顿时瑟瑟发抖：“这……这不合适吧……要不让大师姐去？大师姐一定巴不得效劳。”

苏毓一个眼刀子扔过去，叶离顿时闭嘴。

待叶离神情恍惚地飘走后，苏毓传音给程宁：“集结太璞宗三千高手，二十八日后围攻七魔谷。”

那人的确了解他，他不能任由一条毒蛇潜藏在暗影中伺机而动。他们之间早晚要做个了断。

程宁趁机道："师叔，小师妹的紫微丹之疗效真可谓立竿见影，能不能那个……"

苏毓没好气地道："一瓶不够你长只手？"

程宁道："没准明天又断脚呢，有备无患嘛！"

苏毓："你小师妹没空。"她炼清心丹都来不及呢。

他顿了顿道："我这里有几瓶，你叫人来取。"

程宁："多谢师叔大恩大德！还有别的好药吗？要不也来点？"

苏毓冷哼一声，掐断了传音咒。

所谓凡人界，便是十洲内外灵气稀薄的区域。

修道之人需从天地日月中汲取灵气，自然向灵气充溢、钟灵毓秀的名山大川聚集，开宗立派，广占土地。久而久之，这些地方便成为大小修真门派的领地，而没有修为的凡人，则慢慢地向着灵气稀薄的地方迁移。

起初修真界和凡人界没有明确的分界，拼缀交错，双方都颇有不便，一千多年前，创立十洲法会的那些大能便合力设下禁制，以阵法将修真界与凡人界隔开。自此以后，凡人在城池间往来，便无须穿过大片修真界的领地，两界看似交错，彼此却可以互不干扰。

当然修真界和凡人界也并未完全断绝往来，凡人界的诸侯和城主都背靠着修真门派，换取安宁与庇护。

此外，两界大洲和大城都设有"关卡"，供两界之人交通往来。

叶离奉了命，第二日一大早便带着傀儡人阏逢和旃蒙，乘坐轻便的飞舟出发，疾行两千里，抵达位于中原的平洲，从平洲出两界关卡，再行七八百里，便到了师叔的家乡清州。

苏家本是当地华族，突遭毁家灭族之灾，一夕之间阖家百余人全部罹难，历经数百年，宅邸已成荒园。

苏家人死得蹊跷，死因全是颈骨断折，凶手手法利落而狠辣，似是一人所为，但邻人不曾听见一声呼救、惨叫或打斗之声，怎么看都不像常人所为，于是苏家人之死乃妖魔所为之说不胫而走。

姻亲故旧都不敢和苏家沾上关系，最后还是官府出面，将苏家人收葬在城外西山的祖坟中。

叶离抵达时是薄暮时分。暮山苍紫，子规声声，墓上松柏的剪影像一只只枯手，伸向苍青色的天空。

修士不忌神鬼，但刨自家师叔的祖坟就是另一回事了。叶离只觉后背上汗毛直立，深吸了两口气，这才硬着头皮让傀儡人开挖。

两个傀儡人倒是没有丝毫犹豫，一来假人百无禁忌，二来连山君不会记恨自家财物。

官府葬得潦草，墓门也没封严实，倒是方便了他们掘墓。

傀儡人不一会儿便将墓室挖开，叶离从袖中掏出两颗夜明珠在前引路，只见上百口薄棺随意地堆在外面几个墓室里，连块碑都没有，自也没什么长幼尊卑的分别。

叶离无法，只得一口口检视。百年前的尸身自然只剩下枯骨，只能从衣着饰物来分辨。好在妖魔的传言深入人心，连盗墓贼也不敢光顾此地，逝者的衣饰还都保留着落葬时的样子。

叶离将百余口薄棺一一打开看了，所有尸首都是颈骨断折而亡，并没有苏毓的母亲。

他们又去别的墓室中搜寻，一边搜寻一边往墓道深处走去。

走到一扇石门前，叶离皱起眉抽了抽鼻子，里面似乎有股幽幽的杜若香气飘来。

他一边凌空画符开门，一边对两个傀儡人道："你们觉不觉得周围突然变冷了？"

话音未落，墓门左右两侧的一对石像生突然向他们扑过来，石头眼睛里射出青光光柱。

叶离早有防备，躲闪及时，衣角被光柱燎了一下，烧出个窟窿。

这是修士才会用的镇墓石俑，配合阵法，抵挡一两个元婴期的修士也不在话下。

叶离和傀儡人自不把这些放在眼里，当下施咒破阵，挥剑劈砍，那两个石俑便化作了一堆废石。

不过凡人墓中出现这种东西，不免叫人心生警惕。

叶离向来谨慎，退后几步，这才施咒开门。

石门訇然打开，露出四四方方的墓室。这回没再出什么幺蛾子，只是里头寒冷彻骨，像是个冰窟雪洞。

墓室也就寻常屋子大，叶离扔了颗夜明珠进去，便将周遭照得清楚分明。

室内陈设有如女子闺房，几榻、妆台、屏风、帷帐一应俱全，这些随葬之物并不全是贵重的东西，许多半新不旧，显然是墓主人生前习用之物。竹木和丝缎也不见腐朽，仿佛刚放进去一般。看器物的制式可知是百年前的东西。

叶离提了提气，捏诀施咒，沉重的椁盖缓缓升起，露出里头的黑檀棺木。这口棺木十分阔大，足可以容下两三人。

叶离一不做二不休，用法术起出棺钉，打开棺盖。

一股浓烈的杜若香气扑面而来，叶离定睛一看，吓了一跳。

只见棺中堆满了雪白的杜若，一个容貌绝世的女子合目躺在其中，双手交叠置于腹上，白皙的双颊中微微透出一点粉晕，乌发在夜明珠的映照下微微泛着青蓝的光泽，半点不像尸首，倒像是睡着了的活人。

这女子眉目与他师叔颇为相似，任谁看了都知道两人血脉相连。

叶离万万没想到开棺开出这么个结果，一时间不知道该怎么是好。若是一堆朽骨，他还能细细查验，这栩栩如生的，他可是一指头也不敢碰。

为今之计，他只有请师叔自行定夺了。

他正打算掐诀传音，阏逢冷不丁探身伸手，屈指照着那尸首的额头弹去。

叶离脑海中轰的一下炸开，差点吓得灵魂出窍。

一指头弹下去，只听叮的一声响，却是敲击瓷器的声音。

阏逢抬起头，得意地说道："我一看就知道是假的，果然。"

叶离提到嗓子眼的心顿时落了回去。闹了半天这原来是个瓷俑，听声音还是空心的。

棺木中不见尸骨，却放了个栩栩如生的俑偶，这事可真够诡异。

他立即传音给师叔，将墓中所见说了一遍。

苏毓沉吟片刻道："墓室中特别冷？"

叶离道是。

苏毓道："把俑偶抬出来，劈开棺椁，看看里面。"

叶离："……"

苏毓冷声道："快。"

师叔有令，叶离只得照办。

两个傀儡人将俑偶抬起放在一旁的长榻上，举剑运气，将木棺带玉椁一起从中间劈成两段。

叶离将两半分开，往断口处一看，不由得吃了一惊——只见棺椁之间夹着一层玄色的寒冰，此时正冒着丝丝白气。

这是昆仑玄冰，琢成冰棺，可保尸身千年不腐。

苏毓方才听师侄说墓室中寒气逼人，便已猜到了七八分，听师侄说了也不觉意外，只是问道："瓷俑发间可有一支修补过的白玉凤钗？"

叶离看了看道："没有，戴的是一支金钗。"

苏毓道："你将其他墓室也搜寻一遍，若无异状便回来吧。"

断开传音咒后，他陷入了沉思。

昆仑玄冰并不易得，便是修真界，能用上的人家也不多。

那人大费周章地寻来，自不会是为了保存一堆杜若花，起初棺木中躺着的一定是他阿娘的尸首，后来才被换成了一模一样的俑偶。

苏毓不相信那人这么做是因为对母亲有情，但也想不通他做这些事的用意，难道仅仅是为了扰乱自己的心神？他想到此处，那日在水镜中的所见所闻，又从脑海中浮现出来。

镜中人的神态和口吻，实在和他记忆中的阿娘太像了。

苏毓将这念头强行压了下去，定了定神，传音给师叔祖。

师叔祖纯阳子精通方术杂学，他们师兄弟遇上此类事，总是向他问询。

纯阳子这会儿大约正闲着，很快便有了回音："小毓，你找我何事？可是双修上遇到了什么困难？"

苏毓脸一黑："不劳你老人家费心。"

纯阳子一哂，听这小子这气急败坏的语气，就知他是恼羞成怒："这上头有事可不能藏着掖着、讳疾忌医，越拖越棘手。"

苏毓："……师叔祖，你可知有什么办法令死去的凡人复生？"

纯阳子有些意外，旋即皱眉："你又在折腾些什么？"

苏毓将事情的来龙去脉言简意赅地说了一遍，只隐去了他们的母子关系。他的身世是门派中的秘密，即便是师叔祖也不知内情。

纯阳子微一沉吟道："听你所言，那女子是当场毙命，又未得及时施救，那柄刀既能斩杀山魈这样的妖物，定然不是凡物。凡人魂魄孱弱，受此一刀，怕是当场便魂飞魄散了。"

他顿了顿道："便是剩下残魂，若是七日之内不能收聚返魂，也会很快消散。此人既用玄冰棺保存尸首，少说也要存上十年八年，凡人的魂魄就如萤火，哪有什么手段可以保存那么久？”

苏毓想了想道：“那有什么方法可以操纵尸身？”

纯阳子道：“这就多了。那些旁门左道都有自己的法门，不过说到底万变不离其宗，不外乎两大类，一是炼尸，二是下蛊……”

苏毓道：“哪种方法可以让死者的言谈举止、神态宛如生者？”

纯阳子思索片刻道：“无论是炼尸，还是用蛊虫控制，总和活人有差别，经不住细瞧……对了！”他忽然道，“倒是还有一个法子——用慧心石做的活傀儡，和你说的那种倒是差不多。”

苏毓皱了皱眉：“慧心石？”

他师父当年将一块慧心石剖成二十二小块，做了二十二个傀儡人。不过他们的躯壳可不是拿活人做的，他也不曾听说过活人可以做成傀儡人。

“不是你师父做的那种。”纯阳子将雌雄慧心兽的区别说了一遍，“万年雌兽所结慧心石极为难得，几百年来我也就听说过两块。对了……说起来和你们归藏还有点渊源。你那个被逐出师门的大师兄，你知道吧？”

苏毓心头一凛。

纯阳子接着道：“其中一块慧心石就是被他从十洲法会上赢去的。”

苏毓仿佛被玄冰围绕，浑身的血液都结成了冰。

那人不但杀了他母亲，还将她做成傀儡供自己驱使。

连死亡都不能让她彻底摆脱那个人。

第十一章　归藏易

苏毓屡次身陷九死一生的险境，但从未遇到过这样的对手。那人对他了如指掌，自己却隐藏在夜雾中。苏毓所能凭借的，便是他五岁前的模糊记忆和云中子的只言片语。他就像在下一局看不见的棋，棋枰被浓雾笼罩，但闻对手落子之声，却不知道落在了哪里。

苏毓正思忖着，耳边忽然响起传音咒的丁零声——云中子传来的。

“师兄找我何事？”他问道。

云中子照例啰啰唆唆地寒暄了一通，又将船上的崽子们问候了一遍，这才道：“师兄也没什么要紧事，就是突然想起桩往事，关于那个人的……”

苏毓眸色一暗。

“他被师父送进戒堂，出来时伤得很重。那晚我守在床边照看着，他大约是因为伤了神魂，半夜一直在说梦话，大部分含混不清，但我记得他好几次提到‘归墟’和‘天道’……”云中子顿了顿，“事后我去问师父，他也没说是何意，只是叹了一句‘天意’。”

苏毓脸色微沉，不由得想起死在七魔谷祭台下的顾英瑶。

归墟的传说千百年来流传于修真界，据说将血亲献祭给归墟，便能获得归墟的力量，那是与一般灵气截然不同，凌驾于天道之上的神力。

关于归墟的所在众说纷纭，有说在昆仑地脉之下，有说在西极死魂海下，但流传最广的说法是在七魔谷。

百年前正道大能联手攻打魔域，诛杀魔君，其中有人未必不是存了这个心思。

不过七魔谷的祭台下他们早已探过，只是个深不见底的坑洞，感觉不到丝毫灵力。

但那人既然提到归墟，又将他引入七魔谷，这传说恐怕不仅仅是无稽之谈。

苏毓想了想道："师兄，传承《归藏易》之后，能算到多远的事？当真可以窥见天机？"

"师父曾经想过传于我，遂与我透露过一些，能算出多少，算得多准，取决于各人的悟性。师父已经算得天资过人了，能推知三百年内三界的盛衰，尚且自称'管中窥豹，不敢妄图窥伺天机'。若是像我这样资质平庸的人，也就能算算一家一派一世之兴亡。"云中子沉吟片刻道，"但是那人……连师父都说他是千年一遇的奇才，不到三年便与师父比肩，叛出师门时据说已远超师父，如今到了什么境界便不得而知了。"

苏毓沉默半晌，这才道："我知道了，多谢师兄相告。"

"小毓，"云中子欲言又止，"此人心思缜密，凡事谋定而后动。他藏头露尾这么多年，突然现世绝不是意外，你别中了他的计。"

苏毓道："我明白。"

云中子深深地叹了口气："别的话师兄也不劝你了，小顶刚找回来，你多想想她。"

苏毓心尖微微一颤："我有分寸，师兄放心。"

断了传音咒良久，他闭目凝神，逼迫自己忘记水镜中母亲的面容，冷静下来，试着将千头万绪理成一条明晰的线索。

首先是这个小世界，究竟是什么样的存在？

在小顶不知所终的三年中，他脑海中时常有记忆闪现，但只是一些凌乱纷杂、支离破碎的片段，拼凑不出完整的真相。

他看见小顶在他的怀中死去，感到血从她背后的伤口不断地流出来，但不知道是谁杀了她。他们身处一片贫瘠荒芜的山谷中，大地焦黑，四处都是火焰和浓烟，可谷中只有他俩，并没有第三个人。

他记得夷山炼金，铸成丹炉，也记得枯守千万年后第一次探知器灵时的狂喜。

他还记得雷电巨响中小世界在指尖诞生，接着他便脱离原身坠入其中。

他创造了这个世界，在这里却只是个普通的修士，没有凌驾于天道之上的力量，连这世界背后的真相和规则也不清楚。

听说丁一化作墨迹消失在书中时，他隐约猜到这本书便是小世界的本源。

那么那人知道多少？

苏毓捏了捏眉心，将那人三百多年的经历从头到尾理了一遍——

那人得到《归藏易》，接着便用预见之能滥杀无辜，不服惩戒而叛出师门，销声匿迹几十年，在龙吟山中度雷劫失败，残魂再入轮回，转世成凡人，娶妻生子，杀尽亲族、妻族证道，再入道途……

一切似乎都顺理成章，唯一令人费解的地方便是他放了幼子一条生路。

可此人能预知将来，如若这一切都是他窥得天机之后一手安排的呢？

苏毓蓦地想起一件事。

那个石头成精的弟子陆仁，当真是龙吟山中的路边石？

他是在雷劫中开启灵智的，如何知道前事？只能是听那人说的。

劫雷中蕴藏着大量的灵力，但能将普通的顽石劈出灵智，也着实不正常。陆仁对此深信不疑，自然也是听信了那人的话。

那块石头或许是那人带去的，根本不是普通的石头。

度劫失败、再入轮回、投胎转世……从头到尾一切都在那人的算计中。

为什么？

苏毓站起身，推门走出舱房，来到甲板上。

铅云低垂，月亮从浓云的缝隙中露出小半张脸，仿佛不怀好意地窥伺人间。

一切都不是偶然，没有一件事是意外，兜兜转转，绕那么大一个圈子，那人都算计好了，包括娶他母亲，包括生下他……

一个浪头向着岸边的礁石打来，声若雷震，水花如碎珠溅雪。

那人做这一切是为了生下他。

苏毓心中豁然开朗。当初那人要杀他易如反掌，放他走自不是出于舐犊之情。

“你是应天命而生之人。”他把沾着母亲鲜血的弯刀塞进他手中时如是说。

应天命而生，世外之人，归墟，血亲献祭……他隐隐猜到那人想做什么了，但仍然有许多疑团未曾解开。

他为什么要把母亲做成傀儡人？为什么没有立刻将她做成傀儡人，而是先把她封存在玄冰棺中？另一块雌兽慧心石在哪里？还有他自己身上也有许多不能索解之事——他的半条灵脉来自父亲，而他的母亲是个凡人，那么剩下半条灵脉只能来自别的地方。这半条灵脉不能直接从天地间汲取灵气，却能汲取河图石的灵力——河图石又来自哪里？

苏毓靠在栏杆上，望着暗淡月光下起起伏伏的海浪，过了许久才转过身往回走。

回到院中，他见小顶舱房的窗户仍然暗着，微微蹙眉，随即捏诀传音给她，柔声道："时候不早了。"

耳畔立即传来她轻快的声音："我和碧茶聊几句，一会儿就回来。"

小顶断了传音，抱着隐囊在沈碧茶的床上打了个滚："碧茶，我跟你说件事。"

沈碧茶靠在窗边嗑瓜子："你说。"

小顶皱了皱眉："我觉得我师父最近不太对劲。"

"哪里不对劲？"

"我觉得他对我太好了。"

沈碧茶把手里一小把瓜子扔回盘子里，拍拍手："我说萧顶，酸死我你有钱赚还是怎么的？"

小顶忙摆手："不是不是。"

她一骨碌坐起来，手肘搁在软软的隐囊上，托着腮，拧着秀眉道："我也不知道该怎么说，就觉得不对劲……我师父这个人以前脾气特别差，毛病特别多，看什么都不顺眼，说不上三句话就不耐烦，虽然也对我挺好，但是嘴上不肯吃亏。"

她顿了顿道："可他最近像换了个人，说话都顺着我，要什么给什么，对了，他都不叫我傻子了。"

沈碧茶抬手推了推她的脑袋："你说你，对你好还不行？叫你傻子就满意了？那我叫你，傻子傻子傻子。"

"也不是不好，我是挺开心的……"小顶不知道该怎么说，"他现在的样子就像……再不对我好就来不及了一样。"

沈碧茶一听这话，神情严肃了些："你别乱想吧。你失踪三年，好不容易找回来，他失而复得，对你好一点也是应该的！再说那个啥，不是刚吃到嘴嘛，正是如胶似漆、蜜里调油的时候。男人嘛，新鲜劲过去就又是那副死样子了，放心吧。"

小顶还是神色凝重，眉宇间尽是不安："……我总觉得他有事瞒着我。"

沈碧茶挨到她身边坐下："你怎么不去问他？你平常不是有什么都直说的吗？"

小顶摇摇头："我也说不上来……我觉得直接去问，他肯定不会告诉我的。"

沈碧茶若有所思地摸摸下巴：“嗯……那就得用点别的手段了……”

小顶眼睛一亮：“碧茶，你有什么办法？”

沈碧茶挠挠手肘：“男人嘛，平常口风再紧，一到那种时候，脑袋一热，什么都往外说……你懂的吧？”

小顶眨巴眨巴眼睛：“什么时候？”

沈碧茶在她的额头上弹了个脑瓜崩：“双修，傻子！”

小顶：“……”这恐怕不行。

“还有别的法子吗？”她闪烁其词，“我师父那个……定力好，嘴挺紧的……”

沈碧茶眼中精光闪闪：“嘴紧啊，你试试‘严刑拷打’……你知道的……”

小顶：“我哪里打得过师父……”

沈碧茶怒其不争地瞪了小顶一眼，忧郁地给自己贴了一张水膜，再说下去她怕是见不到明天的日出了。

小顶还没来得及细问，师父的传音咒又来了，声音软得像春溪水：“想吃什么夜宵？”

看吧看吧，他又来了。

“不用，我在碧茶这里吃过了，马上就回来。”

小顶一边说一边从席子上爬起来，心里已经盘算好了。严刑拷打是不行的，但让师父晕头转向的法子，她倒有几个。

断了传音，小顶道：“碧茶，你知道贯胸丸里有些什么材料吗？”

一提贯胸丸，沈碧茶气不打一处来：“我那蠢爹跟一个游方散修买的，天知道里面有什么乱七八糟的东西。你说世上怎么会有这种爹，我这一辈子就被这玩意儿毁了……”

小顶连忙递上凉茶，并抚着她的后背给她顺气：“不气不气。”

待沈碧茶心绪平复了一些，小顶方才道：“那你能不能给我几根头发？”

沈碧茶：“……”

小顶把讨来的头发收好，辞别了沈碧茶，回到自己院中。

她刚走进庭中，便听吱呀一声，师父打开房门走出来：“回来了，玩得高兴吗？”语气温和，听不出半点不满，以前要是她在外头流连忘返回去晚了，师父肯定要唠叨两句。

小顶不动声色地点点头：“有点累，我去沐浴睡觉啦，师父也早点歇息。”

苏毓微微一怔，旋即摸摸她的头：“去吧。”

小顶草草地洗了个澡，然后一头钻进屋子里，关上门，盘腿坐在床上，潜入灵府开始炼丹。

她的灵府中有数千种药材，有能让人清心寡欲的，自然也有令人意乱情迷的，炼颗这样的丹药对她来说易如反掌。

鲛人的歌声还剩了不少，还有当初她被丁一搜魂，搜魂灯的火焰在她体内运转时，她抽取到的一些精气，她都加了进去。

约莫两刻钟后，丹药炼好了，散发着妖里妖气的紫色光芒。

小顶给它取了个名字，叫作迷心失智真言丹。

炼药容易，难的是让师父乖乖吃下去。

她捏着丹药，托腮想了一会儿，想到个主意——混在清心丹里不就行了？

两种丹药差不多大，师父每次吃清心丹都是整瓶往嘴里倒，只要混在里面，等他发现的时候药也化了。

小顶不由得佩服自己的机智，随即摸出一瓶清心丹，倒了一颗出来，把失智丹放进去，然后使劲晃匀。

做完这些，她对着壁板上的小孔道："师尊——"

苏毓正在打坐，一听徒弟叫立即出定："怎么了？是不是馋了？"

小顶："……"她就这点出息吗？

"不是，你过来。"她若无其事地说道。

苏毓微微蹙眉："不是说累了，要早点睡吗？"

小顶眼珠子一转："我想你想得睡不着啊。"

苏毓："……"无事献殷勤，非奸即盗。

他什么也没说，起身推开门，走进她的舱房。

小顶穿着里衣躺在床上，拍拍床榻："我睡不着，你抱着我睡吧。"

苏毓通常彻夜不眠，不过有时候会陪她在床上躺一会儿，等她睡着再下床打坐。

两人躺到一张床上，自然就轮到清心丹上场了。

苏毓脱了外衫，只剩洁白的中衣，在她身边躺下："睡吧。"

小顶侧过身，凑过去，把脸埋在他的怀里。苏毓的怀抱很温暖，却有一股凛冽的霜雪气息。

温香软玉抱满怀已经够难受的了，何况她还刻意撩拨。苏毓的呼吸霎时间乱了，他轻捏她的后颈："别闹。"话是这么说，手上却没用什么力道。

小顶打定了主意，哪里会因他三言两语罢手，越发闹得厉害，在他怀里作威作福，令他不得片刻安生。

苏毓眼前一片五彩斑斓，仿佛有人在他的脑子里放烟花。他再也受不了，把她提溜起来，挑起她的下颌，在那张不安分的小嘴上轻啄了一下。

这种事只要一起头，一下两下自是不过瘾的。苏毓早把一开始的狐疑抛在了脑后，心房又热又胀。

小顶心里却挂着事，估摸着火候差不多了，含糊地说道："师尊，我困了，我们吃点清心丹睡觉吧。"

苏毓嗓音喑哑地嗯了一声。他也快到极限了，再不用药恐怕经脉要撑不住了。

小顶掏出两瓶清心丹，老规矩，一人一瓶。

苏毓拔去塞子，把药丸倒入口中，似乎一无所觉。小顶却没动，等师父吃下药丸，抱着他静待了一会儿，这才试着道："师尊，你感觉怎么样？"

苏毓低低地嗯了一声，也不知是什么意思。

小顶继续试探："头晕不晕啊？"

"有点……"苏毓抬手抵住太阳穴，皱着眉道。

小顶从他的怀里钻出来，盘腿坐在他身边，借着夜明珠的光打量他，见他神情茫然，眼神迷离，放下心来，轻轻地拍拍他的脸颊："我问你几件事，你老实回答好不好？"

苏毓双眉微蹙，似乎在努力思索她话中的意思，好一会儿才点点头："好。"

小顶道："你有什么事瞒着我？"

一阵长久的静默后，小顶等得有些不耐烦，方才听他道："没有。"

不应当啊，小顶纳闷，难道是药效不够？她摸了摸下巴，决定试试别的："你最喜欢谁？"

这回没有半点犹豫，他脱口而出："我最喜欢小顶。"

小顶心里甜丝丝的，装模作样地挠挠脸："真是的……多喜欢？"

话音未落，男人忽然抬手把她拽进怀里，翻身压住她："这么喜欢。"一边说一边捏住她的下巴，撬开她的双唇，把一颗圆溜溜的丹药顶进她的口中。

小顶一愣，便要运气把药推出去，谁知苏毓早有防备，冷不丁地挠她的胳肢窝。

小顶笑出声来，忍不住一松劲，药丸已经滑过她的咽喉，融化在她的体内。

苏毓这才松开手，撑起上半身，垂眸看着她："又给我喂什么？"

小顶感觉脑袋有些发沉，一股又热又痒的感觉从心口往四周扩散，像是有很多细小的虫子在身体里爬，可见药正在渐渐起效。她有点生气，伸手推他，胳膊却使不上劲："你明明……你故意骗我……"声音柔软缠绵，像初春细雨，像月夜轻云，明明是责怪的话，出口就成了撒娇。

苏毓又好气又好笑，心里叫冤，这傻子还学会倒打一耙了。

小顶迷迷糊糊地问道："……你怎么不上当？"

苏毓："……"你以为谁都像你一样缺心眼？

他没好气地揉了她两下，只觉她烫得吓人。

"这是什么药？"他本来以为她给他喂的是搜魂吐真一类的丹丸，此时才察觉不对劲。

小顶双眼发直地盯着他看了一会儿，忽地嫣然一笑，抬手抚上他的脸颊，顺着轮廓滑到他的颈间，来回摩挲："失智丹啊……师尊……你怎么这么好看啊？"

苏毓见她这副模样，还有什么不知道的，揉了揉额角："清心丹在哪里？"说着便要坐起去拿榻边的乾坤袋。

小顶把他拽回来，媚眼如丝，用指尖点着自己的心口画了个小圈："这里……"

苏毓庆幸自己刚服过清心丹，不然怕是要闹出人命。

他好不容易挣脱，拿到清心丹，让她张开嘴，把整瓶药丸倒了进去。

第二天，小顶一直睡到日上三竿方才醒过来，房里只有她一个人，师父不知去了哪里。

她回想起昨晚的事，不禁懊恼。本来她是要拿那药丸来对付师父的，谁知却搬起石头砸了自己的脚。

她坐起身，抓了抓头发，又揉了揉有些酸胀的腰，这才下了床，冲着两室之间的隔墙道："师尊，你在吗？"

没人回答。

她心头一跳，立即跳下床，把外衣往身上胡乱一裹，连鞋都顾不上趿，赤着脚往门边跑。

就在这时，门忽然吱呀一声开了，一身白衣的男人提着食盒走过来。

小顶一头扑到他的怀里，抱住他的腰："你去哪里了？"

苏毓摸摸她的后脑勺："见你睡得香，没吵醒你。"

小顶抬起脸，眼眶有点红："我还以为你走了。"

苏毓揉了揉她的头顶："能走到哪里去？别胡思乱想。"

"你到哪里都会带着我对吧？"

苏毓目光微动："嗯。"

"你有事不能瞒着我。"小顶又道。

"不会瞒着你。"

"你是不是要去打顾苍舒？"

苏毓微一迟疑，点点头："是。我们先回九狱山，然后去魔域。"

小顶听他有问必答，心下稍安："能带我一起去吗？我天天在练剑，已经可以和大师姐拆上二三十招了。我的术法比剑法还好点。"

苏毓笑道："萧姑娘真厉害。"

小顶眉毛一竖："你不信？"

苏毓忙收了笑，把她按到怀里："傻子。"

十日后，翼舟行至平洲境内。

这天半夜，小顶在睡梦中听见一阵金铃声，立马警觉地醒过来，只见房中只有一地月光，看不见苏毓的人影。

碧茶说得没错，男人的嘴是靠不住的。

幸好她早有准备，把十洲法会回程途中困住他们的"天罗地网"法阵炼了炼，补上破损的阵眼，在网上挂满了金铃。虽说这阵困不住人，但只要师父离开翼舟，她立即就会知道。

小顶咬牙切齿地穿好衣裳，从乾坤袋里摸出个臂钏——这是当初从魔宫里搜刮来的隐身法器，她加着陆仁的头发一起炼了。前几天她试过戴上臂钏，跟在师父身后大半日他都没注意到她。

她戴上臂钏，给大师姐留了张短笺，便御剑离开了翼舟。

小顶没敢对师父用追踪符咒，但这一夜月朗星稀，她往四下里一张望，便看到一个身着白衣、御剑乘风的熟悉身影。

她随即御剑跟在后头，与他保持着十来步的距离，尽量藏在云里，以免叫他察觉。

她就这么跟着他飞了一夜，直至拂晓时分，晨光初照，他也没察觉身后多了个人。

小顶松了一口气，安安心心地跟着他往南飞。

离约定的日期还有十多日，到魔域只有七八日的路程，苏毓远离归藏的翼舟之后，便不再急着赶路，昼行夜宿，路过大城池，便在城中逗留一日半日，在酒楼茶肆之类的地方坐一坐。

这可苦了小顶。

下榻邸舍还好，店里总有一间两间空房，她施个化育咒，便能穿墙进去，睡上一晚，离开时留下房钱便是。跟着师父上酒楼才让她苦不堪言——她藏形匿迹地跟着师父，已经好几天没吃上热饭热菜了。灵府里虽有糕点蜜饯，但不吃正餐光吃点心也腻味，闻着四周酒食的香气，看着旁人大快朵颐，对小顶而言真是莫大的折磨。

这一日黄昏，他们行至聚窟洲的琅玕城。

这是座繁华的小城，距离魔域只有两百里不到，城中人马喧嚣，灯火不绝，随处可见衣着怪异的散修、妖修、魔修，偶尔也有身着大宗门道袍的正道修士三五成群地经过。

时候尚早，苏毓走进一家酒楼。

他着一身细白纻衫子，没有背剑，看着像个俊秀斯文的读书人，任谁也想不到这就是传说中杀人如麻的连山君。

他要了个雅间，不一会儿店家端了他要的酒菜来。

苏毓却不动箸，只是给自己倒了杯清茶。

小顶没敢跟着进雅间，只在屏风外面探头往里瞧，见师父对着摆满一案的好酒好菜不瞧一眼，忍不住心疼——点了又不吃，这不是糟践东西吗？

她知道师父醉翁之意不在酒，来酒楼只是为了探听消息——这种地方人员驳杂，消息传得最快。

小顶正思忖着，便听隔壁雅间中传出一男一女的喁喁私语。

只听女人道："……师兄，听说那新任圣君与伪道有牵扯，我们贸然去投奔，万一中了他们的奸计怎么办？"

小顶一听便知那两人是魔修了，只有魔修管魔道叫圣道，管魔君叫圣君，管正道叫伪道。

她不服气地皱了皱眉，听那男人答道："圣眼只认圣君为主，岂会有假？"

女人又问："上回伪道办那劳什子法会，圣眼不是也出现过吗？后来不也没下文了吗？"

男人道："圣君行事自有道理，说不定是为了试探伪道呢？"

他顿了顿道："即便圣君曾误入伪道，如今也弃暗投明，重归正途，光临圣域，我等便该鼎力相助……"

女人道："……依我看，小心驶得万年船，还是先到千叶城落脚，看看风向再说……"

这番说辞苏毓和小顶都听过不止一次。

近来十洲三界最大的事，便是新一任魔君横空出世，到哪儿都能听见众人议论纷纷。

上一任魔君被正道宗门联手诛杀后，十洲太平了上百年，魔域十城主各自为政，一个个沦为大宗门的傀儡，魔修只能夹着尾巴做人。

若是换了以前，便是在魔域也没人敢一口一个"圣君"，自从新任魔君降临七魔谷，蛰伏在各处的魔修们都开始蠢蠢欲动，趾高气扬了不少。

十城主不敢轻举妄动，表面上仍旧和正道宗门维系着关系，实际上一旦新任魔君得势，必定望风披靡。

对这位魔君的身份，众人有诸般猜测。有说是上任魔君返魂的，有说是上任魔君之子，还有传是众目睽睽之下被魔眼带走的太璞前宗主顾苍舒。反正一时间众说纷纭，谁也说服不了谁。

小顶听那两人说来说去都是车轱辘话，没什么新鲜事，便有些不耐烦，加之有酒食的香气勾得她心痒难耐，只盼着师父快点走。

苏毓仿佛和她心有灵犀，恰在这时起身，叫店家来会账。

会完账，苏毓走出雅间，店家正要收拾一动未动的酒肴，忽有别的客人呼喊，便忙着去招呼。

小顶迟疑了一下，忍不住闪身进去，掏出油纸包起只烧鸡，正要往灵府里揣，背后冷不丁传来苏毓冷冰冰的声音："萧顶，我知道是你。"

小顶心里大叫一声不好，手一抖，把烧鸡掉在了地上。

她这才发现师父早有预谋，这满桌子酒菜都是她平日爱吃的。

"出来吧，"男人没好气地道，"你真是长进了。"

小顶本来心虚得很，静下心来一想，该心虚的不是他吗？

她当即摘了手钏："你为什么扔下我跑了？"

苏毓方才还气焰嚣张，被她这么质问，顿时语塞——这事细想起来，确乎是自己更理亏一些。

小顶乘胜追击，诉说自己的委屈：“我好几天没吃过一顿热饭了，夜里也不敢睡得沉。你倒好，还拿吃的跟我耍心眼！”

她愤愤地道：“你说到哪儿都会带着我，结果呢？你还有什么话说？”

苏毓见她说着说着眼眶要发红了，连忙把她一把搂进怀里：“是我的不是。”

小顶从他的怀里挣出去，吸了吸鼻子：“我连澡都洗不了！”她虽说能用清净诀来除垢，但几日不能用水沐浴还是浑身不舒服。

苏毓忍不住弯起嘴角：“难怪一身酸味。”

小顶正拿起银箸去插炖鹿肉，闻言恨不得弑师，把筷子用力朝他的脸上掷去：“不准笑！”

苏毓从没见过她发那么大脾气，意外之余，心里不知怎的有些受用，接住筷子轻轻地摆回去，笑道：“菜冷了，我叫人换热的。”

“不换不换，”小顶忙抱住大瓷钵，“你钱很多吗？”

苏毓道：“不值几个钱。”

小顶横眉：“那也是我的钱。”

苏毓失笑：“是是，都是我们萧姑娘的钱。”一边说一边施咒替萧姑娘烫了酒、热了菜，把杯盏盘箸都洗烫干净，这才替她斟酒布菜。

小顶气鼓鼓地夹起一筷卤牛肉塞进嘴里，一边嚼一边恶狠狠地瞪着苏毓，仿佛在嚼他的肉。

待酒足饭饱，她的气终于消了些。

两人一起出了酒楼，在城中最好的邸店住下。

这里地处南方，靠近魔域，地脉炎热，几乎每家邸店都有热泉。

苏毓要了带热泉的院落，下了禁制，抱着小祖宗下了池子，把她伺候得舒舒服服，很快已是月上中天时分。

两人和衣躺在床上，小顶已经昏昏欲睡，捂着嘴打了两个哈欠，强打精神道：“别以为这样我就原谅你了。”

苏毓摸摸她的头发，发丝微湿而沁凉，带着露水的清冽气息，和着她身上的味道，他怎么也闻不够。

小顶不依不饶：“知道错了吗？”

“嗯。”

“错在哪里？”

“不该不告而别。”

“不只是这件事，”小顶气鼓鼓地转过身，用屁股对着他，“你不相信我。”

苏毓手一顿，从背后抱紧她的腰，亲了亲她的后颈：“不是。”

小顶转过身，眼中泛起水光：“你有事从不和我商量，明明是两个人的事，凭什么都是你说了算？”

“此行太危险。”

小顶道：“去西极的时候你也是这么说的。”

苏毓心脏紧紧一缩。

小顶借着朦胧的月光看见他无措的眼神，心头一酸，抱住他的腰，把脸埋在他的胸口：“我不想再和你分开。”

苏毓沉默片刻，低声道：“我怕护不住你。”

小顶有些吃惊。师父在她眼中几乎无所不能，从来都不把任何对手放在眼里。

她从没听他说过“怕”字。

半晌，她轻轻地问道：“你要对付的不是顾苍舒吧？”

不知怎么的，她想起梦中那柄沾血的弯刀，在红烛的微光下闪着森森的寒光。

苏毓沉吟片刻，点点头道：“引我去七魔谷的是我生父。”

他抱着她，把那人和他的恩怨说了一遍。

小顶总算明白他为什么没把握了，搂住他的腰：“你一定能替你阿娘报仇的。”

苏毓攥住她的手：“我答应你，一定会活着出来见你，你在千叶城等我……”

“不行，这次我一定要跟你去。”小顶道，“大不了死一起。”

她脱口而出，说完自己都有些吃惊。

她不是悍不畏死的人，死过一次，她更知道活着有多好。但她更怕再也见不到他。如果是和阿毓一起，死好像也没那么可怕。

“好。”苏毓道。

小顶仍旧将信将疑：“你别骗我。再骗我的话我就……”

苏毓吻去她眼角的眼泪，凑到她的耳边说了句什么。小顶脸一红，转过身不理他了。

虽然苏毓再三保证不会再撇下她，但小顶还是多留了几个心眼，时时提防着他故技重施，生怕他趁着她睡着开溜，还用捆仙索把两人的脚脖子绑在了一起。

苏毓自知理亏，只能由她去。

两日后，两人穿过千叶城，抵达七魔谷外。

太璞宗的三千弟子先他们一日抵达，驻扎在二十里外的高岗上。

营地的布局与凡人军营相似，只不过居处不是营帐，而是一种产于郁洲黑海的白螺，用法术放大便可居住，外壳坚硬无比，里面冬暖夏凉，螺塔中还可贮存灵力。

营地地势高，可以俯瞰魔谷入口，随时观察敌人的动静。

小顶上回是被魔眼卷来的，不曾见过谷外的情形，此时才知道七魔谷原来在地底下，入口是一片巨大的酸池，池中满是黄绿的酸液。酸液翻腾，不断有大大小小的气泡从池中冒出、爆裂，释放出带着硫黄味的刺鼻雾气。

小顶恍然大悟，原来他们在七魔谷看见的“天空”，便是这酸池水了。

池水中央有个黑色的漩涡，慢慢旋转着，丝丝缕缕的黑气从四周向漩涡中涌去。

苏毓指着漩涡道：“那便是魔眼所在。”

话音未落，一个身着水蓝色绣银道袍的男子朝他们走来，向苏毓恭恭敬敬地行个礼：“连山道君，别来无恙？”来人正是曾经的灵宠店主人，如今重归正位的新任太璞宗宗主。

苏毓自然已从程宁那里得知此人也来了，不过还是装作一无所知，微露惊讶之色，旋即回礼道：“顾宗主身先士卒，令苏某钦佩。”

“道君谬赞，”店主人忙道，“在下修为浅薄，不求临阵却敌，只能在后方略尽绵力，不比道君义薄云天，为敝派之事奔忙。”

苏毓：“不敢当。”

店主人一边把苏毓迎入营中，一边道：“营房简陋，还请道君海涵。”

小顶走在苏毓身边，但她戴着隐身臂钏，一路上都没有人看到她，便是有人像西门馥那样身怀真眼，识破隐身术，也会因为陆仁头发的作用不由自主地忽略她。

店主人吩咐老仆顾忠煮茶，将苏毓迎入白螺房舍中。

小顶跟着走进去，只见里面别有洞天，陈设雅洁，墙壁闪着贝类特有的光泽。她抬手摸了摸，触手光润，着实新鲜。

宾主两人入了座，苏毓道：“怎么不见程长老？”

话音未落，便有一人大步流星地走来，正是程宁。

行礼寒暄毕，店主人问程宁：“程长老，阵法部署得如何了？”

程宁恭谨地答道：“启禀宗主，属下已命弟子们在七魔谷四周布下魁罡六锁阵，明日辰时便可进攻。”

店主人笑道：“在下一介商贾，于阵法一窍不通，也不懂排兵布阵，幸而有程长老在，否则真是两眼一抹黑。”

程宁忙道：“宗主谬赞。”又看了一眼苏毓道，“连山道君是阵术大家，属下实是班门弄斧。”

店主人立即肃然起敬，作个长揖：“还望道君不吝赐教。”

苏毓自谦几句，便道：“苏某才疏学浅，于阵法一道只是略知皮毛，不敢称善。宗主差遣，自当勉力为之。”

说罢他对程宁道：“苏某可否随程长老去看看法阵？”

程宁一脸求之不得：“有劳道君赐教。”

两人说着便要起身。

恰在这时，顾忠端了茶盘走进来，店主人道：“道君远道而来，先饮杯清茶歇息片刻，阵法之事不急在一时。”

苏毓本欲拒绝，往茶盘上一瞥，见有几碟鲜果和糕点，其中有一碟玉露团是小顶平素最喜欢的，便颔首道：“多承厚意。”

他拿起杯盏，趁着众人不注意，将盛糕点的碟子往旁边推了推，片刻后，果见碟子上少了个玉露团，微不可察地弯了弯嘴角。

用罢茶果，程宁便带着苏毓去看门下弟子布阵。

两人御剑飞出营地，来到四下无人之处，苏毓方才传秘音给程宁：“此人近来可有异常之处？”

程宁摇摇头道：“小侄日日伴在他左右，不见任何破绽，他修为的确很低，术法和剑法还不及同境界弟子。”

苏毓微微颔首，那店主人的修为不是作伪，他们两人不至于连这都看走眼。

他想了想道：“修为以外可有别的异状？”

程宁道：“言谈举止都无不妥之处，自从灵宠店转手，也不见他与门派之外的人往来。”

他顿了顿又道：“不过这人城府颇深，很有心机。这次出征，我本以安危为由劝他留守门派，他坚持要跟来，想是要借此机会立威。”

苏毓道：“这也无可厚非。”

两人一边说一边飞，不一会儿便到了七魔谷上方，只见数百名太璞宗弟子正在其余三个长老的指挥下忙着书符念咒布阵。

两人在云端俯瞰，程宁笑道：“那几个老家伙这回是铆足了劲，看家的本事都使出来了。”

几个现任长老都是假顾苍舒一手提拔的，眼下变了天，自要努力戴罪立功。

太璞宗以阵法见长，魁罡六锁阵乃阵中之魁，可移天换宿，令天地变易。

魔眼可汲取三界妖邪凶戾之气，谷中阴阳倒转，正邪易位，便如一个巨大的聚阴聚魔阵，源源不断地为谷中魔修提供力量。

魁罡六锁阵便是要逆转其势，反将魔气吸出，借天地正气清净之。

百年前正道门派入魔谷剿杀魔君残部，用的便是此阵。

十洲法会那次因为救人心切，苏毓和顾英瑶强行以瀚海般的灵力冲破魔阵，顾英瑶身负重伤，后来殒身深渊之下，未尝没有这个缘故。

这次他们不用急，有余裕的时间慢慢布阵。

程宁微有得色，用秘音道：“请师叔指教。”

苏毓淡淡地望了一眼法阵，只见一柄镇派伏魔剑高悬在魔眼上方，道道紫电光芒自剑上向外扩散；太璞弟子们手持长剑、朱砂、符箓与风雷印，在各个阵位之间穿梭回旋，所到之处，紫电相随，犹如穿针引线，将电光织成阵网。

虽然法阵只完成了一半，但已可以想见阵成后的雷霆万钧之势。

苏毓看了一眼道：“天冲加一个太一飞星子阵，天辅再加一道金翅乌王印。”

程宁随即吩咐下去，默默在心里推算半天，发现那两处果然是全阵的薄弱之处，不由得对师叔好生钦佩。归藏不以阵法见长，他也没听说师叔对阵法有研究，谁知师叔随便一瞥，就看出人家“天下第一阵”的破绽，真是人比人气死人。

苏毓乜了他一眼：“学了六十多年，你就学了这个？”

程宁：“……”这不是奋斗了三十年才挤进内门嘛！大师姐说得没错，师叔还是这么讨人厌。

苏毓又打量了一眼，见没什么疏漏之处，便返回营中。

不等他们走到营地，便看见五六个人御剑而来。

不等苏毓开口，程宁惊喜地招呼道：“稚川仙子！”

蒋寒秋与这个四师弟难得相见，给了他个罕见的笑容。

程宁立即受宠若惊，手脚都不知道该怎么摆了。

来的不只有蒋寒秋，还有宋明、元清，甚至连一向留守门派的金竹也到了。

蒋寒秋道：“叶离挖坟走西道，还有一个时辰到。”

苏毓蹙眉道：“你们来做什么？”

蒋寒秋立即柳眉倒竖："嘁，要不是担心小师妹守寡，我管你死活！"

苏毓："……"

小顶感动得热泪盈眶，不禁在心里感慨大师姐真是太好了。

金竹一向好脾气，忙隔开两人，打圆场："大师姐不是这个意思……"

蒋寒秋立马拆台："就是这个意思，没别的意思。"

苏毓道："你们的好意我心领了，这是我一个人的事。"

程宁："那我也……"

苏毓乜了他一眼："还有他们太璞宗的破事。"

程宁："……"行吧。

蒋寒秋冷笑："你想赶我们走？行，我们这就改投太璞宗，你不是我们的师叔，没资格对我们呼来喝去了。"

程宁："……"别了吧，太璞庙小，容不下你这尊大佛。

几人都是铁了心要留下，赶是赶不走了。

一行人吵吵闹闹地进了营地，真顾苍舒连忙迎出来见礼，又张罗着安排上房。

苏毓把师侄们打发了，房里终于只剩下两人。

小顶挂在他的脖子上："大师姐他们对我们真好。"

苏毓移开眼："烦死了。"

七魔谷中却是另一番光景。

昏黄的天色下，数千个魔修席地而坐，满坑满谷都是黑影，仿佛敛翅蹲伏的乌鸦。

他们亦在结阵施法，用自身的魔气供养魔眼，每张黑纱背后的面容上都是炽烈的狂喜。

一有人魔气枯竭倒地而亡，便有人上前用刀剖开那人的胸膛，挖出心脏，小心翼翼地捧着，登上水晶砌成的祭台。

祭台顶上一人盘腿而坐，闻到血腥气，睁开紧合的双目。

赤红的心脏还在那魔修手中跳动，是颗年轻有力的心脏。

男人将手按在心脏上，手心传来滑腻的触感。若是除去他覆面的黑纱，便能看到他嫌恶不齿的神情。

不过他还是不动声色地用力一抓，血肉从他的五指间流出来，与此同时，一道红光从魔眼中降下，直从他的头顶贯入体内。

“这是第几颗？”男人问。

那魔修道：“回禀主君，一百六十七颗。”

男人点点头，收回手，血迹立即消失得无影无踪，掌心却红润了不少，仿佛属于那颗心脏的生机与活力全部渗入了他的肌肤中。

男人站起身，沿着水晶阶梯走下祭台，绣着日月星辰的黑袍在身后无声地摆动。

下了祭台，他继续沿着山谷中央的阶梯往下，走到地底，推开石墙，穿过一片片废墟——地下宫殿已经成了残垣断壁，那人命人挖开一条通道，铺以水晶。

水晶通道的尽头是一座带花园的大宅子。

宅子洞户连房、曲廊回环，园中蜂蝶飞舞，桃李争妍。

顾苍舒第一次在这里醒来时吃了一惊，若非抬头不见天日，他真要以为这里是凡人界哪个王公贵官的宅邸。

他早和七魔谷的魔修打过交道，却不知地底深处，宫殿的尽头，竟然有这样一个所在。

他摘下面纱，脱下黑袍，露出玉色锦袍，仿佛破茧而出，那股挥之不去的恶心终于散去了些。

一个僮仆迎上来：“公子请随奴来。”

顾苍舒一言不发地跟着他往书房走，没有多看他一眼——这里除了一双主人，所有仆从奴婢都是傀儡。

另一个傀儡人打起湘帘，室中烟雾缭绕，弥漫着沉香和杜若的气息。

一只骨节分明而枯瘦的手放在案上，五指张开，令他想起躲在阴暗角落里慢慢织网的老蜘蛛。

顾清潇透过烟雾静静地打量顾苍舒，面容被不断变幻的烟雾掩盖，辨不清神色。

顾苍舒垂下眼帘，急忙上前行礼：“见过父亲。”

说出“父亲”两个字时，他仍然有种难以置信的怪异感。不久之前，他对此人唯有唾弃和鄙夷，直至见到此人的手段和真面目，他只觉不寒而栗，同时又有些隐秘的自得——他身体中也有这样强大的血脉，不是个受人唾弃的私生子。他将成为《归藏易》的唯一传人，还将得到归墟之力，超脱轮回，凌驾于天道之上。

顾清潇饶有兴味地端详了他片刻：“外头情形如何？”

顾苍舒脸上现出羞惭之色：“请恕儿子无能，伪道在谷外布下了魁罡六锁阵，魔眼恐怕支撑不到明日卯时。”

“卯时？”顾清潇扬眉道。

他的语气并不见重，顾苍舒却是一凛，跪倒在地：“儿子办事不力，那魁罡六锁阵不知被谁动过手脚，威力似有所增加。”

顾清潇闻言却露出怡然之色：“很好，你兄长果然没有令我失望。”

顾苍舒眼中有厉色一闪而过。

顾清潇沉吟片刻道：“明日你依计将他引入祭台下，后面的事有爹爹在。”

他站起身，绕过几案，扶起顾苍舒：“放心，爹爹定会护你周全。”顿了顿，拍拍顾苍舒的肩膀，“你心里是不是还怪爹爹瞒你这么多年？”

顾苍舒忙道：“儿子不敢。爹爹也是不得已。要怪便怪那纯元老贼，为抢夺机缘，杀我全族，害得母亲成了这副模样，还害得我们父子兄弟反目成仇！儿子誓与归藏不共戴天！”

顾清潇拍拍他的背：“爹爹知道你是好孩子。”顿了顿道，“时候不早了，趁着还有几个时辰，再去化几颗心吧。”

顾苍舒眼中露出抗拒之意。

顾清潇道：“爹爹知道此事实在委屈你，奈何爹爹身体孱弱，修为低下，不能以身替你，否则怎忍心让你遭这份罪？”

“爹爹放心，儿子明白。”顾苍舒舔了舔嘴唇道，“爹爹，阿兄也是受老贼蒙蔽，若他知道真相，愿意与归藏决裂……”

顾清潇一抬手：“不必多言，我和你母亲只当不曾生过这个孩子。”他注视着顾苍舒的双眼，“舒儿，我只有你这个儿子。”

顾苍舒只觉胸腔中有什么颤了颤，很快又复归平静——虽则漂亮话动人，但他还是得死。

顾苍舒走后，顾清潇站起身，背着手慢慢踱回后院。

一个身着单薄春衣的女人正坐在廊下做绣活。

顾清潇走过去看了看她的绣绷，只见上面绣着一根修竹。

女人抬起头，揉了揉脖颈：“方才是谁来了？”

顾清潇淡淡地说道：“一个残次品。”

女人显然是随口一问，并不是真的关心。

她欲言又止：“阿毓……”

顾清潇抚了抚她如玉的手指：“明日就能见到他了。”

女人眼中露出喜色："真的？"

顾清潇微笑着点头："上回给你的那块石头还在吗？"

女人低头从腰间的香囊里取出一块小小的纹石，托在掌心："要用吗？"

顾清潇将她的五指合拢："收好别丢了。"顿了顿，"不然阿毓就不能留下陪你了。"

翌日拂晓，小顶睡得正熟，忽听远处传来訇然一声巨响，猛然惊醒："师尊！"

苏毓抚了抚她的后背："别怕。"

"那是什么声音？"

苏毓道："是魔谷要开了。"

话音未落，又是一声巨响，仿佛连大地都在震颤。

小顶一骨碌爬起来，苏毓施术化清水让她洗漱，然后帮她披上外衣，系好腰带，又从乾坤袋里拿出一顶油绿鲜亮、青翠欲滴的帽子。

"这是……"

不等她说完，苏毓已经以迅雷不及掩耳之势把帽子扣在她的头顶上："戴上防身。"

小顶如今已知道绿帽子有何含意，便要去摘，却发现帽子就像长在了头上，怎么也摘不下来。

"你动了什么手脚？"小顶气鼓鼓地道。

苏毓抬手凌空画了个圈，一面水银镜出现在小顶的面前。

他嘴角一扬："不是挺好看吗？不信你照照。"

小顶："……"

装得再好也是本性难移，她师父就是个睚眦必报的小心眼。

苏毓捏了捏她的脸颊："戴着防身，反正没人看得见。昨夜给你的铃铛放好了吗？"

小顶捋起右手的袖子，露出用五色丝系在手腕上的金铃，晃了晃："在这儿呢。"

铃铛晃动，却无声无息。这是防走散的法器，本是一对，两人身上各放一个，摇一摇铃铛，另一人便能循声找来。

"听得到吗？"小顶问道。

"嗯。"苏毓一边答应着，一边从枕边拿起隐身臂钏，替她轻轻地套在手上，一个大活人便凭空在眼前消失了。

“无论发生何事都别摘下来。”苏毓道。

陆仁的头发对他已经没什么作用了，只要时时记挂在心，没有什么法器可以让一个人忘记另一个人的存在。

小顶点点头，旋即想起自己已经隐身了，于是踮起脚在他的下巴上亲了一下：“知道啦。”

两人走出白螺营房，只见天空是阴沉的铁灰色，云层的缝隙间透出不祥的红光，如同一道道渗血的伤口。

魔域的天空少有晴明的时候，不过天色如此诡异，是因为魁罡六锁阵与谷中魔气相激荡，引得阴阳失谐，天地变色。

就在这时，归藏其他人也陆陆续续地走出营房。

蒋寒秋劲装结束，越发显得英姿勃发、腰高腿长。

她捂嘴打了个哈欠：“叶离这厮多半又迷路了，害我等他到半夜。”

叶离一向不认路，在灵气充溢的地方还好，可以用星辰和地脉来确定方位，到了魔域这种灵气稀薄的地方就抓瞎了。

这回因为绕道挖坟，走的又是不熟悉的西道，他不迷路才有鬼。

蒋寒秋往天边看了一眼，挑挑眉道：“算了，不等他了。”

正说着，太璞宗弟子也纷纷走出营房，将白螺装进乾坤袋里，在长老的指挥下集结列阵。

灵宠店主人走到他们跟前，向众人行了一礼：“多谢诸位道君相助。”

苏毓道：“顾宗主不必见外。”

店主人微露赧色：“在下修为低微，不能亲自上阵，只能袖手旁观，实在惭愧。”

苏毓淡淡地说道：“有劳顾宗主在阵外护法，请宗主保重。”

“护法”不过是客套的说法，其实以他金丹期的修为，连护法都不够格。

店主人点头：“自然自然，在下虽帮不上什么忙，却也不敢拖累诸位道君。”

他们正说着，半空中传来一声悠长嘹亮的啸吟，犹如龙吟，是阵眼中伏魔剑的啸声。

程宁一声令下，众弟子纷纷乘云踏剑，向七魔谷飞去。

苏毓抬了抬下颌：“走吧。”

到得魔谷上方的酸池，只见魁罡六锁阵中央的伏魔剑剑光大盛，通天彻地，仿佛用光在乌云中间捅出个巨大的窟窿。随着一声霹雳，雪白的电光顺着剑身落入酸池中央的黑色漩涡中，水下有什么剧烈震颤了一下，连带着四周地动山摇，巨石纷落，有如雷鼓大作、万马奔腾。

太璞宗弟子有条不紊地散到各个阵星位，祭出佩剑法器，将灵力汇入阵中。

伏魔剑啸声频密，霹雳一声比一声响。

突然，一声震耳欲聋的巨响之后，天地间一片死寂。

顷刻后，一物从池中央的漩涡中升起，通体赤红，光芒四射，有如红日。

太璞宗四长老跃至半空，各据一方，口中诵咒，一手持符，一手举剑，剑尖直指魔眼，灵力如激流从剑尖涌出。

魔眼在空中翻滚腾跃，却无法摆脱剑光的束缚，红光越来越暗淡，渐至熄灭，变成暗褐色，仿佛干涸的血团。

程宁大喝一声“斩”，四人齐齐提剑劈去，那魔眼崩裂，秽液四溅。

伏魔剑当空一画，池水分作两边，露出下方的魔谷。赤褐的峡谷中乌压压一片，全是身着黑袍、手持黑刃的魔修。

程宁一声令下，太璞宗弟子纷纷飞身而下，只留三百六十一人在阵外护法。

苏毓看了一眼师侄们：“小心行事。”随即抽出元神剑握在手中，飞向谷中。

正魔双方在半空中相逢，立即厮杀起来，一时间到处是刀光剑影，血雾横飞，不时有人从空中坠落。

魔修虽有上万人之众，多是最近啸聚起来的乌合之众，单打独斗或许有胜算，但面对训练有素、配合无间的大宗内门弟子，这些散兵游勇的劣势便显露无遗。何况魁罡六锁阵中不断有电光落下，如利箭一般贯穿魔修的身体，将之烧成一团火球，落入谷底。

魔修们很快便明白对方制胜的关键在上方的阵网。魔谷中本不能动用法力，但阵法将灵气源源不断地注入，越是接近阵网，灵力便越强，于他们而言也就越危险。为首的魔将大喝一声“退”，魔修们纷纷退至谷中，向半空中施放咒法，投射毒箭。

双方隔空交战，不断有太璞宗弟子从半空中坠落，更多魔修被雷火烧得满地打滚。山谷中遍地火光，嘶吼惨叫不绝于耳。

苏毓在空中俯瞰，只见水晶祭台顶端站着一个人，黑袍在风中翻飞，犹如蝙蝠。

虽然那人黑纱蒙面，苏毓却感觉他在看自己。

他传秘音给金竹："若事有不谐，你们几个立即撤。"

金竹："大师姐……"

苏毓道："不听话的打晕带走。"

金竹："……"

苏毓："昨夜给你的铃铛收好。"

他在师侄的肩头拍了一下："千万护她周全。"

他收了秘音，回身道："跟着你师兄、师姐，为师去去就来。"

说罢，他便御剑向着祭台飞去。

小顶还没来得及答应一声，就见师父疾风似的飞走了。

她对自己的剑法、修为很有自知之明，没打算跟着去裹乱——她另有一个地方要去。

趁着双方正在激战，她悄悄地御剑落到谷中。

隐身手钏十分得用，不管是正道还是魔修都对她视而不见，只要防着满天乱飞的法咒和冷箭，几乎如入无人之境。

她快步穿过战场，向着七魔谷中央的深坑走去。

苏毓翩然落到祭台上，看了一眼黑袍人，冷声道："顾公子，别来无恙？"

"托阁下的福，顾某好得很。"顾苍舒摘下面纱往风里一抛，面纱化作一串黑星落下，祭台四周顿时升起黑色的火焰，在祭台上蔓延。

原来水晶祭台上刻着花纹，火焰沿着凹槽燃烧，烧出一个个繁复的图案。

苏毓面不改色："忘了恭贺阁下继任魔君之位。"

顾苍舒眼中闪过凶戾之色，从腰间抽出一条漆黑无光的软鞭，耸身跃起，手腕一抖，一招悬龙探爪，向苏毓左侧攻来。

不过短短二三十日，这一鞭的威势与并宗大典上已不可同日而语，真有喑呜而山岳摧、叱咤而风云变之势。

苏毓提剑相迎，一招逝川流光，剑气如逝水般奔腾浩荡，将鞭上劲力化去大半。

顾苍舒笑道："久闻连山君一剑横扫千军，果然名不虚传。"

苏毓笑得比他还灿烂："魔君阁下的顾氏玉龙鞭亦大有进益。"

顾苍舒一听"顾氏玉龙鞭"几个字，脸色微变，又是一鞭击出，一招雪拥蓝闹，鞭影如狂风碎雪，鞭身上升起缕缕魔气，如织茧一般将苏毓团团裹住。

苏毓身法如电，倏然在前，忽焉在后，剑与身几乎融为一体，神催剑往，剑随身转，只见剑光如虹，横若匹练。

顾苍舒手腕急抖，魔气源源不断地自鞭樽贯入，出招越来越快。

苏毓始终游刃有余，将周身护得密不透风，却不主动出击。

顾苍舒越打越焦躁，额上的经脉中黑气流动，双目隐隐透出血红色，鞭法中的漏洞却越来越多，终于露出空门。

苏毓使出一招清风六合，剑气连绵不绝，如清穆和风，几乎令人感觉不到杀意，轻柔地拂过魔鞭，顺着顾苍舒的手腕往上攀延。

顾苍舒只觉胳膊一麻，低头一看，细密的剑气竟将他的皮肉剥下一层来，被魔气浸染的黑血滴滴答答地往下淌。

“以为这样就能对付我？”顾苍舒冷笑，只见伤口上迅速生长出新的皮肉，须臾之间便完全愈合。

苏毓不以为意：“历代魔君都有不死之身。”

“你知道就好！”顾苍舒扬手又是一鞭。

苏毓不慌不忙地用剑格挡开，剑光如落星霰雪，在顾苍舒周身留下无数道细小的伤口，魔气重又忙着修补伤口。

“那你猜猜，你的前任都是怎么死的？”

苏毓一边说，一边又是连珠贯玉般的三剑刺出，剑刃却不触及顾苍舒的身体，只用剑气在他的左肩、右胸和腹部刺出三个窟窿。

他一剑接着一剑，招式无穷无尽，仿佛连绵起伏、隐于雾霭间的山峦。顾苍舒虽有魔气护体，究竟入魔道未久，虽有力量，却不能收放自如，渐渐应接不暇。

他身上的伤口越来越多，魔气补完这里补那里，忙得不可开交。

苏毓始终避开他的要害，不取他的性命。

一道剑气割断他的一双膝盖，顾苍舒站立不稳，趔趄了两步。

“他在哪里？”苏毓道。

顾苍舒抽了口冷气，吐出一口血沫：“谁？”

苏毓冷冷地扫了他一眼：“你主子。”

顾苍舒脸上掠过阴鸷之色：“我是圣域之主，何来主子？”

话音未落，一道剑风将他扫落，黑色火舌舔过他的袍角，他整个人瞬间燃烧起来。

顾苍舒面容扭曲：“阿兄，救我……”

苏毓一怔，这一声“阿兄”仿佛一个尖锥刺入他的太阳穴中。

他的脑海中忽然出现许多摇晃的光影和破碎的画面。

阿娘的声音像是从河流的另一端传来：“阿毓，你很快就有弟弟了。”

“弟弟在哪里？”他左顾右盼。

阿娘笑着摸摸他的头，拉起他的小手放在自己的肚子上：“在阿娘的肚子里。”

“怎么摸不到？他不会动吗？”

阿娘笑出声来：“眼下还小呢。高兴吗？”

他想了想：“高兴！弟弟可以陪我玩吗？”

“当然可以，你们兄弟俩往后就可以做伴了，”阿娘道，“你要好好照顾他啊……”

他矜持地点点头：“他要是乖一点，我可以让他骑一骑阿银……”

苏毓头痛欲裂。

脚下的铭文突然变作血红色，水晶祭台缓缓地向两边分开。

苏毓只觉眼前红光闪过，一阵天旋地转，落入了祭台中间的裂隙里。

蒋寒秋和金竹等人正和魔修缠斗，忽听水晶祭台传来轰隆一声巨响，循声望去，只见水晶石中一人下坠，一眨眼工夫便不见了。

蒋寒秋一剑斩下面前一个魔修的头颅，踏剑向祭台飞去。

不等她飞至，裂成两半的祭台訇然合拢，祭台内部紫红光芒一闪，整座祭台竟然在众目睽睽之下凭空消失了。不但祭台和通往地下的水晶阶梯无影无踪，连峡谷中央的那个巨大的深坑也不见了，竟成了一片平地，与周围没有半点区别。

蒋寒秋不信这个邪，在半空中挥剑一劈，排山倒海的剑气震得山谷一颤，地面裂开一条一丈来宽的缝隙，她往下一看，裂缝中只有褐红的土壤。

“苏毓！”蒋寒秋对着裂缝吼道。

她抬脚一踹，把一块紫水晶踹进裂缝中：“死出来！你这祸害！”一边骂一边举起剑，正要再劈，胳膊被一人拽住。

“大师姐，别担心，”金竹道，“师叔没那么容易出事……”

“我是怕他出事吗？”蒋寒秋愤愤地道，“我是怕他死了不能跟小师妹交代！”

师兄弟几个不约而同地想起小顶生死未卜的那三年，谁都经不住这样的事再来一次。

蒋寒秋见他们一个个蔫头耷脑的，反倒迅速镇定下来，在他们背上挨个拍了一下：“祸害遗千年，那玩意儿死不了！都给我振作起来！多杀几个魔修去！”

众人闻言一振，对啊，祸害遗千年，像师叔这种尖酸刻薄、冷心冷肺、睚眦必报、锱铢必较、讨人嫌到极点的货色，应该与天地同寿才对。

“对了，小师妹呢？”蒋寒秋猛然想起来。

金竹道：“师叔给了我一个同心铃。”

他说着从袖中取出铃铛，一边捏诀一边晃了晃。

他听着辨了片刻，后背上一凉：“小师妹……在地下。”

苏毓只觉耳边风声呼啸，身体迅速坠落。

他强行稳住心神，以手捏诀，施了个回风咒，一股劲风自下吹来，像一只温柔的手托住了他。

下坠之势渐缓，但与此同时，他的气海慢慢停滞，直至凝固，再也掀不起一丝波澜。

片刻后，他的双脚落在某种坚实平滑的东西上。

苏毓从袖中取出颗夜明珠一照，发现自己站在一根水晶柱的顶端，落脚之处只有五六尺见方，四周便是万丈深渊。

顾苍舒空洞阴冷的笑声忽远忽近，在四周回荡：“阿兄，这是弟弟给你选的坟冢，如何？”

苏毓只觉心脏一缩，立即熄了夜明珠。

他的手不由自主地握成拳，随即缓缓地松开。

他本来百思不得其解，那人为何要在杀死他母亲后将尸身保存在玄冰棺中，如今终于明白了。

母亲死时怀有身孕，尸身放在玄冰棺中，腹中胎儿便随着母体冻结，不生不死。

那人能预见后事，自然可以设计娶顾英瑶，也能算到她何时诞下私生子，还能算到顾老宗主会用别的孩子调换。他只需算好时机，掘墓开棺，取出尸首，将母子制成傀儡人，再将自己的孩子神不知鬼不觉地换进顾家。他明面上是个窝囊的赘婿，被人戏称为“傀儡”，殊不知顾氏一门尽在他的股掌之中。

苏毓依稀记得那人喜欢弈棋，无事便与母亲对局，兴致来时便将他抱在膝上，教他如何布局。

他很喜欢那样依偎在父亲温暖的怀抱中，由父亲握着自己的手，啪嗒啪嗒地落子，却不知他们从一开始就被父亲摆到了棋枰上。

顾苍舒的笑声不绝于耳，夹杂着毒蛇吐芯似的嗞嗞声，辨不清来处，时而在头顶，时而在脚下，时而又来自四面八方，似乎无处不在。

苏毓心中毫无波澜，亦不会为他所扰。

这只是个任人摆布的傀儡罢了。

苏毓熄了夜明珠，向无尽的黑暗望了一眼："顾清潇，出来。"

阵阵回声从空谷中传来。

良久，有人轻声道："阿毓，许久未见。"那口吻与他所知的"顾清潇"判若两人，与他记忆中的那人如出一辙——温文尔雅、谦逊有礼，却绝没有人敢轻忽。

苏毓握紧手中的本命剑，冷笑道："做小伏低这么多年，真是难为你了。"

那人宽容地一笑："你长成今日这副模样，实在出乎爹爹的意料。"

就在这时，耳畔忽然传来疾风之声，苏毓一偏头，带着鳞刺倒钩的鞭梢堪堪从他的脸侧擦过。

顾苍舒得意地道："阿兄，承让了。"

苏毓脸颊上传来针扎般的刺痛，血从伤口渗出来，顺着他的脸颊往下淌。破相了，他心想，这下萧姑娘又得生气了。

这种时候他竟然还操心这种事，连他自己都觉不可思议。然而这念头就像一股涓涓的暖流，流过他心上封冻的荒原，僵冷的身体里又有了些暖意。

周遭一片黑暗，顾苍舒是邪魔之身，苏毓却不能动用灵力，所能依仗的唯有手中三尺长剑。

这次比起去西极取药那回不啻凶险十倍百倍。

苏毓沉下心来，从风声中听辨鞭子的来向和招式，举剑格挡，在方寸之间闪转腾挪，稳如泰山，迅如风电。只听剑刃与玄铁鞭叮叮当当相击不停，电光迸溅。

顾苍舒以为将苏毓诱至归墟之上，苏毓不能动用灵力，取胜定然易如反掌，谁知苏毓的剑法出神入化、变幻莫测，防守得密不透风，几乎无隙可乘；而自己方才在祭台上受了无数道剑伤，修补伤口耗费了大量魔气，此时也已疲惫难支，不敢孤注一掷。

顾清潇道："好，你的剑术已臻化境，将连山剑的'蹈虚抵隙，见机生情'发挥到了极致，凌厉更胜爹爹当年。"顿了顿道，"舒儿，你的鞭法还稚嫩了些，还需磨砺。"

顾苍舒心中升腾起怒焰，从牙缝中挤出一句："爹爹教训得是。"

他说着，暗暗将所剩的魔气全部贯入鞭中，猛然向着苏毓脚下的水晶石柱斜抽过去。这一鞭挟着万钧之力，若是击中，脆弱的晶石柱定会断裂，苏毓便会葬身深渊之下。

苏毓未及细思，一招天霜横剑挥出。他忽然感到脚下的深渊中有什么动了动，他的气海也随之一荡，灵力陡然从经脉中奔涌而出。他将平生所学尽付于这一剑，凛冽萧索的剑意如雪虐风饕。只听叮的一声尖锐的脆响，玄铁鞭竟断成了两截。

“好，好！”顾清潇声音里满是赞赏，“这一剑真是风涛动地，万里霜寒。”

他的声音听起来闲适又怡然，仿佛他只是在指导一双儿子对斫切磋。

苏毓本来想问一句“为何”，真的来到了这里，反倒不想问了。

顾苍舒的长鞭被削成了短鞭，他的气海又空了，他若要再打，便得落到台上，与苏毓在方寸之间短兵相接。

近身缠斗，他定然不是苏毓的对手。正迟疑间，他忽听顾清潇道：“舒儿，不可冒进。你凭借魔气尚且不是你兄长的对手，何况气海已空。”

顾苍舒咬牙道：“爹爹且看。”

他飞身扑过去，扣动鞭樽上的机簧，软鞭缩成三尺来长的硬鞭。

因了顾清潇之言，他越发要显出自己的本事，将短鞭舞得虎虎生风，勇悍如棍，刚猛如刀，每一次出手都是杀招。

苏毓游刃有余地化解，冷笑道：“顾清潇，你也曾是一剑震烁十洲的大能，如今像蛇鼠一般藏头露尾，只会躲在暗处调遣你的傀儡人。像你这样的可怜虫，便是飞升了又如何？”

顾清潇淡然一笑：“你想激怒我。”

顾苍舒却是一愣，身体不由得一顿：“什么傀儡人？爹爹，他的话是什么意思？”

虽然顾苍舒只是愣神了一瞬，苏毓却乘隙出剑，一剑刺穿了他的右肩。

顾苍舒发出一声惨叫。

顾清潇的声音里流露出些许慈爱和怜悯：“舒儿，你在你阿娘腹中时便已死了，爹爹也是不得已而为之。”

他顿了顿道：“爹爹并非有意瞒你，你只是心上比别人多嵌了一块石头罢了，除此之外并无不同。爹爹这些年可曾逼迫你做过什么事？”

“不可能！”顾苍舒大声道，“我不是傀儡人！”

“无妨的，舒儿。”顾清潇温声安慰，“待爹爹得到归墟之力，便能凌驾于天道之上，到时候你和你阿娘都能活过来……”

苏毓冷笑道："活过来？你要的只是言听计从的傀儡罢了。"

顾苍舒的右肩被剑刺穿，他只能将短鞭换到左手，向着苏毓急攻过来，与苏毓相似的面容扭曲狰狞："我要把你杀了！"

他不管不顾地纵身扑来，露出好大一个空门。

苏毓自不会错过良机，一剑刺入了他的心口。

没有金石相击的声音，只有利刃穿过血肉的裂帛声。

苏毓失神道："他不是……"

四周有点点荧光亮起，千万颗夜明珠齐放光明。

岩壁皆是水晶，在明珠的照耀下璀璨夺目，犹如幻境。

顾苍舒疯了一样大笑，一线鲜血顺着他的嘴角淌下来："我不是傀儡人，我就知道！苏毓，阿兄，你杀了你的亲弟弟，哈哈哈哈……苏毓……我恨……"

苏毓双手握住剑身，用力拔出，鲜血喷涌而出，眼前一片血红。

他握着滴血的剑，木然地站在一旁，看着顾苍舒的眼皮无力地垂下来。

顾清潇从上方的水晶台阶上翩然飞下，轻轻地落在水晶台上。他仍是那张俊秀瘦削、略带病容的脸，眉宇间的局促却一扫而空，与当初那个唯唯诺诺的傀儡宗主判若两人。

他整了整天青色的袍袖，瞥了一眼死去的幼子："他不是傀儡人。我将你阿娘放进水晶棺里时，她腹中的孩子还活着。"

"为什么？"苏毓双目中尽是血色，提剑向他直刺。

顾清潇轻轻一让，以两指夹住剑尖："你我父子一场，不必刀剑相向。你心神不宁，剑招也乱了。"

他低头看了一眼水晶台，顾苍舒的血正在慢慢地流入遍布祭台的刻纹中，血色的图案正慢慢地显现。

"血祭一开始便无法逆转，如今做什么都于事无补。"

他微笑着一拂衣袖，两人中间出现一方棋枰："我们父子难得相聚，眼下还有时间，不如与爹爹对弈一局。有什么不明白的，爹爹告诉你。"

苏毓神情木然，慢慢地坐下。

"这就对了。"顾清潇哄孩子似的道，"还是像从前那样，爹爹让你五子。"一边说，一边将五颗白子落到棋盘上。

"为什么？"苏毓抬起眼，凝视着他，"为什么要杀阿娘？"

顾清潇答非所问："你阿娘是个意外。我算到了她会为我生下天命之子，却不曾算到她这样惹人喜爱。我甚至好几次想过就这么与她厮守一生，过完凡人的一世，倒也未尝不可。”他顿了顿，接着道，“不过她太聪明，竟然发现我另有所图。你阿娘真是我见过的最聪慧的女子，可惜她只是个没有仙骨的凡人，不然定有所成。她应该先下手为强，让你外祖派部曲杀了我，但是她心软了，失了先机。说起来你的聪慧和软弱都是随了她。”

苏毓一言不发，死死地盯住棋枰。

顾清潇接着道：“阿毓，你生性坚忍，却像你阿娘一样太过重情，这终究会害了你。”

“你苦心孤诣地设这个局，便是为了归墟之力？”苏毓道。

顾清潇道：“师父传我《归藏易》之事，云中子已经告诉你了吧？”他一边说，一边拈起一颗黑子，啪的一声落在棋枰上。

“《归藏易》运用得当，可以察知上下千年，窥破天机，只不过历代传人都是师父那般谨小慎微、故步自封的人，被所谓的‘天道’‘天罚’缚住手脚，瞻前顾后，畏首畏尾，身怀和氏之璧，却视作顽石，岂非暴殄天物？”

苏毓从棋笥中摸出一颗白子，轻轻地落下：“如此说来，你无所不知，无所不见？”

顾清潇目光一动，执棋的手微微一顿。

“你知道我们身在某个人创造的小世界中，”苏毓道，“所谓的归墟之力，便是这个小世界的力量源头。”他往旁边看了一眼，“我想这万丈深渊之下，大约连着那人的气海。你想夺取归墟之力，便是要夺那人的灵力、修为和仙缘，甚至取而代之，这便是所谓的超脱轮回，凌驾于天道之上。”

他顿了顿：“所谓的祭祀，便是扰动他的心神，令他气海紊乱，经脉逆流，冲破归墟的屏障，你便可以趁机夺取他的一切。我猜得对吗？

“至于为什么要用血亲，我猜是因为那人的经历与我如出一辙，亲眼见过父亲残杀母亲，血亲相残最能唤起他深埋心底的噩梦，扰乱他的心神。”

顾清潇眼中有一瞬间的愕然，随即复归镇静：“你比我料想的还要聪慧。”他无奈地笑道，“只不过木已成舟，你亲手杀死了一母同胞的弟弟，血祭一旦开始便无法转圜。这一局，你还是输了。”

苏毓嘴角一挑，手一扬。

只听得哗啦一声，棋枰被掀翻了，美玉琢成的棋子滚落一地。

顾清潇一惊，脖颈上一凉，剑尖已抵住了他的咽喉。

“这早已不是你的棋局了。”苏毓道，“你好生看看，顾苍舒死了没有。”

他左手两指间捏着一枚白子，向顾苍舒的死穴上轻轻地一弹，那“尸体”一阵抽搐，紧接着发出一声粗喘。

顾清潇的脸上闪过一丝错愕，随即他微垂眼皮，又是那副淡然的模样。

“你是何时发现的？”他悠然地问道，仿佛只是与儿子谈学论道。

饶是苏毓恨他入骨，也不由得有些佩服他的镇定自若。

“你在背后偷偷设局，时不时露出一点蛛丝马迹，让我以为你无所不知，心生畏惧，自乱阵脚，”苏毓缓缓地说道，“但你既然需要安插陆仁这个眼线，可见并非事事尽在掌握中，那时我便知道，有些事是你算不出来的。”他顿了顿道，“或者说，与某些人有关的事，你是算不出、看不到的。”

顾清潇微微一笑：“很好。”

苏毓接着道：“再是归墟和血祭。历来听信传言的不乏其人，但是献祭血亲之人，无一例外地葬身深渊之中。你用几百年来布局，生下我，又把我引到这里，可见必须借我之手才可夺取归墟之力。

“如果只是杀我献祭，根本不必如此大费周章，在我还是个手无缚鸡之力的孩童时动手，岂不是容易得多？所以你引我来的目的不是杀死我那么简单。”

苏毓平静的眼眸中泛起微澜：“你将我引到这里，看似是要让顾苍舒杀我，实则是为了让我杀他献祭。你让我见到变成傀儡人的阿娘，便是要我怀疑顾苍舒也被你制成了傀儡人。

“本来我无法确定，但在我试探你的时候，你迫不及待地认了。”

“是我着相了。”顾清潇眼中赞许之色更浓，“见微知著，有勇有谋，不愧是阿蓁的孩子。你和你阿娘真的很像，我输得不冤。”

苏毓瞳孔一缩，手中的剑一紧，顾清潇的脖颈间出现一条细细的血线：“别提她。”

顾清潇却似一无所觉，毫无惊慌之色。他瞥了趴在地上直抽冷气的顾苍舒一眼，露出顽童般残酷的笑：“同一对父母生出的孩子怎么差别那么大呢？即便不是天命之子，我和阿蓁的孩子也不该是这样的废物。”

他自问自答道：“许是胎中受了惊吓，先天不足吧。这样的残次品也只配做个祭品了。”

顾苍舒的喘息声一顿，接着他整个人蜷缩成一团，像个孩童一样抽噎起来。

顾清潇睨了他一眼，收回淡然的目光：“我棋差一着，甘拜下风。”又笑道，

“你不是一直想替你阿娘报仇吗？这就杀了我吧。”

苏毓冷冷地看着他，长剑稳稳地握在手中，只要往前送上半寸，他便再无生机。

顾清潇往前迈了一步，苏毓随之退后一步。

“你们根本逃不出去。我说过，祭祀一旦开始，就无法逆转，”顾清潇接着道，“除非获得归墟之力，成为超越天道的主宰。”

他换成秘音，声音温柔而蛊惑人心，如毒蛇一般直往人心底钻：“何乐而不为呢？你可以夺取他的力量，取而代之，把你要的人永远困在这个小世界里，你不想吗？”

苏毓执剑的手微微一颤，一滴冷汗顺着鬓角滑落。

他想，想把她留下。

没有那么多前尘往事，没有那些苦难和生离死别，他就是他，她就是她，他们可以永远沉睡在美梦中，做一对无忧无虑的傻子。

“我懂你，阿毓。我们是一样的。杀了我！”顾清潇的声音仿佛从水中传来，“一举两得，既能报仇，又能得偿所愿，只要轻轻一剑……”

那声音停顿了一下，从劝说变成了嘲讽：“你不敢杀我，阿毓。你从小便如此，怯弱，胆小，想要的不敢去争去抢，什么都要人送到你的手上。杀母仇人就在眼前，你都不敢报仇……”

苏毓的眼神一凛。他蓦地回过神来，目光落在自己执剑的手上，只见手背上青筋暴起，里面隐隐有黑气流动；再一看剑刃，已经在顾清潇的脖颈上割出了一条细细的血线。

他忙撤回剑，又将剑尖送出，电光石火间，在顾清潇的双肩和腹上各刺了一剑。

鲜血汩汩地从伤口流出来，顾清潇本就没什么血色的脸颊越发惨白，但他仍然在笑：“你杀不了我，也离不开此地，这就是天命之子，哈哈哈哈哈……”

就在这时，一个身影顺着水晶台阶走下来，环佩轻轻地摇动，裙裾像流水一样滑过台阶。

但除了顾清潇之外，没有人能留意到她的存在。

女子停下脚步，缓缓地举起手中的雕弓，搭上白羽箭，对准苏毓的太阳穴。

顾清潇向台阶上瞥了一眼，露出成竹在胸的神色。阿蓁并非只会相夫教子的闺阁女子，自小便随武师学骑射，弓无虚张，百步穿杨。

“阿毓……”顾清潇笑道，“看看谁来了？”

他一扬袖，傀儡人身上的障眼法刹那间消失了。

苏毓向台阶上望去，看到一张熟悉的脸，浑身的血液仿佛在一瞬间凝固了。

“阿毓……”林蓁唤了一声，将弓拉满。

顾清潇笑道：“你斗不过我的，阿毓……”

话音未落，他突然瞥见青光熠熠的箭镞转了个方向，脸上的笑容一滞。

弓弦震颤，羽箭破空，直直地贯入顾清潇的心脏。

顾清潇一脸错愕，慢慢地倒在地上。

傀儡人放下弓，从台阶上跳下来，俯视顾清潇：“我醒来时什么都不知道，所有的事都是你告诉我的。”

她抬眼望了望苏毓，眼中泪光闪烁：“我是从你口中知道阿毓的。”

她又望向顾清潇：“你说我为了他连命都可以不要，我又如何舍得留他在暗无天日的地下陪我？”

顾清潇觉得眼前开始模糊，抬手揉了揉，嘴角露出自嘲的微笑：“阿蓁……阿蓁……我到底还是输给了你……”即便你百年前已经魂飞魄散。

傀儡人揩了揩他额上的冷汗，拔出贯穿他心脏的利箭。鲜血喷溅，染了她一身，发上的玉凤犹如泣血。

她将一颗小小的纹石嵌入他心口的血洞里，纹石吸了血，从内里透出红光来，慢慢与血肉融合。

消失的神采慢慢地回到顾清潇的双眼中，只是智珠在握的笃定不见了，唯余空洞和茫然。

他慢慢地坐起身，低头看了看胸口的血洞，困惑地问道：“我是谁？”

傀儡人没回答，只是牵起他的手：“我们该回家了。”

顾清潇缓缓地点了点头。

傀儡人走到苏毓的面前，抬起手，似乎想抚一抚他的脸颊，但不等触及他，手便垂了下来。

“阿毓，”她轻唤了一声，“你和我想的一模一样。”

苏毓手足僵冷，无法动弹。

“林蓁要是能看到你，一定会替你骄傲的，”两行泪顺着她的脸颊滑落，“你要好好的啊……”说完这句话，她忽然将顾清潇往台下深渊中猛地一推，然后纵身跳了下去。

苏毓如梦初醒，却晚了一步，只抓住她的一片衣袖。

轻薄的春罗承受不住一个人的分量，刺啦一声裂开。

“阿娘，别走……”他低声道，仿佛回到了那个月色惨白的夜晚，又成了那个守着母亲的尸首不知所措的孩童。

傀儡人从发间抽下玉凤簪，往台上一抛，玉簪磕在水晶上，丁零作响。

“别伤心，阿毓，”傀儡人笑道，“那是我该去的地方……”

话音未落，衣袖断裂，女子像凋零的秋叶，飘然坠向无尽的黑暗中，再也看不见了。

苏毓站在台边，凝望着那片黑暗，片刻后，默然地转过身，拾起白玉簪。就在他弯腰的一瞬间，耳边忽然传来风声——背后有人偷袭。

身体先于头脑做出反应，他反手便是一剑，利刃哧的一声穿透皮肉。

他心头一凛，转过身一看，只见顾苍舒站在他的身后，手上的东西滚落到地上，叮的一声断成两截——不是什么利器，不过是一根束发的玄玉簪，根本杀不了他。

他的本命剑却穿透了顾苍舒的心口，这次没有故意偏开半寸，正中心脉。

那张与他肖似的脸上挂着得意又嘲讽的笑容：“……苏毓，我事事不如你，连生下我的傀儡人……眼里也只有你……”

他抽着气道：“我从一开始……就是养来给你杀的……

“既然如此……弟弟我……就助你一臂之力吧……

“我这一辈子……好歹也赢了你一次……”

他一边说着，一边握住剑刃，手指被利刃割破了也浑然不觉。

“阿兄……”他盯着苏毓的眼睛道，“就此别过了……”

话音甫落，他猛地将剑一抽，闭上眼睛，张开双臂，往后一仰，向着深渊坠去。

苏毓怔怔地站在台边，看着顾苍舒坠向深渊。

他今日才知道这是他一母同胞的弟弟，片刻之前才知道这个弟弟不是傀儡人，还来不及理清该怎么对待这个多出来的弟弟。

他本打算先想办法带顾苍舒出去再慢慢理。顾苍舒做过很多禽兽不如的事，该打得打，该罚就罚，但他从没想过要顾苍舒死。

可是一切都晚了，他没机会慢慢地理清了。世上最后一个和他血脉相连的亲人也离开了他。

他听见弟弟的袍袖在风中猎猎作响，慢慢地就听不清了，因为地底深处有什么在咆哮，如虎吼，如惊雷，如奔马，挟着狂风席卷而来。

那是他从未见识过的力量，仿佛无穷无尽，似要把一切冲垮。

没有肉体凡胎可以承受这样的力量。

顾清潇为什么认定夺取归墟之力，便可以飞升成仙？

顾清潇一介凡人，仅凭一部经书，连与他这个“天命之子”有关的事都算不出，真的可以窥见天机，算计天道吗？

苏毓心头一凛，一种不祥的预感涌上心头。

会不会从一开始，顾清潇就被所谓的“天道”骗了？

那么归墟之力冲破屏障会有什么后果？

祭台上的血色花纹开始流动，发出妖异的光芒。

苏毓的气海随之翻腾，与归墟同源的灵力翻涌奔腾，仿佛要冲开他的经脉，突破肉体凡胎的束缚。

他抬头望了一眼，只见头顶浮着无数夜明珠，犹如夏夜的点点萤火，映出一道望不见尽头的水晶台阶，晶莹璀璨，仿佛冰雪堆出的世界。

他从未感到这个世界如此不真实。

一股寒意爬上后背。

上一世的小顶是怎么死的？

她的伤口在后背上，是被人偷袭而死，杀她的那个人在哪里？

无数个念头在他的脑海中一闪而过。他觉得自己一定遗漏了什么，那片焦土上一定有什么……

苏毓闭上眼睛，小顶垂死的那一幕从记忆深处浮起，这一次他没有错过任何一个角落。

在嶙峋的乱石堆中，他看见了一片熟悉的水蓝色袍角。

苏毓猛地睁开眼，脑海中的闸门打开，记忆似潮水一般涌出——是他的父亲杀了替他护法的小顶，以便夺取他的机缘。

那人也死在了那片山谷中。

他在夷山炼金铸鼎，其中不仅有小顶，还有那个人的残魂。

那个人也来到了这个小世界里。

那个人的修为比小顶高，神魂注定比小顶强，也是不属于这个小世界的存在……

那个人不是顾清潇，他从一开始就知道自己身在小世界里。

《归藏易》才是他的局——据说师祖当年游历四方，得仙人传授《归藏易》，以此为基，开宗立派，传承千年。谁会想到这是一部别有用心的伪经呢？

顾清潇窥见的天机便是那个人让他窥见的天机。

这些念头在苏毓的脑海中转过，只用了一瞬。

苏毓还不知道那个人想做什么，但他猜测，打开归墟一定是那个人计划中的关键一环。

血祭一旦开始就无法逆转，此时唯有献祭之人死去，才能平息天神的怒火。

苏毓的嘴角缓缓地扯出个苦涩的微笑。

小顶此时在哪里？

他突然有点后悔将同心铃交给了金竹，不然至少能知道她身在何处。

他垂下眼睫，看了一眼手腕上用来系铃的红丝绳——她的手艺不好，绳子编得粗细不匀，但他还是不舍得连铃铛一起给出去。

他举起剑，横于颈上，最后看了一眼腕上的红绳，缓缓地合上双眼。

天上有人会替他爱她。

薄刃抵在他的咽喉上，寒凉如冰。

就在这时，深渊下忽然传出一阵哗然的水声，继之以一声怒吼："苏毓！"

这一声似用尽了说话人浑身的力气，甚至盖过了深渊底下雷震般的动静，直击苏毓的神魂。

苏毓像是被抽了一鞭子，执剑的手一顿。

这分明是小顶的声音。

他持剑的手一顿，他疑心自己是不是出现了幻觉。

"苏毓！"又是一声传来，"把剑放下！"

苏毓不知是不是自己的错觉，深渊下的雷震之声似乎轻缓了些。

他睁开眼睛，循声望去，只见下方约莫十里处的岩壁上，有一点夜明珠的微光，隐隐照出个熟悉的人影。

脚下的轰隆声越来越轻，渐渐地复归平静。

苏毓疑惑地放下剑。

小顶气得浑身发抖，叉腰道："你给我下来！"

她刚刚去地宫里找上次那种能把人变成鲛人的池水，预备以防万一——遇到紧急情况时，配合捕鲛阵用，进可以活捉敌人，退可以自保。

谁知她打完水往回走，就快走到出口的时候，只听轰的一声，出口被堵上了。

她把学过的法术都试了一遍，死活出不去，传音也传不出去，只好又回到地宫。

十洲法会那次地宫被震塌了，到处都是碎石断柱，她在废墟中间转了半晌，总算摸进一条通道。

她走了一段，发现通道不止一条，走一段就有岔道，四通八达，简直像迷宫一样。

她不知道外面的情形如何，好在她在给师父的红绳里动过手脚，能据此确定他的位置，感应到他也在地下，便打算先与他会合，再一起找出路。

她吭哧吭哧地走了半天，好不容易找到出口，走出来吓了一跳——她发现出口开在绝壁上，而自己正站在一小块凸起的晶石上，往前一步就是万丈深渊，一个脚滑就没命了。

她连忙往后退了两步，正在惊魂未定的时候，忽然听见上方传来刺耳的笑声。她一抬头，就看见一个黑影从高台上栽下来。

她未及细想，甚至没弄清楚那人是谁，就下意识地把手上的捕鲛袋抛了出去——经过她的改良，捕鲛袋自带泼水功效，泼水、捕鲛一气呵成，还带翅膀。

捕鲛袋把人接住后飞回她的手上，她还没来得及看一眼里面装的是谁，抬头一看，就看到自家师父举起剑要抹脖子。

看到师父总算把剑放下，她一松劲，脚一软，一屁股坐到了地上，哇的一声哭起来。

哭声在空谷中回荡，越发显得声势浩大。

苏毓忙飞身跃下，足尖在岩壁上轻点数下，翩然落在她的面前，把她拉起来一把搂进怀里。

小顶想推他，旋即想起他身后就是绝壁，只得由他搂着，在他的胳膊上重重地咬了一口。

“我知错了。”苏毓飞快地认错。

小顶越发气不打一处来：“苏毓你这……”

她想骂人，却发现自己骂人的言辞十分匮乏，搜肠刮肚半天，只想出一个：“你这龟孙子！”

苏毓抚她的背给她顺气。

小顶骂完心里好受了些，抹抹眼泪，把捕鲛袋给苏毓：“我也不知道那是谁……就觉得不能让他掉下去……”

苏毓打开袋口往里一看，只见鲛袋中满是水，顾苍舒浮在水中，眼神茫然，见有人看他，抬起头一笑，嘴里吐出一串泡泡。

他身上的伤正在快速愈合。

“我往里倒了瓶紫微丹。”小顶道。

没想到最后时刻力挽狂澜，靠的竟是带给她无穷痛苦的东西。苏毓的眼神动了动。他系好袋口，把捕鲛袋塞进乾坤袋里：“你怎么找到这里的？”

小顶又是一肚子气：“我就猜到你会把铃铛给别人！”

她气鼓鼓地把经过简单地说了一遍，担忧道：“不知道师姐、师兄他们怎么样了……”

苏毓道：“一定有通道通向外面，我们先想办法出去。”

顾清潇这人做事一定会留退路，不可能把自己封死在地下。

苏毓觑了觑祖宗的脸色，补上一句：“出去以后任你处置，要杀要剐悉听尊便。”

话音未落，上方忽然传来轰隆隆的巨响，四周的山崖剧烈震颤。

两人忙退入通道中，甫一离开，方才落脚的岩石便滚了下去。

两人顺着通道狂奔，遇到岔路便往上方跑，头顶的轰鸣声越来越响，仿佛有万道狂雷落下。

苏毓瞳孔一缩，有个念头一闪而过：魁罡六锁阵，数千正道，上万魔修，一网打尽，这才是真正的血祭！

小顶感到牵着她的那只手霎时间变得冰凉，担心地问：“怎么了？”

苏毓定了定神：“先尽快找路出去。”

小顶默默地点了点头，用力地握了握他的手。

两人用夜明珠照路，加快脚步往前走。

幸好苏毓将另一只同心铃给了金竹，眼下倒是可以用来辨别地面的方向，也算无心插柳。

苏毓一边走一边在心里盘算眼下的局面。

他防备心重，做事从来留后手，这次也不例外。虽然留在阵外的三百多太璞宗弟子都经程宁仔细筛选过，但他还是不能完全放心，留了个后手以免生变——只是这后手不怎么靠谱。

叶离人机灵，修为不低，剑法虽然常被蒋寒秋耻笑，但也是能在十洲三界排得上号的。他身边还带着阿银和十二个天干傀儡人，应付一般变故绰绰有余，但对上那个人就不知道能支撑多久了。

如果那个人就是向祖师传授《归藏易》的“神仙”，那么他在这世上至少已存在千年，一直不曾度飞升劫，大约是知道自己不能为天道所容，故刻意压制境界。

苏毓推测那人的修为与自己相当，因此可以伪装成低境界的修士，连他也难辨真假。

那个人用《归藏易》来控制顾清潇，将他当作傀儡，顾清潇用陆仁当耳目，因此那个人也会对归藏门派内的情形了如指掌。

但在他们发现陆仁的秘密之后，他就如同被遮蔽了双目。偏偏又到了整个局的关键，他这样的人信不过别人，骨子里又狂妄自傲，一定会亲自来收网。

苏毓脑海中浮现出一张脸——陆仁的秘密被识破之后接近他们的人，就是嫌疑最大的那个。

那人一定与归墟存在某种感应，在归墟动荡后便发动了阵法，想将万余条人命当作祭品。

但是归墟意外平息，一定在他的意料之外。

他的计划注定付诸东流，但他已经暴露了自己，一定会想方设法把他们杀死在阵中。

明面上看他们身在阵中，命悬一线，其实那人未尝不是孤注一掷，背水一战。

地面上，正道修士与魔修正打得不可开交，忽然狂风四起，沙石飞扬，面对面几乎看不清人脸。

头顶黄绿色的酸池水沸腾翻滚，浓郁的硫黄气息弥漫山谷。

蒋寒秋察觉情况不对，一剑捅穿了一个魔将的心脏，高声对师弟们喊道："结震霈阵！"

几人一手捏诀，一手执剑直至天空，口中默诵咒语。

话音甫落，头顶滚烫的池水便哗的一声像瀑布一样倾倒下来，眼看着就要把谷中的修士和魔修化成尸水。

千钧一发之际，沛然剑气自几人剑尖喷涌而出，结成寒冰，将沸腾的酸池水堪堪挡在众人头顶数寸。若是再晚一点，在场所有人都会被这滚烫的酸液化成尸水。

众人不知道发生了什么，有人打得正酣，一时没回过神来，还在叮叮当当地打斗。蒋寒秋气得头顶冒烟，咬着牙道："还打什么打！没看见有人瓮中捉鳖呢？！快来帮忙！"

说话的当儿，那灵气结成的冰层被酸液蚀去了一层，眼看着支撑不了多久了。

元青百忙之中拿胳膊肘捅捅宋明："大师姐怎么骂自己是王八呢……"话没说完，大师姐一个眼刀子扔过来，吓得他赶忙闭嘴。

众人被蒋寒秋一吼，总算回过神来，架也顾不上打了。大家都是一根绳上的蚂蚱，先度过当下的危机再分什么正道魔道吧。

当下双方化干戈为玉帛，纷纷捋起袖子，举起五花八门的兵刃法器，都来给归藏诸人助阵。

各种法术、法咒一起往上招呼，魔气、灵气都往里添，不一会儿，那护阵就变得五彩斑斓，活似一锅腊八粥。

蒋寒秋略微松了一口气，瞪向程宁："怎么回事？你该不会是奸细吧？"

程宁的脸皱成一团："冤死我了……"

金竹照例打圆场："小宁不是这种人，他自己不也在这儿吗……"

蒋寒秋道："那就是你们那破阵有蹊跷。该不会还有别的幺蛾子吧？"话音甫落，一声霹雳响彻天地，电光照得整个山谷雪亮，几百道雷电同时落下，化作一柄柄利剑直插下来。

魁罡六锁阵本是伏魔阵，然而这些剑气所化的利剑却不分敌我，当下有好几个修士和魔修闪避不及，被剑钉在地上。

宋明："……"大师姐这张嘴真是好的不灵坏的灵。

几轮剑雨下来，谷中又多了不少尸体。头顶的护阵不断地燃烧他们的灵力，蒋寒秋估摸着气海已经只剩二三成，连她都是如此，其他人更是捉襟见肘了。

她咬咬牙道："都提防着点，杀招还在后头呢！"话没说完，一阵地动山摇，岩石从峭壁上一片片滚落，被狂风卷着向众人袭来，又有不少人倒地。

这已经不可能是因为阵法出纰漏了。

程宁神色凝重："有人逆转了阵法。外头有三百多个弟子护阵，总不能那三百多人都是叛逆吧……"

蒋寒秋虽不擅阵法，也知道要逆转这样的大阵，除非把那三百多人都策反了。程宁做事一向小心，不至于留下这种纰漏。那只剩下一种可能——那个设局的人用某种方法把三百多个人都控制住了。

恐怕苏毓也未必能做到，那人的修为得有多高？

蒋寒秋脑海中忽然闪过一张脸，心头一跳："糟了，叶离……"

叶离奉师叔之命在路上略做拖延，借机留在谷外以策万全——主要还是盯着太璞宗新上任的宗主，那个真顾苍舒。

于是他带着螣蛇阿银和一干傀儡人在魔域外兜了个圈子，这一兜不打紧，真把自己兜迷路了。

他飞到七魔谷上方一看，只见得雷霆大作，风浪滔天，漫天黄雾中夹着道道电光，悬在阵中央的伏魔剑通体赤红，直往外冒黑气，怎么看都不正常。

叶离立时察觉异样，向傀儡人使了个眼色，一边装作若无其事地靠近，一边悄悄地按住剑柄。

不等他靠近法阵，督阵的右长老带着几名弟子御剑迎上来，作个揖道："叶道君别来无恙？请恕在下有失远迎。"

叶离还以一礼："在下途中因琐事耽搁，未能及时赶到，请冯长老见谅……"话音未落，只听锵锵锵数声，双方几乎同时拔剑，二话不说便战在了一处。

叶离人随性，剑法也是轻灵飘逸那一路，右长老这边则剑势刚猛。两人缠斗得难舍难分，眨眼之间已接数十招。

几十名太璞宗弟子御剑飞来，训练有素地散开，手捏法诀，口中念念有词，片刻之间，一个都天九卦阵将众人笼罩在中间。

傀儡人提剑突围，将密不透风的剑阵撕开一道口子，螣蛇趁机扭动身子，尾巴横扫，将几个弟子从剑上扫落。

立即有其他弟子补上剑阵的缺口。叶离察觉不对，瞥了一眼，却见那些弟子神情呆滞，眼神发直，显然是被人控制了。再一看眼前的右长老，空洞的神情如出一辙。

这位右长老与程宁私交甚笃，留在外头护阵的也都是程宁精挑细选出来的弟子，其中不乏他的亲传弟子。方才他们群起而攻之，叶离便觉蹊跷，眼下心中已确定了七八分，便对傀儡人道："尽量别伤他们的性命。"

对方有三百多人，个个都是元婴后期以上的高手，阵法配合无间，变化多端；叶离他们只有十三人加一条蠢蛇，本就是以少敌多，加上投鼠忌器，就越发落了下风。

叶离在心里暗暗叫屈，他以为自己的任务就是在营地里吃吃喝喝，顺便盯个梢，哪知一来就要力挽狂澜——为什么这种好事不给大师姐呢？

想到大师姐还被困在阵中，他一个恍惚，左臂被右长老的刀刃割开一道长长的口子，鲜血瞬间洇湿了袖子。

他顾不上伤口，咬咬牙纵身跃起。

他们在这里多耽搁一刻，大师姐他们生还的机会便小一分。

叶离正心急如焚之时，忽听天际传来一声清越的啸声，循声望去，只见一只闪着五彩光芒的大红鸟张开宽广的翅膀，犹如一片彤云，划过黑云密布的天空。

叶离喜出望外：“迦陵！”

迦陵身后跟了一串飞禽走兽、妖魔鬼怪，虽看着有些不伦不类，倒也声势浩荡。

迦陵鸟眼珠子转了转：“没用的‘归儿子’，到头来还得老子救你们！”

他一边抱怨，一边在空中盘旋，翅膀一挥，便有几十上百的卷轴朝着太璞宗弟子飞去。

弟子们以为是什么暗器，纷纷举剑格挡，谁知那些东西并不发起攻击，只是悬停在他们的面前。

太璞弟子正一脸茫然，那些书卷忽然唰啦一下齐齐打开。弟子们被卷轴上闪着七彩宝光的字晃得两眼一花，耳边响起循循善诱、温柔缱绻的歌声：“富家不用买良田，书中自有千钟粟。安居不用架高堂，书中自有黄金屋。出门莫恨无人随，书中有马多如簇。娶妻莫恨无良媒，书中自有颜如玉……”弟子们身不由己，一字一句地照着各自的书念了起来。

迦陵得意扬扬地说道：“小的们，给本座上，把那些‘太孙子’生擒活捉！”

众妖手持棍棒，哼哼哈哈地一拥而上，趁着那些弟子被书蛊惑，照着后脑勺便是一闷棍，然后用施了法咒的绳索将他们捆绑起来——动作麻利，一看就知道这种事平常没少做。

螣蛇阿银不明白那些凡人怎么打着打着突然念起书来，歪着脑袋，瞪着一双金瞳。

叶离道：“阿银，盘他们！”

阿银最喜欢盘东西，一听便来了劲，尾巴一扫，把几个修士卷作一堆，砰地扔到地上。

叶离略微松了一口气。

不过这种投机取巧的伎俩对右长老这样修为高深的修士便没用了。

右长老被叶离的剑气逼得后退两步，眼中有红光一闪而过，随即更加迅猛地攻过来。

迦陵拍拍翅膀：“‘归儿子’，我来帮你！”

叶离挡开一刀：“别管我，你去破坏阵眼！”

迦陵鸟一听，便朝着法阵飞去。

叶离叫道：“中间那把剑，用你的离火烧它！”迦陵曾是九天神鸟，离火可克一切邪魔。

话音未落，那右长老忽然灵力暴增，手中长刀光焰万丈，如一条长长的火鞭，劈头盖脸地照着叶离砍落下来。

叶离往右侧一闪，胳膊被烈焰燎了一下，顿时一片焦黑，伤口雪上加霜。

他忍不住痛哼了一声，往阵眼处一瞥，见迦陵鸟口中吐出烈焰，酸池已成一片纯净的火海。

火海中央，伏魔剑变得炽白。

刀再次砍来，叶离强提一口气，正要举剑相迎，忽听背后有利刃破空之声，心中大叫一声不好，若是要避开，便要撞在右长老的刀刃上，无论如何都来不及了。

他已听见利刃穿过布帛，刺破他的皮肉，眼看着就要刺入他的后心。

就在这间不容发的一瞬间，悬在阵中的伏魔剑忽然扑通一声坠入池中，发出哧的一声响。

与此同时，一股白虹般的剑气喷涌而出，将魁罡六锁阵周围的人和妖掀翻至半空。

阿银伸长脖子啸叫不止，在狂风中扭动着身子，颠颠地朝着池中央飞去。

一人随着剑气破阵而出，轻轻地落在银蛇的背上。

叶离背后那偷袭之人不知所终，他在半空中打了几个滚，被一只手拎住后脖领，往旁边一抛。

叶离落在一片绵软的云上，耳边响起个熟悉的声音："自己找药吃。"

这声音一如既往地冷漠讨嫌，但此时听在叶离耳朵里，简直比天籁还动人。

他差点喜极而泣："师叔！"

苏毓乜了师侄一眼，没搭理他。

紧接着，其他人接二连三地自阵眼中飞出，有身着蓝衣的太璞弟子，也有一身墨黑的魔修。

双方面面相觑，不知该不该继续打下去，毕竟片刻之前他们还在勠力同心、同舟共济，一脱险便开打似乎有点说不过去。

蒋寒秋却已飞身上前，与右长老打成一团。

程宁对着魔修道："魔君已死，诸位若就此归降，弃暗投明，我等便网开一面……"话没说完，一个魔将举刀振臂一呼："为圣君报仇雪恨！杀光伪道！"

程宁捏了捏眉心，疲惫地提起剑："……行吧。"

正魔双方又打成了一团。

苏毓踏着螣蛇径直向岸上飞去。

阵法的边缘，最不起眼的角落里，有个褐色的身影。

苏毓从蛇背上跃下，看了一眼面前头发花白，脊背微微佝偻的老人，冷声道："别来无恙，我该叫你顾忠，白宗主，还是苏正阳？"

老仆人慢慢舒展身躯，挺直腰背，混浊的双眼变得清澈明净，流溢着年轻的光华，虽然仍是鸡皮鹤发，却与先前判若两人。

"你怎么猜到那个白景昕是假的？"他饶有兴味地问道。

苏毓道："他死得太容易。"

那时候他去大衍复仇，两人过了数千招，白景昕忽然一招疏失，露出一个致命的破绽，被他一剑削下首级。

这失误对于白景昕这样的顶尖高手来说很不应该，苏毓当时便心存疑惑，今日见到傀儡人将慧心石嵌入顾清潇的心脏，方才想通其中的关窍——那"白景昕"的心脏中嵌着慧心石，背后之人为了不让他察觉这个秘密，这才故意露出空门，让他削断脖颈。

大衍历任宗主练的都是千面之功，谁也不知道他们全都生着同一张脸，根本就是同一个人。

"那你怎么笃定我是顾忠，不是顾公子呢？"老人眼中含着笑意。

苏毓提起剑，霜刃指向他的咽喉："因为你卑琐、可怜、可笑，只会躲在阴影里搞这些阴暗勾当，名为正阳，却永远见不得光。"

苏正阳目光微冷："无是则无非，是非皆虚妄。你得道成仙，却不悟真道，可悲可叹。"

苏毓不是来与他论道的，冷声道："道不同不相为谋，拔剑吧。"

话音甫落，锵的一声清响，顾忠剑已出鞘，摆出个起手势："你我也该有个了断了。"

老人眼中精光一闪，横剑一挥，磅礴剑气喷涌而出，如山风海涛席卷而来——竟是连山剑中的决云一式。

苏毓挺剑相迎。两人的修为在伯仲之间，一青一白两道剑气，一道雄浑沉厚，一道轻灵缥缈，如两条蛟龙纠缠撕咬，难分胜负。

两人各自退后两步，随即几乎同时纵身跃起，双剑在空中相击，发出当啷一声嗡鸣。

苏毓被震得心口一痛，一股腥甜的血气涌上喉头，被他强压了下去。

苏正阳却是游刃有余，发出沙哑的笑声："你的根骨确实远胜于我，不过在这个小世界里，我毕竟比你多活了数千年。"

苏毓一言不发，提剑猛地向苏正阳腰间疾刺，灌注灵力的剑身闪着微蓝的光芒，细看有点点霜花。

苏正阳猛退一步，转向他的左旁，照着手腕横刺而去。

苏毓手腕急翻，避开这一剑，挽个剑花，反手向苏正阳持剑的手腕挑去。

两人过了数百招，苏正阳的招式千变万化、层出不穷，不拘于某一门某一派，奇招怪招迭出，甚至有很多招式化自归藏的连山剑。

苏正阳道："千面之功不仅指面貌，亦指剑法、术法之变化万端。"

苏毓冷笑："领教了。"却不急不躁，始终以连山剑迎击，剑意虽轻灵，剑招却浑沉，大巧若拙，对上令人眼花缭乱、变幻莫测的奇招，也不落下风。

苏正阳道："你知道我为何要你杀了白景昕吗？"

苏毓不答。

苏正阳接着道："因为我收回那块慧心石别有用途。"

苏毓心头微微一颤。

"两千多个弟子，一块石头，你猜哪一个是我的傀儡人？"

苏正阳向苏毓的左胁横刺一剑，被苏毓避开。他又不慌不忙地连斫数剑："我和你那位小友在同一个丹炉中共生千万年……"

他避开苏毓的寒刃，剑风将苏毓的颈侧割破一道口子："我太熟悉她的气息了，我的傀儡人也是。"

苏正阳接着道："什么隐身的手段都没用。"

不远处，一个炼虚期的太璞弟子正和魔修打斗，手上忽然一顿，像是受到了某种召唤，蓦地腾空而起，以迅雷不及掩耳之势向着某一处直刺，剑锋所指是空旷无人之处，却分明传来一声丝帛破裂之声。

苏正阳笑道："可惜，第一剑未能命中。你不去救她，她可要死了。"

苏毓瞳孔一缩，浑身的血液似要燃烧起来。

哧的一声，这回却是利刃穿透皮肉的声音。

"我能杀她一次，便能杀她第二次。"苏正阳道，"这位姑娘对你真是情深义重，上一回我杀她的时候，她怕你前功尽弃，捂着嘴不敢叫出声来，怎么你都不回头看一眼吗？"

他微微眯眼，感觉到沉寂的归墟，又开始翻腾起来。

又传来哧的一声响。

苏正阳道："真可怜啊……"话音未落，苏毓的嘴角却微微一弯。

苏正阳察觉不对，侧头望去，却见仰天倒在血泊中的不是萧顶，却是他的傀儡人。

那个曾经坏他大计的小姑娘，一手提着剑，一手挥着顶绿帽子，脸上挂着得意的笑。

就在他分神的刹那，苏毓忽然向后跃出数丈，将气海中的全部灵力灌注到剑上，向着苏正阳猛劈过去。

这一剑倾注了千万年的恨意、痛苦、遗憾，如万窍怒号，怒极而静极，有如玄冬肃杀，天地为之变色，万鬼为之哭号。

苏正阳胜券在握的笑容瞬间凝固。他仓皇间举剑相挡，只听当的一声响，他手中的剑断成了两截。苏毓在半空中变招，转劈为刺，寒光闪闪的薄刃刺穿了他的胸膛，离心脉只有毫厘。

"这一剑是阿娘的。"苏毓一边说一边抽剑，随即又是一剑，"这是弟弟的。"

紧接着苏毓使出第三剑："这是我的。"

苏正阳张了张嘴，双膝一软，慢慢地倒下，双眼失神："阿……阿蓁……"

苏毓手中之剑飞舞不止，将他的血肉一点点锉下来："这是小顶的。"

片刻之间，那个曾经带给他无尽痛苦和仇恨的人，在他眼前被千刀万剐了。

他用染满鲜血的剑支撑着自己，木然地看着眼前的血雾。

有人拿走了他的剑，换成一只温暖的手，纤细的手指插入他的指缝里，与他紧紧地扣在一起。

"我说过我的剑法很好的，"小顶靠在他的身上道，"那个傀儡人是炼虚期修士呢……"

苏毓低下头吻她的鬓发，淡淡的香气萦绕在鼻端，像一个美好静谧的梦。

小顶看着渐渐消散的血雾，轻声问道："是不是都结束了？"

苏毓刚要应是，头顶的天空中忽然传来隐隐的雷声，乌云间电光闪耀。

他抬头望了望天，扯出一个苦笑："我的大雷劫好像提前到了。"

话音刚落，一道天雷向着他的头顶直劈下来。

第十二章　终圆满

正魔两道正打得天昏地暗，忽听得天际闷雷滚滚，哐的一声巨响，白龙般的闪电划过长空，天地为之一震，山石轰隆隆滚落，万壑中狂风怒号，激流奔腾，仿佛有一头巨兽要挣脱牢笼，将天地吞噬。

在场的都是修士，一见这声势便知不是寻常雷电，顾不上再打，纷纷结起护阵。

归藏诸人迅速聚拢起来，结成四象阵护体。

“小顶和苏毓去哪儿了？”蒋寒秋在狂风飞沙中一边向叶离吼道，一边四处张望。

又是一道闪电劈落，巨响湮没了叶离的回答。

“师叔在那里！”金竹指着远处道。

众人循声望去，恰见第三道雷电自苏毓的头顶贯入。

叶离：“师叔莫非是在度雷劫？”

“这祸害！”蒋寒秋骂道，“度个雷劫搞出毁天灭地的阵仗！”

叶离在两道雷电之间见缝插针道：“师叔是几重境来着？”

金竹道：“似乎是七重吧？”

宋明：“我记得也是。”

苏毓在西极度雷劫跨境界的事只和云中子提了一句，师侄们都不清楚他已至八重境。

度雷劫这种事旁人帮不上什么忙，众人只能耐心等待，并在心里默数。

七道、八道、九道……二十七道。

二十七道雷电劈完，天空中依旧电闪雷鸣，一道道霹雳落下，没有停的意思。

众人大惑不解。

“莫非师叔已经度过七重境的雷劫了？”叶离道。

金竹汗颜：“想必是了……”他们真是太不关心师叔了，度雷劫这样的大事，竟然也没有去恭祝一下。

那么这回是八重境升九重境的大雷劫了，一共是七七四十九道。

他们继续默数，不一会儿，四十九道也过了，雷电仍然一道接一道地落下。

众人心头一凛：莫非是飞升劫？

天雷落下的一刹那，苏毓只来得及推开小顶，从干涸的气海中挤出最后一点灵力，迅速结了个护阵将她笼罩住。

他甚至连打坐都来不及，随即以空虚的气海、枯竭的经脉，承受突如其来的大劫。

他如今是度劫期八重境，意味着劫雷有四十九道。

在令人心惊胆战的震响和炫目的白光中，他看见小顶神色焦急，嘴一翕一张，虽听不见声音，也知道她在喊他。

他冲她笑笑：“别担心。”

这么多艰难险阻都跨过来了，不过一个雷劫而已，他一定能挺过去。

雷电像一把把利剑贯穿他的神魂，他一边用剑支撑着自己，一边在心里默数。

四十五、四十六、四十七……

他眼前一片模糊，但仍然朝着小顶的方向弯了弯嘴角。

四十八、四十九……

终于结束了，他心里刚一松，便听訇的一声响，又是一道雷落下。

苏毓脸色一变。莫非他恍惚间数错了？

紧接着又是数道雷落下，明白无误地告诉他，这事还没完。

苏毓愣怔片刻，明白过来，这是大劫和飞升劫一起来了。

他抬头望了一眼天空，有些哭笑不得。他这天命之子真是名不副实，天道简直和他有仇。

苏毓起先还默数，渐渐地失去了五感，再然后是知觉。

有什么东西像水一样缓缓地流进他的意识。很快，他明白过来，那是千万年的记忆，一点一滴，汇成一条无尽的河流。

那些凌乱纷杂的片段被修复、补全，变得完整而连续……

他记起自己抽出一缕神魂投入小世界中，然后以身挡下七百二十九道九天玄雷——擅改命数是逆天之举，一旦被天道察觉，必有灭顶之灾，何况夷山铸鼎时还让罪大恶极之人的残魂混入了。

即便是金仙之身，七百多道玄雷也足以让他神魂寂灭。

他的确只是一缕神魂，也是仅剩的一缕了。

苏毓一个激灵清醒过来，封闭的五感重新打开，狂风沉雷之声再次灌入耳中。

最后三道天雷相继劈落，狂风骤歇，群山寂然，整个世界仿佛陷入了沉睡。

苏毓拄着剑缓缓地站起来。

他听见脚步声由远及近，鼓点般地踏在他的心上。

一人张开双臂抱住了他。

他抬手抚了抚她颤抖的背脊："别哭，我没事。"

云破天开，一道金光自黑云间洒落，将两人笼罩在其中。

光芒越来越盛，苏毓感到神魂的剧痛被慢慢地抚平，破碎的经脉迅速愈合。

小顶感到自己像是徜徉在光的海洋里，耳边响起缥缈而清越的琴箫声，浑身上下无比舒服，心中充溢着温暖和喜悦。

一股清风吹来，不等她回过神来，双脚已经离开地面。

这感觉与御剑驾云大相径庭，她感到自己的身体轻盈得像羽毛，像水面上升腾的雾气。

"师父，我们这是……"

苏毓亲了亲她的发顶中心："要飞升了。"

小顶大惊失色："怎……怎么就……"

她不是才到元婴期吗？

一个愣神的工夫，他们已飞至云端，耳边的乐声越来越清晰。

她依稀听见蒋寒秋的声音自下方传来："大师姐在喊我……"话音未落，四周光芒大盛，变成一片耀目的白色。

她不由自主地闭上眼。

再睁眼时，她已回到九重天的丹房，眼前是一头白发、双目紧合的青冥仙君。

她这才发现，仙君和师父的容貌分明是一样的，她进入小世界的时候却忘了。

她低头看了看自己，发现满是尘土血污的归藏道袍成了一尘不染的素白纱衣。

小顶仿佛做了一场悠长的梦，有种恍如隔世的感觉。

她试着轻轻地唤了一声"仙君"。

青冥仙君的长睫微微地颤动了两下。

他缓缓地睁开双眼，眼中有熟悉的笑意。

小顶对上他的眼神，不知怎的忽然松了一口气。这是仙君，但神态中分明有师父的影子，他的目光少了几分沉重和孤寂之感。

“仙君……师父……”小顶挠了挠腮帮子，磕磕巴巴地说道，“我该怎么叫你……”

苏毓站起身，把她搂在怀里：“随你喜欢。”

青冥仙君和连山君都是他，在取回记忆的那一瞬间，心结便迎刃而解。他既是一，也是全部。

小顶有一肚子的疑问，不知道从哪里开始问起，半晌才问道：“我其实不是炉子成精吧？我们是不是早就认识了？”

她变回炉子那三年，时不时会做些奇怪的梦，梦里都是苏毓和她，醒来记得的很少，但她总觉得那些不只是梦，而是实实在在发生过的事。

苏毓点点头：“你的神魂还未完全恢复，慢慢会想起来的。若是急着知道，我带你去看三生镜。”

小顶迟疑了一下，摇摇头：“还是等自己想起来吧，反正记不记得都是我。”

苏毓一笑，心想：她看着没心没肺，其实一直是更聪明豁达的那个。

小顶环顾了一下四周，仙君性子冷又喜静，这仙宫四处都静悄悄的，像个冷冰冰的雪洞，不比九狱山热热闹闹。

她垂下眼帘：“可惜都没来得及道个别……”

大师姐，儿子，碧茶，师伯，师兄，陆仁，阿亥，红豆包……

她心头忽然一跳：“我们回来了，那个小世界还在吗？”

苏毓颔首：“在，小世界一诞生就一直在那里了。”

小顶长出了一口气，随即想起再也见不到他们，眼眶慢慢地红了起来，委屈地说道：“我才到元婴期，怎么就飞升了呢？”

她瞥了一眼苏毓，恍然大悟：“我是你带飞升的！我是鸡犬升天那个鸡犬……”

苏毓没好气地在她的脑袋上弹了一下：“哪有这么说自己的？”

小顶蔫头耷脑地说道：“早知道你要飞升，我就不来抱你了……”她可真是一失足成千古恨。

苏毓乜了她一眼：“这么想见他们？”

小顶双眼倏地一亮：“能见吗？”

苏毓的眼中闪过一丝促狭："能啊，等他们飞升上来就能见到了。"

小顶一下子泄了气，慢慢地瘫倒在地上："这得等多久啊……"

苏毓掐指一算："最快的是云中子，倒也没多久，也就三五百年吧。"

小顶："……"

"他们上不来，你不能下去吗？"苏毓捏了捏她的脸，"傻子。"

小顶腾地坐起身："真的？"

"嗯。"

"那赶紧走吧！"她说着便去拽苏毓。

"现在还不成。"苏毓道。

小顶的脸顿时一垮："为什么啊？"话音未落，脚下一空，人已被男人打横抱了起来。

苏毓的薄唇在她的耳垂上摩挲了一下："因为有要紧事。"

小顶愣了愣，双颊微微一红："啊！"

她低头往某处瞅了瞅："那个……又行了？"

苏毓："……"

他倒是想，也不知道她那颗"葵花拔毒绝欲断根丹"是怎么炼出来的，药效如此顽固，脱胎换骨飞升一次都摆脱不掉。

当然，这话他是不会说的。

他低头在她的唇上不轻不重地咬了一下，义正词严地说道："萧顶，你怎么满脑子都是这些东西？！"

小顶不服气地哼了一声，他这不是倒打一耙吗？

苏毓抱着她走出丹房，穿过长长的回廊，穿过数道宫门，眼前是浩瀚无垠的云海，一座座仙山浮在云上，山间是美轮美奂的宫殿。

苏毓把小顶放下，手指微动，便有一片云飘来。

小顶好奇地问道："我们去哪里啊？"

苏毓道："去天宫上玉箓。"

"上玉箓有什么用？"小顶问道。

"没什么大用，"苏毓道，"不过上了玉箓才能合籍。"

小顶："……"

上完玉箓，出了宫门，小顶看着手里的玉板，上面写着苏毓和她的名字、生辰八字，从今往后他们便是经过天道认证的道侣了。

苏毓小心翼翼地收起玉板，放入怀中："现在萧仙子可以下凡了。"

天上一日，地上一年。

七魔谷正道魔道那场大战已经过去了大半年。

谁都没料到，一场混战竟会以连山君得道飞升收场。

白日飞升几乎是所有修士的梦想，但从古至今，谁也没亲眼见过。那些传说中飞升成仙的大能，有一些其实是灰飞烟灭、尸骨无存，门徒弟子为给门派贴金便东诳西骗。

连山君飞升却发生在众目睽睽之下，作不得假，更离谱的是他不但自己飞升了，还带了个徒弟。

魔修们之所以修魔道，一大原因便是不相信真有人能白日飞升，因此将正道视为"伪道"，如今却是不信也得信了。

魔君不知所终，魔修们又亲眼见证奇迹，一时间士气大泄，顿时溃不成军。

蒋寒秋等一干归藏弟子都受了或轻或重的伤，好在性命无虞，总算全须全尾地回了门派。

门派中出了两个正经飞升的仙君仙子，归藏自是名声大噪，一跃成为十洲第一大宗门。

飞升是大喜事，不同于一般的生离死别，可两个亲人般的同门就这样不告而别，再也不能相见，大家嘴上不说，心里都不太好受。

最不好受的是云中子。弟子们至少是亲眼看着苏毓和小顶飞升的，他却连最后一面都没见着，就这么跟亲手拉扯大的师弟"天人永隔"了。

这半年来，他本就稀疏的头发又少了不少。

这一日，他在房中闭目打坐，忽听门外响起熟悉的脚步声。

他心头一颤，随即自嘲地一笑，觉得自己一定是听差了。

"何人在外头？"云中子道，"是金竹吗？"话音未落，竹帘唰的一声被人撩开，一个熟悉的身影站在门口，嘴角含笑："师兄，我们回来了。"

小顶从他身后探出头来："师伯。"

云中子难以置信地揉揉眼睛，看看这个，看看那个，仍旧不敢相信："真的回来了？"

苏毓点点头，从怀中取出一张大红洒金的喜帖："请师兄赏光，来掩日峰喝杯薄酒。"

云中子一时没反应过来："这是……"

苏毓一脸矜持，偏过头看小顶，眼角眉梢的笑意藏也藏不住。

小顶眉眼弯弯："师伯，我们合籍啦。"

苏毓和小顶去九重天转了一圈又回来了，自然在门派中引起了轩然大波。

内门诸人闻讯立即赶到大昭峰居处。

天上一日，地上一年，两人只是去天宫上个玉箓，对他们来说分别不到一天，对其他人来说却是久别重逢。

苏毓没什么离愁别绪，耐着性子等小顶和同门说完话，撒了喜帖，然后迫不及待地拉着她回了掩日峰。

两人到了掩日峰，傀儡人和灵虎迎了出来。

小顶自打被丁一掳走便不曾回过掩日峰，和阿亥他们实打实有三四年没见了。

灵虎长得慢，仍旧是小小一个白毛团，蹦蹦跳跳地扑过来，把小顶扑倒在地，照着她的脸舔。

苏毓推开它的脑袋："去。"

灵虎又喵喵叫着去扑苏毓，一爪子下去，就把他仙气飘飘的道袍撕成了布条。

折腾了半天，苏毓终于忍无可忍，把那些没眼色的家伙通通轰走了。

此时已是月上中天时分。

小顶在小院子里转了一圈，每间屋子都推门进去看看，陈设器物仍旧是她离开时的模样，这里的时光仿佛是停滞的。

她摸摸这个，碰碰那个，心满意足地感叹道："总算回来了。"

苏毓从背后抱住她，在她的耳边轻声道："萧道侣。"

小顶心里有丝丝的甜意荡漾："苏道侣。"

男人从她的耳后吻到耳垂，呼吸喷吐在耳朵上，小顶觉着痒，偏头躲开，被他顺势含住了嘴唇。

浅尝辄止到疾风骤雨，再到温柔缠绵，这一吻像他们走过的路那么长。

不知过了多久，苏毓平复了一下炽热而急促的呼吸，哑声道："我去沐浴。"

小顶想也没想便道："我和你一起去。"

苏毓目光闪烁："你折腾一天也累了，先歇会儿。"

小顶也没多想，只当他体贴自己，从善如流地往榻上一歪。这具躯壳是他们在小世界中的肉身，在飞升时也重塑过，伤痛全消，气海充盈，没什么疲惫感。

不过这一天里发生了太多事情，她也的确想歇歇。

小顶却不知苏毓心里另有一番计较。

他们在天上只过了一日，但下凡套上的这具肉身是按着小世界的时间来算的，已经度过了大半年，那要命的断根丹总算失效了。

不过他生性谨慎，这开天辟地的第一遭，事关他身为上仙的尊严，他绝对不容许有任何闪失。

趁着沐浴检查一下他才能放心。

他取出换洗的衣裳，深深地看了道侣一眼，充满暗示地说道："等我。"

小顶四仰八叉地躺了一会儿，不见苏毓回来，闲着没事，便惦记起云中子的头发来——几年未见，师伯的头顶简直有些触目惊心，要是她能炼出生发的丹药就好了。奈何她以前试过许多次，炼出来的丹药只能让本来有的毛发变长，却不能让掉了的重新长出来。

等等……她如今可是已经得道成仙了，虽然这飞升有点虚，但好歹她也是上了天宫玉箓的正经仙子，法力当然不是区区一个元婴期修士能比的。非但是师伯的生毛丹，以前没炼成的丹药她现在都可以试试，比如给碧茶的堵胸丸，还有给陆仁的瞩目丹，给叶师兄的财源滚滚丹……

小顶一骨碌从榻上坐起来，随即潜入灵府，热火朝天地炼起丹来。

苏毓再三检查，确定体内没有断根丹的药性残余，这才踌躇满志地走出浴池。

回到卧房，他先将被褥和帐幔都换了一遍——虽说房中日常有傀儡人打扫，但这是他们合籍后第一次同床共寝，按照凡间的习俗算，便是洞房花烛了，修道之人没那么多繁文缛节，可也不能太敷衍。

待把房间布置一新，他又点起一对红烛——夜明珠的光太清冷，烛火有种尘世的温暖；没有燃香——便是九天上的灵香也比不上她身上的香气。

苏毓环顾四周，见没什么纰漏，这才往东轩走去。

他打起门帘一瞧，却见小顶正在盘腿打坐，双目紧合，显然是入定了。

苏毓走到身后，环住她的肩："时候不早了，去睡吧。"

小顶听到声音睁开眼睛："我在炼丹，今晚不睡了。"

她本来以为以如今的修为，生毛丹一定是手到擒来，谁知却低估了秃头的棘手程度，转念一想，若是生发那么容易，天庭也不会有那么多谢顶的老神仙了。

苏毓："……明日再炼。"

小顶很有几分不撞南墙不回头的劲头，坚决地摇摇头：“我就不信炼不出来。”

她敷衍了事地在苏毓的唇上碰了一下：“你去隔壁玩吧。”

苏毓：“……”

他不想显得太急色，只得道：“我先去躺着，你也早些安置。”

小顶心不在焉地嗯了一声，又一头扎进了灵府里。

苏毓从二更天一直等到四更天，去东轩一看，小傻子还是没出定，只得叹了口气，用清静诀把经脉里汹涌躁动的阳气压了下去。

小顶把配方改来改去，炉火烧了一整晚，总算在天光大亮时大功告成。

她不敢就这么把丹药拿去给师伯，虽说里头用到的药材没毒性，但若是吃下去没效果，师伯的一腔期待岂不是落空了？

她思忖片刻，目光落在屋子一角的虎窝里。

灵虎猫在窝里睡得正熟，恍惚间被人一把抱了起来。它困惑地睁开眼，打了个哈欠，还没来得及喵一声，嘴里就被塞了个苦东西。

小顶捏住它的嘴，估摸着丹药化了，又给它塞了颗糖：“红豆包乖。”

灵虎不明就里，不过有糖吃也就不计较了。

约莫过了一刻钟，它忽然觉得身上有点痒，忍不住喵喵叫着满地打滚。

小顶伸手挠挠它的肚子：“忍一忍，很快就好啦。”

不一会儿，红豆包安静下来，乖乖地趴在地上，不一会儿，一撮一撮的毛从它的头上、背上生出来。灵虎本来也不缺毛，又长出许多，整个成了只蓬松的毛团子。

“成了！”小顶把红豆包抱在怀里一顿猛摸，打了个滚，在它的圆脑袋上重重地亲了一口，随即叫阿亥帮忙去大昭峰送药。

待傀儡人离开，她打了个哈欠往地上一躺，眼皮便耷拉下来。

苏毓打完坐走到东轩，便看见道侣四仰八叉地躺在地上呼呼大睡，一探经脉和气海，知这傻子是灵气消耗过度。

他叹了一口气，把她抱起来放到床上掖好被子。

那么久他都等了，不差这一两日。

云中子收到阿亥送来的丹药，关上大门，沐浴焚香，又给祖师、师父的神位上了香，这才颤抖着手打开青瓷小药盒，把这颗来之不易的珍贵丹药服了下去。

药刚服下没什么动静，傀儡人带话说要等上一刻钟，云中子忐忑不安地盯着镜子，眼睛也不敢眨一下。

时间一点一滴地流逝，一刻钟过去，他忽然觉得头顶生出股痒意，心中顿时一喜。

果不其然，伴随着越来越强烈的瘙痒，一簇簇的发茬从他稀疏的发根处冒出来，迅速长成乌黑油亮而柔顺的长发。

云中子摸着新长出的头发，差点老泪纵横——他有多久没体会过这种蓬松丰盈的手感了？

几百年来，上至师祖、师父，下至师弟和年幼无知的弟子，没事就摸他的毛，生生把他一只毛量丰沛、傲视全族的狐中骄子给摸得羞以原形示人，连人形都大受影响。弟子们虽不当他的面说什么，但总是若有似无地往他的头上瞟，露出同情又忧心的眼神。

最凄凉的是那日他去紫玉峰讲授心法课，走进课室，发现小崽子们正凑在沈碧茶周围看最新版的“十洲三界美男榜”。

一见他进来，沈碧茶以迅雷不及掩耳之势把书合起来藏到案下。

虽然她及时给自己贴了水膜，但云中子还有什么不知道的？他回头悄悄派傀儡人去山下买了一本，翻开一看，发现自己的排名掉到了三十开外——这也罢了，他本就不在意这些虚名。可他一看旁边的降等缘由，心顿时碎成了八瓣——“初露谢顶之兆”。

如今可好了，云中子欣慰地抚着厚实浓密的秀发，心里想着怎么轻描淡写地向师弟和徒弟们炫耀一下他生机勃发的新头发。可就在这时，他的胳膊和双腿忽然开始发痒，一股不祥的预感从他的心底升腾。

他赶紧捋起袖子，只见胳膊上正往外冒白毛。

云中子心里一咯噔，又卷起裤腿，发现腿上长的竟是绿毛！

不等他回过神，痒意从四肢蔓延到躯干、脖颈和脸颊。

不多时，他浑身上下就长满了各色长毛，除了黑白以外竟有七种之多！

小半个时辰后，蒋寒秋收到师父的召唤，急急忙忙赶到大昭峰，掀开帘子走进堂中，冷不丁看见一只七彩大毛团蹲在榻上，正用一双前爪捧着面铜镜顾影自怜。

蒋寒秋吓得喊了一声“娘亲”，随即拔剑，横眉立目道：“哪里来的妖怪？！”

“寒秋，是我。”那毛团发出个熟悉的声音。

蒋寒秋：“师师师……师父？”

毛团恋恋不舍地放下铜镜，抬起前爪，拨开头顶潇洒的长毛，露出埋在毛里的一双粉白尖耳朵，把吃药生发的事情简单扼要地说了一遍，末了道：“寒秋，为师打算把掌门印传与你。”

蒋寒秋大骇，比看到彩毛妖怪还惊恐，当即退到门边，仿佛随时准备拔腿就跑：“不，弟子不堪大任，师父你老人家三思……让小师妹炼颗解药就是了，千万别想不开……”

彩毛狐狸偷偷瞄了一眼铜镜，对自己绚烂夺目、油光水滑的皮毛甚是满意。试问哪只狐狸不想拥有这样的皮子呢？

他抬起爪子捂住长毛里伸出的小尖嘴，老成持重地咳嗽两声，一本正经地解释道：“非关此事，为师早有此意，你近来性子沉稳许多，已能独当一面，为师本就志不在此，如今可以放心地退位让贤了。”

蒋寒秋连连推辞：“不不，弟子资历浅，修为低，我们归藏如今是天下第一大门派，可丢不起这个人。弟子要担此大任，少说也得再磨炼个千八百年。”

她都快哭了——谁都知道一当上掌门就得坐镇门派，从此以后只能领一份死薪俸，其他财路便彻底断了。

彩毛狐狸语重心长地说道：“你不必妄自菲薄，为师相信你。”

蒋寒秋：“……要不传位给苏毓吧？我看他闲得很，也该为门派出点力了。”

云中子叹了口气：“你师叔喜静，又怕麻烦。”

蒋寒秋转念一想也是，按照苏毓的德行，没准就拍拍屁股回天上去了。他回天上倒也没什么不好，她在剑修榜上又能前进一位，不过他势必要带着小顶走，那她就得不偿失了。

蒋寒秋盘算了一番道：“要不让金竹当吧？横竖他也管顺手了。”这家伙又不差钱。

云中子一盆凉水泼下来：“你二师弟早晚要回去继承家业的。”

“那叶离……”蒋寒秋一出口，自己先把嘴闭上了——叶离比她还穷呢，知道了准得跟她拼命。

剩下几个，程宁在太璞宗逍遥快活，肯定不肯回来——太璞宗不比归藏，左长老可是个肥差；四、五、六、七师弟就更不靠谱了。蒋寒秋心一凉，云中子伸出毛爪子拍拍她的胳膊：“你是大师姐，只好多担待点了。”

他顿了顿道：“好在如今是你小师妹当家，你和你师叔当年打的赌就一笔勾销了，往后你就不用再给他上贡了。”

蒋寒秋这才略感宽慰，吸了吸鼻子，心里感叹还是她家小仙女心善。

她感慨了一会儿，猛地回过神来：“那师父你老人家呢？”

云中子道：“本家前阵子送信过来，说族里这几年添了不少小崽子，成日漫山遍野地疯跑，族老管不住，想送来我们这里收束收束。我寻思着辟个书院专收蒙童，迦陵手下那些小崽子不是也很好学吗？正好一起收进来……”

蒋寒秋：“……”他们那是好学吗？那是被鞋底板逼的。

不过看到师父两眼冒精光的样子，她没忍心说。

总之木已成舟，总不能让师父顶着一身彩毛主持门派内外事务，蒋寒秋只好捏着鼻子认了。

不多时金竹、叶离他们也都知道了这事。金竹为人厚道，还知道宽慰她几句；叶离和宋明、元青笑得腰都直不起来，被蒋寒秋追着打了两座山头。

蒋寒秋满肚子的愁苦无法排遣，她一想穷都穷了，不如今朝有酒今朝醉，索性叫师弟们去山下凤麟城逛花楼喝花酒去了。

这种好事自然不能漏了小师妹。可他们师姐弟几个都知道师叔成天扒着小师妹不放，谁也不想去触师叔的霉头。

几个人只好猜拳决定谁去做这倒霉事。

蒋寒秋时运不济，喝口凉水也塞牙，果然输了。她抬脚一踹叶离的屁股：“赢的去。”

叶离：“……”

蒋寒秋阴恻恻地笑：“怎么，有意见？”

叶离：“……不敢不敢。”

小顶消耗了大量元气后，整整睡了一天，到傍晚才醒。

她和师父两人一起去大昭峰看了云中子，小顶十分过意不去，忙承诺一定尽快炼出解药，不想云中子却对药效十分满意。

“小毓，你看师兄这身毛，要不要摸摸看？”他说着便把头伸过来。

苏毓嫌弃地退开两步：“不必了。”

云中子有些失落：“你小时候可喜欢摸我的毛了。”

小顶露出艳羡的眼神——灵虎的毛可没有狐狸的那么长。不过知道师伯是真正感到开心，她总算放下心来。

两人在大昭峰用了些清淡的酒食，又与彩毛师伯聊了会儿，随即回了掩日峰。

苏毓吸取了昨日的教训，状似不经意地抬头望了一眼：“今晚月色不错，时候还早，不如去后山走走？”

后山有一方泉池，雾气缭绕，泉水腻滑，有补气疗伤、缓解痛楚之功效。四周草木扶疏，兰芷芬芳，环境静谧清幽，很适合赏月谈心，更适合“深入交流”。

他预先备好了小顶最喜欢的百花酿，还有几种她爱吃的鲜果点心。万事俱备，只欠东风，届时花前月下，迎风浅酌，她总不能再想着炼丹了吧？

小顶不疑有他，欣然道：“好啊。”

两人手牵着手，沿着崎岖蜿蜒的山间小径漫步，不知不觉走到泉池边，只听泉水泠泠淙淙，煞是悦耳。

苏毓停住脚步，指着池边平滑的白石道：“走了这么久乏了吧？这里景致不错，不如坐下歇会儿。”

小顶这躯壳虽然是肉身，但也没有走几步路就累的道理。然而苏毓已经自说自话地走到石头边，从灵府中取出酒壶、酒杯和点心瓜果，一股百花酿的气息迅速弥漫开来。

小顶肚子里的馋虫立时被诱了出来。

苏毓斟了酒，两人对酌数杯，都有些微醺。

柔风吹拂，月色醉人，此时什么都不必说，一个眼神便胜过千言万语。

苏毓抬起手，长指将她的一缕发丝拨到耳后，慢慢地抚上她的脸颊。

小顶抬起下颌，闭上双眼，朱唇微启。

就在这时，苏毓的耳畔忽然铃音大作，是云中子的传音咒。

他二话不说掐断了传音咒。

小顶睁开眼睛：“师伯的传音，掐断了不要紧吗？”

苏毓道：“稍后再说。”

一只彩毛大狐狸能有什么要紧事？

他托着小顶的腰，俯下身去，两人双唇即将相触的时候，忽听身旁的水池里哗啦一声巨响。

小顶睁眼一瞧，不由得瞪大了眼，只见泉池中水浪翻涌，一个鲛人破水而出，银尾在月光下闪着粼粼的光。

鲛人款摆长尾向他们游来，尾鳍舒展在水中，犹如银色的轻纱；游到池边，他半个身子浮出水面，趴在白石上，拨开湿漉漉的长发，露出半张脸，却是顾苍舒。

他的脸本就与苏毓有六七分相似，在细碎摇动的水光中越发相差无几了。

小顶看了一眼，脸颊莫名发起烫来。

苏毓把小顶往自己身后一带，挡住了她的视线。

铃音再一次响起，这回苏毓没掐，云中子的声音响起：“小毓啊，在忙什么呢？方才忽然想起件事忘了同你说。你飞升时掉了个捕鲛袋在地上，金竹捡了带回来，发现里头是顾苍舒。我们也不知该怎么处置，太璞宗也不愿接手，我就做主养在你后山的池子里了。如今你回来了，看看该怎么办吧。”

苏毓：“……”他竟把这一茬给忘了。

他捏了捏眉心，瞪了眼这糟心的亲弟弟，只觉棘手。

他在原来的世界也有个未出世的弟弟，在苏正阳杀他的母亲时便胎死腹中。

小世界里的弟弟活着出世了，却又被顾清潇养成了这副鬼样子。

如今他也不知道该拿这个弟弟如何是好。

小顶从灵府中取出师父上回交给她的若木灵液，默默地放到他的手里。

她不喜欢顾苍舒，但这是苏毓唯一一个血脉至亲，这事该让他自己决定。

苏毓握着瓶子看着一脸懵懂无知的鲛人，沉默良久，终究还是把药瓶还给了小顶。

他这弟弟一辈子活在怨恨、嫉妒和不甘中，如今这样对弟弟来说未尝不是好事。

鲛人睁着无辜的大眼睛望着他，似乎不明白他的脸色为什么这么沉重，冲他咧嘴一笑，甩了甩尾巴，转身潜入水中，很快就游远了。

苏毓在池边站了一会儿，转身对小顶道：“回去吧。”

出了这档子事，两人一时没了风花雪月的心思。苏毓取了衣裳去沐浴，小顶在房中随手翻着丹药谱，耳边忽然响起了铃音，一看是叶离。

“三师兄，找我什么事啊？”

叶离战战兢兢地问道：“小师妹，我们去山下的凤麟城玩，你去不去？”

小顶纳闷：“大晚上的玩什么啊？”

叶离的声音发飘：“就……喝喝酒，聊聊天，大师姐他们都去……”

“好啊，”小顶一口答应，“我和师父说一声。”

断了传音咒，她便跑到净室门口，冲着里头喊：“师父，我和师姐、师兄们出去玩啦。”

苏毓：“……大晚上去哪里玩？”他好不容易平复了心绪，准备把他们命途多舛的洞房给圆上，谁知道又出幺蛾子。

小顶道：“去凤麟城里喝花酒。”

苏毓眉毛一挑，这还得了？他从池子里走出来，施法弄干身体，披上衣裳，走出去一瞧，那没良心的小傻子已经跑得没影了。

凤麟城就在九狱山山脚下，小顶却是第一次来。

城池不大，但背靠着归藏，繁华不下于平洲和郁洲的大城，虽是人定时分，城中大道上依旧人喧马嘶，十分热闹。

蒋寒秋带着一众师弟师妹和师侄，轻车熟路地来到城中最豪华的酒楼。

店家一见天青色道袍，知是归藏内门道君，忙将他们迎入楼上雅间。

小顶环顾四周，只见到处都张挂着轻纱帷幔，旁边是雕花描金嵌宝钿的栏杆，往下可以看见楼下大堂中间的琉璃台，台上有一群穿着清凉的猫妖在翩翩起舞。这些猫妖有男有女，发间露出尖耳朵，脖子上系着金铃，细长的尾巴高高翘起，随着柔媚的舞姿轻轻款摆。

小顶跟踪师父的时候也去过酒楼茶肆，偶尔也有丝竹舞乐，不过与这里的气氛不太一样。那些猫妖扭腰摆胯的样子有种说不出的妖娆，她一个喜欢圆球的炉子也不觉看呆了。

不一会儿，几个美貌的狐妖端着酒肴上来。

小顶闻到酒壶中的香气，吸了吸鼻子，好奇地问道："这是什么花酿的酒啊？"

执壶的白狐少年眯起眼睛一笑："回仙子的话，此乃敝店自酿的夕月白，非以花酿成。"

小顶纳闷地看向师姐："不是说喝花酒吗？"

众人顿时笑得前仰后合。

那白狐少年掩嘴轻笑，眼波一荡："仙子是第一回光顾花楼吧？真是爱人……"说着斟了一杯酒，翘着兰花指递过来。

他一双眼睛微微吊梢，眼尾淡扫薄朱，显得眼角越发长了，乍一看有些像苏毓。

小顶呆了呆，酒杯已经凑到了她的唇边。她吓了一跳，忙接过杯子："我……我自己来就行了。"一不小心把半杯酒洒在了身上。

那白狐少年从袖子里抽出一条香气馥郁的帕子："奴家替仙子擦擦……"

小顶吓得躲进蒋寒秋怀里，小声道："大师姐，我们能不能喝不带花的酒？"这花酒太吓人了。

蒋寒秋乐不可支，逗了她一会儿，这才对那几个狐妖挥挥手："你们退下吧，换两个莺娘来唱曲。"

狐妖们嬉笑着退了出去，不一会儿，两个着羽毛裙的女子走进来，一个抱着箜篌，一个抱着琵琶，边弹奏边唱起婉转柔靡的曲子来。

小顶松了一口气，安心地吃菜喝酒。

她平日喝的都是师父自己用花果酿的淡酒，这夕月白入口甘甜清冽，后劲却足。小顶不知不觉多饮了几杯，只觉脑袋发沉，对面的几个师兄都有了叠影，三个变六个，六个变九个……

她揉了揉眼睛，扑通一声栽倒在地。

蒋寒秋无可奈何，只得将她抱到屏风后的软榻上。

其余人继续聊天喝酒。

几人酒量参差不齐，最好的是蒋寒秋和叶离，金竹、宋明和元青相继醉倒，只剩下蒋寒秋和叶离还醒着。

叶离抬眼觑了觑蒋寒秋，只见她的双颊被酒染成了霞色，眼神略有些迷离，眉眼便柔和了许多，与平日那个一言不合就拔剑砍人的大师姐有点不一样。

他只觉喉头有些发紧，端起酒杯饮了一口，烈酒入喉，如同添了一把火，好像一路从喉咙口烧到了他心里。

他放下杯子，复又端起，手指在杯壁上搓来搓去，良久终于下定决心，清了清嗓子道："大师姐……"

蒋寒秋丝毫没察觉他的异常："小叶子，我问你，苏毓和小顶成婚你打算送什么礼？"

不等他回答，她接着道："他们什么都不缺，不过毕竟是小师妹出嫁，得尽一份心意，太寒酸了不行。"

她抓了抓头发："啊啊啊，穷死了！"

叶离抿了抿唇，眼神微微一动："不如我们合籍吧？"

蒋寒秋抬起眼睛瞅他："啥？"

叶离像往常那样嬉皮笑脸地说道："我们先下手为强，在喜宴之前合籍，这样不就能省下一份礼了？"

蒋寒秋抬手往他的后脑勺上一拍："这什么馊……"

"等等，"她眼神忽然一变，在师弟的肩头重重一拍，"脑袋瓜不错啊小叶子，我们再办个酒，还能反过来收别人的礼，哈哈哈……"

叶离："……"

"不过咱们得约法三章，"蒋寒秋道，"钱归我管，杂事归你。"

叶离咬咬牙道："成。"

蒋寒秋又补充道："崽子也得你生。"

叶离："……大师姐，这我真不能代劳。"

蒋寒秋皱着眉头想了想，似乎没法反驳，让步道："那就你来养吧。"

叶离一口答应。

蒋寒秋大喜，钩过叶离的脖子，在他的脸上重重地亲了一口："真乖。"

"那事不宜迟，我们来合籍吧！"蒋寒秋兴冲冲地捏诀施咒，一张空白的灵契出现在两人面前。

蒋寒秋用手指在半空中勾勾画画："成了，盖章。"

叶离揉了揉额角："大师姐，你那是灵宠契。"

蒋寒秋："啊？"

叶离飞快地重写了一张，蒋寒秋连看都没看一眼，啪地盖上神识印。

"小叶子，来来来，"她掰过师弟的脸，"让道侣亲一口……"

叶离心一空，不等他说什么，双唇便被堵了个严严实实。

第二天清晨，蒋寒秋从睡梦中苏醒，发现自己不知怎么回到了灵均峰的卧房中，衣衫不整地躺在床上，腰酸腿软，脑袋里昏昏沉沉，像是在梦里练了一晚上的功。

她回想了一下昨晚的事，想不起来自己是怎么回来的，只记得其他人都醉倒了，只剩下她和叶离，他们还商量给小师妹送什么礼来着，似乎也没商量出什么结果，后来的事就不记得了。

不记得就不记得吧，她搓了搓眼皮，打算给叶离传个音问问，正要捏诀，忽觉被子下面有什么动了动，一条光裸的手臂搁在她的腰上："大师姐，怎么不多睡会儿？"

蒋寒秋仿佛被雷劈中，浑身一僵："叶……叶……叶离，你怎么在我床上……我们没那什么吧？"她在心里大喊：快说没有！

叶离把她的肩膀扳过来，让她面向自己："你看看我。"

他说着解开腰带，掀开衣襟，褪下衣裳，露出肩头，只见他白皙的脖颈上满是一点点的红痕，左肩有个深深的牙印，胸膛上有几道指甲抓出的血痕。

蒋寒秋目瞪口呆："这不是我干的吧？"

叶离转过身，将衣裳褪到腰际，露出后背，背上的抓痕更多，一道道纵横交错，简直触目惊心。

蒋寒秋倒抽了一口冷气，忙拉起被子盖住他，来个眼不见为净。

叶离好整以暇地看着师姐："要不要看看腿上？"

"不必了不必了……"蒋寒秋忙道。

铁证如山，她想抵赖都不行。她心虚得不敢对上师弟的眼睛："那什么……我喝醉了，不是故意的……”

“昨晚师姐把剑架在我的脖子上，逼我跟你回灵均峰圆房时可不是这么说的。”叶离道。

蒋寒秋捋了把头发：“师姐这事做得不地道，不过……你也没抵死不从，我俩也算你情我愿对吧？要不就当没这事，别坏了同门情谊，你说怎么样？”

叶离道：“大师姐是想吃干抹净不认账？”

蒋寒秋：“……”她的确是这么想的。

叶离抬手凌空画了一道，一张闪闪发光的灵契出现在两人中间。

蒋寒秋一看，却是张合籍灵契，下面赫然盖着她的神识印。

“现在后悔已经来不及了。”叶离支颐看她，嘴角含着笑。

不知是不是因为流着魔族的血脉，他的眼瞳乍一看是黑色，有光斜照过来时却泛着金色，看着有些妖异邪性。蒋寒秋的目光落在他肩头的咬痕上，嗓子眼有点发干，她不由自主地咽了咽口水。

叶离坐起身：“再来一次？”

蒋寒秋：“再来一次。”

苏毓一直等到大半夜，想传音催促，又觉小傻子难得与师姐弟出去玩，自己这么催着难免扫她兴，点灯熬油似的等了半天，总算等到叶离和蒋寒秋把小顶送回来，却发现她醉得不省人事。

蒋寒秋和叶离也醉得不轻，一身酒气不说，还勾肩搭背、眉来眼去的，看着就讨人嫌。

苏毓接过小顶便要轰他们走，蒋寒秋道：“等等……”

苏毓挑挑眉：“还有什么事？”

蒋寒秋伸手往叶离的怀里掏，掏了半天，掏出一把染成桃花色的象牙签子，看着是酒楼里用来行令的物事。

“我们合籍了，”她抽出一支，乐呵呵地说道，“这是喜……喜帖……你和小顶来喝杯水酒……别忘了多带礼金……”

苏毓：“……”

不等他说什么，蒋寒秋便钩着叶离的脖子扬长而去。

苏毓看看手里的象牙签，只见原来的字被人用剑草草刮去，新增了两行歪歪扭扭的金字——还真是喜帖。

蒋寒秋聒噪的声音隔着墙传过来："道侣走，咱们圆房去……"

苏毓看看自家道侣，顿时火冒三丈，恨不得立时劈了那对狗男女泄愤。

几杯夕月白让小顶昏昏沉沉地睡了大半日，醒过来已近黄昏，衣裳换过，酒气很淡。

她唤了声"师尊"没人应答，坐起身撩开帐幔一看，只见案上摆着食盒，小火炉上煨着清粥，却不见苏毓的人影。

小顶随即传音给他。

"睡醒了？"苏毓的声音几乎立即传了过来。

"嗯。"小顶打了个哈欠。

"头还疼吗？"

"不疼，就是有点涨。"小顶摁了摁太阳穴。

"食盒里有醒神汤，再喝一碗。"苏毓道。

小顶嗯了一声："你在哪里啊？"

"有点事，晚些回来，"苏毓道，"你趁现在多睡会儿。"

小顶没听出他话里有话，断了传音，起床洗漱，吃了点东西，便去和灵虎玩。

苏毓一直忙到天黑才回来，沐浴更衣毕，对小顶道："我带你去个地方。"

小顶一听能出去玩就来了劲头，宿醉那点眩晕也不在意了。

"把眼睛闭上。"苏毓道。

小顶不明就里地闭上眼睛："要去哪里？"

话音未落，脚下一空，他们已经离开了地面。

小顶听见耳边传来呼呼的风声，忍不住把眼睛睁开一条缝，正好对上师父含笑的眼睛。

"不许偷看。"苏毓屈了屈手指，便有一条红绡覆住了小顶的双眼。

不一会儿，小顶闻到一股熟悉的草木清香："我们是在后山吗？"

"嗯，快到了。"

小顶有些失望："还是去后山啊？"她还以为能出去玩呢。

两人继续飞了一会儿，耳边传来潺潺的水声，苏毓道："到了。"

话音甫落，他们便从云头上坠了下去。

小顶只觉头重脚轻，不自觉地抱紧了男人的腰，脸紧紧地贴在他的胸膛上。

片刻后，她的双脚落在了地上。

眼前的红绡隐去，小顶看清周遭的景象，不由得吃惊地睁大了眼睛。

他们站在一棵巨大的合欢树下，面前是一方三丈见方的热泉池，池畔栽满了各种果树，桃、梨、杏、梅、樱桃、荔枝……枝丫在池上纵横交错，几乎遮蔽了夜空。

树上满是含苞待放的花蕾，枝叶间悬着无数颗夜明珠，果林仿佛浮在星河中。

岸边还有几间竹屋，窗户敞开着，隐约可以看见里头临窗的小几、画案，还有垂着红纱帐幔的床榻。

小顶熟悉后山的每一寸土地，从未见过这些果树和房舍。

她张口结舌："这些都是你一天里弄出来的？"

苏毓淡淡地嗯了一声："泉池不能用了，便重新辟了一个，正好把上回我们商量的果林也种上。"

小顶半晌说不出话来，虽说可以用法术，可一日之内要捣鼓出这些也着实不易，师父真是太有耐心了。

"看好。"苏毓弯了弯嘴角，抬手捏了个诀。

一阵暖风吹来，刹那间所有花蕾同时绽放，桃红李白，千堆粉雪，迎风轻轻摇曳，送来阵阵芬芳。

小顶忍不住屏住了呼吸。

"喜欢吗？"苏毓环住她的腰，低下头望着她的眼睛，深长的眼梢微带点红，像是染上了桃花色。

小顶点点头："太好看了。"

景好看，人也好看。

她忍不住搂住他的脖颈，踮起脚凑近他，舌尖像羽毛拂过他："真甜。"

环在她腰间的手臂陡然一紧。

小顶和道侣在新辟的林子里住了三日，双脚几乎就没怎么沾过地。

苏毓似乎是对那断根丹耿耿于怀，憋着一股子劲，要把耽搁的时日弥补回来。

可眼看着喜宴的日子一天比一天近，总得留出时间来安排，于是第四日晌午，苏毓还是挣扎着从被窝里钻了出来。

他正站在床前穿衣，一双胳膊冷不丁从背后圈住了他的腰。

小顶把脸贴在道侣的后背上，手在他的肚子上轻抚了两下。

她本来是喜欢圆润腰身的，但许是爱屋及乌，如今看他的瘪肚子也不觉丑了。且腰细也有腰细的好处，换个圆肚子她决计抱不过来。

小顶一向是有些手瘾的，苏毓的肌肤细腻光滑，手感很是上乘，她便顺手伸进他的衣襟里摸了两下。

“去哪里？”她打了个哈欠道。

她刚睡醒，说话有气无力的，还有些大舌头，听着格外娇慵。苏毓心神一荡，随即把心一横，心想：明日再说吧，也不差这一天。

到了第二日，苏毓鼓起勇气要出门，结果外头飘起了小雨；第三日风有些大；第四日他干脆连借口都懒得找了。

就这么明日复明日，终于有一日他恍然惊觉喜宴就在三日后，而他们还没着手筹备！

小顶很不能理解他的焦躁。她浑身上下软绵绵的，像是被人抽掉了骨头，一根手指都不想动弹。

她懒洋洋地说道：“不就是请大家来吃两顿饭吗？去山下城里买点现成的酒菜，凝玑楼的就挺好吃。”横竖大家都辟谷了，也就是吃个意思。

苏毓：“……”谁成亲从那种地方订酒席？

“对了，还可以请他们家的猫妖来跳舞。”小顶双眼发亮，“那些猫妖跳得可太好看了，大师姐说后头还有歌舞戏呢，有一出什么狐妖三戏高僧，听说特别精彩，可惜我醉倒了没看到，不如叫来演一出，热闹又喜兴。”

苏毓斩钉截铁地拒绝：“不行。”一想到他们喜宴上演什么狐妖戏高僧，他就忍不住打了个寒战。

小顶遗憾地叹了口气——她这个道侣别的都好，就是有些讲究。

不过成亲是两个人的事，且道侣对这事显然比她上心，她便不再坚持，妥协道：“那你看着办吧。”

两人回到院中，苏毓立即叫来傀儡人把任务分派下去——聘礼妆奁要置办，嫁衣婚服要现做，府邸要修缮布置，筵席仪仗都得安排妥当……二十二个傀儡人全部出动，一个个忙得脚不沾地，焦头烂额。

苏毓也知道时间紧迫，难得咬咬牙大方一次，让傀儡人随意雇人，随意支取灵石。

可有很多事不是有灵石就能办到的，连山君的要求又多又细，足足写了二十八卷纸，巨细靡遗，大到典礼过程，小到碟子的颜色、花纹，一应都有规定。

傀儡人们忙活到大婚前一日，却遇上了大麻烦——从郁洲订的鸾凤半道上被只山鸡勾搭走了一只，多出一辆仪车没人拉，等对方补却是来不及了。

若是换个好说话的主人，换只灵兽凑合便是，但他们伺候的可是位祖宗。

“要不干脆减去两辆？”阿亥提议。

旃蒙在他的后脑勺上拍了一下：“说你缺心眼，你就缺心眼，少了两辆不就凑不满二十八了？”

“那换只灵兽凑合？”阏逢不怀好意的目光落到在花丛里扑蝴蝶的灵虎身上，“红豆包，过来！”

灵虎转过头，耳朵动了动：“喵？”

众傀儡人打量着只有绣球那么大的小老虎，半晌，大荒落道：“不合适不合适，道君要十四只灵兽、十四只灵禽。”

“对啊，”众人都耻笑阏逢，“你也缺心眼？”

他们正商量对策，忽有一道红色的影子从他们眼前一闪而过。

几个傀儡人忙提剑相迎，只见红芒和刀剑的寒光交织闪动，片刻后，不速之客被傀儡人一举擒获，却是妖王迦陵。

阿亥看看一身红衣被割成碎布条的妖王，无可奈何地道：“公子，你又来偷小顶夫人啦？”

迦陵鸟不屈地哼了一声。

“你娘都给你找好后爹啦，”柔兆坐在台阶上，晃着腿说着风凉话，“天要打雷娘要嫁，还能咋的……”

迦陵脸涨得通红：“谁要‘归孙子’当爹？！”

“那可由不得你。”柔兆眯缝着眼道。

傀儡人中唯独阿亥是看着迦陵长大的，素来与他亲厚，忙劝道：“大叽叽公子，小顶夫人在睡觉呢，你也早些回去歇息，明日早点来吃席，啊。”

柔兆见缝插针地拱火：“没准明日就有弟弟妹妹和你做伴了。”

阿亥瞪他一眼：“小丙你就少说两句吧！”他说着捏诀，准备给牡丹传音，让它把他们家殿下领回去——如今只有这纸人治得住这无法无天的大公子。

强圉忽然站起身：“慢着，我们不是缺只灵禽拉车吗？”

阿亥的手一顿。

众傀儡茅塞顿开，都不怀好意地盯着迦陵健硕的胳膊和胸膛。

迦陵毛骨悚然，一边往后退一边骂：“假‘归儿子’！你们要干吗？放开我！”

当晚，几百个傀儡人一边吹吹打打，一边将苏毓的聘礼抬到小顶的院中。

聘礼足有二百八十抬，礼单展开望不到边。

小顶扫了一眼，只见上面各种法器、珠宝、稀罕药材应有尽有。

“这些都是给我的？”她问道侣。

苏毓微笑颔首：“自然。”

小顶眉头一皱，一针见血地道：“所以你还藏了私房钱？”

苏毓脸一僵，笑容凝固在嘴角：“我没有……”

阿亥道：“小顶夫人有所不知，道君在大库之外还有一个小私库，他交给你的是大库的钥匙，小库里的宝贝着实不少呢……”话没说完，他的嘴不翼而飞。

苏毓无奈地从袖子里摸出小库的钥匙：“本打算明日交给你的。”

小顶接过钥匙收好，面色稍霁：“下不为例。”

婚礼虽是走个过场，但这一晚两人还是按礼俗分居两处。云中子在大昭峰给小顶腾了个院子，几个师姐、师兄一起张罗布置，陈设雅致又精简。

蒋寒秋搂着小顶的肩头道：“归藏就是你娘家，我师父就是你娘，我是你亲姐，他们是你亲哥，要是苏毓敢欺负你，我们帮你出头。”

彩毛狐狸：“……”

叶离：小师妹不欺负师叔就不错了，听说昨晚师叔连私房钱都充公了，真是闻者落泪。

翌日，小顶照例睡到日上三竿，刚起床洗漱完毕，蒋寒秋和沈碧茶便来了。

两人帮她梳起发髻，换上二十八只蜘蛛精不眠不休三个晚上赶制出的喜服，插戴上簪钗首饰。

小顶从乾坤袋中取出一支白玉凤簪，小心翼翼地簪在发上。

凤簪上有道细细的裂纹，用金补过。

梳妆毕，小顶望着镜中盛装打扮的自己，不禁有些陌生。她扶了扶云鬓，转头问沈碧茶：“碧茶，这样穿好看吗？”

沈碧茶扶额：“好看！天仙下凡都没你好看。哦，对，忘了你就是下凡的天仙本仙……啊啊啊，我的朋友不但是天仙，还有个神仙道侣。我的道侣在哪里？门派能不能分配一个美男子给我？”

蒋寒秋拍拍她的肩：“别急别急，会有的，你看连我都有了。”

沈碧茶：“大师伯你这是赤裸裸的炫耀。”

蒋寒秋咧嘴一笑：“没错。”

沈碧茶：“嘤！”

三人东拉西扯地聊了会儿，便听外头响起由远及近的鼓乐声。

蒋寒秋捋起袖子，拍拍腰间佩剑："金竹他们不顶用，我去拦门。碧茶你在这里陪着小顶。"

她昂首阔步、气势汹汹地走出去，便看见一身红衣的苏毓骑着螣蛇阿银从远处飞来，后头跟着二十八驾珍禽异兽拖着的云车。

苏毓长年累月一身白，乍然穿身鲜亮的衣裳，倒是人模狗样，饶是蒋寒秋与师叔有宿怨，也不得不承认，他和小顶站一起郎才女貌，宛如一对璧人。

但门还是要拦的。

苏毓从云端落下，向彩毛狐狸行了个礼，扫了师侄和侄孙们一眼，除了蒋寒秋之外，其他人都齐刷刷地往后退了一步。

蒋寒秋瞪了一眼胆小的同门："要你们有何用？！"

说着她锵的一声拔剑出鞘："要娶小师妹，先问问我的剑。"

苏毓并不拔剑，只是抱着臂乜了叶离一眼，挑了挑下颌："当真？"

叶离忙不迭地拽住自家道侣，低声道："别，别，小秋，少安毋躁！少安毋躁……别忘了我们过几日也要成亲……"

师叔这人睚眦必报，今日蒋寒秋使绊子，过几日他能把叶离打得三个月不能洞房。

蒋寒秋一怔——怎么把这茬给忘了？

苏毓嘴角一扬，趁着小两口拉拉扯扯的当儿，一个销金咒扔出去，金锁瞬间熔化，大门缓缓打开。

小顶和碧茶正一边吃着甜瓜一边用离娄镜看着门口的情形。

沈碧茶啧了一声："没想到大师伯也这么不顶事！"

她急急忙忙地站起身，拿帕子打湿了给小顶擦手："快别吃了，你男人来迎亲了。"

小顶一块瓜啃了一半，舍不得扔，一口气全塞进嘴里。

苏毓打起帘子，便看见小顶腮帮子鼓鼓的，一看就是在偷吃东西。

他倚在门边，眼中的笑意和柔情水一般流淌："萧姑娘，该出门了。"

小顶好容易把瓜咽下，抚了抚心口，上前牵住苏毓的手。

两人携手并肩出了院子，李圆光等人带头起哄喝彩，往他们身上撒花瓣。

小顶看了眼天色，时候还早，喜宴要黄昏才开始，师父似乎来早了。

"我们这就回掩日峰吗？"她问道。

苏毓道："先去向师祖、师父的神位行个礼，知会一声。"

众人簇拥着两个新人到了祠堂。

苏毓和小顶从云中子爪中接过香，对着神位行礼。

苏毓道："师祖，师父，弟子今日……"话说到一半，两个神位中噗噗冒出两股青烟，不一会儿凝聚成两个缥缈的影子。纯元道君冲着徒弟挤眉弄眼："好小子，有你的，真给师父长脸。"说着对着自家师父的虚影伸出手，"老头你看，我就说我不会算错吧！你偏说小毓能娶到媳妇除非太阳打西边出来，赌输了吧？香火拿来……"

师祖的元神不情不愿地伸出手，一股银光从他的手心流入徒弟的手中。纯元道君的元神顿时变得实了一些。与此同时，师祖变得更虚了。老头瞪了徒孙一眼，气鼓鼓地钻回了神位里。

苏毓："……"

纯元道君笑眯眯地安慰道："老头就这臭脾气，别放在心上。"又转向小顶，"真是个好孩子，小毓这孩子脾气不好，臭毛病又多，真是难为你了。"

苏毓："？"

小顶忙道："师祖说哪儿的话，你放心，我会好好待师父的。"

苏毓总觉得这话哪里不对，捏了捏眉心道："你老人家没别的事就请回吧。"

纯元子一脸委屈："小毓你怎么这么绝情？为师特地留了一缕元神，就是想亲眼看你成婚……"

"所以你们在我的婚礼上闹鬼，还拿我打赌？"苏毓冷笑，"真是多谢了。"

纯元子对小顶比了个口型："看看，臭脾气。"

小顶忍不住笑起来："师祖也去掩日峰喝杯喜酒吧。"

苏毓刚想说不必了，纯元子抢先道："好啊好啊，还是我徒孙孝顺。"

他说着转过头："大狐狸，你来抱着我的神位。"

云中子只得毕恭毕敬地把神位端起来。

众人正要离开祠堂，忽听神案上砰砰作响，循声望去，只见师祖的神位正在案上蹦跳。

纯元子道："老头也想去，不好意思说，急得直跳脚。"

云中子只得把师祖的神位也端上。

众人热热闹闹地出了祠堂。

苏毓扶着小顶登上云车，自己骑着螣蛇在前引路，其余宾客骑鹤的骑鹤，御剑的御剑，缀在迎亲队伍后面，一起向掩日峰飞去。

到得掩日峰时，红日已经西斜，峰上早早点起了灯烛，苏毓将库里所有夜明珠和琉璃宝灯都取了出来，整座山峰犹如缀满了繁星。

峰顶的云台上已经结起了青庐。

螣蛇和云车降落在云坪上，苏毓扶着小顶下了车，与她十指紧扣。在众人的簇拥下，两人执手并肩走进喜帐中。

彩毛狐狸将师祖和师父的神位摆在案上，整了整衣冠。

“一拜天地——”

苏毓和小顶对视一眼，深深地拜下。

“二拜高堂——”

苏毓没好气地看了一眼两块神位，小顶牵牵他的袖子，他这才心不甘情不愿地跪下行礼。

“乖，乖，”纯元子喜笑颜开，“请起请起。”

“夫妻交拜——”

苏毓垂眸看了一眼小顶，笑意随着眼波荡漾。

行罢拜礼，两人被送入喜帐，在帐中行了同牢礼，饮了合卺酒，彩毛狐狸道：“礼成——”

帐中灯火辉煌，苏毓眼神灼灼：“小顶，我们成婚了。”

小顶一阵恍惚，眼眶莫名湿了，似乎等这句话等了很久很久。

“新郎官、新娘子亲一个！”沈碧茶高喊。

众人都跟着起哄：“亲一个！亲一个！”

苏毓脸一黑，小顶却大大方方地凑上前去，在苏毓的嘴角亲了一下。

苏毓心跳漏了一拍，右手抚上她的脸颊，偏头在她的唇上印上一吻，帐中的灯火却在双唇相触的一刹那尽数熄灭。

沈碧茶嗷地叫了出来，一手揪着心口，一手抚着额头：“我的天！我要晕过去了！我要死了！”

年轻弟子们跟着起哄，青庐中顿时一片鬼哭狼嚎。

西门馥用折扇敲敲沈碧茶：“人家萧顶成婚，又不是你嫁人，你怎么比她还激动，一会儿哭一会儿笑的？”

沈碧茶白了他一眼：“要你管！我就是喜欢看人成婚怎么了？”

西门馥：“我看你自己想嫁人。”

沈碧茶狠狠地瞪他：“我就是恨嫁怎么了？碍着你了？”

苏毓传了个秘音给师兄下逐客令：“你们去前厅饮宴吧。”

他顿了顿道："别忘了把神位带走。"

云中子只得招呼众人离开，宾客都是归藏弟子，连山道君积威甚重，也没人敢当真闹他的洞房。

众人出了青庐，去前厅饮宴。厅中灯火通明，丝竹绕梁，身着红衣的傀儡人端着酒菜往来穿梭，一向冷清的掩日峰充满了尘世烟火气。

随着酒菜上来的还有新人给宾客的回礼，每人一个紫檀木的小匣子。沈碧茶好奇地打开，只见匣子里放着一颗西海明珠、一株昆仑雪莲、一瓶紫微丹，此外还有一个青玉小盒，盒盖上刻着三个小小的金字：堵胸丹。

沈碧茶吸了吸鼻子："这一看就是萧顶炼的。"她又探头去看别人的，问，"你们的是什么？"

西门馥收到的是"指哪儿长哪儿清心明目辟谷丹"，陆仁的是"万众瞩目丹"，叶离的是"招财进宝丹"，蒋寒秋的则是可以生死人肉白骨的"真元化灵丹"，金竹、程宁等人各有小顶特地炼制的丹药，其他弟子则是一人一颗返神丹。

酒过三巡，众人都醺醺然。

西门馥瞟了一眼身边的沈碧茶，清了清嗓子道："沈碧茶，你要是实在想嫁，不如我俩凑合一下……"

沈碧茶乜了他一眼："那我还不至于那么恨嫁。"

西门馥不禁恼羞成怒："好心当成驴肝肺，也不想想你这张嘴除了我还有谁受得了……"话说到一半，他立即闭上了嘴，因为他瞥见沈碧茶给自己贴上了水膜，眼睛里泪光闪烁。

他又懊恼又后悔，但又拉不下脸来道歉，直到酒阑席散，沈碧茶也没再看他一眼。

两人平日上学、放课都结伴而行，这回沈碧茶却没等他，头也不回地骑上纸鹤飞走了。

西门馥迟疑了一下，还是骑着纸鹤追了上去："沈碧茶，等等我。"

沈碧茶只当没听见。

"我错了还不行吗？"西门馥道，"你平常损我的时候也不留情啊，算扯平了行不行？"

谁见了他不恭恭敬敬地称一声"西门公子""西门小道君"，只有这女人成天叫西门傻西门傻，他难道不要脸面的吗？

沈碧茶一个眼神也不给他。

西门馥偷偷觑她，只见她眼角似有泪意，心一软："大不了你像平时那样损我几句，我不还嘴……"

沈碧茶还是不吭声，水膜贴得严严实实。

西门馥意识到事情严重，硬着头皮拽拽她的胳膊："我认错还不行吗？"

沈碧茶揭了水膜，狠狠地瞪了他一眼："天下男人死绝了我也不稀罕你！"骂完立即把水膜贴了回去。

西门馥心里堵得慌，半晌自嘲地笑笑："行吧，我知道自己差劲，要根骨没根骨，要天分没天分，才智也比不上你，也就家世好些，你样样比我强，瞧不上我也是应当的……"

西门大少爷一向眼睛生在头顶上，沈碧茶还是头一回见他这样颓丧，不由得一怔，吸了吸鼻子道："原来你还有点自知之明……"

西门馥："沈碧茶你这张嘴真是……"

沈碧茶道："你也不用太自卑，说实话你的脸还行。"

西门馥没好气地道："真是过奖了！"

两人对视一眼，突然扑哧一声笑了出来。

西门馥道："消气了？"

沈碧茶："呸。"呸完忍不住一笑，把水膜给贴上了。

她悄悄地把捏在手里的"堵胸丸"放回乾坤袋里。

她从懂事起就盼着能把胸口的"洞"堵上，如今忽然觉得不需要了。她在这里有很多朋友，他们不会在意她口不择言，他们喜欢她，她也开始喜欢上这样的自己了。

掩日峰顶，小顶和苏毓并肩走出青庐，靠着栏杆俯瞰山下星星点点的火光。

夜明珠和星辰的辉光中，成百上千的纸鹤向着各峰飞去，筵席散了。

小顶怔怔地望着远处连绵起伏的山峦，想起这个世界源自一本一言难尽的书，不由得生出股奇妙的感觉。

苏毓走到她的身后，将她拥在怀中，亲了亲她的发顶："在想什么？"

小顶道："我实在想不出，这个世界，这些人都是你造出来的。"

苏毓笑道："你真是抬举我了。我可造不出这些奇形怪状的人。"

小顶抿唇一笑，靠在他的臂弯里，仰起头望他，眼中映着星芒："有家真好啊！"

苏毓嗯了一声，捧起她的脸，深深地吻了下去。